베스트셀러,
세계문학,
비교문학

이행선 李烆宣 | Lee, Haeng-seon

전남대학교 졸업(경제학, 국문학), 국민대학교 교육대학원 석사(국어교육), 성균관대학교 국문학 석사, 국민대학교 국문학 박사. 동국대학교 서사문화연구소 박사후 국내연수와 연구원, 고려대학교 글로벌일본연구원 연구교수, 나고야대학대학원 인문학연구과 객원연구원(재팬파운데이션), 현재 국민대학교 교양대학 조교수. 지은 책으로 『해방기 문학과 주권인민의 정치성』(2019년 세종도서 학술부문 선정), 『식민지 문학 읽기 – 일본 15년 전쟁기』, 『동아시아 재난 서사』(공저), 『문화다양성과 문화 다시 생각하기』(공저)가 있다. 최근에는 비교문학, 번역문학, 냉전문화, 문화교류, 재난, 이민, 독서사, 지식문화 등에 관심이 있다.

양아람 楊아람 | Yang, Ah-lam

동국대 졸업(일문학, 사학), 미국 샌프란시스코 버클리시티·레이니 칼리지 연수, 동국대 일문학 석사, 글로벌박사펠로십 펠로우, 나고야대학 교환 특별연구학생, 고려대 일본문학·문화전공 박사 수료. 나고야대학대학원 인문학연구과 객원연구원과 펠로우(재팬파운데이션). 현재 나고야대학 박사후기과정이며 박사논문을 쓰고 있다. 저서는 『동아시아 재난 서사』(공저)가 있다. 최근 관심 분야는 번역문학, 비교문학, 세계문학, 일본문화론, 문화교류, 원폭, 재난, 이민, 재일 사회와 문학, 구술 등이다.

베스트셀러, 세계문학, 비교문학 문화교류와 번역 수용

초판인쇄 2023년 9월 1일 **초판발행** 2023년 9월 15일
지은이 이행선·양아람 **펴낸이** 박성모 **펴낸곳** 소명출판 **출판등록** 제1998-000017호
주소 서울시 서초구 사임당로14길 15 서광빌딩 2층
전화 02-585-7840 **팩스** 02-585-7848
전자우편 somyungbooks@daum.net **홈페이지** www.somyong.co.kr

값 31,000원 ⓒ 이행선·양아람, 2023
ISBN 979-11-5905-467-9 93800

베스트셀러, 세계문학, 비교문학

문화교류와 번역 수용

Bestseller, World Literature,
Comparative Literature
:Cultural Exchange and Translation Acceptance

이행선 양아람 지음

이 책은 제목 『베스트셀러, 세계문학, 비교문학』에서 가운데가 세계문학이 듯 기본적으로 해방 이후부터 최근까지 각 시대별 대표적 외국문학·텍스트의 번역 수용 연구입니다. 이 책들은 대부분 당대 대표적 베스트셀러이거나 그에 준하는 중요 텍스트입니다. 그래시 세계문학 앞에 베스트셀러를 둔 것입니다. 외국문학 수용사이면서 동시에 독서사인 것입니다. 기존 학계에서 거의 다뤄지지 않았다는 점에서 연구사적 가치도 있다고 여겨집니다. 그리고 학문적 방법론은 비교문학이기 때문에 세 번째에 비교문학을 둔 것입니다. 이로써 외국문학 수용사, 독서사, 비교문학·문화사 연구가 됩니다.

이때 비교문학 연구방법론의 다양성이 있습니다. 비교문학은 아직도 방법론이 개발되고 있는 분야입니다. 이 책의 글 역시 한국에서 거의 처음으로 시도되는 수용사 연구입니다. 왜냐하면 기존 연구는 특정 시점의 번역 수용사입니다. 그러나 저는 기본적으로 수십 년에 걸친 수용사를 방법론으로 취합니다. 외국문학이 수용되어 한국 독자에게 (많이) 읽히다가 외면받고 텍스트의 생명력을 상실하는 과정을 살피는 것이지요. 이는 '고전, 세계문학'의 존재 양태에 대한 궁금증이기도 했습니다. 이 과정에서 텍스트의 작가가 방한을 하기도 하고, 소설이 영화화되기도 하고, 다른 외국문학 및 한국문학과 독서시장에서 경쟁하기도 하고, 한국의 정치사회적 문제 상황에 휘말리는 등 다양한 번역문화 현상이 발생하게 됩니다. 따라서 중요한 것은 특정 텍스트의 한국 내 존재 방식입니다. 이게 그만큼 다양했던 것입니다. 이를 구명究明하기 위해 비교문학방법론을 다양하게 활용했습니다.

기억이 잘 나지는 않지만 번역 연구에 대한 관심은 박사논문을 진행할 때

손문의 『삼민주의』를 고민하면서 시작된 듯합니다. 그 무렵 다른 연구자의 조지 오웰 번역 논문이 자극을 주었고 게오르규의 소설 『25시』를 접하면서 저 역시 뭔가 학계에 기여할 수도 있겠다는 생각을 하게 되었습니다. 앞으로 좀 더 힘을 내 많은 후속작업을 하고자 합니다.

이 책의 교정 직업은 예상치 않게 일본에서 하였습니다. 참의원 선거, 한국 화이트 리스트 제외 등이 있을 무렵입니다. 어떤 상황이었는지는 누구나 알고 있습니다. 고려대 정병호 선생님의 재난연구팀의 기간이 끝나가는 시점에서 일본 국제교류기금의 연구자 지원에 선정되었습니다. 여기에는 많은 분들의 도움이 있었습니다. 박광현, 윤대석, 엄인경, 신승모 선생님과 나고야대학의 히비 요시타카 선생님께 진심어린 감사의 마음을 드립니다. 그리고 정선태 선생님이 언제나 건강하시길 바랍니다. 가족의 존재는 항상 고마울 뿐입니다. 소명출판에서는 이번이 세 번째 출간입니다. 소명출판의 박성모 대표님께 깊은 감사의 말씀을 드립니다.

2023년
뜨거운 여름에
이행선

이 책이 출간되어 감사하다. 나는 석사 때 김환기, 신승모, 이승진 교수님의 영향으로 재일코리안 문학을 공부했다. 동국대학교 일본학연구소에서는 연구자의 삶을 배웠다. 이때 보고 들은 것을 기반으로 현재 니가타 재일코리안 여성의 구술 연구를 진행하고 있다. 석사 과정에서 만난 친구들은 지금도 귀한 인연을 맺고 있다. 특히 신초이, 사토 아리사는 한국, 일본을 넘어서 같은 시간을 공유하고 내게 새로운 지적 자극을 준다.

박사 과정은 고려대로 진학했다. 이한정 교수님의 일본문학 번역 연구와 한국문학 연구자 이행선 선생님의 작업의 영향으로 번역문학뿐만 아니라 비교문학 분야로 관심 영역이 확대되었다. 번역의 기초를 가르쳐 주신 김효순 교수님, 유재진 교수님, 일본문화론의 스기모토 쇼고 교수님, 일본사회를 새롭게 접근할 수 있게 도와주신 서승원 교수님께 감사드린다. 서승원 교수님 연구실의 학형과의 토론은 언제나 즐거움의 연속이었다. 대학원 생활 속에서 단비가 되어주었던 이초희, 황수영, 최은정, 이승환에게 선배, 친구가 되어주어 고맙다는 말을 꼭 전하고 싶다.

나고야대학의 히비 요시타카 교수님, 이와타 크리스티나 교수님, 이이다 유코 교수님은 일본학계의 연구방법론을 알려주셨다. 이와타 크리스티나 교수님은 내가 번역의 폭을 넓히는 데 큰 길잡이가 되었다. 나고야에서의 생활은 일본문학사와 문화의 이해에 깊이를 더한다는 점에서 큰 즐거움이다. 지금까지 공부를 할 수 있는 것은 많은 분들을 조력과 조언 덕분이다. 특히 언제나 든든한 지원을 해주시는 정병호 교수님께 감사의 인사를 드린다. 이상혁, 노윤선, 이영호, 이헌정, 이정화, 한채민, 이보윤, 권민혁, 김여진 등 학형들의 존재는 항상 고맙다.

　마지막으로 내가 지금까지 공부하는 것을 지지해주는 김유정, 이신애, 왕수인, 차준호가 있다. 일본에서는 오쿠무라, 양가가楊佳嘉, 코지마, 박홍朴弘, 김가열이 언제나 힘이 된다. 마지막으로 늘 가까이서 힘이 되어주는 아버지, 어머니 그리고 동생 주희에게 미안하고 고맙다는 말을 전하고 싶다. 내가 좌절하거나 포기하고 싶을 때 손을 뻗어 일으켜주는 이행선 선생님에게 늘 당신의 연구를 응원한다고 말하고 싶다.

한여름밤 나고야에서

양아람

차례

제1부

전쟁, 혁명, 사회

제1장

보리스 파스테르나크의 한국적 수용과 『닥터 지바고』

노벨문학상, 솔제니친, 반공주의, 재난사회

1. 『닥터 지바고』¹⁹⁵⁶의 저자, 파스테르나크

2016년 미국의 가수 밥 딜런^{Bob Dylan}이 노벨문학상을 수상하게 되면서 그의 수상 및 수상식 참석 여부를 둘러싼 논란이 있었다. 그러면서 과거 노벨문학상을 거부한 작가들이 재조명되기도 했다. 그중 대표적 인물이 1958년 노벨문학상 수상자인 소련작가 보리스 레오니도비치 파스테르나크^{Boris Leo-nidovich Pasternak, 1890~1960}였다. EBS 〈고전영화극장〉은 2016년 11월 11일과 18일 영화 〈닥터 지바고〉 1, 2부를 방영했다. 이 영화를 본 독자는 영화음악 〈라라의 테마〉를 듣고 추억에 젖기도 했지만 지루하다는 평도 많았다. 영화가 워낙 오래됐고 3시간이 넘은 영화를 격주로 방영한 영향이 컸을 것이다. 현재 청목 정선세계문학, 일신서적의 세계명작, 다락원¹⁹⁸⁹, 범우사 범우비평판세계문학선¹⁹⁹⁹, 동서문화동판²⁰¹⁶ 등에서 『닥터 지바고^{Dr. Zhivago}』를 판매하고 있지만 다른 유명 외국문학에 비해서 인기가 없는 편이다. 그동안 대중의 감수성이 바뀌고 소련에 대한 관심이 그만큼 없어졌다는 의미이다.

하지만 『닥터 지바고』¹⁹⁵⁷는 1958년 한국에 번역 소개되어 베스트셀러가 되었고, 1968년 수입된 영화는 1990년대까지 4번 이상 상영되고 TV에 여러 번 방영된 명작영화였다. 그 결과 1997년에는 '시청자가 뽑은 다시 보고 싶은 영화 50'에서 9위였고[1] 같은 해 '문인이 뽑은 문학적인 영화' 1위였으며,[2] 1999년에는 전문가가 뽑은 '20세기 걸작'에서 6위, 네티즌이 뽑은 걸작 4위에 선정되었다.[3] 이처럼 특정 작품이 일반 독자와 문인을 포함한 영화예술인 등에게 높은 평가를 받고 오랫동안 인기를 확보할 수 있었던 이유와 한국에 미친 문학·문화적 영향이 궁금하다. 특히 작가가 노벨문학상 수상을 거부했기 때문에 더 이목을 요한다.

소련작가 보리스 파스테르나크는 1890년 2월 모스크바에서 태어났다. 어머니는 유명한 피아니스트였고, 아버지는 톨스토이의 『부활』 삽화를 그린 유명화가이자 교수였다. 그의 부친은 톨스토이 집안과 친밀한 교제를 지속했고 1910년 톨스토이가 세상을 떠났을 때 파스테르나크의 집안 식구는 누구보다 먼저 장례식을 찾았다.[4] 이처럼 예술가 집안에서 자란 그는 1908년 모스크바 제국대학 법학부에 입학한 후 1909년 작곡가 스크랴빈의 영향을 받아 작곡 공부를 하지만 음감이 없다는 것을 자각하고 단념한다. 철학 공부에 매진하던 그는 독일 마르부르크의 신칸트학파 코헨Cohen 문하에서 철학 연구를 이어가지만 첫사랑의 실패와 함께 그만둔다. 이 무렵부터 문학의 길에 들어선 그는 1913년 대학을 졸업하고 본격적으로 문학활동을 시작했다.

그의 문학적 경력은 흔히 세 시기로 구분된다. "제1기는 첫 시집인 『구름

---

1 「감동과 추억의 그 영화……새봄 안방은 '시네마 천국'」, 『동아일보』, 1997.2.22, 17면; 「다시 보고 싶은 영화 〈로마의 휴일〉 1위」, 『동아일보』, 1997.2.25, 44면.

2 「문인들이 꼽은 문학적인 영화 1위 〈닥터 지바고〉, 2위 〈향수〉 등 "소설보다 더 감동적"」, 『동아일보』, 1997.8.15, 15면.

3 「독자와 함께 정리하는 20세기 20대뉴스 7 – 세기의 걸작 〈모던타임스〉, 〈예스터데이〉 첫손」, 『한겨레』, 1999.11.19, 17면.

4 김수영, 「도덕적 갈망자 파스테르나크」(1964), 『김수영 전집』 2, 민음사, 2007, 300면.

속의 쌍둥이』를 발표한 1913년부터 1932년『제2의 탄생』까지의 시기다. '상
징주의 시인 블로크의 영향하에서 시 습작을 시작한 그는 1915년 5월 당대
최고의 미래주의 시인 마야코프스키를 만나 사숙하게 된다. 이후 제1차 세
계대전이 끝날 무렵 시집『삶은 나의 누이』[1917 저술, 1922 출간]를 통해 그는 일약
유명 시인이 된다. 1931년의『안전통행증』은 자서전적 에세이다.'[5] 제2기는
1933년부터 애국적인 경향의 시집『새벽 열차를 타고』[1941]에서 '조국전쟁'을
노래하게 될 때까지이다. 이 기간에 그의 작품은 한편도 발표되지 않았다. 이
침묵은 스탈린 시대의 숙청이 파스테르나크에게 유·무형의 압력으로 작용
했다는 것을 방증한다. 작품활동 대신 그는 생계 수단으로 번역에 몰두하여
셰익스피어의 비극 작품과 괴테의『파우스트』등 많은 작품을 번역했다. 제3
기는 제2차 세계대전 이후부터 1960년 사망 때까지이다. 1945년 겨울부터
그는 모스크바 근교의 페레델키노의 별장에서『닥터 지바고』를 집필하기 시
작했다. 이즈음 그의 시는 초기 시의 상징성과 난해성을 탈피하고, 더욱 구체
적이고 직접적으로 변한다. 당국의 억압은 전후에도 지속되어 그는 작품 집
필 대신 번역에 몰두했다. 전후에 나온『그루지야 시인집』[1946],『파우스트』[1953],
『셰익스피어 비극집』[1953] 등은 모두 수준 높은 번역 작품으로 정치적 탄압을
피해 번역에 몰두한 수확이다. 보리스는『닥터 지바고』1부를 1950년, 2부는
1955년에 완성했으며 소련의 유서 있는 문학잡지『노비미르*Novy Mir*』에 실으
려 하지만 어려워지자 다른 방법을 모색한다. 그래서 이 작품은 1957년 11월
이탈리아에서 이탈리아어로 최초 번역 출판되었다.'[6]

---

5   보리스 파스테르나크, 임혜영 역,『안전 통행증. 사람들과 상황』, 을유문화사, 2015, 145~149면.
6   보리스 파스테르나크, 박형규 역,『닥터 지바고』(열린책들 세계문학 40), 열린책들, 2011, 673~
     675면.

파스테르나크는 생전에 이미 마야코프스키를 이어 소련을 대표하는 시인으로 평가받았으나 오늘날 그의 대표작은 노벨상으로 화제가 된 소설『닥터 지바고』이다. 이 작품의 내용은 다음과 같다. "여덟 살의 나이에 고아가 된 유리 지바고^{오마 샤리프}는 의사가 돼 빈곤한 사람들을 도우려고 결심한다. 그는 자기를 길러준 은사의 딸 토냐^{제럴드 채플린}와 결혼해 의사로 명성을 얻는다. 그러던 어느 날 무도장에서 자신의 정조를 빼앗은 어머니의 정부인 코마로프스키^{로드 스타이거}에게 총격을 가한 라라^{줄리 크리스티}라는 여인을 만나게 된다. 1914년 제1차 세계대전이 일어나고 군의관으로 참전한 그는 우연히 종군간호부로 변신한 라라와 반갑게 해후한다. 1917년 러시아에 혁명정부가 세워져 숙청 대상이 된 유리는 우랄산맥의 한적한 오지마을로 숨어든다. 전원생활의 적적함을 달래기 위해 시내 도서관을 찾은 유리는 우연히 그 근처로 이주해온 라라와 다시 만나 사랑에 빠진다. 그러나 코마로프스키가 나타나 라라를 거짓말로 현혹해 데려감으로써 이들의 관계는 끝나고 만다. 그리고 몇 년 뒤 모스크바의 한 병원에서 의사로 근무하던 유리는 전차에서 내리는 라라를 보고는 황급히 뒤쫓다가 심장마비로 숨을 거두고 만다."[7]

이 작품은 1905년 1차 혁명에서부터 1914년 제1차 세계대전, 1917년 10월혁명에 이어 지바고가 사망하는 1929년이 시대적 배경이다. 줄거리에서 알 수 있듯 작품의 핵심키워드는 혁명과 사랑이다. '파괴와 살육으로 얼룩진 러시아혁명의 시대에 인간적이고 자유로운 삶을 추구하기 위해 몸부림치는 젊은 의사 지바고의 러브 스토리'라는 게 이 소설에 대한 기본적인 평가다. 이처럼 이 작품은 러시아혁명을 비판하고 있기 때문에 1958년 노벨문학상

7 「K-2『닥터 지바고』혁명과 사랑, 대자연의 서사시」,『한겨레』, 1997.5.24, 21면.

을 받을 수 있었지만 소련 내에서는 반혁명적 작품이었다. 냉전 질서가 고착화되어 가던 한국에서 이 작품이 수용됐을 때 반공문학으로 간주되었을 거라는 짐작은 쉽게 할 수 있다. 이런 반공소설이 한국에서 40년 넘게 대중적 인기를 확보했다는 게 놀랍다. 소설과 영화가 한국사회에 미친 문학·문화적 현상을 분석할 필요가 있다. 이는 이 작품을 대하는 서방과 소련의 방식이 한국 독자의 지바고 수용에 미치는 영향과 반공주의를 가늠하고 더 나아가 한국의 인접국이면서도 정보가 극히 부족한 소련의 이미지를 조형하는 데 이 작품이 미친 영향을 탐색하는 작업이기도 하다.

보리스 파스테르나크의 시대별 수용사를 고찰하기 위한 시대구분은 '철의 장막'으로 표상된 소련에서 파스테르나크가 복권되는 과정과 한국 내 흥행의 상관관계를 고려하여 이루어질 것이다. 탄압의 강도가 완화되면서 해당 작품과 관련된 정보가 지속적으로 산출되고 유통되기 때문이다. '지바고 사태'에 대한 진실이 사후 수십여 년에 걸쳐 조금씩 공개되는 과정에서 파스테르나크와 소련에 대한 독자의 이해도 달라지는 것이다. 여기에 영화, 비디오 등 미디어산업의 성장과 국내 수입이 작품 해석에 영향을 미치게 된다. 요컨대 이 장은 소련 최고의 작가 중 한 명으로 꼽히는 보리스 파스테르나크의 소설, 산문, 영화, 보리스의 연인의 자전적 에세이 등을 통해 외국문학자의 문학·문화적 영향, 그 통시적 수용사를 고찰하는 것을 목표로 한다.

2. 1950년대 정치적 탄압, 노벨문학상 거부와 번역 경쟁

보리스 파스테르나크는 1956년 6월 소설 『닥터 지바고』의 원고를 이탈리아의 펠트리넬리 출판사에 넘겼고, 펠트리넬리는 각종 압력과 장애 속에서 그해 11월 책을 출판하였다.[8] 파스테르나크의 연인이자 영화 〈닥터 지바고〉 '라라'의 모델로 알려진 '올가 이빈스카야'에 따르면 처음에는 이탈리아어, 다음은 러시아어 판본이 밀란에 등장했다. 6개월 만에 11판이 나왔고, 2년 동안 23개 언어(영어, 불어, 독일어, 이탈리아어, 스페인어, 포르투갈어, 덴마크어, 스웨덴어, 노르웨이어, 체코어, 폴란드어, 세르비아 크로트어, 네덜란드어, 핀란드어, 헤브류어, 터키어, 페르샤어, 힌두어, 구자라티어, 아라비아어, 일본어,[9] 중국어, 월남어)로 간행됐다. 심지어 이 소설은 인도의 또 다른 언어인 오리아어오리싸 주의 언어로도 나왔다.[10] 출판 후 서양의 각 매체는 이 작품을 인용하며 『전쟁과 평화』처럼 위대한 작품이라고 추켜세웠다. 그리고 1958년 10월 23일 노벨문학상 수상작으로 『닥터 지바고』가 선정되면서 작품은 더욱 유명해졌다. 미국에서 이 소설은 12월에 30만 부를 돌파했고 작가는 해당 연도 '문단의 인물'로 선정됐다.[11]

---

8   마치엔 외, 최옥영·한지영 역, 『노벨문학상 100년을 읽는다』, 지성사, 2006, 355면.

9   1958년 일본의 한 출판사는 『닥터 지바고』를 소설 『전쟁과 평화』에 필적하는 작품으로 소개하는 책 광고를 했다. 「ボリス·パステルナーク, ドクトル·ジバゴ/時事通信社」, 『読売新聞』, 1958.11.21(조간), 3면. パステルナーク, 原子林二郎 譯, 『ドクトル·ジバゴ』 1·2, 東京 : 時事通信社, 1959. 이 책은 동월 10일 7쇄를 찍었다. 이처럼 일본에서 『닥터 지바고』는 1959년의 베스트셀러가 된다.

10 올가 이빈스카야, 신정옥 역, 『라라의 回想─파스테르나크의 戀人』 下, 科學과 人間社, 1978, 353면.

11 「"醫師지바고" 等 美國의 『베스트·셀러』」, 『경향신문』, 1958.11.14, 4면; 「美國分만도 22萬 弗 "醫師 지바고" 印稅」, 『동아일보』, 1958.12.14, 4면. 미국에서는 『의사 지바고』가 많이 팔리면서 덩달아 잘 팔린 책이 존 건서(Gunther, John)의 『소련내부(INSIDE RUSSIA)』이다(「亞·阿聯想」, 『경향신문』, 1959.1.22, 1면). 이 책은 당시 일본과 한국에도 번역되었다. ジョ

한국에서는 1958년 말에 최초 번역되었다.[12] 올가의 기억에 한국이 없는 이유는 한국은 1957년 1월 저작권법이 공포되었지만 국제저작권협회에 가입하지 않았기 때문이다. 『닥터 지바고』는 한국에서 처음으로 노벨문학상 번역경쟁을 촉발한 작품이다. 이 무렵에만 무려 8개 출판사가 번역에 뛰어들었다.[13] 모두 영어 중역본인데 그중 여원사, 동아출판사, 문호사 판이 가장 많이 팔렸다. 11월 29일 초판을 간행한 여원사는 이듬해 1월 4판을 냈고 HLKY '소설 낭독'에서 여원사 판으로 낭독을 했다.[14] 동아출판사는 12월 1일 초판을 찍고 5일에 재판을 발행했고, 문호사는 염가판이었다. 1958년부터 봇물을 이룬 문고본의 인기와[15] 이 소설이 호응한 셈이다. 『경향신문』에서는 1958년 10월 31일부터 12월 10일까지 41회에 걸쳐 『의사醫師 지바고』 소설을 독점 연재했다.[16] 1959년에는 신협이 차범석 각색, 유치진 연출로 이 작품을 공연제54회하기도 했다.[17] 이렇게 해서 이 소설은 1961년까지 많이 읽혔다.

ン・ガンサ-, 湯淺義正 譯, 『ソヴェトの內幕』, 東京 : みすず書房, 1959. 이 책에서 보리스에 대해 다음과 말한다. "음악, 연극, 발레, 문화, 예술 등의 분야에 있는 많은 거물들은 공산당원이 아니다. 구세대의 사람들일수록 더욱 그런 것이다. 최근까지 살아 있던 시인 보리스 파스테르나크는 존 포스터 덜레스만큼이나 공산당원이 되고 싶지 않을 것이다." 존 건서, 백성환 역, 『소련의 내막』 上, 성문각, 1961.12.15, 258면.

12 이 무렵 1957년 8월 적성국가 및 일본서적에 대한 엄격 배제를 골자로 한 외국도서인쇄물 추천 기준이 발표 되었고 1958년 12월 국가보안법 개정안이 통과 및 공포되고 있었다. 강헌, 『강헌의 한국대중문화사』 2 – 자유만세, 이봄, 2016.11, 179~180면.

13 ① 여원사 : 박남중 · 김용철 역, ② 동아출판사 : 강봉식 · 김성한 · 이종구, ③ 三育出版社 : 민창기 · 송주경 · 문일영, ④ 經紀文化社 : 민창기, 송주경, 문일영, ⑤ 승리사 · 서광운 · 임영 · 송율호, ⑥ 哲理文化社 : 민창기 · 송주경 · 문일영, ⑦ 동서출판사 : 강봉식 · 김종한 · 이종구, ⑧ 문호사 : 장세기.

14 「昨年度 國內 베스트 쎌러의 1 · 2位」, 『경향신문』, 1959.1.15, 1면.

15 이봉범, 「1950년대 번역 장의 형성과 문학 번역」, 『대동문화연구』 79, 성균관대 대동문화연구원, 2012, 468면.

16 「醫師 지바고」(전41회), 『경향신문』, 1958.10.31~1958.12.10.

17 이 공연은 곧 금지 명령을 받았다. 공산주의국가에서 생활하고 있는 작가의 작품을 극

이 작품을 둘러싼 미·소 양국의 대립은 파스테르나크의 노벨문학상 수상 거부가 정치문제화되어 국제적 파문을 던지면서 더욱 증폭되었다. 소련 당국은 소설이 10월혁명을 범죄로 규정하고 소련인을 모독했으며 공산제도 및 공산주의에 대한 악의에 찬 모욕과 중상이자 저급하고 반동적인 문학이라고 비판했다. 그래서 이 작품이 노벨상으로 선정된 것은 자유진영의 적대적이고 정치적인 기획이라고 비난되었다. 이에 반해 미 덜레스 국무장관은 작가의 수상 거부를 소련당국의 사상의 자유 말살 사건으로 규정했다.[18] 서구 언론에서는 소련이 표현의 자유를 억압하는 독재국가이며 작가는 문학의 자유를 강탈당했다고 보도했다. 해당 작품은 시인의 눈으로 쓴 예술가의 증언이라는 평가를 받았다. 이로 인해 파스테르나크는 '자유정신의 승리자'로 간주됐다.

맑스주의가 과학이라구? 응, 잘 알지도 못하는 자들과 '맑스'주의 논의를 한다는 것은 아무리 줄잡아도 모험이지. 어쨌든 맑스주의가 과학이 되기에는 근거가 박약하단 말이야. 과학이란 것은 이보다 균형이 있고 객관적인 것이거든. 난 맑스주의처럼 자기중심이고 사실과 동떨어진 것을 보지 못했어. 사람마다 실제적인 일에 자신을 들어맞추려고 야단이고 권력을 잡은 자들로 말하면 자기네의 무오류성이라는 신화

화하거나 영화화하는 것은 금지한다는 이유였다. 「韓国, ジバゴ劇化禁止」, 『読売新聞』, 1959.3.23(석간), 4면. 공연물 허가 규준(『문교월보』 32, 1957)에서 관련 조항을 찾아보면, "記(1) : 1. 순수한 예술적 감명의 명랑한 오락을 통하여 자유세계 생활의 즐거움을 보여주는 것, 記(2) : 4. 정치, 경제, 사회, 문화 및 국민교육면에 지장을 주고 공익상 손해를 끼칠 우려가 있는 것. 1. 국가 법률 : 4. 우리나라와 분규 중에 있는 외국에게 유리한 선전을 포함한 것. 및 우리나라의 우방에 대한 불리한 선전을 포함한 작품" 등을 꼽을 수 있다. 이봉범, 「1950년대 문화 재편과 검열」, 『한국문학연구』 34, 동국대 한국문학연구소, 2008, 42~45면 참조.

18 「自由抹殺의 實證 『덜』 長官受賞拒否論評」, 『동아일보』, 1958.10.31, 2면.

를 조작하느라고 야단이요 진리를 무시하는 데 광분하거든. 난 정치엔 관심이 없어. 나로서는 진리를 무시하는 인간들은 질색이야.[19]

오늘날의 풍조는 모든 형태의 집단이나 사회를 위한 것이다. 집단이란 범용한 사람들이 '솔로비에푸'나 칸트 또는 '맑스'를 신봉하든 안하든 항상 그들의 안식처이다. 오직 개인만이 진실을 추구한다.

역사는 단 한사람이 이루는 것은 아니다. 역사는 마치 생장하는 풀을 사람이 보지 못하는 듯이 눈으로 볼 수가 없다. 전쟁과 혁명 왕과 '르베스피에르'같은 혁명지도자는 역사의 유기적인 소인素因이요 그 효모이다. 그러나 혁명은 제한된 분야에 자신을 국한할 수 있는 능력을 가진 천재天才를 편협한 지성을 지닌 활동적인 광인이 일으킨다.[20]

이처럼 냉전질서는 작가와 작품에 반공의 혐의를 씌었다. '자유진영'이 자본주의세계의 공동운명체를 표상하듯, 분단국가 한국의 시선은 미국과 상당 부분 일치했다. 가령 『동아일보』는 『닥터 지바고』에서 소련 및 공산주의를 비판하는 대목을 발췌하여 신문에 기고했다. 이 발췌문은 소련사회에 관한 저자의 견해를 반영한다고 보도되었다. 발췌문은 맑스주의의 비과학성, '무오류성의 신화'의 모순, 집단주의 부정과 개인주의와 진리 추구, 공산주의와 공산주의자의 분리를 통한 혁명가 비판, 이외 혁명이 진행되면서 풍습과 전통 및 모든 생활 양식 등이 와해되어버린 현실 등을 포괄하고 있다.

---

19 「醫師 지바고」가 일으킨 世界的波紋(下)」, 『동아일보』, 1958.11.1, 1면.
20 「『파스테르나크』의 思想 小說 醫師 지바고 拔萃文集」, 『동아일보』, 1958.11.11, 4면.

문단에서는 1958년 10월 말 펜·클럽 한국본부와 한국자유학자협회가 소련의 비문화적 독재와 예술인이 노예와 같은 폭정에 처한 현실을 규탄하는 공동 항의문을 발표했다.[21] 사상계사에서는 저자의 생애와 문학 이력, 작품 줄거리와 해석을 실어 독자의 작품 이해를 도왔다.

일련의 장면과 대화와 묘사 또는 회상으로 꾸며진 「닥터 지바고」는 심리적 분석을 교묘히 피하고 있다. 암시적이며 상징적이고 단편적이며 인상적인 이 소설은 잘 구성된 '유동적 작법'의 전통에서 이탈하고 **극적인 요소와 서정적 요소의 독특한 혼합과 단순한 대화와 복잡한 감정과 깊은 철학의 결합으로 그 자체의 지극히 주관적인 형식을 창조**하고 있다. 거기엔 이상야릇한 빛이 번쩍이고 있다. 이 아름다운 여러 페이지에서 빛나는 빛속에서 리얼리스틱한 정밀성이 로맨틱한 그러나 완전히 제어된 애정과 교착한다.

과거 25년 동안의 소련소설을 잘 아는 이들에게는 파스텔나크의 소설은 일대 경이이다. 이와 같은 문학적 발견의 즐거움은 어떤 의아심과 뒤섞여 진다. 즉 전쟁애를 소련 국내에서 산 파스텔나크가 모든 외적 압력과 비난에 항거할 수 있고 고도의 독립과 광범한 감정과 비상한 상상력을 가진 작품을 착상하여 집필할 수 있었다는 것은 거의 기적에 가까운 일이다. **오늘날 공산주의소설은 항상 인간을 '정치적 동물'로 묘사하고 그들의 행동과 감정은 사회적 및 경계적 조건에 의하여 결정되는 것이다.**[22]

『닥터 지바고』는 사회경제적 조건과 지배이데올로기, 정치적 인간을 중시

---

21 「"文學의 自由를 強奪" 파스테르나크事件에 抗議」, 『동아일보』, 1958.11.2, 4면.
22 「움직이는 세계-「닥터 지바고」의 出版顚末」, 『사상계』, 1958.12, 121면.

하는 정치적 소설과 달리 각 등장인물을 개인적인 감정, 본능, 자유, 사상 등을 추구하는 인간으로 다뤘다. 파스테르나크는 "기독교도의 꿈으로 이루어진 인간의 미덕을 믿어 인생과 미와 사랑과 자연의 가치를 주장"한 것이다. 그래서 『닥터 지바고』의 문학적 위상은 다음과 같이 위치지어진다. "공산주의가 로서아의 생활과 지성과 역사의 일부를 대표한다고 인정하더라도 그것은 모든 로서아국민과 모든 전통과 포부를 대표하지 않는다. 정열과 동경과 이상과 창의성의 전체세계는 공산기구의 다음에 또는 그 아래 존재하고 있다. 그것은 살고, 고무하고, 성장한다. 파스텔나크의 소설은 바로 이 다른 일면의 로서아의 진정한 소리"이다.

이러한 격찬에도 불구하고 노벨문학상과 국제적 명성이 작품의 질을 반드시 결정짓는 것은 아니다. 이 문제를 제기한 김우종은 작품이 현재 소련에 살고 있는 작가에 의해서 발표된 사실은 주목할 만하지만 공산주의의 모순성을 비판한 작품은 이미 많이 존재하며 파스테르나크의 지적은 조금도 새롭지 않다고 주장한다. 또한 그는 비판이 반드시 체제 부정은 아니며 소련작가동맹이 노벨상 거절을 두고 오히려 조롱했다는 논거를 바탕으로 소련사회에서도 허용할 만한 수준의 작품이라고 진단했다. 개체를 집단적인 질서 속에 예속시키려는 현대의 모든 사회조직의 근본정신을 부정하는 파스테르나크의 사상은, 현대사회에 대한 중대한 경고이면서 반공산주의의 범주를 넘어서고 있다. 이러한 '폭력' 부정의 태도는 톨스토이나 크리스트의 사상에서 한 발자국도 진전되지 못한 것이었다. 게다가 심장질환에 의한 죽음을 체제의 억압을 상징하는 것으로 처리된 지바고의 병사病死는 소설적 리얼리티가 전혀 없어서 설득력이 없다. 이 때문에 김우종은 당대 자유주의 국가의 정치적 태도를 비판하면서 노벨상을 준 한림원이 정당한 비평안을 가졌다고 볼 수 없다는 결론을 내린다.[23] "작가의 내러티브가 명확하지 않다고 불평하는 독자들이 있다"는 당대 분위기를 김수영이 전하기도 했다.[24]

이 소설을 둘러싼 작품 해석과 작가 이해는 1959년 10월 파스테르나크의 자서전적 에세이 『인생여권』이 출간되면서 어느 정도 규명된다. 이 책은 작가의 어린 시절부터 1930년까지 인생과 문학의 성장, 생활신조 등이 자세히 기술되어 있어 문학적 경향과 위상을 파악할 수 있다. 『닥터 지바고』에 비판적이었던 김우종도 소련사회에서 '생명을 건 작업'이었음을 인정했듯이, 이 무렵 파스테르나크는 한국에서 "시인은 항상 정의의 편에 서고 인간을 억압하는 세력과 싸운다는 생각을 굳어"[25]지게 했다. 이미 한국사회에서는 루마니아 출신 프랑스 망명작가 게오르규의 『25시』를 통해 '시인文人의 사명과 의무'가 사회적으로 퍼져 있었다. 그래서 게오르규의 작품과 마찬가지로 소설 『닥터 지바고』도 파스테르나크의 '증언문학'으로 당대에 인식되었다. 다만 이 작품이 반공의 맥락에서 수용되어 그 '증언'은 소련사회의 비정함과 체제 모순을 폭로하는 함의를 지니게 됐다. 그래서 자서전의 역자인 신일철은 "암시적으로 공산주의 사회를 비판한 이례異例의 책이라고 할 수 있다. 공산주의는 어중중한 인간의 평균화이며 그 인간들은 개성을 상실한 '얼굴 없는 얼굴'들이라고"[26] 지적했다.

23   「지바고 론」, 『현대문학』, 1959.2, 230~241면.
24   김수영, 앞의 글, 311면.
25   「人生旅券」, 『동아일보』, 1959.12.13, 4면.
26   빠스떼르나크, 申一澈 譯 『人生旅券─빠스떼르나크의 自敍傳, 一名, 安全通行證』(1931), 博英社, 1959.10.5, 8면. (영역본) 역자는 제목에 대해 다음과 같이 설명한다. "이 책 제목은 Safe Conduct(영어) 혹은 Geleitbrief(독일어)로 되어 있어 '안전통행증'이라는 뜻이다. 아마도 쏘련 내에서 인간의 자유와 가치를 옹호하기 위해서 싸우는 '지바고'와 같은 자기 자신이 어떻게 마야꼬브스끼처럼 자살하지도 않고 안전 통행증으로 통해 왔으며 따라서 몸은 쏘련내에 있었으나 정신은 망명해 있었다는 뜻에서 안전통행증을 가졌다는 뜻으로도 이해된다. 여기

하지만 역자가 지적하듯 이 책은 독자가 작가의 삶과 시와 철학을 이해하는 데 도움이 된다. 내용은 '제1부1900~1912년 봄 : 작곡가 스크랴빈 숭배, 제2부1912년 봄~여름(독일) : 철학의 길, 1923년~(이탈리아·베네치아) : 문학의 길, 제3부1910년 초~1930년 4월 : 미래주의 시인 마야코프스키'로 구성되어 있다. 파스테르나크는 작곡가를 꿈꾸다가 철학 공부를 하게 되는데 첫사랑에 실패하면서 '이성'신칸트학파보다 감정의 중요성을 직시하게 되고 문학의 길로 접어들게 된다. 길들여지지 않은 '반란형 천재'는 도덕적인 격정, 도덕감각을 통해 기존 문화를 부수고 인류를 재창조한다는 게 그의 예술가론이었다. 그는 상징주의의 블로크, 안드레이 벨리와, 미래주의의 마야코프스키의 영향을 받으면서도 그 아류에서 벗어나려 했다. 특히 1914년 5월부터 마야코프스키에 빠져들었지만 제1차 세계대전이 끝날 무렵 그는 낭만주의를 버리고 '반낭만주의 시학'을 표방하면서 소련 시단의 새 시대를 열었다. 그 산물이 시집『삶은 나의 누이』였다.[27] 제목이 함의하듯 그는 특정 법칙이 아닌 '삶'을 자신의 척도로 보고 목숨을 바치는 시인이 된다. 이러한 맥락을 알게 되면 독자는 파스테르나크가『닥터 지바고』에서 소련사회를 비판한 맥락을 조금은 알 수 있게 된다.

하지만 냉전질서가 심화되는 현실에서 이 소설을 둘러싼 당대 국내외의 상황과 인식은 별반 달라지지 않았다. 1960년 5월 30일 파스테르나크가 심

인간 부정의 상황 속에서 인생의 참뜻을 본 작가의 정신을 살려 '人生旅券'이라 제목을 부쳐 보았다."

27 보리스 파스테르나크, 임혜영 역,『안전 통행증. 사람들과 상황』, 을유문화사, 2015.12, 13~310면. 역자는 제목를 다음과 같이 설명했다. "'안전통행증'이란 과거에 출입 금지 구역을 통행하도록 허용하는 증서였다. 예를 들면 전쟁 지역에 들어가도록 기자에게, 또는 자살 현장에 드나들도록 고인의 가족에게 그 신분을 보장해 주는 특별통행증이 그것이다. (…중략…) 따라서 불신과 신분의 위협이 날로 커지던 당시 소련사회에서 '안전통행증'은 작가에게 예술가로서의 신분을 보장해주는 증서를 뜻한다고 하겠다."

장 이상으로 사망한 후 이듬해 1월 연인 올가 이비스카야가 8년, 그 딸이 3년 형을 받고 투옥되었다. 이는 실추된 파스테르나크의 명예회복을 꾀하고 당국이 복수를 하기 위해 올가에게 '지바고'의 해외 인세를 착복했다는 혐의를 씌웠다는 게 중론이다.[28] 1963년에는 소련작가 일리야 에렌부르크의 회고록이 스탈린 시대의 지식층을 다뤄 '제2의 지바고' 사건으로 이목을 끌었다.[29] 결정적으로는 1965년 『고요한 돈강』의 저자 미하일 숄로호프가 노벨상을 받으면서 논란이 발생했다. 숄로호프와 파스테르나크는 소련작가이자 노벨문학상의 저자인데 숄로호프의 수상만 소련에서 문제되지 않았기 때문이다. 한국에서는 스탈린주의자이며 철저한 공산주의자인 숄로호프의 노벨상 작품이 번역될 수 있는지가 관심사였다. 평론가 이철범은 "숄로호프의 문학을 소개한다는 것은 공산주의를 매개하는 하나의 행위가 된다는 점에서 출판되기 어렵다"[30]고 평했다. 그러나 이것은 보리스의 수상 당시 소련의 문학적 자유를 비판했던 한국의 태도와 모순되는 입장이다. 이처럼 1958년 파스테르나크와 1965년 숄로호프의 수상은, '노벨문학상의 정치학'이 현실에서 작동하는 방식이 여실히 드러난 사건이었다.

요컨대 1958년 파스테르나크의 노벨상 수상은 한국사회의 단면을 드러냈다. 출판계에서는 8개가 넘는 번역 경쟁으로 출판사의 재정 악화와 도산을 낳았다. 이는 이후에도 노벨문학상 수상작 과잉 번역의 '전통'으로 이어졌다. 그리고 한국의 대다수 독자는 이 작품을 반공문학으로 수용했다. 당대는 1950년대 주류였던 감정반공, 고함반공, 주먹반공 등에서 1960년대 과학적

---

28 「"파스테르나크"의 名譽回復을 目的 '올가' 女史의 投獄」, 『동아일보』, 1961.1.24, 4면.

29 「蘇에 第二의 "醫師(의사)지바고" 事件 『에렌부르그』 回顧錄 말썽」, 『동아일보』, 1963.3.27, 6면.

30 이철범, 「全體主義國家와 文學」, 『동아일보』, 1965.11.6, 5면.

반공의 시대로 넘어가는 길목이었다. 이런 맥락에서 『닥터 지바고』는 아직 감정반공의 위치에 있었다. 그래서 작품과 저자는 각각 증언문학, '자유의 수호자'로 추앙받았다. 하지만 해당 작품이 반공의 것으로 이해됐다고 하더라도 작품 속 소련사회는 무엇인가 하는 문제가 남는다. 한국인은 정보가 차단된 소련사회에 대해서 잘 모르지만 러시아혁명은 세계적인 학문적 대상이자 중요한 역사이기 때문에 많은 이의 호기심을 자아낸다. 특히 이 소설의 시대적 배경과 자서전적 소설이라는 장르적 형식이 혁명을 이해하기 위한 기본 조건을 충족시킨다. 그럼에도 이 작품은 러시아혁명과 그 전모를 쉽사리 드러내지 않는다. 소설의 지바고는 구 귀족사회의 부유한 집안의 출신이기 때문에 노동계급의 시선으로 현실을 포착하고 있지 않다. 게다가 혁명 중간에 모스크바를 벗어나 우랄 등 여타 지역으로 피신을 가기 때문에 독자는 시대적 혼란과 탄압의 분위기를 느낄 뿐 혁명의 실재에 다가가기 어렵다. 이 때문에 반공이 아닌 러시아의 역사가 궁금한 독자였다면 파스테르나크가 아니라 사회주의를 지지하는 소련작가의 작품을 읽고 싶은 충동을 느꼈을 것이다.

3. 부분 복권, 영화 개봉과 솔제니친의 노벨상 수상, 라라의 고백

1958년 번역된 『닥터 지바고』는 거의 10년 간격으로 흥행한다. 1968년 영화가 한국에 수입되고 1970년 소련작가 솔제니친이 노벨문학상을 타면서 『닥터 지바고』도 2차 흥행을 하게 된다. 3차 흥행은 1977년 번역가 안정효가 자서전 『안전통행증』을 영역英譯한 『어느 시인의 죽음』과 1978년 파스테르나크의 연인 올가 이빈스카야의 회고록 『라라의 회상』이 출간되고 1978년

〈닥터 지바고〉가 신정영화로 재개봉되면서 이루어졌다. 그 결과 1969년부터 2000년까지 『닥터 지바고』는 한 해도 빠짐없이 간행됐다. 특히 1970년대보다 1980년대 가면 출판사의 수가 더 증가했으며 1990년대 가면 그보다 더 많은 출판사가 번역에 동참했다.

먼저 2차 흥행시기를 살펴보면, 미국 MGM사가 제작한 미·영 합작영화 〈의사 지바고Doctor Zhivago〉3시간 20분가 1965년 12월 미국에서 개봉되었다. 〈콰이강의 다리〉로 널리 알려진 이탈리아 데이비드 린이 감독으로 참여했고, 오마샤리프, 줄리 크리스티, 채플린의 딸 제랄디 등이 배우로 열연을 했다. 이 영화는 〈바람과 함께 사라지다〉에 비견될 만큼 격찬을 받고 1966년 아카데미영화상 시상식에서 최우수각색상, 창작음악상, 촬영상, 세트 장식상, 기술감상, 색채 의상상을 차지했다. 줄리 크리스티는 여우주연상을 받았다.[31] 또한 동년 외국기자단은 최우수작품상과 최우수남우상을 줬다.[32] 이 영화는 역대 영화 흥행사상 최장 상영기록과 최대의 동원기록을 수립했으며 1967년 파리에서는 영화 여주인공이 입고 나온 옷 스타일이 유행의 바람을 맞기도 했다.

그런데 이 영화는 2년이 지나서야 한국에 수입될 수 있었다. 한국영화인들이 1966년 이 영화의 수입을 신청했지만 정부는 소련작가의 작품이며 공산권을 배경으로 한 화면이라는 이유로 수입 허가를 보류했다. 그러다가 문공부는 동남아시아에서 한국만이 이 영화의 상영을 보류하고 있고 작품이 사실상 반공영화라는 대중의 여론을 참작하여 1968년 말 수입 추천을 했다.[33] 대

31 「映畵『醫師 지바고』아카데미賞에 有力」, 『경향신문』, 1965.12.27, 2면; 「아카데미賞 발표」, 『동아일보』, 1966.4.19, 7면.
32 「"醫師 지바고"로 記協 最優秀映畵」, 『동아일보』, 1966.2.2, 4면.
33 「멀지 않아 한국에도 상륙하는 영화 의사 지바고」, 『경향신문』, 1968.11.9, 5면; 1962년 1월 10일 국가재건최고회의의 제정으로 한국 최초의 영화법이 공포된다. 이때 '제작신고제', '상

한극장 영화 시사회에는 보이스카웃연맹 총재인 김종필이 참석했다. 당국이 염려했던 이유는 당대 한국 관객의 반응을 통해 파악할 수 있다. 소설가 박경리의 연재소설 『죄인들의 숙제』에는 〈의사 지바고〉의 주제음악이 다방에 흘러나오고 등장인물 '희련'이 영화장면을 연상하는 모습을 묘사한 장면이 있다.[34] 또한 시인 오탁번은 원주고 2학년 때 소설을 처음 읽은 후 1968년 대학 3학년 때 대한극장에서 영화를 경험했다. 그는 이 영화가 40년간의 운명적 창작과 사랑을 이끌었다고 고백했다. 이 영화를 보면서 그는 지바고와 라라처럼 목숨을 건 사랑을 한 번이라도 하고 싶었고 시와 소설 창작에 파묻혀 대학시절을 보냈다는 것이다.[35] 오탁번의 첫 시집 『아침의 예언』[1973]에는 「라라에 관하여」란 시가 실려 있다.[36]

영허가제', '외화수입추천제'를 법제화하여 영화에 대한 통제가 체계화된다. 여기서 '제작신고제'와 '상영허가제'는 필름에 대한 사전 검열과 사후검열에 해당하는 것이고, '외화수입추천제'는 국산영화에 대한 보상의 성격을 지닌다. 이후 검열이 강화되면서 **1964년 말 이만희 감독의 영화 〈7인의 여포로〉, 1966년 이만희 감독이 반공법에 저촉되었고 1966년 8월 3일 영화법 개정으로 검열이라는 단어가 명문화**되었다. 개정된 영화법에서는 검열에 저촉되는 기준 항목부터 늘어난다. (① 헌법의 기본질서에 위배되거나 국가의 권위를 손상할 우려가 있을 때, ② 공서양속을 해하거나 사회질서를 문란하게 할 우려가 있을 때, ③ 국제 간의 우의를 훼손할 우려가 있을 때, ④ 국민정신을 해이하게 할 우려가 있을 때) 1966년 지바고 영화 수입 신청 이전, 1965년 유현목의 영화 〈순교자〉(1965.6.17)가 제작될 때 검열의 핵심주체인 중앙정보부는 '공산주의=북한군=절대악' 대 '자유주의=남한군=절대선', 혹은 '북한=절대빈곤=지옥' 대 '남한=절대행복=천국'과 같은 극단적 도식을 적용하고 있었다. 1960년대 후반으로 갈수록 영화산업은 어려워져갔고, 반공영화를 만들지 않으면 영화지원정책의 수혜를 얻는 게 점점 힘들어지고 있었다(박유희, 「문예영화와 검열」, 『영상예술연구』 17, 영상예술학회, 2010, 175~195면). 1968년경부터 박정희 정권기는 영화에 대한 반공의 적용 범주가 넓어져 '절망', '퇴폐' 등도 '용공'이 될 수 있었다. 이후 집단적인 명랑과 건전이 직접적으로 요구되는 1970년대가 시작되는 것이다. 박유희, 「박정희 정권기 영화 검열과 감성 재현의 역학」, 『역사비평』 99, 역사비평사, 2012, 45~46면.

34 박경리, 「罪人들의 宿題」(154), 『경향신문』, 1969.11.20, 4면.
35 오탁번, 「닥터 지바고」, 『경향신문』, 2009.1.4.
36 "原州高校 이학년 겨울, 라라를 처음 만났다. / 눈 덮인 稚岳山을 한참 바라다보았다 // 7년이

이처럼 영화를 본 관객은 영화의 주제곡인 '라라의 테마'와 소련의 아름다운 초원과 설원雪原, 주인공의 애절한 사랑에 빠져들었다. 이 영화는 문예영화, 예술영화였다.[37] 이는 소련을 지옥, 철의 장막, 불륜의 공간으로 폄하해 왔던 당국의 반공과 괴리되는 지점이었다. 독자마다 개인적인 차이는 있지만 소설에서는 혁명을, 영화에서는 사랑이 더 많이 체감되었던 것이다. 영화는 국내에서 1972년 초까지 대한극장에서 상영됐고 주제곡 〈라라의 테마〉는 음반으로 나와서 1974년경 인기를 끌었으며 1976년에는 배우극장이 차범석 연출의 〈의사 지바고〉를 공연했다. 국외에서는 1972년 미국 역대 최고영화 6위, 1976년 미국 역대 흥행베스트 10위에 올랐고, 1973년 월남 사이공에서 상영돼 젊은 남녀들이 초만원을 이뤘으며 1975년 이집트는 소련의 요청으로 금지해오던 이 영화의 상영을 해제했다. 다양한 연령의 관객들이 이 영화를 봤는데 특히 젊은 층이 '지바고의 사랑'을 함께 호흡했다는 것을 알 수 있다.

1970년 전후 한국에서 '지바고'의 흥행은 영화뿐만 아니라 1970년 솔제니친의 노벨문학상 수상과 1974년 소련 추방의 영향도 한 몫을 차지했다.[38] 소련에서 파스테르나크는 1958년 소련작가동맹에서 제명된 지 9년만

지난 2월달 아침, 나의 天井에서 겨울바람이 달려가고 / 대한극장 이층 나列 14에서 라라를 다시 만났다 // 다음 날, 서울역에 나가 나의 내부를 달려가는 겨울바람을 전송하고 / 돌아와 高麗歌謠語釋研究를 읽었다 // 형언할 수 없는 꿈을 꾸게 만드는 바람소리에서 깨어난 아침 / 次女를 낳았다는 누이의 해산 소식을 들었다 // 라라, 그 보잘 것 없는 계집이 돌리는 겨울 풍차소리에 / 나의 아침은 무너져 내렸다 / 라라여, 本能의 바람이여, 아름다움이여." 오탁번, 「라라에 관하여」, 『아침의 豫言』, 朝光출판사, 1973.

37 「예술적 향기 짙은 영화 '의사지바고' 우리나라 개봉 앞둔 지상시사회」, 『조선일보』, 1968.12.15 (조간), 5면.

38 주지하듯이 1970년대 전반기는 서방진영과 공산국가간 일시적 긴장완화와 닉슨-키신저의 대소·대중 화해정책의 '데탕트' 시대가 된다.(여기에 대해서는 박인숙, 「"전환"과 "연속"−닉슨(Richard Nixon) 행정부 "데땅트" 정책의 성격」, 『미국학논집』 38-3, 한국아메리카학회, 2006, 117~154면 참조) 하지만 국내에서는 1971년 말 북한이 전면전을 준비하고 있다며 국

인 1967년 5월 부분 복권되어 소설은 제외하고 일부 시집의 출간이 가능해졌다.[39] 그러나 1968년부터 소련의 지식인 탄압과 추방이 다시 강화되고 솔제니친은 『암병동』의 출간을 놓고 당국과 마찰을 빚었다. 소련정부가 『암병동』의 국내출판을 금지하고 외국에서 사전출판을 꾀하려 하자 솔제니친은 '지바고'처럼 반소선전을 위해 이용된다는 트집을 잡아 국내출판을 막으려 한다고 비판을 했다. "소련 당국자는 『암병동』이 소련 전체가 도덕적 정치적 암에 걸려 죽어가고 있는 국가라는 것을 풍자했다"는 입장이었다.[40] 이후 솔제니친은 1970년 노벨문학상을 수상하게 되고 1974년 소련에서 독일로 추방당하게 된다.

'솔제니친 사태'는 한국 독자에게 '지바고'를 연상케 했다. 소련의 압력으로 노벨상 수상을 거부한 파스테르나크와 비교되는 솔제니친의 수상과 추방은 소련이 여전히 자유와 예술을 억압하는 독재국가라는 이미지를 세계적으로 환기했다.[41] 그의 소설 『암병동』은 『닥터 지바고』에서 지바고의 심장질환에 의한 죽음과 비견된다. 체제의 억압의 징후인 지바고의 심장질환이 솔제니친에게는 암병동으로 나타난 것이다. 이는 작가 자신의 병력病歷의 영향도

가비상사태가 선포되고, 1972년 10월 17일 하오 7시에 계엄포고 1호가 발효되었으며, 1973년에는 '유신영화법'으로 불리는 영화법 4차 개정이 이루어진다. 또한 1970년대 대부분의 국책영화에 '간첩'이 소재로 삽입된다. 이러한 시기에 국내외에서 '지바고'와 '솔제니친'의 수용이 이루어지는 것이다.

39 「故 파스테르나크에 9년 만에 死後復權」, 『동아일보』, 1967.5.23, 4면. 솔제니친에 따르면 파스테르나크가 세상을 떠난 후 그의 책이 다시 출판되고 시는 공식석상에서도 인용할 수 있게 되었다고 한다. 솔제니친, 「표현의 자유를 위하여」, 백낙청 편, 『문학과 행동』, 태극출판사, 1974, 425면.

40 「蘇聯의 새로운 知識人 彈壓」, 『경향신문』, 1968.5.29, 5면.

41 1977년 소련 주재 미국대사관에서 〈의사 지바고〉 영화를 상영하자 소련 당국이 소련 역사를 잔인한 것으로 왜곡하는 영화 상영은 양국의 우호관계를 해친다며 중단해줄 것을 요청하기도 했다. 「蘇 美大使舘 내 映畫상영까지 간섭」, 『경향신문』, 1977.4.21, 3면.

있지만 여하튼 독자의 소련상을 고착시키는 데 일조했다. 솔제니친의 노벨문학상 번역 경쟁도 치열했다. 『경향신문』에서는 그의 자서전을 연재했고, 사상계사, 동아출판공사, 문예출판사, 지문각, 서정출판사 등이 『이반데니소비치의 하루』의 번역 출간에 뛰어들었고 1974년 『수용소군도』가 번역돼 베스트셀러가 됐다. 이 무렵은 조지 오웰의 『동물농장』, 『1984』, 게오르규의 『25시』 등이 함께 인기를 모으면서 반공문학의 분위기가 고조되고 있었다.[42] 이때 『닥터 지바고』도 솔제니친과 결부돼 읽혔다. 다른 출판사가 『닥터 지바고』만 출간했다면 동화출판공사는 1970·1972·1977·1980년에 걸쳐서 솔제니친의 『이반데니소비치의 하루』와 파스테르나크의 소설을 묶어서 세계문학전집을 꾸렸다.[43] 안정효는 1974년 잡지 『수필문학』에 자서전 『어느 시인의 죽음』을 1년 반 동안 연재했고, 『닥터 지바고』는 1975년 고려대 교양 명저 60선, 경희대 대학생 대출순위 7위에 선정됐다.

이처럼 『닥터 지바고』의 2차 흥행시기는 영화의 수입과 음악시장의 성공, 솔제니친의 국제적인 조명이 결부되었다. 솔제니친의 경우는 『닥터 지바고』의 혁명과 죽음을 반공의 맥락에서 다시 환기했고, 영화와 음악은 주인공 지바고와 라라의 목숨을 건 사랑을 대중의 기억에 각인시켰다. 그리고 이 무렵은 '반공'에서 '사랑'으로 독자의 반응이 옮겨가기 시작한 무렵이다. 영화와 함께 비디오가 도입되고 음반이 팔렸기 때문에 특정 시기의 반소감정 및 반공보다는 명작 문예영화의 예술성과 이색적인 풍광, 열렬한 사랑이 더 지속적인 영향을 미칠 수 있었다. 이 무렵 소련에서는 1967년 부분 복권 조치가

---

42 이행선, 「게오르규의 수용과 한국지성사의 '25시' – 전후문학, 휴머니즘, 실존주의, 문명비판, 반공주의, 어용작가」, 『한국학연구』 41, 인하대 한국학연구소, 2016, 9~41면 참조.

43 파스테르나크·솔제니친, 이동현·오재국 역, 『世界의 文學大全集, 醫師 지바고·이반데니소비치의 하루』, 同和出版公社, 1971.

있었고 1974년에는 흐루시초프 전 수상이 파스테르나크의 작품을 읽지도 않고 탄압한 것을 후회한다는 회고록이 발표되고 있었다.[44]

『닥터 지바고』의 3차 흥행은 1970년대 말에 시작됐다. 1977년 안정효의 영역본『어느 시인의 죽음』이 출간되어 베스트셀러가 됐고『닥터 지바고』는 1978년 1월 신정영화로 재개봉되어 1981년까지 흥행했다.[45] 1980년 11월에 상영했을 때는 관객 30만 명이 예상됐고 학생, 중년층 관객도 상당히 동원했다.[46] 이 영화는 1983년까지 영향을 미쳐 젊은 여성들 사이에서 '지바고 머리'가 유행하기도 했다. 1978년에는 파스테르나크의 연인 올가 이빈스카야가 1972년에 쓴 회고록이 번역되어[47] 베스트셀러가 되고 1980년 서울 경복고교가 선정한 권장도서 50에 '지바고'가 포함되었다. 1981년에는 백학기가 시「삼류극장에서 닥터 지바고를」외 2편의 추천을 받아 현대문학에 등단했고,[48] KBS2 FM이 기획한 '청취자가 뽑은 인기영화 20곡'에서〈닥터 지바고〉가 3위에 올랐다.[49]

소설을 읽고 영화를 본 소설가 박완서는 영화가 원작에 충실하고 전편에

44　「續 "흐루시초프는 記憶한다"」,『경향신문』, 1974.4.30, 2면; 흐루시초프, 鄭洪鎭 譯,『世界의 大回顧錄全集, 흐루시초프』, 翰林出版社, 1981.

45　영화검열의 효과는 1960년대부터 유신체제 이전까지가 가장 강력했고, 1970년대 중반 이후가 되면 검열에도 불구하고 그것에 저촉되는 영화가 계속 만들어지면서 검열제도와 영화의 괴리가 점점 심해진다. 그러면서 기존 반공의 이데올로기적 도식을 넘어서는 반공영화가 나오기 시작하는데 '반공문예영화'로 분류되는〈장마〉(1979)가 그 한 예이다. 이러한 분위기하에서 독자들은 영화〈닥터 지바고〉를 접하고 있었던 것이다. 박유희,「문예영화와 검열」,『영상예술연구』17, 영상예술학회, 2010, 195면 참조.

46　「불황 모르는『닥터 지바고』」,『동아일보』, 1981.1.21, 12면.

47　외국에서는 1977년, 한국에서는 1978년에 번역되었다.「'의사지바고' 모델 이빈스카야, 회고록 출간」,『조선일보』, 1977.10.29(조간), 4면.

48　白鶴基,「삼류극장에서 닥터 지바고를 외 2편(추천)」,『현대문학』318, 1981.6, 218~219면.

49　「'러브 스토리'1위 인기영화음악 20曲」,『경향신문』, 1981.10.28, 12면.

흐르는 시정을 거의 완벽하게 재현했다고 평했다. 지바고는 방관자일 뿐 한 번도 자발적인 참여나 행동적인 저항을 하지 못했다. 그에게 자발적인 의지라는 게 있다면 사생활의 행복과 끝내 획일화되기를 거부하는 내적 생활(시)의 추구였다. 이런 점은 혁명에 비하면 아주 작은 것이지만 분명히 반혁명적이라는 게[50] 박완서의 진단이다. 이에 비해 일반 관객들은 혁명보다는 '사랑'에 초점을 뒀다. 대다수 20대 남녀는 '사랑다운 사랑', '진실한 사랑'이 무엇인지 고민했다.[51]

이때 번역된 『어느 시인의 죽음』과 『라라의 회상』도 각각 혁명과 예술, 사랑과 '지바고' 사건으로 대별된다. 전자는 1930년까지의 기록이고 후자는 올가 이빈스카야가 파스테르나크를 만나는 1946년 10월부터의 내용이다. 두 사람의 사랑에 관심이 있는 독자라면 후자를 선호했을 것이다. 게다가 전자는 신일철이 1959년 번역 출간한 『인생여권』을 안정효가 『어느 시인의 죽음』으로 이름을 바꿔 출간한 영역본이다. 안정효는 1974년 잡지 『수필문학』에 1년 반 동안 연재하기도 했다.[52] 독자 입장에서는 후자가 더 신선하고 새로운 정보였다.

올가 이빈스키야의 회고록 『라라의 회상』[1978]은 1970년 솔제니친이 노벨문학상을 수상한 후 집필이 시작돼 1972년 완결되었고 1977년 서구에 『시대의 포로 *A Captive of Time*』라는 제명으로 출간되었다. 책은 올가가 보리스를 만난 시점부터 1960년 보리스의 사망, 이후 자신의 수감과 출옥, 1970년대

---

50 「박완서, 『닥터 지바고』」, 『동아일보』, 1978.1.28, 5면.

51 「영화관객」, 『경향신문』, 1978.3.8, 4면.

52 번역 텍스트는 1959년 미국 Signet판으로 The New American Library of World Literature, Inc. 가 펴낸 *Safe Conduct*의 초판본을 사용했다. 보리스 파스테르나크, 안정효 역, 『자서전적인 에세이 – 어느 시인의 죽음』(1977), 까치, 1981, 236면.

초반에 이르기까지 올가의 소회를 담고 있다. 그런데 머리말을 보면 올가가 책을 쓴 목적이 명확히 제시되어 있다. 그녀는 "잘못된 추측으로부터 파스테르나크의 이름을 보호하고 그의 명예와 존엄성을 지키"고 "재난으로 가득 찬 자신의 생애를 고백"하고자 했다.[53] 즉 이 회고록은 파스테르나크가 노벨상을 거부하게 된 경위, 올가 자신의 인세 횡령혐의와 투옥, 솔제니친의 파스테르나크 비판을 변호하고 1946년부터 1960년까지 올가와 파스테르나크의 사랑과 그 실체를 세상에 알리는 것이 핵심이다. 회고록의 목차는 다음과 같이 구성되어 있다.

먼저 올가와 보리스의 관계를 이해해야 한다. 보리스는 1923년 첫 결혼을 한 후 1929년 저명 피아니스트의 아내인 지나이다 니콜라예브나와 두 번째 결혼을 했다. 잡지사 『노비미르』에서 근무하던 올가 34세는 1946년 10월 보리스 56세와 처음 만나게 된다. 이후 1960년 자신이 사망할 때까지 보리스는 아내 지나이다와 이혼하지 않은 채 올가와 동거 생활을 했다. 이때 올가는 보리스의 문학적 뮤즈, 영감의 원천이었다. 특히 『닥터 지바고』는 그녀가 직접 교

---

53 올가 이빈스카야, 신정옥 역, 『라라의 回想─파스테르나크의 戀人』上, 科學과人間社, 1978, 11면.

정한 작품이었다.[54]

올가가 노벨상과 관련된 내막을 고백하게 된 것은 솔제니친의 수상과 깊은 관련이 있다. 파스테르나크가 노벨문학상 수상자로 선정된 1958년 솔제니친은 중학교 교사였다. 한 나라의 대표적인 문학자이자 세계적인 상을 받은 작가가 수상을 거부한 사건은, 솔제니친에게 충격이었다. 솔제니친과 그를 추종하는 일원은 그 사건을 소련 인민의 굴욕과 굴종, 치욕의 상징으로 받아들였다. 솔제니친이 1970년 노벨문학상 수상자가 됐을 때도 그는 파스테르나크의 예를 들며 자신은 수상을 거부하지 않겠다고 선언했다. 수상 거부는 사상과 정신의 포기이자 비굴함을 뜻했기 때문이다. 이 때문에 1971~1972년에 회고록을 작성한 올가는 1958년 노벨수상작 거부는 사실 당국의 회유를 이겨내지 못한 자신이 파스테르나크를 대신해 한 일이라고 털어놨다. 또한 그녀는 당시 『닥터 지바고』[1946년부터 집필, 1955년 완성, 1957년 출간] 수준의 소련 비판소설을 쓴 사람은 파스테르나크밖에 없었다고 항변했다. 그 엄혹한 시기에 파스테르나크가 희생을 했기 때문에 그 사후死後에 문단에 등장한 솔제니친은 상대적으로 편한 길을 걸을 수 있었다는 것이다.[55]

파스테르나크의 곤란은 올가 자신의 고초로 몇 배 확장되었다. 유명 작가를

---

54 올가에 따르면 파스테르나크는 미국에서 『닥터 지바고』를 암호처럼 해석하는 것을 매우 싫어했다. 그 소설은 50년 동안의 러시아의 현실을 그린 것이었다. 소설에서 상징을 인정하지 않은 그는 작품에 스며들어 작품이 되게 하는 무한한 어떤 열망을 중요시했다. 그런 점에서 그의 인생관 및 현실인식이 중요하다. 그는 절대적 필연성, 불변의 인과를 타파하고 내적 충동의 표현을 중시했다. 특히 선택의 힘과 자유, 이것들이 빚어내는 가능성의 현실의 꿈꿨다. 또한 작품에서 중요한 역사적 사건을 서슴없이 생략한 이유는 일상의 현실로 진리를 표현하는 '일상생활로부터의 우화'를 사용해 '인간 사이의 영적 교섭은 영원불멸'하다는 것을 보여주기 위한 것이었다. 올가 이빈스카야, 신정옥 역, 『라라의 回想 – 파스테르나크의 戀人』下, 科學과人間社, 1978, 124·129면.

55 위의 책, 126~127면.

어쩌지 못한 당국은 올가를 두 번이나 수용소로 보냈다. 그녀는 1949년 '영국에 가족이 있어서 영국 스파이 혐의를 받는 파스테르나크'와 가까이 지냈다는 명목으로 수용소로 보내져 5년여의 시간을 갇혀 지냈다. 작가가 작고한 후에는 외국의 인세를 불법으로 밀반입했다는 거짓 혐의가 씌워졌다. 올가는 8년, 그 딸은 3년 형이 구형됐다. 그래서 올가는 회고록에서 자신의 삶이 "재난으로 가득찬 생애"였다고 표현하고 있다. 따라서 독자는 올가를 통해 소련사회가 일종의 '재난사회'임을 암시받게 된다. 동시에 회고록 전반에 걸쳐 나타나는 올가의 사랑과 존경심을 느낀 독자라면 영화 속 '지바고-라라'의 사랑보다 더 깊은 감동을 받았을 것이다.

이처럼 이 시기 소련에서는 파스테르나크가 부분 복권되어 소설을 제외한 나머지 편지나 자서전, 일부 시 등을 출간하고 있었고, 소련 밖에서는 많은 나라의 독자들이 영화를 통해 반공의 범주를 넘어 '사랑'과 소련의 아름다운 자연, 영화음악 라라의 테마뮤직 〈Somewhere My Love〉의 감미로운 선율을 느끼게 되었다. 또한 한국의 독자는 1965년 노벨문학상을 받은 숄로호프의 경우와 다른 1970년 솔제니친의 수상작을 둘러싼 출판사의 번역경쟁을 보면서 이념이 작동하는 국제질서와 한국사회의 '노벨상의 정치학'을 체감하게 된다. 하지만 영화의 대중화 덕분에 1958년 이래 지속된 반공분위기는 '상대적'으로 약화되고 일상의 본능적인 욕망인 사랑의 테마가 작품 해석에 중요해졌다.

4. 1980년대 중후반 파스테르나크의 완전 복권과 추억의 명화

'지바고'의 4차 인기는 1986년경 소련사회의 해빙과 한국의 영화 판권 구입을 통해 이루어진다. 그 이전 1982년 소련작가동맹은 페레델키노에 있는 보리스의 별장을 요구하는 법적 소송을 청구하여 1984년 10월 17일 강제 폐쇄했다.[56] 하지만 1983년 보리스의 산문집『하늘의 오솔길』이 소련에서 처음으로 공식 출간되었다.[57] 이는 1968년 일부 시와 회고록이 허가된 이후 처음으로 진전된 조치였다. 이 해빙무드는 1985년 3월 미하일 고르바초프가 제8대 소련 공산당 서기장에 취임하면서 가속화됐다. 1986년 초 소련에서 보리스의 작품 선집 2권이 출판돼 선풍적인 인기를 모았다.[58] 이 무렵 1986년 봄 제27차 소련공산당대회에서 채택된 고르바초프의 신강령은 경제개혁과 능률성, 소득 격차를 장려하는 현대적 사회주의의 도입을 뜻했다.[59] 그가 소련사회의 개방성과 비판정신의 제고를 표방한 이후 1986년 6월 소련작가동맹이 대대적으로 개편되어 개혁파 저명 작가들이 서기국의 1/3을 차지했다.

이와 같은 사회개혁과 예술자유화 바람에 따라 1986년 6월 개최된 '소련작가동맹대회'에서는 과거의 문화정책을 신랄하게 비판하고 반혁명가로 낙인 찍힌 보리스의 전집발간과 탄생 100주년 기념박물관 건립 등을 논의했다.[60]

---

56 「파스테르나크 시골집 내놓으라」-蘇作家동맹·文學基金서 요구」,『동아일보』, 1982.2.4, 10면;
「파스테르나크 博物館 蘇 당국, 강제 폐쇄 조치」,『경향신문』, 1984.11.9, 4면.

57 「파스테르나크 散文 蘇聯에서 처음 出版」,『경향신문』, 1983.1.5, 4면.

58 「『닥터 지바고』의 作家 파스테르나크 蘇서 30년 만에 再評價 바람」,『동아일보』, 1986.2.26, 12면.

59 「소련의 '現代的 사회주의'」,『동아일보』, 1986.7.28, 2면.

60 「蘇 文化界 '解禁' 바람」,『동아일보』, 1986.8.6, 8면; 「파스테르나크 소련서 "복권"-닥터 지바

보리스 파스테르나크의 완전복권은 당시 소련의 개혁의 향방을 가늠하는 가장 중요한 잣대였다. 그 결과 1987년 1월 6일 소련작가협회는 파스테르나크의 작품을 연구할 연구회를 구성했으며,[61] 동년 6월 소련에서 처음으로 파스테르나크의 공식 추모제가 열렸다.[62] 그 결과 1988년 1월 31년 만에 소설 『닥터 지바고』의 제1부가 잡지 『노비미르』 1월 호에 완전 게재되는 결실을 거뒀고,[63] 1989년 2월에는 모스크바에서 처음으로 영화 상영이 허용되었으며,[64] 동년 12월 보리스의 자식이 노벨문학상 메달을 31년 만에 대신 받았다.[65] 1990년에는 유네스코가 동년을 '파스테르나크의 해'로 지정하며 탄생 100주년을 기념했고 소련에서 기념관이 첫 문을 열었다.[66] 이때 올가 이빈스카야는 1988년 시민으로 복권되었다.

한국에서는 1980년경의 영화 흥행 여파로 '지바고'는 1983년 청소년이 뽑은 '베스트영화 15'에 포함되었고[67] 명저로 소개하는 글도 나왔다.[68] 지금까지 살펴본 것처럼 한국에서는 작중인물의 이름이 길고 복잡한 소설보다는 영화나 주제음악을 통해 더 알려진 상황이었는데, 이 경향은 1986년 국내

고」금서해제 검토」, 『조선일보』, 1986.7.2(조간), 4면.

61 「파스테르나크 作品」, 『동아일보』, 1987.1.7, 6면.

62 「蘇 파스테르나크 첫 공식추모」, 『동아일보』, 1987.6.12, 4면.

63 「소련, 닥터지바고 첫 출간 문학잡지 연재 시작」, 『조선일보』, 1988.1.13(조간), 5면.

64 「蘇 『닥터 지바고』 상영 금지 30年 만에 허용」, 『경향신문』, 1989.2.11, 5면.

65 「復權·故パステルナーク氏 31年ぶりの授与式」, 『読売新聞』, 1989.12.11(조간), 30면.

66 1990년 2월 '보리스 탄생 1백주년 기념제'에는 시인이자 홍익대 교수인 문덕수가 참석했으며, 동년 5월 '보리스 30주기 추모 학술대회'에는 한양대 영문과 교수이자 시인인 신동춘이 참가했다.

67 「청소년들 오스카賞 좋아한다」, 『경향신문』, 1983.5.18, 12면.

68 이철, 「명저의 초점 – 파스테르나크의 의사 지바고」, 『북한』 160, 북한연구소, 1985, 207~213면; 문병란, 「혁명·인간·사랑에 대한 고뇌 – 「닥터지바고」, 파스테르나크 著」, 『現代文學』 407, 1988.11, 278~279면.

영화업계가 영화와 TV판권을 구입하면서 재확산된다. KBS TV가 MGM사로부터 4만 달러에 TV판권을 구입하고, 영화사 삼영三映필름이 극영화총판인 영국 UIP사로부터 4만 달러에 판권을 구입하여 상영에 나섰다.[69] 그 결과 KBS 시청자가 뽑은 '1986년 영화베스트5'에 '지바고'가 포함되었고 영화팬의 앙코르 요청으로 〈토요명화〉 시간에 재방송되었다.[70] 소설은 1990년 『동아일보』 선정 '대학 신입생 권장도서'가 됐으며 영화음악은 2000년대 초반까지 사랑을 받아 각종 기념 공연이나 팝콘서트에서도 계속해서 연주되었다. 이런 현상을 더욱 부추긴 것은 미디어 산업의 성장이었다. 1987년 7월 영화시장 개방으로 외국영화사의 한국 내 영업이 허용되면서 당시 다양한 외화 및 명화가 수입되었고[71] 영화가 비디오로 제작되어[72] 선물을 하거나 소장할 수 있게 되면서 대중은 손쉽게 작품을 접할 수 있게 됐다. 또한 출판계에서는 1980년대 중후반 고리키의 『어머니』나 숄로호프의 『고요한 돈강』 등 소련의 대작이 출간되면서[73] 한국사회에서 소련문학의 온전한 수용이 이루어지는 단계에 이르렀다. 그래서 1991년에도 소설은 꾸준한 판매량을 보여 스테디셀러로 명명됐다.[74]

1990년대에는 영화와 관련된 사람들이 한국을 방한하거나 세상을 떠나면서 『닥터 지바고』가 환기되었고 영화도 꾸준히 상영됐다. 1991년 데이비드 린

---

69 「美製作社, K-TV·三映필름 상대 「닥터지바고」 同時판매 "횡포"」, 『경향신문』, 1986.1.16, 12면.

70 「시청자가 뽑은 86映畵〈챔프〉 등 5편 이달 再放」, 『경향신문』, 1986.12.5, 7면.

71 「홀러간 名畵 輸入 붐」, 『동아일보』, 1987.1.22, 8면.

72 「명감독 데이비드 린 대표작품 3편」, 『한겨레』, 1990.4.15, 12면.

73 막심 고리키, 최영민 역, 『어머니』, 석탑, 1985; 막심 고리키·톨스토이, 『어머니, 고난의 역정』, 만민사, 1988; 마하일 숄로호프, 정성환 역, 『고요한 돈강』 1~8, 문학예술사, 1985; 숄로호프, 『고요한 돈강』(동서세계문학전집), 동서문화사, 1987 등.

74 「몸만 생각하는 가을…… 책도 건강類 불티」, 『경향신문』, 1991.10.9, 12면.

감독과 배우 킨스키가 사망했고, 이듬해 영화음악 명곡가인 프랑스 모리스 자르와 배우 오마 샤리프가 내한했다. 1995년에는 올가와 각본을 쓴 볼트가 사망했으며, 오마 샤리프가 만든 담배 '오마 샤리프'가 국내에 시판되었다. 또한 영화는 1993년 비디오 직판제가 본격화되면서 작품이 더 널리 퍼졌다. 1994년 영화가 세계 개봉 30주년 기념으로 복원되었고 1995년 주부의 기억에 남는 영화 5위였으며[75] 1999년 복원된 무삭제판이 대한극장, 스카라극장, 정동이벤트홀 등에서 개봉되었다.[76] 그래서 1997년에는 '시청자가 뽑은 다시 보고 싶은 영화 50'에서 9위였고[77] 같은 해 '문인이 뽑은 문학적인 영화' 1위였으며,[78] 1999년에는 전문가가 뽑은 '20세기 걸작'에서 6위, 네티즌이 뽑은 걸

75 「주부들 가장 기억에 남는 영화 〈서편제〉」, 『매일경제』, 1995.5.28, 16면.

76 「걸작영화 닥터 지바고 '감동 무삭제' 서울 30일 대한극장서 70mm 완전판 상영」, 『경향신문』, 1999.1.15, 25면; 「정동이벤트홀 70mm(mm)영화 맥 잇는다」, 『한겨레』, 1999.2.4, 16면. 그 이전에 한국에서 개봉된 영화는 30여분 정도 잘려나간 것이었다. 특히 영화 초반 1905년 1차 혁명 때 평화시위 민중이 부른 노래 부분이 삭제되었다. 이는 외화에 적용된 검열의 한 예이다. 복원된 영화에는 이 부분이 포함되어 있다. 러시아문학자이자 서평가인 이현우에 따르면 "1905년에 일어난 제1차 러시아혁명 당시 러시아에서는 러일 전쟁에서의 패배 이후 사회가 동요하고 민중의 불만이 폭발하여, 학생 소요와 함께 정치적 테러, 암살이 횡행하고 있었다. 이러한 상황은 겨울 궁전 앞에서 평화 시위를 하던 군중을 제국의 군대가 무차별적으로 유혈 진압하면서 절정에 이르렀다. 이때 시위대가 가두 행진을 하며 부른 노래가 〈인터내셔널가〉였다. 이는 19세기 말에서 20세기 초에 일어났던 전 세계 사회주의운동과 노동자운동을 상징하는 노래로, 1917년에 일어난 러시아혁명 이후 구소련(구소비에트 사회주의 연방)이 1944년까지 국가(國歌)로 사용하기도 했다. 영화에 엑스트라로 출연한 에스파냐의 국가주의자들은 이 시위 장면을 찍으면서 아이러니하게도 〈인터내셔널가〉를 불러야 했다." 로쟈, 「유토피아의 종말 이후의 유토피아」(http://blog.aladin.co.kr/mramor/2252568).

77 「김동과 추억의 그 영화……새봄 안방은 '시네마 천국'」, 『동아일보』, 1997.2.22, 17면; 「다시 보고 싶은 영화 〈로마의 휴일〉 1위」, 『동아일보』, 1997.2.25, 44면.

78 "한국의 문인들은 데이비드 그린 감독의 〈닥터 지바고〉를 가장 문학적인 영화로 꼽았다. 이는 월간지 『문예2000』이 최근 시인 황금찬, 정현종, 김정란, 황지우 씨 등과 소설가 안정효 씨 평론가 황현산 씨 등 문인 79명을 대상으로 조사한 결과. 〈닥터 지바고〉는 시인 오세영 씨가 "시인의 순결을 지키는 고독"으로 평하는 등 강경훈, 김소엽, 이수화, 차옥혜, 이승하, 이윤학 씨 등 9명의 호평을 얻었다." 「문인들이 꼽은 문학적인 영화 1위 〈닥터 지바고〉, 2위 〈향수〉

작 4위에 선정되었다.[79]

　1990년대부터 2000년대까지 책의 소비는 출판사 '열린책들'을 참고할 수 있다. '열린책들'의 판본을 살펴보면 초판 1쇄 1990년 2월 25일, 초판 2쇄 1993년 11월 15일, 신판 1쇄 2001년 4월 15일, 신판 3쇄 2004월 12일 10일, 보급판 1쇄 2006년 2월 25일, 보급판 4쇄 2009년 1월 30일, 세계문학판 1쇄 2009년 11월 30일, 세계문학판 2쇄 2011년 1월 30일 등이다. 1990년대 말 이후 민음사를 중심으로 한 세계문학의 붐을 고려했을 때 『닥터 지바고』는 그리 인기 작품이 아니었다는 것을 알 수 있다. 현재 그 붐에 동참했던 출판사 중에서 『닥터 지바고』를 판매하고 있는 곳은 없다. '열린책들'도 지금은 절판 상태다. 이는 1990년 전후 동구권과 소련의 몰락 이후 소련에 대한 관심이 급감했고 소설의 가독성이 떨어지는 점, 그리고 고전 명작영화의 쇠퇴, 소련 비판소설의 계보에서 솔제니친의 인기보다 낮은 현실의 반영이다. 작품의 생명력이 거의 소진된 것이다.[80]

　하지만 이 작품, 특히 영화가 1960년대 후반부터 1990년대까지 많은 이에게 감동을 추고 추억을 안겨준 것은 분명하다. 시간이 흐르고 여러 차례 방영되면서 1990년 이후 영화와 관련된 에피소드가 많이 전해지고 있다. 2008년 김의준드라마 투자 배급사 SSD 대표은 1983년 여름 고3 때 대학도서관에서 영화를 접한 경험을 다음과 같이 떠올렸다. "내 인생의 문을 연 그날 숨 한번 크게 쉬지

　　　등 "소설보다 더 감동적"」, 『동아일보』, 1997.8.15, 15면.

79　「독자와 함께 정리하는 20세기 20대뉴스 7 – 세기의 걸작 〈모던타임스〉, 〈예스터데이〉 첫손」, 『한겨레』, 1999.11.19, 17면. 참고로 김영하 연재소설 「퀴즈쇼」(마지막 회)에 〈닥터 지바고〉를 언급한 바 있다. 「퀴즈쇼」(171), 『조선일보』, 2007.10.12, 사람A32면.

80　2000년대 이후는 러시아문학자이자 서평가인 '로쟈'가 파스테르나크에 대한 대중적 안내를 하고 있다.

못하고 나는 스크린에 붙잡혀 있었다. 그해 여름은 아름다운 꽃밭 위로 흐르던 라라의 테마와 떠나가는 연인을 바라보는 지바고의 간절한 눈빛으로 가득 채워졌다."[81] 이처럼 다수에게 이 영화는 멜로드라마, 대하멜로영화로 인식되었다. 그런데 명확히 말하면 지바고와 라라의 사랑은 불륜이었다. 그래서 1980년대 말 이후 한국사회에서 여권에 대한 인식이 강화되자 '지바고의 사랑'을 부정하는 독자도 늘었다. 그래서 그 '사랑'의 해석을 둘러싼 충돌도 있었다. 가령 김정란의 은희경 비판의 한 예이다. 권성우는 "『닥터 지바고』의 유리=보리스의 예를 들어 "인간의 나약함과 모순을 인정해" 주자는 은희경의 역설적 화법을 곧이곧대로 해석하여, 은희경의 반페미니즘적 태도에 대해 일갈하는 김정란의 주장『조선일보』를 위한 문학」은 난센스"[82]라고 지적한 바 있다.

이보다 더 복잡한 수용사는 소설가 은희경과 공지영에서 발견할 수 있다. 과거 번역자들이 이 작품에서 인생의 경륜을 느꼈다고 언급한 것처럼,[83] 1995년에 등단한 은희경은 그즈음 "영화 〈닥터 지바고〉를 세 번 봤는데 10대일 때는 추운 나라의 대자연과 멋진 배우들에게 매혹되었고, 20대일 때는 러시아혁명과 전쟁이 주로 눈에 들어왔으며, 작가로 일정한 성공을 거둔 이후인 30대에는 보편적인 시각과 광고문구처럼 '사랑과 인생'이 보이더라는 글을 한 신문에 발표했다".[84] 이와 흡사하게 공지영은 초등학교 입학 이전 어린 시절에 영화를 보고 온 부모님 덕분에 '에로틱'한 줄 알고 있었는데 16세 때 처음 영화를 보고 자신이 좋아하던 슬픈 사랑영화라고 생각했다. 대학 입

---

81 「[일사일언] 내 인생의 문 되어준 '라라의 테마'」, 『조선일보』, 2008.2.29, 문화 A23면.

82 권성우, 『비평과 권력』, 소명출판, 2001, 21면.

83 보리스 파스테르나크, 張世紀 譯, 『醫師 지바고』, 文豪社, 1959, 316면; 보리스 파스테르나크, 河東林 譯, 『醫師지바고』, 新文出版社, 1978, 594면.

84 한기호, 『베스트셀러30년』, 교보문고, 2011, 252면.

학 후 러시아혁명사를 배우고 투쟁을 하던 25살, 공지영은 두 번째로 영화를 보면서 러시아혁명을 이해했다. 동시에 "지바고 같은 우유부단한 회색분자는 절대로 사랑을 하지 않을 거야. 저 남자가 역사를 알아, 혁명을 알아? 그리고 그녀는 회색분자가 되지 않기 위해 공장으로 떠났다" 그리고 3번째 영화는 이혼한 후였다. 이때 공지영은 지바고나 라라가 아니라 라라의 어머니의 정부이자 라라의 정조를 뺏은 코마롭스키에 주목한다. 영악하게 살고 싶었던 당시의 마음이 생존술의 대가인 코마롭스키에게 향했던 것이다. 이후 그녀가 마지막으로 영화를 볼 때는 소파에서 잠들고 말았다. 이 소회의 글을 공지영은 "나는 과연 올바른 인생길을 가고 있는 걸까. 『닥터 지바고』와 내 인생을 생각해 보니 슬픈 귀가 닫히고 문득 심란해 진다"라고 끝을 맺고 있다.[85] 공지영은 혁명, 반공, 사랑의 범주를 넘어 인생론으로 화두를 확장하고 있다. 이처럼 이 영화 작품은 소설의 인기와 상호작용한 데 그치지 않고 오랫동안 영화계에 존속하면서 독자의 연령과 경험, 처지와 맞물려 다양한 생각거리를 준 (추억의) 명화였다.

5. 나가며 – 구 상류계급 및 인텔리의 몰락사

이 글은 외국문학이 한국에 미친 문학·문화적 영향과 그에 따른 문화적 조명, 지성사 연구이며 한국에서 오랫동안 읽혀 온 '롱 셀러'의 존재방식을 이해하기 위한 기획이다. 보리스 파스테르나크는 1958년 노벨문학상을 거

---

85 공지영, 「지금은, 슬픈 귀를 닫을 때 – 닥터 지바고」, 강헌 외, 『내 인생의 영화』, 씨네21북스, 2005, 13~17면.

부하면서 서방에게는 '자유의 옹호자', 핍박받는 예술인으로 표상되었다. 또한 그가 『닥터 지바고』를 쓸 때 (한국에서도 유행했던) 조지 오웰의 『동물농장』을 읽으며 뚱뚱한 수퇘지를 국가원수처럼 느낀 것처럼,[86] 그의 소설도 반공문학으로 간주되었다. 이로 인해 반공-분단국가 한국에서 노벨문학상 출판경쟁이 최초로 시작됐다. 지나친 출판경쟁은 자금난과 저작권 문제를 야기했다. 1965년 미국에서 영화가 만들어지고 1968년 한국에서 수입허가가 나면서 영화붐이 일었다. 소설이 혁명을 상기시킨다면 영화는 '사랑'[87]의 감정을 자극했다. 반공문학이 대하 멜로영화로 재해석되기 시작했다. 이처럼 반공주의와 문화상품화 및 대중화가 동시에 진행되면서 재현의 핍진성이나 리얼리티 등을 둘러싼 논란이 일기도 했다. 파스테르나크가 사회주의리얼리즘을 극복하기 위해 택한 서사 방식은 체제의 억압을 은유적으로 환기하는 면에서는 성공적이었지만, 독자가 러시아혁명의 실체와 역사의 변동 과정을 포착하는 것은 상당히 어렵다. 이 때문에 소련사회에 대한 고발·비판의 상징성과, 증언문학의 명성은 솔제니친에게 옮겨가고 말았다.

그러나 소련의 양심을 대표하는 작가로서의 파스테르나크의 지위는 변함이 없었다. 소련에서 오랜 기간에 걸쳐 복권이 이루어지는 과정에서 『닥터 지바고』 출간과 관련된 진실이 차츰 드러났다. 특히 보리스의 연인 올가를 통해 솔제니친의 문학적 출현의 배경에는 파스테르나크의 수상 거부가 직간접적으로 작용했다는 점이 확인됐다. 또한 1920년대 이후 소련 내 보리스의 시인

---

86 올가 이빈스카야, 신정옥 역, 『라라의 回想-파스테르나크의 戀人』 上, 科學과人間社, 1978, 243면.

87 번역자들은 대개 이 사랑을 세 가지로 구분했다. "인간(지바고-라라)에 대한 사랑, 예술창조에 대한 사랑, 희생(크리스트)으로서의 사랑"이 그것이다. 보리스 파스테르나크, 이동현 역, 『닥터 지바고』, 동서문화동판(동서문화사), 2016, 667면.

으로서의 위상과, 『닥터 지바고』의 소설 기법의 맥락, 스탈린 및 당국과 보리스의 관계뿐만 아니라 정치적 복권 과정이 소상히 알려졌다. 이로 인해 1958년 이후 한국 독자 역시 파스테르나크의 소련 내 평가와 그 변천을 동시대에 파악할 수 있었다.[88] 이러한 유명세를 바탕으로 만들어진 영화의 대성공으로 인해 한국 독자는 책을 읽지 않았더라도 '지바고'란 이름을 쉽게 접할 수 있었으며 영화음악 〈라라의 테마〉를 흔하게 들을 수 있었다.

하지만 러시아문학 연구자 및 서평가 로쟈 이현우가 지적했듯 이 작품은 영화로 인해 '지나치게 멜로드라마적'으로 수용되어 갔다. 러시아의 역사와 혁명에 더 관심을 기울여 달라는 그의 지적을[89] 새겨들은 독자라면 소설의 주인공 유리 지바고가 부유한 사업가의 아들이라는 것을 상기할 수 있다. 지바고는 고아로 등장하지만 부유한 친지의 보살핌 아래에서 성장한다. 즉 지바고는 혁명 이전 상류계급귀족 문화의 전형적인 산물이다. 상류계급 출신의 지바고가 포착한 러시아혁명은 구 상류계급 및 인텔리의 몰락사에 해당한다. 그런데 당대의 굵직한 사건이 생략되거나 간략하게 서사화되어 혁명을 일으킨 사람들의 고민과 욕망이 잘 드러나지 않는다. 이 때문에 러시아혁명사가 궁금해서 이 책을 잡은 독자는 파스테르나크와 정반대의 입장에서 혁명을 바라본 작가의 소설을 찾아 읽어야만 하는 곤경에 처하게 된다.

또한 영화의 재현과 관련해 『닥터 지바고』를 영화화한 이탈리아 명감독 데

---

88 미르스끼에 따르면 1920년대 소련에서 파스테르나크의 시는 난해하여 문인 외에 일반독자는 잘 읽지 않았다고 한다. 그럼에도 "그의 시는 두 가지 면에서 독자에게 감동을 준다. ① 강렬한 시적욕망 ② 그것을 표현하는데 있어 신중한 신선함이 배합된, 놀랍도록 분석적인 비전의 날카로움이다. 그의 풍경과 정물들은 가장 주목할 만한 업적"이다. 이외 미르스끼는 파스테르나크를 미래주의 시인의 계열로 평가했다. D. P. 미르스끼, 이항재 역, 『러시아문학사』(1927), 써네스트, 2008, 632~633면.

89 로쟈, 「내적 망명자의 삶과 죽음」, 2000.7.15(http://blog.aladin.co.kr/mramor/267842).

이비드 린은 대표적인 '오리엔탈리즘 작가'다.[90] 그 영화에는 군의관으로 복무하던 지바고가 아내가 있는 집으로 돌아왔을 때 소비에트 당국자에게 과거에는 없던 '기아'가 생겼다고 말하는 장면이 있다.[91] 혁명으로 인해 기아가 생겼다는 의미인데, 이는 농촌의 불황과 노동자의 빈곤 때문에 발생한 혁명의 역사를 삭제해 버리는 효과가 있다. 또한 영화 속 전쟁은 독일만 등장한다. 사회적 혼란은 독일과의 전쟁 그리고 내전의 서사다. 하지만 당대 혁명은 독일, 폴란드, 내전, 소련을 봉쇄한 연합국, 소련 외곽의 민족독립운동 등이 맞물린 복잡성이 있었다. 이 점이 고려되지 않는다면 모든 사회적 모순과 혼란은 소비에트 혁명가의 탓이 되고 만다. 『닥터 지바고』가 체제의 경직성과 폭력성을 지적한 것은 큰 의미가 있다. 올가가 회고록에서 자신의 삶을 "재난으로 가득 찬 생애"로 표현하듯, 반공·반소의 입장에 있는 독자에게 『닥터 지바고』는 죽음과 기아, 혼돈이 난무하는 '재난문학'이며 소련은 '재난사회'다. 하지만 '자유'에 못지않게 중요한 '평등'의 가치에 대한 고민은 상대적으로 부족한 작품이다. 『닥터 지바고』는 가난한 농민, 노동자 출신의 주인공이 꾸려가는 소설이 아니다. 이는 1905년, 1917년 이전에 존재했던 여러 번의 개혁과 반동의 역사를 탈각하는 것이기도 했다.[92] 이 때문에 한국 독자는 물론 세계 각국의 많은 독자들은 『닥터 지바고』를 통해 혁명의 기원과 원인, 국가

---

90 에드워드 W. 사이드, 박홍규 역, 『오리엔탈리즘』, 교보문고, 2015, 674면.

91 데이비드 린 감독, 오마 샤리프·줄리 크리스티 주연, 〈닥터 지바고〉(1965), 워너브라더스, 2007(3시간 17분).

92 1855~1881년의 시기에 농노해방과 진보적 개혁이 있었고 이후 1890년대 초까지 반동의 역사가 있었다. 1891~1892년의 무서운 기근과 연이은 빈곤의 누적된 불만이 1905년 1월 22일 '피의 일요일'을 기해 혁명으로 표출되었다. 이때 성립된 입헌군주국도 러시아 대중의 고충을 제대로 대변하지 못했다. 결국 1917년 2월 혁명으로 로마노프 전제체제가 붕괴되었고 10월 혁명으로 쏘비에트 정부가 수립되었다. 라쟈노프스키, 김현택 역, 『러시아의 역사』 II －1801~1976, 까치, 1982, 120~195면.

및 사회 개조를 위한 당대인의 고민·노력과 땀이 주는 교훈 등을 얻기 어려운 아쉬움이 있다.

제2장

1960년대 초중반 미·일 베스트셀러 전쟁문학의 수용과
월경하는 전쟁기억, 재난·휴머니즘과 전쟁책임

노먼 메일러의 나자와 사자』와 고미카와 준페이의 『인간의 조건』

1. 전쟁문학의 번역과 한·미·일 동맹

이 글은 한국에서 번역돼 1960년대 초중반 베스트셀러가 된 미·일 전쟁문학 노먼 메일러Norman Kingsley Mailer의 *The Naked and The Dead*[1948]와 고미카와 준페이五味川純平의 『人間の條件』[1956]의 수용사를 고찰하고자 한다. 두 작품은 모두 제2차 세계대전의 전장을 다룬 최고의 전쟁문학으로 꼽힌다. 메일러의 소설은 1948년 5월 출간되자 단기간에 200만 부의 판매고를 올리고, 62주 연속 『뉴욕타임스』의 베스트셀러에 오르면서 미국 최고의 전쟁소설로 평가받았다. 이 작품은 이듬해인 1949년 일본에서 『裸者と死者』라는 제목으로 번역되며[1] 1950년 베스트셀러가 된다. 이 번역본이 1962년 한국에서 수용될 때 활용되기 때문에[2] 한국에서도 이 제목으로 오랫동안 읽히다가 최근에는 『벌거벗은 자와 죽은 자』로 번역돼[3] 판매되고 있다. 1956년에 쓰인 고미카와 준

---

1   ノーマン メイラー, 山西英一譯, 『裸者と死者』, 東京 : 改造社, 1949.

2   메일러 노먼(Mailer Norman), 안동림 역, 『나자와 사자』, 문학사, 1962.

페이의 소설은[4] 한국에서 4·19 이후인 1960년 9월에 번역되었는데 당시 일본에서 이미 240만 부가 팔리고 있었고[5] 2013년경에는 1,500만 부를 돌파한 스테디셀러다.

이 두 작품은 한국에서 순서를 바꿔 1960년 일본의 『인간의 조건』, 1962년 미국의 『나자와 사자』가 번역 소개되었다. 두 작품 모두 영화로도 제작·상영됐고 1960년대 초중반 한국에서 대표적인 전쟁문학으로 인기를 얻으며 베스트셀러가 됐다. 이러한 독서시장의 풍토는 4·19 직후 1950년대 폐색되었던 일본문학 번역이 활발하게 개시되면서 가능한 것이었다. 또한 1960년경 한국에서 전쟁문학·영화의 흥행은 '전쟁기억의 상품화'의 본격화와 가능성을 확인하는 것이기도 했다.[6] 이와 같은 두 작품의 유행과 성공의 배경에는 대중의 관심을 자극하는 문화적 요인뿐만 아니라 정치·역사의 문제가 결정적으로 작용하고 있었다. 한일회담과 식민 유산 청산, 한미경제협정 및 행정협정,[7] 주한미군, 베트남전쟁 등이 그것이다. 다시 말해 동아시아-태평양 안

---

3   노먼 메일러, 이운경 역, 『벌거벗은 자와 죽은 자』 1·2, 민음사, 2016.

4   五味川純平, 『人間の條件』, 京都: 三一書房, 1956.

5   五味川純平, 李晶潤 譯, 『人間の條件』 상·중·하, 正向社, 1960.

6   한국 전쟁영화를 연구한 정영권에 따르면 전장과 전투 묘사의 영화는 1950년대부터 제작되었는데 1961년 영화 〈5인의 해병〉을 기점으로 하나의 본격적인 상업장르로 자리 잡게 된다. 1961년 박정희의 등장은 한국에서 전쟁영화 및 군사영화의 붐을 만들었다. 이는 국방부를 비롯한 군 기관의 대대적인 후원하에 제작된 영화들이 많았기 때문이다. 하지만 이 무렵 전쟁영화가 반공영화 장르로 인식되지는 않았다. 정영권, 『적대와 동원의 문화정치』, 소명출판, 2015, 6·27·139면.

7   1960년대 초중반 민족해방·민족혁명론이 비등해지는 상황에서 미국은 학생들의 반외세 대상이었다. 하지만 한미경제협정 및 한일협정반대투쟁 과정에서 고조된 미국에 대한 비판의식이, 당시 한국사회 전체의 미국에 대한 우호적 분위기를 넘어서지는 못하고 있었다. 한편 일본의 경우, 학생들은 한일협정을 통한 일본식민주의의 부활을 신식민주의로 규정하고 반대했다. 민주화운동기념사업회 연구소 편, 『한국민주화운동사 1 – 제1공화국부터 제3공화국까지』, 돌베개, 2008.12, 473~474면.

보체제 확립을 위한 미국주도의 한일관계 정상화와 그에 따른 한·미·일 동맹구축 문제, 역사청산 및 전후책임과 민족감정, 경제부흥과 반전反戰 그리고 평화 등 당대 시대적 과제가, 한국 독자의 미·일 전쟁문학에 대한 관심을 높였다.

망각된 기억의 소설적 귀환은 누군가에게 '기억의 폭력'이자 상처이며 민족감정을 자극한다. 또 다른 한편으로 전쟁소설은 전쟁체험의 기억뿐만 아니라 작품 제작 및 독서 당시의 국제관계와 역사 현실의 영향을 받는다. 따라서 소설의 전쟁인식은 관련 국가와 관계 개선을 도모할 수 있는 문화교류의 가능성을 발견할 수 있는 지점이기도 하다. 한국에게 미국은 전승국이자 원조국이었고, 일본은 과거 식민지배자이자 패전국이다. 당대는 '미전승국—일패전국—한식민지'이 문호를 개방하고 국교를 수립하여 미국 주도의 자유진영 결속과 상호협력이 필요한 냉전시대였다. 4·19 직후 다시 시작된 한일회담은 경제문제 해결을 위한 대외관계 개선책이지만 탈식민, 반외세의 욕망이 비등해진 한국사회에서 일종의 '강제된 화해'이기도 했다. 국가 간 협상이 진행되는 상황에서 국경을 넘기 시작한 전쟁문학의 전쟁기억과 전쟁체험은 국민의 역사의식과 민족감정을 확인하고 좌우하는 지점이었다. 따라서 두 소설이 함의한 전쟁인식과 전쟁 책임 및 역사 인식의 실상과, 그것이 한국인에게 미친 영향을 가늠하는 작업이 요구된다.

식민지 경험과 일본어 능력의 유무와 관련된 세대의 호기심, 이국적이고 수준 높은 외국문학의 재미도 독서의 중요한 요인이지만,[8] 전쟁문학과 당대

---

8   기존 연구에서 고미카와 준페이에 대해서는 식민지배를 경험한 세대와 그렇지 않은 세대의 일본에 대한 호기심, 향수, 일본어능력 등의 관점에서 고찰되었고 수준 높은 일본문학에 대한 동경 및 질투, 재미의 지점과 관련해 논해진 바 있다. 강우원용, 「1960년대 일본문학 번역물과 한국—'호기심'과 '향수'를 둘러싼 독자의 풍속」, 『일본학보』 93, 한국일본학회, 2012,

사회적 현안 및 역사 현실과 관련지어 독자의 욕망에 다가서는 것은 당대인의 역사 인식과 문학의 기능을 타진하는 데 중요한 접근법이다. 전쟁소설은 해당 국가의 입장에서는 자국의 문학에 속하지만 전쟁은 가해자와 피해자를 동반한다는 점에서 일국사일 수 없는 전쟁재현이자 기억이다. 전쟁소설은 전장의 잔혹함과 수난사를 다룬다는 점에서 반전反戰과 휴머니즘을 강조하는 경향이 있다.

그러나 잔혹사이자 피해서사인 전쟁이야기가 피해국이나 관련 국가에 번역되었을 때 해당 국민에게는 위로와 전쟁책임, 전후책임, 사죄의 표현, 역사의식 등을 자각하고 재인식하는 계기가 될 수 있다. 자국민의 공식기억과 역사를 대변하는 문학적 재현이라면 그것은 사죄를 함의하는 '전후 전쟁문학'이 될 수 없을 뿐만 아니라 잘못된 전쟁의 기억을 후속 세대에게 역사화하고 재생산하는 역효과를 낳게 되어 '기억의 투쟁'을 되풀이 하고 만다. 문화교류는 상호이해를 통한 정보 격차의 완화 수단이다. 전쟁문학이 단순히 오락물일 수 없는 이유가 여기에 있다. 결국 역사의식이 교환되는 외국문학의 번역과 소통은 식민지배, 분단, '전쟁의 고통'의 기억의 공유와 역사 인식의 재조정, 민간 차원의 교류와 연대, 종국적으로는 탈국가적이고 보편적인 역사와 기억문화를 만들어 나가는 정치적 행위이자 문화번역 현상이다.

그래서 문학작품에서 전쟁체험에 대한 이해방식, 가해와 피해의 기억을 둘러싼 강조와 소거, 재생산 되는 자국 중심의 역사관 등 은연중 내포된 배타적 기억을 분별하고 더 나아가 전쟁문학의 성격을 이해하기 위해 작가의 이력에 대한 기본적인 숙지가 요구된다. 다음은 노먼 메일러의 약력이다.

79~93면; 이한정, 『일본문학의 수용과 번역』, 소명출판, 2016, 13~56면. 노먼 메일러와 관련된 연구는 부재하다.

노먼 메일러는 1923년 미국 뉴저지 주 롱브랜치에서 태어났다. 하버드대학교에서 항공기술학을 전공했으나 1학년 때 이미 문학에 흥미를 갖게 되어 헤밍웨이, 스타인백, 포크너와 같은 작가의 영향을 받았다. 그는 대학 2년 때까지에 20편에서 25편의 스토리를 썼는데, **그것은 모두 헤밍웨이의 영향을 받은 것이었다.** 1941년 12월 8일 진주만공격은 미국 전토를 무서운 흥분의 도가니 속에 몰아넣었고 그 이듬해인 1942년, 온 나라안이 전쟁의 열기속에 들끓고 있을 때, 메일러는 **앙드레 말로의 『인간의 조건』**에 도취된 채 '그인간의 조건와 같은 소설을 쓰고 싶다는' 의욕 속에서 '20세의 생일을 위해' 쓴 최초의 야심작인 중편소설 『천국을 목적으로 한 계산』은 수년 후의 대작 『나자와 사자』와 마찬가지로 태평양을 무대로 한 것이었다. 이 중편소설은 1944년, 에드윈 시버Edwin Seaver의 『크로스 쎅숀』지에 발표되어 절찬을 받았다. 메일러는 이 해 3월에 베아트리스 실버먼과 결혼하고 그후 곧 군대에 들어가 **태평양전쟁**에 종군했다. 군대에는 2년여, 레이테, 루손, 일본 등지에서 1년 반을 보냈다. 이 동안에도 대전쟁소설을 쓰겠다는 의욕은 한시도 잊은 적이 없어 사무병 같은 안전한 일보다도 척후 같은 위험한 임무에 자진해 나서서 온갖 곤란한 경험을 쌓도록 애썼다. **일본점령 첫날에 제112기병중대와 함께 상륙한 후, 46년 제대할 때까지 9개월간에 걸쳐 일본에 있었다.** 이 9개월간의 일본생활이 『나자와 사자』에 매우 큰 영향을 주었다는 것은 두말할 것도 없다. 1946년 5월, 이 대전에 대한 소설을 써야겠다는 '절대 지상의 강박관념'에 사로잡혀 제대, 귀국한 메일러는 곧 『나자와 사자』의 집필에 착수하여 1947년 15개월이라는 짧은 기간 내에 이 거작을 완성한 것이다.[9]강조는 인용자

여기서 메일러의 문학수업을 살펴보면, 그는 『무기여 잘 있거라』로 유명한

---

9   노먼 메일러, 안동림 역, 『나자와 사자』, 文學社, 1964, 838~840면.

헤밍웨이 등 전쟁소설에 깊은 감명을 받았으며 행동적 지성을 고민한 행동주의 문학자 앙드레 말로의『인간의 조건』[1933]의 영향하에서 작가를 꿈꿨다. 문학의 기반이 되는 전쟁 체험과 관련해서는 태평양전쟁 때 필리핀과 일본 등에서의 종군과 원폭 이후 9개월여 간의 일본 주둔 경험이 있다. 이러한 문학적 지향과 체험을 토대로 소설『나자와 사자』가 쓰였다. 앙드레 말로 문학의 행동주의는 1930년대 중반 일본과 식민지 조선에서도 지식계급의 현실 참여와 관련해 주목받은 바 있는데,[10] 그 행동주의는 목숨을 건 결단과 결행 그리고 용기가 요구되는 전쟁 주체와도 부합하기 좋은 질료였다. 앙드레 말로의『인간의 조건』도 중국에서의 혁명과 투쟁, 전투를 다루고 있다. 맹목적이기도 한 전쟁에서 생존을 위해 벌이는 등장인물의 극한의 투쟁은, 독자에게 감명과 열정을 자극해 전쟁소설을 읽게 하는 중요 요인이다.

그런데 행동은 맹목뿐만 아니라 정당성을 수반하므로 전쟁작전수행은 행동과 회의를 동시에 수반한다. 등장인물이 '행동, 의지, 회의'를 끝없이 반복하며 전개되는 전쟁소설은 전쟁인식, 군조직과 메커니즘에 대한 반발, 인물 간 갈등, 사회인식 등을 노골적으로 표출한다. 여기에 소설의 배경이 되는 전쟁 상대국과 작가의 역사의식이 결합되면서 전쟁문학이 구성되는 것이다. 『나자와 사자』의 경우 작가가 일본에서 거주했고 미국과 일본의 전쟁을 다루고 있기 때문에 한국 독자의 호기심을 끌기에 좋다. 승전국 미국이 바라본 제2차 세계대전과 일본을 알 수 있다는 기대감이 생기기 때문이다. 마찬가지로 『인간의 조건』의 고미카와 준페이도 종군從軍의 경험이 있다.

---

10   여기에 대해서는 이행선,「해방기 식민기억과 청춘론 – 설정식의 '청춘'을 중심으로」,『한국어 문학연구』63, 한국어문학연구학회, 2014, 349~377면 참조.

고미카와 준페이는 1916년 일본이 아닌 만주 요동반도의 어느 한촌寒村에서 태어났다. 학생수 60여 명에 지나지 않는 시골의 조그만 소학교를 나와 대련大運 제일 중학을 졸업하고 **33년 만철의 장학금을 받아** 동경 상대에 입학하나 이듬해 퇴학하고 광산으로도 돌아다녔고, 또 남의 집 가정교사 노릇도 한다. 그러다가 36년 동경 외국어학교 영어부 문과에 입학, **이듬해에 독서 서클과 연구회를 가졌다는 이유로 특고**特高**에서 육체적, 정신적 고문을 당하는 시련**을 겪으며, 40년에 졸업한다.

졸업과 함께 일본이 경영하는 **만주의 거대한 군수회사**에 입사, 여기서 그는 전쟁과업의 수행이란 미명 아래 휴머니즘을 말살하는 기계적인 조직과 그 힘의 강압에 꿋꿋하게 대결하며 자기 존재의 정당화와 합리화를 꾀하려 노력하는 이른바 감상적 휴머니스트가 된다. **43년 가을, 광산 노무관리에 종사한 그는 만주인 특수공인의 무자비한 처형에 입회한 후 영장을 받고 군에 입대한다.** 사병으로 끌려간 그는 소만국경을 2년 동안 전전하다가 **45년 8월 13일 남하하는 소련군과의 전투에서 소속부대가 전멸하는 비운을 겪는다.** 이 전투에서 생명을 건진 사람은 부대원 1백 58명 중 고미까와 쥰뻬이를 포함하여 단지 4명뿐, 구사일생의 행운을 얻어 귀환했다. 이러한 스스로의 체험을 패전 일본에 돌아와 차분히 소화하며 쓴 작품이 대작 『인간의 조건』이다.[11]강조는 인용자

소설 제목에서 알 수 있듯이 메일러와 마찬가지로 준페이 역시 앙드레 말로의 『인간의 조건』의 영향을 받으며 작품을 썼고 일본에서 번역돼 유행한 메일러의 『나자와 사자』와 게오르규의 전쟁문학 『25시』 등을 접했다.[12] 또한

---

11 五味川純平, 강민 역, 『인간의 조건』 하(일본문학전집 9), 동서문화원, 1975, 481~482면.
12 기존 전쟁문학을 읽고 깊은 감명과 영감을 받는 것은 전쟁문학 작가지망생의 일반적 특성

준페이는 1945년 만주에서 일본과 소련군의 전쟁에서 살아남은 인물일 뿐만 아니라 학창시절 잠시 사회주의 공부를 하다 감옥에 간 이력이 있다. 그래서 한국 독자에게 이 작품은 식민지 말기 만주와 관동군, 회의주의적 엘리트 지식인, 소련과 일본의 전쟁, 소련 인식, 일본의 패전 이후 만주의 상황 등을 파악할 수 있다는 점에서 매력적이다. 이처럼 메일러와 준페이의 소설은 각각 '미국-일본', '소련-일본-중국'의 사람들을 다룬다. 그래서 1960년대 초반 한·미·일 동맹 강화를 앞둔 한국의 미·일 전쟁문학의 수용은 양국의 전쟁과 역사 인식을 알 수 있다는 점에서 큰 의미가 있다. 전쟁책임, 전후책임의 역사적 청산 없이 진정한 안보동맹과 문화친선은 어렵기 때문이다. 당시 한국에서는 전쟁문학과 관련해 헤밍웨이의 『무기여 잘 있거라』뿐만 아니라 미첼의 『바람과 함께 사라지다』, 레마르크의 『서부전선 이상 없다』, 톨스토이의 『전쟁과 평화』 등이 많이 읽히고 있는 상황이었지만, 메일러와 준페이의 작품은 1960년대 초중반 한국에서 "미·일의 제2차 세계대전을 결산하는 대표 전쟁소설"로 평가받았다는 점에서 전쟁책임과 역사 인식을 다룰 만한 가치를 확보하고 있다.[13] 이제 두 작품의 번역 수용의 맥락을 살펴보고, 작품의 전쟁 재현이 갖는 의미를 고찰하고자 한다.

이다.

13 소설과 달리 회고록 분야에서는 윈스턴 처칠의 회고록이 1949년부터 일본에서 번역되었으며 한국에서도 처칠의 '제2차대전회고록'의 최종권이자 노벨문학상수여작품인 『승리와 비극』이 간행된 바 있다. 윈스톤 S. 처어칠, 康鳳植·趙成植 譯, 『勝利와 悲劇』(『사상계』, 1954.11), 民衆書館, 1954, 106면.

2. 전쟁의 상품화와 전쟁문학의 베스트셀러

1) 노먼 메일러, 『나자와 사자』와 한국전쟁, 베트남전쟁

노먼 메일러의 소설은 한국에서 1962년에 번역되었지만 그 이전에 그 존재가 이미 알려져 있었다. 메일러의 소설은 1948년 미국에서 베스트셀러가 되고 1949년 일본에서 번역돼 1950년 베스트셀러가 되었으며 일본에서 1950년에 번역된 게오르규의 『25시』[1949] 등과 함께 큰 인기를 얻고 있었기 때문이다.[14] 하지만 1952년 한국에 중역된 『25시』와 달리[15] 메일러의 작품은 분량이 지나치게 많은 탓인지 번역이 늦었다. 번역 출간 이전 이 작가에 대한 소개는 엘리트지식인에 의해 이루어지다가 1960년 9월 『일본전후문제작품집』에 약간 소개되고 동년 11월 『미국전후문제작품집』이 간행되면서 대중화되기 시작했다.[16]

전쟁비판적 종군문학 중에서도 건전한 비판적 리얼리즘의 대표작으로[17] 소개된 『나자와 사자』의 메일러는 인류가 만든 기계문명의 메커니즘을 고발하고[18] 불합리한 현실에 대한 저항과 시대에 대한 책임의 소명을 다하고 있는 양

---

14 신구문화사 편, 『일본전후문제작품집』(1960), 신구문화사, 1963, 384면.
15 게오르규에 대해서는 이행선, 「게오르규의 수용과 한국 지성사의 '25시'-전후문학, 휴머니즘, 실존주의, 문명비판, 반공주의, 어용작가」, 『한국학연구』 41, 인하대 한국학연구소, 2016 참조.
16 참고로 고은은 "신구문화사에서 나온 『전후세계문제작품집』의 소설들은 우리 소설의 단조로움, 예컨대 주인공이 집으로 퇴근할 때 그 퇴근길에 겨우 더해지는 것이 이발관에 들러 면도를 하고 돌아가는 장면으로 만족하는 그런 단조로움을 이겨낼 수 있는 신선한 구성과 대담한 묘사가 살아있으므로 그것들이 많은 독자를 확보한 것"이라고 했다. 고은, 『나, 高銀』 3, 민음사, 1993, 302면.
17 「世界文化의 動向 (3) - 美國의 文學 上」, 『경향신문』, 1953.12.7, 2면.
18 박이문, 「自由의 確保 (上)」, 『경향신문』, 1957.4.6, 4면.

심적이고 실천적인 작가로 인식됐다.[19] 이와 함께『나자와 사자』는 1949년 작품이기 때문에 1960년대 한국에서는 작가의 작품경향이 10여 년 동안 변화해 온 과정이 소개되기 시작했다.『바바리 해안』과 같은 작품을 내놓은 1950년대 후반에는 초현실주의적 색조의 지성적 멜로드라마 작가로 알려졌고,[20] 1960년 11월『미국전후문제작품집』에서는『길 위에서On the Road』1957의 작가로서 미국 비트문학의 선구자인 잭 케루악과 함께 비트 제너레이션에 속하는 것으로 평가됐다.[21] 전쟁소설의 대표작가가 미국사회의 속물 근성과 기성도덕을 공격하는 사회비판적 지식인으로 변모한 셈인데, 한국에서는 전쟁문학자의 위상만이 확보됐다.

　미국에서는 제2차 세계대전 후 자국에서 나온 3대 전쟁문학 작품으로 어윈 쇼의『젊은 사자들』1948,[22] 제임스 존스의『지상에서 영원으로』1951, 노먼 메일러의『나자와 사자』1948를 꼽는데 그중에서도『나자와 사자』가 최고였다. 이 소설은 1961년 5월 발표된 정음사의『세계거작전집』간행 계획에서 10번째에 위치했는데,[23] 1962년 안동림 번역에 의해 '文學社'에서 가장 먼저 출간되었고 베스트셀러에 올랐다.『미국전후문제작품집』에서는 "10명의 주요 인물들의 미국생활을 선명하게 그려 내면서 그들의 실전의 모양과 더불어 군대생활의 우열優劣한 메커니즘을 그렸다. 전쟁의 극한 상황과 군대의 팟쇼적 기구에 의한 인간성의 압살을 객관적으로 묘사한 그 투철한 리얼리즘 때

19　양병식,「문학과 시대와 양심」,『경향신문』, 1954.10.17, 4면.

20　「미국문단의 신경향」,『경향신문』, 1958.12.5, 4면.

21　신구문화사 편,『미국전후문제작품집』(1960.11), 신구문화사, 1966, 392면;「노만 메일러와 '裸者와 死者'」,『경향신문』, 1964.2.8, 5면.

22　소설『젊은 사자들』은 1959년 을유문화사 세계문학전집의 제1권으로 출간되었으며 영화로도 상영됐다.

23　「世界巨作全集 正音社서 刊行」,『동아일보』, 1961.5.21, 4면.

문에 이 소설은 금차 대전 중에 나온 가장 위대한 작품이라"고 평하고 있는데, 1962년 한국의 서적 광고는 다음과 같다.

> 우리나라에서 처음 번역되는 제2차 대전의 결산적인 문학작품
>
> 참혹한 전쟁의 도가니 속에서 인간이 인간이기를 소리높이 외치는 휴머니즘.
>
> 전쟁과 살육과 절망과, 그리고 여자와 향수…….
>
> 극한 상황에서 허덕이는 적나라한 인간의 모습을 그린 일대파노라마!
>
> 세계문학사상 이렇게 리얼하고 웅대하게 전쟁을 묘파하고 문제를 일으킨 작품은 일찍이 없었다. 6·25의 참변을 몸소 겪은 우리 민족의 모두가 한 번씩은 꼭 읽어야 할 명작[24]

언뜻 보면 어느 전쟁문학에 붙여도 이상할 바 없는 홍보 문구인데 마지막 문장의 '6·25를 겪은 한국인이 읽어야 할 명작'이 눈길을 끈다. 왜냐하면 이는 한국 전쟁문학의 부족, 외국 전쟁문학이 다수 존재하는 상황에서 전쟁문학으로서 『나자와 사자』가 갖는 위상과 성격, 그리고 전쟁소설 문예영화의 명작 문제와 관련되기 때문이다. 먼저 미국에서 인기를 모은 메일러의 작품도 영화화가 추진되었다. 1949년 7월경 워너사에서 이 작품을 영화화하려는 작업을 시작했다. 그러나 한국에서 한국전쟁이 발발하면서 반전문학인 『나자와 사자』가 미국인에게 보기 불편한 작품이 되어버린다. 이로 인해 반전소설의 영화화가 불가능하게 되면서 제작이 무산되었다. 그러다 1958년 RKO사에 의해 다시 만들어진 영화는 1964년 2월부터 11월까지 한국에

---

24 「美国서만도 2百余万部가 売盡된 戦争文学의 最高峰!」, 『동아일보』, 1962.3.21, 1면.

서 상영되었다.

그러나 이 문예영화는 혹평을 받았다. 원작이 가지고 있는 전쟁고발은 깊이 없는 수박 겉핥기에 그쳤고 대량학살의 전쟁은 스포츠 놀이처럼 그려 재미 위주의 오락 전쟁영화가 되고 말았다.[25] 게다가 라올 월슈 감독은 원작의 내용과 정반대로 '전쟁광이자 명령체계를 중시하는 크로포트 상사'를 사망케 하고 부대 사령관 커민스 소장의 권위에 맞서는 하버드 출신의 소위를 살려 버린다.[26] 또한 영화는 국가의 목적에 대한 순응주의가 핵심을 차지했다. 이런 점으로 인해 작가가 지향했던 '군조직 메커니즘의 고발'의 취지가 크게 훼손되었다. 감독이나 출연자들이 3류 이하의 스태프였다는 점도 제작 실패의 한 요인으로 간주됐다.[27]

그래서 『나자와 사자』는 영화보다는 소설이 더 인정받았다. 1962년에 이어 영화가 개봉되어 다시 독자의 관심을 끈 1964년 베스트셀러의 순위에 오른다. '6·25를 겪은 우리 민족 모두가 봐야 할 명작'이라는 조언은 그와 같은 참혹한 전쟁이 재발되어서는 안 된다는 이유와 함께 상대적으로 한국작가의 전쟁문학의 부족을 함의하는 것이기도 하다. 해방 이후 문인들은 히노 아시헤이火野葦平의 『보리와 병정』을 능가하는 전쟁문학이 나오지 않는 데 한탄했다. 그 원인으로 당시에는 전쟁경험의 부재가 가장 큰 원인으로 꼽혔지만 한국전쟁이 발발하자 그러한 이유도 궁색해졌다. 전쟁이 끝난 한참 뒤인 1958년에도 서구 전쟁문학의 걸작에 준하는 작품은 나오지 않아서 '한국문학의 후진성, 작가 역량 문제, 발표기관의 부재, 전쟁을 몸소 치른 작가가 한국에는

---

25 「영화평-'스포츠'조의 전쟁물-〈裸者와 死者〉」, 『조선일보』, 1964.2.23(조간), 5면.
26 「原作과 出發點 달라져 『裸者와 死者』」, 『동아일보』, 1964.2.24, 6면.
27 「文學과 映畵와 政治」, 『경향신문』, 1964.3.2, 5면.

없다'는 진단이 나왔다. 그럼에도 불구하고 전쟁소설의 변화와 발전에 관한 지적은 주목할 만하다. 그동안 한국의 전쟁소설은 사건 중심이었는데 인물 중심으로 바뀌면서 전장의 전투만을 묘사하는 데 그치지 않고 있다는 것이다. 단순히 전쟁 상황의 치열성을 알려주는 것은 뉴스나 전쟁 사건의 스케치에 불과하기 때문에 인간성 추구와 현실의 불만을 극복해 승화된 경지로 나아가야 한다는 주장이 이어졌다.[28]

이러한 전쟁문학의 변화상에 대해서는, 여러 전쟁소설이 독자의 사랑을 받던 1964년 백철이 잘 정리한 바 있다. 그에 따르면 근대적 전쟁은 톨스토이의 『전쟁과 평화』에서 처음으로 소설화되는데 '영웅이나 상류인간'이 주인공이다. 제1차 세계대전을 배경으로 한 『서부전선 이상 없다』의 레마르크, 『무기여 잘 있거라』의 헤밍웨이의 단계에 가면 주인공이 사병으로 바뀌고 전쟁 주동자를 비판하는 내용이 대두된다. 그리고 제2차 세계대전의 『나자와 사자』에 이르면 인간을 예속화시켜 노예화하는 기계문명의 반인간적 메커니즘을 다루게 된다.[29] 그래서 이 시점의 전쟁문학은 기계문명비판에 더해 상부에 대한 반발, 인간성 옹호의 휴머니즘을 지향하게 된다. 실제로 『나자와 사자』는 사병들의 고통과 사회현실에 대한 불만, 군 최고권력자에 대한 최하급 장교 소위의 반발, 군조직의 명령 체계와 직급 비판, 죽음의 공포와 생존욕, 극한의 조건에서도 인간이고자 하는 인간성 옹호의 휴머니즘 등을 방대한 양으로 다루고 있다. 이러한 성격을 가진 반전소설 『나자와 사자』는 제2차 세계대전의 기억, 당대 베트남전쟁과 전쟁열, 반전 분위기와 맞물려 한국을

---

28 곽종원·박영준, 「전쟁문학을 말한다」(『서울신문』, 1958.6.25), 최예열 편, 『1950년대 전후 문학비평자료』 2, 월인, 2005, 576~578면.
29 백철, 「전쟁문학의 개념과 그 양상」, 『세대』 73, 1964.6, 252~259면.

비롯한 세계 각국에서 읽혀 1964년 이미 1,500만 부가 팔렸다. 한국에서도 박정희 국가재건최고회의 의장이 1961년 11월 미국에 베트남 파병 의사를 밝힌 후 1964년 5월 존슨 대통령이 지원을 요청하고 1964년 9월 1차 파병이 이루어지기 때문에[30] 전쟁에 대한 관심이 높아지는 시기였다. 한국의 독자는 한국을 해방시켜준 제2차 세계대전의 승전국 미국의 전쟁소설에 전쟁책임을 개입할 이유가 없었다. 때문에 메일러의 작품은 기본적으로 반전소설로서 수용될 수 있었다.

2) 고미카와 준페이 『인간의 조건』과 한일회담

고미카와 준페이五味川純平는 헤밍웨이, 게오르규의 『25시』, 노먼 메일러의 『나자와 사자』, 앙드레 말로의 『인간의 조건』 등의 문학적 영향하에 『人間の條件』1956을 썼다. 이 무렵은 일본에서 영화 〈二等兵物語〉의 성공과 함께 일었던 이등병 붐 등 전쟁기억의 상품화가 진행된 시기였고 나카노 요시노부中野好夫는 '이미 전후가 아니다'라고 주장하던 무렵이었다.[31] 이 작품이 1958년 베스트셀러에 오르자[32] 영화감독 고바야시 마사키小林正樹가 제작에 나서 1959년부터 1961년까지 총 3부작을 내놓았다. 이 영화는 1960년 8월 베니스영화제에 출품되었고[33] 감독은 유명 반전영화 제작자로 자리매김했으며 소설은 더욱 대중화됐다.[34] 1960년대 초반은 안보투쟁으로 반전·전쟁 혐오

30 홍석률, 「위험한 밀월 - 박정희-존슨 정부 시기」, 역사비평 편집위원회 편, 『갈등하는 동맹』, 역사비평사, 2010, 44~51면.

31 박광현, 「재일조선인의 '전장(戰場)'과 '전후(戰後)'」, 『한국학연구』 41, 인하대 한국학연구소, 2016, 248면.

32 이한정, 『일본문학의 수용과 번역』, 소명출판, 2016, 28면.

33 「베니스映畫祭出品 14個 選拔作品을 發表」, 『경향신문』, 1960.8.6, 4면.

34 고바야시 마사키(小林正樹) 감독의 〈인간의 조건(人間の條件)〉은 6부작이다. 2부작씩 묶어

감정이 비등했던 시기이기도 하다.[35]

영문학자 이정윤 씨 번역으로 서울 정향사에서 발행한 이 소설은 출간되자 곧 독서계를 석권, 독자층의 화제 속에 선풍적인 인기를 끌었다.

전6부작으로 된『인간의 조건』은 2부를 1권으로 하여 3권_{각권 46판 350면 내외}으로 나왔는데 가장 잘 팔렸던 것은 처음 나온 1권_{1~2부}으로 약 1년 사이에 5만 부가 매진되는 놀라운 반응을 보였다. 2권은 60년 11월에, 3권은 60년 12월에 각각 출간_{2권 약 3만 5천 부, 3권 약 1만 5천 부 매진}되어 1권이 나온 60년 9월부터 62년 초까지 3권 합해 약 10만 부가 나가 당시 출판계를 놀라게 했다.

당시 정향사_{현재 휴업} 대표였던 주채원 씨_{현재 태극출판사 근무}는 초판 5천부_{1권의 경우}를 찍고 중판부터 5천~1만 부씩 찍어내 나중에는 지형이 헐어 보수를 할 정도였다고 황금기를 되새기면서 **공급처였던 한국서적주식회사의 60~61년 가을 총수금액의 6~7할이『인간의 조건』**판매대금이었다고 전한다. 이 소설의 인기가 한창이었던 60년 가을께에는 이대 입구의 이화서림에서는 하루 2백 권씩 팔려 하루에 몇 번씩 책을 공급할 정도였으며 모 대학에서는 이 책을 한 학급 학생들이 돌려가며 읽을 정도로 **대학생들 간에 화제가** 되었고 지방서점에서는 책 발송을 재촉하는 요망이 상당했다는 얘기다.[36]_{강조는 인용자}

서 총 3회 분으로 상영됐는데 1·2부 206분, 3·4부 177분, 5·6부 189분, 총 9시간 32분의 대작이다. 현재 시중에도 판매되고 있다. 고바야시 마사키(감독), 나카다이 타츠야, 아라타마 미지요(출연), 〈인간의 조건(4disc)〉, 피디엔터테인먼트, 2011.4.1. 막스 테시에는 이 영화에 대해 다음과 같이 평했다. "양식적 결함과 배우들의 조금 과장된 듯한 비장한 연기에도 불구하고 〈인간의 조건〉은 일본판『전쟁과 평화』로서 일본영화사의 기념비적 작품으로 남아있다. 영화는 일부 영화관에서는 상당기간 밤새 상영될 정도로 일본에서 대성을 거두었지만 프랑스에는 한참 후에야 개봉된다." 막스 테시에, 최은미 역,『일본영화사』, 동문선, 2000, 76면.

35 나카무라 마사노리, 유재연·이종욱 역,『일본 전후사』, 논형, 2006, 78~83면.
36 「홀러간 萬人의 思潮 베스트 셀러 (6) - 五味川純平 작〈人間의 條件〉」,『경향신문』, 1973.3.17,

이 작품을 1960년 9월『人間의 條件』상·중·하 3권으로 한국에 소개한 이정윤도 동경에서 이 영화를 보고 번역을 결심했다. 1950년대 한국에서 일본문학 번역은 6종에 불과했다. 하지만 4·19를 거치면서 일본 문학, 문화에 대한 사회적 관심이 높아졌고,[37] 1961년 7월 리영희의『조선일보』'유엔 동시가입' 이야기가 반공법에 저촉이 되면서 학생들은 통일에 관해 논의하지 못하고 한일문제에 매달렸다. 1960년 1년 동안만 40여 종 넘게 출판이 되기 시작했는데,[38] 그중에서도『인간의 조건』은 일본문학의 붐을 주도하는 작품이었다. 1962년에는 불법 표절 인쇄본이 시중에 돌아 저술업자 김태운이 저작권법 위반으로 구속되었고[39] 한일협상이 진행되던 1963년 6월에는 9판을 찍는 인기를 누렸다. 1963년 오노 망언, 1964년 6·3항쟁, 1965년 6월 22일 한일국교협정 조인, 1965년 '제2의 구보다 망언'으로 간주된 '다카쓰기 발언'[40] 등이 이어지면서 한일회담이 시대적 화두가 된 상황에서 이 일본소설은 1967년까지 한국에서 베스트셀러의 지위에 있었다.

『인간의 조건』은 '일본붐', 소설, 한일관계뿐만 아니라 미디어문화산업에도 직간접적인 영향을 미쳤다. 예를 들어 1962년 10월 개봉한 정창화 감독의 영화〈대지여 말해다오〉는 준페이 소설의 번안물이었다. 광고 선전에 원작자와 작품을 밝혔다가 문제가 발생하자, 당국은 원작자를 선전간판에서 지우게 한 후 상영을 허가했다.[41] 이 영화에는 소설에서 군국주의를 싫어하는 일본

5면.

37 「全國에 몰아치는 日本風」,『사상계』, 1960.11, 159~161면.

38 이한정,『일본문학의 수용과 번역』, 소명출판, 2016, 16면.

39 「잘팔리는 책 二百餘種찍어팔아」,『동아일보』, 1962.1.21, 3면.

40 다카사키 소지, 최혜주 역,『일본 망언의 계보』, 한울, 2010, 228~244면.

41 「日本色彩映畵말썽」,『동아일보』, 1962.10.18, 5면.

주인공 대신 우리나라 학병을 내세웠다. 그래서 영화 광고에도 "일본 군국주의에 양같이 끌려간 우리나라 학병의 생생한 무언의 저항!"이라는 문구가 쓰였다. 그러나 주인공이 "좀 더 한국인으로서의 처신이 있을 법한데 이 영화가 학대받는 식민지 인텔리의 사상성이나 휴머니즘보다도 줄거리만 좇은 통속취향의 오락물에 그쳤다"는[42] 비판을 받았다.

더 주목을 요하는 문화번역 현상은 극작가 한운사^{韓雲史}에게서 발견된다. 일본어에 능숙한 한운사는 1950년대 준페이의 소설과 영화의 흥행을 이미 접했다.[43] 이를 참조하고 자전적 경험을 살려 한운사는 1960년 8월부터 1961년 1월까지 방영된 일요연속극 〈현해탄은 알고 있다〉를 만들었다. 정창화 감독이 영화 주인공을 학병으로 바꿨듯이, 학병출신인 한운사 역시 '아로운'이라는 학도병을 주인공으로 설정하여 제2차 세계대전 당시 일본의 군국주의를 비판하고 사랑과 굴하지 않는 휴머니즘을 표현했다. 제2편 「현해탄은 말이 없다」『한국일보』 연재, 1961, 제3편 「승자와 패자」『사상계』 연재, 1963, 방송 : 〈현해탄아 잘 있거라〉가 뒤이었고, 〈현해탄은 알고 있다〉는 김기영 감독에 의해 1961년 영화화되었다.[44] 한운사는 1967년 KBS TV에 「阿魯雲」 〈현해탄은 알고 있다〉 시리즈 3부작을 쓰고 있을 때 일본에서 고미카와 준페이를 만나게 되면서 감격해 했다. 당시 일본 『아사히신문』에서 한운사의 방송을 '한국판 인간의 조건'이라고 크게

---

42 「아쉬운 抗拒精神〈大地여 말해다오〉」, 『경향신문』, 1962.10.30, 8면.

43 "나는 일본과의 '어제'를 청산하자고 나섰다. 그때 일본에서는 고미카와 준페이의 수선 『인간의 조건』이 큰 인기를 얻고 있었다. 만주에서 일본군으로 복역하며 작가가 겪었던 일을 토대로 군국주의를 반추한 내용이었다. 새로 들어선 장면정부는 뭘 하고 있는가. 8월 들어 나는 앞으로 나섰다. '내가 소화해 주마! 저 악몽과 같은 일제 강점기를 청산해 주마!' KBS에서 「현해탄은 알고 있다」를 쓰기 시작했다." 한운사, 『구름의 역사』, 민음사, 2006, 126면.

44 윤석진, 「한운사의 방송극 〈현해탄은 알고 있다〉 고찰」, 『비평문학』 27, 한국비평문학회, 2007; 함충범, 「1960년대 한국영화 속 일본 재현의 시대적 배경 및 문화적 지형 연구」, 『한일관계사연구』 47, 한일관계사학회, 2014 참조.

다뤄주고 있기도 했다.[45]

하지만 일본문학 및 문화의 침투를 우려하던 사람들은 『인간의 조건』의 인기가 탐탁지 않았다. 일본에서는 "기껏 통속작가의 반숙半熟작품"에 불과하다거나[46] 일본인의 말을 빌려 "작가가 아니라 파격의 작문가"[47] 수준이라는 폄하가 있었다. 그러나 이 작품이 선풍적인 인기를 끈 것은 본격적으로 일본소설이 소개되던 시기에 호기심을 끌을 수 있었고 작품의 내용이 전쟁, 폭력, 살인, 섹스, 휴머니즘, 공포 등으로 구성되어 있어서 독자가 매혹될 만한 재미가 있었다. 무엇보다 식민지 말기 만주를 배경으로 군수회사와 탄광, 관동군, 소련과의 전쟁, 일본의 패전 등의 내용을 다루고 있어서 메일러의 『나자와 사자』보다 한국인에게 더 친숙하고 이해관계가 있는 내용이었다.

그래서 첫 번역자인 이정윤도 역자서문에서 고미카와 준페이가 "저 전쟁동안을 간접적이라 할지라도 결국은 협력이라는 형태로 지나온 많은 사람들이 결국 오늘의 역사를 만든 것이니까 나는 나의 각도에서 한 번 더 그 속을 지나 보지 않으면, 앞으로 나아갈 수 없는 것 같이 생각되었다"고 쓴 원저자 서문을 가져오면서 "원저자의 서문에서도 보는 바와 같이 우리도 한번은 정리해야 할 지난날의 사실이기에 번역할 생각이 들었다. 그런 후에야 비로소 일본 사람과 다시 만날 수 있고, 친교를 가질 수 있다고까지 느꼈다"[48]고 밝히고 있다. 이 연장선상에서 준페이가 쓴 개인적 패전기가 20년 만에 공개돼 1968년 잡지 『명랑』에 실리기도 했다.[49] 즉 한·일 문화교류와 회담이 진행

45   「韓雲史 人生漫遊記 (38)」, 『매일경제』, 1992.11.26, 24면.
46   「日本은 들어오고 있다 (完) 文化」, 『경향신문』, 1965.2.22, 5면.
47   「나는 日本을 봤다 小田氏의 所論에 答하면서 (上)」, 『경향신문』, 1963.11.19, 3면.
48   五味川純平, 李晶潤譯, 『人間의 條件』(상), 正向社, 1960, 2면.
49   고미카와 준페이, 「이것이 관동군의 말로다」, 『명랑』, 1968.3, 176~179면.

되는 상황에서 작자가 전쟁 반성을 내비친 이 소설 역시 역사 청산 문제와 관련해 당대에 소비되었던 것이다.

3. 재난으로서의 전쟁과 휴머니즘의 장막, 역사 인식, 전쟁책임

1960년대 초중반은 대미추종정책, 굴욕적 한일회담, 매판자본과 신식민지, 군부정권의 등장과 병영사회화,[50] 베트남전쟁 등이 사회적 이슈였다. 4·19 직후 통일 논의가 대두되고 한미 원조협정 반대 및 행정협정 체결이 제기되었으며 1960년 8월에는 연세대학교가 설립자의 후손인 호레이스 G. 언더우드를 신임총장으로 임명하고 한국인 교수 2명을 해임하는 안건을 처리했다가 한 학기 내내 교수파업과 학생시위에 부딪쳤다. 1962년 파주에서 미군 병사들이 민간인을 공격하는 범죄가 발생하자, 주요 학생단체가 주한미군 주둔에 관한 협정SOFA 폐기를 주장하며 시위를 벌여졌다.[51] 미군기지 인근 '양공주' 피해범죄도 빈번했다. 1963년 일본 오노 망언과, 한일협정 반대 '6·3시위', 반민족 매판자본 논의도 제기됐다.[52] 특히 '제2의 이완용이 되더라도 한일회담을 성사시키겠다'는 정부 관료의 발언을 접한 임종국은, 역사의식에 심각

---

50 1960년 5·16쿠데타로 군사정권이 들어선 후 병역회피자의 비율이 현격히 줄었다. 1962년에는 병역법이 개정되고 각 지방에 병무청이 신설되면서 징집 관련 문민통치가 군부통치로 바뀌었으며 1965년 징병제 보완작업, 1968년 향토예비군 신설이 이루어지면서 군대 다녀와야 사람이 된다는 얘기가 일반화되어 갔다. 1969년에는 고등학교와 대학교에 교련교육이 재계되었다. 오제연, 「병영사회와 군사주의문화」, 오제연 외, 『한국현대 생활문화사 1960년대』, 창비, 2016, 191~212면.

51 그렉 브라진스키, 나종삼 역, 『대한민국 만들기, 1945~1987』, 책과함께, 2011, 320~342면.

52 홍석률, 「1960년대 한국 민족주의의 분화」, 『1960년대 한국의 근대화와 지식인』, 선인, 2004, 207면.

한 문제가 있다고 생각하고 『친일문학론』[1966] 집필을 추진했다.[53] 일본에서도 1960년대 미·일 안보조약 반대투쟁이 격렬했다. 이처럼 1960년대 초중반은 한국인의 민족주의와 반외세주의가 미국과 일본 양국 모두를 향하고 있었다. 비등해진 민족감정과 역사의식의 재정향이 중요해진 사회적 분위기였다.

이때 메일러와 준페이의 소설은 당대인이 양국의 전쟁인식을 알 수 있는 유용한 매개물이었다. 미국은 1950년대 초반 전후가 끝났고, 일본은 1956년 즈음부터 '전후'가 끝났다는 주장이 나왔으며, 한국은 식민지배 유산뿐만 아니라 한국전쟁까지 더해져 전후가 현재진행형이었다. 아픈 역사와 빈곤한 현실에 처한 1950년대 한국의 대학생들은 '우리는 왜 이렇게 존재할 수밖에 없으며 어떠한 역사적 경로를 거쳐 오늘에 이르게 됐는지 묻고 또 물었다. 또한 이승만 독재정권이 무너지면서 단순한 애국주의도 비판의 도마에 올랐다'.[54] 당대 현실의 조건인 식민지배와 한국전쟁은 대외 외교 문제가 부각될수록 여전히 중요한 화두일 수밖에 없다. 이때 제2차 세계대전을 배경으로 한 전쟁문학이자 그 결산으로 인식된 작품들은 한국인에게 흥미 있을 수밖에 없다. 이제 두 작품을 통해 미·일 양국의 전쟁문학의 성격과 인식차이, 그것이 전쟁의 기억 및 역사의식과 맺는 관계를 좀 더 살펴보자.

1) 권위주의적 군조직 메커니즘과 전쟁의 수난사

(역자해설) 등장하는 주요인물은 **사단장인 장군과 냉혹한 척후소대 선임하사관**, 그들에게 대립하는 **하버드대학 출신의 진보적인 인텔리소위**, 그 외 **척후소대 사병**이라고 할 수 있는데, 여기서는 저자 자신을 모델로 했다고 생각되는 대학 출신의

---

53 정운현, 『임종국 평전』, 시대의창, 2006, 235면.
54 유근호, 『60년대 학사주점 이야기』, 나남, 2011, 19·73면.

청년소위의 운명이 특히 우리의 주목을 끈다. 일선에서 이 청년을 기다리고 있던 것은 **밀림**이나, **폭풍우, 일본군**뿐만이 아니라 **아군의 팟쇼적인 군대기구**이며 그러한 군대기구를 대표하는 장군과 중사^{척후소대 선임하사관}의 간계였다. 그는 장군에 의해 정찰대지휘관으로 척후로 나갔다가 중사의 허위정보 때문에 일본군 잠복병에게 사살되고 만다. 저자는 장군의 입을 통해 "본래의 유일한 도덕은 권력의 도덕이다"고 한다. 그리고 "인간성이라든가 영성 같은 것은 가장 경멸해야 하는 위안제에 불과하다"고 공언하고 있다. 또한 이 소설은 'Time machine'이라고 하는 플래시백의 수법으로 **주요인물의 과거의 생활을 그려 보이고 있는데, 그것은 전전의 시민생활에 있어서 그들이 이미 인간의 존엄성이나 생에 대한 희망을 잃어버린 인물**이었을 뿐이고 전장은 단지 그 사실을 재확신하는 장소에 불과하다. 이미 여기에는 **승리자란 없고 나자와 사자만이**, 전쟁이 이루어 놓은 절망적인 극한 상황 속에 나뒹굴고 있을 뿐이다. 이 거대한 작품 속에서 작자가 날카롭게 들쑤신 신랄한 야유는 그저 야유로만 끝나는 것이 아니라, **전쟁의 잔인성, 인간성의 모독**에 대한 항의와 절규가 배어 흐르고 있는 것이다.⁵⁵강조는 인용자

『나자와 사자』는 일본군이 사수하는 남태평양의 가공적인 섬 아노포페이에 상륙한 미국 전위부대의 고투와 승리를 다룬 작품이다. 군수물자 지원이 원활한 미국이 섬에 철저히 고립된 일본군을 사실상 일방적으로 공격하고 승리하는 소설의 설정은 맥아더 장군이 필리핀 일대에서 몇 번 구사한 섬 고립전술을 연상케 한다. 소설의 내용은 '①섬에 상륙작전 → 진지구축과 전진 → ②후방작전 척후부대 침투^{밀림, 일본감시병과 교전}와 작전 실패 → 후방작전과 별

---

55 노먼 메일러, 안동림 역, 『나자와 사자』, 文學社, 1964, 837~838면.

개로 미군의 전투 승리'로 전개된다. 전쟁문학 하면 계속된 전투와 죽음을 떠올리기 쉬운데 실상 이 작품은 전장戰場의 전투보다는 전투를 준비하면서 벌어지는 부대원의 내면과 갈등에 훨씬 많은 비중을 할애하고 있다. 미군과 일본군의 싸움은 섬에 상륙할 때와, 진지를 구축하고 전선을 조금씩 끌어올리는 과정에서 등장하는데 극히 일부에 불과하고 들려오는 '포격소리'만이 전쟁이 진행되고 있다는 사실을 환기해준다. 왜냐하면 소설의 주요 등장인물이 소속된 부대가 척후부대정탐소대이기 때문에 척후를 나가지 않을 때는 진지 구축 작업에 투입되기 때문이다.

소설 내용 ①에서는 예상보다 진격준비가 늦어져 고민인 군사령관 커밍즈 장군과, 장교의 위선과 허위를 조롱하는 보좌관 허언 소위하버드대학 출신, 정탐소대를 이끄는 선임하사관이자 잔혹한 정복욕의 크로프트 중사, 그 외 14명 남짓의 정탐소대원이 벌이는 갈등이 핵심이다. 또한 소설 내용 ②에서는 커밍즈 장군에게 미움을 받아 정탐소대의 책임자가 된 허언 소위와 크로프트 중사의 알력, 소위의 전사戰死 그리고 섬 후방의 거대하고 웅장한 아나카산에 대한 크로프트 중사의 정복욕이 핵심이다.

이 소설은 각 등장인물의 소개를 번갈아 바꿔가며 사건을 전개하는데, 각 인물이 군에 입대하기 전의 삶을 생생하게 보여주고 그 연장선상에서 군생활의 고민예: 본국에 홀로 남겨진 아내을 드러내는 방식이다. 즉 등장인물의 인종, 출신 지역, 재산, 학벌, 직업, 결혼 유무 등에 따라서 확연히 다른 내적 고민이 제시된다. 백인, 흑인, 유대인, 히스패닉, 아시아인 등 다양한 인종이 섞인 다민족 국가인 미국은 제2차 세계대전 당시 인종 갈등이 여전히 심한 나라였다. 그래서 백인 사병은 흑인을 멸시했고, 반유대주의자인 갤러거 사병은 유대계인 골드스타인이나 로드를 조롱했으며, 멕시코계인 마티네즈는 하사임에도 불구하고 항상 열등감에 시달린다.[56] 하버드 출신이자 부유한 사업가의 자제인 허언 소위가 유일하게 군사령관 커밍즈 장군의 총애를 받은 것도 이러한 배경 때문이다. 가난한 남부 출신 역시 무시당한다.

소설에서 대학교육을 받을 만한 재산과 지적 능력이 없는 대다수 사병의 가정환경과 성장 과정은 참혹했다. 이들은 제대로 교육을 받지 못하고 어린 나이에 노동현장에서 일하며 가정을 책임져야 했다. 마음의 유일한 안식처는 사랑하는 애인이었지만 결혼을 하고 지속하기 위해서는 돈이 필요했다. 이처럼 사회적 차별을 태생적으로 겪어온 장병들은 군을 통해 신분 상승과 '전쟁 영웅'이라는 사회적 인정을 꿈꿨지만 군조직문화도 기성 사회와 별반 다르지 않으며 죽음의 공포만이 존재했다. 특히 하사관은 자신보다 군 경력이 짧으면서도 직급이 높은 허언 소위 류의 장교를 싫어했다. 그 결과 정탐소대의 지휘권을 장악하기 위해 크로프트 중사가 거짓 정보를 흘려 허언 소위가 일본군의 총격에 죽게 되는 일이 발생한다.

즉 군에는 권위주의적 조직문화, 사회적 차별, 명령-복종의 규칙과 승진을 둘러싼 계급 갈등이 존재했다. 이러한 군대문화를 싫어한 허언 소위가 고위 장교의 위선을 조롱하고 경멸하지만 커밍즈 장군에게 감상주의적 자유주의자이자 군기를 흐리는 자로 낙인 찍혀 정탐소대로 쫓겨났을 뿐이다. 세계 최고 수준의 부대이자 자유의 나라인 미국의 군대가, 실상은 사회적 불공정과 권위주의적 기성질서의 축소판이었던 셈이다. 한국전쟁이 기존의 사회 갈등과 모순을 드러내는 계기였다고 하듯, 미군 입대 전 사회적 소외의 경험과 차

---

56 미국은 1847년 멕시코를 침공하여 당시 멕시코의 55%의 땅을 차지한다. 현 미국 남부의 네바다, 유타, 애리조나, 콜로라도, 캘리포니아, 뉴멕시코, 텍사스는 멕시코가 그에 해당한다. 가령 2005년 한국에서 개봉한 영화 〈레전드 오브 조로(The Legend Of Zorro)〉에는 캘리포니아가 미연방의 31번째 주로 편입되는 것을 기뻐하는 장면이 등장한다.

별의 구조가 입대 후에도 지속되고 있는 현실을 고발하는 것이 이 전쟁문학의 중요한 성격 중 하나다. 이러한 맥락에서 한국의 독자는 『나자와 사자』를 통해 미국의 군대문화와 미국사회를 인식할 수 있었다. 여기서 더 나아가 이 작품은 전쟁문학으로서 그들에게 전쟁이 무엇이었는지도 보여준다. 이 서사의 전쟁은 전투와, 전투 준비로 나뉜다. 먼저 전자의 측면에서 보면, 앞서 말한 군대문화의 구성원들도 전투 상황에 직면했을 때는 오직 생존만이 목표가 된다. 누구든 생존하려면 살인을 해야 한다. 이 작품에서 미군이 일본군 살해를 자세하게 묘사한 것은 두 장면이다. 하나는 ①에서 레드와 크로프트가 쉬고 있던 2명의 일본군과 우연히 만난 것이고 두 번째는 ②에서 마티네즈 하사가 일본진지를 정탐하다가 일본군 보초병 한명을 칼로 죽인 대목이다. 여기서 일본군에게 살해될 뻔 했던 레드의 공포의 기억, 적에게 들키지 않기 위해 어쩔 수 없이 보초의 목을 베어버린 마티네즈의 살인기억이 매우 절절하게 다뤄진다. 이들은 그 기억 때문에 잠도 잘 자지 못하고 공포와 참회의 고통에 시달린다. 그 외 사병들도 작전 중 한 명씩 전우가 죽어가는 걸 목도하면서 죽음의 공포에서 휩싸인다. 전쟁소설 『나자와 사자』가 살인을 부정하는 반전문학의 성격을 갖는 것은 이러한 대목에서 잘 나타난다.

후자의 전투준비는 전투를 위해 작전을 준비하는 대목과 관련된다. 이 섬은 대다수 밀림 산악지대이며 폭풍우가 계속되면서 땅이 진흙탕이다. 작전 소대가 적의 감시를 피해 밀림을 돌파하고 폭풍우에 시달리는 장면이 소설의 2/3을 차지하는 수준이다. 장병들은 전투하는 시간보다 밀림을 헤치는 극한의 시간이 훨씬 많다. 또한 ②에서 크로프트 중사는 거대한 산을 등반하려는 맹목적 욕심에 부하들을 독려해 밀림과 일본진지, 산악지대를 돌파한다. 이들의 작전 수행과 상관없이 일본의 부대는 미군 일선부대의 포격으로 전멸했다. 정탐소대는 결국 산을 등반하지 못하고 지나왔던 밀림을 다시 돌파해 귀환하는 고생을 하면서 소설은 끝이 난다. 헛된 작전과 죽음은 전쟁의 허망함을 여실히 드러낸다. 맹목적으로 집착하고 강행하는 크로프트를 대하고 있는 독자라면 생텍쥐페리의『야간비행』이나 앙드레 말로의 작품과 같은 행동주의 문학의 색채를 손쉽게 느낄 수 있다. 이처럼 이 전쟁소설은 맹목적인 명령이 지배하는 전쟁과 장병의 죽음이 지닌 허무함을 드러내는 방식으로 반전을 환기했다.

요컨대『나자와 사자』는 부조리한 사회적 차별 고발, 권위주의적 군조직^{기계}^{문명} 메커니즘 비판, 덧없는 살인과 죽음의 공포, 부상병 구출을 다룬 반전문학이자 휴머니즘문학, 맹목적 전쟁의지와 산악 정복을 다룬 행동주의적 문학을 포괄하는 전쟁문학이다. 미국에서는 1955년 '승차거부운동' 등 흑인의 분노가 표출되면서 민권운동이 시작되었고 1963년 8월에는 마틴 루터 킹 등 25만 명이 인종평등과 자유를 주장하며 워싱턴을 걸었으며 1964년 6월 '미시시피 자유여름운동'을 거쳐 겨우 '민권법'이 통과되었다.[57] 이러한 맥락에서 이 작품의 인종차별과 교육실패, 사회적 불공정 내용은 미국인이 충분히 공감하고 고평할 만했고, 한국 독자는 미국이 아직 진정한 '자유국가'가 아니라는 사실을 인식할 수 있었다.

이처럼 문학적 가치가 높지만 승전국의 작품이기 때문에 전쟁책임에 관한 자의식은 전혀 없다. 소설의 시간적 배경도 제2차 세계대전 말기이고 섬에서의 고생담만 부각되기 때문에 식민주의나 제국주의에 관한 자의식이 진혀 드러나지 않아서 가해자-피해자의 관계도 나타나지 않고 미·일 양국의 싸움은 맹목적이고 무의미한 전투와 전쟁으로 표상될 뿐이다. 그래서 일본군에

57　클레이본 카슨 편, 이순희 역,『나에게는 꿈이 있습니다』, 바다출판사, 2000, 69~444면.

대해서도 언급이 거의 없는데 일본군이 "이동식 갈봇집을 전선에까지 끌고 다니"[58]는 것을 미군사병들이 부러워하는 대목이 나올 뿐이다. 토착민도 등장하지 않기 때문에 미군이 해방자의 모습도 띠지 않는다. 당시 미국은 조선을 식민지에서 벗어나게 해준 나라이자 원조 및 동맹국가였기 때문에 한국 독자는 이 소설을 읽고 미국을 비난하는 민족감정을 가질 이유가 없었고 미국에게 점령당하는 일본군의 처지에 희열을 느낄 수 있었다.

그러면서도 한국전쟁을 겪은 한국인은 전쟁을 비판하는 전쟁문학의 반전 反戰에 공감할 수 있었다. 『나자와 사자』에는 사병들의 노동과 고생담이 소설의 분위기를 지배하고 있기 때문에 휴머니즘의 성격만이 강하게 부각된다. 그런데 제2차 세계대전 당시에는 전쟁이 재난으로 표상되지 않았었는데, 전쟁이 끝난 이후에 나온 이 작품에는 밀림과 폭풍우 그리고 죽음에 직면한 인간을 다룰 때 "재난"이라는 언급이 계속되며 전장의 상황이 재난으로 인식된다. 이는 준페이의 『인간의 조건』도 마찬가지이다. 두 작품에서 전쟁은 반전문학의 함의 중 하나는 '재난으로서의 전쟁'이다. 다시 말해 재난과 전쟁이 결부되어 반전의 의미가 부각되는 반전문학이 되는 것이다. 이 점이 두 전쟁소설의 중요한 성격이다. 그렇다면 '재난으로서의 전쟁', 반전, 휴머니즘 등이 부각될 때 전쟁문학이 갖는 성격을 고미카와 준페이의 『인간의 조건』을 통해 살펴봐야 하겠다.

58 　노먼 메일러, 안동림 역, 『나자와 사자』, 文學社, 1964.2.12, 236면.

2) 휴머니즘, 전쟁피해자, 전쟁책임의 면죄부 - 자유, 사랑, 생활의 욕망

전쟁을 재난으로 강조하고 그 피해를 일반화하는 것은 반전反戰문학의 맥락에서는 효과적인 방법이다. 그러나 전쟁책임의 문제를 논외로 하는 승전국의 전쟁소설이 '재난문학'을 표방했을 때 가해자와 피해자의 관계 문제는 논해지지 않거나 왜곡되고 만다. 재난문학은 모두를 전쟁피해자로 만든다. 모두가 전쟁피해자인 것처럼 간주될 때 전쟁의 참혹성이 한층 강화되면서 전쟁문학은 반전문학이자 휴머니즘의 기치를 드높일 수 있다. 그러나 그 순간 전쟁 발발의 원인과 책임 소재는 불분명해지고 만다. 결국 전쟁문학이 전장의 처참한 전투를 실감나게 재현하고 전쟁의 고통을 일반화하며 '전쟁피해자'론을 양산하는데 그치는 경우 관련 국가의 독자에게는 전쟁오락물로 전락하기 쉽다. 등장인물이 전쟁이라는 죽음의 조건하에서 성욕, 식욕, 폭력, 생존욕, 인정욕망, 속물 등의 적나라한 본성을 드러내기 때문에 전쟁물의 오락적 성격만이 더욱 두드러지는 것이다. 그러나 성욕, 폭력이 인간의 당연한 '본성'인 것처럼 간주되는 것은 전쟁범죄의 책임과 인간성 논의를 무화시키는 기능을 한다. 이러한 인식을 바탕으로 휴머니즘, 전쟁피해자의 전쟁문학을 살펴보자.

고미카와 준페이의 『인간의 조건』의 소설 제목에서 알 수 있듯 이들 전쟁문학은 절망적인 상황에 놓인 인간이 생존하기 위해 얼마나 인간이기를 포기해야 하는지 그리고 인간이기 위해 어떻게 해야 하는지 고민한다. 1963년 대규모 전장戰場신을 선보이며 한국전쟁을 본격적으로 묘사한 영화 〈돌아오지 않는 해병〉의 주제도 이와 같았다. 전쟁문학이 기본적으로 인간성 옹호의 휴머니즘문학의 가치를 확보하는 이유가 여기에 있다. 메일러와 준페이의 두 작품도 모두 휴머니즘문학의 결정판으로 평가되었다. '휴머니즘'이 전쟁문학의 성격을 결정 짓는 또 하나의 중요한 요소인 것이다.

이러한 '휴머니즘 전쟁문학'이 전쟁책임과 역사의식 문제와 결부될 때 내셔널리즘의 장애를 넘고 관련국의 사죄 및 위로로 기능할 수 있어야만 막연한 '휴머니즘'의 보편화가 가져오는 '우리 모두 전쟁피해자'론의 구축과 확산 그리고 민족 간 갈등의 은폐를 극복할 수 있다. 앞서 살펴봤듯이 전승국의 『나자와 사자』는 전쟁의 참상과 미국의 사회적 차별, 군조직의 메커니즘을 고발하는 데 충분히 효과적이지만 전쟁책임의 문제는 간과 되었다. 미국 작가가 미국인을 위해 쓴 미국의 전쟁문학인 셈이다. 그렇다면 패전국의 소설인 『인간의 조건』은 휴머니즘의 한계를 넘어서 민족 문제와 책임의 소재 등으로 문제의식을 확장하고 있는가.

『나자와 사자』의 감상주의적 자유주의자 허언 소위처럼, 휴머니즘적 전쟁문학에서 자유를 옹호하는 주인공 설정은 전형적이다. 준페이의 『인간의 조건』의 주인공인 '가지'는 자유주의자 및 휴머니스트로 등장한다. 더 명확히 하면 그는 대학시절 사회주의에 공명해 감옥에도 다녀온 엘리트지식인인데 의사 전향사회주의자는 아니고 사회주의에 일정한 거리를 둔 '자유 및 인간성' 옹호주의자이자 평범한 소시민이다. 따라서 이 소설은 고발과 저항의 주체인 가지의 수난사이기도 하다. 가지가 저항을 하면 탄압을 받고 쫓겨나며 박해가 반복된다. 불합리한 '인간의 조건'과 그 수난이 격할수록 휴머니즘의 강도도 강해지는 효과가 있다.

작품은 '가지'의 공간 이동에 따라 내용이 바뀌는 구조이다. 그 시간적 배경은 1943~1945년 12월이며, 공간적 배경은 만주다. 만주는 전쟁을 준비하는 '준전장'에서 1945년 8월 소련이 침공하면서 전장으로 바뀐다. 구체적으로 이 소설은 '①군수 제철회사 조사부 직원 → ②군 소집면제를 조건으로

라오후링 광업소의 노무관리자 부임 → ③소집면제 박탈과 군 입대 → ④소만국경지대 소련의 침공과 일본의 패전, 패잔병 가지의 귀환투쟁'으로 내용이 전개된다. 크게는 라이후링 광업소에서 중국인 노동자 및 포로들의 노무관리를 하면서 기존 관리자와 충돌하는 전반부와, 군에 징집되어 부당한 선임의 행태와 군대문화에 저항하다가 소련과의 전투에서 겨우 생존해 아내에게 돌아가기 위해 분투하는 후반부로 대별된다. 다시 말하면 일본의 패전 이전 광업소와 군에서의 갈등, 패전 이후에는 패잔병으로서 아내에게 귀환하려는 과정에서 가지가 겪는 수난사가 소설의 구도다. 이 과정에서 비판자이자 자유 옹호자인 '가지'의 투쟁이 불합리한 '인간의 조건'을 극복하려는 '양심적 일본인'으로 표상되면서 『인간의 조건』은 휴머니즘문학이 되는 것이다.

여기서 '양심적 일본인'을 주인공으로 내세운 전쟁문학과 일본의 전쟁책임, 이 일본의 전쟁소설을 읽는 한국 독자의 상관관계가 형성된다. 이제 가해국의 국민이면서 '양심적' 일본인 가지를 살펴보자. 『나자와 사자』가 허언 소위뿐만 아니라 여러 인물을 내세워 군과 사회적 차별을 비판했다면, 『인간의 조건』은 조력자가 있기는 하지만 '가지' 혼자 그 일을 감당한다. 전쟁 말기 중요 전쟁물자를 공급해야 하는 광업소炭鑛의 유일한 목표는 생산 확충이다. 일본인 현장관리자 오까자끼는 폭력을 통해 중국인 노동자와 포로를 닦달한다. 이와 달리 대학출신이자 조사부 직원이었던 가지는 "인간을 인간으로 대접해" 주면 생산량은 자연스럽게 증가될 거라고 믿는다. 노동자의 인격을 존중하여 월급 증가, 폭력 금지 등 노동조건을 개선하는 게 그의 노무관리법이었다. 이러한 입장차이로 인해 가지와 오까자끼는 매번 충돌한다. 특히 가지는 관동군이 데려온 중국인 포로 노동자들에게도 인도주의적 방식으로 대하고 포로수용소를 탈출하려는 중국인과 대화로 문제를 해결해 가려는 모습을 보여 이 소설에서 독보적으로 인간적이고 양심적인 일본인의 위상을 갖는다.

이는 관동군 장교가 중국인 포로를 처형하는 것을 막는 가지의 행동을 통해 더욱 극대화된다. 이 일로 가지는 군 소집면제 특혜를 박탈당하고 징집돼 입대하게 되는데 군대에서도 내무반의 부조리한 '선임-후임' 관계를 바꾸기 위해서 투쟁을 멈추지 않는다. 이 작품도 전쟁은 후반부에야 등장하고 부조리한 사회관계를 개선하기 위한 고발과 투쟁이 다수를 점하고 있는 것이다. 행동하지 않는 양심은 진정한 양심이 아니라고 생각한 '가지'는 행동적 지성으로서 매번 결단과 실천을 감행한다. 이 과정에서 그는 "양심적 일본인", "센티멘탈 휴머니스트", "전향 사회주의자로 낙인찍힌 엘리트지식인" 등으로 호명되며 "인간다움" 옹호의 화신이 된다. 이 점에서 준페이의 전쟁소설도 메일러의 『나자와 사자』와 그 성격이 흡사하다. 여기까지의 '가지'의 행동과 사고는 인류 평화와 보편적 인권과 결부될 수 있다는 점에서 『인간의 조건』은 의미 있는 반전문학이 된다.

그런데 두 작품이 차이가 있다면 준페이의 것은 패전국가의 소설이기 때문에 소련과의 전쟁에서 가지가 속한 부대가 전멸하고 가지와 몇 생존자만이 도망가는 내용이 추가되어 있다. 패전국 일본국민의 입장이 소설에 반영되는 것이다. 이리하여 일본인에게 『인간의 조건』은 패잔병이 만주의 현지 중국인과 소련군을 피해 계속해서 남하하며 전투를 벌이고 배고픔을 겪으며 산속을 헤매다가 결국 소련군의 포로가 되고 탈출하는 등의 고생담이다. 이는 동시에 가지가 사랑하는 아내가 있는 집으로 돌아가는 이야기이기 때문에 후반부에서 전투 이후 부분부터 결말까지는 일종의 귀환서사이다.[59] 결말

---

59 패전 직후 일본 최초의 귀환서사인 후지와라 데이의 『내가 넘은 삼팔선』(1949)이 민간인 여성의 귀환을 다룬 것이라면, 준페이의 『인간의 조건』은 만주를 배경으로 남성 관동군의 귀환

은 포로수용소에서 탈출한 가지가 남하하다가 추운 겨울 길거리에서 쓰러지는 장면으로 끝나기 때문에[60] 일본인뿐만 아니라 한국전쟁을 겪은 한국 독자의 심금을 울리기에 충분하다. 가지처럼 '자신의 의사와 상관없이 군에 징집되고 부조리에 저항하는 양심적 일본인'이 사랑하는 아내와의 행복한 생활을 꿈꾸지만 좌절되는 서사는, 전쟁비판의 정당성을 절실히 확보하고 있다. 귀환하는 가지는 총을 든 관동군이면서도 소설에서 평범한 일본의 소시민으로 표상된다. 따라서 이 소설 역시 일본의 민간인은 전쟁책임이 없고 전쟁피해자로 설정된다. 『나자와 사자』와 마찬가지로 '전쟁피해자'론의 전쟁인식을 보편화하는 효과가 있다. 이 때문에 이 소설의 자국민인 일본인은 『인간의 조건』을 읽고 위로와 합리화를 할 수 있다.

하지만 일본의 식민지배를 겪은 한국인은 이 소설에 완전히 공감할 수 없는 지점이 있다. 무엇보다 이 소설에는 소련군과 만주의 중국인, '위안부', 일부의 조선인이 등장하기 때문에 식민지민이었던 한국 독자의 입장에서 소설 내 주요 사건들을 다층적으로 재해석하여 '재난으로서의 휴머니즘 전쟁문학'의 프레임에 은폐된 가지의 '모순'과 역사적 사실을 분석할 필요가 있다. 중국인과 전쟁을 고려하면 소설 전반부는 중국인 포로와 위안부, 사기꾼 조선인이 논의될 수 있으며 후반부인 패잔병의 후퇴에서는 중국인 현지 주민과 소련군에 대한 가지의 인식이 쟁점이 될 수 있겠다.

먼저 전반부를 살펴보면, 만주 배경인 이 소설에서 라오후링 채굉소의 핵심 관리자는 모두 일본인이며 노동자는 모두 중국인이고 관동군에 의해 끌려온 포로도 중국인이다. 이곳의 노동자는 기업에 직접 고용되지 않고 파두

서사이다. 여기서 두 작품의 인기요인의 차이를 가늠할 수도 있겠다.

60 소설의 작가가 살아서 귀국한 이력을 독자가 안다면 이 대목은 열린 결말로 해석된다.

제把頭制에 의한 간접고용이었다. "파두는 노동자의 모집, 수송, 작업, 관리 등의 일체를 기업으로부터 청부맡은 일종의 간사다. 이들은 주로 지연, 혈연을 통해 모은 노동자를 지휘 감독하고 기업과 계약해 일을 하며 노동자의 임금을 공제한다.[61] 이런 채용 관행 때문에 '일본인 기술자-중국인 비숙련공'의 취업구조하에서 중국인은 이중의 임금 착취와 가혹한 노동 및 폭력에 시달렸다. 이 때문에 가지는 월급을 올려주고 식사의 질을 높이며 학대를 줄여 노동자의 마음을 달래고 포로의 탈출을 막는 방식으로 당국이 정한 생산량을 달성하고자 했다. 중국인을 인간으로 대우하는 가지의 말과 투쟁은 그를 인간성 회복과 양심적 인간의 전형으로 만들었다.

하지만 식민지 말기에 이미 노동자의 인격을 존중하여 생산성을 높이는 노무관리기법이 도입되었다는 사실이[62] 이 소설에는 전혀 배제되어 있다.

---

61 오카베 마키오, 최혜주 역, 『만주국의 탄생과 유산』, 어문학사, 2009, 172면.
62 1955년에 설립된 일본생산성본부는 합리화를 촉진하는 고급 경영기술을 보급시켰으며, '협조적인 노사관계, 유순한 노동계급, 경영상의 테크노크라시적인 질서를 정당화하는 사회적 합의'에 기반을 둔 '생산성 이데올로기'를 추진하였다. 일본생산성본부가 추진한 경영법 중에서, '인간관계관리'와 '품질관리'의 기원 및 선구'는 전시기에 있었다. 인간관계관리의 경우, 비물질적인 노동 인센티브에 대한 증대된 의존을 통해 전시기에 이미 준비되고 있었다. 사구치 가즈로는 1940년의 「근로신체제확립요강」에서 대일본산업보국회의 이데올로기적 기반으로서 '근로'의 개념이 강조되었음을 지적한다. 사구치에 따르면, "근로 이데올로기에서 중요한 것은, 그것이 노동자의 능동적인 행위를 전제로 삼고 있다는 점이다." 노동자의 '인격'은 승인되어야 했으며 근로는 그 전인격의 발로이기 때문에, 노동자들은 '창의적'이고 '자발적인' 노동을 행하는 인간으로 이해되었다. 그리하여 노동자들은 임금을 주된 동기로 삼아서는 안 되며, 국민으로서 국가에 봉사해야 하는 자로 간주되었다. 전쟁 말 무렵까지 고용자 측은 확실히 비물질적인 인센티브에 대한 의존을 점차 더 강화시켜갔다. 츠츠이에 따르면, "숙련노동자에 대한 높은 수요, 공장규율의 완화, 경영자에 의한 '노동착취'에 대한 반대를 고려하여, 노동자를 몰아붙이는 고압적인 테크닉은 엄격하게 제한되었다." 얼마 남지 않은 대안들 가운데 하나가 '정신지도'였다. "직장을 인간화한다는 지속적인 신념과 심리학적 인식을 결합시킨 이러한 접근에는 전제가 있었다. 그것은 경영자는 종업원들을 일하도록 만드는 것이 아니라, 거의 삼촌과 같은 교감 속에서 그들이 일하도록 유도해야 한다는 관념이다". 그리하여 "경영에 대한 동

폭력과 정신주의만 강조한 현장관리자 오까자끼가 생산주의적 노무관리라면,[63] 노무반장인 가지는 노동자 인격 존중과 근로 여건의 합리화를 통한 생산력주의적 노무관리자에 해당했다. 가지도 결국은 전쟁수행을 위한 협력자의 한 유형이었던 것이다. 그럼에도 가지는 양심적 인물로만 표상되어 있다. 이렇게 격상된 가지의 존재는 전쟁문학의 휴머니즘을 확증하는 것이며 더 나아가 '더 나은 일본인' 상을 구축하는 데 기여한다. 평범하고 착한 일본의 시민이 겪는 수난사 역시 '우리 모두가 전쟁피해자'라는 전쟁인식을 창출한다.

이러한 전쟁피해자적 입장은 가해자의 행동과 인식을 합리화하거나 은폐하는 작업을 수반될 수밖에 없다. 이 소설에는 탄광에 노동자로 투입된 중국인 포로의 사기와 근로의욕 진작을 위해 회사에서 여성을 동원하는 데 모두 인근 '위안소'의 중국 여성이다. 문제는 이 위안소가 민간영업으로 그려지고 심지어 중국인 포로에게 성접대를 한 '위안부' 중 한 명은 포로와 사랑에 빠진다. 이와 같은 설정은 위안소 여성을 성노예가 아닌 '창녀·창부'화하고, 일본의 국가책임에 면죄부를 주는 효과를 낳는다.

또한 탄광의 포로, 노동자, 위안부가 모두 중국인인 것에서 알 수 있듯 조선인이 배제되어 있다. 이 소설에서 조선인은 딱 두 번 언급되는데 첫 번째가 이 탄광의 중국인 노동자를 빼돌리려는 사기꾼 조선인과, 작품 후반부에서 만주에 거주하는 조선인인데 후자는 의미 없는 존재고 첫 번째 조선인은

기부여와 심리가 경영에 대하여 가지는 중요성을 충분히 인식하며, 고용자는 독재자라기보다 오히려 지도자라고 인지하기 시작함으로써 전쟁 중에 경영자들은, 미국의 인간관계론을 패전 후 일본으로 도입하기 위한 발판을 마련하였던 것이다." 사카이 나오키 외, 이종호 외역, 『총력전 하의 앎과 제도』, 소명출판, 2014, 192~194면.

63 식민지 말기 조선의 소설은 대다수가 생산주의를 반영하는 작품이었다.

불량배로 그려진다. 조선인이 배제되면서 만주 사회 내에 존재하는 다층적인 민족차별의 문제가 완전히 소거되어 버리고 조선 밖으로 가장 많이 끌려간 조선여성에 대한 논의도 불가능했다. 만주는 오직 일본인과 중국인간의 공간으로 설정되어 패전 이후에도 조선인에 대한 일본의 책임은 논의 자체가 불가능하다. 따라서 1960년대 초중반 이 소설을 접한 한국 독자는 작가가 의도적으로 일본의 조선에 대한 식민지배의 역사를 의도적으로 외면했다는 사실을 쉽게 깨달았을 것이다.

게다가 만주를 일본인과 중국인 간의 공간으로 설정한 것도 문제를 야기하고 있다. 이 작품에는 전쟁은 미국과 소련에게 진 것이지 중국에게 진 것이 아니라는 언급이 나온다. 이는 당대 일본의 인식이기도 했다. 때문에 소설에서도 중국인에게 진정으로 사죄하는 인식이 나타나지 않는다. 오히려 패잔병에 의해 현지 중국인은 재산을 약탈·살해당한다. 가지도 그중 한 명이다. 즉『인간의 조건』은 일본의 역사 인식을 상당부분 반영한 작품인데, 주인공 '가지'를 전쟁피해자의 상징으로 만들기 위해 패잔병의 귀환 과정의 지난한 서사를 극대화하는 과정에서 '자유와 인간성 옹호의 가지'가 살인자가 되어버린다. 작가는 가지를 합리화하는 논리가 또 필요하게 된다. 이것은 일본 전쟁문학의 휴머니즘과 전쟁피해자론의 결합이 가진 모순을 아주 명확히 보여주고 있다. 한국 독자는 이 모순을 파악하며『인간의 조건』의 한계를 인식할 수 있다.

그렇다면 패잔병 가지의 모습을 더 살펴보자. 노동 현장의 휴머니스트였던 가지는 군에 입대하면서 갑자기 부대 최고의 명사수가 되는데 그는 패잔병이 되어서도 일행을 이끄는 리더가 된다.[64] 가지가 스스로 자신도 전쟁 협력

---

[64] 가지는 갑자기 전투의 달인이 되어 패잔병을 이끌어간다. 이 때문에 독자들은 "주인공 가지가 지나치게 초인간적"이라는 비판을 했다(五味川純平, 강민 역,『인간의 조건』하(일본문학

자였다는 것을 반성한다면 소련군에 항복을 하거나 후퇴 도중에 곳곳에 있는 마을의 중국인에게 도움을 청할 때 용서를 구해야 했다. 신변이 불안해서 그렇게 못한다면, 가지는 총을 버리고 민간인으로 위장해 남하했어야 했다. 그러나 그는 끝까지 총을 놓지 않는다. 가지는 공산주의 이념의 군대인 소련군과 만주 현지 마을의 중국인을 믿지 않았다. 그가 다른 일본군과 차이가 있다면 성폭행을 하지 않은 것일 뿐 많은 사람을 살해했다. 이 모든 것은 사랑하는 아내에게 돌아가겠다는 일념 하나에 의해 정당화된다. 소설에서는 "생활" 복귀라는 말이 반복해서 언급된다. 인간성 옹호자가 '인간불신'의 확신 속에서 자신의 안전과 행복만을 위해 오히려 살인을 자행하는 전쟁기계로 돌변한다. 가지는 자신의 자유와 사랑, 생명을 위해 타인의 살해하는 '휴머니스트'다. 그래서 이 소설에서 '자유와 사랑, 생활'은 주인공 가지의 살인을 비롯해 기타 일본 시민의 전쟁책임의 면죄부를 주는 소설적 장치 및 가치가 된다.

그리고 오히려 초기 점령군인 소련군은 약탈과 성폭행을 일삼는 것으로 그려진다. 이것은 역사적 사실이기 때문에 부정할 필요는 없다. "승리자도 전쟁범죄가 있다"는[65] 지적은 이 소설의 미덕이다. 이것은 메일러의 작품에서는 부족한 점이다. 그러나 일본이 자국의 전쟁책임을 외면하고 비난의 화살

전집 9), 동서문화원, 1975, 482면). 가지가 패잔병의 리더가 될 때, 문제는 그 그룹 안에 하사관이 포함되어 있다. 다시 말해 지휘체계가 무시되고 사병인 가지가 리더를 맡았다. 후퇴 중이라 해도 이는 계급 체계가 분명한 군조직의 지휘체계를 무시한 것이다. 여기서 군대는 계급이 필요한가라는 질문이 제기될 수 있는데, 일반적으로 군에서 '계급'은 긴급사태의 혼란을 피하고 지휘체계를 분명히 하기 위해 필요하며 직무에 맞는 경험과 기능을 숙련시켜 인사상의 혼란을 줄이는 데 기여할 수 있기 때문에 존재하는 것으로 인식되고 있다(카지 토시키(鍛冶俊樹), 『戰爭の常識』, 文藝春秋, 2005, 84~85면). 이러한 관점에서 봤을 때 군에서 다양한 직무에 맞는 훈련과 직급을 경험하지 못하고 일부 전투 훈련만을 받은 가지가 '만능 군인'처럼 묘사되고 있는 것이, 독자에게는 지나치게 초인적이라는 인식을 준 것이다.

65 五味川純平, 강민 역, 앞의 책, 451면.

을 소련으로만 돌리는 것은 적절하지 않다. 학창시절 사회주의에 잠시 빠졌던 '가지'가 공산주의 이상국가와 현실사회주의의 괴리를 지적하며 소련을 비판한다. 이로 인해 갑자기 제2차 세계대전은 이념전쟁이 되고, 소련군의 과실이 반소, 반공 프레임에 의해 수렴되면서 이 소설은 반공문학이 되고 만다. 일본의 군국주의 이데올로기나 천황제 이데올로기에 대한 자의식은 사실상 존재하지 않는다. 이제 일본인은 전쟁의 피해자이자 소련군에 의한 피해자가 된다. 더욱이 가지는 참전군인이었으면서도 그 범주 안에 포함되고 만다. '군부지도자만이 전쟁의 책임자이고 사병 및 민간인은 죄가 없다'는 인식은 패전 후 일본의 역사학 교육과 별반 다름없다.[66] 휴머니티와 평화이데올로기는 전쟁문학뿐만 아니라 전후 일본의 전형적 내러티브이기도 했다. 일본이 지금까지도 견지하고 있는 '국민 총피해자' 및 국민수인론의[67] 사유가 이미 이 작품에서 발견되는 것이다.

일본의 만주 진출과, 전쟁책임에 관한 언급은 한 번씩 나온다. 전자는 일본 만주 진출의 여부가 자국의 부족한 식량을 해결해 8천 만의 국민을 먹여 살리기 위한 문제였다는 것인데 이는 침략의 역사를 선택지처럼 기술하는 태도이며 만주국이나 남경학살 등에 관한 얘기는 전혀 없다. 그나마 잠시 지나치듯 한 번의 언급에 그쳐 가해에 대한 깊은 성찰이 없다. 그보다는 후자

---

66 코모리 요우이치, 「문학으로서의 역사, 역사로서의 문학」, 코모리 요우이치 · 타카하시 테츠야 편, 이규수 역, 『내셔널 히스토리를 넘어서』, 삼인, 2005, 34~37면.

67 '국민 총피해자' 관점에서 나온 '국민수인론'이란, 국민 모두가 정도의 차이만 있을 뿐 피해나 손해를 참고 감수해야 한다는 사고방식이다. 전쟁피해 재판에서 '국민수인론'이 전개된 것은 1968년 11월 재외재산 보상에 관한 최고재판소의 판결이 처음이다. 최고재판소는 국가의 존망에 관련된 비상사태 시 국민 모두가 크든 작든 생명과 재산의 피해를 당할 수밖에 없었고 이러한 희생에 대해 헌법은 전혀 예상하지 못했다고 판단했다. 하타노 스미오, 오일환 역, 『전후일본의 역사문제』, 논형, 2016, 151면.

인 전쟁책임과 관련해 패전 후 소련군이 중국인 노동자를 학대한 오까자끼의 죄를 조사하기 위해 같은 곳 노무관리자였던 오끼지마를 참고인 조사하는 대목이 흥미롭다. 오끼지마는 과거 오까자끼와 적대시 하는 사이였지만 소련군에게 "거물급 전쟁범죄가 아니면 일본인 스스로 시비를 가릴 수 있도록 해"[68]달라고 말한다. 이는 해방 후 한국에서 친일파 처단의 장면 그리고 패전 후 일본이 '자주재판自主裁判'을 주장하지만 연합국이 수용하지 않았던 역사를 떠오르게 한다. 만일 이 소설에서 소련군의 처벌이 없었다면 오까자끼는 자신이 학대한 중국 노동자와 같은 거리를 이용하며 새로 시작한 장사를 아무렇지 않게 계속했을 것이다. 다양한 수준의 협력과 범죄를 세분화하고 책임을 묻는 작업의 곤란함만큼이나 그 필요성이 요구되는 장면이다.[69] 요컨대 지금까지의 논의를 통해 재난과 휴머니즘, 전쟁피해자론 등으로 포장된 전쟁문학의 논리를 내파하고 국경이라는 경계를 넘어서 전쟁의 기억을 재구성할 수 있는 문학적 '소비'와 독법의 필요성이 요청된다는 것이 명확해졌다.

---

68 五味川純平, 강민 역, 앞의 책, 416면.
69 일본과 일본인의 전쟁책임의 다양한 층위를 지적한 연구로 이에나가 사부로(家永三郎), 현명철 역, 『전쟁책임』(1985), 논형, 2005가 있다.

4. 나가며 – 공식기억 및 집단기억의 상대화

미국은 전혀 등장하지 않고[70] 조선인은 사기꾼 불량배 한 명이 등장할 뿐이며[71] 중국인과 일본인의 관계만 설정되어 있는 소설 『인간의 조건』은, 결국 당대 일본작가가 일본인과 국가를 위해 쓴 전쟁문학이다. 그것도 전쟁으로 희생당한 일본인에게는 진정한 위로나 사죄의 의미가 담기지 않았다.[72] 1967년 한운사가 준페이를 만났을 때, 준페이가 자신은 "조선사람들한테 배상할 짓을 하지 않았어요"라고[73] 말한 수준의 역사 인식이 이 소설에 투사되어 있는 것이다. 이는 현재 일본 젊은 세대가 식민지배와 전쟁은 자신들이 한 일이 아니라고 항변하는 역사 인식과 별반 다르지 않다. 강제 동원된 '위안부' 피해자가 가시화되지 않은 것도 마찬가지이다.[74] 이러한 인식은 승전국 메일러 소설의 일본 수용에 변형되어 나타난다. 『나자와 사자』의 일본인 역자는 소설 속 미군이 당대 미국의 권력욕과 위선을 드러내며 미군은 인간성이 말살되고 권력에 맹종하는 말기적 증상을 격하게 나타내고 있다고 평

---

70 소련 외 또 다른 전쟁 당사자이자 전쟁책임을 묻는 미국은 등장하지 않는다. 제철 원료탄으로 쓰이는 석탄 증산에 매진한 주인공 가지와 군수 제철회사가 등장하지만 1944년 7~9월의 미군의 안산 폭격은 얘기조차 되지 않는다. 이는 의도적으로 미군을 소거하는 당대 소설 문법과 상통하다.

71 한국영화에서 만주의 경우, 1961년 제작된 〈지평선〉(정창화 감독), 〈먼동이 틀 때〉(김묵 감독)에서부터 독립운동의 근거지이자 치안 부재의 활극(活劇) 공간으로 재탄생했다.

72 일본에서 전장 체험에 대한 재일조선인의 문학적 재현은 1970년대 초반부터 시작된다. 정승박의 「벌거벗은 포로」(『農民文學』, 1971.11)와 그 연작 소설(「지점」, 「전등불이 켜 있다」)이 대표적이다. 이 작품에는 일본의 본토결전과 조선인의 도망, 탈출, 피신 등이 다뤄진다. 정승박, 『벌거벗은 포로』, 우석출판사, 1994.5.

73 「韓雲史 人生漫遊記(38)」, 『매일경제』, 1992.11.26, 24면.

74 1965년 한일협정의 (재산) 보상에서 '위안부'는 포함되지 않았고 한국에는 1980년대 후반에야 그 존재가 알려지기 시작했다.

가했다.[75] 이는 패전국의 번역가가 의식적/무의식적으로 적국이자 승전국에 갖는 민족감정이 확인되는 비판적 시선이다.

결국 전쟁문학의 재현은 역사해석 및 설명이다. 전쟁문학의 교훈은 자국의 공식기억 및 집단기억과, 문학의 역사적 재현의 상대화에서 도출될 수 있다. 전쟁 원인의 설명 없는 올바른 증언과 반전反戰은 불가능하다. 이러한 전쟁체험의 일반화와, 전쟁기억의 고착화 및 전승은 역사를 왜곡할 뿐만 아니라 다음 세대와 관련 피해국 국민의 전쟁인식에도 영향을 미칠 수밖에 없다. 죽음과 수난의 이야기를 다룬 전쟁문학이 '재난으로서의 휴머니즘 전쟁문학'은 될 수 있지만 국가와 민족의 경계를 넘어선 문화교류와 민간 수준의 연대를 위한 디딤돌이 되기에는 그 효과가 너무 미미하다. 그럼에도 불구하고 이런 작품이 일본의 자국 비판을 드러낸다는 점에서 비록 불만족스럽지만 감격적이라는, 당대 일부 한국인의 반응은 슬픈 역사의 초상이다.[76]

---

75 ノーマン・メイラー, 山西英一 譯, 『裸者と死者』 I, 東京 : 新潮社, 1961, 458~459면.

76 두 소설이 역사문제 해결에 큰 도움이 되지는 않았지만 일본인에 대한 한국인의 민족감정을 수그러뜨리는 효과는 일부 있었다. 또한 『인간의 조건』의 제목처럼 인간다움을 지키려는 소설 속 인물들의 태도가 독자에게 더 큰 감명을 주었다. 당시 "1950~60년대 한국 사람들의 일상적 생활의식은 전란의 와중에서 어떻게 죽지 않고 살아남는가, 빈곤과 가난에서 어떻게 생계를 유지하고 가정을 유지할 것인가, 독재와 부정부패가 만연한 사회에서 어떻게 최소의 자존심을 유지하면서 인간답게 살아갈 수 있을까" 하는 것이었기 때문이다. (유근호, 『60년대 학사주점 이야기』, 나남, 2011, 80면) 또한 두 작품은 한국에서 전쟁의 상품화를 선도하여 정창화 감독의 영화 〈대지여 말해다오〉, 한운사의 작품, 『전쟁문학집』(1962), 1963년 영화 〈돌아오지 않는 해병〉, 1964년 『동아일보』 50만원 고료 당선작 홍성원의 전쟁소설 「디데이의 병촌」 등을 낳는 데도 영향을 미쳤다. 1964년에는 당시까지 창작된 국내 전쟁문학의 최고작인 박경리의 전작장편 『시장과 전장』이 나오기도 했다. 상업문사로 인식되기도 했던 이어령은 이러한 분위기를 포착하고 『週刊한국』에 「戰爭데카메론」을 발 빠르게 연재했으나 최악의 졸작으로 평가받았다(「이어령 作戰爭데카메론」, 『靑脈』, 1966.10, 150~151면). 참고로 이 무렵 외국에서는 반전(反戰)소설의 고전으로 평가받는 커트 보니것(Kurt Vonnegut Jr.)의 『제5도살장 (Slaughterhouse-five)』(1966)이 출간되었다.

제3장

바로네스 오르치의 『빨강 별꽃』과 번역

프랑스혁명, 공포, 혐오

1. 귀족 오르치와 프랑스혁명

이 글은 영국작가 바로네스 오르치Baroness Emmuska Orczy의 『스칼렛 핌퍼넬The Scarlet Pimpernel』1905의 번역 수용사를 고찰한다. 이 작품은 한국에서 완역 전에는 주로 『빨강 별꽃』으로 읽혔다. 미스터리소설이나 모험소설에 관심이 없다면 오르치의 『빨강 별꽃』을 모를 수도 있지만 영화 〈쾌걸 조로〉나 〈삼총사〉는 누구나 알 것이다. 『빨강 별꽃』은 이들 영화와 드라마의 원조격인 작품으로 영국에서는 국민문학의 하나로서 많은 독자를 확보했던 소설이다.

오르치의 작품은 한국에서 현재 두 작품이 간행되고 있는데 그 한 권인 『구석의 노인 사건집The case book of the old man in the corner』은 『동서 미스터리 북스 63』동서문화사, 2003, 『엘릭시르 미스터리 책장』엘릭시르, 2013으로 팔리고 있으며, 다른 한 권인 『스칼렛 핌퍼넬』은 『스칼렛 핌퍼넬』21세기북스, 2013, 『빨강 별꽃』동서 미스터리 북스 114, 2003으로 출간되었고 『영원한 세계명작 20』가나출판사, 2003, 『논술대비 초등학생을 위한 세계명작 117』지경사, 2012과 같이 아동문학 시장에서도 판매되고 있다.

여기서 후자인 『빨강 별꽃』은 작가의 대표작이자 세계명작, 미스터리소설의 고전으로 한국에 소개되어 있다. 하지만 미스터리소설이 상당한 인기가 있는 지금의 독서시장에서도 이 작가의 작품은 그다지 읽히지 않고 있다. 시중 대형서점에는 각종 세계문학전집이 수백여 권 있지만 그중에서도 주목받고 많이 읽히는 작품은 제한적이다. 인지도가 있는 작품을 연구하는 것도 중요하지만 주변부적인 출판물이 된 외국문학의 존재방식을 파악해야만 한 사회에서 외국문학이 수용되어 유통되고 서사적 영향력을 상실해 가면서도 문화상품으로서 여전히 존속하는 맥락을 파악할 수 있을 것이다.

낯선 작품의 이해를 돕기 위해 먼저 저자와 소설의 내용을 파악할 필요가 있다. 옥시 남작의 딸인 오르치[1865~1947]는 헝가리의 타르나 에르슈의 전통 있는 귀족 집안에서 출생했다. 세 살이 되던 1867년, 농업 기계를 들여오는 데 분개한 집안의 소작인들이 농작물이며 헛간 등 온 농장에 불을 질렀다. 오르치의 가족은 소작인을 피해 부다페스트에서 브뤼셀로 옮겨 가게 된다. 그녀는 작곡가였던 아버지의 영향으로 음악을 공부했지만 성공을 거두지는 못했다. 오르치는 브뤼셀과 파리에서 교육을 받았는데 가족이 런던에 정착하면서 1881년 런던의 헤절리 미술학교에 입학했다. 이후 그녀는 1894년 미술학교에서 만난 삽화가 몬태규 매틀린 바스토와 결혼하면서 영국으로 귀화했다. 바스토는 영국 국교회 목사의 아들로 넉넉한 삶을 꾸리지는 못했다. 오르치는 살림에 보탬이 되기 위해 아들을 낳은 직후 글쓰기에 전념했다.

1902~1903년, 오르치는 남편과 『스칼렛 핌퍼넬The Scarlet Pimpernel』의 진신인 희곡을 완성했다. 이 작품은 극장 프로듀서 프레드 테리의 눈에 띄어 수정을 거쳐 런던 '웨스트 엔드' 최고의 흥행작으로 자리매김했다. 이 성공으로 소설 출간을 요청하는 출판사가 급증했다. 이렇게 간행된 소설은 베스트셀러가 됐다. 그 후 오르치는 20년 동안 The Scarlet Pimpernel 시리즈[총11편]를 썼다. 제1차

세계대전이 마무리되자 그녀는 남편과 함께 모나코의 몬테카를로로 이주했는데 제2차 세계대전이 일어나자 많은 나이에도 불구하고 부상자 구호사업에 종사했다. 1943년 남편이 병사하고 몬테카를로 별장이 공군에 의해 폭격되자 오르치는 동년 다시 영국으로 돌아갔다. 전쟁이 끝나자 오르치는 1947년 자서전을 쓴 후 72세의 나이로 별세했다. 이 삶의 궤적에서 작가의 귀족 신분과 소작인과의 갈등, 영국 이주 등이 파악되는데, 이는 소설 이해의 실마리가 된다.

오르치가 격변의 시기에 쓴 소설 *The Scarlet Pimpernel*은 프랑스혁명을 다루고 있다. 1789년 귀족에게 짓밟히던 평민들이 혁명을 일으키면서 프랑스에는 입헌군주제를 거쳐 공화정부가 들어선다. 소설에서는 급진파 세력이 프랑스 귀족을 붙잡아 단두대^{길로틴, guillotine}로 처형하는데 시간적 배경은 처형이 정점에 이르는 1792년으로 설정되어 있다.[1] 이때 대담한 지략과 수법으로 프랑스 귀족을 영국으로 탈출시켜 망명을 도와주는 영국의 비밀단체가 등장한다. 프랑스혁명 정부는 이 조직을 잡으려고 했지만, 이들은 추적을 따돌리고 프랑스 귀족을 구출한다. 이 조직원이 도망가면서 남긴 문양이 빨강 별꽃과 닮아 영국의 비밀단체는 '빨강 별꽃'으로 불린다.

프랑스인 마르그리트는 결혼 전에 여배우로 활약했으며 남편인 퍼시 블레이크니는 영국 사교계에서 '멋쟁이'로 등장한다. 이 부부는 영국 사교계의 인

---

1   주지하듯, 길로틴(guillotine)은 프랑스의 의사 조제프 기요탱이 만들었다. 이 단두대를 처음 제작 계획한 사람은 루이 16세다. 당시는 참수가 명예로운 죽음이었고 일반백성은 목을 매는 교수형이었다. 신분불평등이 죽음에까지 이르는 것은 좋지 않다고 여긴 루이 16세는, 귀족이든 평민이든 통일된 방법으로 처형하는 방식을 고안하고자 했다. 이 단두대는 프랑스혁명시대의 공포정치를 상징하게 되는데, *The Scarlet Pimpernel*의 소설적 배경인 1792년 9월은 루이 16세의 탈출 실패로 혁명의 급진파(로베스피에르)가 혁명정부를 장악한 시점이었다. 그 이전 1972년 4월 제1차 프랑스혁명전쟁이 발발하여 오스트리아 등 외국과 전쟁이 벌어지는 국면에서 재정 악화, 징집과 징발이 공포정치의 원인이 되었다.

기를 한 몸에 받고 있었다. 프랑스 전권대사 쇼블랑은 '빨간 별꽃'을 잡기 위해 마르그리트에게 접근하여, 마르그리트의 오빠인 아르망이 '빨강 별꽃'에 협력하는 편지를 가지고 있다고 협박하였다. 그 편지를 없애고 싶으면 '빨간 별꽃'의 수장을 잡는 데 협조하라는 게 쇼블랑의 뜻이다. 과거, 아르망은 프랑스 생 실 후작의 집에서 가정교사로 있었고 생 실 후작의 딸과 연인이 되었다. 하지만 후작은 평민인 주제에 귀족의 딸을 쳐다보지 말라고 하면서 폭행을 가하기까지 했다. 오빠를 멸시한 후작에 대한 증오 섞인 마르그리트의 이야기가 퍼지면서 후작은 혁명세력에 의해 처형당하고 만다. 결혼 직후 이 사실을 알게 된 퍼시는 마음을 닫아버렸다.

사실 마르그리트의 남편인 퍼시는 '빨간 별꽃'의 수장이었다. 그래서 그는 생 실 후작을 밀고한 마르그리트와 사이가 어긋나 버린다. 이후 퍼시는 트루네 백작을 죽음으로부터 구하기 위해서 프랑스로 향한다. 퍼시의 정체를 알게 된 쇼블랑은 추격을 시작했고 우연히 남편의 정체를 알게 된 마르그리트는 남편과 오빠를 구하기 위해 도버Dover를 통해 프랑스 칼레Calais에 간다.[2] 그녀는 쇼블랑의 함정에서 벗어난 남편과 오해를 풀고 오빠와는 감격의 재회를 한다.

---

2 작품 이해를 위해 소설의 공간적 배경에 대한 이해는 필수적이다. 영국 도버(Dover)는 잉글랜드 남동부인 켄트카운티에 자리를 잡고 있는 도시다. 이곳은 런던에서 동남쪽에 자리 잡고 있는 곳으로 프랑스와 상당히 가까이에 있다. 그래서 현재에도 프랑스출입사무소가 있는 곳이기도 하다. 윌리엄 1세에는 대륙에서 가장 중요한 항구로 발전을 하다가 나중에는 다른 나라로 진출하는 중요한 항구도 발달되었다.
주지하듯 기존 여객선 외에도, 1994년 영국(도버항)-프랑스(칼레) 간 도버해협 해저터널이 역사적 개통(세상에서 가장 긴 터널, 3개의 터널, 영불해저터널, 프랑스고속철도 TGV 런던-파리 2시간 30분)이 있었다. 1886년 착공 후 1990년 12월 1일 완공, 1994년 5월 6일 개통이 이루어졌다. 이 얘기는 오르치(ORCZY)가 『빨강 별꽃(The Scarlet Pimpernel)』(1905)을 구상하고 작품을 쓸 때 '도버-칼레' 간 해저터널 공사가 진행되고 있었다. 프랑스혁명 외에도 이러한 역사적 맥락이 작품에 투사되어 있는 것이다.

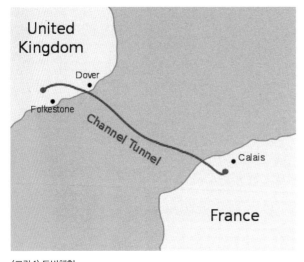

〈그림 1〉도버해협

이와 같은 소설의 줄거리와, 앞서 언급한 작가의 생애에서 알 수 있듯 *The Scarlet Pimpernel*은 귀족 출신의 영국 작가가 자신이 잠시 머무르기도 했던 프랑스의 과거 혁명을 영국인의 시선에서 포착한 작품으로서 모략과 모험, 위험, 스릴, 미스터리의 성격을 포괄하고 있다. 특히 소작인의 항거로 인해 외국으로 이주하게 된 이력을 가진 귀족 가문의 작가가 영국인의 관점에서 프랑스혁명을 평가한다는 점에서 이 작품은 혁명 인접국의 시선을 살펴볼 수 있는 가치가 있다.

한국에서 *The Scarlet Pimpernel*은 1958년 영화로 상영되고 1960년 최초 번역된 이래 현재까지 절판되지 않고 60여 년간 외국문학으로서 존재해 왔다. 이 소설은 프랑스혁명을 다룬 영국문학으로서 한국사회와 어떠한 조응을 하며 문화적 텍스트로 존재하고 있는 것일까.

*The Scarlet Pimpernel*의 번역서의 제목은 『붉은 나비』[1960], 『빨강 별꽃』[1977, 2003], 『주홍 별꽃』[1999], 『스칼렛 핌퍼넬』[2013] 등 다양했다. 동화에서의 제목 번역은 『분홍꽃』[1967], 『주홍꽃』[1979], 『빨간 별꽃』[1980, 1984, 2012]이다. 이처럼 제목이 달라진 것은 일본어 중역[Double-translated]의 영향이다. 일본어 판본을 고려하여 한국 번역 수용사가 고찰되어야 한다.[3] 실제로 이 작품은 식민지 조선에서 일본

---

3   번역을 통한 서구 도입의 역사가 길고 활발한 일본은 일찍이 1920년대부터 서양 중심 정전을 이루어진 세계문학을 번역 발간했으며 종전 이후 60년대까지 여러 종의 세계문학 전집의

어 번역본으로 읽히다가, 해방 후 번안이 되기도 했으며, 일본어 중역을 통해 아동문학,[4] 로맨스소설, 히어로물, 추리문학 등으로 읽혔다. 또한 최근에는 영어 직역을 통해 한국 독자는 새롭게 이 작품을 접하고 있다.

이처럼 외국문학의 번역 연구는 공시적이 아닌 통시적인 접근법이 요구된다. 서적의 다양한 판본과 식민지시대 이후 오랜 기간의 역사적 존재 방식을 통해 번역과 수용의 변동, 그 함의를 가늠할 수 있겠다. 따라서 한국의 외국문학의 수용에서 일본을 경유한 작품 수용 맥락을 중심으로 텍스트의 사회문화사적 의미의 변동 과정이 고찰될 필요가 있다. 한국 내 외국문학의 통시적 수용과 존재방식을 구명究明하는 작업은 독자의 통시적 외국문학의 수용사 및 독서문화사를 의미한다.

요컨대 이러한 기획에서 이 글에서는 오르치의 *The Scarlet Pimpernel*을 기본 텍스트로 번역과 문화적 소비의 변동을 구명하고자 했다. 오랜 기간 주변부적 외국문학으로서 존재한 한국 내 수용사의 성격을 명확히 하기 위해 먼저 다음 장에서는 일본어 판본뿐만 아니라 일본 내 수용사를 전반적으로 고찰하여 한국 상황과 대비하고자 한다.

발간이 이어졌다. 윤지관, 「세계문학 번역과 근대성 – 세계적 정전에 대한 물음」, 『영미문학연구』 21, 영미문학연구회, 2011, 157면.

4 1992년도에 나온 『총람』에는 '번역문학', '아동문학', '연구논저'의 세 분야에 걸친 문헌서지 목록이 정리되어 있는데, 이 가운데 '번역문학'과 '아동문학' 부분을 수정 증보하여 펴낸 것이 현재 점검하려는 『세계문학번역서지 목록총람』이다(엄용희, 「한눈에 보는 서양문학 번역의 역사 – 金秉喆 『世界文學飜譯書誌目錄總覽(國學資料院 2002)」, 『안과밖』 14, 영미문학연구회, 2003, 241~246면). 김병철의 『세계문학번역서지목록총람』에서 『빨간 별꽃』은 아동문학의 번역이 주를 이루었다. 『빨간 별꽃』은 처음 아동문학으로 이름이 알려졌다가 세계로망대전서에서 추리문학으로 소개되어 한국에 번역되었다. 김병철의 한국근대번역문학사연구에서도 『빨간 별꽃』은 성인소설보다는 아동문학에서 번역이 활발하게 이루어졌다는 것을 확인할 수 있다.

2. 일본의 『베니 하코베紅はこべ』 번역과 수용

*The Scarlet Pimpernel*은 희곡[1903]으로 성공을 거둔 뒤 소설화[1905]되었고 영화, 드라마, 뮤지컬화되어 세계적으로 알려졌다. 한국에서는 일본어판이 유통되다가 한국어로 중역되었고[5] 영어 완역이 이루어진다. 그렇다면 한국에서 이 책의 역사적 이해를 위해서는 먼저 일본에서 해당 소설의 번역과 수용의 맥락이 파악되어야 하겠다.

번역 목록

松本泰 訳, 『紅蘩蔞』世界大衆文學全集 23, 改造社, 1929.

小山勝淸 訳, 『(世界名作物語)紅はこべの冒險』オルツイ夫人原作, 大日本雄弁会講談社, 1941.

村岡花子 訳, 『べにはこべ』, 英宝社, 1950.

『(児童文庫)快傑紅はこべ』, かばや児童文化研究所, 1953.

---

5 중역이 악어인 '이중번역(二重飜譯)'에서 '이중'은 '두 겹'과 '중복(重複)'을 함유하는, 즉 두 번 거듭되거나 겹쳐진다는, 말하자면, 번역하는 데 무게가 두 번 실린다는 것을 의미한다(조재룡, 「중역(重譯)의 인식론-그 모든 중역들의 중역과 근대 한국」, 『아세아연구』 54, 고려대 아세아문제연구소, 2011, 10~11면). '누군가 번역한 것을 내가 동일한 언어로 다시 번역하기', 혹은 '번역된 텍스트를 다른 언어로 번역하는 작업', '모방'에서 '다시쓰기', 작품의 '조작'과 '변형'에서 전면적인 수정을 가한 개작(改作)에 이르기까지, 아니 "원전의 재-영토화와 그 과정" 전반을 의미하는 '번안(飜案)' 역시도 중역의 범주 안으로 들어오게 된다(조재룡, 앞의 글, 11~12면). 중역이란 A언어로 된 출발어 텍스트를 B언어로 번역한 텍스트를 다시 출발어 텍스트로 삼아서 C언어로 옮기는 번역을 가리킨다(Clifford E, Landers, 이형진 역, 『문학번역의 세계-외국문학의 영어번역』, 한국문화사, 2001, 248면). 황호덕은 한국어와 한국문학의 특성으로 '중역(重譯)된 근대성'을 언급하고 일본어판을 번역할 때 문법파괴 현상을 줄일 수 있으며 매끈한 번역으로서 선호 된다고 지적했다. 황호덕, 「번역가의 원손, 이중어사전의 통국가적 생산과 유통-언어정리 사업으로 본 근대 한국(어문)학의 생성」, 『상허학보』 28, 상허학회, 2010, 93~145면.

村岡花子 訳,『べにはこべ』^{百万人の世界文学12}, 三笠書房, 1954.

西村孝次 訳,『紅はこべ団』^{世界大ロマン全集第34}, 東京創元社, 1958.

小山勝清,『紅はこべ』^{世界名作全集37}, 講談社, 1961.

江戸川乱歩 訳,『紅はこべ』^{少年少女世界名作文学全集38}, 小学館, 1963.

中田耕治,『紅はこべ』^{世界ロマン文庫}, 筑摩書房, 1969.

西村孝次 訳,『紅はこべ』^{完訳・木判のみ重版}, 創元推理文庫, 1970.

定松正 訳,『紅はこべ』^{春陽堂少年少女文庫}, 児童向け図書, 1979.

中田耕治 訳,『紅はこべ』, 河出文庫, 1989.

山崎洋子 訳,『紅はこべ』^{痛快世界の冒険文学14, 講談社}, 児童向け図書, 1998.

中田耕治 訳,『紅はこべ』, 河出文庫, 1989.

小川隆 訳,『新訳 スカーレット・ピンパーネル』^{抄訳判}, 集英社文庫, 2008.

村岡花子 訳,『べにはこべ』, 河出文庫, 2014.

번역 목록에서 알 수 있듯 이 소설은 일본에서 1929년『紅蘩蔞』으로 번역되었고 1936년 영화가 상영되었다.[6] 이후, 작품은 특히 1950~1960년대에 본격적으로 번역되기 시작했다. 번역 제목을 살펴보면, 1958년『紅はこべ団』으로 번역했던 역자西村孝次가 1970년에 다시『紅はこべ』로 바꾼 것을 확인할 수 있다. 제목에 '団'을 사용했다가 나중에 생략한 번역자 니시무라 코지西村孝次는[7] "쇼와 33년 1월, '世界大ロマン全集'의 한 권으로시『紅はこべ団』이 출판되었지만, 1970년 완역完譯에서는『紅はこべ』로 번역하고 가능한

---

6   「[広告] 映画 快傑紅はこべ / 帝国劇場」, 『読売新聞』, 1936.5.7(석간), 6면.

7   1907년 도쿄(東京) 출생으로 도호쿠대학(東北大学) 영문과를 졸업했다. 일본의 영문학자, 문예평론가, 메이지대학 교수를 역임했다.

한 수정을 했다"고 말했다.[8]

소설의 제목 'The Scarlet Pimpernel'은 작품 안에서 비밀결사조직의 이름이다. 이들이 비밀활동을 한 후 붉은 문양을 남기는데, 그것이 '붉은 별꽃'이다. 따라서 'The Scarlet Pimpernel'은 영국 구출 조직의 이름이면서 "영국의 길가에 흔히 피는 꽃 이름"을 함의한다. 니시무라 코지는 붉은 별꽃에 '団'을 붙여 독자가 제목의 함의를 알 수 있도록 했지만, 다시 새롭게 번역할 때는 '団'을 제거하여 직역을 한 셈이다.

이처럼 제목이 번역되면서 독자는 소설을 읽지 않으면 책 내용을 명확히 추측하는 것이 불가능해졌다. 중역을 거친 한국에서도 마찬가지로 '빨간 별꽃 조직', 혹은 단체라는 단어는 명시되어 있지 않다. 이로서 일본에서는 1960년대 말부터 『紅はこべ』으로 제목이 정착했다.

그런데 이 소설의 장르적 성격은 일본에서 단일하지 않았다. 번역 초기에는 성인 독자를 겨냥한 소설이었지만, 1940년경 이후 동화로도 소개되기 시작했다. 당시 청소년은 '소년소녀문고', '모험문학'으로도 인식했다. 가령 한 출판사는 이 작품을 『快傑紅はこべ』으로 출간하면서 "어떤 어려운 환경에 있더라도 가장 중요한 것은 밝고 온화한 마음과 용기"라고 조언하고 추천했다.[9] 책 제목 앞에 "快傑쾌걸"이란 문구를 붙인 것처럼 해당 소설은 다양한 대중성을 확보하고 있었던 것이다. '서스펜스적 역사소설, 동화'로서 동시대 병존한 셈인데, 이는 독자층을 확대하여 독서시장에서 판매력을 올리려는 출판사의 전략이었다. 이에 따라 1960~1970년대 즈음 성인이 된 독자가 자녀에게 자신이 어릴 적 읽었던 책으로서 소개하고 읽히기도 했다.

---

8   バロネス・オルツィ, 西村孝次 訳, 『紅はこべ』, 東京創元社, 1970, 212면.
9   オルツィ, 『(児童文庫) 快傑紅はこべ』, かばや児童文化研究所, 1953.5.5, 128면.

즉, 『紅はこべ』는 청소년과 성인용을 구분하여 일본 독서시장을 점하려고한 출판사의 출판 전략의 영향하에서 소비되었다. 이러한 움직임은 영화계로도 이어져 1955년 2월 〈快傑紅はこべ〉란 제목으로 영화가 상영되었는데, "대활극과 대희극의 최고오락 프로"로 광고되었다.[10] 그래서 1958년경부터는 '世界大ロマン全集'에 포함되어 로망스로 분류·강조되기도 했다. 이러한 경향은 1970년대까지 계속 이어졌다.[11]

1980년대 이후에는 여성의 권리와 사회적 지위 향상을 추구하는 사회분위기에 따라 작품 여주인공이 주목을 받으면서 '로맨스와 모험, 그리고 자유와 자주성을 추구하는 여성'의 면모를 강조하는 해석과, 당대 영국적인 자연과 생활, 기질, 풍속을 습득할 수 있는 점이 이 소설의 특색으로써 동시에 부각되고 있다.[12] 그리고 여전히 1989년 문고판은 이 소설을 "모험전기로망스冒険伝奇ロマン"로 설명하고 있다. 또한, 이 소설은 일본 시대소설에 큰 영향을 미친 작품으로 평가되고 있다.[13] 현재는 모험, 미스터리, 로망스 장르로 번역, 판매되고 있다.

이와 같이 독서시장에서 존재했던 이 소설은 앞서 살펴보았듯이 영화, 번역, 연극 등 전반에 영향을 미친 문화상품이었다. 영화는 1936년과 1955년 수입, 상영되었고, 번역은 미스터리 번역의 선구자인 松本恵子가 『紅はこべ』의 번역으로 번역가의 이름을 날리기 시작했고,[14] 시대소설에도 영향을 미쳤

10 「[広告] 快傑紅はこべ」, 『読売新聞』, 1955.2.7(석간), 4면.
11 「[広告] 世界ロマンス文庫紅はこべ／筑摩書房」, 『読売新聞』, 1970.3.20(조간), 20면.
12 B. オルツイ, 村岡花子 訳, 『べにはこべ』, 河出書房新社, 2014, 435~442면.
13 「[文庫] 古川_著『不逞の魂』▽オークシイ著『紅はこべ』」, 『読売新聞』, 1989.9.18(조간), 11면.
14 「[今週の本棚] 川本三郎 評『松本恵子探偵小説選』＝松本恵子 著」, 『毎日新聞』, 2004.7.11(조간), 11면.

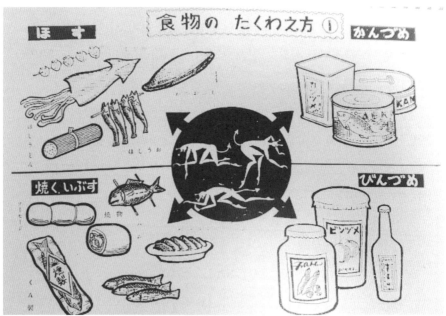

〈그림 2〉『아동문고(児童文庫) 쾌걸베니하코베(快傑紅はこべ)』, 가바야아동문화연구소(かばや児童文化研究所), 1953.

다. 연극분야에서는 대표적으로 다카라즈카극단宝塚歌劇団이 지속적으로1979, 2008, 2017 등 연극, 뮤지컬을 통해 〈베니 하코베紅はこべ〉 공연을 주도해 왔다.[15] 특히, 1997년 미국 브로드웨이에서 〈스칼렛 핌퍼넬〉이 초연된 이래 뮤지컬 공연이 더 활발해졌다.

정리하면, 전후 1950~1960년대 본격적으로 번역된 『베니 하코베紅はこべ』 는 아동문학, 성인문학, 모험소설, 로망스, 미스터리 등 다양한 장르로 수용되 었다. 이는 작품 자체가 지닌 서사의 힘과 출판사의 판매 전략이 조응한 결과 였다. 이로 인해 오르치의 작품은 번역소설, 영화, 연극, 뮤지컬의 문화상품으 로 다양한 독자층을 확보하는 데 성공했다고 볼 수 있다. 특히 최근의 뮤지컬 에서는 코미디적 성격을 가미하면서 "혁명"이라는 시대의 우울을 희화적으 로 표현하고 있다. 이처럼 이 외국문학의 번역 수용은 한 장르만으로 국한되 지 않고 시대에 따라 다양한 모습으로 변형되며, 관객의 필요와 감성을 고려 한 문화상품으로 변모하는 모습을 보이고 있는 것이다.

주지하듯 정치적 변화가 상대적으로 온건한 일본사회에서 프랑스혁명과 같이 민중 혁명, 지도자 숙청과 같은 정치적 상상력은 이국적이고 이질적이 다. 이 소설은 한 사회나 국가의 급진적 의식 변화와 변모가 이루어지는 하나 의 모델을 성찰하게 하는 정치적 서사이기도 한 것이다. 때문에 해당 작품은 단순히 대중소설만이 아니라 일종의 역사물로서 세대를 넘나들며 소비될 수 있었다.

15　「宝塚の杜けあきさん退団」, 『毎日新聞』, 1992.9.3(조간), 20면;「[旬感・瞬間] 宝塚・星組公 演「スカーレット・ピンパーネル」主演 安蘭けい」, 『毎日新聞』, 2008.6.18(석간), 6면;「[評] 宝塚月組公演「スカーレット・ピンパーネル」」, 『毎日新聞』, 2010.4.28(석간), 10면;「紅ゆ ずる 再挑戦「スカーレット・ピンパーネル」」, 『毎日新聞』, 2017.3.13(석간), 2면;「[宝塚] だ て男 秘めた正義感「スカーレット・ピンパーネル」」, 『毎日新聞』, 2017.3.13(석간), 3면.

하지만, 현재 이 작품이 잘 팔리지 않고 영화화되지 않는 것처럼 지금-여기의 문학적 상품성은 많이 약화된 상태라고 할 수 있다. 이 작품을 대체할만한 후속작품들이 존재하고 일본 정치에 관심이 없는 사람들이 증가하면서 혁명적이고 모험적인 외국의 정치적 서사가 흥미를 끌지 못하는 것도 현실이다. 지금 낭대에 유통되고 있는 히가시노 게이고, 마쓰모토 세이쵸의 미스터리 소설이 과거의 고전적인 (모험)소설을 이미 대체해 버린 것이다. 이것이 이『紅はこべ』가 일본에 소개되고 유통되다가 그 서사적 힘을 상실하는, 다시 말해 서구고전의 작품 등장과 소멸 과정의 한 양태이다.

3. 한국의 *The Scarlet Pimpernel*의 수용과 번역

그렇다면 한국인은 일본 번역본과 중역본을 매개로 *The Scarlet Pimpernel*을 어떻게 접했을까. 이 책의 번역과 관련해 한국에 일본어 번역본, 번안물, 일본어 중역본, 영어원서, 영어 완역본이 존재했고, 영화 상영과 뮤지컬 공연도 이루어졌다. 따라서 한국에서 *The Scarlet Pimpernel*의 수용사는 번역 이전일본어본, 번안물과 번역 이후, 공연화 이렇게 세 단계로 구분하여 접근할 필요가 있다.

1) 일본어판 유입과 김내성의 번안

먼저 1960년 최초 한국어 번역 이전까지의 단계를 살펴볼 필요가 있다. 일어 중역 이전 식민지를 거쳤던 사람들은 일어 번역본을 읽어야 했다. 예를 들어 강인숙은 해방 이후 한국전쟁 이전, 중학교에 다닐 때 일본어판『紅はこべ』를 읽었다. 그녀는 "프랑스혁명 당시 위기에 처한 프랑스 귀족들을 영국으

로 빼돌리는 일을 하는 비밀결사의 이야기인데, 역시 스릴이 있고 재미가 있었다"[16]고 회상했다. 십대 시절 강인숙의 반응을 보면 이 작품이 일본의 아동문학 시장에서 존재할 수 있었던 이유를 짐작할 수 있다. 이처럼 식민지 및 해방 이후 한국인은 일본어판을 통해서 이 소설을 접할 수 있었다.

미스터리에 관심 있는 독자도 강인숙처럼 이 책을 재미있게 읽었을 것이다. 가령 식민지시대 추리작가로 널리 알려진 김내성도 이 작품을 읽었는데 그는 작가답게 독서에서 그치지 않고 번안을 했다. 그 작업의 결과물은 잡지 『아리랑』의 1955년 3월부터 9월까지 「(연재탐정소설) 붉은 나비」 총7호, 그림: 김용한 의 제명으로 연재됐다. 그런데 1955년 2월 일본에서 영화 〈快傑紅はこべ〉가 상영되고 있었기 때문에 김내성이 이러한 상황을 감안하여 번안을 시도했을 가능성도 있다.

김내성의 번안 「붉은 나비」는 북경 사교계를 배경으로 조선총독부의 특명 전권인 밀정 노무라로 대표되는 일본 공권력과 조선인 독립운동가를 중국으로 망명시키는 중국 사교계의 명망가 백운아를 두령으로 하는 '붉은 나비' 단의 대결이 서사의 중심 구조를 이룬다. 오르치의 작품에 한국독립운동서사를 대입한 번안소설 「붉은 나비」는 김내성의 기존 작품과의 연관성을 통해 해석될 수도 있지만,[17] '원작소설'과의 대비 속에서 그 성격이 보다 더 명확해질 수 있다.

---

16 강인숙(현 건국대 명예교수, 이어령의 아내)은 몇 해 전에 지인들과 함께 동경에 들러 여류가 극단 다카라즈카 〈스칼렛 핌퍼넬〉을 관람하였는데 자신이 읽은 『베니하코베』와 같았다고 한다. 다만 원작에는 주인공이 남자인데, 거기서는 남장한 귀족부인으로 각색되어 있었다. 강인숙, 『서울, 해방공간의 풍물지』, 샘앤파커스, 2016, 212면.

17 정종현, 「'백가면', '붉은 나비'로 날다 '해방 전후' 김내성 스파이 – 탐정소설의 연속과 비연속」, 이영미 외편, 『김내성 연구』, 소명출판, 2011, 225~226면.

원작 『빨강 별꽃』은 프랑스혁명이 3년이 지난 1792년 귀족 학살이 정점인 시점이 배경인데, 번안물은 3·1운동 전후로 설정되어 있다. 군주국 영국의 귀족들은 프랑스혁명 이후 자유·평등·박애의 이름으로 "죄 없는 귀족"이 숙청당하는 것을 못마땅해 했다. "돈과 여유"가 넘치는 20명의 상류귀족은 "스포츠와 모험"으로서 "동포인 프랑스 귀족"의 구출을 감행하는 영국신사였다. 이때 비밀조직의 수장인 퍼시 경의 아내인 마르그리트와 그의 오빠 아르망은 프랑스인이자 공화주의자로서 프랑스혁명을 지지하기는 하지만 공포정치와 학살을 자행하는 혁명지도부의 방침에는 동의하지 않는 온건파다. 그래서 아르망도 영국 비밀결사조직의 협력자로서 프랑스 귀족의 망명을 돕는 활동을 한다.[18] 이 결사조직의 수장을 잡기 위해 프랑스혁명 정부에서 외교관으로 쇼블랑을 보냈기 때문에 소설은 퍼시 경과 쇼블랑의 지략 대결로 전개된다. '영국과 프랑스 일부 온건파' 대 프랑스 급진파의 대결구도다.

이때 퍼시 경은 비밀조직의 리더로서의 풍모를 은폐하기 위해 지식이 없고 경마에만 몰두하며 패션에만 신경 쓰고 실없는 사람처럼 웃고 지내는 방식으로 사교계에서 지낸다. 마찬가지로 번안물에서 붉은 나비단의 수장인 백운아도 "시간과 재산이 남아 돌아가는 것을 이용해 한국의 불행한 사람들을 위하여" 구출을 감행하는 영웅이지만 신분을 은폐하기 위해 "눈동자는 언제나 졸고 있는 것 같았고 입술에는 항시 바보 같은 웃음을 띠고 있기 때문에 어딘가 머리의 나사못이 하나 빠져 나간 것 같은 인상"을 주는 중국 사교계의 명성이다. 또한 퍼시 경의 아내는 빼어난 미모와 지력을 갖춘 프랑스 여배우로서 이미 18세에 사교계의 재원이 되는데, 번안물의 여주인공 주목란도

---

18 이와 유사하게 번안물 「붉은 나비」도 중국인 수령과 조선인 단원으로 구성된 비밀조직으로 구성되었다.

이미 18세에 미모와 음악적 재능을 지닌 세계적 재원으로 인정받는다. 이처럼 퍼시 경 부부와 백운하 부부는 인물의 설정뿐만 아니라 국제결혼을 하고 영국런던과 중국북경 사교계의 1인자가 되는 설정 구도가 정확히 동일하다.

퍼시 경 아내와 아내의 오빠가 프랑스인이자 공화주의자였다면, 번안물에서 백운하 아내 주목란과 그 오빠 주춘석은 조선인이며 주춘석은 조선총독부 하급관리를 했다. 피시 경 아내의 오빠가 구귀족의 '무자비한 처형'을 반대한 온건파인 것처럼, 주춘석도 총독부 하급관리이기는 했지만 일본 당국의 조선인 애국자 탄압은 싫었다. 프랑스 외교관이 사실상 간첩으로서 퍼시 경 아내의 오빠의 신변을 볼모로 수장을 잡으려고 했던 것처럼, 번안물에서 일본의 밀정 노무라는 주목란의 오빠 주춘석의 안전을 볼모로 '붉은 나비'의 수령을 붙잡으려고 한다. 쇼블랑의 추적에도 불구하고 프랑스 드 튀르네 백작을 구출하기 위해 퍼시 경이 자신의 배 '백일몽 호'를 타고 영구 도버 항구에서 프랑스 칼레로 간 것처럼, 번안물에서는 백운아가 조선의 애국자 이수영 선생을 탈출시키기 위해 '백조 호'를 타고 중국 천진에서 조선의 신의주로 향한다.

두 작품간 차이가 있다면 퍼시 경 아내에 의해 의도치 않게 '생 시일 후작'이 혁명정부에 의해 단두대로 처형당한 데 비해, 번안물에서는 주목란의 이야기로 '애국지사 최일만'이 고발당해 옥고를 치른 정도의 차이다. 김내성은 자신의 번안물이 "바롯네스 올츠이의 '스칼렛 핌퍼넬' 총서 중에서 가장 재미있는 것을 골라 따분하고 지루한 것을 적당히 어레인지하여 우리나라의 사정에 맞도록 옮겨 쓴 것"[19]이라고 밝히고 있지만, 이 번안물은 시리즈 중에서

---

19   김내성, 「붉은 나비(1)」, 『아리랑』, 삼중당, 1955, 58면.

도 정확히 오르치의 최초의 작품[1905]을 모델로 한 소설이 명확하다. 김내성은 식민지 독립운동의 기억을 재현하는 대중서사를 창출한 셈이지만, 실제 그러한 일이 없다는 것을 아는 한국 독자의 입장에서는 작위적이고 허구라는 것을 분명히 인식했을 것이다. 특히 이 서사는 3·1운동 이후 설립된 중국 상하이 임시정부의 존재를 사실상 탈각한다는 점에서도 '역사소설'은 아니었다.

2) 한국어 번역본의 출현

번역 목록

바로네스 올씨, 박흥민朴興珉 역,『붉은 나비』世界大로망全書 9, 삼중당, 1960.

오르찌, 편집부 역,『분홍꽃』소년소녀세계명작전집 10, 박영사, 1967.

에무스카 바로네스 오르치, 남정현 역,『빨강별꽃』, 동서문화사, 1977.

에무스카 바로네스 오르치, 이정태 역,『구석의 老人』, 동서문화사, 1977.

오르찌, 신복룡 역,『주홍꽃』계몽사문고 66, 계몽사, 1979.

오르찌, 정상묵 역,『빨간 별꽃』소년소녀세계명작전집 4, 동아출판사, 1980.

바로네스 메무스카 오르치, 권기환 역,『빨간 별꽃』화이베터문고 27, 태극출판사, 1984.

배로니스 오르치,『빨간 별꽃』, 가나출판사, 1994.

바로네스 옥시, 김연은 역,『주홍 별꽃』, 백성, 1999.

에마 오르치, 남정현 역,『빨강 별꽃』동서 미스터리 북스 114, 동서문화동판동서문화사, 2003.

에마스가 바로네스 오르치,『(영원한 세계명작)빨간 별꽃』, 가나출판사, 2003.

엠마 오르치, 이나경 역,『스칼렛 핌퍼넬』, 21세기북스, 2013.

에마 오르치,『(논술대비 초등학생을 위한 세계명작)빨간 별꽃』, 지경사, 2016.

두 번째는 한국어 번역본이 나온 1960년대 이후의 수용 상황이다. 제2장

에서 살펴봤듯이 1950년대 일본에서는 아동문고『(児童文庫)快傑紅はこべ』 [1953]가 간행되고, 1955년 2월 영화 〈快傑紅はこべ〉가 상영되었으며 1958년에는 소설이 '世界大ロマン全集'에 포함되어 로망스로 분류되었는데 이러한 상황이 1960년대 접어들면서 한국에서도 나타났다.

1958년 6~12월에 영화 〈쾌걸 핌퍼넬〉이 한국에서 상영되었고, 최초의 번역은 1960년 박흥민이 삼중당에서 간행한『붉은 나비』[세로쓰기, 그림 없음]였다. 이 책은 지방의 독자도 읽고 싶어 할 정도로 관심을 받았다.[20] 그리고 1960년대 후반에 접어들면 한국에서도 '소년소녀세계명작전집'에 오르치의 작품이 포함되기 시작하면서[21] 일본과 유사한 수용양태가 전개됐다. 이 흐름에서 일본의 영향이 포착된다.

한국어 첫 번역인 박흥민의 책은 *The Scarlet Pimpernel*의 원전 번역이 아니라 『紅はこべ団』[西村孝次 訳, 東京創元社, 1958]을 그대로 번역했다. 박흥민은 이 작품에 대해 "옛날부터 웬일인지 이 소설을 사람들은 많이 읽었고 또 읽히고 있는 것이다. 사실 이 소설은 근대문학의 골격을 갖춘 '리얼리즘' 소설이라는 둥, 역사소설이라기보다는 단순한 '로망'에 불과하다. 그러나 어쨌든 이것은 재미있는 '로망'이라는 것이다. 작자에 대한 일도 잘 알려져 있을 것 같은데, 뜻밖에 그렇지 않는 것이 이상스럽다. 예를 들어서 '영국문학사' 같은 것을 펼쳐 보아도, 거의 그 이름은 나와 있지 않을 것이다"[22]라고 평했다. 이는 일본 출판사의

---

20 "제가 필요한 책은 다음과 같은 책들입니다.「붉은 나비」(올시 作), 전남 영암군 군서면 송평리 송계 문재일."「交換하고 싶은 冊」,『경향신문』, 1963.5.11, 5면.

21 소년소녀세계 명작전집(박영사) ① 장발장 ② 삼총사 ③ 보물섬 ④ 동키호테 ⑤ 철가면 ⑥ 아라비안 나이트 ⑦ 타잔 ⑧ 복면의 기사 ⑨ 거지왕자 ⑩ 분홍꽃.「어린이 良書」,『매일경제』, 1969.7.26, 6면.

22 바로네스 올씨, 朴興珉 역,『붉은 나비』, 삼중당, 1960, 339면.

작품 분류를 그대로 인정하는 대목이다. 박흥민의 책도 '世界大로망全書'에 포함되어 판매되었다. 이러한 박흥민의 장르 설명과 함께 독자는 일본어 중역본을 읽게 되었다. 일본어 번역투 번역본과 한국 독자가 만나는 순간이다.

하지만, 한국어판 어디에도 번역자가 일본어판 어느 책을 번역했는지에 대해서는 언급하지 않았다. 영어판, 일본어판과[23] 박흥민의 한국어판을 비교했을 때 일본어 번역본을 참고 수준이 아니라 그대로 번역했다는 것을 알 수 있다. "부레이크니", "말그릿뜨·쌍·유스뜨"처럼 고유명사를 일본어가 번역한 음을 그대로 옮겼으며, "no one ventured to guess-golden key is said to open every door, asserted the more malignantly inclined"에서 한 문장으로 번역되었어야 할 문장이 "no one ventured to guess / golden key is said to open every door, asserted the more malignantly inclined"로 분절되어 번역되어 나타난다. 일본어 역에서 긴 문장을 두 문장으로 분리하는 방법이 그대로 차용됐다.[24]

---

23 1969년 일본의 세계로망전집 광고에서 이 소설은 반세기에 걸쳐 독자를 확보했고 모험에 대한 기억을 되살리는 계기로 선전되고 있다. 「[広告] 世界ロマン文庫 紅はこべ 現代漫 東海林さだお集 / 筑摩書房」, 『読売新聞』, 1969.11.24(조간), 2면.

24 How that stupid, dull Englishman ever came to be admitted within the intellectual circle which revolved round "the cleverest woman in Europe" as her friends unanimously called her, no one ventured to guess- golden key is said to open every door, asserted the more malignantly inclined. Enough, she married him, and "the cleverest woman in Europe" had linked her fate to that "demmed idiot" Blakeney, and not even her most intimate friends could assign to this strange step any other motive that of supreme eccentricity. Those friends who knew, laughed to scorn the idea that Marguerite St. Just had married a fool for the sake of the worldly advantages with which he might endow her. They, knew, as a matter of fact, that Marguerite St. Just cared nothing about money, and still less about a title(The Scarlet Pimpernel, Philadelphia : The Blakiston Co., 1944, p.57).
友人たちから口を揃えて「ヨーロッパの才女」と呼ばれているこの女をとりまく知識階級のなかへ, どのようにしてあの間の抜けた, 鈍感なイギリス人がはいりこむようになったか, それはだれひとり想像もつかなかった―黄金の鍵はどんな戸口でも開けるそうだってさ, と悪意のある連中はいい触らしたものである. ともあれ, 二人は結婚した, そして「ヨー

일본어 번역은 원작을 충실하게 옮기면서 원문의 한 문장을 두 문장으로 분절, 어순의 배치, 대화에서는 1행을 두거나 고유명사를 고딕체로 강조하는 등 지문과 변별한다.[25]

그럼에도 번역자는 마치 자신이 오르치의 원작을 그대로 번역한 듯한 태도를 취하고 있다. 그래서 일본의 『紅はこべ団』『世界大ロマン全集第34』가 한국에서 '世界大로망全書'로 탈바꿈되고, 삼중당의 '세계대로망전서'가 일본의 것을 모방했다는 사실이 은폐된 채 한국에서 간행되었다. 여하튼 이 한국어판의 출현으로 한국 독자는 더 이상 일본어로 읽지 않아도 되는 상황이 조성되었고, 한국의 외국문학사는 더욱 다양화된다. 다만 그 이면에는 일본어 중역을 밝히지 않거나 일본어 번역투를 여전히 의심 없이 받아들이는 식민의 산물

ロッパーの才女」はあの「とんちき野郎」のブレイクニーと運命をともにすることになったのであるが、かの女ともっとも親しい友人でさえこのふしぎな行動を途方もない物好きからとでも評するほかなかった. 事情通は、マルグリート・サン・ユストが世間的な金や名に目がくらみ、それが貫いたさに、ばかものといっしょになったのだ、という説をあざわらった. かれらは、じっさい、マルグリート・サン・ユストが金銭には無欲であり、まして地位にはなおさら無関心であることをしっていたのである. (バロネス・オルツィ / 西村孝次 訳, 世界大ロマン全集34, 1958, 創元社, 49면).

친구들이 입을 모아 '구라파 제일의 재능 있는 여자'라고 부르고 있던 이 여자를 둘러싼 지식계급 중에서 어떻게 하여 그 사이를 뚫고 그 둔감한 영국 사람이 뛰어들었는가. 그것은 누구 하나 상상도 하지 못했다. '황금열쇠는 어떤 문이라도 열 수가 있는 법이야' 하고 악의에 찬 말을 하는 사람들도 있었다. 어쨌든 두 사람을 결혼을 했다. 그리고 '구라파와 재일의 재능 있는 여자'는 그 땅띤지 '부레이크니'와 운명을 같이하게 되었던 것이다. 그 여자와 가장 친했던 친구까지도 이 이상한 행동을 어안이 벙벙해서 바라보며 일 좋아하는 여인이라고 평하는 도리밖에 없었다. 소식통들은 '말그릿뜨·쌍·유스뜨'가 세속적인 돈이나 명예에 눈이 어두워 그것을 얻기 위해서 못난이와 결혼을 한 것이라고 떠들어 댔다(바로네스 올씨, 朴興珉 譯, 『붉은 나비』, 삼중당, 1960, 59~60면).

25 권정희, 「현철의 번역 희곡 「바다로 가는 者들」과 일본어 번역 저본─일본어 번역을 통한 '중역'의 양상」, 『비교문학』 69, 한국비교문학회, 2016, 55면.

이 1960년대도 계속해서 이어지고 있었다.[26]

　여기서 더 나아가 일본어 중역에 따른 일본어 문장의 언어적 특성이 한국 독자의 작품 이해와 상상력에도 영향을 미쳤다. 일본어판 번역에서는 '그'가 생략되어 있는데 한국어판에서도 마찬가지로 '그'가 생략되어 있다. '그'가 생략됨으로써 독자들은 'he'가 누구인지를 문맥을 통해서만 파악할 수 있다. 이는 일본어의 번역에서 흔히 나타나는 현상인 '축역'을 명확하게 보여주고 있다. 또한 번역의 또 하나의 현상이 '의역'이다. 예를 들면 "Day Dream"이 "真昼の夢号"로 해석됐다. 역자는 이를 다시 의역하여 한국 책에 "한낮의 꿈"으로 표현한다. 그리고 일본어본의 "특히 추리고 뽑은 사치품"은 영어 원역에서는 나오지 않는 내용이다. 오히려, 이 부분의 해석은 '호화로운 것들'이라고 해석하는 것이 적절하다. 일본어판 번역을 그대로 수용한 한국어판에서도 이를 '추리고 뽑은 사치품'으로 되어 있다. 일본어판의 번역에서 나타나는 단어, 문장의 분리, 축역, 의역의 특징이 그대로 한국 번역본에 나타나 있다. 이를 통해 한국어판이 오르치의 원작을 번역한 것이 아니라 일본어 중역을 거쳤으며 그것이 텍스트 의미 전달에 유의미한 작용을 한다는 점이 명확해졌다.

　내용에 대해서는 번역자인 박홍민이 해설에서 "문학작품으로서는 도저히 '쉑스피어'를 따를만한 것이 못된다. 그것은 당연한 일이지만, 그러나 '쉑스피어'에 못지않게 널리 읽혀지고 또 오랫동안 읽혀지고 있다는 것은, 역시 그만한 내용을 가지고 있다는 것은, 역시 그만한 내용을 가지고 있는 때문이리라. 그러나 그것은 역시 넓은 의미로 본 문학으로서의 재미이며, 가령 예를 들면 불란서 혁명이라는 것에 대한 해석이라든가, '붉은 나비'='파시・부레이크

26　저작에 대한 지적재산권이 확립된 시기가 아니었기 때문에 '해적판'의 책은 저작의 가치, 그리고 독자의 알 권리를 훼손한 셈이다.

108　제1부・전쟁, 혁명, 사회

니' 경과 같은 성격이라든가, 또 혹은 그 일파들의 창조라는 점을 지적하여 역사학이나 혹은 기타 학문의 분야에서 본다면 많이 논의될 여지가 있을 것이다. 단순한 보수, 반동 그리고 맹목적인 영국 숭배가 아닌가 하고 반박한들 변명할 도리가 없을 것이다. 그러나 하여간 한번은 읽어볼 만한 소설인 것이다. 그리고 읽어본 후이면, 역사의 그것도 아마 어떤 한 사람의 작위作爲에 의한 역사일지도 모르는 그 '역사'의 그늘에, 이렇게 많은 민중이 숨어 있었다는 것도 역시 사실이며 감개 깊은 일이라고 느끼게 될 것이다"[27]라고 적고 있다.

박흥민의 번역 직전[1960], 영국 유명작가 그린 그레이엄이 베트남전의 미국을 비판한 소설『조용한 미국인』이 한국에 번역[1959]되었는데 이 작품은 미국인이 쓴 소설『추악한 미국인』[1958년 번역]과 대비되면서 한국인은 세계의 패권을 상실한 영국민의 미국 컴플렉스가 작용한 소설이라고 해석했다. 그러면서『추악한 미국인』이 훨씬 인기를 끌었다.[28] 이러한 당대적 맥락에서『붉은 나비』도 박흥민의 지적처럼 "맹목적인 영국 숭배"의 관점에서 프랑스혁명을 바라본 작품으로 해석될 수 있었다. 다만 프랑스 역사를 아는 독자라면, 프랑스혁명 이후 나폴레옹과 유럽 각국의 전쟁에서 영국만이 유일하게 프랑스를 꺾은 역사적 배경을 바탕으로 이 작품을 "맹목적인 영국 숭배"로만 해석하지는 않았을 것이다.

오르치[1865~1947]의 대표적인 작품『구석의 노인』시리즈와『빨강 별꽃』은 수많은 미스터리 작가들의 작품에 많은 영향을 주었다고 볼 수 있다. 무엇보다도 프랑스혁

27 바로네스 올씨, 朴興珉 역, 앞의 책, 340면.
28 여기에 대해서는 이행선·양아람,「『추악한 미국인』(1958)의 번역과 동아시아의 추악한 일본인, 중국인, 한국인(1993) – 혐오와 민족성, 민족문화론」,『한국학연구』48, 인하대 한국학연구소, 2018, 315~350면 참조.

명을 배경으로 하여 『빨강 별꽃』의 활약을 그린 전기소설로서의 성격이 중시될 것이다. 그러나 나는 이 작품을 읽는 한 가지 방법으로서 하나의 사랑의 손상과 그 회복을 주제로 한 로맨스로 읽을 수 있으리라 생각한다. 하나의 사랑은 어떻게 시작되며, 불행하게도 모든 사랑이 그렇지만 어떻게 끝나는 것일까? 이것은 모든 연애소설이 계속 이야기해 온 주제이다. 남자와 여자 사이에 사랑이 생기고, 사랑에 심신을 불태우는 두 사람은 그것이 영원히 연결되는 인연이라고 생각한다. 그러나 반드시 거기에 무엇인가가 나타난다, 차디찬 무엇인가가. 사랑이 끝났을 때, 두 사람에게 남는 것은 다만 영원한 상처뿐이 아니겠는가.[29]강조는 인용자

박흥민의 번역 이후 현재까지도 판매되고 있는 판본은 소설 「분지」로 널리 알려진 소설가 남정현이 1977년 번역한 『빨강 별꽃』동서문화사이다. 이 무렵에는 이미 1974년부터 하서출판사에서 '세계추리문학전집'를 매년 출간하고 있었고 계몽사에서도 『계명작추리소설집』[1975, 1978]을 판매하고 있는 상황에서 『빨강 별꽃』이 독자와 만난 셈이다. 이때에는 작가의 또 다른 작품인 『구석의 노인老人』[1977]도 번역되었다. 후자는 거의 읽히지 않고 전자가 작가의 대표작으로서 읽히고 있지만 어찌됐든 이 두 책이 지금-여기에서도 판매되고 있는 원형이라는 점에서 중요한 의미를 갖는다. 장르도 명확하게 추리물로 확증이 되는 셈이다.

번역자 남정현은 "미스터리 내지는 서스펜스 소설로서의 『빨강 별꽃』은 구성은 단순하지만, 그렇다고 작품 자체가 단순한 것은 아니다. 단순한 구성임에도 불구하고 작품은 아무리 파고들어도 바닥을 드러내지 않는 수수께끼가

---

29 올츠이·업스카 버르네스, 南廷賢 譯, 『빨강 별꽃』(東西推理文庫 65), 東西文化社, 1977, 361면.

남아 있어서, 단순한 전기傳奇소설이라거나 로맨스라고는 단정 지을 수 없다. 뒤쫓는Pursuit 서스펜스는 실로 일류라 해도 좋으며, 그 서스펜스의 주도면밀함이 이 작품의 본질"이라고 평했다. 그러면서도 그는 이 소설을 "사랑의 손상과 그 회복을 주제로 한 로맨스" 즉, 연애소설로 읽을 수 있다고 주장했다. 그러면서 남정현은 "'빨강 별꽃 시리즈', 이 통쾌한 시리즈의 영향을 받아 뒷날 존스턴 매칼레의『쾌걸 조로』및 그 밖의 모방자가 많이 나왔다"고 지적했다. 이와 같이『빨강 별꽃』은 연애소설, 액션모험소설, 전기傳奇소설, 미스터리 등 다양한 성격을 포괄하고 있는 작품으로 평가받았고 이 시점에는 특히 연애서사의 성격이 강조되었다.

이후 영어 완역본은『주홍별꽃』[1999]의 김연은과, 2013년 이나경에 의해 이루어졌다.[30] 기존 일본어 중역은 한국의 일반 독자가 유명 외국문학을 접하는 시기를 앞당겼다는 데 의의가 있다. 이러한 일본어 중역을 통한 번역문학

---

30 1981년 3월 24일『동아일보』기사는 일어세대가 물러나고 영어세대가 주축을 형성함에 따라 우리나라의 양서 번역출판체제도 중역에서 직역 출판으로 바뀌고 있다고 언급한다. 「양서번역 일어판중역 탈피 경향」,『동아일보』, 1981.3.24, 10면. 유학을 다녀온 독문학자, 불문학자 등에 의해 1970년대 직역이 이루어지지만 1980년대까지도 일본어판 중역이 여전히 상당한 경향이 있었고 본격적으로 직역을 하는 전문번역가의 출현은 1990년대에 나타난다. 일례로, 신문에서 신간을 소개할 때 '고려원 세계문학총서' 9권 출간이라는 타이틀에 해당 전공자나 전문번역가가 옮겼다는 광고가 덧붙였다(『한겨레』, 1996.2.21, 12면). 1990년대 스타 번역작가였던 이윤기는『일리아드』를 우리말로 매끄럽게 번역하였다는 평을 받기도 했다. 1980년대는 직역의 과도기였고 여전히 일본어판 중역이 상당히 남아 있었다. 본격적인 번역의 '직역'과 전문번역가의 출현은 1990년대라고 할 수 있다. 이 무렵 출판사의 판매 전략에도 '선문번역가'라는 것을 전면으로 내세우며 번역문학이 일본어에 의지하지 않고 스스로 자생했다는 자부심이 드러난다. 이처럼 '중역'에서 '직역'으로 변환하는 과정 혹은 중역본과 직역본, 영어본이 공존하는 상황에서 일본어판 텍스트가 갖는 의미는 무엇일까. 전문번역가들이 생겨났지만, 여전히 일본어판은 텍스트로서 존재하고 그것을 참고할 수 있는 상황에 번역가들은 있었다. 다양한 언어가 가능한 역자가 번역작업에서 여러 판본을 참조하는 것은 일반적인 현상이기도 하다. 일부 번역가는 일본어판을 통해 내용 번역의 큰 틀을 잡고 '매끄럽지 않은 부분'을 수정해 나가는 과정에서 직역의 방식을 결합하기도 했다.

은 계속해서 재생산되어 한국 독자의 작품 및 문체의 이해와 감수성을 지배했는데, 이는 새로운 영어 원전 번역을 통해 새로운 국면을 맞이하게 된다.

이나경의 번역본은 책제목도 원서를 반영하여 『스칼렛 핌퍼넬』로 결정되었다.[31] 여기서 이 소설은 "20세기 초중반을 달군 대작가 엠마 오르치 남작부인 최고의 작품! 이나경 역자의 손에서 새롭게 태어난 원문의 걸출한 맛! 로맨스와 모험, 스파이와 슈퍼 영웅, 활극과 스릴러의 모든 요소가 고스란히 녹아든 작품, 유머와 웃음, 서스펜스와 리얼리즘이 결합된 『스칼렛 핌퍼넬』은 최고의 흥미를 보장한다"고 광고되었다. 중역, 완역의 과정을 거치며 번역의 완성도는 높아지고 독자는 시대가 전혀 다른 외국문학을 좀 더 생생하게 체감할 수 있게 되었다. 그러면서 새로운 시대의 독자는 일본어 문체와 다른 언어의 감수성과 조응하게 되었다.

3) 『스칼렛 핌퍼넬』의 영화와 공연

'조로'처럼 나타나는 정체불명 사내,

〈스칼렛 핌퍼넬〉 EBS, 오후 2:00

액션영화. 〈쾌걸 조로〉나 〈배트맨〉처럼 2중 생활을 하는 의인의 활약상을 엮었다.

프랑스혁명 정부는 많은 귀족을 단두대로 보낸다. 피의 심판이 시작될 즈음 '스칼렛 핌퍼넬'이라는 정체를 알 수 없는 인물이 나타나 **귀족들을 하나 둘 구출해 낸**다. 그는 영국귀족 퍼시. 낮에는 멋 부리는데 정신이 팔린 신사 행세를 한다. 아내에게도 숨긴 그의 2중 생활은 혁명정부의 끈질긴 추적으로 밝혀진다.

〈바람과 함께 사라지다〉의 베슬리 하워드의 연기가 돋보인다. 멀 오버론, 레이먼

31　엠마 오르치, 이나경 역, 『스칼렛 핌퍼넬』, 21세기북스, 2013.

드 매시 등이 함께 했다. 화려한 액션과 멋진 의상 등도 볼 만하다. 〈피그말리온〉 등의 해럴드 영 감독이 연출한 34년작 흑백영화다.[32]강조는 인용자

세 번째는 *The Scarlet Pimpernel*이 영화 및 공연으로서 독자와 대면하는 대목이다. 영역본 『주홍별꽃』1999이 출판된 즈음 1999년 12월 5일 EBS에서 흑백영화 〈스칼렛 핌퍼넬〉1934을 방영했다. 홍보 내용을 살펴보면 '스칼렛 핌퍼넬'이 오히려 한참 이후에 나온 〈쾌걸 조로〉, 〈배트맨〉과 비유되면서 독자에게 소개되고 있다. 이는 최근 작품을 더 잘 알고 있는 당대 독자를 위한 설명이다. 비교되는 영화처럼 해당 영화도 장르적으로는 액션영화로 분류되고 있다.

그런데 앞에서 언급했듯이 이미 오래전 한국에서 관련 영화가 방영된 적이 있었다. 1934년에 만들어진 〈스칼렛 핌퍼넬〉은 해럴드 영 레슬리 하워드 Leslie Howard, 멜 오버론을 주연으로 한 영화다. 이 영화가 일본에서 1935년과 1955년 상영되는데, 한국에서는 1958년 영화관 단성사에서 상영되어 신문광고에서는 "쾌걸 핌퍼넬"로 소개되었다.[33] 『동아일보』에서는 1958년 6월, 8월 12월에 영화 소개란에 대대적으로 광고하여[34] 영화선전을 하였다. 동년 6월 15일 광고에서는 영화 〈쾌걸 핌퍼넬〉을 "신출귀몰하는 핌퍼넬의 모험과 로맨스 스릴과 서스펜스"로 광고하였다. 또한 이틀 후 17일 신문광고에서는 쾌걸 핌퍼넬의 장르를 탐정 로맨스로 소개하고 있으며, 번안소설을 쓴 김내

---

32 「'조로'처럼 나타나는 정체불명 사내」, 『경향신문』, 1999.12.4, 25면; 「시네마 스칼렛 핌퍼넬 영국귀족 핌퍼넬의 활극」, 『조선일보』, 1999.12.4, TV 33면.

33 「쾌걸 핌퍼넬」, 『경향신문』, 1958.6.16, 4면.

34 「演藝푸로」, 『동아일보』, 1958.6.17, 4면; 「演藝푸로」, 『동아일보』, 1958.6.19, 6면; 「演藝푸로」, 『동아일보』, 1958.8.10, 6면; 「演藝푸로」, 『동아일보』, 1958.12.4, 4면.

성을 거론하여 그가 아마 1934년의 영화를 보고 썼을 것이라는 추측을[35] 하고 있다. 그러면서 이 광고는 작가가 『아리랑』에 8개월 동안 「붉은 나비」를 연재하면서 독자, 사장, 편집자의 반응을 수용하여 그 대중성을 확보해갔다는 점을 강조한다. 이 영화 상영 이후 박홍민이 소설을 번역[1960]한 셈이다. 이후 이 영화는 서구영화의 저작권으로 상영이 불가능해진 1990년대 EBS의 고전영화로 방영되었다. 하지만 이 고전화가 의미하듯 이 소설의 생명력은 많이 소진되어 있었다.

그 대신 1990년대 후반 '스칼렛 핌퍼넬'은 뮤지컬 형식으로 또 한 번의 문화상품화의 대상이 된다. 1997년 미국 브로드웨이에서 초연된 〈스칼렛 핌퍼넬〉은[36] 1998년 제52회 토니상에서 최우수 뮤지컬 상에 수상후보로 지명되었다.[37] 한국에서는 초연으로부터 16년이 지난 2013년 뮤지컬화되었다. 이때 주연을 뽑는 과정이 미디어에 대대적으로 홍보됐고 퍼시 경역은 배우 '박건형', 여주인공은 유명가수인 '바다'가 맡아 화제가 되었는데,[38] 뮤지컬은

---

35 「쾌걸 핌퍼넬」, 『경향신문』, 1958.6.17, 4면.

36 이때 뮤지컬은 공연 기간 중 두 번이나 커다란 수정을 거치는 바람에 홍보에 마이너스 요인이 되어 준히트에 그쳤다고 한다. 이수진 · 조용신, 『뮤지컬이야기』, 숲, 2009, 271면.

37 이 당시 한국 신문에 소개 되었을 때 스칼렛 핌퍼넬이 아닌 "주홍 핌퍼넬"로 소개되었다. 이는 스칼렛이 여전히 주홍으로 번역되고 있다는 것을 보여준다.

38 「박건형 · 바다, 국내 초연 '스칼렛 핌퍼넬' 주연 낙점」, 『이데일리』, 2013.5.21; 퍼시 경은 다음과 같이 이해되기도 했다. 영화 〈아이언맨〉의 주인공 '토니 스타크'가 프랑스혁명 이후 공포정치 시대에 태어났다면? 뮤지컬 〈스칼렛 핌퍼넬〉 중 영국 귀족 '퍼시'가 됐을 법하다. 낮에는 유머와 재치가 넘치는 한량 귀족이나 밤에는 정의를 수호하는 용감무쌍한 영웅으로 이중생활을 즐기는 모습이 닮았기 때문이다. 물론 스타크가 〈아이언맨〉 1편에서 자신이 영웅이라며 '커밍아웃'하는데 반해, 퍼시는 자신의 아내 '마그리트'를 위해 정체를 끝까지 숨기려 하는 등 차이는 있다. 그러나 능청스런 영웅 캐릭터라는 점은 매한가지다. 영웅물에서 영웅은 크게 두 부류다. 슈퍼맨 · 스파이더맨처럼 초인적인 힘을 발휘하는 경우와 배트맨 · 아이언맨처럼 자신의 부와 권력 등을 이용해 후천적으로 영웅이 된 경우다. 퍼시는 후자다. 「양다리 혹은 줄타기의 절묘한 성공, 뮤지컬 〈스칼렛 핌퍼넬〉」, 『뉴시스』, 2013.7.15.

2013년 7월 2일부터 동년 9월 8일까지 LG 아트센터에서 공연되었다. 〈지킬 앤 하이드〉, 〈몬테크리스토〉, 〈루돌프〉의 뮤지컬 음악을 작곡하여 한국에서 친숙하게 알려진 작곡가 프랭크 와일드 혼이 한국을 방문하여 7월 6일 오후 3시 첫 공연이 끝난 후 관객과 만남을 가졌다. 사실 창작 극본이 많이 부족한 한국의 현실에서 흥행과 돈의 문제가 겹치면서 기존 할리우드 성공작이나 서구고전, 명작이라고 하는 작품의 공언 활용이 오랜 '관행' 처럼 된 상황에서 〈스칼렛 핌퍼넬〉이 선택된 측면이 있다.

또한 다른 뮤지컬과의 관련성도 고려해볼 수 있다. 이 시기 공연 중인 뮤지컬 〈레미제라블〉블루스퀘어, 〈두 도시 이야기〉샤롯데시어터는 〈스칼렛 핌퍼넬〉의 배경이 되는 프랑스혁명을 배경으로 하고 있다. 〈레미제라블〉이 혁명 왕정복고 시대와 6월항쟁 발발 사이, 〈두 도시 이야기〉는 대혁명 직전과 직후, 〈스칼렛 핌퍼넬〉은 혁명 이후 공포정치시대를 다루고 있다. 여기서 뮤지컬 〈스칼렛 핌퍼넬〉은 "시원하다! 유쾌하다! 짜릿하다! 2013년 한여름의 더위를 날려버릴 가장 화려한 블록버스터! 가자 유머러스하며 로맨틱한 영웅의 등장! '아이언맨' 보다 위트 있고 '스파이더맨' 보다 로맨틱하며 '배트맨' 보다 섹시한 두 얼굴의 히어로의 원조 〈스칼렛 핌퍼넬〉이 온다!!"라는 광고 문구로 화려하게 홍보되었다.

무엇보다 소설 『스칼렛 핌퍼넬』의 공연물화는 『삼총사』, 『철가면』, 『오페라의 유령』에서도 찾아볼 수 있는 대중적 콘텐츠의 재활용이라 할 수 있다. 그리고 그 과정이 소설의 존속을 일정 부문 기여하고 있는 셈이다.

여하튼 당시 이 작품은 영웅적인 모험, 로맨스 장르로 광고되고 주홍 핌퍼넬이 아닌 스칼렛 핌퍼넬이 "별봄맞이 꽃"으로 소개되었다. 이는 공연측이 해석의 정확도를 높이기 위한 노력이었다. 이처럼 2013년 한국에서 해당 작품이 뮤지컬 공연이 되는 해에 소설도 영역본 『스칼렛 핌퍼넬』2013이 새롭게 선을 보였던 것이다.

지금까지의 일본과 한국의 고찰을 통해 작품의 장르적 성격과 번역 수용사는 명확해졌다. 흥미로운 점은 작품 내용이 프랑스혁명 당시 민중이 아니라 '죄 없는 귀족'을 구하는 영국귀족을 긍정하고 있다. 혁명과 혼돈의 시대에서 억울하게 피해당하는 이를 구하는 내용이, 충분히 의미 있지만 일견 보수적인 정치색을 드러내고 있다. 때문에 이 작품은 오랫동안 식민지배, 군부정권하에서 짓눌려왔던 한국 독자의 감성구조와는 쉽게 친연성을 확보하기 어렵다. 때문에 액션, 추격, 복수, 영웅적인 성격이 상대적으로 부각되고 있는 것이다.

그럼에도 이 작품은 1990년대 후반 민음사가 세계문학 번역 출간을 먼저 주도하기 시작하는 분위기와 맞물려 세계고전으로서 독자와 다시 대면할 수 있었다. 1999년 판본도 이 책을 숨어있는 세계명작이며 고전으로 소개하고 있다. 물론 작품의 성격은 1900년대 초에 나온 '삼총사'류의 작품이며 스토리의 흥미와 긴박감이 실감난다고 설명된다. 이는 앞에서 말한 EBS의 영화 해석과 비슷하다.

하지만 프랑스혁명과 공포정치에 대한 균형 있는 역사적 시야가 확보되어 가면서 보수적 시선 역시 역사적으로 가치를 더 가질 수 있게 되었다. 본래 헝가리 귀족이었던 작가는 농민봉기를 피해 헝가리를 떠나야 했다. 그런 오르치가 프랑스혁명 이후 죽어가는 프랑스 귀족에게 동정의 시선을 보낸 것은 혁명의 단면을 보여준다는 점에서 의미가 있다.

이런 면에서 '역사 교양서'인 이 작품은 1997년 브로드웨이에서 초연되었고, 한국에서는 2013년 7월 16년 만에 뮤지컬이 공연되었다.[39] 또한 동월 출판시장에서도 이나경에 의해 영역본이 완역되었다. 이 책에서도 오르치의 소설은 "로맨스와 모험, 스파이와 슈퍼 영웅, 활극과 스릴러의 모든 요소가 고스란히 녹아든 작품"으로 홍보되는데, 이 작품은 '원조 히어로물'로서 대중성을 지니면서도 굵직한 역사적 사건과 혁명의 사회상을 포괄하고 있기 때문에 한국동화, 논술시장에서도 여전히 세계명작으로 포함되어 한국 독자와 만나고 있다.[40]

4. 영국 우월주의와 혐오

오르치의 *The Scarlet Pimpernel*의 한국 수용사를 논구하면서 일본의 수용사와, 일본어본·번안물·일본어판 중역본·영역본, 영화, 뮤지컬 등의 존재 방식을 살펴보았다. 한국에서는 1960년 최초의 한국어 번역이 이루어지지만 그 배경에는 1953년 일본에서의 영화 상영이 있었다. 이 영화 이후 한국에서 1955년 김내성이 번안을 했고 1958년 영화도 개봉되었으며 1960년에 일본어 중역으로 한국어판이 출간되었다. 이후 이 작품이 아동문학에도 편입되고 뮤지컬까지 되는 맥락은 일본과 한국이 유사하다.

다만 차이가 확연히 드러나는 것은 1955년 김내성의 번안물이다. 식민지시대를 살았던 김내성은 작품을 번안하면서 민족주의 서사를 창출하여 '반일'의 감성을 드러냈다. 이에 비해 1960년 최초의 번역자는 미국의 영향권에 있는 한국인의 입장에서 이 작품이 영국의 우월주의 및 은폐된 열등의식을 직간

---

39 「[2013년 기대작] (1) 뮤지컬 배트맨의 원조가 온다, '스칼렛 핌퍼넬'……여성 관객도 잡을까, 부산 뮤지컬 '친구'」,『조선일보』, 2013.1.3, 문화A20면.

40 에마 오르치, 송지인 그림,『빨간 별꽃』(영원한 세계명작 20), 가나출판사, 2003; 에마 오르치,『빨간 별꽃』(논술대비 초등학생을 위한 세계명작117), 지경사, 2012.

접적으로 드러냈다고 간주했다. 이러한 인식은 한국에서 프랑스혁명과 공포정치에 대한 균형 있는 역사적 시야가 확보되어 가면서 해소되어갔다. 이 과정에서 프랑스혁명에 대한 '보수적 시선'이 일정 부분 의미를 확보하면서 작품도 역사적으로 가치를 더 가질 수 있게 되었다. 그런 점에서 현재는 한국에서 모험소설보다는 역사 교양서로서 읽힐 수 있는 여지가 있는 것이다.

이처럼 번역이 필수불가결인 외국문학의 수용에서 독자는 번역된 문학으로 작품을 읽게 된다. 1960년대 한국에서는 세계문학전집의 간행이 다수의 출판사에 행해졌고 출처를 명확히 밝히지 않는 경우도 많아 일부 한국 독자는 순수하게 원역을 한 책으로 인지하기도 했다. 과거 저작권이 제대로 정립되기 이전의 번역 문제였다. 여하튼 세계문학 번역에서 '일본어 중역'이 상당한 비중을 차지하고 있었지만, 1990년대 전문번역가의 출현으로 중역에서 직역으로 전환하는 경향이 나타났다. 그러나 유학생이나 전문번역가가 생겨났다고 해서 일본어 중역판의 가치가 없어지는 것은 아니었다. 원서 직역의 수준이 일정 부분 떨어지면서 (철학 연구자는 동의하지 않지만) 일본어 중역이 차라리 원전의 의미에 가깝다는 '통념'이 한때 생기기도 했다. 여전히 일본어는 세계를 흡수하고 받아들이는 도구로서 존재한다. 하나의 번역 텍스트는 시대를 거치며 다양한 변주 속에 새로운 번역으로 재탄생하는 데, 일부 전문적인 번역은 과거에 번역된 텍스트와 비교·대조를 통해 이루어진다. 일본어판 중역에 있었던 오역과 번역문투를 수정하고 현시대에 쓰는 언어를 번역에 녹아내며 이해력을 높일 수 있는 점에서 일본어판 중역은 일정 부분 그 역할을 하고 있는 것이다.

이러한 과정을 거치면서 오랜 세월 정체되고 수정되면서 한국 독자에 새로운 감수성과 문체로 전달된 해당 소설은, 세계문학이자 고전으로서 로망스, 아동문학, 모험, 연애소설, 역사소설, 추리소설 등으로 인식되었다. 그리고 1990년대 이후 특히 2000년대 이후 미국과 일본의 추리소설이 한국 독서시장에서 인기를 모을 때는 서스펜스적 추리소설로 인식되어 미스터리로 간행되기도 했다.[41] 그와 동시에 대중오락물인 *The Scarlet Pimpernel*은 영화와 뮤지컬이 되기도 했으며 '쾌걸 조로 이야기'[1919]와 같은 다른 작품의 원형적 기능을 하면서 고전으로서 그 서사적 생명력을 유지해왔다.

이처럼 번역이 질적으로 개선되고, 소설이 쓰이게 된 배경과 작가, 그리고 당대 역사에 대한 균형 잡힌 시야가 확보되어 갈수록 독자는 시대와 역사적 실감이 전혀 다른 외국문학을 좀 더 온전히 이해하고 체감할 수 있게 되었다. 하지만 소설의 서사적 힘이나 한국 독자의 오락으로서의 현재적 필요성은 많이 상실되어 가는 실정이다. 이것이 한국의 *The Scarlet Pimpernel*의 존재방식이다.

그럼에도 프랑스혁명의 역사에 관심이 있는 독자라면[42] 박흥민의 지적처럼 『스칼렛 핌퍼넬』을 읽어볼 가치가 있다. 예컨대 우리가 어려운 학술서적이 아니라 플로베르의 소설 『마담 보바리*Madame Bovary*』[1857]를 통해 프랑스의 당대를 상대적으로 쉽게 접근할 수 있듯, 독자는 『스칼렛 핌퍼넬』을 통해 당시 영국이 바라본 프랑스혁명 인식의 일면을 포착할 수 있다. 작품 초반에 우리에게도 널리 알려진 영국 보수주의 정치가 에드먼드 버크[1729~1797]도 언급

---

41 역자는 미스터리 내지는 서스펜스 소설로서의 『빨강 별꽃』이 수많은 미스터리 작가들의 작품에 많은 영향을 주었다고 지적했다. 에마 오르치, 남정현 역, 『빨강 별꽃』(동서 미스터리 북스 114), 동서문화동판(동서문화사), 2003.9.1, 361면.
42 참고로 1980년대에는 김혜린의 인기 만화 『북해의 별』(1983) 시리즈가 있었다. 이 만화는 18세기 북해 연안의 가상 왕국 보드니아를 무대로 시민혁명을 다루고 있는데 프랑스혁명을 연상시켰다.

되기 때문에 허구라고 하더라도 흥미롭다.

『스칼렛 핌퍼넬』에서 영국과 프랑스는 각각 '법과 전통의 군주국' 대 '자유·평등·박애의 미명으로 대량살인을 저지르는 나라'로 상정된다. "프랑스인이 지금 너무 과격하다"는 입장이 영국인의 일관된 시선이다. 실제로 당시 군주국인 인접국은 프랑스혁명이 자국으로 번지는 것을 극도로 경계했다. 게다가 혁명은 체제와 사상의 문제와 관련된다. 새로운 권리와 사상의 주장은 반대와 혐오를 수반하기 마련이다. 소설에서 영국은 프랑스에 대한 혐오의 감정을 확연히 드러냈다.

프랑스혁명 세력과 프랑스인은 모두가 평등한 "자유시민"이 됐다고 주장하지만, 실상 이들은 프랑스 내 유대인을 경멸하고 가까이 있는 것조차 혐오할 정도로 차별주의자로 형상화된다. 영국의 비밀결사 조직원들은 프랑스인의 이러한 혐오심리를 이용해서 '더러운 유대인'으로 변장하고 프랑스 귀족을 탈출시킨다. 이를 통해 프랑스인의 주장도 부정되고 희화화된다. 여기서 더 나아가 영국의 귀족 신사들은 '자유·평등·박애'의 프랑스인이 표준영어를 못하고 개구리 요리를 먹는다는 식으로 폄하하고 공포정치하 프랑스를 "지옥"으로 지칭했다. 이처럼 이 소설은 공포와 혐오를 가진 '대영제국'의 관점에서 프랑스 구귀족 구출의 정당성을 강화한다.

이 구출은 프랑스 시민혁명군을 폄하하고 영국을 드높이기 위한 상징적 의미를 갖는다. 프랑스 국왕 루이 16세가 바렌을 탈출하려고 하다가 잡혔지만, 영국 비밀조직은 자유롭게 검문을 통과한다. 이때 영국 구출단이 남기는 '빨강 별꽃'의 문양은, 당시 프랑스 시민혁명의 상징이었던 '삼색 모장'에 대한 대응이자 우위를 상징하는 의미가 있다.

또한 전사계급이었던 당대 귀족의 성향과 낭만성은 구출뿐만 아니라 언어에도 반영되어 있다. 예를 들면 영국 신사들이 프랑스 구귀족을 "동포"라고 지칭한다. 귀족주의가 국경과 국적 및 민족의 장벽을 넘어서는 유럽적 성격의 일면을 그대로 드러내고 있다. 유럽 왕실 간 결혼이 빈번했던 당대 역사 속에서 같은 귀족이라는 사실이 '동포'인 프랑스 귀족을 구출해야 하는 또 다른 이유로 작동하고 있는 것이다. 이처럼 『스칼렛 핌퍼넬』은 '대영제국'의 자긍심과 귀족적 낭만성이 혁명에 대한 혐오로 표출된 작품이다.

요컨대 오르치의 『스칼렛 핌퍼넬』은 프랑스가 근대 시민사회로 접어드는 국면에서 주변 군주국가의 불편한 시선을 드러내고 있는 작품으로서 유럽 사회의 변모의 순간을 살펴볼 수 있는 역사적 허구서사다. 이 혁명과 '불편한 시선'은 '지금-여기'의 삶 그리고 사유와도 연결된다. 예컨대 촛불집회나 미투운동은 반대 진영의 반발과 일부 피해자를 야기하기 때문에, 사회적 의식 개선과 진보를 위한 '사회운동'의 방법론은 언제나 사회적 화두가 된다. 그래서 혁명에 준하는 사회적 움직임, 일상의 정치가 새롭게 모색될 때마다 서구의 프랑스혁명이나 '68혁명'이 소환되어 비견되어 왔다. '혁명'은 필연적으로 '피'를 수반하지만 그 피해를 가능한 줄이기 위한 고민에서 과거의 혁명은 계속해서 성찰의 대상이 될 것이다. 그런 점에서 『스칼렛 핌퍼넬』은 역사 교양서로서 여전히 가치를 확보하고 있는 고전이라 할 수 있다.

제4장

게오르규의 수용과 한국 지성사의 『25시』

전후문학, 휴머니즘, 실존주의, 문명비판, 반공주의, 어용작가

1. 『25시』의 작가, 게오르규

콘스탄틴 비르질 게오르규^{Constantin Virgil Gheorghiu}는 소설 『25시^{25hour}』를 통해 세계적으로 알려진 작가이다. 이 소설은 현재 일신서적의 세계명작¹⁹⁹⁰과 청목의 정선세계문학²⁰⁰⁴, 홍신문화사의 세계문학²⁰¹²에 포함되어 있고 이선혜 번역본²⁰⁰⁶이 효리원에서 판매되고 있지만 요즘 독자에게는 그리 친숙한 작품이 아니다. 이는 2000년대 이후 세계문학전집을 주도해온 민음사나, 문예출판사, 문학동네, 열린책들, 펭귄클래식 등의 간행목록에 들어가지 못하면서 나타난 결과이다. 하지만 『25시』는 1952년 한국에 소개된 이래 1980년대까지 스테디셀러였고 1990년대까지도 많이 회자되었다. 1999년에는 전문가가 뽑은 '20세기 걸작'에서 13위에 선정되었으며,[1] 2000년에는 KBS영상사업단이 〈TV문화기행, 문학편 6 - 게오르규, 25시의 증언〉을 제작, 방영하기도 했다. 특정 작품이 오랫동안 대중의 인기를 확보할 수 있었던 이유가 궁금하다.

---

1 「독자와 함께 정리하는 20세기 20대뉴스 7 - 세기의 걸작 〈모던타임스〉〈예스터데이〉첫손」, 『한겨레』, 1999.11.19, 17면.

흔히 한국에서 유통되는 외국문학은 세계문학, 고전으로 평가되고 자리매김한 작품이다. 세계문학이 교양과 감동을 준다고 하지만 독자는 시공간과 감성이 다른 외국문학을 제한적으로 즐긴다. 고전이란 말이 함의하듯 세계문학은 동시대적이지 않은 경우가 많다. 이미 대중성과 권위를 확보한 일부 작품은 영화화되어 명작영화로 상영되기도 하는데 최근에는 문예영화의 영향력도 극히 미약한 실정이다. 이처럼 독자는 책이나 영화를 통해서만 세계문학을 접하는 게 보통이다. 이에 비추어 보면 게오르규는 특이한 인물이다. 제2차 세계대전을 다룬 『25시』는 한국인에게 동시대의 것이었고 영화로 제작되어 4번 넘게 상영되었으며 TV에 수차례 방영되었다. 그뿐만 아니라 작가가 한국을 4번이나 직접 방문한 동시대인이기도 했다. 그의 영향은 단순히 책만으로 한정되지 않았다. 그는 누구인가.

게오르규는 1916년 9월 루마니아에서 가난한 성직자의 아들로 태어났다. 그는 부쿠레슈티와 하이델베르크 대학에서 철학과 신학을 공부했으며 시인으로 등단했다. 『설상雪上의 낙서落書』가 1940년도에 루마니아 왕국 시인상을 받았다. 1942년경에는 크로아티아 주재 루마니아 대사관에서 근무했다. 1944년 소비에트 군대가 루마니아에 주둔하자 망명을 떠났다가 루마니아인이라는 이유로 연합군에 체포되어 수용소에 수감되는 등 고초를 겪었고 1948년 걸어서 겨우 프랑스 국경을 넘었다. 이듬해 파리에서 소설 『25시』가 불어로 출판되었다. 1963년 그는 파리에서 루마니아 정교회의 사제로 서품되었고 1969년에는 루마니아 정교회 총대주교가 문학활동 등에 대한 공훈으로 게오르규에게 총대주교의 십자가를 수여했다. 1971년 그는 콘스탄티노플의 아테나고라스 세계총대주교로부터 공훈을 기리는 세계총대주교의 십자가를 수여받았다. 한국에는 1974, 1976, 1984, 1987년에 방문했다. 그는

1992년 안식하여 파리의 파시 공동묘지에 잠들었다. 작품으로는 『25시』, 『제2의 찬스』1952, 『아가피아의 불멸의 사람들』1964, 『다뉴브강의 축제』1968, 『키랄레싸의 학살虐殺』, 『내 이름은 왜 비르질인가』, 『미국인의 눈』1973, 『기적의 구걸자들』 등 다수가 있다.

이 중에서도 『25시』1949는 게오르규의 대표작이다. 이 소설의 주인공 요한 모리츠는 루마니아의 농민이다. 그는 아름다운 아내를 탐내는 경찰국장의 조치로 징발당하여 유태인 강제노동수용소에 수용된다. 거기서는 그가 루마니아인이라는 것을 누구도 인정하려 하지 않는다. 모리츠는 헝가리로 탈출하지만 이번에는 루마니아 밀정으로 몰려 고문을 당한다. 헝가리 정부의 방침에 따라 그는 독일로 팔려 가는데 나치 인종학자 밀러 대령은 그를 게르만 민족의 정통파인 영웅족의 표본으로 판정한다. 그 덕에 독일 군인이 된 모리츠는 프랑스 포로를 구출하여 미군 진영으로 넘어간다. 미군은 처음에는 그를 영웅 대접해 주다가 적성국가의 시민이라는 이유로 미군수용소에 감금해 버린다. 이후 그는 무려 1백여 군데의 수용소를 전전하며 수난을 겪는다. 그러다 갑자기 어느 날 그는 체포되던 때처럼 영문도 모르고 석방된다. 그는 가족과 행복한 만남을 하게 되는데 석방된 지 18시간 만에 다시 동구인이라는 이유로 이번에는 가족과 함께 억류당한다. 결국 수용소 생활에 지친 모리츠는 전쟁에 지원하는데 미군장교는 사진을 찍으면서 웃음을 강요하고 모리츠는 울음을 머금은 억지웃음을 짓는다.

이 작품은 제2차 세계대전을 배경으로 약소민족의 애환을 다루고 있다. 전쟁의 참혹한 살상은 배제하고 포로수용소를 중심으로 전쟁의 참화를 다룬 전쟁소설이다. 특이하게도 독일의 나치와, 루마니아에 주둔한 소련뿐만 아니라 서구문명의 폐해로서 기계적 관료주의의 미국을 설정하고 비판의 대상으로 삼고 있다. 작가 자신의 자전적 경험이 소설에 투사된 결과이다. 이런 소설이 한국에서 40년 넘게 대중적 인기를 확보했다는 게 놀랍다. 그의 작품과 영화, 방한이 한국사회에 미친 문학·문화적 현상을 분석할 필요가 있다. 이는 급변했던 한국에서 게오르규의 존재 방식을 통해 외국문학의 기능을 가늠하고 더 나아가 서구의 지성이 한국인의 (사상적) 은사가 될 수 있는지 탐색하는 작업이기도 하다. 왜냐하면 게오르규는 6·25전쟁부터 1987년 민주화, 동구권 몰락을 거쳐 1992년 작고할 때까지 루마니아 출신의 프랑스 망명작가이자 대문호, 최고 지위의 신부였고 서구의 지성으로서 동시대를 함께한 지식인이었기 때문이다.

2. 1950년대 『25시』의 유행과 문학적 영향

게오르규는 사르트르, 까뮈, 비평가 알베레스 등과 함께 1950년대 초중반 가장 널리 읽힌 작가로 꼽힌다. 게오르규 관련 번역은 일어 중역본, 영어 중역본, 불어완역본이 있다. 일어 중역본은 김송의 번역이 60년대까지 널리 읽혔고, 영어본은 1970년대 이군철의 것이 조금 유통되었으며, 불어본은 강인숙의[2] 번역본1968~1988과 김인환의 것1972~1997, 민희식의 것1980~2002이 경쟁하며 주류를 차지했다. 이후 불어본은 이선혜가 2006년 효리원에서 낸 게 마지막이다. 이외 1968년부터 1988년까지 원응서는 게오르규의 글 중 『25시』만 번역

2 　강인숙(1933년 생)은 서울대학교에 입학한 후 이어령이 빌려온 원서나 책을 같이 읽은 경험을 밝힌 바 있다. 게오르규를 활발히 소개한 두 사람의 관계를 짐작게 하는 대목이다. 강인숙은 대학에서 불문학을 부전공했다. 강인숙, 『서울, 해방공간의 풍물지』, 박하, 2016, 221·225면. 두 분은 부부이다.

하여 1968년 창구사, 삼중당[1975~1988]을 통해 독자와 만났다. 삼중당문고는 게오르규가 세상을 떠난 1992년에도 책을 냈다.

프랑스로 망명한 게오르규가 파리에서 처음으로 낸『25시』[1949]는 세계적인 베스트셀러가 된다. 일본에서는 1950년에 번역되었고 한국에서는 소설가 김송이 전란 중인 1951년 부산에서 번역한 일어 중역본이 1952년에 처음 출간되었다.[3] 이 소설과 1954년『바람과 함께 사라지다』의 흥행 등은 서구 번역물의 간행을 추동했으며 특히 이 무렵 출판사들이『전쟁과 평화』의 간행 경쟁에 뛰어든 배경이 되기도 했다. 작품이 유행하자 1954년 7월에는 국학대학의 제6회 연극발표회에서『25시』가 4일간 공연되기도 했다.[4]『25시』가 흥행에 성공하자 김송은 게오르규의『제2의 기회』[1952]를 1953년에 번역했으며 정비석도 허백년, 이진섭과 공역하여『제2의 챤스』란 이름으로 냈다. 이 소설은 작품성이 떨어진다는 평가를 받으며 1950년대 말이면 소구력을 잃고 만다. 이 과정을 거치면서『25시』는 게오르규의 대표작이 된다. 이들 작품은 어떻게 인식되었을까.

김송은『25시』의 '역자의 부탁'에서 루마니아의 현실이 한반도와 너무나 유사하다는 소회를 밝히지만 그 외 이념적인 언급은 전혀 하지 않았다.『25시』의 자매편으로 간주된『제2의 기회』의 후기에서는 자신의 견해 대신 게오르규의 일기 한 대목이 인용된다. 게오르규는 루마니아를 소비에트의 손에 넘겨준 영국·미국과, 조국으로 돌아가지 못하게 하는 소비에트를 비판하며 자신이 반콤뮤니스트일 수밖에 없다고[5] 적고 있다.『제2의 챤스』의 발문을 쓴 이

3　ゲオルギウ, 河盛好藏 譯『二十五時』, 東京 : 筑摩書房, 1950; C. V. 케오르규우, 金松 역,『25時』上·下, 東亞文化社, 1952. 청춘사본은 1960년 7판 인쇄.

4　「모임」,『경향신문』, 1954.7.1, 2면.

5　비르질 게오르규, 金松 역,『(長編小說) 第二의 機會(La Second chance)』, 東亞文化社, 1953,

진섭은 김송과 동일한 내용의 일기를 가져오면서도 다음과 같은 설명을 덧붙인다. "전작 『25시』가 제2차 세계대전 전후의 참화에서 모든 것을 잃고 방황하는 인간들의 참담한 모습을 주인공 요한 모릿쓰로 하여금 연출하게 한 새로운 휴-매니즘 위에서 인간의 권리를 절규한 명작인데 대하여, 제2작 『제2의 챤스』는 삶의 뿌리를 잃은 인간군상들이 전후 전개된 구라파 정치정세의 양대 세계냉전에서 조국, 재산, 기족을 잃고 또한 존엄한 인간정신마저 기술만능주의, 정치파동에 마비되어 몰려다니는 인간의 고민상을 그려낸 것이다."[6]

게오르규는 자신과 루마니아를 온전히 전쟁의 피해자로 이미지화했다. 1947년 1월 루마니아 인민공화국을 만들어 공산화를 한 소련은 그에게 원수의 나라였다. 유의할 점은 루마니아는 제2차 세계대전 당시 독일, 이탈리아와 3국 동맹을 맺고 소련과 연합군에 맞선 나라였다. 이 무렵 게오르규는 루마니아의 파시스트 정권에서 대사관의 외교관으로 근무했다. 넓게 보면 전쟁과 관련된 대다수는 피해자이지만, 그가 전쟁책임에서 온전히 자유롭기는 어렵다. 소련의 루마니아 침공, 미국의 게오르규 망명 거부와 감금이 일방적으로 매도될 수 없는 것도 이 때문이다.

이러한 맥락이 탈각된 채 게오르규는 한국에서 약소민족의 피해자로 이해되었다. 이는 냉전과 6·25전쟁이 반소감정을 강화시킨 결과이다. 반소가 전체주의 프레임에 포섭되면서 나치를 비판한 작품들이 반소 비판으로 전유되기 시작했다. 레마르크의 「사랑의 불꽃」『사상계』, 1953.5이니 1960년에 출간돼 지금까지도 애독되는 빅터 E. 프랭클의 『죽음의 수용소에서』가[7] 그 한 예이다.

334면; ゲオルギウ, 谷長 茂譯, 『第二のチャンス』, 東京 : 筑摩書房, 1953.

6   비르질 게올규우, 정비석·이진섭·허백년 역, 『第二의 챤스』, 정음사, 1953, 412면.

7   나치의 강제수용소를 다룬 체험수기이다. 빅터 E. 프랭클, 정태시 역, 『죽음의 수용소에서 – 人間의 意味探究』, 제일출판사, 1960.

이러한 점들이 조명되지 못한 상태에서 책의 해제를 접한 독자에게 게오르규의 소설은 전쟁문학, 약소민족의 문학 혹은 새로운 휴머니즘문학이었으며 게오르규는 영미와 소련을 모두 비판하지만 결국은 반공주의자로 인식될 여지가 있었다. 그래서 그의 작품은 반전소설이자 반공소설이기도 했다.

『25시』를 접한 문인들은 그 문학성을 높이 평가했고 동시에 휴머니즘문학으로 해석하려 했다. 특히 이미 서구 자본주의문명의 극복을 표방하며 제3기 휴머니즘을 주장한 김동리를 비롯한 인간주의문학자들이 『25시』를 고평했다. 임긍재는 험난한 정치적 현실에서 불안의식과 위기와 절망의 근원을 밝히고 인간성의 옹호를 주장하며 새로운 모럴과 절망에서 벗어난 인간형을 창조하는 문학을 신인간주의 문학이라고 설명하면서 『25시』를 격찬했다.[8]

임긍재가 말한 험난한 정치적 현실은 당대 정치상을 대변하는 세 나라나치, 소련, 미국에서 절망을 맛본 게오르규의 그것이기도 했다. 이러한 현실의 폐허에 대해 백철은 "3면 벽을 면해 사는 절망적인 인간들"이라고 표현했다. 한국인은 일제 파시즘, 제2차 세계대전, 6·25전쟁을 겪었다. 백철의 눈에는 『25시』의 주인공의 체험이 한국인의 그것과 별반 다르지 않았다.[9] 그에 따르면 『25시』는 인간을 질곡화한 근대 메커니즘을 격렬히 비판하는 작품이다. 그것은 "근대의 기계주의와 동시에 코뮤니즘의 기계주의에 반대하고 나선 세계적인 작가들의 새로운 진리를 추구, 탐색하는 경향이며, 비평정신의 표현"이다.[10] 이런 현실인식에서 백철은 게오르규를 실존주의 작가의 범주에 넣고 치열한

---

8   임긍재, 「회의와 모색의 階梯-한국문학계의 현황과 장래」, 『文化世界』 창간호, 1953.7, 51면; 「신인간주의문학의 이론과 사적 배경」, 『文化世界』, 1953, 63면.

9   백철, 「脫皮의 모랄-자기혁신과 작가의 길」(1953), 『백철문학전집』 2, 신구문화사, 1968, 203면.

10 백철, 「비평정신과 말기의 문학」(1957), 『백철문학전집』 2, 신구문화사, 1968, 219면.

작가정신과 작품성을 고평한다. 그가 봤을 때 한국작가들의 자기혁신의 노력은 현저히 부족했다. 안수길 역시 작가의 철학적 사상이 작품에 피력되는 과정에서 작가의 사상과 작중인물의 사상 사이의 관련성에 주목했다. 그는 주인공 모리츠가 아닌 작가 트라이안 코르카를 통해 사상을 표현하는 기법에 주목했다.[11] 작가가 철학적인 내용을 다룰 때 자신의 체계적 이론을 작중 인물의 입을 통해 토로하는 수법은 작가의 철학적 사상을 표현하는 고전적 예였지만 당대에는 게오르규의 작품이 전형적이었던 셈이다.

이처럼 문학정신과 기법의 정점으로 평가된 『25시』는 당대 유행한 실존주의의 자장 안에서 실존적 소설로도 평가되었다. 백철뿐만 아니라 조향,[12] 그리고 까뮈의 『이방인』을 25시에 빗댄 조연현도[13] 『25시』를 실존주의로 평했다. 당대 소설가들이 서구 실존주의문학을 모방하는 풍조를 비판하는 목소리가 적지 않았던 상황에서 『25시』의 모티프나 기법적 영향도 확인할 수 있다. 유종호는 「요한시집」으로 잘 알려진 장용학의 「현대의 야野」가 카뮈의 『이방인』, 카프카의 「심판」, 그리고 게오르규의 『25시』의 결정적인 영향 아래서 쓰인 작품이라고 지적한다. 그는 이 작품 속에 "「이방인」의 집약적인 명증성도, 「심판」의 고압적인 비사실적 진실성도, 또 「25시」의 르포르타주적 사실의 경이성도 없다는 것을 애석하게 여긴다".[14] 또한 「오분간」으로 유명한 김성

---

11 안수길, 「작가의 사상과 작중인물의 사상(上)」, 『동아일보』, 1956.10.11, 4면; 「작가의 사상과 작중인물의 사상(下)」, 『동아일보』, 1956.10.12, 4면.

12 조향, 「20세기의 사조」(『사상』, 1952.9), 『조향전집』 2, 열음사, 1994, 131면.

13 조연현, 「실존주의解義」, 『문예』, 1954.3, 182면.

14 유종호, 「현대인의 운명 – '현대의 야'에 부쳐」(『한국일보』, 1960), 『비순수의 선언』, 1995, 300면; 장용학은 『요한시집』(1953년 탈고, 1955년 기고)이 쓰인 배경을 한국전쟁 중 사르트르와의 만남, 거제도포로수용소를 들어 논한 바 있다. 하지만 『25시』를 비롯해 당시 유행한 수용소 소설들이 그의 작품 구상에 큰 영향을 미쳤을 거라는 것은 쉽게 짐작할 수 있다. 장용학, 「실존과 요한시집」(1963), 『장용학 문학 전집』 6, 국학자료원, 2002, 85면. 유종호는 김춘

한은 그보다 이전인 1954년에 출간한 작품집 『암야행暗夜行』에 「난경亂景」이란 작품을 넣는데 그는 후일 이 작품의 제목을 「24시」로 바꾸게 된다.[15] 이것은 김성한이 소설의 시간성을 고민할 때 게오르규 작품의 영향을 받았다는 것을 뒤늦게 고백한 것과 다름없다. 류주현의 「유전流轉 24시二+四時」는 대놓고 모티프를 가져온 경우다. 주인공인 '나'[지폐]가 은행에서 나와 24시간 동안 여러 사람을 거치면서 화장장에 도착할 때까지 보고 들은 얘기를 기술한다.[16] 그러면서 지폐가 남긴 말을 살펴보자.

내가 사고능력을 가진 것은 이 창구 밖 세계를 구경하기 위해서다.

앞으로 나는 나의 사고력을 포기한 채 보는 '눈'만을 가지고서 처세할 밖에 없다는 것도 알았다. 그럴려면 나에게는 건망증이라는 것이 필요했다. 1초 전에 나를 소유했던 자를 잊어버리는 것이 좋을 듯 싶었다.

나는 자칫하면 찻값으로 다방에 떨어질 번 했으나, 찻값은 덕배가 냈다. 그 대신 나는 상처를 입었다. 영자가 다발로 묶여 있는 나를 그대로 뽑으려다가 허리를 반

수의 「부다페스트에서의 소녀의 죽음」도 게오르규의 시선과 같다고 지적했다.

15 김성한, 「24시」, 『김성한 중단편전집』, 책세상, 1988, 147~158면.

16 소설의 흐름은 다음과 같다. 한국은행(지폐, 기호 7=금화 백환의 가치) → 미쓰 최가 은행에서 7만 환 찾음 거기에 끼어들어감 → 권선생에게 줌(중학교 동생 Y고등학교 보설입학운동 비용으로) → 권선생은 아들 대학생 동수가 외자청 공무원으로 채용되는 데 힘을 쓰기 위해 배 계장에게 5만 환을 준다 → 배계장은 '기구개혁'에서 낙오되지 않기 위해 과장에게 양복한 벌사주려고 과장의 첩 집에 갔다가 과장이 없어서 첩에게 4만 환을 준다. → 첩(영자)은 4만 환을 들고 남친 덕배를 만나러 간다. → 덕배 담배값을 영자가 내주면서 이번엔 담배장사 할머니의 목판속으로 간다 → 인쇄소 주인인 차선생이 할머니에게 5백 환을 빌린다. 수면제 사서 자살하려다 단념, 살기로함 → 친구의 성년인 딸(24)이 폐결핵으로 사망, 거기에 조위금으로 낸다. 망자의 아버지에게 들어감(딸의 친구가 미스최) → 홍제원 화장장에서 늙은 화부에게 들어간다. 수많은 화구가 밀려 순서를 미리 당겨 태우기 위해 돈을 줘 부탁한다. 지폐는 화구 앞에서 화장장으로 밀려드는 사람들(과거 자신의 주인)을 보고 깜짝 놀란다.

넘어 찍은 것이다.

　은행을 떠난 지 24시간 뒤인 지금, 나는 화장장에 와 있는 것이었다.

　한시각 뒤의 나를 나는 모른다. 다만 내가 아는 것은, 나의 기호는 7이라는 사실
뿐이다. 럭키 세븐이란 말도 있으니 앞으로는 반드시 유쾌한 일들이 있을 것이다.[17]

　'나'지폐는 자신의 의지와 상관없이 사람들의 거래에 따라 주인이 바뀐다.
『25시』에서 이유도 모른 채 수용소를 전전하는 주인공과 같은 처지이다. 이
들에게 사고력은 불필요하다. '나' 역시 사고를 정지한 채 인간세상을 흘러
다니며 찢어지고 상처받는다. 그럼에도 '나'는 소설 마지막에서 역설적으로
유쾌한 미래를 상상한다. 이 장면은 『25시』의 모리츠가 수용소가 다시 끌려
들어가면서 죽음을 뻔히 예상하면서도 억지로 군에 자원하고 미군장교에게
눈물을 머금은 웃음을 짓는 것과 그대로 대비된다. 이 소설은 사고와 의지 없
이 강제로 강요되고 흘러가는 운명과 세상의 부조리를 풍자하고 고발한 작
품인 것이다.

　이 외 게오르규가 『25시』에서 기계적 관료주의를 비판했던 맥락은 1950년
대에는 부각되지 않았다. 김성한의 「귀환」『문학예술』, 1957.9처럼 불신의 주역이었
던 공무원의 권위의식과 까다로운 행정 절차를 고발한 작품도 있었지만 게오
르규와 연계되어 논해지지 않았다. 논의를 (기계)문명 비판으로 확장하면 조지
오웰의 『1984년』과 함께 『25시』는 디스토피아의 작품으로 분류되어 인식되었
다. 그러나 구공탄을 피우고 점쟁이를 찾아가는 민족에게 '기술천국/지옥론'은
전혀 현실성이 없는 얘기였다. 요컨대 전쟁문학 『25시』는 1950년대 초중반 휴

17　流周鉉, 「流轉 二十四時」, 『사상계』, 1955.5, 159·169·172·181면. 류주현은 게오르규를 필
　화작가로 언급하기도 했다. 류주현, 「백일몽」, 『동아일보』, 1968.7.2, 5면.

머니즘 문학, 중후반은 실존주의 문학 위주로 논의된 셈이다. 반공문학이라는 인식은 오히려 강한 편이 아니었다.

1950년대 게오르규 소설의 진정한 가치는 한국소설가의 모방 수준에 있지 않다. 실존적 정신과 결부되듯, 이 작품은 새로운 세대의 문학과 비평정신의 자양분이 되면서 극대화되었다. 실존주의에서도 사르트르가 아니라 까뮈를 좋아한 문인들이 『25시』를 더욱 극찬했다. 문학성을 겸비한 '증언 문학'을 주창한 김붕구나 소설가 박연희, 그리고 비평가 이어령 등이 대표적이다. 불문학자 김붕구는 "작가가 지녀야 할 증인으로서의 기능과 사명을 작품 속에 뚜렷이 강조한 최초의 작가로 게오르규를 꼽았다. 주지하듯 그는 '앙가주망'을 작가가 가두로 뛰어나간다든가 즐겨 시사적인 사건을 다룬다는 식의 얄팍한 통념으로 해석하고 그보다 '증언'이 훨씬 심각하고 근원적인 문제를 깊숙이 헤쳐 보이는 문학"[18]이라고 주장했다. 증인은 비밀을 목도한 고독한 체험자이자 세계에 대한 무거운 진실의 고발자였다. 그는 이런 입장을 1960년대 내내 바꾸지 않았다.

이어령은 그 유명한 「화전민 지대」를 4개의 장으로 구성했다. 앞부분은 새 세대의 문학인의 정체성을 주장하고 선배 문인을 비판하는 내용이고 3장이 '1950년대의 우화'이다. 이 장에서 그는 현실을 '별주부전'의 우화에 빗대어 "용왕이 토끼의 간을 요구하듯 지금의 현실 오늘의 역사는 인간의 간을 약탈하려 한다"[19]며 현대의 인간을 수인囚人이라고 지칭한다. 이어령은 『25시』

---

18 김붕구, 「작가와 증언 ― 증언의 문학, '증언으로서의 문학'에 있어서」(『사상계』, 1964.8), 최예열 편, 『1950년대 전후문학비평자료』 2, 월인, 2005, 613~614면.

19 이어령, 「화전민 지대 ― 신세대의 문학을 위한 각서」(『경향신문』 1957.1.11~1957.1.12), 최예열 편, 『1950년대 전후문학비평 자료』 1, 월인, 2005, 677면.

에 나오는 유명한 '잠수함 토끼' 얘기에서[20] 영감을 얻어 한국적인 소재로 변용하고 자신의 비평정신의 자양분으로 삼은 것이다. 또한 그는 6·25전쟁 때 사숙한 알베레스의 영향을 받은 바 있다. 알베레스는 게오르규의 『25시』를 학대받고 공포에 싸인 구라파를 포함해 부조리한 세계를 고민한 기독교적 시사소설이라고 평했다.[21] 이어령은 「화전민 지대」에 이어 『저항의 문학』에서 억압된 상태였던 '홉 푸로그'가 종국에는 각성하여 저항하고 인간의 존엄성을 되찾는 얘기를 했다. 『25시』의 요한 모리츠는 각성 이전의 억압받고 강요당하는 '홉 푸로그'를 그린 것이었다. 이어령에게 "현대작가의 책임은 동일한 운명 속에 놓인 주위 사람의 고난을 보고 침묵을 폭발시킨 홉 푸로그처럼 가해자의 역사 앞에선 피해자들의 공동 운명애를 그 인간애를 저버리지 않는 것이다. 공체험, 여기에서 작가적 행동의 전기가 이루어지고 그 행동성은 인간의 이름을 빌어 인간의 얼굴을 박탈한 그들을 향한 저항이다".[22] 결론적

---

20 이 소설에서 ① 잠수함의 토끼(=시인), ② '25시'의 뜻, ③ 소설에서 게오르규의 분신으로 나오는 소설가 트로이안이 나치에 항의하는 정신으로 수용소 규정을 위반하고 철조망에 다가서다 총을 맞고 죽는 장면, ④ 절망하고 낙담한 요한 모리츠가 미군장교의 강요로 눈물을 머금은 채 억지로 웃음 짓는 소설 마지막 장면이 독자에게 가장 많이 회자된다. 여기서 '잠수함의 토끼'란 다음과 같다. 이 당시 구형 잠수함은 해저에 오랫동안 머무르면 공기가 부족해진다. 그래서 군에서는 토끼를 동원했다. 공기가 탁해지면 토끼가 죽게 되는데 그리고 나서 5~6시간이 지나면 사람도 위험하게 된다. 즉 토끼는 산소부족을 알려준다. 그런데 게오르규는 시인(=문인)을 '잠수함속의 토끼'에 비유했다. 토끼가 산소요구량의 결핍을 제일 먼저 민감하게 감지하듯, 시인은 한 시대나 사회의 때와 얼룩 등 주변 환경의 여러 가지 '오염'을 가장 먼저 호소해야 한다는 뜻이다. 다시 말해, 산소부족을 알리는 토끼처럼 시인은 시대위기를 경고해야 하는 시대적 소명이 있다는 것이다. 게오르규 역시 현대의 인간을 수인(囚人)으로 간주했다. 이러한 그의 주장은 엄혹한 현실을 살아가는 한국 지성인에게 자극을 주기에 충분했다. 1974년 방한에서도 그는 시인의 사명을 주장했는데 이미 한국에서는 문인뿐만 아니라 그 외 다수의 사람들이 반정부투쟁에 나서고 있었다.

21 알베레스, 정명환 편역, 『20세기의 지적모험』, 乙酉문화사, 1961, 283면.

22 이어령, 『저항의 문학』(1959), 예문관, 1965, 92면; 학회 발표장에서 동국대 이종호 선생님을 통해 이어령이 1959년 11월 잡지 『새벽』에 마렉 플라스코(폴란드)의 「제8요일」을 실었다는

으로 게오르규의 소설이 1950년대 문학사에 남긴 가장 큰 의미는 전쟁문학의 가치뿐만 아니라 신세대 문인, 특히 비평가의 문학정신, 문학관에 결정적인 영향을 미쳤다는 데 있다.

3. 『25시』의 문화적 대중화와, 서구 지성의 방한

『25시』는 1950년대에 세계문학, 명작으로 인정받아 1959년 『군도群盜 외』세계명작(世界名作) 다이제스트 5, 정음사에 수록되었다. 이후 『게오르규』世界文學選集 5, 합동, 1964, 『불란서전후문제작품집』세계전후문학전집 3, 신구문화사, 1966, 편집위원 김동리, 이어령 등이 관여한 『세계문학전집』 4삼성출판사(三省出版社), 1969 등에도 소개되었다.[23] 그럼에도 게오르규의 소설이 대중적으로 확산된 계기는 1967년 12월 영화 〈25시〉의 상영이었다. 이 영화는 1967년 미국 MGM사가 제작했으며 이미 영화 〈희랍인 조르바〉1964로 유명한 앤서니 퀸이 주연요한 모리츠을 맡아 화제를 모았고 한국에서는 연일 매진을 기록했다.[24]

사실을 알게 됐다. 『25시』가 24시가 지난 '시간'이듯, '제8요일'도 7일을 넘어서 '존재하지 않는 요일'(영원히 박탈된 휴일)을 가리킨다. 이미 게오르규의 흥행을 목도한 이어령이 그와 비슷한 류의 작품을 젊은 층에 새롭게 소개한 것으로 이해할 수 있다. 이종호 선생님께 감사드린다.

23 이외, 「世界名作 다이제스트 ⑦ - 二十五時」, 『명랑』, 1966, 192~200면에 작품을 발췌하여 전체적으로 소개하고 있다. 여기서 게오르규는 제2차 세계대전 때 미국과 소련의 대립 때문에 소국민으로서 형언할 수 없는 고생을 했다고 설명되고 있다.

24 정영권에 따르면, 1950년대에는 전쟁영화를 반공영화로 간주하는 경향이 아주 미약했다. 1960년대 초반 상업적 장르로 형성된 전쟁영화는, 1966년부터 본격화되는 '반공영화의 제도화 과정' 속에서 1967년 반공영화로 호명되기 시작했다. 반공영화는 1967년 장르로 성립했으며 이 해에 반공영화 제작 붐이 인다. 반공문예영화도 1967년부터 본격적으로 등장했다. 정영권, 『적대와 동원의 문화정치』, 소명출판, 2015, 231~305면.

이 여파로 1970년에는 '중앙中央'에서 특별 앵콜 로드쇼를 단행하여 8 · 15 특선프로로 영화를 재상영했다.[25] 소설은 다시 베스트셀러가 되었으며[26] 불 문학자의 번역본이 새로 등장하고 각종 전집에도 들어갔다. 언론에서는 상업 주의문화와 인스턴트작품이 번성하는 상황에서 게오르규의 작품 등이 읽히 는 현상을 긍정적으로 평가했다.[27] 영화사도 영화를 홍보할 때 문란한 풍속 을 염두에 두었다. 광고 문구를 보면, "한 농민이 제2차 세계대전에 말려들어 애처와 이별, 8년 동안을 강제노동으로 포로수용소를 전전, 비참을 극한 상 황속에서도 아내와 어린아이들에의 애정에 몸부림치는 이야기",[28] "유일무 이의 부부애의 귀감, 이유 없이 끌려 다닌 그 남편의 참극, 아름답기에 학대받 은 그의 아내"[29]이다. 전쟁의 비극을 강조하긴 했지만 나치, 소련, 미국 비판 보다 요한 모리츠 부부애를 부각한 홍보전략이다. 이것은 잡지『선데이서울』 이 등장하기 전에 이미 1960년대 중후반 잡지『명랑』에서 등장한 막장 부부, 불륜, 이혼 등의 사회현상에 대한 의식적/무의식적 반동이다. 이 작품이 다양 하게 해석되어 읽혔다는 정황을 알 수 있다.

---

25 開封100万을 올린 C · 빌질 · 게올규原作小說(원작소설) 映画化特作(영화화특작)!
    중고생 입장됨. 8.15특선프로 / 500만 시민의 요청리 특별 앵콜 로드쇼 단행!!
    명화의 전당〈中央〉상영시간 10:20, 12:50, 3:20, 5:50, 8:50.
    '있을 수 없는' 시간이 '있었던' '인간부재'의 '제로'지대 / 전세계를 뒤흔든 베스트셀라 / 안소니 퀸, 비르나 리지 / 지상의 전부를 가슴치게 한 '인간실향'의 영시!! 울 수도 웃을 수도 없는 哀哭의 역두! ―「광고 '25시」,『매일경제』, 1970.8.13, 3면.

26 젊은이들이 주된 독사층이었다. 성공문화사 편집부는 리바이벌 붐에 호응하여『二十五時』 (세계명작장편소설, 1973)를 간행했다. 그 외『25時, 아담, 너는 어디가 있었나』(世界戰爭文學大全集 3, 三珍社, 1972), 천병식이 편저한『세계명작순례』(관동출판사, 1972),『세계문학명저 100』(청산문화사, 1973),『세계문학전집 25』(삼성출판사, 1974) 등이 있다.

27 「문화 – 섹스범람으로 혼미상태 '커머셜리즘'에 가치관도 잃어」,『매일경제』, 1970.8.15, 11면.

28 「新正영화街」,『경향신문』, 1967.12.29, 5면.

29 「영화 광고『C · 빌질 · 게올규』原作小説映画化」,『매일경제』, 1968.1.1, 7면.

영화는 문인에게도 영향을 미쳤다. 김수영은 이 영화를 볼 무렵 이어령과 순수참여 논쟁을 시작하고 있었다. 그는 영화 끝부분에서 "포로수용소를 유유히 걸어 나와 철조망 앞에서 탄원서를 들고 보초가 쏘는 총알에 쓰러지는 소설가를 보고 충격을 받는다. 나는 작가의 — 만약에 내가 작가라면 — 사명을 잊고 있는 것은 아닌가, 나는 타락해 있는 것은 아닌가. 나는 마비되어 있는 것이 아닌가. 이 극장에, 이 거리에, 저 자동차에, 저 텔레비전에, 이 내 아내에, 이 내 아들놈에, 이 안락에, 이 무사에, 이 타협에, 이 체념에 마비되어 있는 것이 아닌가. 마비되어 있지 않다는 자신에 마비되어 있는 것이 아닌가. (⋯중략⋯) 그날 밤은 나는 완전히 내 자신이 타락했다는 것을 자인하고 나서야 잠이 들었"다[30] 이 글은 그가 양심, 반성의 시인으로 신화화된 현재의 관념을 방증하는 듯하다. 그런데 김수영은 1961년 이전에 이미 소설 『25시』를 읽었다. "우리나라의 문단은 당신들의 말처럼 24시간이 전부 통행금지 시간으로 되어 있다. 그러나 24시간 전부 통행시간이 될 필요도 없다. 그중의 단 한 시간이나 단 10분만이라도 우리들에게 통행이 해제된다면, 우리들은 우리들의 적들과 맞설 수 있다. 우리들이 우리들의 적들과 맞선다는 이 사실이 곧 우리들에게는 승리를 의미하는 것이다. 시인의 간략과 영광^{소위 25시의 자랑}이 여기에 있다"[31]고 말한다. 그는 24시간 중 조금이라도 통행금지[32] 시간이 풀리면 저항할 수 있다고 얘기한다. 그러나 누가 통행금지를 해제할 수 있는가. 그 주역은

---

30 김수영, 「삼동유감」(1968), 『김수영 전집』 2, 민음사, 2003, 130~131면.

31 김수영, 「시의 '뉴 프런티어'」(1961), 『김수영 전집』 2, 민음사, 2003, 241면. 이 글에는 제대로 반영하지 못했지만 논문을 준비하는 과정에서 문학평론가이자 문학 장, 서정주 연구자인 동국대 김익균 선생님께 시와 문화에 관해 많은 가르침을 받았다. 선생님께 존경과 감사의 마음을 드린다.

32 통금에 대해서는 이행선, 「1945~1982년 야간통행금지(통금), 안전과 자유 그리고 재난」, 『민주주의와 인권』 18-1, 전남대 5·18연구소, 2018, 5~41면 참조할 것.

게오르규에게 시인이었으나 김수영에게는 문인이 아니다. 1967년 초에 분지 필화 사건의 증인이 되어 남정현을 변호한 이어령은 김수영과의 논쟁에서 억압받는 상황을 넘어설 수 있는 문학적 행동을 말했다. 그가 문단에 한 '내부고발'성 비판은 비난으로 되돌아왔다. 이는 동년인 1968년 11월에 차관 문제로 '신동아 필화'를 겪자 대다수 기자들이 탄압이 이 지경까지 이른 것에 대해 자기책임, 비판을 공유한 것과 대비된다.[33]

　게오르규의 소설이 영화화되면서 사회 전반에 알려졌지만 그 확산을 더욱 장려한 장본인은 이어령이었다. 『세계의 명저』1964에서 게오르규를 안내한[34] 그는 1966년 5월 『증언하는 캘린더』를 냈다. 이 책은 그가 인간의 생활상을 증언하겠다며 쓴 문화비평서이다. 이어령은 자신의 글을 '증언'으로 간주한 셈인데 이것은 그가 문학에서 문화비평가로 전신해 가는 국면의 흔적이기도 했다. 이때 증언문학을 표방한 김붕구가 좋은 참조가 되는데, 1960년대 중반 게오르규의 『25시』에 대한 그의 분석이 전쟁문학이나 반공소설보다는 기계문명 비판에 더 비중을 두는 쪽으로 바뀐다. 1950년대와 달라진 현실이 작품 해석에도 영향을 미친 것이다. 이는 이어령과 흡사하다. 이어령은 『25시』가 영화로 성공하자 1971년 3월 포토에세이 '지금은 몇 時인가'서문당 시리즈를 5권이나 출간했다. 제1권 『現代의 人間家族』, 제2권 『이곳에 文明의 슬픔이』, 제3권 『어제와 오늘의 사이』, 제4권 『한국의 25時』1971,[35] 제5권 『언젠가 저 山

33　1960년대 후반부터 대량 유입된 차관은 당시 정치자금의 핵심이었다.

34　이어령, 『世界의 名著 ‒ 대표작 200선 그 槪要 批評』, 법통사, 1964.

35　다음은 「이 책을 읽는 분들에게」의 일부이다. "사물이나 현실을 어둡게 바라볼 줄 아는 사람들이 있기 때문에 그것은 그만큼 밝아질 수가 있는 이 역설. 그래서 때로는 절망 속에서만 희망이 움튼다는 부조리한 말이 진실이 될 수도 있는 것이다. 24시간 다음에는 언제나 새로운 시간이 시작된다고 믿고 있는 낙관주의자들의 마음 속에서는 결코 역사가 움트지는 않을 것이다. 도리어 25시의 비관론자들이 있기 때문에 새로운 시간의 시계소리가 울려오게 되는

河를』이 그것이다. 게오르규의 소설에서 '25시'의 뜻은 "최후의 시간 다음에 오는 시간"이다. 다시 말해 메시아의 구원으로도 아무것도 해결할 수 없는 절망의 시간을 말하는 것으로, '25시'는 서구사회가 몰락하는 것을 상징했다.[36] 이어령은 도시화와 근대화에 따른 폐해가 드러나기 시작한 1960년대 말 게오르규를 통해 '한국 (산업)사회는 몇 시에 와 있는지' 질문을 던졌다. 이런 식으로 책의 이름을 짓는 현상은 지금도 계속되고 있다. 이처럼 이어령이 본격적으로 전방위적 문화비평가가 되는데 게오르규의 영향은 결정적이었다.

게오르규의 책은 전집 붐과 자유교양운동[1968~1975]의 자장하에 있었다. 『지금은 몇 시인가』 시리즈는 지배권력을 비판하는 글도 다수 있었지만 박정희가 추진한 '마을문고 추천도서' 제7회[1971]에 선정되었고, 「25시」가 포함된 『세계문학전집』 4[1969]도 제5회[1969]에 뽑혔다. 게오르규나 이어령의 글은 금서가 아니었다. 게오르규의 명성은 『경향신문』 논설위원이었던 이어령이 1973

것인지도 모른다. (…중략…) '지금은 몇 시인가?'라고 누가 한국의 시간을 물었을 때 25시라고 대답하는 사람에게 단순히 비관론자라 하여 돌을 던져서는 안 된다. 역사는 그런 비관론자들에 의해 좀 더 이상에 접근될 수 있는 현실로 개선되어 오로지 않았는가? 남들이 다 괜찮다고 말할 때, 허리띠를 끌러놓고 축배를 기울이고 있을 때, 북을 두드리며 노래를 부르고 있을 때 그 옆에서는 아니라고 말하는 사람, 쓰디쓴 부정의 독배를 마시는 사람, 한숨과 항거를 부르짖는 사람이 있었기 때문에 아직도 인류의 성은 소돔처럼 불타버리지 않은 것이다. 그러므로 우리의 이 25시 속에 새롭고도 밝은 내일의 우리 시각이 잉태되어 있는지도 모른다. 여기에 수록된 글들은 한국의 현실에 대한 하나의 한숨이라고 할 수 있다. 어둡고 답답하여 절망에 가까운 자학까지도 숨어 있다. 그러나 위선자들의 거짓된 희망이나 철없는 낙천주의자들의 자위보다 진정한 우리의 희망이 될 수도 있는 것이다. 옛사람들의 말대로 과실은 順境 속에서 생기고 노력은 역경 속에서 움트는 것이기 때문에 (…중략…) 1971년 2월." 이어령, 『지금은 몇 시인가 4 – 한국의 25時』, 서문당, 1971. 이 글을 보면 시대와의 '불화'를 외친 이어령의 정신이 일면 이해된다.

36 1972년 잡지 세대에서는 힘든 일을 하는 직업인을 '25시의 직업'으로 칭했다. 그 범주에는 경찰관, 114안내양, 철도 건널목 간수, 관악산기상관측소, 우편집배원, 소방관, 한강 여름 경찰서, 정년퇴직 김장룡교장, 팔미도 등대직, 서점주인 이재극이 속한다. 「25시의 직업」 1~10, 『세대』, 1972.3~11.

년 2월 신문사 주불특파원이 되어 프랑스로 건너가 인터뷰를 하면서 높아져

만 갔다. 이때 이어령은 게오르규의 한국 방문을 기획한다. 이렇게 해서 게오

르규는 이듬해인 1974년 이어령이 주관하는 월간 문학사상사[1972]의 해외작

가초청 계획에 의해『코리아 헤럴드』의 지원을 받아 방한하게 된다.[37] 그 이

전에 펄벅, 존 업다이크, 가와바타 야스나리 등 세계적인 작가들이 오기도 했

으나 그의 내한은 순수 문학활동을 위해서라는 데 관심을 받았다. 게다가 그

는 영화로 널리 알려진 상태였다.[38]

　주지하듯 1974년은 김지하가 시「1974년 1월」에서 당대 현실을 '죽음'이

라고 말했듯이[39] 박 정권의 탄압이 정점이었다. 문인간첩단사건, 민청학련사

건, 김지하가 연루된 인혁당사건,『동아일보』탄압 등이 있었다. 이에 대한 사

회의 대응으로 기자들의 자유언론실천운동, 자유실천문인협회와 재야인사

의 '민주회복국민회의' 결성이 있었다. '울릉도간첩단사건'[1974.3.15]이 일어나

37　문학사상사와 외국문학, 해외작가초청에 관해서는 후속논문을 통해 보완하도록 하겠다.

38　이 내한을 계기로『키랄레싸의 학살』이 1974년에 번역되었다.「게오르규의 문학과 사상」,『새
　　가정』, 1974.5, 117면. 게오르규, 강인숙 역,『키라레싸의 虐殺』, 문학사상사, 1974. 강인숙의
　　해석에 따르면, "이 소설에는 전설적인 두 인물이 등장한다. 전쟁영웅 미론 키랄레싸와 산적
　　보고밀이다. 키랄레싸는 요한 모리츠와 비슷 (…중략…) 그러나 일단 의적 보고밀로 환생하
　　게 되면서 그는 요한 모리츠와의 유사성에서 초극하게 된다. (…중략…) 보고밀의 신화탄생
　　(…중략…) 그는 불의를 행한 소수의 폭군들에게서 돈을 훔쳐다가 돈 없고 힘없는 사람에게
　　나누어주는 의로운 산적이다. (…중략…) 그의 이름은 키리에 엘레이송(주여 우리를 궁휼히
　　여기소서)라는 뜻을 가지고 있다. 같은 말을 루마니아어로 하면 '키랄레싸'가 되고 러시아어
　　로 하면 '보고밀'이 된다. 그가 기적을 행할 수 있는 바탕은 모두 인간을 궁휼히 여기는 마음에
　　서 온다. 우리는 여기서 모리츠가 도달하지 못한 곳까지 도달한 인물을 본다. (…중략…) 25시
　　의 절박한 부르짖음이 '키랄레싸의 학살'에 와서는 목가 같은 시정어린 세계로 변하였다. 이 작
　　가가 즐겨 그리는 카르파티아의 목가 중에서도 특히 그 지리적 배경과 인물들에 대한 애정이
　　넘쳐흐르는 아름다운 작품이다". 게오르규, 강인숙 역,『25시, 키랄레싸의 虐殺』, 三省出版社,
　　1975, 566면.

39　김지하,「1974년 1월」,『타는 목마름으로』, 창작과비평사, 1993, 10~12면.

고 육영수 여사가 저격당하면서 반북감정도 고조되었는데, 〈증언〉1973에 이어 〈울지 않으리〉1974, 〈들국화는 피었는데〉1974 등의 반공영화와 반공드라마 〈113수사본부〉 등이 적대적 분위기를 더욱 조장했다. 이것은 아이러니하게도 박 정권의 '제1차 문예중흥 5개년 계획'1974~1978의 지원 속에서 가능했으며[40] 1967년 영화 〈25시〉의 흥행이 반공국책영화 제작의 촉매제가 되었다.[41] 이런 상황에서 『한국일보』는 1월부터 '1천만 이산가족 친지 찾기' 운동을 하고 있었다. 이 해에는 청년문화논쟁이 있었고 과학자 이휘소가 한국에 왔으며 리영희의 『전환시대의 논리』가 등장해 지성계에 자극을 주었다. 대학생들은 1974년을 민권쟁취, 민주승리의 해로 정하고 조직적인 운동을 모색해 갔다.[42]

한국인의 입장에서 게오르규는 대문호이자 지성인, 신부이며 망명자인 그역시 이산가족의 일원이었다. 서구지성이 한국에 어떤 메시지를 던져줄 수 있었을까. 유신시대에 한국을 방문할 수 있는 존재의 정체성이 궁금하지 않을 수 없다. 브라질의 가톨릭 대주교인 헬더 까마라의 『평화혁명』1974이 번역되는 등 제3세계와 그 문학이 주목을 받고 있었지만 게오르규는 그에 해당되지 않았다.

이어령의 문학사상사는 '세계지성과의 대화'라는 미디어이벤트를 기획하고 특집 초청 1호로 게오르규를 택했다. 이때 게오르규는 '세계지성'으로 호명되었는데 그 사상과 문학은 인간의 존엄성과 자유를 위한 투쟁으로 집약

---

40 김행선, 『1970년대 박정희 정권의 문화정책과 문화통제』, 선인, 2012, 201면.

41 "이 영화의 수입 개봉과 함께 한때 우리나라 영화계에도 이념영화의 제작 및 수입붐이 일어났으며 주연배우 앤터니 퀸과 비르나 리지의 인기가 절정에 달했었다. 아울러 수입 상영 때마다 특히 학생관객들 사이에서의 반응이 좋았었다." 「[영화계] ─ 邦畵界 서정성 강조 正統 멜러붐 다시 일어 〈25時〉, 〈깊은밤 깊은곳〉 外畵수입도 復……」, 『매일경제』, 1987. 5. 13, 9면.

42 이재오, 『한국학생운동사 1945~1979년』, 파라북스, 2011, 333면.

된다. 게오르규는 3월 20일에 도착하여 서울 YWCA와 문학사상사가 주최한 '문학과 사상의 밤'에 참석한 후[43] 30일까지 체류하며 서울이화여대와 국민대, 대구 계명대, 부산시민회관, 광주학생회관에서 강연을 하고 경주를 관광했으며 국립국악원을 찾았다. 윤주영 문공부장관과 환담이 있었고 MBC TV 〈일요탐방〉에서 특별좌담 프로를 마련했으며 KBS, TBC TV에서도 특집방송을 녹화했다.

『문학사상』 특집란[44]

본지 초청으로 방한한 「25시」의 작가가 우리에게 남기고 간 '새시간'의 총결산

권두특집 V. 게오르규 – 빛은 동방에서

○ 한국인에게 주는 메시지 – 내 마음의 왕자들이여, V. 게오르규

○ 대담 ① 「25시」를 넘어서 한국에 – 이어령

○ 대담 ② 절망의 기로에서 – 이기영

○ 리포오트 – 2백64시간의 25시 김형윤金熒允

○ 강연 ① 문명의 태양은 동에서 다시, V. 게오르규

○ 강연 ② 「내부의 성」을 가진 한국문화, V. 게오르규

○ 강연 ③ 병든 굴에서 지주가, V. 게오르규

○ 강연 ④ 한국의 지붕과 무덤의 의미, V. 게오르규

○ 소설 「아포스톨선생의 최후」 강인숙 역

---

43 통역은 이화여대 불문과 민희식 교수가 했다. 그는 게오르규와 불국사, 경복궁박물관, 석굴 암, 한국무용 관람 등도 함께 했다. 민희식, 「동양의 미 – 게오르규와의 대화」, 『세대』, 1974.5, 224~235면. 민희식은 895면에 달하는 분량의 프랑스문학사를 썼는데 게오르규는 포함하지 않았다. 閔憙植, 『프랑스文學史』, 梨花女大出版部, 1976.

44 「권두특집 – V. 게오르규. 빛은 동방에서」, 『文學思想』, 1974.5, 36~89면.

그의 발언은 연일 신문에 보도되었는데 초청 주체인 문학사상사는 『문학사상』 1974년 5월 호에 특집 코너를 마련하여 방한 당시 강연과 인터뷰를 실었으며, 1976년에 발간한 『세계지성과의 대화』에도 인터뷰 일부를 수록했다. 게오르규의 발언을 집약하면 '예언자로서 시인=문인의 소명, 몰락해 가는 서구문명의 대안으로서의 한국·동양, 반공, 경제성장 상찬' 등이다. 한국을 루마니아와 동일시한 그는 한국인을 자신과 동일한 약소민족의 희생자로 규정했다. "제2의 고국"이라는 수사로 친근함을 표한 그는, 1948년경 미래소설 『1984년』을 쓴 조지 오웰처럼 한국인에게 일종의 예언자였다. 그가 1948년에 '25시'를 집필할 때 그 절망적인 의미가 "유럽문명의 시간"이었다면 1974년은 "전 세계의 시간"이었다. 그럼에도 불구하고 서구와 달리 조화의 덕을 갖춘 한국은 대안이 될 수 있다고 추켜세워진다.

이처럼 서구의 발전된 근대화를 갈망하던 한국인에게 게오르규가 던진 메시지는 한국인이 듣기에 너무나 달콤했다. 한국인은 세계지성의 혜안어린 지성의 은총을 받고 싶었으나 역설적이게도 그것은 방한한 게오르규에게 한국인이 교육시킨 '한국'을 다시 듣는 형국이었다. 홍익인간, 초가집, 화랑, 흰옷, 선비, 태극기, 도자기는 이어령과 동양시멘트 사장 이양구[45] 등이 알려줬다. 게오르규가 본 경주 석굴암, 불국사 등도 1960년대 문화적 자긍심을 높이기 위한 고적 발굴과 각종 유적조성 및 기념사업, '문화재개발 5개년 계획'1969~1974의 한 산물이었다. 문교부는 민족주의적 국사교육을 강화하기 위해 국사교과서를 국정화한 해가 1974년이기도 했다.[46] 새마을운동이 추진되어 초가지붕이 사라져간 상황에서 게오르규의 초가지붕 예찬은 코미디였다.

45   동양그룹종합조정실, 『동양보다 큰 사람－서남 이양구 추모집』, 동양그룹, 1995, 331~332면.
46   김한종, 『역사교육으로 읽는 한국현대사』, 책과함께, 2013, 217~249면.

또한 그가 한국을 "조용한 아침의 나라"라고 칭하는데[47] 우리는 쉽게 개화기 시절 로웰조선사절단의 『조선, 조용한 아침의 나라』[1885]나 비숍 기타 등등을 떠올리게 된다. 당시 1972년 6월경에도 『독서신문』에서는 '고요한 아침의 나라' 코너를 마련하고 이를 "외국인이 본 한국의 근세 백 년을 그들의 기록을 찾아 엮어 나가는 시리즈"로 소개하며 비숍과, 쿠랑구한말 프랑스공사관 직원의 「조선문화사서설」 등을 상당기간 연재하고 있었다.[48] 이것은 1960년대 고적 발굴식 문화정책에서 벗어나 번성하는 서구문화와 일본문화의 침투를 막고 자주적인 민족문화를 확립하려는 욕망, 그리고 한국이 발전하면서 세계와의 거리가 조금씩 좁혀지자 외부의 시선을 더욱 신경 쓰는 의식과 민족적 자긍심이 발현된 복합적 현상이라 할 수 있다. 하지만 한국인들은 한국이 서구의 대안이라고 외치는 게오르규의 말에 갸우뚱한다. 한국은 1973년 1인당 국민소득이 400달러를 돌파하며 빈민국에서 겨우 벗어나가는 상황이었다. 서구 수준에 도달하기 위해 근대화를 맹렬히 추진하고 있었기 때문에 한국이 서구의 대안이 될 수 없다는 생각이 한국인의 지배적 견해였다. 그럼에도 대부분은 한국을 좋아한다는 외국인에게 호감을 갖는 게 인지상정이었다.

그런데 이어령이 문학사상사의 미디어이벤트를 통해 대담과 초청의 방식으로 '루마니아의 양심' 게오르규를 밀고 있을 때, 창작과비평사의 백낙청은 '러시아의 양심' 솔제니친을 『문학과 행동』[1974]에 내세웠다. 하나의 문학은 독자적으로 존재하지 않으며 미디어를 통해 전파된다는 점에서 문학진영의 움직임을 짚고 넘어갈 필요가 있다. 솔제니친은 1974년 소련에서 독

---

47 「작품속의 게오르규 사상-'25시'를 중심으로」, 『조선일보』, 1974.3.21, 5면.
48 모리스 쿠랑, 「고요한 아침의 나라 7-조선문화서설(上)」, 『讀書新聞』 82, 1972.6.18. 참고로 여기서 '아침의 나라'는 '동양'을 가리키는 서양의 'Orient', 이것의 독일어 번역어인 'Morgen-land'를 말한다. 다시 말해 '해 뜨는 땅'을 의미한다.

일로 추방당했다는 점에서 당대적 반공작가라고 할 수 있었다. 솔제니친은 1950년대에 이미 사상계 등에 작품이 실리고 있었는데 1970년 노벨문학상을 수상하면서 국내에 본격적으로 알려지기 시작한 명사名±였다. 솔제니친의『수용소군도』는 1974년 번역돼 베스트셀러가 돼 있었고『경향신문』에서는 동년에 자서전도 연재하고 있었다. 또한 문학과지성사의 김병익은『지성과 반지성』1974, 김현은『사회와 윤리』1974를 냈는데 그중 김병익은『소설 1984년』문예출판사, 1974와『동물농장』문예출판사, 1974을 냈다. 이를 얼핏 보면 각 진영이 서로 다른 외국문학자를 내세워 경쟁하는 구도로 해석된다. 하지만 실상은 이와 달랐다.

김병익은 언론인의 감각에서 조지 오웰이 1960년대에 외국에서 다시 조명받자[49] 1967년 겨울 번역작업을 시작해서[50] 1974년 이전에『1984년』1971,『만물농장』1972 등을 출간한 바 있다. 1967년 겨울이면 영화〈25시〉가 상영되고 있던 즈음이기도 하다. 이들 작품이 1974년에 다시 간행된 것은 동년에『레마르크 전집』범조사, 전6권과 빅터 E. 프랭클의『죽음의 수용소에서』등이 새롭게 간행된 것처럼 기존 전쟁문학, 망명작가 등이 솔제니친, 게오르규와 함께 붐을 일으켰기 때문으로 짐작된다. 더 중요한 것은 김병익은 자신이 조지 오웰의 소설을 번역했음에도 불구하고『지성과 반지성』1974에서 조지 오웰을 전혀 언급하지 않고 오히려 솔제니친을 언급한다. 또한 게오르규를 표나게

---

49 억압에 대한 투쟁 없다면『1984년』의 악몽 같은 세계가 현실에서 재현될 것이라는 것. 김병익,「사후의 각광 60년대에 재발견되는 지성(6) − 영 작가 '조지 오웰'」,『동아일보』, 1969.6.5, 5면.

50 김병익,「"1984년"과 1984년」,『들린 시대의 문학』, 문학과지성사, 1985, 22면. 참고로, 1977년에는『25시』와『1984년』이 한 책에 묶이기도 했다. 게오르규 · 조지 오웰, 이군철 역,『25時, 1984년』, 同和出版公社, 1977.

내세운 이어령도 잡지『문학사상』에서 게오르규 특집1974.5 한 달 전인 4월 호에 '솔제니친 특집호'를 만들어 대대적으로 소개하고 있었다.[51] 여기서 각 진영이 한 작가를 잡아서 민 것이 아니라는 사실이 명확해진다. 창작과비평사는 1974년에 하우저의『문학과 예술의 사회사』와 황석영『객지』를 출간했고 김남주를 등단시켰으며, 게오르규 방한 뒤에는 리영희의『전환시대의 논리』6.28를 통해 '한국인의 사상적 은사'를 발굴하고 있었다.[52]

사정이 이러하다면 더 중요한 것은 문학적 전유일 것이다. 백낙청은『문학과 행동』1974의 '문화와 정치현실' 장에 솔제니친의 글「표현의 자유를 위하여」를 게재한다. 이 글은 김수영을 떠올리게 하는 성격의 글이다. 그러나 이 책의 핵심은 백낙청의 해설「현대문학을 보는 시각」에 있다. 그는 과거 순수 참여 논쟁을 '모더니즘 대 리얼리즘'의 구도로 확장한 후 모더니즘은 양심과

---

51 「特別取材긴급特輯, 솔제니친을 본다 – 예술은 거짓과 폭력을 이긴다」,『文學思想』, 1974.4, 258면.

52 소설『25시』에는 '시민'이 등장한다. 그런데 이 시민은 백낙청이 '시민문학론'에서 말한 '시민'이 아니다. 이 소설의 '시민'은 한나 아렌트의 악의 평범성, 아돌프 아이히만을 떠올리면 된다. 이 소설에서 "모리츠의 비극은 인간을 개인으로서 인정하지 않게 된 서구사회의 기계화된 사고방식으로 인해 빚어진 것이다. 서구사회는 이미 인간에 의해 구성된 사회가 아니다. 기계와 인간의 교합에서 생겨난 '시민'이라는 잡종의 사회인 것이다. 사무실에 앉아있는 이 시민은 원시림의 맹수보다도 더 잔인한 족속들이다. (…중략…) 기계인간이다." 게오르규, 강인숙 역,『25시, 키랄레싸의 虐殺』, 三省出版社, 1975.5, 564면. 이런 세계에 적응할 수 있는 것은 인간이 아니라 '시민'이다. 앞으로 시민이 우리의 지위를 박탈할 것이며 시민이라는 것은 기계를 닮은 인간이며 동시에 인간을 닮은 기계이다. 시민은 숲속에 숨어사는 것이 아니라 사무실에 버섯이 자리 잡고 앉아 있다. 그러면서도 숲속의 맹수보다 갑절이나 잔혹하다. 그는 인간과 기계의 교배로 생겨난 산물이다. 그들은 현실적으로 지구상의 어떤 종족보다도 최강을 자랑하고 있다. 얼굴이 인간과 흡사해서 인간과 혼동되기도 하나, 행동은 인간으로서 하는 것 아니라 기계로서 한다. 서구 기술 문명이 가져 온 사회가 바로 이런 세계이다. 인간이 기계로 동화됐을 때 지상에는 인간은 없어지게 된다. 이것이 작품『25시』의 주제다(李君喆,『게오르규 25시 / 오오웰 1984년』, 同和出版公社, 1977, 512~513면). 백낙청의 것과 의미는 다르지만 오해받을 소지가 있는 이 작품이 그의 마음에 들었을 것 같지 않다.

역사 현실에 대한 안목이 부재하다고 비판하고 제3세계문학을 예시하며 민중을 포괄한 리얼리즘적, 참여문학적 노력을 강조했다.[53] 당시 솔제니친의 문학은 어떻게 선전되고 있었을까. 그의 작품은『25시』의 리얼리티와 핍진성에서 더 나아가 허구가 배제된 소설이었다. 가령 소련 수용소를 다룬『수용소군도』[1974]에는 "이 책은 허구의 인물이나 허구의 사건은 하나도 존재하지 않는다. 등장인물이나 지명은 모두 실명 그대로 표기되었다. 머리글자로 불리어지는 이름들은 그 개인들을 보호하기 위한 배려에서였다. 만약 전혀 이름이 언급되지 않았다면 인간의 기억력이 그 이름들을 다 기억해 내지 못하기 때문이다. 그러나 이 속의 모든 것은 실제로 일어난 그대로이다".[54] 냉전 하에서 반공문학이 르포르타주적 허구의 수준을 넘어선 기록문학을 지향한 셈이다. 증언문학을 표방한 작품들은 100% 수준의 '진실'을 표방하면서 현실을 더욱 강하게 고발하려 했다. 반공에서 내용의 신뢰도는 필수이다. 이러한 욕망은 엄혹한 현실을 대중에게 더욱 리얼하게 전달하는 과정에서도 유발됐었다. 이는 이후 한국에서 유동우의『어느 돌멩이의 외침』[1978] 등과 같은 류의 글이 확산되는 분위기와 맞물리게 된다.

요컨대 게오르규, 솔제니친 류의 르포르타주적 문학이 군부정권 하의 근대화 추진국가에 유입되면서 반정부적 참여문학을 표방한 문인의 현실고발, 리얼리즘 옹호와 심화, 그 정당성을 확고히 하는데 자양분이 되었다. 이러한 경향은 1980년대에 더욱 확대되어 르포문학, 박노해의『노동의 새벽』[1984]이나 최두석의 이야기시 등의 출현을 추동했다. 이 무렵 한국시가 리얼리즘화로의 강한 압박을 받았던 배경이 일면적이지만 이해된다. 백낙청의 움직임이 이러

---

53 백낙청 편역,『문학과 행동』, 태극출판사, 1974, 27~47면.
54 알렉산드르 솔제니친, 김학수 역,『수용소군도』(1974), 대운당, 1981, 4면.

할 때 이어령은『세계지성과의 대화』1976에서 게오르규 소설의 작품성은 인정하면서도 알베레스의 입을 통해 당대 프랑스에서 19세기 발자크 이래 백년이 넘도록 이어져온 문학창조의 방법론에 염증을 느낀 신진작가들의 출현을 알렸다.[55] 이는 리얼리즘 본고장의 변화상을 통해 리얼리즘의 한계와 이어령 자신의 문학관을 표명한 셈이지만 그 반향은 미미했다.

4. 게오르규의 반공 및 전두환 찬양과, 칭송받는 어용작가

1970년대 중반이 되면『25시』는 문단 범주에서 벗어나 사회에서 현실비판의 사회적 표징으로 활용되기 시작했다. 각종 전집의 해설에서도 작품 내 반공적 요소는 약화되거나 삭제되고 1950년대에 농업국가 상태에서 배제되었던 '문명비판'이 드디어 부상했다. 특히 산업화의 폐해인 '노동권 보장' 등의 노동환경이나 '공해'와 결부지어 거론되었는데 사회적으로도 관련 목소리가 높아지던 무렵이었다. 여기에 조세희의『난장이가 쏘아올린 작은 공』1978, 유명우의『어느 돌멩이의 외침』,[56] 석정남의『공장의 불빛』, 김민기의 민중가요 등도 가세했다.

예컨대, 1973년 1월 '중화학공업화 선언'을 한 박정희 정권은 1975년 8월 수출목표 달성을 위해 수출종업원의 근로시간을 하루 8시간에서 10시간으

---

55 이어령 외,『世界知性과의 對話』(1976), 문학사상출판부, 1987, 277면.
56 유명우는 삼원섬유에서 겪은 일들, 노동조합활동과 기타 소중한 체험을 자신처럼 "열악한 노동조건과 비인간적 대우 속에서 고통당하는 이 땅의 수많은 동료 노동자들의 공동의 체험으로 나누어 가지고 싶"은 심정에서 이 책을 썼다. 유명우,『어느 돌멩이의 외침』(1978), 1984, 5~6면.

로 늘리려 했다. 그러자 언론은 게오르규의 '25시'를 기계와 언론의 공멸로 풀이하며, 노동자에게 부담을 전가하고 '국가보위에 관한 특별조치법'으로 단체교섭과 행동권이라는 노동 2권을 제한하는 정부조치가 오히려 노동자의 능률과 자발적 의욕을 떨어뜨리고 있다고 비판했다.[57] 공해와 관련해서는 1974년 중금속 오염에 관한 추적보도로 조갑제가 한국기자상을 받았고, 동진강 오염을 다룬 김원일의 「도요새에 관한 명상」『한국문학』, 1976.6이 나왔다. 언론은 울산과 인천 앞바다에 기형의 물고기가 잡혔다는 소식을 전하며 '25시'에서 잠수함의 산소희박을 통해 위험을 감지한 토끼 얘기를 거론하고 경고했다.[58] 1977년 7월 "서울과 인천 등지에서 200여 명의 노동자들이 '유해작업장' 감독철저, 임금인상, 근로기준법 준수, 노동3권 보장"[59]을 요구하는 시위에서 알 수 있듯 작업장 환경 개선과 여타 공해는 단순히 자연환경에 국한된 문제가 아니었다.

1967년 영화, 1974년 방한과 강연으로 게오르규는 대중적 인지도를 확보했으며 사회부조리 비판에 활용됐다는 의미는 세계지성으로서도 어느 정도 승인받았다는 방증이다. 이 열기가 채 식기도 전에 1978년 『25시』가 또다시 영화로 관객 앞에 섰다. 이 개봉은 1950년대 초중반 1차 유행, 1968년 2차 유행에 이어 3번째 유행을 알리는 순간이다. 이때의 폭발력은 상당했다. 소설 『25시』는 청소년권장도서, 교양도서, 고전명작으로 읽혔고 1980년대 매년

---

57 「횡설수설」, 『동아일보』, 1975.8.13, 1면. 「국가보위에 관한 특별조치법」은 1971년 제정된 것으로 단체교섭권과 단체행동권을 제한했으며, 1972년 유신헌법에서는 노동3권을 법률적으로 유보하였다. 1973년에는 '노동관계법'을 개정하여 노사협의회의 기능을 강화하면서 노동운동을 무력화시키고자 했다. 김인걸 외편, 『한국현대사 강의』, 돌베개, 1998, 331면.

58 「횡설수설」, 『동아일보』, 1975.8.26, 1면.

59 김원, 「전태일과 열사 그리고 김진숙의 외침」, 권보드래 외, 『1970, 박정희 모더니즘』, 천년의 상상, 2015, 334면.

게오르규 관련 서적이 간행되었다.[60] 1970년대 중후반 제3세계문학론이 대두하면서 1980년대 초 대형출판사의 새 전집에 3세계문학이 추가될 때에도 게오르규는 살아남았다. 이때부터 1980년대 중반까지 출판계에는 '25시'의 본뜻과 관계없이 '~25시', '~은 지금 몇 시인가' 류의 서적이 대유행^{특히 1983년}한다.[61] 이 흐름은 미야지마 히로시의 『동아시아는 몇 시인가?』^{너머북스, 2015} 등 현재까지도 의식적/무의식적으로 지속되고 있다. 이런 식의 작명법은 아마 한국에서 불멸할 것 같다. 게오르규의 인기가 치솟자 1982년 김성한은 『바비도』를 내면서 소설 「난경」의 제목을 「24시」로 바꾼다. 다음해 모든 이들에게 들려주는 문인 29명의 민중적 언어로 선전한 『작가의 편지』에서 시인 배태인이 '25시'통해 고난과 역경을 이겨내는 의지를 전한다.[62] 성서조선 사건, 새마을운동으로 유명한 류달영이 국정자문위원으로 파리에 가서 프랑스 대표적 지성인을 초청할 때 게오르규도 만나게 된다. 이처럼 이 무렵 한국인

60 게오르규 · 베이요 메리, 강인숙 · 이인웅 역, 『25시, 마닐라 로우프』, 삼성출판사, 1986의 편집위원회는 "『마닐라 로우프』는 핀란드의 대표적 작가 베이요 메리의 작품이다. 형식면에서 종래의 소설과는 다른 형태를 보이는 신소설적 소설인 이 작품은 문체를 비롯한 모든 소설적 요소가 극히 간단히 축소된 특이성으로 독자를 사로잡는다. 극적인 전개나 사건이 없다. 시골출신 한 휴가병의 귀향길에서 일어나는 일들을 풍자와 유머, 그런가 하면 진지한 이야기로 전재하고 있는 '마닐라 로우프'는 우리에게 핀란드 문학을 인상지우는 중요한 역할을 할 것이"라고 설명한다. 그런데 핀란드는 독일과 구소련 사이에 끼어 있다는 지리적 불리 때문에 제2차세계대전에서 독일의 편에 선 나라다. 게오르규의 루마니아와 사정이 비슷하다. 이외 게오르규 · 카프카, 김인환 · 곽복록 역, 『25시 / 변신, 유형지에서』, 중앙문화사, 1988; 노신 · 소세끼, 이가원 · 김영수 역, 아꾸다가와 · 게오르규, 김선영 · 김인환 역, 『학원세계문학전집30 – 아Q정전 / 봇쌍 / 나생문 / 25시』, 학원출판공사, 1988 등이 있다.
61 이런 예는 『수사반장 25시』, 『서울은 지금 몇시인가』, 『중동 25시』, 『보도본부 25시』, 『야망의 25시』, 『샐러리맨 25시』, 『종합상사 25시』, 『중역실 25시』, 『그 현장 25시』, 『기자 25시』, 『사기단 25시』, 『상도동 25시』, 『모스크바 25시』, 『예수 25시』, 『한반도는 지금 몇 시인가』, 『한국 정치판의 시계는 지금 몇시인가』, 『몇시입니까?』, 『국정실록 25시』, 『선거운동전략 25시』, 『특종 25시』, 『강력계25시』 등등 너무나 많다.
62 裵泰寅, 「내 25시적 삶」, 신경림 외, 『作家의便紙』, 어문각, 1983, 176~177면.

에게 게오르규는 프랑스 친한파 명사의 위치에 있었다. 한국 인사들이 프랑스에 가면 게오르규와 만나고 한불 문화교류 행사에도 그는 항상 초청되었다. 하지만 류달영이 한국의 분묘를 예찬하는 게오르규에게 어리둥절한 것처럼,[63] 이 무렵 한국 지성계와 게오르규의 사이에는 균열의 지점이 있었다.

1983년 게오르규는 파리에서 한국기자와의 인터뷰에서 요즘 한국에서 번져가는 반전운동, 평화운동을 통탄해 하며 한국이 공산주의에 대항할 용기를 잃어가고 있다고 주장한다.[64] 1984년 6월 1~20일까지 KBS의 초청을 받아 한국에 온 그는 나치보다 공산주의가 더 독하다고 강조했다.[65] 그는 1976년 8월 18일 북한군이 미군장교 2명을 살해한 '판문점도끼살인사건' 발생 직후인 8월 22일 국제관광공사의 초청으로 방한하여 반공강연을 한 적도 있다. 자신이 철저한 반공주의자라는 사실이 이즈음 한국인에게 명확하게 인지되었다. 이미 1970년대 후반 강만길이 사학계의 식민지 극복에서 분단시대의 극복을 주장하고 통일지향 민족주의론의 정립과 민중세계의 역사주체성 확립을 말한[66] 상황에서 게오르규의 강경 반북노선은 안보의 중요성을 환기하기는 하지만 그리 발전적 제언提言은 아니었다.

63　류달영,『소중한 만남−나의 인생노트』, 솔, 1998, 307~308면.

64　金珍鉉(편집부 차장),「기자수첩−게오르규와 한국」,『조선일보』, 1983.7.1. 3면. 참고로 인터뷰 이후인 1983년 9월 1일 대한항공 보잉747여객기가 소련에 의해 격추되었고 동년 10월 9일에는 북한에 의한 '아웅산 묘역 폭파테러사건'이 일어났다.

65　이때 민희식 교수(한양대 불문학)는 게오르규와 '프랑스사회 속 불교, 불교와 서양사상의 차이, 불교와 기독교문화와의 관계, 마음의 불교적 미학'에 관해 대담을 했다. 10년 전 게오르규는 기독교문화가 공산주의를 낳게 되고 스스로 감당할 수 없는 상황에서 불교의 도움이 필요하다고 했다. 유럽이 사회경제적 문제와 달리 인간의 마음에 관한 정신주의에 대해 소홀히 해왔다는 지적이다.「25시의 작가 게오르규와의 대화−불교, 그리고 서구사상」,『佛敎思想』, 1984.9, 145~154면. 1984년『동아일보』에는「전자공단 25시」와「서울25시」를 제목으로 한 연재기사가 실리기도 했다.

66　강만길,『분단시대의 역사 인식』, 창작과비평사, 1978, 3~6면 참조.

반공외국작가이자, 신부, 프랑스문화계 명사인 게오르규는 한국 군사정부가 활용하기 좋았다. 게다가 그는 외국에서 강연할 때면 한국을 좋게 얘기해 주고 1984년에는 강연 등을 모아 『한국찬가』를 한국어, 불어, 영어, 독일어로 출간했다. 그는 '한국인보다 한국을 더 사랑'하는 친한파로 호명되었다. 과거 게오르규는 등장과 함께 시대를 증언하는 현역작가라는 평을 얻었었다. 1980년대 대학생을 '지식인'화하는데 큰 공헌을 한 『민중과 지식인』[1978]의 한완상도 '25시'를 언급하며 시인은 "상황과 역사의 양심으로서 지식인이 되어야 하며, 부당하게 억눌리고 빼앗기고 내동댕이침을 당한 민중의 공감자"[67]라고 했었다. 그러나 철저한 반공주의자인 게오르규는 독재가 소련보다는 낫다고 생각했다. 이미 한국에서는 '광주' 이후 1983년 무크지, 1984년 『공장옥상에 올라』, 『빼앗긴 일터』 등의 노동수기·시 등이 붐이었고, '대학의 봄'[1984]에 이어 '지식인-됨'의 고민이 깊어졌으며[68] 1985년 2·12총선에서 승리한 야당이 대통령 직선제 개헌을 요구하는 등 개헌투쟁이 확산되고 있었다. 1980년대 중반에 이르자 그동안 시인의 소명을 외쳐왔던 게오르규는 한국인에게 약소민족의 양심적 지식인, 저항작가가 아니라 어용작가였다.

게오르규의 전두환 찬양은 1986년 4월 유럽을 순방한 대통령을 "동양의 현인"이라고 부르면서 시작된다. 그에게 전 대통령은 국위를 선양하고 한국을 눈부시게 발전시킨 위대한 영웅이었다. 대통령이 파리에 방문했을 때 그는 1982년 에펠탑을 단장할 때 잘라낸 탑의 일부를 선물한다.[69] 이 일 때문인지 모르지만 그의 영화가 1984년 6월 7일 TV로 방영되었고, 자신은 1987년

---

67 韓完相 『민중과 지식인』, 정우사, 1978, 54~55면.
68 김병익, 「지식인다움을 찾아서」, 『文化와 反文化』, 문장, 1979, 17~20면; 김병익, 「지식인됨의 고민―최근의 책 몇 권을 읽고」(1984), 『들린 시대의 문학』, 문학과지성사, 1985, 56~76면.
69 「정력적 정상외교로 국위 선양」, 『경향신문』 1986.4.4, 3면.

3월 27일부터 한 달 동안 한국을 또다시 방문했으며 동년 5월 영화가 다시 수입되어 상영된다. 이게 '87년 6월항쟁' 직전의 광경이다. 게오르규는 방한하여 전 대통령은 "위대한 군인"이며 "정의에 대한 맹목적인 믿음"을 가진 대통령이라고 격찬한다.[70] 여기서 알 수 있듯 그는 『한국찬가』에서 자신이 "한국을 열렬하게 사랑하는 것은 그 군대"라고 밝혔다. 그동안 그가 한국의 지붕, 선비, 조화 등을 언급한 것은 부차적이었다는 게 드디어 드러난 순간이다. 게오르규는 루마니아에서 "가장 좋은 중학교인 군사중등학교"[71] 출신이었다. 군사학교 우등생이자 반공주의자인 그는 군인을 엘리트이자 정의의 지도자로 믿었고, 본인이 높은 직위의 신부이자, 시인은 시대의 증언자이자 예언자라고 외치면서도 극렬한 반공정신으로 인해 독재자의 폐해를 제대로 응시하지 못했다. 또한 그는 기계문명을 비판했으면서도 산업국가의 경쟁에서 승리한 나라로서 한국을 상찬했다. 그 결과 게오르규는 1980년대 초반 한국에서 번져간 반전, 반정부운동 등의 가치를 격하했으며 전두환 대통령을 격찬하는 글을 썼다.

충격적인 것은 그 글이 민주화운동 직후에도 나왔다는 점이다. 1987년 12월에 출간된 『한국 아름다운 미지의 나라』에서 상당 부분은 전두환의 생애를 약술한 자서전이라 할 수 있다. 이 책은 식민지시대부터 전두환의 가족사를 언급하고 전두환이 나온 사관학교는 세계에서 가장 뛰어난 사관학교라고 평했으며 지도자로서의 군은 신념과 높은 덕, 희생과 투쟁이 한강의 기적을 이뤄냈다고 평한다. 그 과정에서 박정희와 베트남참전도 칭찬받는다. 이들 군

---

70 「네 번째 방한 25시의 게오르규 본사 단독 인터뷰」, 『경향신문』, 1987.4.27, 3면.
71 Gheorghiu, C. V., 민희식 역, 「한국찬가」, 『25時를 넘어 아침의 나라로』, 범서출판사, 1984, 10·26면.

인은 부정과 부패를 전혀 하지 않았고 독재자가 아니었다. 오히려 대학생들이 반정부 시위에 동원되었다고 비판받는다. 한국인은 식민지시대의 잔재로 정부와 권력에 대한 증오를 갖고 맹목적으로 소요사태에 가담한다는 지적이다. 학생들은 자신이 누군가에 의해 조종되고 있다는 것을 깨달아야 한다는 조언도 있었다.[72]

사정이 이러한 네 언론에서는 여전히 게오르규를 존경하고 책에 관해 언급조차 하지 않았다. 책을 번역한 민희식 교수는 게오르규가 1974년 방한할 때부터 통역을 하며 친교를 맺은 인물인데 「역자서문」에서 자신이 그에게 한국에 관해 많은 것을 알려줬다며 자랑하고 있다. 서정주가 전두환을 지지[1980]하고, 찬송시[1986]를 써서 국민적 욕을 먹은 것과 비교할 때 게오르규, 역자인 민희식에 대해서 침묵하고 오히려 존경하는 당대 상황은 한국사회의 이중적 잣대를 보여준다. 책이 나온 1987년에도 게오르규의 다른 글이 대학서적에 소개되고[73] 영화가 재개봉되었으며 종교계는 신부 게오르규를 존경했고 미디어에서는 사회부조리 비판시 「25시」가 여전히 활용되고 있는 지경이었다. 이 무렵 게오르규는 자신이 반공일변도임을 명확히 드러냈고 정권은 그를 정부선전에 활용한 게 틀림없다.

게오르규는 1980년대 말 동구권이 몰락하면서 오히려 재부각되었다. 그는 공산독재정권으로부터 벗어나기 위한 루마니아인의 국민 봉기를 촉구하는

---

72 Gheorghiu, Constantin Virgil, 민희식 역, 『韓國 아름다운 미지의 나라』, 평음사, 1987, 143~215면.

73 이 글은 1984년 6월 5일 게오르규가 강원대 백령회의관에서 강연한 내용을 녹음, 기록한 것이다. 여기서 그는 한국의 KAL비행기 사건도 언급한다. 강원대 학생생활연구소 편, 『知性의 광장에서 – 젊은이를 위한 강연 모음』, 강원대 출판부, 1987, 175~184면. 『25시』는 1987년 출간된 동서세계문학전집 30(동서문화사)에도 포함되었다.

성명을 발표했다. 한국인들의 반정부투쟁을 비판한 것과는 다른 모습이다. 루마니아의 혁명이 완수되고 한국과 1990년 3월 수교가 수립되면서 그는 동구의 민주화를 앞당긴 반체제문인의 한 명으로 꼽혀 한국에서 재조명된다. 하지만 게오르규는 1991년 루마니아에 공산당이 아직 남아있다며 고향으로 돌아가지 않겠다고 해서 한국인에게 충격을 주었다. 그는 이미 프랑스 파시묘지에 묘까지 사서 예쁘게 꾸며놨다며 한국기자에게 찾아가 보라고 권하기까지 한다.[74] 그의 가족과 친척은 그의 망명으로 1년에서 3년까지 수감 생활을 해야 했고 고향에 여전히 살고 있었다.[75] 게오르규가 외쳐온 고국애는 무엇이었는지 의문이 드는 대목이다. 솔제니친이 1994년 러시아로 돌아간 것과 비교가 되는 행보다. 게오르규는 1992년 6월 22일 세상을 떠났고[76] 동년 한국에서는 삼중당문고에서 『25시』 2권을 냈으며 2000년 KBS영상사업단이 〈TV문화기행, 문학편 6 - 게오르규, 25시의 증언〉을 찍을 때까지 많은 인사들이 게오르규와의 인연 및 추억을 회고하며 자랑스러워했다.[77] 이처럼 그는 한국인에게 대표적인 친한파 작가로만 여겨졌다.

요컨대 게오르규는 1950년대 한국문인에게 약소민족의 작품도 세계문학이 될 수 있다는 것을 증명했다. 그 소설은 사르트르의 것보다 더 고평 되었으며 문학평론가의 문학정신의 토대가 되었고 특히 이어령의 경우 문화비평의 동인으로 삼았다. 또한 그것은 문학의 리얼리즘화에 일조했고 영화를

---

74 「"난 여기, 파리에 묻힐 겁니다"」, 『경향신문』, 1991.10.8, 5면.

75 KBS영상사업단 제작, 〈TV문화기행, 문학편 6 - 게오르규, 25시의 증언〉, KBS, 2000.

76 「약소민족동병상련지극한한국애75세타계게오르규신부」, 『조선일보』, 1992.6.23, 7면.

77 김용구, 『하늘이 무어라 하느냐』, 普成社, 1993; 강홍규, 『문학동네 사람들』, 일선출판사, 1994; 동양그룹종합조정실, 『동양보다 큰 사람 - 서남 이양구 추모집』, 동양그룹, 1995; 성기조, 『문단기행』 2, 한국문화사, 1996; 류달영, 『소중한 만남 - 나의 인생노트』, 솔, 1998 등등.

통해 대중적으로 알려지자 반전/반공문학의 범주를 넘어 사회와 문명 비판으로 전유되어 활용되었다. 『25시』는 1980년대 문청이 기본적으로 보는 책 중 하나였고 영화도 여전히 유명했다. 게오르규도 한국을 적절히 잘 활용했다. 첫 방한 때부터 한국을 소재로 한 소설을 집필하겠다고 공표하면서 한국인의 호감을 사고 여러 번 초청받을 수 있었으며 프랑스문화계의 입지도 다질 수 있었다. 하지만 1980년 중반에 접어들면서 그는 자신의 이력과 정체성을 분명히 드러냈다. 약소민족의 양심적 지식인, 신부에서 어용작가로 격하될 수 있는 행보였으나 그는 여전히 한국에서 '친한파 지식인'으로 추앙받았다. 그의 작품도 제2차 세계대전 당시 그의 이력이 망각된 채 많이 읽히고 있었다. 이런 게 한국에서 외국문학들이 읽히는 방식이기도 하다. 이런 식으로 반공일변도의 서구 지성의 한 사람이 한국 내 생명력을 유지할 수 있었다. 결과적으로 시인문인의 사명을 강조한 그가 첫 방한한 1974년은 새로운 '서구의 사상적 은사'의 내한과 탄생을 뜻한 게 아니라 리영희 등 한국인의 사상적 은사가 탄생하고 교체되는 의미를 갖는 것이다.

제5장

『추악한 미국인』1958의 번역과
동아시아의 추악한 일본인, 중국인, 한국인1993
혐오와 민족성, 민족문화론

1. 전쟁 수행과 민족성 평가

이 글은『추악한 미국인The Ugly American』을 포함한 '추악한 시리즈'가 '한국'에서 번역되는 맥락과 의미를 분석하고자 한다. 윌리엄 J. 레더러Lederer, William J, 유진 버딕크Burdick, Eugene 공저의 풍자소설 The Ugly American1958은[1] 1959년 한국에『추악한 미국인』으로 번역되면서 알려지기 시작하는데 베트남전쟁[2]에서 미국인의 실수와 추태를 다룬 작품이다. 이 작품이 중요한 것은 월남전의 미국의 과오를 비판한 수준을 넘어 글쓰기의 아이디어와 방식이 미친 영향력이다. 제목이 함의하듯 이러한 책의 발상은 특정 국가와 그 민족구성원의 문제점을 지적하는 글쓰기 형식이기 때문에 민족(성) 비판과 맥이 닿아 있다. 실

---

1 Lederer, William J, Burdick, Eugene, *The ugly American*, New York : Norton, 1958.
2 베트남전쟁이란, 좁은 의미에서 1965년 2월 7일의 북폭의 본격화로부터 1973년 1월의 베트남 평화협정 조인까지의 약 8년간의 전쟁을 말하지만, 크게 보면 제2차 세계대전 종결 후인 월맹에 의한 프랑스와의 독립전쟁(1945)에서 1975년 4월 30일 사이공 함락까지의 30년을 가리키는 경우도 있다. 여기서는 후자를 가리킨다. 나카무라 마사노리, 유재연·이종욱 역, 『일본 전후사 1945~2005』, 논형, 2006, 118면.

제로 이 소설이 최초 출간된 미국에서 큰 화제가 되었을 때 다른 나라에서는 자국의 부족한 점을 성찰하는 책으로 전유되었다. 가령 동아시아에서는 『어글리 코리언』, 『추악한 일본인』, 『추악한 중국인』, 『추한 한국인』 등의 책이 등장했다. 따라서 '추악한 시리즈'가 '한국'에서 번역되는 맥락과 의미의 분석을 통해 *The Ugly American*이 동아시아 각국에 번역되고 전유되어 '추악한 시리즈'를 창출하고 그것이 한국에 번역되는 맥락을 파악할 수 있겠다.

미국인이 자국의 정책을 비판하고 해외에 나간 자국민을 비난하는 글쓰기는 국가와 국민의 자성을 촉구하는 의미가 있다. 이 근저에는 자국에 대한 애국심이 깔려 있다. 소속 공동체에 대한 감정이 투사된 애국심은 파견국 현지의 애국심과 대면할 수밖에 없다. 여기서 흔히 자국 국민이 해외에 나가 돌변하는 행태, 파견국가의 문화와 역사에 대한 이해도가 쟁점이 된다. 이것이 자국과 타국의 문화적 이해와 평가가 산출되는 과정에서 문화적 민족주의와 필연적으로 충돌하는 지점이다. 문화론이란 일종의 문화적 정체성론인 것이다.

문화적 정체성론의 관점에는 제국주의적 시각에서 오리엔탈리즘, 사대주의, 식민사관이 있고, 이와 대별되는 것으로 자국 및 지역 중심주의적 시각에서 국수주의, 민족주의, 아시아적 가치 등이 있는데, 이 양자를 극복하기 위한 문화 상대주의가 있다. 문화상대주의는 서로 다른 주체성의 표현방식로서의 개별 문화를 존중하고 효율성, 합리성, 실용성 등의 폭력적 비교 규준에서 벗어나는 데 일조했다. 이에 따라 상대적으로 문화적 특수성이 부각되었다. 하지만 특정 민족에 고유한 민족성이 존재한다는 고전적 문화인류학의 가설이 무너지고 국제 교류의 증진에 따른 문화 혼종의 중요성이 부각하면서 엄연히 존재하는 각국의 문화적 차이를 이해하는 작업도 그만큼 어려워졌다.

문화 혼종 현상의 이해도가 높아지는 만큼 문화적 정체성을 명확히 하고
자 하는 욕망도 비등해졌다. 이때 문화상대주의가 의도치 않게 표출하는 '순
수'와 '특수'의 뉘앙스가 현실적으로 작동하는 양상과 파급력은 문화현상을
이해하기 위한 중요한 축이다. 우리와 타자를 이해하는 방식인 문화론은 민
족성, 국민성, 문화를 산출한 사회적 역사와 밀접한 관계를 맺으며, 인접 국가
및 국제관계에 의해 구축된 상호평가와 역사·문화적 기억 등과도 깊은 영향
관계에 있다. 그래서 문화론은 본질적으로 비교문화론이며 현실적으로는 문
화적 민족주의와 문명론 등이 상당 부분 착종되어 있는 인식체계이다. 공식
적 역사와 기억이 오랫동안 냉전이데올로기와 발전 논리에 속박돼 왔듯이
문화론, 문화적 정체성 역시 근대화론, 이념 등과 깊이 연관돼 있다.

한동안 근대화와 문화의 가능성을 타진하는 것은 흔히 국제질서에서 선진
국의 위치에 올라설 수 있는지의 여부, 문화 지체 현상을 극복하고 독자적이
고 개성 있는 문화를 구축할 수 있는 능력을 가늠하는 것이었다. 탈식민주의
역시 문화적 제국주의를 경계하고 문화적 정체성과 자주성을 확보하기 위한
하나의 노력이었다. 결국 문명·문화적 성찰과 갱신의 자질을 해당 국민이 담
지하고 있는가의 문제가 끊임없이 환기되고 재생산된다. 예컨대 얼마 전까지
만 해도 '한국인은 서구와 달리 제대로 된 혁명을 해본 적이 없다, 한국은 선
진국에 비해 경제·문화적으로 여전히 후진적이다'는 강박관념에 시달려 왔
다. 그러면서도 문화적 우수성을 자랑한 우리는 외부인의 문화비판에 민감하
게 반응할 수밖에 없었다. 문화론 역시 국가 간 비교가 내포하는 경쟁에서 자
유롭기 어려운 것이다. 이처럼 문화론은 문화적 특수성을 주장하지만 국가
간 문화 서술은 민족감정과 적대, 열등의식 등을 야기했다.

전쟁과 국제무역이 역사적으로 이루어진 국제현실에서 인접 국가의 평가

와 기술은 민감한 외교 현안이기 때문에 고위공직자의 발언이나 교과서 등이 민족감정을 자극하는 것은 일부 역사 문제에 한정되는 경향이 있다. 이보다 포괄적인 문화기술은 민간의 영역에서 지속적으로 이루어져 왔다. 공식기술과 대별되는 민간의 기술은 경제적 번영, 전통의 발견과 문화적 발전 등을 상시적으로 비교하는 과정에서 서열화와 편견, 혐오, 문화적 상투화를 고착하기도 했다. 민간이 양산한 여행기, 취재기, 방문기, 소설 등은 일종의 인상기로서 학문적 객관성을 담보하지 않고 오리엔탈리즘이나 사대주의 등에 매몰되었다는 혐의를 받고 평가 절하되기 쉽다. 하지만 인상기적이고 애국심의 표현형식으로서의 문화비평·비교론일지라도 그것은 당대의 지적·문화적·역사적 자기지식의 한 형식이며 사회구성원의 심리가 반영되어 있는 문화적 현상이라는 점에서 당대 텍스트의 내용과 맥락이 구명되어야 하는 작업이 필요하다.

요컨대 이 글에서 다룰 '추악한 시리즈'에서 *The Ugly American*의 번역과 전유는 한국뿐만 아니라 중국, 일본, 대만 등 동아시아 각국의 역사적 관계와 문명의 격차에서 기인하는 자기인식과 상대국에 대한 평가를 파악할 수 있게 한다. 소속 공동체에 대한 자긍심과 (민족) 주체의 내적 발전 및 동태적 역동성의 발견, 재인식 작업으로서의 민족문화론은 개인과 국가의 자기지식과 아이덴티티의 필수불가결한 구축 과정이며 진보와 지체를 둘러싼 일종의 자기 반응이다. 이처럼 자신과 세계인식의 재갱신은 서구제국주의의 관점과 직자생존론, 민족주의를 경유해온 우리의 인식론적 성찰의 현실과 긴밀하게 관련된다는 점에서 '추악한' 시리즈는 그 실상과 강박을 접근할 수 있는 중요한 참조점이 될 것이다. 이제『추악한 미국인』을 포함한 '추악한 시리즈'가 '한국'에서 번역되는 맥락과 의미를 살펴보자.

2. 『추악한 미국인』과 베트남전쟁

— 그린 그레이엄Greene, Graham의『조용한 미국인』

아시아와 군사문제 학도이자 직업 미군인 윌리암 J. 레더러Lederer, William J., 유진 버딕크Burdick, Eugene 공저의 풍자소설 *The Ugly American*[1958]은 미국에서 베스트셀러가 되고[3] 세계적으로도 화제작이 되면서 1963년 미국에서 영화가 개봉하기도 했다. 한국에서는 1959년 6월『추악한 미국인』으로 번역되었고[4] 영화는 극장에서 상영되지 않았지만 1972년 10월 7일 MBC, 1977년 4월 KBS에서 방영했다. 이 풍자소설의 시간적 배경은 1952~1954년경이며 장소는 베트남을 중심으로 한 동남아시아 일대이고 내용은 베트남전쟁에 원조 방식으로 개입하고 있는 미국인의 추악한 실정을 적나라하게 다루고 있다.

그런데 이 작품이 간행되기 몇 달 전인 1959년 3월 영국 유명작가 그린 그레이엄Greene, Graham의 *The Quiet American*[1955]이『조용한 미국인』으로 한국에서 번역 출간되었다. 1959년에『추악한 미국인』,『조용한 미국인』이 동시에 한국에 소개된 셈인데 원서의 간행연도에서 알 수 있듯『조용한 미국인』이 먼저 쓰인 작품인데 한국에서는 같은 해에 번역 소개 되고『추악한 미국인』이 워낙 유명해서『추악한 미국인』에 반발하는 입장에서『조용한 미국인』이 쓰인 것으로 오해되기도 했다. 하지만『조용한 미국인』이 1955년 최초 출판된 후 미국에서는 1956년 간행되고 주목을 받으면서 1958년 영화로 제작되었

---

3 「美國의 베스트셀러」,『동아일보』, 1959.2.24, 4면.
4 윌리암 J. 레드러, 유진 버어딕, 정봉화 역,『醜惡한 美國人』(1958), 정음사, 1959; 윌리암 J. 레드러·유진 버어딕, 吳正煥 譯,『醜惡한 美國人』, 大韓敎育時報社, 1959; William J. Lederer·Eugene Burdick, 韓基亨 註譯,『醜惡한 美國人』, 歐美社, 1960.

다.[5] 그 이후에 『추악한 미국인』이 쓰인 것이다. 이 일로 영국작가는 미국 입국 허가를 거부당하기도 했다. 이러한 맥락에서 『추악한 미국인』은 영국인이 쓴 『조용한 미국인』에 대한 대응으로 미국인이 쓴 '동남아시아 미국인론'이라 할 수 있다. 그린 그레이엄의 『조용한 미국인』도 1952년 3월부터 1955년 6월의 시간과 월남의 동란을 배경으로 "미국의 국민성과 세계정책을 비판"한 소설이기 때문이다.

『조용한 미국인』은[6] 1950년 초중반 프랑스군과 월남군이 북베트남군과 싸우고 있는 인도차이나를 무대로 사이공에 상주하면서 이따금 일선에 종군하던 영국 특파원 '파울러'가 어느 미국인의 시체를 확인하면서부터 회상형식으로 얘기가 펼쳐진다. 그 미국인은 미국 경제원조사절단에 근무하는 올든 파일[32]세이다. 그는 하버드 출신으로 이상주의자이며 소설제목 '조용한 미국인'의 당사자다. 그는 베트남을 6개월 동안 겪으면서 공산주의와 식민지주의로는 베트남 분쟁을 해결할 수 없다고 판단하고 제3세력의 육성만을 유일한 대안으로 내세우며 '데 장군'을 지원한다. 이와 달리 영국 신문기자 파울러는 파일보다 10여 세 나이가 많고 베트남에서 2년 동안 머무른 인물이다. 이 두 인물의 대비는 성숙한 중년의 영국과 어리고 미숙한 미국의 구도라 할 수 있다. 진지하지만 순진하고 책을 맹종하며 현지 사정에 어두운 올든 파일은, 베트남인을 보호해야 한다고 주장한다. 하지만 '진실'을 이미 목도한 허무주의

---

5 "'할리웃'의 조셉 맨키비치가 1958년 이 소설을 처음 영화화했는데 당시 내용이 바뀌었다고 해서 원작자 그린은 자기 작품과 아무 상관이 없는 것이라고 주장했었다. 그는 할리웃이 「말없는 미국인」을 '월남인민을 돕는 것만을 목적으로 삼는 일종의 용감한 이상주의자'로 만들었다고 말했다. 그래서 1966년에는 소련영화제작자가 영화를 다시 만들겠다는 의사를 밝히기도 했다."(「蘇聯서 映畵化계획 小說'말없는 美國人'」, 『경향신문』, 1966.9.7, 2면) 『조용한 미국인』의 영화는 한국의 극장에서 상영되지 않고 1977년 4월 24일 KBS 〈명화극장〉에서 방영되었다.

6 그레암 그린, 오기방 역, 『조용한 美國인』(1955), 여원사, 1959.

적 지식인 파울러는 미국, 영국 모두 낡은 식민주의민족들에 불과하며 이국 땅에서 '불장난'을 해서는 안 된다고 지적하고 제3세력은 비적일 뿐 민족데 모크라시 세력이 아니라고 평가한다. 베트남인은 외부세력의 보호를 필요치 않고 자기가 자신의 문제를 결정할 수 있는 인간이며 우리는 그들을 절대로 이해하지 못한다는 게 그의 지론이다.

이 소설을 접한 한국인은 세계의 패권을 상실한 영국민의 미국 컴플렉스가 작용한 글이라고 해석했다. 예를 들어 이어령은 영국인이 정치성을 띤 색안경으로 미국의 외교정책을 내다봤다고 이해했다.[7] 이는 일면 일리 있는 지적이지만 당시 프랑스와 미국의 한계를 깊이 헤아리지 않은 진단이기도 했다. 동시에 당대 한국 독자는 영국인이 쓴 미국론이 아니라 미국인이 자국을 스스로 비판한 다른 저서, 『추악한 미국인』을 대면해야 했다.

『조용한 미국인』에서 '조용한 미국인'이 겉으로는 진중하고 조용하지만 그 이면에는 '데 장군'과 같은 정치세력을 독려하여 테러를 자행하는 이중적 존재였다면, 『추악한 미국인』에서 미국인은 남베트남을 원조하고 있지만 오히려 전쟁을 패배로 이끄는 '추악한' 존재로 다뤄진다. 미국 대 소련·중국, 미국·베트남정부 대 민간인의 대립구도로 전개되는 이 소설에서 '추악한' 현지 파견 미국인은 막대한 원조자금을 소비하면서도 소규모로 돈을 쓰는 소련과의 경쟁에서 뒤처지고 베트남정부 관료 및 프랑스군부와 유착하여 부정부패를 더욱 조장한다.[8] 이때 현지와 본국의 정보 교환은 단절되고 왜곡

---

7 이어령, 「오늘을 사는 世代(16)」, 『경향신문』, 1963.4.15, 3면.

8 여기서는 이 시기를 주로 미국과 소련의 구도로 서술되고 있는데, 이후 1970년대 초중반이 되면 미국은 미군의 확전행위와 중국의 침공을 영향관계에 신경을 쓴다. 주지하듯이 미국은 베트남문제의 해결을 위해 소련 및 중국과의 관계개선을 이용하려 했다. 같은 공산주의 이데올로기를 가진 국가임에도 불구하고 소련은 미국과 협상하도록 호치민을 설득하려고 노력

된다. 이처럼 추악한 미 파견 대사, 관료, 정부기관과 달리 민간원조 목적으로 현지에 온 기술자들의 공헌은 매우 긍정적이다. 관료는 도로, 운하 등 대규모 공사와 기계화 시설의 준설을 주장하지만 이들 민간 대민경제 사업자들은 현지인의 기초 생활여건을 개선하기 위해 양계, 빗자루 개량, 우유 및 통조림 공장 등 비용은 적게 들지만 생활에 필수적인 물품과 설비 보급에 주력했다.

그래서 이 소설에서 '추악한'은 중의적 함의를 갖는데 그 하나가 앞서 말한 부정부패의 미국인이라면, 다른 하나는 못생긴 '추남'으로 등장하는 미국 민간인기술자와 마찬가지로 추남인 현지 기술자를 가리키는 말이다. 얼굴은 추악하지만 현지인의 필요와 문화를 깊이 이해하고 공감하는 이들이, 사리사욕에 눈먼 추악한 미국인보다 훨씬 가치 있고 필요한 인물이다. 작가는 이들을 통해 미국의 대외정책을 비판하고 해외 파견 미국인의 타락한 행태를 고발하여 미국민의 민족성을 풍자했다.[9]

이 책이 한국에 번역되고 미국에서 베스트셀러, 문예영화화되면서 한국인

했고, 중국은 베트남 문제에 소련의 개입이 아시아에서의 소련 영향력의 확대로 이어지는 것을 우려하여 북베트남에게 소련과의 거리를 유지할 것을 압박했다. 박인숙, 「"전환"과 "연속" 닉슨(Richard Nixon) 행정부 "데탕트" 정책의 성격」, 『미국학논집』 38-3, 한국아메리카학회, 2006, 147면.

9　이 작품 이후 저자의 월남과 미국에 대한 인식은 『추악한 미국인』의 것과 동일하다. 「사르칸 왕국의 미국인들」이란 소설은 사르칸에 온 공산주의자 '특'(45세)이 주인공인데, 미국비행기가 사원을 폭격했다고 조작하여 학생들이 분노하고, '특'이 한 나라의 태자를 죽인 후 백인이 죽인 것처럼 호노하여 분노한 군중이 미대사관에 몰려가는 내용이다. 이는 공산주의자의 공작에 무기력한 미국인을 비판한 것이다. W. J. 레더러·E. 버어디크, 「사르칸 王國의 美國人들 (上)」, 『世代』, 世代社, 1966. 4, 396~407면; 「사르칸 王國의 美國人들 (속)」, 『世代』, 世代社, 1966. 5, 358~376면. 레더러는 1968년 OUR OWN WORST ENEMY를 썼는데 이 책이 1979년 한국에 번역된다. 이 책은 소설이 아니라 1960년대 후반 패망전 월남과 미국의 과오를 기술한 수기이다. 이 책에서도 '최악의 적은 베트콩이 아니라 "미국 자신의 과오와 무능"이다. William J. Lederer, 金太文 譯, 『추악한 주역들』, 明書閣, 1979.

이 미국인을 보는 안목도 넓어졌다. 이 소설은 "미국 본토 사람들이 해외에 나가있는 2만에 달하는 미국인을 어떻게 보"고 있는지 알게 해줬다. 이는 당시 한국 독자에게 주한미군 범죄를 연상케 했다. 1959~1960년만 해도 미군보초 발사사건, 평택 살인강도사건, 양주 절도사상사건, 김포 엽사총상사건, 후암동 순찰순경 자상사건, 갈월동 행인 폭행강탈사건, 오산소년 총격사건, 서대문 강도사건, 오정리 운전수자살사건, 소년 사상사건, 포천 페인트칠 사건, 동두천 여인삭발사건, 왜관 집단 린치사건, 제2의 왜관집단린치 사건, 후암동 절도 엽총살상사건 등이 발생했다.[10] 사정이 이러할 때 한국인의 대미감정이 좋을 수만은 없다. 1958년 한국을 방문한 바 있는 레더러가 *A Nation of Sheep*의 한 챕터인 「미국은 한국에서 실패했다」에서 한국의 국회는 당파싸움이 심하고, 관리는 부패했으며, 도둑이 많다고 비판하면서 미국은 원조국가에 개입할 권리가 있다고 주장하자,[11] 한 한국 독자는 식민지배자였던 일본보다 미군이 더 한국인의 정신을 흐려놓았다는 반박을 하기도 했다.[12]

또한 한국 역시 미국의 원조를 받고 있는 나라였기 때문에 미국에 관심이 컸다. 1957년 11월 미국의 대한경제원조가 20% 대폭 삭감되어 한국인 스스로 수출 능력을 향상시키고 원조자금을 보다 조심히 사용해야 하는 상황이었다.[13] 원조자금과 부패의 사례를 명확히 한 풍자소설은 그동안의 한국 실정을 반성케 했다. 하지만 이 저자는 원조를 명목으로 미국의 현지 개입 정당화를 주장했다. 이러한 입장은 1961년 2월 8일 한미경제협정 체결 과정에서

---

10 「코리아와 양키-한·미 간 불상사 20년」, 『靑脈』, 1965.8, 252~254면.
11 레더러, 「미국은 한국에서 실패했다」, 『思想界』, 1963.2, 104~112면.
12 朱京基, 「겉만보고 强盜視말라」, 『경향신문』, 1963.2.27, 5면.
13 도널드 스턴 맥도널드, 한국역사연구회 1950년대반 역, 『한미관계20년사(1945~1965)』, 한울아카데미, 2001, 425~427면.

미국인의 치외법권을 인정하고 원조업무에 미국이 간섭할 수 있는 조항을 추가하여 굴욕적 협정이라는 반대투쟁이 일어난 것과 맥이 닿는다.

이처럼 이 책의 번역 수용은 외국 거주 미국인과 원조의 부정적 면모를 적나라하게 노출했지만, 미국인이 스스로 자국을 비판하는 발상과 행동 그 자체가 높이 평가되어 미국이 자유민주국가라는 사실이 오히려 재각인 되었다.[14] 미국에서도 일부 외교관과 국무성의 반감은 컸지만 다수 미국독자는 자신을 반성했다.[15] 케네디 대통령은 '추악한 미국인'의 이미지를 쇄신하기 위해 직무능력을 갖추고 지식이 있는 젊은이를 선발하여 상설 평화군단을 조직해 해외에 파견하기로 결정했고,[16] 한국의 미군사령부 대민원조처SAC-AFAK의 책임자인 데이비드 W. 스미스 대위는 자신은 '추악한 미국인'이 아니라 '웃는 미국인'이 되기 위해 노력하고 있다고 한국사회에 말하기도 했다.[17] 이러한 소식이 미국은 스스로 자신의 결점을 드러내어 자기갱신이 가능한 반성적 민족이자 자유민주주의의 선도국이라는 인식을 강화했다. 풍자소설 『추악한 미국인』은 그것을 쓸 수 있는 미국인의 용기와, 비난을 수용할 수 있는 미국사회를 상기시켰다. 이러한 인식의 근저에는 미국이 세계최고의 문명국이기 때문에 그 지위를 가능케 한 미국인의 성격 역시 긍정적으로 평가된 요인도 있다. 그렇다면 이에 비추어 한국인은 어떠한 자기인식을 하고 있었을까.

미국원조가 줄어드는 1958년경부터 아메리카니즘 및 서구추수적 경향이 약화되고 '4·19'를 거치면서 민족적 자기인식의 추구가 비등해진 것을 감안한다면 그러한 현상에 『추악한 미국인』이 일부분 일조한 것은 분명하다.

---

14 「W. J. 레드러·유진 버딕, 鄭鳳和 譯 『醜惡한 美國人』」, 『동아일보』, 1959. 9. 5, 4면.
15 「變貌할 줄 모르는 "醜惡한 美國人" — 버딕과 '레더러' 對外政策批判」, 『경향신문』, 1963. 6. 3, 5면.
16 「美國의 「平和軍團」 設置」, 『경향신문』, 1961. 3. 6, 1면.
17 「서울地區 美軍對民援助處의 九年間業績 友情의 선물 273億圜」, 『동아일보』, 1962. 4. 13, 3면.

1950년대 민족 폄하가 심했지만 그만큼 개조의 욕망도 강했다. 예를 들면 신상초는 해방 10년을 맞아 민족·국가사업의 장기 계획을 수립하고 추진하기 위한 근본적 토대로 민족성개조를 내세우고 도덕적 수양운동을 주장했다.[18] 이어 박정희도『우리 민족의 나갈 길』1962을 냈다.[19] 주지하듯『추악한 미국인』과 별개로 본격적인 민족성론은 이어령의『흙 속에 바람 속에』1963의 인기와 함께 촉발되었다. 여기서 이어령은 한국인이 자아가 부족한 것은 맞지만 한국적으로 민주적이고 협동적인 민족성을 가진 민족이며 민주적 통치자를 잘못 만났다고 평가했다.[20] 신구문화사는『세계의 인간상』을 간행했고,[21] 윤병로는『엽전의 비애』1964를 썼으며,[22] 사회학자 최재석은 흔히 말하는 민족성을 "그 사회를 지배하고 있는 '지배계급의 성격'"으로 간주하며 민족전체의 개조 및 개선을 위해서는 한국인의 인간형과 사회적 성격을 먼저 파악해야 한다며 가족주의, 관료의 권위주의, 신분계층 질서의 존중, 파벌의 형성, 공동체로부터의 미분화를 분석했다.[23] 영문학 교수 김진만은 '어글리 아메리칸'에서 아이디어를 착안하여『어글리 코리언』을 출간했다. 그는 공식적인 자리나 다른 나라와 비교하는 자리에서는 함구하고 사적인 자리에서 험담을

18 신상초,「我觀사회명암相」,『思想界』, 1955.11, 72~76면.

19 이행선,「대중과 민족 개조 – 박정희,「우리 민족의 나갈 길」을 중심으로」,『한국문화연구』21, 이화여대 한국문화연구원, 2011, 101~132면 참조.

20 이어령,『흙속에 바람 속에』(1963), 현암사, 1966, 108~191면.

21 신구문화사에서는 1962년부터 1963년까지 12권 완질의 '세계의 인간상'을 간행했다. 新丘文化社 편집부,『世界의 人間像』(世界傳記文學全集), 新丘文化社, 1963.

22 윤병로는 '엽전은 별 수 없다'는 말이 우리 민족의 자학의식을 여실히 상징한다고 지적하며 자주성과 자립성을 포기한 우리를 비판했다. 인텔리는 새로운 외세에 아부와 협잡을 자행했고 소시민은 사바사바의 엉터리 처세술과 '돈만 있으면 만사 오케'라는 무서운 철리를 체험했다. 尹柄魯,『葉錢의 悲哀』, 靑潮閣, 1961, 248~251면.

23 최재석,『한국인의 사회적 성격』, 민조사, 1965, 6면, 186면.

하는 한국인의 행태를 국수주의자, 징고이스트Jingoist로 명명하며 '어글리 코리언'의 청산 유형으로 우리의 정신문명은 뒤쳐지지 않는다는 '고려자기파', 아름다운 고유전통 살리자는 순수한 한국인 '아름다운 넌센스파', 악질사대주의자 '기회주의자'를 설정했다.[24]

이처럼 '추악한 미국인론'의 한국 전파는 1960년대 초중반 한국 민족성 논의와 일부분 결부되었다. 이 무렵 1960년내 초반부터 역사학계는 식민사관 비판을 본격화하고 정체성론 극복과 내재적 발전론의 구축 작업을 진행했다.[25] '추악한' 텍스트가 주로 문화적인 자기비판식민지시대 민족개조론과 같은의 맥락에서 수용되었다면, 식민사관의 극복을 목표로 기획된 1960년대 중, 후반의 내재적 발전론과 때로는 충돌했을 가능성도 적지 않아 보인다. 또한 1960년대 중반부터 1970년대 중반까지는 베트남에 파견된 한국인의 행태를 비난하기 위한 표지로서 '추악한 한국인', '어글리 코리언'이 한국에서 활용되었다. 베트남에서 성범죄, 사기, 불법체류, 고성방가, 부도수표남발, 마약밀매, 암거래 등이 '추악한'의 실례였다. 『동아일보』 주월종군기자 이연교는 "후방의 추악한 한국인"을 심층취재하여 '월남月南언론상'을 받기도 했다.[26] 1970년대 중후반부터는 미국에 살고 있는 한국인을 '코메리카'로 부르기 시작했으며 한국에서 재미동포행세를 하며 사기를 일삼는 추악한 한국인을 '아메리안'으로 칭하기도 했다. 1989년 2월 이후에는 해외여행자유화의 여파에 따라 해외여행을 나가서 추태를 부리는 한국인 관광개에 대한 혐오감징을 '추악한 한국인'으로 표출했다.

24　金鎭萬, 『아글리 코리언』(1965), 探求堂, 1981, 10~20면.
25　박찬승, 「분단시대 남한의 한국사학」, 조동걸 · 한영우 · 박찬승 편, 『한국의 역사가와 역사학』 下, 창작과비평, 1994, 331~336면.
26　「李績敎–李淸俊–南寬 3명에 독립문화상」, 『조선일보』, 1968.4.3(조간) 3면.

요컨대『추악한 미국인』의 번역 수용은 한국인의 자기비판의 표지로서 '추악한 한국인'을 정립시키고 다양한 맥락에서 활용되었다. 이 책의 출판 영향은 한국에 국한된 것이 아니었다. 한국이 한국사회와 민족성의 성격을 설명하고 개선하기 위한 한 수단으로 '추악한'의 표지를 활용했듯이, 동아시아 각국에서도 그 사회를 조명하기 위해 '추악한'을 전유했다. 그 결과물인 서적 중 일부는 크게 화제가 되어 베스트셀러가 되거나 사회적 논쟁이 벌어지는데, 거기서 그치지 않고 그 책은 한국에 번역되기도 했다. 그 대표적 예가 일본의『추악한 일본인』, 대만·중국의『추악한 중국인』, 일본·한국의『추한 한국인』이다. 그런데 이들 서적은 소설이 아니라 모두 에세이 형식이다. 에세이가 소설보다는 직접적이고 다양한 테마를 다룰 수 있기 때문에 글쓰기 형식이 바뀐 것으로 여겨진다. 이제 이들 '추악한' 시리즈를 살펴보자.

3.『추악한 일본인』과 매춘관광, 문세광 저격사건

레더러Lederer와[27] 버딕Burdick의 *The Ugly American*이 일본에『醜陋的美國人』淡江書局, 1959,『醜いアメリカ人』トモブック社, 1960 등으로 번역되고 많이 읽히게 되

---

27 윌리엄 레더러는 1936년 아나폴리스에 있는 미국 해군사관학교를 졸업했다. 1940년대 레더러는 중국의 강 유람선에서 복무했고 제2차 세계대전 당시 대서양함대의 군함에서 근무했으며 해군 공보관을 거쳐 1958년 캡틴으로 은퇴했다. 그는 1958년부터 1963년까지 유명한『리더스 다이제스트』의 극동 특파원을 역임했다. 이처럼 레더러는 함대 승선 외에도 30여 번의 여행과, 방문을 통해 중국, 한국, 일본, 베트남 등 아시아 각국을 찾았다. 그는 일본 오키나와에 있는 미국 민정에 의해 간행된 *The Ryukyu Islands : Prewar and Postwar Through 30 June 1958*(1958)에 글을 쓰기도 했다(http://scua.library.umass.edu/ead/mums158.pdf).

는데,[28] 일본에서도 자국을 신랄하게 논평한 '추악한' 류의 2권의 책이 1960
년대 중후반 출간되었다.[29] 주지하듯 '일본문화론'은 베네딕트의 『국화와
칼』[1946]이 1948년 일본에 번역되고 1951년 문고판이 나오면서 일반적 현상
으로 정착하게 되고[30] 1970년대부터 일본문화론의 붐이 일기 시작했다.[31] 이
점을 고려하면 두 권의 책은 그 중간시점에 해당한다. 한 권은 소설가, 희곡가,
불문학자인 우메다 하루오梅田晴夫가 1965년에 쓴 『ワルイ日本人』인데[32] 한국
에 동년 11월 『추악한 일본인』으로 번역되었다.[33] 다른 하나는 아르헨티나 일
본대사 가와사키 이치로河崎一郎가 영어로 쓴 *Japan unmasked*[1966]이다. 이 책은
일본에 『素顔の日本』로 번역되어 베스트셀러가 되고 사회적으로 물의가 일
어 저자가 문책을 당하기도 했다.[34] 일본에서 『醜陋的美國人*The Ugly American*』
과 비견되기도 한 가와사키 대사의 책은, 한국에서 1974년 『추악한 일본인』

---

28 이 작품은 공연도 이루어졌다. 「岡田英次「醜いアメリカ人」に契約ブランドと共演」, 『読売新聞』, 1961.8.7(석간), 8면 참조.

29 이외, 오타 마사히데(大田昌秀)의 『醜い日本人 – 日本の沖縄意識』, ゼイマル出版会, 1969가 출간되었는데, 이 책의 저자는 『沖縄健児隊』(大田昌秀 · 外間守善 編, 日本出版協同, 1953), 『沖縄の言論 – 新聞と放送』(辻村明 · 大田昌秀, 南方同胞援護会, 1966), 『沖縄の民衆意識』(弘文堂新社, 1967) 등을 통해 일본의 오키나와 문제를 지속적으로 제기한 인물이다. 그가 '추악한' 류의 서적의 유통을 접하고 자신의 책의 제목을 새롭게 설정했다는 것을 파악할 수 있다. 당시 이 책은 한국에 번역되지 않았다. 「[広告] 沖縄のアメリカ人 醜い日本人 / サイマル出版会」, 『読売新聞』, 1971.6.18(조간), 1면 참조.

30 이오키 다모쓰, 최경국 역, 『『국화와 칼』의 성격』, 『일본 문화론의 변용』, 小花, 2003, 51면.

31 호영송, 『창조의 아이콘, 이어령 평전』, 문학세계사, 2013, 166면.

32 梅田晴夫, 『ワルイ日本人』, オリオン社, 1965; 「[広告] わが青春の記 ワルイ日本人 / オリオン社」, 『読売新聞』, 1965.7.20(조간), 2면.

33 우메다 하루오(梅田晴夫), 裵賢 譯, 『醜惡한 日本人』, 綠文閣, 1965.

34 河崎一郎, 木村讓治 譯, 『素顔の日本』, 東京 : 二見書房, 1969; 「河崎大使解任 きょう閣議決定」, 『読売新聞』, 1969.5.23(조간), 2면.

으로 출간되어[35] 동년 10월 베스트셀러가 되었다.[36] 한국인은 1960년대 중후반부터 1970년대 중반까지 이 두 책을 통해 1960년대 중반의 '일본'을 대면하게 되었는데, 제목에서 알 수 있듯 한국에서 이미 정착된 '추악한'의 용법이 번역에 활용된 것을 알 수 있다.

1960년 중반~1970년대 중반 한국에게 일본은 무엇이었나. 1955~1973년 일본은 고도성장기였다. 일본은 1955~1957년 진무경기에 내구소비재붐이 일어 3대 가전흑백TV, 세탁기, 냉장고이 가정의 필수품이 되었다. 1955년 이후 모든 에너지원이 석유로 대체되고 1964년 도쿄올림픽을 통해 선진국의 위상이 드러났으며 1965년을 경계로 내수확대형 경제에서 수출주도형 경제 성장으로 발전하고 있었다. 일본인은 1960년경부터 서구컴플렉스에서 벗어나 자부심을 갖기 시작했으며 고도성장, 도쿄올림픽의 성공을 계기로 일본인으로서 자신감을 되찾게 되면서 '긍정적인 일본인론'이 형성돼 갔다.[37] 그래서 1960년대 중반 출간된 두 책은 세계5위 공업국의 위상에도 불구하고 여전히 일본사회에 존재하는 결함을 발견하여 개선하기 위한 자의식의 산출물이다.

우메다 하루오의 『추악한 일본인』은 경제대국의 일본인이 1964년 4월 해외여행자유화로 외국여행이 늘면서 여행자의 몰상식과, 자국민의 돈을 노린 해외거주 일본인의 사기 등 갖가지 추태가 급증하자 이를 경계하기 위해 나왔다.[38] 또한 해외주재대사 가와사키 이치로는 1965년 일본에 귀국하여 변

35 河崎一郎, 鄭在虎 譯, 『醜惡한 日本人』, 金蘭출판사, 1974.
36 「今週의 베스트셀러」, 『매일경제』, 1974.10.8, 6면.
37 나카무라 마사노리, 유재연·이종욱 역, 『일본 전후사 1945~2005』, 논형, 2006, 82~114면.
38 일본인 해외여행객은 1972년 연간 백만 명을 넘어섰고 1975년경 이백만 명을 돌파했으며 1980년에 약 4백만 명에 달했다. 하지만 1970년대까지는 일본인에게 해외여행이란 여전히 특별한 경험이자 사건이었다. 요시미 슌야, 최종길 역, 『포스트 전후사회』, 어문학사, 2013, 239면.

화된 일본의 모습을 목도하며 새롭게 재편해가는 국제정치무대하의 일본이 아시아에서 지도적 위치를 가질 수 있을지 고심하며 책을 썼다.[39] 이처럼 세계경제를 이끄는 강국으로 성장하는 일본인의 자긍심과 자기비판이 비등하기 시작할 때 그 인접국가인 한국인은 한일회담을 해야 했다.

우메다 하루오의 책이 나오기 한 해 전인 1964년, 한국은 한일회담을 둘러싼 갈등이 정점에 달했다. 한국인은 식민지배의 정치경제적 청산이 미흡한 상황에서 일본이 다시 온다는 공포가 있었다. 한국 국회는 미국이 일본과의 관계정상화 협상을 종용하는 것을 두고 일본의 경제원조가 미국의 원조 감축을 초래하는 것 아니냐는 의심을 했다. 미국 공보원은 1964~1965년 국제학생협회 한국 학생대표와 기자가 일본을 방문하여 상호이해와 협력의 증진을 꾀하기도 했다.[40] 올림픽까지 개최한 일본에 대한 동경과 경계심이 높아지는 상황이었다. 우메다 하루오의 『추악한 일본인』의 역자도 한일국교정상화가 예정된 상황에서 일본의 정체를 알고 우리의 국제적 위치를 확보하기 위해 번역 소개한다는 취지를 서문에 밝혔다. 그런데 이 책은 해외여행자 유화 이후 해외거주 일본인이 일본여행객을 속이거나, 반대로 일본여행객이 해외에 나가서 성접대나 추태를 저지르는 것을 비판하고 있다. 일본관광객은 한국도 찾았기 때문에 1970년대 초중반 일본인의 기생관광은 한국에서도 유명했다.[41]

39　가와사키 이치로의 책은 자신이 쓴 『THE JAPANESE ARE LIKE THAT』(1955)을 1965년의 일본을 참조하여 다시 수정한 후 『Japan Unmasked』를 냈다.

40　그렉 브라진스키, 나종남 역, 『대한민국 만들기, 1945~1987』, 책과함께, 2011, 331~336면.

41　「[해외사회면] 추악한 일본인 관광객, 섹스만 즐기려 들어 세계서 지탄 매춘 시장화에 개탄」, 『조선일보』, 1976.11.28(조간), 4면. 유럽과 미국 등지에서 일본인의 해외성접대와 관련해 우메다의 『추악한 일본인』에는 해외주재원의 고충이 다양하게 거론되는데, 이는 매뉴얼보다도 주재원을 통해 해외 현장을 관리하는 일본기업문화의 또 다른 일면이기도 하다.

이 무렵 반일감정은 한국만의 것이 아니었다. 동아시아 전역에서 일본인은 '어글리 재패니즈', '추악한 일본인', '경제적 동물, 이코노미 애니멀'로 불렸다. 일본관광객의 매춘관광도 문제였지만 각국의 민족감정을 자극한 것은 일본의 경제원조 방식이었다. 1954년 아시아기술지원을 공식 시작한 이래 일본은 원자재를 확보하고 수출·투자확대를 꾀하는 영리외교와 상품서비스를 공여국의 구매품으로 묶는 구속성 원조 방식으로 아시아에서 영향력을 확대해 갔다.[42] 이 경제적 침투는 제2차 세계대전의 기억과 결부되어 각국의 민족감정을 자극하여 반일감정을 악화시켰다. 그 대표적 예가 1974년 1월 다나카 수상의 동남아 5개국 순방 중 연쇄적으로 일어난 반일시위다. 원조를 내세운 일본이 실상은 자기이익에만 몰두했다는 항의데모가 태국, 싱가포르, 말레이시아, 인도네시아 등 각국에서 일어났다.[43] 이런 일을 겪었으면서도 다나카 수상은 1974년 1월 24일 열린 중의원 본회의에서 "일본이 한국에 김 양식법을 가르쳐줬고, 나아가 일본의 교육제도, 특히 의무교육제도는 지금까지도 이어지고 있는 훌륭한 것이"었다는 망언을 했다.[44]

이 시기 한국인의 일본인식은 리영희가 잘 드러내고 있다.[45] 그는 1970년 6

---

42 캐럴 랭커스터, 유지훈 역, 『왜 세계는 가난한 나라를 돕는가』, 시공사, 2010, 19~29·147~164 면; 「'엔제국'은 춤춘다. 73년 봄 유럽을 휩쓰는 일본인. '추악한 미국인' 바톤 계승」, 『조선일보』, 1973.4.15(조간), 4면.

43 「東南亞諸國의 反日示威」, 『경향신문』, 1974.1.12, 2면.

44 다카사지 소지, 최혜주 역, 『일본 망언의 계보』, 한울, 2010, 272면.

45 리영희는 아시아 국가 대비 일본의 압도적인 경제적 지위를 지적했다. "아시아지역 15개국을 전부 합쳐 면적은 일본의 22배, 인구의 10배인데, 국민총생산이나 輸出力은 15개국을 합쳐도 아직 일본 1개국의 그것에 미달한다는 말이 된다. (…중략…) 일본은 아시아의 '都市'가 되었고 그 밖의 자본주의 내지 자본주의적 국가들은 일본이라는 도시를 둘러싼 '農村'이 되어버렸다. 도시와 농촌, 또는 세계적 경제구조의 특징인 '南北'현상은 바로 아시아 속의 일본과의 관계에서 형성되었다고 하겠다. (…중략…) 경제적 측면에서 본 아시아 지역은 이미 '太平洋共榮圈'의 新版을 방불케 한다. (…중략…) 이와 같은 '超經濟大國'이 정치적 지배와 군사적

월 17일 부관연락선 항로가 다시 개통하는 것을 두고 일본이 한국의 정치·경제·군사적으로 후견역할을 할지도 모른다는 걱정을 했다. 1973년에는 일본인이 명동의 호텔에서 '밤의 여인' 쟁탈전을 벌이는 광경을 목도한 후 일본인뿐만 아니라 성행위를 부추기는 한국정부의 부도덕성을 꼬집기도 했다.[46] 또한 리영희는 다나카 망언이 우월감에서 나왔다고 진단했다. 일본이 내세운 선진국 지도의식, 개발원조주의, 지역협력론은 정치·경제·군사적 침략을 미화한 것이며 한국인은 개인적 생활 및 행동 차원에서 일본에게 우월감을 갖게 하는 근거를 제공하는 것을 반성해야 한다고 조언했다.[47] 리영희가 일본인의 경제적 침투와 매춘관광, 반성하지 않는 일본지도자를 지적한 것은 당대 한국인의 정서를 대변하는 전형이었다. 그 근저에는 일본을 향한 동경과 불안, 불만이 있으며 일본인에게 무시당하지 않으려는 강박도 눈에 띤다. 국가의 근대화 수준이 민족성 비교 평가에 큰 영향을 미치고 있는 것이다.

이러한 상황에서 1974년 8월 15일 '문세광 저격사건'과, 동년 "기무라 도시오 외상이 8월 29일의 발언_{한국에 북한의 위협은 없다}에 이어 9월 5일에는 데탕트 시대에 한국을 한반도에서 유일한 합법정부로 생각하지는 않는다는 발언을

지배를 요구하지 않으리라는 보장을 어디서 구해야 할까." 또한 리영희는 아시아 국제정치의 큰 전환으로서 아시아의 主役을 맡게 된 일본의 정치적 위상 변화를 꼬집었다. 이는 "1969년 11월 21일 워싱턴에서의 닉슨·佐藤美日共同聲明 형식으로 구체화되었다. 이를테면 일본의 국제정치적 독립선언인 것이다." 李泳禧(합동통신사 조사부장), 「日本再登場의 背景과 現實」, 『창작과비평』 6-2, 1971.6, 483~484·488~489면.

46 리영희, 「현해탄」(『여성동아』, 1971), 『전환시대의 논리』(1974), 창비, 2006, 209면; 「外貨와 일본인」(『여성동아』, 1973), 『전환시대의 논리』(1974), 창비, 2006, 225~228면.

47 리영희 「다나까 망언을 생각한다」, 『世代』, 1974.4, 68~79면; 참고로 일본에서 1972년 6월 다나카의 『日本列島改造論』이 베스트셀러가 된다. 중일국교회복 이후, 다나카 수상은 대규모 공업지대 배치, 고속도로와 신칸센 등의 교통네트워크의 전국적 구축, 지방으로 인구분산 등의 열도개조정책을 발표한다. 이 영향으로 물가와 부동산가격이 폭등하였다.

제5장·『추악한 미국인』의 번역과 동아시아의 추악한 일본인, 중국인, 한국인   173

했다. 이를 계기로 한국에서는 반일 시위가 더욱 격렬해졌고, 다음 날인 9월 6일에는 반일시위대가 일본대사관에 난입하여 일본 국기를 찢고 차량을 불태우며 사무실 집기를 파괴하는 일이 발생했다. 당시 언론보도에 따르면 8월 20일부터 시작된 반일시위가 9월 9일 현재 201회에 걸쳐 73만 명이 참가했다.”[48] 일본인 출입금지라는 안내를 써 붙이는 식당이 등장하기도 했다. 이 사건 때문에 전 일본특파원 정재호가 가와사키 이치로 대사의 책 『추악한 일본인』을 번역했다. 그는 일본대사관원을 자처한 문세광에 의해 보안이 뚫린 사건을 한국의 대일 저자세의 소산으로 판단하고 일본을 재인식할 필요가 있다고 주장했다.

그런데 이 해는 김윤식, 오린석이 베네딕트의 『국화와 칼』을 번역했다.[49] 따라서 1974년 한국인은 베네딕트의 책과, 아르헨티나 일본대사의 일본인론을 접하게 되었다. 베네딕트의 책은 과거 미국이 바라본 일본인론이지만 일본이 선진국이 될 수 있었던 요인을 포착할 수 있는 자료이기도 했다. 또한 일본대사의 글은 세계5대 공업국이 된 일본인의 문화의식이 진보되지 못하고 지체된 점을 보여준다. 베네딕트는 자기 잘못을 인정하고 빠른 방향 전환과 최선의 노력을 다하는 태도를 일본인의 장점으로 꼽았다. 미국의 점령정책이 성공한 요인은 근면하고 성실한 일본인과, 그런 일본인에게 모욕을 주지 않고 존중한 미국의 노력이 조화를 이루었기 때문이다.[50] 이러한 베네딕

---

48 조세영, 『한일관계 50년, 갈등과 협력의 발자취』, 대한민국역사박물관, 2014, 73면.

49 루드 베네딕트, 金允植·吳麟錫 譯, 『菊花와 칼』, 을유, 1974.

50 루스 베네딕트, 김윤식·오인석 역, 『국화와 칼』, 을유문화사, 2008, 401~410면. 이 책에서 베네딕트는 제2차 세계대전 후 미국이 '순수'하게 일본을 평화국가로 유도한 것처럼 쓰고 있다. 하지만 1948년 미국의 세계전략이 바뀌면서 경제제재 조치가 해제되고 1949년 3월 1일 미군부는 '일본 방위를 위한 미국의 부담을 줄이고자 일본의 군대창설이 바람직하다'는 결론을 내렸다. 1951년 4월 11일 맥아더 해임은 비군사화, 전범처리, 민주화를 축으로 한 일본점령

트의 진단은 '베트남의 미국'을 상기한다면 일본인은 베트남인보다 우월한 민족성을 보유한 민족이 된다. 이러한 일본 민족성은 일본의 경제적 성공을 부러워하는 한국인이 지향해야 할 가치가 된다.

이러할 때 일본인의 의식적 흠결을 지적한 일본대사의 책은 일본인을 폄하하고 싶은 한국인의 욕망을 만족시켜 주었다. 저자는 이 책에서 일본 역사와 문화를 소개하는 동시에 서구에 비해 자국민의 부족한 점으로 '서양숭배와 열등감, 섬나라근성, 가족주의·사회에 의한 개인성 부족, 기생충적인 정당과 정치구조의 낙후' 등을 논했다. 섬나라 근성은 일본인이 특히나 모욕적으로 여기는 말이었다. 일본에서 이 책은 "'국치선고문國恥宣告文'이라고 흥분하는 맹렬한 성토와 추악한 일본인상을 바로 잡게 한 국민적인 '반성교본反省敎本'이라고 떠받드는 여론 속에서 일본출판사상 톱을 기록한 베스트셀러로 군림했"다.[51]

요컨대 1960년대 중반부터 1970년대 중반까지 한국인은 압도적으로 성장하는 일본을 지켜보면서 한일 간 경제·정치·역사적 이해관계가 야기하는 민족감정을 표출하고 내면화하는 가운데『추악한 일본인』을 대면하고 번역수용했다. 두 책 중 일본대사의 책이 특히 의미가 있는 것은 저자가 "일본인은 옛날부터 한정된 공간에서 살아왔다. 따라서 모든 기준이 축소되어 있다. 주택, 가로, 공공수송기관 기타 모든 것이 구라파의 기준으로 보아서 소규모인 것은, 따져보면 좁은 토지공간에 기인하고 있는 것이다"[134면]라고 지적한 대목이다. 서구에 견주어 일본의 '축소'를 지적한 것은 이어령의『축소지향

정책의 종결과 군 재무장을 의미했다. 이후 미국의 지원과 일본의 성장 과정이 한국인에게 알려졌다. 마고사키 우케루, 양기호 역,『미국은 동아시아를 어떻게 지배했나』, 메디치, 2013, 115~134면.

51　河崎一郎(カワサキ, イチロウ), 鄭在虎譯『醜惡한 日本人』, 金蘭출판사, 1974, 6면.

의 일본인』을 떠오르게 한다. 이어령은 롤랑 바르트의『일본론』과 조르쥬 플레의『플로베르론』에서 '축소지향'의 개념을 얻었다고 밝힌 바 있지만,[52] 그가 일본에서 일본문화론을 공부하면서 화제작인 가와사키 이치로의 책을 읽지 않았다는 것은 상상하기 어렵다. 이 역시 외국과의 끊임없는 비교 속에서 자국의 위치와 자문화의 성격을 구하고 자신의 아이덴티티를 추구하는 '발전도상의 후발국' 국민이 갖는 내면화된 무의식인 것이다. 이 점을 명확히 환기하는 것이『추악한 일본인』이었다.

4. 『추악한 중국인』과 근대화, '된장독문화醬缸文化'

『추루적중국인醜陋的中國人』은 중국 허난河南성 출신 대만 유명작가이자 평론가인 바이양柏楊귀이둥郭衣洞이 1985년 8월에 출간했다.[53] 대만에서 베스트셀러가 되고 홍콩에서도 격렬한 논쟁을 촉발한 백양의『추루적중국인』이 1986년 말 중국에서 간행되어 지식인과 학생 사이에서 폭발적 인기를 얻자 중국정부는 금서로 지정한다.[54] 이 책이 일본에 번역된 후[55] 일본인 역자 장량택張良澤 교수의 판본이 한국에서 1988년 8월『추악한 중국인』으로 중역된다. 1989년에는 백양과 교류하며 비슷한 문제의식을 공유한 중국인 출신 과학

52　李御寧,『축소지향의 일본인』, 甲寅出版社, 1982, 1면.

53　栢様,『醜陋的 中國人』, 臺北 : 林白, 1985.

54　중국에서『추악한 중국인』은 2004년 쑤저우 구우쉔 출판사에서 정식으로 출판하였다. 백양(栢様)은 이를 중국의 "민주의식이 높아지고 사회가 다원적으로 발전하며, 언론이 자유화된" 것으로 이해했다. 백양(栢様),『추악한 중국인』, 창해, 2005, 8면.

55　「[ひと・スポット] 柏楊の著書, 中国には薬 筑波大学の張良沢・助教授」,『読売新聞』, 1988.6.3(석간), 8면 참조.

자 손관한孫觀漢 교수의『병든 중국인』이 백양의 글과 합본되어 번역 출간되기도 했다.[56]

  백양은 자신이 이 책을 쓴 경위를 책 안에 명확히 밝히고 있다. 그는『추악한 미국인』과 일본대사의『추악한 일본인』을 접하고 충격을 받는다. "어느 것도 학술적인 책은 아니지만, 자국민의 추악한 면을 직시해서 검토를 가하고 있다. 중국인의 경우도 물론 많은 전문가가 중국인의 민족성에 관해 언급하고 있는데, 전문용어가 지나치게 많아서 나오는 발상도 달리하고 있"었다.[57] '추악한 시리즈'에서 아이디어를 얻은 백양은 대만에서『추악한 중국인』을 주제로 강의를 기획하지만 국민당 정권의 탄압으로 취소된다. 이후 그는 손관한의 초청으로 1984년 9월 미국 아이오와대학에서 '추악한 중국인'을 강의하고 책을 출간하였다.

  저자도 자신을 중국인으로 간주하고 쓴『추악한 중국인』이 중국에서 금서

56　역자인 무나카타 타카유키(宗像隆幸)는 백양(柏楊)의 중국관에 동의하는 입장이었다. 그는 과거 일본의 후쿠자와 유키치의 중국관을 빌어 중국인의 성찰의 결여를 지적하고 중국인이 내세우는 유교주의를 포함한 중국문화를 외양적인 허식(虛飾)에 불과하다고 비판하고 있다. 柏楊, 張良澤·宗像隆幸 譯,『醜い中國人』, 東京 : 光文社, 1988, 3~7면(이 판본은 다음 해 6월 30일 18쇄를 발행했다); 孫觀漢, 張良澤·宗像隆幸 譯,『病める中國人』, 東京 : 光文社, 1988; 柏楊, 金若靜 譯,『中國人よ, お前はどんな呪いをかけられたのか』, 東京 : 學生社, 1988; 柏楊, 張良澤·宗像隆幸 譯,『家園絶望の中國人－なぜ, 同じ過ちを繰り返すのか』, 東京 : 光文社, 1989 등. 참고로, 1988년에 일본어판이 나오면서 백양은 출판사 초청으로 도쿄를 방문했다. 이때 일본기자들이 동포의 추악한 이면을 폭로해 일본인이 중국인을 더 깔보게 되었다는 지적을 하자 백양은 다음과 같이 답변했다. "당신들은 지금까지 중국인을 깔보았소. 당신들이 일본인이기 때문에 직설적으로 말하지 못했을 뿐이오. 중국인의 단점을 지적할 수 있는 것은 내가 바로 중국인이기 때문이오. 그동안 당신들이 보아온 것은 당신들이 교활하다고 말하는, 왜곡되고, 교만하고, 허황된 중국인들 뿐이오. 20세기 이후로는 자신을 반성하고, 독립적 사고력을 갖춘 신세대 중국인이 탄생하기 시작할 것이오." 백양(柏楊),『추악한 중국인』, 창해, 2005, 8, 10, 6~7면.

57　伯楊, 鄭僖泳 역,『추악한 중국인』, 文潮社, 1988, 61면.

가 된 맥락은 인접국가와 중국의 관계를 파악하면 알 수 있다. 당시 대만은 1971년 중국의 UN 가입과 함께 국가로 인정받지 못하지만 기술과 자본력에서 중국보다 우위에 있었다. 1979년 이후 대만은 대중국무역에서 계속 흑자였다. 1987년 7월 15일 계엄해제와 11월 대만인의 대륙친척 방문이 허용되고 민간 교류가 확대되지만 '불타협, 불담판, 불접촉'을 내세운 대만의 입장은 바뀌지 않았다.[58] 1984년 영국의 홍콩 반환 성명 당시 정립한 중국의 '하나의 중국'[1국 2제도, 항인치항] 통일전략이 잘 먹히지 않았던 것이다. 그래서 대만의 우방이자 지원국인 미국은 중국에게 '어글리 아메리카'로 불리기도 했다. 이러한 상황에서 대만보다 뒤쳐진 중국의 현실을 지적한 백양의 글은 중국의 심기를 건드렸다.

게다가 작가는 중국이 본받아야 할 모범국가로서 미국 다음으로 일본을 거론했다. 일본은 중국이 개방정책을 취하기 시작한 1979년부터 1988년까지 중국 최대의 채권국, 자본공여국으로서 경제지원과 인프라 정비를 돕고 있었다.[59] 하지만 양국 사이에는 난징학살이라는 역사적 난제가 있었다. 일본은 1982년 교과서 검정에서 중국 '침략'이라는 표현을 고쳐 중국정부의 공식

---

58 김영신, 『대만의 역사』, 지영사, 2001, 389~391면.

59 서승원, 『북풍과 태양 – 일본의 경제외교와 중국 1945~2005』, 고려대 출판부, 2012, 231면. 일본정부의 대중 공여는 2000년대 말에 마무리되었다. "중국경제의 발전이 진행되는 속에서 중국 자신의 자금조달능력이 증대되고, 유입되는 민간자금이 대폭증가하면서, 엔차관을 중심으로 하는 대규모 자금협력의 필요성은 이전보다 저하되었다. 일본정부는 2006년부터 경제, 기술을 포함하여, 다방면에서 큰 변화를 수반한 중국에 대한 개발원조는 '이미 일정한 역할을 다했다'고 판단하였다. 그리고 대중ODA의 대부분을 점하는 엔차관에 대해서 중국의 경제, 사회발전을 상징하는 2008년 베이징 올림픽 전까지 신규공여를 원만하게 종료하기로 중일 간 합의가 이루어졌다. 2007년도 안건의 교환공문으로의 최후의 신규공여가 이루어지고, 2008년부터 일본정부의 엔차관은 종료되었다." 오승희, 「중일경쟁시대 일본의 중국 인식과 중국정책」, 『아세아문제연구』 60-2, 고려대 아세아문제연구소, 2017, 198면.

항의를 받았고 『추악한 중국인』이 나올 즈음인 1985년 9월에는 나카소네 수상이 야스쿠니 신사를 공식 참배하여 북경과 서안의 대학생이 항의 시위를 했다.[60] 그런데 백양이 '단결의 일본인'과 '모래알의 중국인'으로 양국을 비유해 버린 것이다. 역사의 상처와 경제적 열등감이, 중국인의 민족성을 지적한 백양의 책과 연동하면서 민족적 자존심을 자극했다. 백양 책을 둘러싼 논쟁은 대만과 일본의 관계 외에 중국 내부의 시대적 요구와도 관계가 있었다. 1985년 즈음부터 중국작가를 비롯해 지식인의 '자유'의 열망이 높아지고 결국 1989년 6월 4일에는 천안문사태가 일어났다. 이때 『추악한 중국인』이 자국의 변화를 갈망하는 중국 지식인과 대학생 등의 갈증을 일정 부분 해소하는 데 기여했다.

백양이 『추악한 중국인』을 쓸 때 문제의식은 ① 중국 저발전 지속의 배경, ② 빈곤의 책임, ③ 근대국가를 이루지 못한 이유[미국 > 일본 > 중국] ④ 중국문화의 결함 등이 핵심이었다. 특징적인 점으로 백양은 "중국문화, 중국인의 민족성을 합쳐서 생각해야 한다"고 주장한다.[61] 그는 "중국인의 민족성과 중국문화와의 문제는 서로 인과관계로 되어 있다"고 간주했다. 종국적으로 백양에게 중국인의 민족성은, 중국문화와 중국의 근대화를 규정하여 오늘의 중국을 낳은 원인이었다.

백양이 바라본 중국인은 지혜롭지 못하고 우매하며 파벌투쟁과 내부충돌이 심해 단결하지 못하고 개인의식과 법치주의 관념이 없다. 예를 들면 서구 민주주의의 민주民主가 중국에서는 다르게 작동한다. 타인은 '법'을 지켜야 하지만 자신은 '법의 밖'에서 자신의 이익만을 우선하는 이기주의가 중국의

60   소도진치, 박원호 역, 『중국근현대사』(1986), 1998, 지식산업사, 248면.
61   伯楊, 鄭淳泳 역, 『추악한 중국인』, 文潮社, 1988, 62면.

'민주'였다. 또한 오랫동안 계속되는 중국 내 재난이 중국인의 인간성을 잃게 했다. 이처럼 백양은 중국인의 민족성이 저열하게 된 원인을 중국의 "된장독 문화醬缸文化"에서 찾았다. 중국인은 오랫동안 전제봉건사회제도된장독문화 속에 살면서 도덕과 정치의 기준을 상실해버렸다. 외부의 그 무엇도 중국인의 된 장독문화 속에 녹아들 내 변질되고 민다. 그 무엇이 장독에 들어가든 장이 되 어버리듯 고인 된장독은 썩어 갔다. 이는 중국 전통문화와 중국인의 부패와 퇴보를 뜻했다. 이 "된장독문화"를 낳은 최대의 원인은 유교의 폐습이었다. 중국 공산당이 비공운동으로 공자를 부정했다면, 백양은 된장독문화를 통해 유교를 부정했다. 그에 따르면 유교의 주석 달기는 자유로운 사고와 상상력 및 감상력을 억제했다. 모든 개개인이 안목을 지닌 감상자가 되어야 하는데 중국인은 자신의 나쁜 점을 발견해 고치는 능력이 없고 오히려 자기만족에 빠져 있다. 그러면서도 "미국문화는 깊이가 없어"라는 식의 착각이 사회 전 반에 퍼져 있다.

백양은 늪과 같은 '된장독문화'를 타파하기 위한 방책으로 미합중국을 최 고의 모범 사례로 내세웠다. 미국인의 문명뿐만 아니라 그 정신과 생활방식 을 배우는 행위는 "맹목적 외국숭배의 숭양미외崇洋媚外"가 아니라 "가장 강한 정의감을 지니고 자유롭고 민주적인 사회"의 장점을 배우는 반성의 자세라 고 할 수 있다.[62] 유교와 공산당의 문화대혁명은 인간성을 말살하는 문화와 제도였다. 백양은 "노신 선생은 '자주 사랑하고, 원망하라'고 우리를 격려했

---

62 백양 이후, 중국에는 그와 다른 입장의 중국인식도 나왔다. "젊은 르포작가 쑤샤오캉(蘇曉康) 등 3인이 집필, 88년 6월 중앙 TV로 연속 방영된 〈河殤〉만 해도 전세계 중국인의 논쟁을 불 러일으켰다. 殤은 요절상 字, 夭死를 뜻한다. 즉 황토와 황하문명으로 대표되는 중화문명은 죽었다는 것이다. 황색문명은 죽고 서구의 藍色문명만이 진취적 자본주의색깔로 살아 있다 며 꼬집고 절규한다." 「餘滴」, 『경향신문』, 1992.9.22, 1면.

다"면서 중국을 사랑하는 만큼 단점을 인정하고 반성하는 태도로 "민족성을 개선해야만 중국이 근대국가"로 성장할 수 있다고 주장한다. 이러한 비판은 1987년 중국 본토에서 일어난 근대화논쟁과 맞물려 학생 데모에 영향을 미치게 되는 것이다.

백양의 민족성 비판이 한국에 중역되어 읽힌 1988~1989년은 주지하듯 사회의 민주화운동이 한창 진행 중이었다. 자연히 천안문사태를 향한 호기심이 높아갔다. 「국민생활과 대외관계에 대한 국민의식 조사연구」에 따르면 한국인의 대중국인식에서 "싫다"는 응답은 1984년 38.8%, 1988년 23.1%, 1990년 18.5%로 낮아지고 있었다.[63] 다른 한편으로 1989년 1월 1일 해외여행 전면 자율화 조치로 중국에 간 '추악한 한국인' 관광객이 나타나고 있었다. 이런 상황에서 동구권이 몰락하기 시작하면서 중국에 관심이 높아지고 중국을 소개하는 책도 출간되었다.[64] 백양의 책도 그중 하나였고, 손관한의 『병든 중국인』도 같은 맥락에서 중역되었다. 백양이 '된장독문화'을 지적했다면 손관한은 중국인의 추악성으로 노혼병老昏病을 내세웠다. '오랜 세월의 때가 묻고老, 시비·흑백·우열·미추의 구별을 못하는昏' 중국인은 노혼병을 스스로 의식하지 못하고 있다. 이는 지혜, 공명심, 협력정신, 준법정신을 잃게 했다. 이 중 협력정신과 준법정신은 국가건설의 필수조건으로 강조된다.[65]

당시 중국을 이념적 적으로 간주한 한국인에게 중국은 '죽의 장막'의 나라이자 문화 대혁명은 야만적인 정치적 반동이자 투쟁일 뿐이었다. 이들에게 중국인의 자기비판은 기존 인식의 재확인이었다. 이에 반해 리영희의 『전환

---

63   차정미, 「한국인의 대중국 인식변화와 그 요인」, 『아세아연구』 60-2, 고려대 아세아문제연구
      소, 2017, 22면.
64   「오늘의 中國 實體 밝힌 冊 쏟아져」, 『동아일보』, 1989.6.13, 18면.
65   백양·손관한, 박춘호 역, 『병든 中國人』, 문학사상사, 1989, 232~233·355~356면.

시대의 논리』1974, 『8억 인과의 대화』1977를 통해 중국과 문화대혁명을 긍정적으로 바라보게 되고 중국인의 입장에서 그들을 이해하려 한 사람들에게[66] 백양과 손관한의 중국인론은 부정적 중국인상이었다. 하지만 이들의 견해는 민족의 진보를 위한 중국인의 노력으로 이해될 수도 있었다. 중국인의 부정적 인상 역시 그리 오래 지속되지 않았다. 1984년부터 1988년까지 중국도 평균 10%를 넘는 경제성장을 하며 1990년대 초반 세계시장 진출을 확대했으며 1992년 8월 24일 한중수교가 이루어지고 중국 붐이 일면서 '중국인의 자기비판이 지나쳤고 중화는 언제나 중화'라는 인식이 퍼졌다. 백양의 관료비판은 한국 공직자의 부패를 살피는 반면교사가 되기도 했다.[67] 이처럼 각국 수용자의 기존인식과 사회적 환경의 맥락에서 자학적이고 서구중심적으로 보이는 듯한 『추악한 중국인』이 해석되고 논쟁적으로 수용되었던 것이다.

5. 『추한 한국인』과 '종군위안부'

1980년대 중후반 중국과 대만의 갈등에 뒤이어 1990년대 초중반에는 한국과 일본의 민족감정을 자극하는 '추악한 시리즈'의 책이 나왔다. 박태혁의 『추한 한국인醜い韓國人』1993이 논란의 중심이었다. 이 책이 일본에서 최초 간행되어 1년도 안 돼 11만 부가 팔리는 베스트셀러가 되는데[68] 한국에는 1993년

---

66 리영희, 「대륙중국에 대한 시각 조정」(『政經硏究』, 1971), 『전환시대의 논리』(1974), 창비, 2006, 86~87·116면; 백승종 『금서, 시대를 읽다』, 산처럼, 2012, 209~242면.

67 「공직자 부패」, 『조선일보』, 1994.10.11, 15면.

68 이 책은 1993년 3월 30일 초판 이후 동년 8월 20일 14쇄를 발행했다. 朴泰赫『醜い韓國人－われわれは日帝支配を叫びすぎる』, 東京 : 光文社, 1993.

9월 『추한 한국인』으로 번역된다.[69] 이 책의 논란의 배경에도 경제와 역사 문제가 있기 때문에 번역 전후의 한일관계를 먼저 이해할 필요가 있다.

1985년 미국이 채무초과국으로 전락하여 '일미역전'이 되고 일본이 세계 2위의 경제대국이 되어 갔다. 부동산 붐은 그런 분위기의 반영이었으며 세계 최대 원조국이 되기도 했다. 1990년 버블경제가 붕괴되기는 했지만 미국을 폄하할 정도로 일본인의 자부심은 컸다.[70] 그래서 1990년대 초 한국에서도 경제대국 일본을 탐구하는 기자의 취재기가 다수 출간되었다. 예컨대 연합통신 특별취재팀은 친일/반일이 아닌 미래지향적 시각에서 오늘의 강국 일본을 만든 요인을 배우자며 100회 장기 시리즈[1991.9.5~1991.12.17]로 취재기사를 연재하고 그것을 모아 『다시 일어선 일본 그 힘은 어디서』를 출간했다. 한국이 아시아의 네 마리 용이지만 1991년 무역수지 1백 억 달러 적자를 기록한 현실을 직시해야 한다는 입장이었다.[71] 『국민일보』 특별취재반도 일본을 아는 것은 일본을 극복하는 첫걸음이라는 자세에서 『일본을 잡자─ 알고 이김을 기약한다』[1992]를 출판했다. 이처럼 일본의 경제와 세계적 위상이 높아질수록 아시아에서는 역사 문제의 청산이 중요해졌다. 일부 일본인 역시 "일본은 전쟁피해자인 중국인, 한국인 등을 잊거나 배제하고 경제재건에만 힘썼다"[72]고 꼬집었다.

---

69   박태혁, 김연수 역, 『추한 한국인』, 보람문화사, 1993.

70   나카무라 마시노리, 유재연 · 이종욱 역, 『일본 전후사 1945~2005』, 논형, 2006, 169~188면.

71   연합통신 특별취재팀 현장취재, 『다시 일어선 일본 그 힘은 어디서』, 주식회사 연합통신, 1991, 356면. (1992.6.20, 8판 발행) 참고로 일본에는 1992년 일본을 따라잡지 못하는 한국의 결점으로 탈세, 탈법, 뇌물 등을 지적하는 책이 번역되기도 했다. 崔青林 鶴眞輔 譯, 『直視せよ「韓國病」─ なぜ日本に追いつけないのか』, 東京 : 光文社, 1992.

72   아오야기 준이찌(青柳純一), 「일본 탐구 · 취재기의 비판적 검토」, 『창작과비평』 78, 1992, 265~275면.

『추한 한국인』의 저자도 집필 이유를 '종군위안부'에서 찾았다. 주지하듯 1990년 1월 4일 윤정옥 이화여대 교수가『한겨레』에 '정신대의 발자취' 취재기를 연재하고 1991년 8월 14일 김학순 할머니가 '일본군 위안부' 강제동원을 처음으로 공개증언하면서 '일본군 위안부' 문제에 대한 사회적 관심이 처음으로 표면화되었다. 피해자가 일본정부 상대로 소송을 제기하고 1991년 12월 일본정부가 사실관계 조사를 시작했으며 1992년 1월 8일 일본대사관 앞에서 '제1회 수요시위'가 개최되고 동월 11일 일본 교수의 관련 자료 발굴은 결정적 확증의 계기가 되었다. 그래서 1월 16일 일본 총리가 군 개입을 인정하고 다음날 사과를 하게 된다.[73] 하지만 이 일이 일본 보수우파를 자극하여 혐한감정이 높아지면서 한일 양국민의 충돌이 확산되어 갔다. 이러할 때 박태혁의『추한 한국인』이 양국에 나와 반일/혐한 감정을 격화시킨 것이다.

『추한 한국인』의 저자는 '위안부' 문제의 반발에서 썼다고 밝히고 있는데, 이 구상의 전제는 '오늘날 한국이 누구 덕분에 부강해졌는지 생각해 보'라는 것이며 내용의 설정과 전개는 백양의『추악한 중국인醜陋的中國人』에서 가져왔다.『추한 한국인』의 저자는 본문에 백양과 '된장독문화'를 직접 거론했다. 이것은 백양의 중국 비판에서 중국 대신 한국을 상정하는 글쓰기 전략이었다. 저자는 일본의 한국 지배는 정당화하고 오히려 식민의 책임을 중국과 이조 말기의 병폐에서 찾았다. 조선 말기의 문란한 사회를 바로 세워 법치사회를 만들고 일본 국민세금의 희생과 투자로 한국을 근대화했다는 게 그의 주장이었다. 또한 이조말기 한국인의 정신문화와 전통문화가 일그러진 것은 모두 중국문화의 탓이었다. 백양이 일본인의 단결과 중국인의 파벌을 논한 대목

---

73   조세영,『한일관계50년,갈등과 협력의 발자취』,대한민국역사박물관,2014,131~134면.

을 인용하면서 저자는 중국인의 성격이 한국인에게 이전되어 이기주의가 심화되고 위정자를 위해 만든 유교가 한국인의 지적 정체와 쇠락을 가져왔다고 주장했다. 이 얘기는 일본은 유교문화권이 아니라는 것을 상정해야 가능한 논리였다. 그래서 그는 일본은 중국의 영향을 받지 않아 대륙형이 아니며 서양 앵글로색슨형에 더 가깝다고 설명한다.[74] 이러한 '탈아시아론' 주장이 아시아에서의 일본의 패권적 지위를 확고히 하는 근거였다.

게다가 저자는 1992년 당대 시점에서도 "한국은 일본의 협력 없이는 일어설 수 없다"고 단언했다. 이러한 인식과 일본 식민통치의 정당화, 중국책임론 등은 전형적인 식민사관이었다. 1971년 베트남특파원 혼다 가츠이치『아사히신문』가 베트남에서 '추악한 미국인'을 보고 일본의 과거를 반성하며 쓴『중국의 족中國の旅』가 일본 공론장에 처음으로 남경학살을 공론화시켰고,[75] 에드워드 사이드의『오리엔탈리즘』1978이 1980년대 초중반 일본에서 큰 인기를 얻었으며, 1982년 교과서문제로 '근린조항'이 생기고, 문화상대주의를 논한 *Culture and Morality : The Relativity of Values in Anthropology*1982, 일본의 군사적 팽창을 염려하는 이어령의『축소지향의 일본인』1982과 1980년대 말『추악한 중국인』의 분쟁 등을 목도했으면서도 일본 우익의 입장 변화는 없었다.

당시 한국인은 이『추한 한국인』을 접하고 충격을 받았다. 특히 책의 저자와 해당 출판사의 출판의도가 가장 한국 독자의 공분을 샀다. 왜냐하면 박태혁은 가명이었다. 그는 "1928년 한국 경기 출생, 서울대학 중퇴, 신문기자를 거쳐 평론가로 활동 중, 한때 한국 유력지의 도쿄 특파원을 지냈다"고 밝히고

---

74 박태혁, 김연수 역,『추한 한국인』, 보람문화사, 1993, 82~282면.
75 本多勝一,『中國の旅』, 東京 : 朝日新聞社, 1972. 이 책이 나오자 저널리스트 鈴木明이『南京大虐殺のまぼろし』라는 책을 통해 반론을 펼치면서 큰 논쟁이 전개되었다. 佐々木俊尚(사사키토시나오),『『当事者』の時代』, 光文社, 2012, 19~20면.

있지만 그 누구도 이를 신뢰하지 않았다. 문장의 한국어와 한국식 한자의 사용이 워낙 엉망이고 여러 군데 기초적 사실관계가 틀려 일본인이 저자라는 의심이 제기되었다.[76] 책 후반부에 서평을 남긴 '가세 히데아키加瀬英明'가 진짜 저자라는 게 중론이었다. 일본인이 인위적인 가명을 이용해 한국인인 척 신분을 삼춘 이 사건은 직가 및 출판윤리를 크게 위반하는 행위였다. 이 사실을 모르는 일본 독자는 "한국인이 한국인의 추한 본성을 폭로해줘 가슴이 후련했다"는 평을 하기도 했다.

이 같은 행태에 크게 반응을 보인 한국인은 재일 저널리스트 황민기, 작가 임영춘, 한양대 김용운 교수, 주일특파원 전여옥 등이었다. 황민기가 1993년 8월 『월간 조선』에 「『추한 한국인』의 저자는 가세 히데아키다」라는 기사를 썼고 1993년 9월 『추한 한국인』 번역본에서도 황민기와 김용운은 저자가 가세 히데아키임을 논증하고 책의 내용을 신랄하게 반박했다. 작가 임영춘 역시 저자를 가세 히데아키로 상정하고 『추한 한국인이 일본에게 답한다』1994와 『추한 한국인가 추한 일본인가』1996를[77] 써서 비판했다. 이러한 분위기에서 나온 전여옥의 『일본은 없다』가 100만 부를 돌파하게 되는데[78] 그녀는

---

76 한국 지식인과 미디어에서 한국어 표기 등을 지적하며 논쟁이 일자, 출판사 편집부는 재판을 내면서 해당 사항을 정정하지만 저자를 밝히지 않았다. 朴泰赫『醜い韓國人—われわれは日帝支配を叫びすぎる』, 東京 : 光文社, 1993, 240면 참조; 「朴泰赫·著"醜い韓国人", "作者日本人説"が波紋 韓国語表記に誤り多いが……」, 『毎日新聞』, 1993.7.27(석간), 2면.

77 1995년 3월 『추한 한국인』 역사검증 편이 광문사에서 또 나왔다. 이번 책은 박태혁과 일본인 가세 히데아키가 함께 대담 형식으로 구성되었다. 이에 대한 반발에서 문인 임영춘이 책을 썼다. 임영춘, 『추한 한국인가 추한 일본인가』, 세림, 1996.

78 "우리나라는 아직 멀었다고, 치사해도 일본밖에 우리가 배울 나라는 없다고, 일본을 미워하고 욕하는 것은 세계사적인 흐름을 모르는 일인 동시에 국제감각이 결여되어 있는 양 말하는 일부 지식인도 있다." 그러나 나는 "우리는 곧 일본을 따라 잡을 수 있다고, 우리가 배울 나라는 결코 일본이 아니라고, 오히려 일본을 절대로 배우고 흉내내지 말고 우리의 활달한 기질과 창의성을 살린다면 그 거대한 조립공장 같은 나라, 일본을 우리는 뒤로 할 수 있다고". 전

『일본은 없다』 2에서 가세 히데아키의 출판을 범죄행위로 규정했다.[79] 1994
년 11월 27일에는 전여옥의 『일본은 없다』 일본판 번역 출판 기념으로 도쿄
메구로문화회관에서 『추한 일본인』의 가세 히데아키와 전여옥의 토론회[11.25]
가 3시간 동안 열린다. 여기서 가세는 경제 발전을 시켜준 은혜도 모르냐고
발언했다.[80] 이 무렵 일본에서는 "경제대국으로 성장한 일본이 경제를 통한
제국주의 야욕을 멈추지 않고 있다"는 아시아전문 스위스언론인 바투의 *The
ugly Japanese : Nippon's economic empire in Asia*[1992]가 1994년 일본에서 베스트셀
러가 되고 이듬해 한국에 『추악한 일본인』으로 번역되기도 했다.[81]

　양국 출판계가 나서도 저자 문제가 명확히 해명되지 않자 한국의 서울방송
과, 다큐방송 〈그것이 알고 싶다〉에서 취재를 했다. 이에 따르면 박태혁이란
필명을 쓴 장본인은 10여 년 전 한국에서 문필활동과 사업을 하다 일본으로
건너간 장長 모 씨[60대 중반]로 일 극우단체와 관계를 맺고 있는 것으로 추정되었
다. 장 씨는 제작진과의 인터뷰에서 "3백만 엔 정도의 고료를 받고 한국 관련
자료를 제공한 것은 사실이지만 극우 외교평론가 가세 히데야키加瀬英明가 가

　　여옥, 『일본은 없다』, 지식공작소, 1993, 6면.

79　전여옥, 『일본은 없다』 2, 지식공작소, 1995, 309~311면.

80　「『일본은 없다』 저자 田麗玉 – '추악한 한국인'의 日 가세 韓·日 비판 싸고 격론 3시간」, 『경향
　　신문』, 1994. 11. 30, 13면.

81　프리드맨 바투, 김순호 역, 『추악한 일본인』(1992), 이목, 1995, 6면. 이처럼 '추악한 일본인'
　　시리즈의 등장과 일본을 비판하는 분위기에 부응하여 오타 마사히데는 일본의 오키나와 인
　　식을 비판하는 책을 재출간했다(大田昌秀, 『醜い日本人』, 東京 : せイマル出版会, 1995). 이
　　외에도 1993년 일본 쓰다주쿠(津田塾) 대학의 진보적 역사학자인 다카사키 소지(高崎宗司)
　　교수가 『반일감정 – 한국, 조선인과 일본인』(강담사)을 냈다. 그는 한국인의 반일감정이 형
　　성된 원인을 일본의 잘못에서 찾고 역사적으로 설명했다. 이와 다르게, 노히라 슌스이는 전
　　여옥의 『일본은 없다』 류의 반일 서적이 급증하는 1990년대 초중반의 상황을 지켜보며 한국
　　인의 일본관을 분석하고 반일서의 '克日本'을 내파하는 글을 쓴 바 있다. 野平俊水, 『韓国・反
　　日小説の書き方』, 亜紀書房, 1996.

필하는 과정에서 상당부분 내용이 왜곡됐다"고 말했다. 또 장 씨는 인터뷰에서 "자신은 이용당했을 뿐이며 한국인을 추악하게 묘사한 적은 없다는 주장을 폈다."[82] 여기서 장 모 씨는 장세순이었다. 그는 1995년 5월 31일 서울 프레스센터에서 설명회를 열고 자신은 자료를 넘겨줬을 뿐인데 가세가 마음대로 왜곡했다고 폭로했다. 그런데 그가 이 회견을 자청한 이유는 "책이 많이 팔렸는데 인세를 적게 준" 불만 때문이었다.[83] 이를 지켜본 많은 한국인은 씁쓸함을 금치 못했다. 그의 사고방식과 행동이 '추한 한국인'이었기 때문이다.

요컨대『추한 한국인』은 '종군위안부'라는 한일 양국의 역사 문제와『추한 중국인』의 영향하에서 탄생했다. 많은 성장을 이뤄냈지만 일본에 산업구조가 종속된 한국인의 내면에 잠복된 경제적 열등감과, 민족적 자존심, 민족성 인식, 식민지배의 상처를 직시하지 않는 일본인의 태도, 일본 출판사와 한 평론가의 잘못된 출판·판매기획이[84] 상호 길항하면서 한일 간 혐오의 감정이 극대화되어 갔다. 1995년 중반 진짜 저자가 밝혀지면서 이 책을 둘러싼 분쟁 역시 일단락되었다.[85] 그런데 1997년 일본 상사맨이 쓴『한국인이 죽어도 일본을 못 따라잡는 18가지 이유』가 한국에서 4개월 만에 수십만 부 팔려나갔다. 이것은 당대 한국인의 경제적 열망이 일본에 투사된 강도를 보여준 현상으로『추한 한국인』논쟁의 기저에 깔린 심리를 다각적으로 확인해주는 것이었다.

82 「'추한 한국인' 주요 내용 日 극우단체가 加筆·왜곡」,『경향신문』, 1995.4.23, 22면.
83 「어느 '추한 한국인'」,『조선일보』, 1995.6.3, 2면.
84 「'추악한 한국인' 출판 일 추한상혼에 씁쓸」,『한겨레』, 1995.4.10, 8면.
85 일본의 한국에 대한 태도는 1996년 5월 '2002년 월드컵 한일 공동 주최' 결정으로 개선되기 시작했다. 당시 일본 미디어가 일제히 '한국을 알자', '한국과 사이좋게 지내자'라는 논조를 보였고 이는 2003년경 시작된 '한류'붐의 토대가 되었다. 오구라 기조(小倉紀藏), 한정선 역,『일본의 혐한파는 무엇을 주장하는가』, 제이앤씨, 2015, 18면.

6. 나가며 – 진보의 강박

지금까지 『추악한 미국인』을 포함한 '추악한 시리즈'가 한국에서 번역되는 맥락과 의미를 살펴봤다. 네이션 단위의 문화론이 쓰이고 소비되는 맥락, 네이션을 넘나들며 서로 영향 을 주고받은 양상들이 다채롭다. 이를 통해 *The Ugly American*이란 텍스트가 동아시아에서 전유되는 과정과 '추악한 시리즈'가 한국에 다시 소개되는 일련의 과정을 논구하여 민족문화론의 생성과 유포의 맥락을 파악할 수 있었다. 1959년 한국에 번역된 『추악한 미국인』과 『조용한 미국인』은 소설이지만 각국에서 '추악한~' 책을 낼 때는 모두 에세이 형식이었다. 소설에서 에세이의 변화에서 알 수 있듯 민족성 평가는 더욱 직설적으로 이루어졌다. 베트남을 비롯해 동남아시아의 미국인을 비판한 풍자소설 『추악한 미국인』[1958]의 저자 레더러도 십여 년이 지나 후속작 『추악한 주역들』[1968]을 에세이 방식으로 썼다.

『추악한 미국인』의 구상과 '추악한'의 어휘는 민족을 개조하려는 이에게 유효적절한 어휘와 아이디어를 줬다. 이 책에서 착상을 얻어 쓰인 '추악한 시리즈'에서 한국에는 『어글리 코리언』[1965], 『추악한 일본인』 2[1965, 한국어 역 1965, 1974], 『추악한 중국인』[1985, 한국어 역 1988], 『추한 한국인』[1993], 바투의 『추악한 일본인』[1992, 한국어 역 1995] 등이 출간되었다. 여기서 『추악한 중국인』은 대만과 중국 사이에서 화제를 모았고, 한국에서 크게 이슈가 된 것은 한국과 이해관계가 가장 얽혀 있는 일본의 『추한 한국인』이었다.

자국민의 민족성 비판 서적은, 흔히 오리엔탈리즘, 서구숭배, 국수주의, 엘리트주의 등의 굴레를 씌우는 외부의 시선을 피하기 어렵다. 이런 현실에서 역사적 이해관계가 있는 국가의 민족성과 그 문화를 평가하는 책은 민족감정을 크게 자극할 수밖에 없다. 그 예가 『추악한 중국인』과 『추한 한국인』이다. 한국인의 입장에서는 식민지배자였던 일본인의 제국주의적 시선은 언제나 불편한 것이었다. 1970년대 말 이태진의 '붕당정치론'이 식민사관의 당쟁론을 극복하는 데 기여하고 1987년 교과서에도 반영되었지만, 여전히 식민사관으로 점철된 『추한 한국인』의 유통과 베스트셀러화는 한국인을 고통스럽게 했다. 특히 '종군위안부'가 역사적 현안으로 대두되면서 식민지배와 전쟁동원에 대해 진정어린 사과를 하지 않는 일본의 태도가 분노를 자아냈다.

당시 한국은 '위안부' 배상 문제를 제대로 거론하지 못했다. 그 이유 중 하나는 『추한 한국인』 논쟁의 일원이었던 한양대 김용운 교수의 발언을 통해 살펴볼 수 있다. 그는 "정신대"를 인권의 차원에서 접근해야지 일본식 보상이나 사죄는 바라면 안 된다고 했다. 김영삼 정부가 "보상" 대신 진상을 밝힐 것을 일본에 요구한 조치가 합리적이라는 인식이었다. 왜냐하면 그간 군사정부의 원조 요구가 속 보이는 짓이며 우리가 바라는 것은 일본이 다시는 침략하지 않겠다는 선언이라는 게 김용운의 주장이었다.[86] 여기에는 경제원조를 받아왔던 한국인의 강박이 드러난다. 그 때문에 인권과 배상을 분리하고 인권만을 논한다. 그가 배상이 아닌 "보상"이란 단어를 사용하고 실질적으로 인권보다는 일본의 재침략을 염려하는 인식은, '위안부' 피해자의 입장을 진정으로 헤아리는 것이 아니었다. 다행히 1996년 4월 제52차 유엔인권위원회에서 일본군 위안부 문제에 대한 일본정부의 법적 책임 인정과 배상을 권고하는 '쿠마라스와미 보고서'가 채택되어 인권과 배상을 함께 사유하고 공식적으로 논할 수 있게 되었다.

---

86 박태혁, 김연수 역, 『추한 한국인』, 보람문화사, 1993, 309~310면.

이처럼 '식민지배와 경제적 격차'가 한일 양국의 상호인식을 오랫동안 지배해왔다. 한국은 경제적 열등감과 역사적 상처를 품은 채 '선진국' 일본을 동경해 왔다. 일본의 우월감과 무관심은 '추한 한국인' 류의 편견을 재양산했다. 그 주체는 일본 정부기관만이 아니었다. 이 글에서 살펴본 것처럼 민간 지식인의 글쓰기가 공식기억과 역사를 민주화하는 데 기여하지 못하고 오히려 고착하는 데 일조했다. 이때 민족성 비교와 비판이 활용되었다. 그러나 한국 경제발전과 일본의 기여를 결부짓는 주장은 일본의 지배와 원조를 정당화하는 인과 논리로서 사후적으로 구성된 담론이다.

지금까지 살펴본 일련의 과정은 진보의 강박의 한 실례라 할 수 있다. 이 경제·정치적 진보의 정점에는 냉전시기 미국이 있었다. 주지하듯 미국발 근대화론은 자칫 위험할 수도 있는 탈식민 아시아 지역의 민족주의적 열정을 관리하여 이들 국가들에게 서구 국가들을 경제적, 문화적 발전의 이념형으로 제시하는 서사이다. 이러한 맥락에서 '추악한 시리즈'가 한결 같이 동아시아 국가들에서 '발전의 서사'를 반복하며 생산되었다는 점은 주목을 요한다. 『추악한 미국인』은 식민주의와 냉전이데올로기가 교착된 당대 동아시아적 맥락을 비판적으로 읽어낼 수 있는 다성적이고 혼종적인 텍스트이기도 했다. 그런데 '추악한 시리즈'의 많은 부분에서 혼종적인 부분들이 사라지고 일종의 현대판 '민족개조론'으로 변형되었다. 이런 식의 변형은 텍스트가 번역되고 재창작되는 수용의 과정에서 흔히 일어나는 일이기는 하지만, 이 선환을 주도하는 힘은 진보의 강박이었고 또 그것이 혐오를 낳았던 것이다.

'선진국과 모범민족'의 프레임이 작동하는 민족성 평가는 평가주체의 도덕성과 인권·문화 의식, 역사적 기억 등을 확연히 드러내는 계기였다. 따라서 한·일의 경우 시민사회가 연대를 모색하며 '공식기억의 국민화'를 타파하고 인권과 평화의식을 높여 양국관계의 민주화를 진전시켜 왔다. 이와 같은 국제관계의 민주화 과정의 결과 인간의 품격을 떨어뜨리는 '추악한'의 혐오 표현 사용은 점점 사라지게 됐지만 여전히 '추악한' 류의 발상을 한 서적들이 책방에 꽂혀 있는 실정이다.

제2부

여성, 인권, 환경

제1장

루이제 린저의 수용과 한국사회의 『생의 한가운데』

신여성, 인생론, 세계여성의 해[1975], 북한바로알기운동[1988]

1. 『생의 한가운데』의 작가, 루이제 린저

이 글은 전후 서독 최고의 작가 중 한 명으로 꼽히는 루이제 린저[Luise Rinser,] [1911~2002]의[1] 소설, 산문, 남북한 방문기[여행기] 등을 통해 외국문학자의 문학·문화적 영향, 그 통시적 수용사를 고찰하는 것을 목표로 한다. 루이제 린저는 『생의 한가운데[Mitte des Lebens]』[1950]로 널리 알려진 작가이다. 이 소설은 2000년대 이후 세계문학전집을 주도해 온 민음사에서 1999년 새롭게 발간된 후 2015년 10월까지 45쇄를 찍을 정도로 여전히 많이 팔리고 있다. 1998년에 출간된 문예출판사 본도 별반 다르지 않다. 이는 고난을 이겨내고 참된 삶을 열정적으로 추구하는 주인공 '니나'의 여성상이 많은 독자에게 감동을 주기

---

1   루이제 린저는 1911년 독일 피츨링에서 태어나 2002년 3월에 세상을 떠났다. 8세 때 처음으로 시를 썼지만 부모님이 그녀의 시를 듣고 웃는 바람에 열네 살 때 다시 시를 쓸 때는 다른 사람 몰래 쓰게 되었다. 뮌헨대학교에서 교육학과 심리학을 전공한 뒤, 1935년에 학교 선생님이 되었으며 1938년경부터 글을 쓰기 시작했다. 1939년 작곡가 호르스트 귄터 쉘과 결혼했지만 남편은 1942년 나치에 체포되어 1943년 사망했다. 린저도 1939년 나치의 억압으로 해직 통보를 받았다. 그녀는 첫 소설로 『유리반지』를 출간하였는데 이 작품은 나오자마자 나치로부터 출판 금지를 당했으며 이후 그녀는 반나치투쟁을 벌이다 감옥에 투옥되어 1945년 6월까지 옥중생활을 했다. 린저는 장편소설, 수필집, 기행문, 일기, 대담록 등을 비롯하여 많은 작품을 내놓았는데, 전후 독일의 가장 뛰어난 작가로 평가받고 있다.

때문이다. 이외에도 『고독한 당신을 위하여』, 『잔잔한 가슴에 파문이 일 때』, 『왜 사느냐고 묻거든』, 『고원에 피어난 사랑』, 『분수의 비밀』, 『붉은 고양이』 등 다수의 책이 판매되고 있다. 이처럼 루이제 린저는 한국에서 해외 여성작가 중 독보적 인기를 받아 왔다.

한국에서 루이제 린저에 대한 관심은 오래되었다. 1961년 전혜린이 『생의 한가운데』를 번역해 『독일전후문제작품집』세계전후문학전집 5, 1961에 실으면서 린저는 한국에 처음 알려지기 시작했다. 1968년 강두식 번역의 『속·생의 한가운데』도덕의 모험가 간행됐으며 1972년 무렵 홍경호가 등장하면서 루이제 린저의 대부분의 작품이 본격적으로 번역되었다.[2] 1974년경 그녀의 산문이 베스트셀러가 되면서 소설도 덩달아 많은 인기를 얻게 된다. UN이 '세계여성의 해'로 지정한 1975년에는, 린저가 문학사상사의 이어령 초청으로 한국을 방문하여 여성해방과 충일한 삶 등에 대해 강연을 하고 돌아갔다. 그러면서 그녀의 산문집은 1970년 내내 베스트셀러가 된다. 1984년 서독 녹색당의 대통령 후보로 출마하기도 한 린저는 이듬해 (1980년부터 시작된) 북한 방문, 김일성과의 친분이 한국에 알려졌다. 그 결과 1987년 민주화 이후 북한바로알기 운동 과정에서 린저의 북한여행기는 대학생들이 보는 핵심 저서 중 하나로 꼽힌다. 당시 린저는 1980년부터 김일성 사망에 이르기까지 북한을 10번이나 방문한 '친북파' 지식인이었다. 그러나 1993년 3월 북한이 핵확산금지조약NPT을 탈퇴하고 1994년 김일성이 사망에 이르는 과정에서 린저의 여행기

---

2 독일에서 귀국한 홍경호는 범우사 윤형두와 인연을 맺게 된다. 1972년 윤형두는 린저의 『잔잔한 가슴에 파문이 일 때』를 펴냈는데, 원제로 하면 제목이 '수면 위의 파문' 정도가 옳았지만 소녀 취향을 살리기 위해 자신이 이런 이름을 붙였다고 회고했다. 이 책은 한 달 전에 출간된 릴케의 『젊은 시인에게 보내는 편지』보다 더 잘 팔렸다고 한다. 윤형두, 『한 출판인의 자화상』, 범우, 2011, 417~418면.

는 당국에 의해 '영향공작'의 한 사례로 전유되고 만다.

이러한 루이제 린저의 행적을 문학적인 면에서 다시 정리해보면, 루이제 린저는 베스트셀러 작가였다. 1960년대는 '니나'라는 새로운 여성상으로 독자의 관심을 끌었고 1970년대 초중반에는 인생론, 생활철학의 산문작가로서 대단한 인기가 있었다. 1975년 한국 방문 때는 여성지도자의 풍모를 보여줬고 이후 1970년대 내내 그녀의 산문집은 독자의 사랑을 받는다. 그래서 1980년부터 시작된 그녀의 북한 방문이 공론화된 1985년 이전, 루이제 린저는 한국에서 1960년대에는 '여류소설가', 1970년대는 서독 최고의 산문작가, 기독교적 사회주의자로 인식되었다. 이후 그녀가 녹색당 대선 후보로 참여하고 북한을 여러 차례 다녀가면서 정치사회적으로 재해석된다.

정치적인 면에서 정리해 보면, 그녀는 남한을 1번[1975], 북한을 10번[1980~1994], 소련을 1번[1971] 여행했다. 한국에서는 1985년경부터 남한의 군부독재를 비판하고 북한의 김일성을 긍정하며 김일성과 가장 친한 외국작가로 인식되기 시작했다. 남한 비판의 이면에는 동백림사건을 겪은 유명 작곡가 윤이상과 루이제 린저의 두터운 친분, 그녀의 나치 경험이 작용하였다. 또한 그녀가 기독교적 사회주의자이면서도 현실사회주의를 경계했으며 김일성과 북한을 여러 번 경험했기 때문에 그녀의 북한여행기가 1988년경 북한 붐과 함께 한국 독자의 많은 관심을 받을 수 있었다. 하지만 그 역효과로 남북관계가 악화되자 당국의 선전에 이용당한다.

이상과 같이 루이제 린저와 한국의 관계는 1961년부터 1994년경까지 문학·문화뿐만 아니라 정치적으로도 상당했다. 이어령의 문학사상사 초청 2호인 루이제 린저는 초청 1호인 루마니아출신의 프랑스 망명작가 게오르규[1974년 방한]와[3] 상반된다. 한국을 4번 방문하고 소설 『25시』와 영화로 널리 알려진 게오르규가 대표적 친한파 지식인이자 전두환 옹호자, 반공주의자였다면, 루이제 린저는 대표적 친북파 지식인이자 군부정권 비판자 그리고 기독교적 사회주의자였다. 게오르규가 한국에 1950년 소개되어 1990년대 초반까지 많은 영향을 미쳤던 것처럼, 루이제 린저 역시 1961년부터 1994년경까지 한국인과 상호작용한 맥락을 구명究明할 필요가 있다. 루이제 린저의 소설 제목이 보여주듯 그녀의 소설과 산문은 '한국에서 산다는 게 무엇인지, 또 어떻게 살아야 하는지' 끊임없이 환기했다. 요컨대, 필자는 루이제 린저의 특정 텍스트나 시기에 한정하지 않고 통시적 수용사를 총체적으로 이해하는 독서문화사 연구를 기획했다.

루이제 린저에 대한 본격적 연구는 한독관계사를 공부하는 독일현대사 연구자 박재영의 논문[4] 이외에는 없다. 박재영은 냉전시대 동서독과 남북한의 상호이미지를 파악하기 위해 여행기 분석을 시도했다. 이 여행기 분석을 통해 그는 냉전시대, 같은 분단국인 서독의 한 '여류작가'의 눈에 비친 남북한의 표상을 재구성하고자 했다. 그는 루이제 린저의 남북한 여행기에 드러난 타자상의 한계와 그러한 스테레오타입이 형성될 수밖에 없었던 원인에 대한 해답을 찾으려 했다.

남·북한뿐만 아니라 소련, 기타 동구권 국가도 방문한 루이제 린저의 시선을 통해 남과 북의 표상을 파악하고자 한 시도는 그 가치가 적지 않다. 그러나 이 연구는 한독관계사를 표방하고 있지만 루이제 린저가 한국에 실제로

---

3   게오르규의 문학·문화적 수용, '세계전후문학전집'을 주도한 이어령의 문화비평가적 변모에 대해서는 이행선, 「게오르규의 수용과 한국 지성사의 '25시'—전후문학, 휴머니즘, 실존주의, 문명비판, 반공주의, 어용작가」, 『한국학연구』 41, 인하대 한국학연구소, 2016, 9~41면 참조.
4   박재영, 「루이제 린저의 남북한 여행기에 나타난 한국의 표상」, 『역사문화연구』 30, 한국외대 역사문화연구소, 2008, 467~496면.

미친 영향을 배제하고 린저가 포착한 남북의 표상 분석에만 집중하고 있다. 그래서 연구자는 독일에서 원어로 출간된 책으로 연구를 진행했다. 한독관계사연구라면 린저와 한국 독자와의 영향관계가 배제되어서는 곤란하다. 게다가 린저의 여행기는 한국의 정치적 상황에 의해 곧바로 번역되지 못하고 1988년에야 온전히 소개된다. 1980년대 말이면 그녀가 한국에 알려진지 30여 년이 지난 시점이다. 정치적 성격을 갖는 여행기가 한국 독자에게 주는 의미를 명확히 하기 위해서는, 먼저 루이제 린저가 한국 내 이미 확보한 문학·문화적 위상 파악이 필수적이다.

이처럼 연구 범주를 1960~1980년대 루이제 린저의 저서 전반으로 확장하면 '여행기를 통한 한독관계사'에만 초점을 맞춘 박재영의 표상연구에서 벗어날 수 있다. 루이제 린저의 모든 번역서와 한국 독자의 상관관계를 파악하는 독서사 연구방법은 여행기뿐만 아니라 루이제 린저가 한국 독서문화사에서 갖는 위상을 총체적으로 이해할 수 있다. 또한 그녀가 1975년 UN이 지정한 '세계여성의 해'에 한국을 직접 방문하여 여성해방을 주장하기 때문에 그녀와 한국의 관계를 둘러싼 문화사적 접근은 한독관계사를 더 풍성히 이해하는 데도 일조할 것이다. 그래서 필자는 루이제 린저가 전혜린의 번역으로 알려진 1961년부터 김일성이 세상을 떠난 1994년 무렵까지 한국에서의 루이제 린저 수용사를 통시적으로 구명究明하고자 했다.

2. 1960년대 전혜린의 소설 번역과 새로운 여성상

괴테, 릴케, 헤세, 카프카 등 독일문학이 인기를 끄는 상황에서 루이제 린저는 독문학자 전혜린에 의해 국내에 최초로 소개된다. 전혜린은 루이제 린저의 작품 중 『생의 한가운데』를 번역해 『독일전후문제작품집』에 실었다. '세계전후문학전집'은 6 · 25전쟁으로 정신적 · 육체적 상처를 입은 젊은이에게 삶의 의미와 상처의 치유를 준 복음서였고 1960년대 문단에 데뷔한 문인과 청년독자에게 상당한 영향력을 미쳤을 뿐만 아니라 대중적으로 성공한 출판이었다.[5] 루이제 린저도 이 작품집을 통해 한국 독자에게 대중적으로 알려졌다. 특히 『독일전후문제작품집』에는 편집위원들이 전후 독일문학의 경향을 정리하여 제공하고 있어서 독자가 수록 작품의 의미와 위상에 대한 정보를 접할 수 있었다.

편집위원은 제2차 세계대전 이후 독일 전후문학을 '①47클럽상을 수상한 뵐의 『휴가별열차』류의 나치 저항문학, ②『결박된 남자』,『누군들 인간이랴』와 같은 전통적이고 관념적인 형이상학 문학, ③새로운 전위소설' 이렇게 3개로 구분하면서 루이제 린저의 『생의 한가운데』를 3번째 독일 전위문학의 대표작으로 평가했다. 또한 이 책에는 소설과 함께 작가의 말이 직접 소개되어 있어서 독자는 작가와 작품에 대한 이해도를 손쉽게 높일 수 있다.

'나는 원래 시적인 사람이라기보다는 교육가이다. 나는 인간을 지도한다는 교육

---

5   이종호, 「1960년대 '세계전후문학전집'의 발간과 전위적 독서주체의 기획」, 『한국학연구』 41, 인하대 한국학연구소, 2016, 77~102면. 『독일전후문제작품집』의 편집위원은 '백철, 이효상, 안수길, 여석기, 김붕구, 이어령'이었다.

적 흥미를 가졌다' : 나는 1938년에 글 쓸 연습을 하기로 결심했다. 나는 사실을 가능한 한 충실히 묘사함으로써 글을 쓸 수 있다고 생각했다.

나는 1941년에 출판금지를 선고받았다. 1940, 1941년에 탄생한 두 아들을 소개시키고 나서 나는 게슈타포비밀경찰의 감시를 받으면서 궁색한 생활을 했다. 1944년 10월 12일에 나는 체포되었다.

나의 죄명은 반역죄로 사형선고를 받았다. 그리하여 1945년 9월까지 옥중생활을 했다.

1945년 가을 패전 후 뮌헨의 한 신문기자가 되었다.

이 소설은 자서전이 아니다. (…중략…) **나는 무엇보다도 여성의 세계를 그려보려고 했다. 나는 행복이라는 것이 언제나 생동적으로 활동하는데 성립하는 것이라고 믿고 니나에게 인생의 한가운데서의 약동성을 그려보았다.**

이러한 니나는 이 책의 속편이라고 할 수 있는『미덕의 모험』에서 종교와 갈등하게 되며 작가인 니나는 **사랑에서 종교로**카톨릭 **귀의하게 된 것을 볼 수 있다.**[6]강조는 인용자

이 글에서 루이제 린저는 문학자보다는 '인간 지도와 계발을 믿는 교육자'적인 정체성을 강조했다. 지금까지 논의를 통해 우리는 다섯 가지 정보를 얻을 수 있다. 첫째,『생의 한가운데』의 번역자는 독문학자 전혜린이다. 둘째,『생의 한가운데』가 여성의 세계와, 행복 관념생동적 삶을 다루었다는 것. 셋째,『생의 한가운데』는 작가의 자서전이 아니다.[7] 넷째,『생의 한가운데』와 후속

---

6   루이제 린저, 姜斗植 외역,「작가는 말한다 – 쓰라린 회고」, 新丘文化社 편,『獨逸戰後問題作品集』(1961), 新丘文化社, 1966, 396면.

7   루이제 린저 자신은 자서전 외에 자전적 소설을 쓰지 않는다고 주장해 왔다. 하지만 독일과 한국에서는 자전적 소설로 이해했다. 소설 곳곳에 작가의 경험이 삽입되어 있기 때문이다. 루이제 린저는 작품이란 내용보다 형식이 중요하며 형식이 드러나지 않도록 수없이 고쳐 쓰

작 『도덕의 모험』에서 작가의 인생에 대한 태도와 신념, 종교적 지향을 짐작할 수 있다. 다섯째, 루이제 린저는 나치에 저항한 문학자였다.

이러한 정보는 당대 독자가 루이제 린저의 작품을 수용한 맥락을 파악할 수 있는 실마리가 된다. 먼저 번역자인 전혜린은 주지하듯 당대에 천재로 불린 유명인사였고 1965년 1월 자살을 택해 세간을 놀라게 했다. 가부장적 한국사회에서 정신적 자유를 갈망했던 전혜린은 당대 유행한 실존주의와 '실존주의적 죽음'^{자살}의 상징이었다. 그 요절 이후 그녀가 1964년 번역한 하인리히 뵐의 '그리고 아무말도 하지 않았다'의 제목을 본 딴 수필집이 베스트셀러가 되었는데 이 과정에서 그녀가 번역한 루이제 린저의 『생의 한가운데』도 주목을 받았다.

세계문학이라고 하면 일본어 중역이 대부분이고 한국말에 능숙하지 못한 이의 번역이 많던 시기에 우리말에 능숙한 전혜린의 번역은 독자의 심금에 닿는 호소력이 있었다.[8] 전혜린이 세상을 떠날 무렵인 1960년대 중후반에는 저속한 '성'적 일본 번역물이 인기를 끌고[9] 잡지 『명랑』에서 막장 부부, 불륜, 이혼 등이 대두되며 1968년경에는 적나라한 성의 서사화가 더욱 강화되었지만,[10] 다른 한편으로 1960년대 한국사회는 현모양처주의가 풍미했다. 1967년에도 낭만적 사랑과 결혼, 성적순결주의를 다룬 박계형의 『머무르고

는 게 자신의 작법이라고 했다. 이러한 문학적 자의식으로 인해 그녀는 자신의 소설이 자전소설로 읽히는 것을 거부한 것 같다.

8 김천혜(부산대 독문과 교수), 「유려한 우리말 구사로 독자 심금 울려」, 『출판저널』 193, 1996, 14면.

9 「지나친 성에 대한 개방, 이런 책만이 잘 팔리는 현실」, 『경향신문』, 1964.1.23, 5면; 「생활 속의 독서를 습성화하자」, 『경향신문』, 1965.9.24, 2면.

10 「어느 바 걸의 인생 백서」, 『명랑』, 1968.2, 262~270면 참조.

싫었던 순간들』이 베스트셀러의 인기를 누렸다.[11] 심지어 1960년대 소설이나 영화에는 남자가 여자를 때리는 대목이 많다. 당대 대중예술에서는 남자가 여자를 때려서 가르치는 것을 당연시하고 남성의 '독재'를 박력 있고 리드할 수 있는 듬직한 사람이라고 여기는 예가 다수였다.[12] '남자의 엄격한 훈육^{=듬직한 남자} 하의 정숙한 여자^{=맞는 여자}'라는 서사가 흔한 시대에 여성의 주체적 욕망과 삶을 지향한 루이제 린저의 소설은 당대 여성독자에게 충격을 주었다. 그래서 "끊임없이 생의 한가운데를 벗어나왔다가 다시 의연하게 뛰어들곤 하는 주인공 니나는 마치 현대를 살아가는 여성상의 대명사"[13]처럼 인식되었다. 당대 독자에게 '전혜린 ≒ 루이제 린저 ≒ 니나'는 새로운 시대의 당당한 신여성상과 다름없었다.

루이제 린저는 『독일전후문제작품집』에서 『생의 한가운데』가 여성의 세계를 그렸으며 행복이란 '언제나 생동적으로 활동할 때 성립하는 것'이므로 니나가 인생의 한가운데에서 약동하는 삶을 추구하는 모습으로 서사화했다고 주장했다. 즉 린저는 여성의 주체성과 삶의 행복을 등치시켰는데, 이것은 니나의 행복론이자 남성도 포괄할 수 있는 행복론이다. 따라서 이 소설을 읽는 독자는 여성의 인권뿐만 아니라 '행복하기 위한 삶의 방식'을 모색하는 데도 유용한 자극을 받을 수 있었다. 1960년대 중후반 한국의 출판시장에서 '행복'에의 추구가 급증하기 시작했고 1968년경 임어당의 『생활의 발견』이 많

---

11 이영미, 『한국대중예술사, 신파성으로 읽다』, 푸른역사, 2016, 321~324면.

12 「화제공원」, 『명랑』, 1966.11, 122~131면 참조.

13 홍경호(한양대 교수), 「적극적인 삶의 작가 루이제 린저」, 『생의 한가운데』, 범우사, 1985, 373면. 차경아는 "당시 이 땅의 소녀들에게 수동적 여인상만 자리 잡고 있던 시절, **적극적이고 저돌적인 '니나'의 등장은 경이로운 깨우침의 바람을 몰아왔다**"고 회고했다. 루이제 린저, 차경아(홍익대 강사) 역, 「역자후기」, 『왜 사느냐고 묻거든』, 문학사상 출판부, 1975, 357면.

은 사랑을 받은 것처럼 『생의 한가운데』도 '행복'을 위한 한 방식으로 읽힐 수 있었다. 양자의 차이는 분명했다. 동양정신과 서양문명의 조화를 이룩한 석학으로 소개된 임어당의 책이 현실의 즐거움과 현세적 쾌락, 보수주의 혹은 현실주의와 맞닿아 있었다면,[14] 루이제 린저의 책은 이상주의적이며 금욕주의적인 성격이 강했다. 린저의 것은 1960년대 중반부터 급증한 각종 수기의 고생담의 독자 코드에 부합했다.

또한 『생의 한가운데』의 후속작인 『도덕의 모험』[1957]이 1968년 강두식에 의해 『니나』란 제목으로 번역된 바 있는데, 이 작품은 전작의 내용이 이어진 후속작이면서 신앙, 종교의 문제가 추가돼 니나가 종교에 귀의하는 내용이다. 여기서 루이제 린저가 가톨릭 신자임을 알 수 있듯, 그녀는 인생과 세계를 대하는 태도로서 성실성과 진실성을 강조한다. 그 작품은 보다 높은 현실을 지향하고, 자기를 상실한 현대인을 구원하는 것을 목표로 했다.[15] 간단히 말해 종교와 통찰력, 직관적 지혜를 통해 보다 영속적인 안정성을 추구하여 자신의 '생'을 잃어버리지 않는 게 문학자이자 교육가인 그녀의 소명인 셈이다. 이러한 종교적 성격으로 인해 후속작은 한국 독자에게 전작만큼 관심받지 못하지만 루이제의 '행복'의 성격과 방법, 인생론을 가늠할 수 있는 중요한 텍스트이다.

1967년 7월 8일 동백림사건이 발생하고 유명 작곡가 윤이상이 한국으로 소환된 일로[16] 서독정부와 지식인의 항의가 있었지만, 이 일을 목도해야 했

---

14 권보드래, 「임어당, '동양'과 '지혜'의 정치성 – 1960년대의 임어당 열풍과 자유주의 노선」, 『한국학논집』 51, 2013, 99~135면.

15 루이제 린저, 강두식 역, 「역자의 말 – 현대 여성의 정신적 갈등」, 『니나』(도덕의 모험), 문예출판사, 1968, 7~10면.

16 "당시 국내 지식인 상당수는 중앙정보부의 발표에 의문을 던졌다. 과연 그들 같은 지성인들

던 독자와 루이제 린저의 작품의 상호 영향관계는 확인하기 힘들다.[17] 서독 역시 한국과 마찬가지로 분단국가이지만 나치시대를 배경으로 다룬 소설의 특성상 『생의 한가운데』는 나치 비판소설의 계통에도 포함될 수 있기는 하다. 요컨대 1960년대 루이제 린저는 한국에서 나치의 피해자이자 독일전후 문학을 대표하는 소설가, 인간을 지도·계발하는 계몽주의적 교육가였다. 그리고 소설 『생의 한가운데』는 당시 성장하는 젊은 층의 여권 인식과 남녀관계를 재고케 하는 연애소설, 전혜린이라는 현상, 실존주의의 '삶에서 스스로의 선택 자유와 책임', '행복론', 성해방의 욕망이 증가하는 성 풍속도 등과 복잡하게 결부되면서 독자에게 읽혔다는 것을 알 수 있다.

이 반지성적 행동에 참여했을까 하는 의문이었다. 신뢰받는 민주정부의 발표라면 의문이 일어날 턱이 없었다. 그러나 막강한 중앙정보부를 만들어 국민과 정치를 통제하고 있는 철권정부의 발표이기에 의문이 제기되는 것은 너무나 자연스러운 일이었다." 유근호, 『60년대 학사주점 이야기』, 나남, 2011, 207면.

17 한국은 1961년 11월 미국을 방문하여 케네디의 냉대를 받게 되지만 동년 12월 서독으로부터 1억 5천만 마르크의 장기 재정차관 및 상업차관을 제공받으면서 서독에 관심을 갖기 시작했다. 1964년 12월 서독을 국빈 방문한 박정희는 3,900만 달러 차관 도입에 합의했다. 이를 통해 박정희는 자신의 정부가 대외적으로 인정받고 있다는 것을 대내외적으로 알리려 했고 서독 아데나워와 에르하르트의 승공모델로부터 영향을 받는다. 서독도 수정형법(1951) 등을 통해 공산주의자를 탄압했으며 집권한 반공주의 보수당은 '경제개발을 통한 공산주의 극복과 승공통일, 선건설후통일'을 내세우고 있었다. 1967년 3월에는 서독 뤼브케 대통령이 방한하기도 했다. 동백림사건이 발생하기 이전까지 서독과 박정희 정부는 분단국가이자 반공국가로서 친밀한 관계였다. (노명환, 「냉전 시대 박정희의 한국 산업화 정책과 서독의 의미와 역할 1961~1967」, 『사림(성대사림)』 38, 수선사학회, 2011, 289~323면; 최승완, 「냉전의 억압적 정치현실 – 1950~1960년대 서독의 공산주의자 탄압을 중심으로」, 『歷史學報』 190, 역사학회, 2006, 201~238면.

3. 1970년대 산문작가 루이제 린저와 한국 방문

1) 1970년대 초중반 베스트셀러와 인생론

루이제 린저는 1975년 한국을 방문한다. 따라서 방한 이전까지 한국에서 린저가 어떻게 인식되었는지 파악해야 한다. 1960년대에는 린저 작품의 번역이 몇 소설에 국한됐지만 1972년 독문학자 홍경호가 등장하면서 소설과 산문의 대부분이 번역되기 시작했다. 이즈음인 1970년대 초중반은 각종 교양 전집과 '인생론' 류의 산문이 유행한 시기였다. 1970년 4월 김병철이 번역한 『생활의 발견』이 을유문고 시리즈로 선을 보였고 1971년 7월 들어서는 을유문화사가 『임어당문집』을 기획하여 3월 25일 전4권을 간행했다. 같은 해 『톨스토이 인생론 전집』삼정출판사 전8권이 간행됐으며 『박종화 편』한국3대작가전집, 전6권에 빛나는 박종화의 『달여울에 낚싯대를－나의 인생관人生觀』삼성출판사, 1971 등이 나와 1980년대 초반까지 롱셀러 군을 형성한다. 이 외에도 세계사상교양전집 1차분전12권, 1963~1965과 2차분전12권, 1966~1970을 낸 을유문화사가 1972년부터 1975년까지 12권의 속편을 이어 출간했다.[18] 여기서 제8권이 알랭의 『인생의 지혜』정봉구 역, 1975였다. 신조사도 1972년 버트런드 러셀을 '세계사상교양전집' 시리즈로 내기 시작했다. 1974년에는 러셀의 『행복의 정복』과 임어당의 『에세이 공자』 등이 베스트셀러가 되기도 했다.[19]

루이제 린저가 이 무렵 한국에서 처음으로 베스트셀러가 된 것도 소설 『생의 한가운데』가 아니라 1974년 중반 산문 『고독한 당신을 위하여』였다. 다시

---

18 정진숙, 『을유문화사 50년사』, 을유문화사, 1997, 215~217면.

19 「今週의 베스트셀러」, 『매일경제』, 1974.6.11, 6면; 「今週의 베스트셀러」, 『매일경제』, 1974.7.2, 6면. 여기서 상당수는 1950~1960년대부터 널리 읽힌 서적이 재출간된 것이다.

말해 현재 루이제 린저하면 『생의 한가운데』를 떠올리지만 실상 베스트셀러가 집계된 이래 그녀의 최초의 베스트셀러는 그 소설이 아니었던 것이다. 이후 1975년 린저의 방한에 맞춰 삼중당, 범우사 등을 중심으로 전집이 쏟아져 나왔고 다양한 소설과 산문이 베스트셀러가 되지만, 1970년대 초중반 루이제 린저는 소설가보다는 산문작가로서 위상이 더 높았다. 그중에서도 산문 『왜 사느냐고 묻거든』이 단연 으뜸이었다. 그 인기는 1978년까지 절정이었고 1970년대 말까지 지속된다. 그 여파로 1980년대 내내 한 해도 빠지지 않고 여러 권의 책들이 나온다. 한국에서 1970년대 루이제 린저는 서독 최고의 산문작가로 인식되었다. 이러한 맥락에서 1970년대 초중반의 두 산문집『고독한 당신을 위하여』,『왜 사느냐고 묻거든』을 중심으로 루이제 린저의 인생론과 그 의미를 분석할 필요가 있다.

여기에 실린 글들은 인생문제에 대한 린저의 대답이다.
인간과 사회문제에 대한 비판정신이 강하고 휴머니즘에 불타고 교육자적 가치관에 조금도 흔들리지 않는 작가였기 때문에 인생을 살아가는데 필요한 예지에 찬 이런 글을 여성잡지인「당신을 위하여」에 쓰게 되었고 또 책으로 나오게 된 것이라고 생각된다.[20]

『고독한 당신을 위하여』의 역자 곽복록이 서문에 밝히고 있듯 이 산문집은 '인생론'의 범주에 들어가고 잡지의 연재물을 엮은 것으로 독자와 상담하듯 쓴 편지글의 형식이다. 사회비판이란 단어가 등장하는 것처럼 루이제 린저는

---

20   루이제 린저, 곽복록 역,『고독한 당신을 위하여』, 범우사, 1974, 11면.

단순히 여성 성장소설 혹은 연애소설의 작가가 아니었다. 그녀는 이미 독일에서도 최고의 산문작가로 꼽혔고 이러한 평가와 정보는 이 무렵 한국에도 알려지고 있었다. 이러한 맥락에서 독일 여성잡지사도 글을 청탁한 것인데, 린저 자신도 처음으로 시도하는 편지상담 형식의 시리즈물의 성공을 확신하지 못했다. 하지만 독자의 편지가 쇄도하자 그녀는 이런 글의 형식과 미디어를 통해 독자와 소통하는 방식의 중요성을 깨닫게 된다. 그래서 루이제 린저는 자신의 글쓰기를 소설에서 편지, 산문, 일기 등으로 확장해 나간다.『왜 사느냐고 묻거든』도 그 한 결과물이다.

　『고독한 당신을 위하여』는 크게 ① 인생에 관한 대화 ② 삶을 위한 지혜로 나뉘는데 그 하위 주제로 '용서, 우울, 인품, 행복, 운명, 체념, 순결, 고통, 죽음, 고독에서 벗어나는 길' 등이 다양하게 배치되어 있다. 루이제 린저는 자신의 글이 '독자가 좀 더 깊이 생각하는 습관'을 길러주기를 바랐다. 또한 그녀는 개인이 혼자서 인생의 문제를 해결할 수 없으며 우리는 공동으로 산다는 것, 그래서 인간에 대한 공동의 책임과 사랑을 강조했다.[21] 그래서 그녀의 편지글의 산문집은 모두 멘토의 상담과 같은 기능을 한다.

　이 책에서 린저는 염세주의, 편견, 무관심, 속물쾌락적 삶, 국수주의 등을 경계하고, 정신적이고 충일한 삶을 강조했다. 무서운 운명과 삶에 내던져진 독자들이 보내온 편지는 조난SOS의 신호였다. 타인과 더불어 살아야 하는 현실에서 자신과 타인의 다름을 인정하여 편견을 버리고 상대의 말을 경청하며 비관주의를 버려야만 우리는 더 나은 삶을 상상할 수 있다. 린저는 자신의 편지가 삶을 너무 진지하게 다뤄 인생을 향유하지 못한다는 세간의 비판에 타

21　위의 책, 259~261면.

인의 고통을 외면하면 결국 이웃우리의 불행을 방관하는 것과 다름없다고 항변했다. 그래서 그녀는 주위의 어려움에 눈이 멀고 속물적인 소유와 삶을 추구하는 태도를 철저히 비판하고 '정신적인 것'을 내세운다. 개인에서 이웃, 사회, 국가로 확대된 린저의 사유는 기독교정신과 사해동포정신을 토대로 나치와 같은 국수주의와 국민 간 차별을 거부하고 유럽공동체를 꿈꿨다. 이는 결국 린저 자신이 진실 되고 충실한 삶을 살기 위한 생의 태도였다. 치열한 생의 의지와 삶의 생명은 '꿈+사랑+동경+죽음=결별'이 서로 맞물려 갱신될 수 있었다. 그녀는 죽음을 생물학적 죽음으로 한정하지 않고 인생에서 겪을 수밖에 없는 처녀성 및 성적능력의 소멸, 계획 포기 등 모든 것을 그때그때의 죽음으로 이해하고, 그 결별을 통해 사람은 깨달음과 정신적 발전을 이룬다고 생각했다. 이외 속물 근성, 위선, 허세, 체면과 양심에 위배된 거짓된 삶에 대해 그녀는 "생의 기만"이라고 표현했다.[22]

교육자이자 '고통과 금욕'의 생활철학자 및 철저한 기독교주의자였던 루이제 린저의 '인생론'의 무게는 다른 산문집 『왜 사느냐고 묻거든』에서도 쉽사리 감지할 수 있다. 루이제 린저는 머리말에서 이 책은 "소유에 대한 인간의 관계, 병고, 결혼제도, 희망과 절망, 정치 및 종교의 이데올로기와 단체교회와 정당의 인간관계, 종교의 차이, 죽음과 죽음 뒤의 영생에 대한 인간의 관계를 모색하는 것을 겨냥"[23]하고 있다고 밝히고 있다. 그녀의 글은 동시대 유머와

---

22 루이제 린저, 박근영 역, 『무엇이 우리를 행복하게 하는가』(고독한 당신을 위하여), 안암문화사, 1988, 44·73·139~148·155~158·229~232면 참조.

23 이 책의 목차는 다음과 같다. "서장 : 어떻게, 사느냐 왜 사느냐―사고의 원칙과 방식에 대한 두 통의 편지, 제1장 : 절망의 낭떠러지를 바라보는 시선, 제2장 : 젊음의 광장에도 신은 있는가, 제3장 : 무엇인가를 잃고 있는 사람들에게, 제4장 : 사랑에 이르는 단계, 제5장 : 결혼의 낮과 밤, 제6장 : 교회의 종이 울릴 때, 제7장 : 규범 속의 생, 제8장 : 특수한 문제들에 관하여, 제9장 : 죽음을 위한 연습, 역자 후기" 루이제 린저, 차경아(홍익대 강사) 역, 『왜 사느냐고 묻거

쾌락으로 독자에게 다가선 임어당의 인생론과는 상반된 위치에 있었던 것이다. 『왜 사느냐고 묻거든』에서는 작가가 '좌파 기독교주의자'로서의 정체성을 명확히 드러내고 있다. 인간의 정신적 의식의 발전을 믿는 린저는 기독교 정신을 가장 위대한 세계관으로 간주하고 인류에 대한 희망을 저버리지 않았다. 우리 안의 신적인 것을 향한 사랑을 내세운 그녀는 정신을 육체로부터 해방시키는 것을 인류의 과제로 여겼다. 그리고 이 과업을 수행하고 있는 이들은 "성자, 의인, 교회, 예언자" 등이었다. 여기에는 당대 독일에서 '개혁'을 위해 투쟁하고 있는 좌익은 제외되었다. 루이제 린저는 마르크스·레닌의 명제는 오늘날 실현 불가능하며 자신처럼 종교적인 노선을 가진 진정한 의미의 사회주의(자)만을 지지한다고 지적했다. 이 진정한 의미의 사회주의란 결국 공동체주의에 포괄되는 것으로 린저에게 '정치'란 공동체에 대한 배려, 전체의 운명에 대한 고려였다. 그래서 우리 모두는 모든 인간에게 똑같은 책임을 져야 하는 윤리를 갖춰야 했다. 자신이 '진정한 의미의 사회주의자 및 기독교주의자'라고 선언한 루이제 린저는 '기독교적 사회주의자'라 할 수 있다. 이러한 윤리적 인간에게 '행복'이란 "한 점의 순간적 충족이 이어져 총체적 행복"이 되는 것이 아니라 "본연의 자기에 완전히 일치시키는 자아발견"이었다.[24]

이처럼 이 무렵 루이제 린저는 일종의 사상가로서 독일에서 활동하고 있는 '기독교적 사회주의자'였고 그 사회적 위치에서 행복론과 인생론을 세계에 퍼뜨리는 에세이스트이자 소설가였다. 스스로 교육자, 계몽주의자임을 강조했지만 린저는 '엘리트인 척하는 오만'을 경멸하고 노동자라도 교양을 지닐 수 있다고 생각했다. 특히 과거 나치 경험을 예로 들며 여성의 정치 참여를 독려한다. 당시 여자들이 정치를 이해했다면 히틀러의 파씨스트 정치는 등장하지 않았을 거라는 게 그녀의 진단이었다.[25]

이처럼 여성이 '정치적 사고'를 습득해 정치 정화에 일조하기를 바란 루이제 린저는, 당대 독일에서 젊은 학생과 좌익 그룹 등 급진적인 무리의 투쟁과 테러를 보면서 그 폭력을 비판하면서도 이들을 포용하지 않는 사회를 더 부정적으로 봤다. 한 사회가 어떠한 이념^{이데아}을 갖는 게 사회의 발전을 위해서 바람직하다는 게 그녀의 지론이었다. 이처럼 루이제 린저는 단순히 여성 성장소설의 작가가 아니라 대문호이자 '기독교적 사회주의자', 독일 내 정치운동가, 사회비판자, 독일의 정치운동가 및 여권 개선을 위해 노력하는 참여적 지식인, 그리고 정신적 인생에 대해 많이 안다고 자부하는 노년의 한 멘토였다.[26]

그래서 루이제 린저는 한국에서 여성뿐만 아니라 폭넓은 독자층을 확보할 수 있는 매력이 있었다. 행복론, 인생론 이외에 여성 인권의 영역에서도 한국 상황과 조응될 수 있었던 것이다. 이는 1970년대 초반 인생·교양·행복 관련 서적에서 1970년대 중반 여성운동 및 정치투쟁으로 변모해가는 한국의 실정과 맞물려 있다. UN이 1975년을 '세계여성의 해'로 지정하면서 한국에서도 1974년부터 '여성의 인간화'를 주장하고 가족법 개정, 소비자보호운동, 근로여성 지위향상 등을 위한 많은 문제제기와 활동이 이루어진다. 이어령은 이러한 사회 분위기를 파악하고 루이제 린저를 초청했으며 이를 계기로 서

---

25 위의 책, 270면.
26 "『왜 사느냐고 묻거든』 – 생의 한가운데서 살아가려는 한국의 니나를 위해서 독자에게 보내는 편지형식으로 쓰여진 린저의 인생론. 생의 방향을 상실한 현대인에게 '어떻게 사느냐'와 '왜 사느냐'의 물음을 귀엣말로 이야기하듯이 대답해주는 지성과 정감의 에세이집" 「(광고) 왜 사느냐고 묻거든」, 『동아일보』, 1975.10.11, 3면.

독에서 여성운동에도 참여하고 있던 그녀는 한국을 방문하게 된다. 이처럼 루이제 린저는 1960년대 연애소설 및 여성 성장소설가, 신여성 '니나'의 표상에서 더 확장되어 1970년대 초반부터 1975년 한국 방문 이전까지 독일 최고의 산문작가이자 '기독교적 사회주의자', 세계적 멘토, 여성 해방에 기여하는 시민사회세력의 일원으로서 한국에서 인식되고 있었다.

2) 1975년 루이제 린저의 방한과 '세계여성의 해'

문학사상사의 주간 이어령은 '세계지성과의 대화'라는 해외작가초청 미디어이벤트를 기획하고 게오르규에 이어 두 번째로 루이제 린저를 초청했다.[27] 앞에서 언급했듯 소설『생의 한가운데』가 아닌 산문『고독한 당신을 위하여』가 1974년 5월 베스트셀러가 된 것처럼 린저와 그 작품은 UN의 1975년 '세계여성의 해' 지정에 따른 1974년 한국 내 여성의식의 자각, 여성운동의 성장, 그리고 유신 탄압이 정점으로 치닫던 시대 상황하에서 독자의 열망과 만났다. 1975년 10월 5일에서 31일까지 27일 간 한국에서 체류한 린저도『생의 한가운데』를 쓰던 젊은 시절의 그녀가 아니었다. 그녀는 여성해방과 생의 혁신, 에른스트 블로흐를 거론하며 희망과 정신적 삶을 역설했으며 나환자촌을 방문한다. 따라서 그녀의 한국 방문 일정과 강연 내용, 인터뷰, 발언 등을 종합하여 그 사유의 실체를 드러낼 필요가 있다. 이는『생의 한가운데』를 쓰던 젊은 시절의 린저가 아니라 완숙한 참여적 지식인의 정신세계와 그 영향을 고찰하기 위한 접근이다. 정신을 끝없이 갱신하고자 한 비판적 지식인이 한국인에게 전하고자 한 메시지가 흥미롭다. 이는 국제질서 및 국제인권운

---

27 문학사상사와 외국문학, 해외작가초청에 관해서는 후속논문을 통해 보완하도록 하겠다.

동, 외국지식인의 방한이 국내 시민권 확대에 미치는 영향을 일부분 파악하는 작업이기도 하다. 1975년 10월 5일 이어령, 류주현, 전숙희, 김남조, 이영희 등 문인들이 공항에서 64세의 고령으로 한국을 방문한 루이제 린저를 맞았다. 그녀는 고대 김경근 교수의 통역으로 간단한 기자회견을 하고 세종호텔에 숙소를 마련한 뒤 명동거리를 구경하고 다음날 독일 대사관에 열린 파티에 참석했다. 문학사상 주최 문인 200여 명 초청 모임을 한 루이제 린저는 통역을 맡은 차경아, 전영애와 함께 창경궁, 비원, 수도원, 불국사, 통도사 등을 방문하고 이화여대, 대전상공회의소, 광주시민회관 등에서 3차례 강연을 했다. 특히 광주시민회관에는 4천 명의 관중이 몰렸고, 광주시장은 그녀에게 명예시민증을 수여했다. 또한 린저는 안양의 나병촌인 라자로 마을에도 갔다. 평소 나병환자 구제에 관심이 높아서 인도네시아 나환자촌을 방문하고 한 달간 생활하다 돌아온 이력이 있다. 그 결과물인『그늘진 사람들』이 한국에서도 번역돼 간행되었다.[28] 출판계에서는 루이제 린저 여사의 방한에 맞춰 기획출판을 시도했다. 범우사는 10월 6일 방한 기념출판으로 10권을 시장에 냈고[29] 삼중당, 문학사상사, 학원출판사, 광학사『대표문학전집』 6권 등의 출판도 이어졌다.

루이제 린저의 강연 내용과 방한 일정은 잡지『문학사상』11월 호, 12월 호에 걸쳐 잘 소개되어 있는데, 여기서 64세의 린저는 '니나'로 호명되고 있다.

---

28 루이제 린저, 정규화 역, 『그늘진 사람들』, 범우사, 1975.
29 번역진은 곽복록(서강대), 박환대(서울대), 정규화(재서독 뮌헨대), 홍경호(한양대), 김문숙(서강대)이다.
    간행된 10권의 목록은 다음과 같다. 제1권 : 잔잔한 가슴에 파문이, 제2권 : 옥중기. 고원의 사랑, 제3권 : 선을 넘어서, 제4권 : 다니엘라, 제5권 : 속죄양 9월의 어느날, 제6권 : 생의 한가운데, 제7권 : 백수선화, 제8권 : 고독한 당신을 위하여, 제9권 : 그늘진 사람들, 제10권 : 검은 당나귀.

이는 소설 『생의 한가운데』의 제목처럼 평생 동안 자신의 삶을 추구해온 지식인의 상징이자 당대 유행한 인생론, 행복론이 함의하듯 자기인생을 살고 싶어 하는 한국인의 동경의 표현이기도 하다. 한국에서 루이제 린저는 "현대 해외 여류소설가로 한국인의 사랑을 가장 독차지한 작가"[30]라는 평과 '니나' 라는 호감 가는 애칭을 얻고 있었지만 루이제 린저의 한국 인상은 그리 좋지 않았다. 루이제 린저의 발언은 공항과 세종호텔에서의 기자회견, 서울·대전·광주의 강연 내용으로 대별해 볼 수 있는데, 공항에서 "어떠한 공식적 선전이나 또는 그 반대선전에도 현혹됨도 없이 내 눈으로 현실을 직접 파악하고 싶다"[31]고 얘기했다. 즉 동백림사건의 윤이상과 친분이 있는 루이제 린저에게 한국의 박정희 정권은 독재정부였다. 게다가 린저가 서울에 도착하자 정부기관이 여권과 짐가방을 들고 사라졌다가 6시간 후에야 돌려주는 일이 벌어지면서 린저는 한국 정부기관의 지나친 감시와 통제를 직접 경험하게 된다.

그녀는 윤이상 외에도 파독 간호사를 통해 한국에서 자신의 책이 팔리고 있다는 사실도 이미 접한 상태였다. 여기에 대한 반응은 1호 초청자인 게오르규와 완전히 상반됐다. 게오르규는 침묵했다가 80년대 가서야 불평을 토로하는 수준이었지만, 루이제 린저는 세종호텔 기자회견에서 직접적으로 다음과 같이 토로했다. "내 소설이 한국에서 도둑출판 되었다는 사실은 '마치 소련거리에서 내가 입고 있던 옷을 날치기로 벗겨간 것' 만큼이나 충격적이었습니다. 이것이 나를 여기에 오게 한 간접적 동기입니다. 자유세계의 국가

---

30 「独逸의 著名 女流作家 루이제·린저女史會見 "韓國의 實像 직접보고 싶어"」, 『매일경제』, 1975.10.8, 8면.

31 「西獨 女流作家 루이제 린저」, 『경향신문』, 1975.10.6, 3면; 「루이제 린저 여사 내한 회견, 한국의 모든 것 알고 싶어」, 『조선일보』, 1975.10.7, 5면.

에서 이럴 수가 있느냐."[32] 그녀의 예기치 못한 발언에 회견장의 문인 및 번역출판업자들은 모두 당황했고 "도둑출판"의 현실을 창피하게 여겼다. 이 일로 범우사와 삼중당에서 저작권료 대신 돈다발을 들고 오는 촌극이 벌어지자, 그녀는 "해적출판Raubdruck의 부당성을 충고하고 싶었을 뿐"[33]이라고 지적하기도 했다.

『문학사상』 특집란[34]

니나의 그 얼굴 표정을 직접 보고 그 목소리를 내 귀로 바로 듣는다. 그 감격의 여운을 오래 간직하기 위해서, (…중략…) 함께 공개한다.

본사 초청으로 내한한 니나의 모든 것

항구에 머물러 있는 배가 아니라 어디론가 끝없이 항해하고 있는 배 (…중략…)

린저 문학을 보는 세계작가들의 시선 – 헤세/토마스 만/마르셀/쭈크마이어

왜 무엇을 위해 쓰나? – 비평

이탈리아 미장원 – 에세이

「바르샤와에서 온 쟝 로벨」400枚 – 중편소설

나는 아직도 생의 한가운데를 살고 있는가1차 서울 강의록

남성과 여성의 두 얼굴2차 부산, 대전 강의록

현대문명과 휴머니즘3차 대구, 광주 강의록

---

32 「횡설수설」, 『동아일보』, 1975.10.8, 1면.
33 「취재일기 – 린저 '한국의 한 가운데서' 26일」, 『文學思想』, 1975.12, 83면.
34 「본사 제2회 해외작가 초청 – 루이제 린저의 문학과 사상」, 『文學思想』, 1975.11, 204~294면. 참고로 방문 이전에 루이제 린저가 1970년경 소련을 여행하며 쓴 일기가 일부 소개되기도 하는데, 그녀가 이 당시 한국에서 반공주의로 이용된 것은 아니다. 「루이제 린저의 소련기행 – 모스크바의 우울」, 『세대』, 1973.5, 346~359면.

이렇게 시작된 방한에서 루이제 린저는 문학관, 여성의 각성, 정신적 삶과 희망에 대해 전파했다. 이화여대 강의 제목 '아직도 생의 한가운데 살고 있는가'는 횔더린의 시의 한 제목이다. 소설『생의 한가운데』에서 주인공 '니나'는 어린 시절 린저가 좋아했던 '오뚝이' 장난감에서 연원한 것이기도 했다. 오뚜기는 어떤 경우에도 쓰러지지 않고 불가사의하게도 자신을 구해서 일어서는 중심이 있다. 니나 역시 안절부절하지만 결국 중심으로 돌아갈 줄 아는 여성이다. 린저는 이와 같이 말하면서 자신의 나침반은 가운데를 향하며 '사랑'을 가지고 살고 있다고 했다. 제2차 세계대전 시절 사형 선고까지 받은 적이 있는 가톨릭 신자[35] 루이제 린저는, "제2차 세계대전 후 자신의 인생이 새롭게 시작되었으며 자유로운 인도주의를 독일땅에 건설"하는 것을 소명으로 삼았다. 그래서 스스로 교육자임을 천명한 린저는 "나에게 중요하게 느껴지고 생각되는 것들을 다른 사람에게도 공감시키고, 비평하게 하고, 심사숙고하고 싶은 목적"에서 에세이를 썼다.

나치 시대를 경험한 루이제 린저는 국수주의와 지나친 민족주의를 경계하고 사해동포주의와 공동체주의, 유럽공동체를 지향한 가톨릭 신자이자 문호로서 서독의 정치 발전을 위해 생을 바쳐왔다. 그리고 그 활동에는 독일 여성의 인권과 권익 보호도 포함된다. UN이 1975년을 '세계여성의 해'로 지정하고, 서독도 여성의 생활조건과 근로조건에 대한 문제를 검토하기 위해 1975년 1월 9일 본에서 첫 행사를 가졌다. 여성의 사회적 참여도가 높고 비교적 여성의 지위가 보장되어 있다고 알려진 서독에서도 남녀평등이 이루어졌다고는 하나 여성의 지위는 무척 낮다는 게 독일사회의 일반적 인식이었

---

35 루이제 린저는 90년대 가면 가톨릭을 비판하면서 기독교주의자라고 주장하지만 그 이전까지 가톨릭 신도로 알려졌다.

다.[36] '라인강의 기적' 서독의 사정이 이러할 때, 1974년부터 한국여성계의 반성과 운동도 활발해졌고 루이제 린저의 소설과 수필도 여성운동의 맥락에서 읽혔다.

한국에서 1974년은 6·25 이후 가임여성이 급증하여 둘만 낳기 운동 등의 '가족계획사업'이 정점에 이르던 때다. 주부클럽연합회는 1974년을 '임신 안하는 해', 1975년은 '남성이 더 피임하는 해'로 정할 정도였다.[37] '세계여성의 해'가 지정되자 한국의 여성계는 1974년 '여성의 인간화'를 선언하고 1975년 3월 5일에는 '한국여성의 해'를 선포하는 기념식도 열었다.[38] 이들은 가계계몽, 소비자보호운동상품감시, 사회봉사, 남녀차별 철폐, 여성의 지위 향상, 근로여성 임금, 승진의 기회 보장, 근로조건 개선,[39] 교육의 차별철폐, 정치적

---

36 「몸부림치는 西獨 女性운동 世界女性의 해 맞아 각 단체서 부산한 움직임」,『경향신문』, 1974.12.24, 4면. "1960년대 말, 1970년대 초에 경제위기가 나타났다. 불황으로 부실기업이 잇달아 생겨나고 국제수지가 악화되었으며 인플레가 심해졌다. 노동운동이 새롭게 발전하면서 '고도성장'의 핵심요소인 저임금, 장시간노동체제도 도전을 받았다. 노동자투쟁은 1969년 130건, 1970년 165건에서 1971년 1,656건으로 크게 늘었으며, 평화시장 전태일의 분신 사건, 광주대단지 도시빈민폭동 등이 일어났다. 정부는 1975년 긴급조치 제9호로 노동운동과 민주화운동을 드러내놓고 탄압했다. 한국노총의 조사에 따르면 1970년 노동자들의 임금은 최저생계비의 51.8%, 1980년대는 37.1%밖에 충당하지 못했다. 노동자는 저임금·장시간 노동에 시달렸으며 그에 따른 질병과 산업재해로 고통받았다. 산업재해는 1970년 5,389건 1975년 7만 9,819건, 1980년 11만 2,375건으로 해마다 가파르게 늘어났다." 유경순, 「쟁점으로 보는 1970~86년 노동운동사」, 역사학연구소 편,『노동자, 자기 역사를 말하다』, 서해문집, 2005, 234~236면.

37 「전환점에 선 가족계획사업」,『동아일보』, 1974.6.21, 4면;「'여성의 해' 맞아 활기 띤 어린신장운동」,『동아일보』, 1975.1.7, 4면.

38 「여성의 해' 선포」,『매일경제』, 1975.3.10, 6면.

39 1973년 1월 '중화학공업화 선언'을 한 박정희 정권은 1975년 8월 수출목표 달성을 위해 수출종업원의 근로시간을 하루 8시간에서 10시간으로 늘리려 했다. 그러자 언론은 노동자에게 부담을 전가하고 '국가보위에 관한 특별조치법'으로 단체교섭과 행동권이라는 노동2권을 제한하는 정부조치가 오히려 노동자의 능률과 자발적 의욕을 떨어뜨리고 있다고 비판했다. 「국가보위에 관한 특별조치법」은 1971년 제정된 것으로 단체교섭권과 단체행동권을 제한

기회균등, 경제적 권리평등 등을 주장하기 시작했다. 이를 위해 YWCA연합회, 여성저축생활중앙회, 여성지위향상위원회, 한국여성단체협의회, 주부교실중앙회, 여성 학자 및 시민운동가 등 다양한 활동가와 단체의 운동과 '전국여성대회'가 개최된다.[40] 1974년 4월에는 한국가정법률상담소가 '여성을 위한, 여성에 의한, 여성의 집'을 짓기 위해 대지를 매입하는 등 첫 결실을 맺었다.[41] 이러한 여성 인권 개선운동 중에서도 '가족법 개정동성동본 불혼제도 폐지, 호주제 폐지, 근로여성의 지위 향상'이 당대 현안의 초점이었다.[42]

이처럼 한국여성계가 여성의 빈곤 탈피, 의식해방과 생활개혁이 여성해방운동의 토대라고 인식하고 있을 때 내한한 루이제 린저는 "여성은 경작되지 않은 벌판"이라고 얘기하며 '남성과 여성의 두 얼굴' 강의에서 남녀 동등권리와 파트너 관계의 재구축을 논하고 여성은 어머니 역할만 해야 한다는 관념을 부셔야 한다고 비판했다. "남성적인 것은 오로지 남자에게만 속하고, 여성적인 것은 오로지 여자에게만 속한다"는 젠더 인식도 비판되었다. 린저에게 여성해방운동은 인류가 진화하기 위한 하나의 방향이었다. 희망의 철학자

했으며, 1972년 유신헌법에서는 노동3권을 법률적으로 유보하였다. 1973년에는 '노동관계법'을 개정하여 노사협의회의 기능을 강화하면서 노동운동을 무력화시키고자 했다. 김인걸 외 편, 『한국현대사 강의』, 돌베개, 1998, 331면.

40 1974년 9월 27~29일 '제12회 전국여성대회'의 주제는 「세계여성의 해와 한국여성의 현실」이며, 부제는 '가족법 개정을 중심으로'였다.

41 한국가정법률상담소, 『번민하는 이웃과 함께, 한국가정법률상담소 50년사』, 한국가정법률상담소출판부, 2009, 69~70면.

42 한국의 1974~1975년 여성운동이 끝나는 1975년 12월 그동안의 활동에 대한 여성계의 자체 평가가 내려진다. 가족법 개정안은 유림의 반대가 극심하여 결국 1975년에도 국회에 상정하지 못했고 호주제는 개선되지 못했다. 여성운동은 여전히 비조직적이고 산발적 행사에 그쳤으며, 근로여성의 지위와 근무여건은 열악한 실정이다. 하지만 가족법에 대한 여론을 환기하고 여성 인간화 작업의 시발점이 되었다는 자평이었다. 「세계 여성의 해 女性'75 목소리만 컸던……」, 『경향신문』, 1975.12.27, 5면.

로 알려진 에른스트 블로흐를 언급한 루이제 린저는 '현대문명과 휴머니즘' 강의에서 희망과 인류의 발전 및 진화를 신뢰하는 지식인으로서 사회적 인식이 개발되고 사회적인 불공평에 관한 양심이 날카로워지는 것이 '진보'라고 역설했다. 기술적 안락이 아닌 사회의 양심이 높아질 때 인간에 대한 정의가 실현되며 '인간애'가 신의 영역에 도달할 수 있다는 게 린저의 주장이다. 그래서 그녀에게 '행복'이란 평화로운 협동생활이며, 이를 위해 우리 모두는 '생'을 내적으로 충실한 '생'을 영위해야 했다. 이것이 '생의 혁신'이자 신적 영역으로 상승하는 정신적 자유의 실현이며 인류의 진화이다.

정신적 삶과 인류애, '기독교적 사회주의' 정신의 표현인 '사랑'이 담긴 루이제 린저의 저서들은, 그녀의 방한으로 인해 1970년대 중반 한국 독자에게 더욱 사랑을 받았다. 여대생들이 연극 〈니나〉가 루이제 린저의 '니나'인 줄 알고 공연장을 찾는 해프닝도 있었다.[43] 그중에서도 소설 『생의 한가운데』, 산문 『왜 사느냐고 묻거든』이 베스트셀러의 정점에 있었고 특히 산문이 1970년대 후반까지 인기가 있었다. 덩달아 1970년대 중반에는 러셀의 『무엇을 위해 살 것인가』 등 해외 사색 위주 작품이 폭넓은 베스트셀러에 오르고, 책 제목에 '생'이 들어가는 『자기 앞의 생』 에밀 아자르, 『생의 어느 하오』 윌리엄 샤로안 등도 많이 읽히게 된다.[44] 이 과정에서 '니나'는 한 여성이 아니라 '자기를 상실해버린 현대인'이 삶을 반추하게 하는 상징이 되었다.[45]

---

43 「새文化風俗圖(11)─演劇선전」, 『경향신문』, 1976.10.25, 5면.

44 「박경리 이문열 헤르만 헤세 50년간 스테디셀러 '트로이카' 교보문고, 광복 이후 현재까지 베스트셀러 선정 윤동주, 광복 후 첫 베스트셀러 저자 암울했던 60~70년대 전혜린─생텍쥐페리 등 인기 80년대 수필집, 90년대 과학-미래학 강세」, 『조선일보』, 1995.9.8, 19면.

45 익명의 심사자 선생님께서 시대 구분에 따른 논문 구성의 한계를 지적해 주셨다. '니나'나 수필 붐에서 알 수 있듯 루이제 린저는 소설 장르를 넘어선 문화적인 사건으로 이해해야 하며 이같은 흐름이 70년대에도 그대로 유지되기 때문에 60년대 여성성, 70년대 산문가의 구분

1974년은 유신독재를 반대하는 대학생들이 '민권쟁취, 민주승리의 해'로 정하고 조직적인 운동을 모색한 시기였고,[46] 여성 지식인과 단체들은 '세계 여성의 해'를 준비하며 한국 '여성의 인간화' 운동을 전개한 혼돈과 열정의 시대이자, 문고본 붐과 자유교양운동[1968~1975]도 존재했던 때다. 그만큼 이 당시 한국에서 '산다는 것' 다시 말해 '생의 한가운데'에 있는 것은 생의 성찰이 요구됐다. 린저의 글은 당시 유행한 신비, 초월 지향의 동화인 『어린왕자』, 『갈매기의 꿈』과 달리 더 현실적이고 사색적이며 고통과 금욕, 희생을 요구했다. 그 결과 1975년에는 『갈매기의 꿈』을 밀어내고 『생의 한가운데』가 해외소설 부문에서 1위가 되기도 했다.[47] 또한 각종 산문집은 말했듯이 1970년대 말까지 베스트셀러에 올랐다. 사색의 힘이 더 강하게 독자의 심금을 울린 탓이다.

한국에서 1970년대 독일 최고 산문작가로서의 루이제 린저를 결산하는 작품은 『산다는 것의 마지막 의미』[1979]이다. 이 책은 무엇을 하며 살아야 인생이 더 보람 있게 되는 것인지 방황하는 젊은이에게 삶의 길잡이가 되고자 세계석학 17인이 쓴 에세이집이다. 여기서 루이제 린저는 "인생은 정신에 따라 달라진다"면서 무조건적 소유와 폭력, 보복을 단념하고 용서와 금식, 절식,

---

이 린저의 위상을 단순화시킬 수 있다는 우려였다. 여기에는 60년대 에세이의 확대 문제도 관련이 있다. 이는 타당한 지적이다. 70년대 내내 린저의 수필이 인기를 얻은 것도 70년대까지 이어진 에세이의 인기와 무관하지 않다. 이 논문도 그러한 점을 전제로 깔고 기술되어 있다. 그럼에도 시기 구분을 지은 것은 시기에 따른 번역물의 성격 및 수용 양상의 변화를 명확히 하고 새로운 면을 강조해야만 했기 때문인 데, 그 과정에서 지속·변주되는 지점에 대한 세심한 접근이 부족해졌다. 시기 구분에 따른 문제는 필자의 역량부족이다. 선생님의 조언에 동감하고 감사드린다.

46 이재오, 『한국학생운동사 1945~1979년』, 파라북스, 2011, 333면.
47 「75베스트셀러 판도에 큰 변화 없어」, 『매일경제』, 1975.12.30, 6면.

정신적 사랑을 강조하며 신적인 본성에 일치하는 행동을 하라고 조언한다.[48] 이처럼 1970년대 한국에서 루이제 린저는 1960년대 연애소설의 작가, 신여성의 범주를 넘어서 최고의 에세이스트이자 베스트셀러 작가, 정치 및 여성운동가, 서독의 비판적 지식인, '기독교적 사회주의자', '희망' 론자, 유럽공동체 찬성론자로서[49] '세계의 지성'의 한 명으로 꼽혔다.

4. 1988년 북한바로알기운동과 1994년 김일성의 사망
― 친북 지식인, 작곡가 윤이상

루이제 린저와 동백림사건의 작곡가 윤이상의 대담집『상처 입은 용*Der verwundete Drache*』1977이 1980년에 일본에서 번역된다.[50] 이 책은 한국에서도 1984년『윤이상, 삶과 음악의 세계』라는 제목으로 번역되지만 동백림사건과 관련된 정치적 내용은 삭제된 채 간행되었다.[51] 이 일로 일본의 번역자는 한국 입국이 불허되었다. 또한 1980년에는 루이제 린저가 북한 방문을 시작하는데 김일성과 친해지면서 1981~1982년에도 북한을 찾는다. 한국 국민은 이 사실을 1984년경까지는 몰랐지만 루이제 린저를 주시하고 있던 한국 정부는 그녀를 '친북 지식인'으로 분류하고 한국의 입국을 금지했다. 루이제

---

48 루이제 린저, 박재림 편역,「어떻게 생각하며 인생을 살 것인가」,『산다는 것의 마지막 의미(1979)』, 원정출판사, 1983, 13~20면.

49 이탈리아에서 거주했던 루이제 린저는 이탈리아와 서독 모두를 걱정하면서 국경을 부정하고 "우리는 모두 유럽인"이라고 주장한다.「특집 세계여류수필-이탈리아의 시골 길」,『수필문학』, 1980.2, 118~122면.

50 ルイーゼ・リンザー, 伊藤成彦 訳,『傷ついた龍－一作曲家の人生と作品についての対話』, 東京 : 未来社, 1981.

51 루이제 린저, 신교춘 역,『尹伊桑－삶과 음악의 세계』, 永學出版社, 1984.

린저는 1984년 5월 녹색당 대통령 후보로 참여하여 비록 탈락했지만 실천적 지식인의 면모를 한국인에게 보여줬다. 즉 1984년을 기점으로 한국에서 루이제 린저는 1994년 김일성이 세상을 떠날 때까지 북한을 10여 차례나 방문한 작가로서 김일성과 가장 친한 외국작가로 꼽혔으며 대표적 '친북 지식인'으로 인식되었다.

그런데 루이제 린저가 한국을 비판하는 글도 썼지만 한국에 번역되지 않은 상황이어서 그녀의 소설과 에세이는 1980년대 내내 간행되었다. 가령 1984년 문화공보부가 사회적 과제로 대두된 청소년의 선도를 위해 '청소년 대상 문화사업'을 계획했는데, 동년 6월부터 청소년층이 읽기에 알맞은 도서를 선정, 보급하여 심성을 계발하고 건전한 가치관 체득을 돕기로 한다.[52] 이때 대한출판문화협회에서 1985년 '문학, 역사, 종교, 철학' 영역에서 15권의 책을 선정하는데 루이제 린저의 『왜 사느냐고 묻거든』도 포함된다. 이 책은 철학에 속했다. 일종의 인생철학서로 인식된 셈이다. 이들 서적은 마을문고, 도서관, 서점, 중고교에 통보됐다.[53]

루이제 린저의 작품은 1960년대 중후반, 1970년대 중반에 이어 1988년부터 1990년대 초반까지 주목을 받고 베스트셀러가 되었다. 1987년 민주화 이후 해금이 이루어지면서 1988년에만 18종의 서적이 새롭게 출간되었다.[54]

---

52 대한출판문화협회 편, 『대한출판문화협회40년사』, 대한출판문화협회, 1987, 402~403면.

53 「청소년圖書 15권」, 『경향신문』, 1985.4.12, 11면; 「베스트셀러 선정근거 마련」, 『매일경제』, 1985.4.22, 9면.

54 "1988년 초여름은 소련 고르바초프의 페레스트로이카(개혁)이 절정을 이룬 시기였다. 5월의 모스크바 정상회담, 6월의 제19차 소련공산당 대회에서의 정치적 자유화와 비공산당 승인조치, 러시아 동방정교회 1000주년에 즈음한 교회와의 화해 등이 모두 이 시기에 이루어진 일이었다. 그결과 1988년은 소련 내부의 페레스트로이카가 '세계의 페레스트로이카'로 도약하며 '탈냉전'이라는 새로운 세계질서가 구체적으로 그려지기 시작한 해였다. (…중략…) 국내 민간 차원에서도 통일운동이 본격화되었다. 1988년 상반기에는 남북 올림픽 공

국내적으로 민주화와 통일의 불가피성에 대한 각성이 이루어지고 국외적으로 동구권과 소련의 몰락, 베를린장벽[1989]이 붕괴 되면서 서독과 북한이 한국에서 큰 관심을 받게 된다. 특히 1988년 3월 서울대 총학생회장 선거유세에서 나온 남북한 국토순례대행진과 남북청년학생체육회담 개최 제안이 통일운동의 신호탄이 되어 대학가에서 통일을 위한 북한 붐이 일고 북한바로알기운동이 사회적으로 확산되면서 불빌로 그친 6·10남북학생회담을 전후로하여 북한을 주제로 한 책이 많이 출간되었다.[55] 이 과정에서 서독의 대표적 지식인이자 김일성과 가장 친하며 직접 북한과 김일성을 겪어본 루이제 린저가 한국인의 이목을 끌었다. 그녀는 군부정권과 미국에 대해 부정적이었고 평소 진정한 '기독교적 사회주의자'라고 자평한 결과 북한사회를 다른 누구보다 객관적으로 평가할 것 같은 인상을 주었다.

18종에서도 ① 린저와 윤이상의 대담집『상처받은 용』역, ②『전쟁장난감』[1972~1978] 일기, ③ 북한 방문기『또 하나의 조국』=『북한이야기』, ④『고향 잃은 우리들』[1989~1992] 일기, ⑤ 자서전『심혼의 샛강을 타고』가 주목된다. 먼저 1984년도에 검열로 누락되었던 제5장 '납치, 보고'가 추가되어『상처 받은 용』이 완역되었다. 이 5장에서 윤이상은 자신이 1967년 6월 17일 납치돼 중앙정보부의 고문을 받고 거짓자백을 하게 되는 내막을 폭로한다.[56] 그리고 그가 1963년

동개최를 주장하는 학생운동이 급속히 확산되었다." 김민환,「페레스트로이카, 북방정책, 그리고 임수경」, 김정한 외,『한국현대생활문화사 1980년대』, 창비, 2016, 154~155면.

55 박세길,『다시 쓰는 한국현대사』3, 돌베개 2015, 287면;「통일 밑거름 북한관계책 출간 활기」,『한겨레』1988.6.15, 5면.

56 역자 홍종도는 1974년 1월 음악 선생님께 처음 동백림사건을 들었고 1983년 일본어판을 통해 실체를 알 수 있게 되면서 번역을 하게 된다. 이후 그는 역사비평사 대표를 맡게 된다. 루이제 린저, 홍종도 역,『윤이상-루이제 린저의 대담-상처 입은 용』, 한울, 1988, 123~178면;「尹伊桑 씨의 음악세계-政治的신념 담긴 "상처받은 龍" 국내 첫 完譯」,『경향신문』, 1988.8.10, 9면. 동백림사건은 1967년 '6·8선거' 이전에 수사가 본격화되었고 수사계획서에

제1장 · 루이제 린저의 수용과 한국사회의『생의 한가운데』 223

4월 북한을 방문했을 때 "북한사회가 완전히 바뀌고 김일성은 지도자의 자격을 증명하고 있는" 모습을 긍정적으로 평가하고 있다. 이와 같은 윤이상의 고백은 군부정권을 불신하고 북한에 대한 호기심이 높은 사람들의 자극하기에 충분했다. 당시 윤이상의 음악은 한국에서 금지곡이었다. 윤이상이 1988년 7월 1일 일본에서 '남북민족합동 음악축전'을 제의하면서[57] 그 열기는 더욱 고조되었다. 이는 루이제 린저에 대한 폭발적 관심으로 이어졌다.

『전쟁장난감』은 루이제 린저가 1975년 한국을 방한하기 전후에 가졌던 생각을 살펴볼 수 있는 사회비평적 일기다. 방한 당시 린저는 한국정부 몰래 함석헌, 기타 지식인과 만나 한국의 실정을 알게 된다. 이 일기에서 불법적 고문과 투옥이 자행되고, 장준하는 의문사를 당했으며 김지하가 감옥에 있는 한국은 '남한 파쇼독재', '독재자 박정희'로 표현되어 있다. 또한 여기에는 린저가 서독과 한국사회를 평가하는 사유의 지적 기반의 전모가 드러나 있다. 이미 알려진 좌파 기독교적 양심, 그 외 이데아의 플라톤적 사유를 지지하여 천상의 완전한 것에 도달하기 위한 지상의 정신적 고양, 우주 확장의 과학적 증명과 헤겔 변증법이 보여주는 끝없이 변화하고 역동성 강조, 노자와 공자의 중용의 조화를 통해 서구의 이분법적 사고 극복, 정당한 폭력이란 존재하지 않으므로 어떠한 폭력도 용납하지 않는 비폭력주의자, 나치의 반복을 피하기

부정선거 대응차원임을 입증할 만한 단서가 없는 점으로 보아 '사전기획조작설'은 아니지만, 결과적으로 '3선개헌과 장기집권의 초석'을 만드는데 기여하였고 유럽거주 관련자에 대한 불법연행, 조사 과정에서의 가혹행위, 간첩죄의 무리한 적용, 범죄사실의 확대과장 등은 모두 잘못된 것으로 밝혀졌다(지난 2006년 1월 국정원과거사건진실규명을통한발전위원회, 「1967년 '동백림사건'」, 2006, 129~134면에서 밝힘). 전명혁, 「1960년대 '동백림사건'과 정치사회적 담론의 변화」, 『역사연구』 22, 역사학연구소, 2012, 143면.

57   「남북 음악축전 정부 입장 표명 촉구」, 『한겨레』, 1988.8.24, 5면.

위해 민족주의 경계 등이 반복적으로 강조되고 있다.[58]

유신체제를 비판한 『전쟁장난감』과 북한방문기인 『또 하나의 조국』은 한국에 대해 비판적이라서 소개가 안 되다가 출판자유화 바람이 불면서 번역된 책이다.[59] 이미 한국정부의 정체성에 대해 잘 알고 있는 당대 독서층에게 더 끌리는 책은 북한방문기였다. 분단극복과 민족통일을 위해 출판계가 분단과 통일관계책을 쏟아내는 상황에서 '자료집', '개설서', '북한관계 책' 중 루이제 린저의 『또 하나의 조국』은 세 번째에 속했다.[60] 이 북한방문기 겸 여행기는 민족통일과 민주화가 동전의 양면과 같다는 것을 자각한 당대 대학생의 대표적인 의식화 학습교재 중 하나로 꼽히면서 필독서가 된다.[61] 부산여자대학교의 한 학생은 서평을 학교신문에 실었다가 1988년 9월 3일 경찰에 체포되고,[62] 『또 하나의 조국』은 9월 7일 판금 조치를 당하기도 했다. 당시 대학가의 운동권에서 북한바로알기운동이 표면화되면서 주체사상, 항일무력투쟁을 이해하고 학문적으로 논평하는 바람이 휩쓰는 데 당국에서는 7·7선언을 통해 통일 논의를 개방했으면서도 대학의 움직임이 학문적 접근이 아니라 김

---

58 루이제 린저, 김해생 역, 『전쟁장난감-루이제 린저의 사회비평적 일기(1972~1978)』, 한울, 1988, 136~264면. 히틀러 치하의 대학생 투쟁서사를 다룬 『아무도 미워하지 않는 자의 죽음』이 1980년대 운동권 및 청년세대의 필독서가 되는데 이는 루이제 린저의 인기요인을 간접적이지만 짐작할 수 있게 한다. 잉게 숄, 박종서 역, 『아무도 미워하지 않는 者의 죽음』, 청사, 1978; 정종환, 「잉게 숄, 아무도 미워하지 않는 者의 죽음」, 『열린전북』 58, 2004, 147~152면; 정종현, 「투쟁하는 청춘, 번역된 저항-1980년대 운동세대가 읽은 번역 서사물 연구」, 『한국학연구』 36, 인하대 한국학연구소, 2015, 81~124면.

59 「햇빛 보는 루이제 린저 한국비판서 2권」, 『한겨레』, 1988.6.29, 5면.

60 루이제 린저, 한민 역, 『또 하나의 조국』, 공동체, 1988.

61 종교계, 각종 여성단체에서도 린저의 책을 학습교재로 활용했다. 「북한불교실태 주제 세미나」, 『한겨레』, 1988.7.17, 5면; 「여성단체 "북한바로알기"운동 확산」, 『동아일보』, 1988.7.28, 9면.

62 「서평을 쓴 여대생 연행」, 『한겨레』, 1988.9.4, 11면; 「부산여대학보에도 주체사상 실려」, 『한국일보』, 1988.9.2, 10면.

일성 개인숭배, 찬양에 가깝고 원전을 베낀 것으로 판단하고 국가보안법 위반을 적용했다.[63]

루이제 린저는 이 책에서 북한을 서구적 시선으로 보지 않아야 한다고 주장한다. 이는 1980년대 말 한국인의 북한 접근법과 동일선상에 있다. 이 책은 1980년에서 1983년까지 린저가 바라본 북한의 모습이다. 그녀는 동아시아 유교국가의 전통을 고려하면 김일성의 장자계승이 문제될 사안은 아니라고 말한다. 그녀에 따르면 김일성은 독재자가 아니며 현명한 실용주의자이고 겸손하며 인간적 가치를 존중하고 희생의식이 강해 북한에 '인간적 사회주의'를 실현하고 있는 지도자였다. 현실사회주의에 회의적이었던 린저도 김일성의 북한을 통해 '제3의 길'의 가능성을 발견하게 된다. 북한은 소련의 노예국이 아니며 새로운 사회주의 국가를 만들어가고 있었다. 이런 맥락에서 김일성의 주체사상도 새로운 민족적 자의식의 표현으로써 긍정적으로 평가된다. 오히려 박정희가 국가안보를 명목으로 독재와 인권탄압, 미국에 종속하는 점들이 비판받는다. 그녀는 '판문점 도끼살인사건'도 남한TV팀, 남한 병사 대기 등을 근거로 들며 남한의 조작이라고 주장한다.[64]

북한이 완벽하지는 않지만 그 사회에 '건강함, 친절함, 공동체정신, 관용, 희망'이 있다는 루이제 린저의 설명은 반공주의와 공산주의 공포, 서구적 시

---

63 노태우 정부는 대외적인 북방정책과는 달리, 국내에서는 엄격한 냉전논리로 대응했다. 역사비평 편집위원회 편, 『갈등하는 동맹 – 한미관계 60년』, 역사비평사, 2010, 123면; 민주화운동기념사업회 한국민주주의연구소 편, 「북한바로알기운동과 부문별 통일운동 전개」, 『한국민주화운동사』 3, 돌베개, 2010, 929~933면; 「돌맹이 떡 유인물 피 운동권 용어 대학가 확산 농활 동아리는 사전에 실려 조통스트 등 생소한 말들도」, 『조선일보』, 1990.5.31, 18면. 문교부에서는 『북한의 통치이념과 체제』를 만들어 전국 이념담당 교수들에게 보내고 『주체사상과 북한사회주의』라는 책자는 전국 중고교 윤리교사에게 배포하고자 했다. 「대학가 새파문 '김일성주체사상'」, 『동아일보』, 1988.9.8, 3면.

64 루이제 린저, 강규현 역, 『루이제 린저의 북한이야기』, 형성사, 1988, 12~249면.

선을 극복하고 북한을 이해하려 했던 한국의 독자층에게 감명을 주기에 충분했다. 또한 린저는 13차 세계학생축전에 참가한 임수경의 방북지지 서한을 발표하고 독일 독색당은 1989년 석방운동도 했다.[65] 그래서 1990년대 초반까지 루이제 린저의 서적의 영향력과 인기는 상당했고 그녀가 김일성과 매우 친하고 계속 방북을 한 관계로 1994년 7월 8일 김일성이 사망할 때까지 한국에서 루이제 린저는 중요한 인물이었다. 1996년 4월 1일 한총련 4기 의장 전남대 정명진은 루이제 린저의 『또 하나의 조국』이 북한을 새롭게 보는 계기였다고 말하기도 했다.

그러나 흡수통일론의 김영삼 정부와 미국의 입장 차이, '북핵 위기'가 발생하고 1994년 전쟁 위기까지 치닫다가 제네바 합의 체결에 이르는 과정에서[66] 루이제 린저도 한국에서 부정되거나 정치적으로 이용당하기 시작한다. 루이제 린저의 '북한론'에 대한 대응은 3가지로 나타난다. 첫째, 외국 북한 관련 학자 및 외교관을 동원하여 루이제 린저의 책 내용을 반박하는 방법이다. 동베를린 훔볼트대 한국학 교수이자 동독의 북한전문가인 브로흐로스는 루이제 린저가 북한당국의 초청을 받아 북한에서 1~2주 동안 휴가 즐기는 사람에 불과하다고 비판한다.[67] 또한 북한에서 1991~1993년에 독일 외교관으로 근무한 페터 샬러는 김일성 부자의 우상화, 부자세습, 45년간의 장기집권, 극도의 억압과 고립 등을 비판한다.[68]

---

65 「루이제 린저 임수경 씨 지지 서한」, 『한겨레』, 1989.7.13, 4면; 「임수경·문규현 씨 석방운동 나서」, 『한겨레』, 1989.9.16, 4면. 이 무렵 서독의 녹색당은 한국에서 녹생당 발기대회 개최에 영향을 준다.

66 구갑우·안정식, 「북한 위협의 상수화와 신자유주의 본격화」, 역사비평 편집위원회 편, 『갈등하는 동맹-한미관계60년』, 역사비평사, 2010, 130~165면.

67 「"南北韓(남북한) 있는그대로 보여줘야"」, 『경향신문』, 1990.10.10, 4면.

68 「前駐北 獨외교관 샬러 『북한』 출간 "金父子 마법으로 움직이는 북한"」, 『경향신문』, 1994.6.

독일의 저명한 작가로 북한의사회주의체제에 깊은 관심을 보였던 루이제 린저의 주체사상에 대한 평가는 흥미롭다. "주체사상의 철학적 기초는 빈약하다. 김일성은 결코 이론가가 아니다. 그가 젊었을 적에는 마르크스 레닌주의를 면밀히 공부했겠지만, 그가 받아들인 것은 그 자신의 정치적 실천에 적합한 것뿐이다."[69]

북한은 70년대 중반 이후부터 구소련 KGB의 비밀공작인 '적극수단공작'을 모방한 이른바 '영향공작Agent Influence'을 적극 추진해 온 것으로 최근 드러났다. **이는 북한의 부정적 측면이 노출되는 것을 감수하면서도 각국의 유력인사를 초청, 극진하게 환대하거나 독점적취재권을 주는 등의 방법으로 북한에 대한 적대감을 불식시키고 우호적인 대북관을 갖도록 하기 위한 것이다.** 독일의 여류작가 루이제 린저를 초청, 북한을 미화하고 김일성부자를 찬양하는 『루이제 린저의 북한이야기』를 저술토록 한 것이 대표적인 사례다.[70]강조는 인용자

둘째, 당국과 언론은 루이제 린저가 『전쟁장난감』에서 유일하게 주체사상에 대해 부족한 점을 지적한 부분을 앞뒤 맥락을 떼어내고 '주체사상 논평'으로 단정 짓고 전유해 주체사상 비판으로 활용한다. 셋째, 1995년에는 북의 '영향공작Agent Influence'에 이용당했다고 보도된다. 그러면서 한국에서 루이제

18, 6면.

69 「김일성, 80년의 굴곡 4 – '주체'로 자발성 강조 체제유지」, 『한겨레』 1994.7.13, 4면; 루이제 린저, 강규헌 역, 『루이제 린저의 북한이야기』, 형성사, 1988.7.15, 99면; 「20세기 사람들 레닌에서 비틀즈까지 (85) – 항일투쟁·숙청 앞세워 절대권력 48년」, 『한겨레』, 1995.4.25, 15면. 금성교과서 발행 교과서에도 이 부분은 인용된다. 김한종 외, 『한국 근·현대사(고등학교)』, 금성출판사, 2004, 302면.

70 허용범, 「외국 명사초청 친북 '영향공작'」, 『동아일보』, 1995.10.12; 「安企部 '北(북)동향특수 보고' 외국名士초청 親北 '영향工作'」, 『동아일보』, 1995.10.12, 2면; 「北(북), 해외인사 '영향공작' 강화」, 『경향신문』, 1995.10.12, 5면.

린저는 북의 공작에 철저히 이용당한 것으로 인식되기 시작했고 2002년 3월 17일 루이제 린저 사망했을 때는 "무비판적 친북" 및 반한反韓 인사로 보도되었다.[71] 그래서 2004년 역사교과서 논란이 있을 때 "실패한 지식인으로 평가받는 루이제 린저의 글이 지금 시점에 고교 교과서에 실려야 하는 이유를 모르겠다"[72]는 비판이 있기도 했다.

1988년 이후 1990년대 중반까지 이러한 상황이 전개됐지만, 『고향 잃은 우리들』[1989~1992] 일기와 자서전 『심혼의 샛강을 타고』는 유의미한 책이었다. 전자는 독일의 통일과 소련의 붕괴 당시 서독 지식인의 인식을 살펴볼 수 있다는 점에서 중요했고,[73] 후자는 린저의 삶과 사유의 전모를 알 수 있다는 점에서 의미가 있다.[74] 또한 정치색을 배제하고 『생의 한가운데』와 『왜 사느냐고 묻거든』의 저자로서 '자신의 인생'을 스스로 결정하고 헤쳐나가는 '니나루이제 린저'는 여전히 당대 한국사회에서 유의미했다. 가령 1989년 을유문화사에서 낸 인생론서 『내 아들아 너는 인생을 이렇게 살아라』[필립 체스터필드, 권오갑 역]는 발간 즉시 베스트셀러에 오르고 폭발적으로 판매가 되었다. 이 책의 성공

---

71 「'생의 한가운데' 작가 루이제 린저 타세. "세계적 여류문호"/"무비판적 친북" 두 모습」, 『조선일보』, 2002.3.20, 사람 23면.

72 「民衆史觀 역사교과서 논란, 논란 부른 내용들」, 『조선일보』, 2004.10.5, 종합 A4면.

73 루이제 린저는 베를린장벽 붕괴가 다시 '위대한 독일'(나치), '모든 것 위의 독일'로 재현될까봐 두려웠다. 또한 소련에 대해서는 고르바초프는 현실사회주의는 비판하면서도 사회주의라는 위대한 이념과 정신적 가치는 아는 지도자였다면, 공산주의를 '파국'으로 인식하는 옐친은 과거 소련의 역사를 공부해야 한다고 비판했다. 루이제에게 사회주의는 '부자와 가난한 자의 차이가 가능한 한 지양되고 모두가 평화롭게 더불어 사는 것'을 의미했다. 루이제 린저, 박민수 역, 『고향 잃은 우리들』, 홍익기획, 1994, 200 · 230~231면.

74 이 책에서 루이제 린저는 패전 이후 전후 독일인의 탈나치화과정을 얘기했다. 독일 내 나치 추종자와 반파시트가 구분되기 어려운 현실이었지만, 전후 독일인이 비난과 책임을 감당하고 '인간 정신'을 회복하고 유지 · 발전하기 위해 얼마나 노력했는지 알 수 있는 책이다. 루이제 린저, 설영환 역, 『심혼의 샛강을 타고』, 세종출판공사, 1988, 181~182면.

에 힘입어 후속타로 『내 인생 내가 선택하며 산다』웨인 W. 다이어, 권오갑 역가 출간돼 베스트셀러에 또 올랐다.[75] 자신의 인생의 행로를 자유롭게 선택할 수 있다는 것은 지난한 일이기 때문에 이와 관련된 루이제 린저의 글은 독자에게 정신적인 도움이 될 수 있었다. 그만큼 '생의 한가운데' 처럼 '산다는 것' 은 어려운 일이다.

5. 나가며 — 루이제 린저와 게오르규

이 글은 외국문학이 한국에 미친 문학·문화적 영향과 그에 따른 문화적 조명, 지성사 연구이며 한국에서 오랫동안 읽혀 온 '롱 셀러' 의 존재방식을 이해하기 위한 기획이다. 루이제 린저는 1960년대 연애소설 및 '여성(작가)의 성장소설' 작가였고 새로운 여성상을 한국사회에 제시했다. 1970년대에는 서독을 대표하는 최고의 에세이스트이자 생활철학자, 그리고 전후문학자, '기독교적 사회주의자', 여성운동가로서 1970년대 초중반 인생론 열풍의 중심에 있었다. 1980년대 중후반부터는 서독 녹색당 대통령 후보로 나선 정치적 인물이었으며 '친북' 지식인으로 인식돼 1988년 북한바로알기 운동의 주역이 되었고, 남북관계가 악화된 1993년 이후에는 김일성 사망 무렵까

---

75 『내 아들아 너는 인생을 이렇게 살아라』이 책은 영국의 정치가이며 문필가인 저자의 'Letters To His Son'을 우리말로 옮긴 것인데, 내용에 걸맞게 제목을 고쳐 출간했다. 글의 내용은 책 뒷면에 실린 문구대로 "대학에 진학한, 또는 사회에 첫발을 내딛는 아들이 '인생' 에 대해서 생각하기 시작했을 때, 아버지는 무엇을 가르치면 좋은가. 사랑하는 아들에게 '인생을 어떻게 살아야 하는가'를 애틋하게 타이르는 인생론의 최고명저"이다. 정진숙, 『을유문화사 50년사』, 을유문화사, 1997, 364면. 참고로 1986년에 개봉한 영화 〈영웅본색〉에는 배우 주윤발이 '자신의 운명을 결정할 수 있는 게 신이라면 나는 신이다'라고 말하는 대사가 등장한다.

지 그녀는 당국의 선전에 이용된다. 이 과정에서 출간된 책들은 린저의 인생론, 사회주의, 비폭력주의, 기독교, 반나치 및 반국수주의, 기독교, 북한, 김일성, 냉전 종식 등을 둘러싼 '철학적 사유'와 한국 내 반향 등을 다방면으로 드러냈으며 몇몇 책은 한국사회의 정세와 맞물리면서 정치적 효과를 갖게 된다. 특히 린저의 방한과 북한방문기는 1974~1975년경 한국여성해방운동의 움직임과, 1987년 민주화와 동구권 몰락 부렵 '북한바로알기'와 김일성 사망을 둘러싼 한국인의 대응을 이해하는 데 중요한 자료가 된다.

문학사상사 제1호 초청자인 '친한파' 반공주의 프랑스 망명작가 게오르규와, 서독 작가 린저는 완전히 상반된다.[76] 그녀는 소련 1번, 남한 1번, 북한 10번을 방문한 대표적 '친북' 지식인이고 한국의 군사정부에 비판적이었는데도 한국에서 계속해서 책이 팔리고 반공주의에 오염된 한국 독자의 사랑을 받아 베스트셀러 작가가 된 독특한 인물이다. 무엇보다 결정적인 것은 루이제 린저의 소설과 산문은 한국에서 '산다는 것'의 의미와 '인간다움'을 성찰하게 하는 계기가 된다. 그러면서 루이제 린저는 한국에서 가장 사랑받는 여성작가 중 한 명이 된다.

그런데 독일의 일류출판사인 피셔Fischer출판사에서 2011년 4월 12일 새롭게 루이제 린저 전기를 출간하면서 1944년 나치에 체포될 때가지 나치주의

---

76 이처럼 루이제 린저의 소설 및 산문과, 동시에 읽힌 당대 다른 작가의 작품과의 상관관계, 지형도를 파악하는 과성은 부이제 린저뿐만 아니라 동시대 공존했던 다른 작품의 성격을 이해하는 데 하나의 실마리가 될 수 있다. 세계지성사에는 비평가 테리 이글턴, 희망을 강조한 무신론주의 철학자인 에른스트 블로흐를 비롯해 많은 지성들이 마르크스주의와 기독교의 절합을 고민해 왔다. 이에 비추어 기독교적 사회주의자였던 루이제 린저를 통해 그 사유의 깊이와 가능성을 가늠해보는 작업도 중요한 의미가 있겠다. 또한 서구에서 70년대 중후반과 80년대의 페미니즘은, 대체로 사회주의적 혹은 급진적 배경을 가지고 성장해 가는데, 그 당대적 맥락을 여성해방운동에 동참한 루이제 린저를 통해서 일정 부분 이해할 수도 있겠다.

자였다는 사실을 폭로해 충격을 줬다. 린저가 나치의 여자청소년 조직에서 교사로 일하고 나치 선전영화 대본을 쓴 대가로 두둑한 보수를 받았다고 한다.[77] 이러한 과거 이력에도 불구하고 패전 이후에 반파시즘의 우상이 된 루이제 린저가 보인 행보에는 진정성이 있었다는 게 독일 사회의 일반적 인식이다. 루마니아 출신의 프랑스 망명작가 게오르규도 제2차 세계대전 당시 루마니아의 파시스트 정권에서 대사관의 외교관으로 근무한 사실을 철저히 은폐했다. 우리나라뿐만 아니라 외국도 모두 이러한 내막을 잘 모른 채 '세계문학'을 읽고 있다. 루이제 린저나 게오르규나 우리의 식민지 말기의 글쓰기를 떠오르게 한다. 이 모두 아픈 역사의 상처이자 생의 자취인 것이다.

77 「루이제 린저, 한때 나치주의자였다」, 『연합뉴스』, 2011.4.13; 「(역사 속의 인물) 루이제 린저, 사랑의 의미를 찾았지만……」, 『연합뉴스』, 2011.4.30.

아리요시 사와코^{有吉佐和子}의 『복합오염^{複合汚染}』과 한국 사회의 환경재난과 환경운동(권숙표, 최열)

1. 환경안전 인식 재고와 고전^{古典}

2017년 6월 벨기에, 네덜란드에서 살충제 피프로닐^{Fipronil}에 오염된 계란이 발견되었다. '피프로닐'은 벼룩·진드기 같은 해충 구제에 사용하는 독성 물질로 일정 기간 인체에 들어가면 간, 신장 등의 손상을 일으키기 때문에 닭 사육에 금지된 살충제이다. 식품 원료의 공급과 유통이 전지구적으로 다변화된 무역구조에서 살충제 사건은 일국의 문제에 그치지 않았다. 동년 8월 덴마크, 루마니아의 계란에서도 피프로닐이 검출되면서 계란 파동이 동유럽·북유럽으로 확산되었고 영국에서는 피프로닐 오염계란 70만 개가 수입되어 샌드위치 등 냉장식품의 재료로 사용된 사실이 확인되었다.[1] 그 여파로 한국에서도 유럽산 달걀과 육류가 사용된 식품의 수입과 유통이 제한되었다. 특정 국가의 살충제 관리 실패가 유럽 전역의 식품안전 문제로 확대된 것이다.

이 살충제 재난에 대응하기 위해 유럽 각국은 오염계란 회수와 폐기, 농장 폐쇄, 산란계 살처분 등의 조치를 선제적으로 했다. 그런데 이 과정에서 피프

---

1 「유럽 '살충제 달걀 일파만파……덴마크·루마니아서도 발견」, 『국민일보』, 2017.8.12.

로닐 오염 계란을 낳은 닭의 살처분이 동물애호단체의 반발을 야기했다. 가령 벨기에의 동물 애호 단체인 '가이아' 측은 "일부 약물학자에 따르면 닭이 섭취한 피프로닐은 몇 주 지나면 자연스럽게 제거됩니다. 산란계를 전부 살처분하는 것은 꼭 필요한 조치는 아니었"다면서 "농장주는 순전히 경제적 이유로 사육하던 모든 닭을 살처분한 것"이라고 주장했다. 농장주는 가급적 빠른 시일 내에 농장에 새로운 닭을 채워 넣고 알을 낳게 하려고 몇 주를 기다리지 않고 기존의 닭을 모두 살처분했다는[2] 비판이다.

이처럼 유럽 '살충제 계란 파동'은 축산농가의 생산윤리, 피프로닐 살충제를 불법 사용한 방역회사, 정부의 방역관리와 유통시스템의 결함, 사후 수습 대책의 안전성과 적절성을 쟁점화했다. 동시에 식품안전과 자연환경의 연관성, 그리고 사건의 지구적 규모와 성격이 가시화되면서 식품 위생사고가 결국은 지구적 환경재난의 일종이라는 점이 명확해졌다. 무엇보다 건강안전과 직결된 먹거리의 '식재료 확보, 가공, 생산, 안전점검, 유통'은 관리체계의 완비와 각 단계 관련자의 철저한 윤리, 지식을 필요로 한다. 외국의 식품사고가 다른 나라의 경각심을 불러일으키고 제 분야의 점검에 영향을 미치는 이유가 여기에 있다.

한국 정부도 조사를 통해 동년 8월 14일 피프로닐Fipronil, 닭 사용금지과 비펜트린Bifenthrin, 허용기준치하 사용가능이 검출된 달걀을 확인하여 15일부터 모든 농가의 출하를 금지하고 전수검사를 실시하기 시작했다. 친환경 산란계 농장에서 피프로닐, 비펜트린과 함께 사용이 중지된 DDT가 나오고, 산란계와 달리 안전하다던 육계에서도 살충제가 발견되면서 전국민이 충격에 빠졌다. 이로 인해

2　「살충제 달걀 유럽 강타……닭 살처분 논란」, 『MBN 뉴스센터』, 2017.8.12.

유기농 등 식품 전반에 걸쳐 불신이 심화되고 친환경인증업체와 관리·감독을 맡은 정부부처에 대한 비난이 비등해졌다. 인증업체에 취직한 '관피아'나 독성물질을 사용한 축산업자, 식약처유통관리와 농식품부생산관리의 책임론은 유럽의 사례와 별반 다르지 않다.

더 큰 충격은 축산당국이 항생제만 검사를 해오다가 2016년부터 피프로닐 등의 검사를 시작했고,[3] 농가에 잘못된 농약을 권장한 당국의 실태를 지적한 보도였다. 이를 조금 과장하면 각 국민은 전생애에 걸쳐 유해성분을 함유한 식품을 섭취해온 셈이다. 이처럼 가중된 소비자의 불안감은 근본적으로 화학물질의 인체 위해성에 대한 정부 및 전문가의 발표를 신뢰하지 못한 데 기인한다. 국내산 달걀의 안전을 성급히 주장한 식품의약품안전처장은 국민의 공분을 샀다. 즉, 사회적 논란의 주된 본질은 화학물질의 사용과 관리에 대한 과학적 지식의 불완전성이다. 앞서 벨기에 동물애호단체가 일부 전문가의 견해오염물질 자연제거를 근거로 살처분을 비판한 것도 환경단체의 입장에서는 무조건 적으로 동의할 수는 없는 논리였다. 한국의 케모포비아Chemophobia, 화학물질 공포증는 동년 8월 '릴리안' 생리대 피해 제보가 알려지면서 확산되었다.[4] 위해성 기준도 없는 화학제품이 그동안 건강권과 생활안전을 위협해온 것이다.

2017년 8월 이후 살충제 달걀, 생리대, 기저귀, 중금속 핸드폰 케이스, 물티슈 등 일련의 화학물질의 오·남용사건이 국민 개개인에게 충격을 준 것은 그만큼 한국 일반사회의 환경오염 인식이 낮았다는 사실을 일깨워 주었다. 건강권 확보 위한 제도 구축은 소비자의 적극적 참여에 따른 민주주의의 발

---

3 「[살충제 계란] "먹어도 안전할까요?"……계란 안전관리 대책 Q&A」, 『머니투데이』, 2017.8.15.
4 「"생리대가 먹는 건가? 식약처 조사가 어이없는 이유"－[인터뷰] 이안소영 여성환경연대 사무처장」, 『프레시안』, 2017.10.8.

전 없이는 요원하다. 개인은 소비자이자 공동체의 일원으로서 생존권적 기본권 확보를 위한 자각과 노력이 필요하다. 그런데 생활안전에 무관심한 국민을 대신하여 이미 솔선수범하여 환경운동을 해온 학자나 시민단체가 존재한다. 크고 작은 환경재난의 공론화와 제도개선을 위해 힘쓴 이들의 노력이 사회적 기억화되어 축적되고 전해지지 않는다면 개인의 의식각성과 사회의 진보는 더딜 수밖에 없다. 그래서 환경운동의 역사를 보다 대중화하고 사회화하는 '기억의 역사화'가 매우 중요하다.

이때 환경 지식과 운동의 집적물이자 산출물인 '환경서적'이 중요한 가치를 갖는다. 그래서 '살충제 달걀 파동'처럼 화학물질이 사회문제화되자, 인터넷서점 알라딘은 2017년 9월 생물학자 레이첼 카슨Rachel Carson의 『침묵의 봄Silent Spring』1962의 리커버 특별판을 새로 출간하면서 초록으로 그리는 정의로운 세상 '환경정의'에서 선정한 '우리시대의 환경고전' 20종을 판매하였다. 환경 개선에 기여한 환경고전古典이 출판시장과 사회에 소환되어 공론화되고 기억되는 장면이다.

그런데 환경정의시민연대는 과거 2002년 9월 교보문고, 교보생명교육문화재단과 함께 마련한 '2002 환경책 큰잔치'를 서울 광화문 교보문고에서 개최하면서 환경도서 400여권을 소개한 적이 있다. 이 환경도서전시회에서는 지금은 절판돼 시중에서 쉽게 찾을 수 없는 책들을 한자리에 모아 '다시 찍었으면 하는 환경책' 코너를 마련하기도 했다. 이 목록에는 『더럽게 살자』, 『시민을 위한 환경교실』, 『시화호 사람들은 어떻게 되었을까』, 『원은 닫혀야 한다』, 『복합오염』 등이 있었다. 즉 고전이 시기에 따라 일부 달라지고 있는 것이다. 당대의 사회적 필요에 맞춰 주요 도서가 새롭게 조명되는 것은 일반적 현상이다.

그럼에도 우리 사회가 과거의 환경재난과 활동가를 기억하고 기념하기 위해서 한국 사회 역사에 합당한 환경고전을 선정할 필요가 있다. 『침묵의 봄』처럼 세계 공통의 고전도 존재하지만 한국 환경운동의 역사에서 주요한 도서도 존재하기 때문이다. 예를 든 『침묵의 봄』은 DDT의 위험을 고발했지만 한국에는 1974년에 최초 번역되었다.[5] DDT는 국내에서 1969년에 이미 사용금지 되기 시작했다. 세계적으로 분명히 중요한 책이지만 한국에서는 금지조치 이후에 번역됐다는 점에서 그 번역서의 영향력은 상대적으로 낮을 수밖에 없다.

이와 달리 한국의 초기 환경학자와 환경운동가에게 유의미한 영향을 미친 환경도서는 2002년 '환경정의'가 꼽은 아리요시 사와코有吉佐和子의 『복합오염』1975이었다. 이 소설은 환경학의 선각자인 권숙표에 의해 1978년 번역 수용되었는데, 10년 후 환경시민운동가의 선각자인 최열도 번역을 했다는 점에서 이목을 요한다. 하지만 이 작품은 현재 절판되어 판매되고 있지 않다. 그 대신 아리요시 사와코의 미스테리소설 『악녀에 대하여』가 번역 판매되고 있다.

요컨대 2017년 '살충제 파동'과 알라딘 서점의 환경고전古典 기획은 '한국 사회의 환경고전은 무엇일까' 라는 논제를 제기한다. 이에 필자는 한국 환경학계와 시민운동의 선각자에게 의미 있는 작품에 주목했다. 본고는 작가 아리요시 사와코 문학의 번역수용사를 고찰하여 『복합오염』이 한국의 환경문

---

5   일본에서는 『생과 사의 묘약』(1964)이란 제명으로 최초 번역되었다. 케네디 정권은 1963년에 환경파괴의 위험이 지적된 농약 DDT를 전면적으로 금지했다. 다케다 하루히토, 「환경파괴와 공해 분쟁」, 『고도성장』, 어문학사, 2013.1, 187면. 참고로 신조사는 이 책을 1974년 2월에 간행했는데 2017년 현재 78쇄를 찍었다. レイチェル カーソン, 青樹 簗一 翻訳, 『沈黙の春』, 新潮社, 2017.

제 개선에 일정 부분 기능했던 역사적 맥락을 구명究明하여 『복합오염』이란 환경고전의 가치를 고찰하고자 한다. 이 작품이 한국사회에서 사회화되는 맥락을 명확히 하기 위해 작가의 다른 작품의 번역 수용도 함께 고려하여 책과 작가의 영향력 및 위상의 변천을 논하고자 했다. 『복합오염』의 수용사가 작가 아리요시 사와코의 번역수용사의 맥락하에서 파악되는 것이다.

2. 『복합오염』의 번역 수용과 환경학계의 선각자

원작자와 번역자의 인지도는 번역문학의 수용과 파급력을 좌우하는 중요한 요인이다. 따라서 『복합오염複合汚染』『朝日新聞』, 1974.10.14~1975.6.30 256회 연재, 1975이 1978년 번역되기 이전, 아리요시 사와코有吉佐和子, 1931~1984에 대한 한국사회의 인식이 먼저 파악되어야 한다. 한국에서 아리요시 사와코의 작품과 작가 소개는 1965년 『전후일본단편문학전집戰後日本短篇文學全集』5에서 최초로 이루어졌다. 여기에 단편소설 「지패地唄」, 「물과 보석」, 「기도祈禱」과 「연보」, 「해설」이 실려 있다. 이 책은 1969년의 『일본수상문학전집日本受賞文學全集』5, 1973년 『현대일본대표문학전집現代日本代表文學全集』5와 책 이름만 다를 뿐 내용이 완전히 동일하다. 따라서 이 책과 해설은 『복합오염』번역 이전 아리요시 사와코에 대한 한국 인식을 대표하고 있다고 할 수 있다.

연보를 보면 작가는 1931년 와카야마시和歌山市에서 태어나, 1949년 도쿄여자대학 영문과에 입학했으나 이듬해에 병으로 휴학, 1951년 단기대학 영어과 2년에 입학 후 1952년에 졸업했다. 1956년 『문학계』에 발표한 「지패」가 아쿠타가와상 후보작이 되어 『문예춘추』에 다시 게재 되었다. 동년 8월

에 무용극 〈무네찬란한 북〉이 신바시 연무장에서, 또 인형정리류극人形淨瑠璃劇 〈설호雪狐와 자호姿湖〉가 오사카 문학좌文學座에서 상연되었다. 1957년에는 〈흰 부채〉가『킹구(キング)』에 발표 나오키상 후보작이 되었고, 〈돌의 뜰〉TV 드라마이 예술 좌 장려상을 받았다. 이듬해 인형정리류극 〈호무라〉가 TV부문 예술제상藝術 祭賞을 받았다. 1959년 8월부터 비로소 신문소설「나는 잊지 않는다」가『아사 히신문朝日新聞』에 연재되었는데 작가는 동년 11월 록펠러 재단의 초청을 받아 뉴욕에 갔으며 1960년 8월부터 유럽 11개국, 중근동中近東 2개국을 여행, 11 월 16일 귀국했다.

　1960년까지만 다룬 연보를 보면 이 책은 작가의 초기 작품세계를 제시하 고 있다. 해설자 도이타 야스지戸板康二는 이 작가의 "소설의 특색이라는 것이 무릇 고전적인 세계에 동시대인에게는 유례없는 관심을 붙이고, 반짝이는 호 기의 눈동자를 집중"하는 것이라고 한다. 그러면서 이 작가가 유행작가이기 는 하지만 "소설가로서는, 그녀를 재녀才女라고까지는 부르고 싶지 않다. 그 작품의 구성이나 전개에, 때로는 불만을 느끼는 수가 많다. 묘사도 소재의 불 소화한 개소가 발견된다. 그런 관점이 유래하는 원인은, 아무래도 엣세이스 트로서의, 그녀를 버리지 못하는 애착이나, 말 않고 잊고 있을 수 없다는 욕망 이 강렬한 탓일는지 모르겠다"고 평했다.[6] 이런 인식처럼 일본문단에서 아리 요시는 오랫동안 순문학작가가 아닌 스토리텔러로 폄하되었는데, 작가의 성 격은 고전에 관심이 많은 여성작가라는 평이 일반적이었다.

　이러한 초기 인식이 변화된 계기는 치매 문제를 다룬 '노인소설'『恍惚の 人』1972의 1973년 김영철 번역『시아버지』,『황홀의 인생』, 1975년 권일학의 번역『황홀恍

6　開高健·有吉佐和子·大江健太郎, 金龍濟 等譯,『戰後日本短篇文學全集』, 서울 : 日光出版社, 1965, 217~226면.

^{恍의 인생人生}이었다. 김영철에 의해 『恍惚の人』이 1972년 일본의 베스트셀러가 된 사실이 한국에 알려졌다. 아리요시는 「저자의 말」에서 "수년 전부터 나는 자신의 육체와 정신이 물엿색으로 되어가는 노화를 느끼고 동시에 작가로서 이것은 최후까지 지켜보자고 결심한 것이다. 외국에 나가면 노인시설을 샅샅이 견학하고 현대에서 늙어 살아간다는 것이 자살보다도 훨씬 고통스럽다는 것을 깨닫게 되었다. 과학의 진보는 인간의 수명을 연장시켰으나 그로서 파생된 사태는 심각한 것이다"[7]라고 밝히고 있다. 이 '노인소설'을 통해 한국의 독자는 작가가 고전의 세계에서 벗어나 시사적인 '사회소설'의 단계로 변모했다는 것을 알게 되었다.

이때 아리요시의 작품세계는 두 가지 계열로 나누어진다. 먼저 1950~1960년대는 "「지패」를 비롯하여 「흑의黑衣」 등에서 다루어진 '전통세계에서의 신구세대의 갈등'의 테마가 「조좌위문사대기助左衛門四代記」, 「향화香華」, 「화강청주華岡靑洲의 아내」 등의 가계소설家系小說로 발전"한다. 또 하나의 계열은 1970년대부터 사회문제를 취급한 작품세계다. "흑인과 결혼한 여자를 그린 「비색非色」 같은 것은 철저하게 상대주의를 추구하는 작품이라고 할 수 있으며, 「해암海暗」, 「나는 잊지 않는다」, 『황홀恍惚의 인생人生』 등은 현대의 정치적 문제와 사회적 문제를 다룬 작품이다."[8] 이와 같은 작품세계의 구분과 설명은 현재까지 일반화된 평가의 원형이다. 따라서 한국 독자는 『복합오염』이 번역되기 이전에 아리요시 사와코가 일본의 전통에서 사회문제를 다루는 작가로 변모하는 단계와, 베스트셀러 작가, 스토리텔러 등의 정보를 접

---

7   有吉佐和子, 김영철 역, 『황홀의 인생』, 서울 : 한진문화사, 1973, 343면; 유길좌화자, 김영철 역, 『시아버지-현사회는 노인을 이대로 외면할 것인가?』, 서울 : 한진, 1973.

8   有吉佐和子, 權一鶴 역, 『恍惚의 人生』, 文潮社, 1975, 375~377면.

할 수 있는 상황이었다.

이때 일본의 환경오염을 다룬 베스트셀러 『복합오염』이[9] 연세대학교 환경공해연구소의 권숙표 교수에 의해 1978년 최초 번역되었다. 전문번역가나 문학자가 소설을 번역하는 일반적인 경향과 달리 학자가 소설을 번역했다. 한국의 환경전문가로서 선각자인 권숙표 교수가 주목했다는 것은 작품이 일반독자에게도 신뢰를 확보할 수 있는 기반이 될 수 있다. 동시에 번역 출판은 번역자의 정보가 대중에게 알려질 수 있는 기회이기도 했다. 이를 통해 독자는 권숙표의 존재와 이력, 활동을 인지하게 되고 더불어 환경오염의 심각성을 인식할 수 있게 된다. 당대 독자뿐 아니라 후대의 사람들 역시 책을 읽게 될 때 일본작가의 환경문제 고발과 한국 환경전문가의 노력을 함께 알게 되고 기억하여 조금씩 사회적 기억화할 수 있는 가능성이 열릴 수 있다. 사회를 개선하기 위해 힘쓴 선구자 및 운동가의 활동이 기록되어 제한적이지만 전수되는 것이다. 이때 번역텍스트는 한국사회에 유의미한 고전古典이 될 수 있다. 이것이 전문가의 번역작업이 갖는 복합적 효과이다. 정리하면 특정 외국도서의 기념화, 고전화는 그 책의 번역자가 한국사회에서 수행한 사회적 공헌을 기념하고 사회적 기억화하는 작업과 병행될 수 있다.

이러한 맥락에서 아리요시의 소설은 번역자인 권숙표의 영향력과 함께 당대 독자에게 수용되었다. 이 수용사는 권숙표가 『복합오염』을 번역하기 이전 / 이후 활동과 시대상황, 작품내용의 상관관계를 복합적으로 고려해야 한다. 권숙표는 1920년 전남 무안군 동탄면 사창에서 태어났다. 1943년 동경제국대

---

9   "지금 현대일본의 교과서'로 전독자의 화제를 독점하는 충격의 소설 『복합오염』 - 위기의 현실을 묘사하는 저자의 펜은 다시 식육, 합성세제, 배기가스로 박두하여 간다!" [広告] 複合汚染 新潮社, 『読売新聞』, 1975.7.7(조간), 2면.

학 의학부 약학과에 입학 후 페니실린, 곰팡이, 항균력 연구와 시험을 했다. 1945년 3월 졸업 후 학교에 남아 박사과정으로 페니실린을 연구했는데, 폭격을 피해 경성제국대학 의학부, 개성 생약연구소에서 페니실린 연구를 지속했다. 해방 후 서울대학 약대에 남아 약학미생물학을 강의했고 1946년 5월 구립화학연구소 위생화학과를 만들어 초대 과장이 된다. 자신이 맡은 위생화학과는 물과 음료수에 대한 각종 위생검사를 했는데 동년 8월 콜레라가 전국 맹위를 떨쳐 한강과 우물을 소독했다. 그는 이때부터 물에 관심을 갖게 되었다. 1955년 미국 유학 중, 정부가 귀국시켜 보사부 약정국 수급과장으로 발령을 냈다. 이후 권숙표는 1961년 중앙대학 약대 부교수, 대한결핵협회 사무총장을 겸하게 되었으며 1964년부터 연세대학 의대 예방의학교실 외래교수로서 위생화학을 가르친다. 1968년 2월 연세대 조교수로 정식 발령받은 그는 곧 환경공해연구소를 만들어 소장을 맡으면서 본격적으로 공해문제를 다루기 시작했다. 특히 미비된 '환경기준'을 만드는 일에 전념한 그는 오염방지 시설과 기술을 개발하는 일에도 착수, 미생물을 이용해서 하수처리를 하는 HBC공법을 창안했다. 그 덕에 1979년에는 환경공해 문제를 규제하는 제도가 마련됐다. 미국이 1969년 국가환경정책법을 만들어 개발을 할 때 환경영향평가를 의무화했는데 이를 참조한 권숙표가 미국에 직접 가서 그 효과를 알아보고 한국의 실정에 맞도록 도입하여 개발開發에 '환경영향평가'를 하는 조항을 1979년에야 겨우 마련했던 것이다. 1980년 헌법에는 "국민은 쾌적한 환경에서 생활할 권리가 있다. 국민과 정부는 환경을 보존해야 할 의무가 있다"고 하는 환경권 조항제35조이 삽입되었다. 이러한 공헌을 인정받아 권숙표는 1982년 국민훈장 모란장이 수여됐으며, 1989년에는 유엔환경계획 글로벌 500상을 수상했다.[10]

연구자로서 권숙표의 생애는 한국의 초기 환경제도사의 발전사와 다르지 않았다. 1966년 연세대 학부는 전염병예방, 상수 급수관리, 하수처리, 식품위생 및 공중위생 같은 '위생학'을 공부하는 수준이었다. 그가 외래교수로 부임하여 '환경공해'라는 새로운 관점을 제시했다.[11] 이듬해 1967년 보사부는 처음으로 공해조사 연구비를 계상하여 연세대학 공해문제연구소^{권숙표 교수} 등에 서울특별시, 부산직할시 등지의 대기오염, 수질오염, 소음상태 등 일련의 공해문제를 측정·조사하도록 위촉했다.[12] 1968년 3월 설립된 연세대학 환경공해연구소는 한국 환경 분야 최초의 대학연구소였다. 1975년에는 권숙표 박사, 서주연 변호사, 정경수 변호인 등이 '한국환경보호연구회'를 창립했고 1976년 환경전문가들이 중심이 돼 '한국환경문제협의회'가 발족했다. 이기관에서 1975년 12월 5일부터 1976년 3월 5일까지 약 100여 일 동안 한국최초의 '공해문제 시민의식' 조사를 서울시민 4,370명을 대상으로 실시했다.[13] 그는 1979년 개발시 환경영향평가를 하는 조항을 마련했고 1980년 헌법에 환경권 조항을 삽입했으며 1985년에는 최초 수질전문학술기관 '한국수질보전학회'를 만들었다. 한국에서 1980년 전후에야 학부수준에 환경전

---

10   李光榮(과학평론가),「원로와의대담 – 공해연구의 태두 권숙표 박사」,『The science&technology』29-6, 한국과학기술단체총연합회, 1996, 78~81면.

11   정용(연세대 의대 교수, 환경보건학),「인물기행 권숙표 한국 환경공해 문제의 태두」,『한국논단』47, 한국논단, 1993, 147~153면.

12   金貞德, 권숙표 감수,『한국의 공해행정』, 技工社, 1978, 208면.

13   박창근 편저,『한국의 환경보호 초기의 선각자들(1960~1970년대)』, 가교, 2015, 114~176면. 이 조사에서 공해요인 중 시급한 개선을 요하는 것에 대해 '자동차 매연' 38%, '대기오염' 21%, '수질오염' 17%, '쓰레기' 12%, '소음' 6%, '식품공해' 6%로 나타났다. 특히 시민들의 과반수가 차량매연 가수 등 대기오염에 대한 대책이 시급하다고 답했다. 서울시민 55%가 도저히 견딜수 없다, 78%는 호흡이 곤란하고 머리가 아프다는 반응.「서울시민 55% 공해 느낀다」,『조선일보』, 1976.5.18.

문교육을 행하는 학과가 등장한 것을 감안하면 권숙표의 연구 및 활동은 한국 환경단체와 행정제도를 구축하는 선각자적 의미가 있었다.

우리 주변에 널려있는 수많은 문제들이 나와 그리고 나와는 아무런 인연도 없는 사람들에 의해서 만들어지고 그중의 어느 것은 나를 직접 괴롭히고 있다. **견딜 수 없는 시끄러움, 항상 연기에 쌓인 도시의 하늘과 기름타는 냄새, 기름과 거품에 덮인 강물, 그리고 느낄 수 없는 공해의 위협**이 우리 주위에 엄습해오고 있을 것만 같다.

막연히 절박감이나 불안감에 싸여 살 수는 없다. 언젠가는 파헤쳐 보아야 한다. 누가 왜 무엇을 했기에 우리가 괴롭힘을 당해야 한단 말인가. 생활의 밑바닥에 깔린 관습이나 소망이 그리고 마침내 손에 잡힐 듯한 **풍요**가 어두운 공해라는 그림자를 거느리고 있는 것만은 틀림이 없다. 오랫동안 나는 공해의 진상을 우리들 생활 속에서 알기 쉽게 파헤쳐 보이는 책을 쓰고 싶었다. 그래서 누구나가 다 같이 공해의 공범자였다는 것을 알리고 싶었다.

작가 아리요시 사와코의 소설『복합오염』을 읽어보고 나의 이러한 소망이 이 소설에 모두 담겨져 있음을 발견하고 더 이상의 설명이 필요 없게 된 것을 알아차렸다.

이 소설에 담겨진 이야기가 일본에서만 있었던 것으로 생각하는 독자는 이제 없을 것이다. 왜냐하면 저들의 이야기가, 저들의 상황이 우리들과 너무나 닮았기 때문이다. 과학자가 아닌 아리요시 사와코 씨가 10년 간이라는 긴 세월을 끈질기게 추적한 이 공해보고서는 과학자가 어려운 화학기호를 늘어놓고 설명하는 것보다 독자에게는 훨씬 실감을 줄 수 있을 것 같다. 우리가 이대로 공해를 방치한다면 머지 않아 그들보다 더욱 심각하게 그리고 아무도 느끼지 못하는 사이에 병들어가는 새, 나무 그리고 인간들을 두고 그 **원인조차 밝히지 못하는 현대과학의 무력함**을 한탄할 때가 올른지 모른다.

어찌할 수 없다고 단념해버린 데서부터 공해가 시작되었다는 이야기다. 그러나 아직 늦지는 않았다. 이 순간에라도 다시 우리 주위에 도사리고 있는 공해의 근원을 살펴보자는 것이다. 그래서 누구나 자기나름으로 생각해보고 답을 얻어 보자.[14]강조는 인용자

이처럼 당대 최고 환경전문가 중 한 명인 권숙표가 『복합오염』1975이란 일본소설을 1978년 번역했다. 역자서문을 살펴보면, 그는 '공해의 진상을 생활 속의 예를 통해 알기 쉽게 알려 우리 모두 공해의 공범자'라는 것을 깨닫게 하기 위해 번역을 했다. 전공서적의 난해한 전문용어는 일반독자가 이해하기 어렵기 때문에 소설의 번역은 대중적 형식을 통한 공해인식의 재고를 꾀한 기획이다. 동시에 이러한 시도는 그만큼 한국사회에서 공해문제가 사회문제로 분출하고 있다는 것이며 국외 동향을 참조하고 있다는 방증이기도 했다.

국내에서는 앞서 말했듯이 1975년 한국 최초로 서울에서 공해문제 시민의식 조사를 실시했는데, 그 이전인 1972년 정부는 최초로 서울 시내극장 공기오염 조사를 했다. 이것은 수도권 과밀집중 현상에 따른 도시공해의 심각성을 환기했다. 실제로 정부는 1970년대 접어들어 수도권 과밀집중 억제와 분산을 위한 대책 마련에 분주했다.[15] 1973년 5월에는 울산 지역 공해손해 배상 청구소송에서 대법원 최초로 공장의 유해가스배출에 따른 배상 판결이 있었다. 1974년 6월 '금속오염물질 배출규제 기준'이 발효됐고 1975년에는 부정식품, 수도물, 대기오염, 농약중독, 소음, 의약품 남용, 오물 등 '생활공해'

---

14   아리요시 사와코, 權肅杓 譯, 『小說複合汚染』, 서울 : 廷禧出版社, 1978, 8~9면.
15   「公害防止法부터 고치라」, 『동아일보』, 1970.6.8, 3면; 이종익, 「지령100호기념특집 – 우리는 지금 어디에 서 있는가 – 현대도시의 팽창과 환경파괴」, 『世代』, 1971.11, 95면; 노융희, 「한국적 현안문제⑧ 환경대책 – 환경대책과 서툰 계산」, 『世代』, 1974.8 참조.

를 고발하는 기획기사가 연재되는 등 조금씩 공해문제가 사회문제로 부상하기 시작했다.

그러나 1980년도까지는 환경문제에 대한 조사와 연구결과를 당국의 검열 없이는 발표할 수 없던 암흑시대였다. 예를 들면, 권숙표는 1974년 한강물이 오염되어 상수원을 서울시 관내 한강 본류에서 40km 떨어진 팔당으로 이전할 때 수질오염도 조사 보고서를 발표하지 못했다. 북한의 위정자들이 남한이 정치를 잘못한다는 트집으로 선전할 수 있다는 게 그 이유였다.[16] 또한 언론이 농업 관련 심층보도를 하기만 하면 박 정권은 무조건 탄압을 가해 농업에 대해선 절대 쓰지 못하도록 하는 상황에서 농촌 농약공해를 본격적으로 제기하기도 어려웠다.[17]

하지만 공업화를 선취한 선진국에서 환경문제가 먼저 정치의제화되면서 한국도 그 영향을 받게 된다. 생물학자 레이첼 카슨이 1962년『침묵의 봄』을 써서 DDT의 사용금지가 내려졌다. 이 책을 접한 상원의원은 케네디 대통령에게 자연보호 전국 순례를 건의했으며, 이를 계기로 1970년 '지구의 날'4월22일이 제정되었다. 공해가 지구 환경 전체의 문제로 확대된 계기는 1972년 6월 스웨덴의 스톡홀름에서 열린 유엔의 '제1회 세계환경회의'였다. 이 대회는 1970년대 초부터 본격적으로 나타난 생태주의의 도전과 개발주의의 '생태적 전환'이라는 장기적 목표를 향한 출발로서 큰 의미를 지닌다. 환경보존을 둘러싸고 선진국과 개도국 사이의 갈등이 최초로 표출된 회의였으나, 길게 보아서 이 회의는 지속가능발전정책의 확립을 향한 첫걸음이었다.[18] 특히

---

16   정용(연세대 의대교수, 환경보건학),「인물기행 권숙표 한국 환경공해 문제의 태두」,『한국논단』47, 한국논단, 1993, 150~153면.
17   강준만,『한국 현대사 산책 1970년대 편』3, 인물과사상사, 2002, 122면.

당시 '성장의 한계론'은 메도우즈 교수의 연구팀이 1972년에 로마클럽의 보고서로 발표한 『성장의 한계』라는 책에서 제기되었다. 이 책은 "공업문명이 자원고갈과 자연오염을 가속화하여 지구의 생태적 한계를 빠르게 앞당기고 있는 것을 보여주면서 돌연한 파국을 맞이하기 전에 한계를 향해 치닫는 공업문명을 관리해야 할 필요성을 강조했다".[19]

로마클럽의[20] 『성장의 한계』는 동년 한국에서 『인류의 위기』삼성미술문화재단라는 제명으로 출간되었다. 또한 레이첼 카슨의 『침묵의 봄』은 한국에서 의약용 DDT 시판도 완전히 금지1972.12된 이후인 1974년에 2권으로 분권 번역되었다.[21] 이와 같은 당대 주요 환경도서에 이어 1978년 소설 『복합오염』이 한

---

18 〈표1〉

	발표시기	주창자
성장의 한계론	1972	로마클럽의 의뢰로 MIT의 메도우즈 교수 연구진이 연구하여 발표
제로 성장론	1974	미래를 위한 자원의 의뢰로 맨커 올슨 등의 연구자들이 발표
생태적 개발론	1976	국제연합에서 새로운 개발론의 개념으로 생태적 개발론을 제시
지속가능개발론	1987	국제연합의 세계환경발전위원회에서 새로운 개발론의 개념으로 지속가능한 개발론을 제시

—홍성태, 『개발주의를 비판한다』, 당대, 2007, 68면.

19 위의 책, 67~70면.

20 로마클럽이란, 1970년 3월에 스위스 법인체로 설립된 민간단체이며, 세계 각국의 과학자, 경제학자, 교육자, 경영자들로 구성되어 있다. 현재의 회원은 25개국, 약 70명이며, 정부의 공직에 있는 사람들은 포함되어 있지 않다. 또 이 '클럽'은 어느 이데올로기에도 치우치지 않고 어느 특정 국가의 이해나 의견을 대표하고 있는 것도 아니다. 이 클럽은 급속하게 심각한 문제로 등장하고 있는 천연자원의 고갈화, 공해에 의한 환경오염, 발전도상국에 있어서의 폭발적인 인구의 증가, 군사 기술의 진보에 의한 대규모의 파괴력의 위협 등에 의한 인류의 위기의 접근에 대해서 인류로서 가능한 회피의 길을 심각하게 모색하는 것을 목적으로 삼고 있다. 「로마 클럽」이라는 이름이 생긴 것은 1968년 4월에 '로마'에서 첫 회의를 가졌기 때문이다. D. H. 메도우즈 외, 金昇漢 譯, 『人類의 危機 – 로마클럽 레포오트』, 서울 : 三星文化財團, 1972, 237면.

21 Carson, Rachel(R. 카아슨), 車鍾煥·李順愛 譯, 『沈默의 봄, 公害의 悲劇』 1, 世宗出版公社, 1974; 『沈默의 봄, 藥品 汚染의 恐怖』 2, 世宗出版公社, 1974.

국에 수용된 것이다. 사실 레이첼 카슨과 아리요시의 저작은 농약을 주비판 대상으로 삼는다는 점에서 비슷하다. 하지만 아리요시는 보다 광범위한 농약과 행정당국, 생산자인 농부, 소비자, 유기농법, 수질오염 등 환경전반을 다루며 소설이라는 대중적 미디어로 공해실태를 쉽게 전달하고 있다. 『침묵의 봄』의 역자도 "법정 전염병보다 무서운 존재가 공해임을 알아야 한다. 보이지 않는 살인자, 인류의 公敵인 공해를 모르는 것이 더 큰 공포임을 알아야 할 것을 호소한"[22] 것처럼 환경에 대한 사회일반의 관심과 지식의 대중화를 고민했는데, 권숙표는 전문서 대신 소설을 택한 셈이다.

각국의 환경 관련 선구자들은 국민에 공해와 오염 문제를 환기하고 환경지식을 교육하기 위해 저서 보급에 힘써 왔다. 권숙표 역시 그 대표적인 예에 속한다. 1970년대 외국 환경도서의 번역수용에서 『복합오염』의 위치를 파악할 수 있듯, 권숙표에게 『복합오염』이 책으로서 갖는 위치는 그의 저술 작업을 통해서도 가능할 수 있다. 그는 1970년대만 해도 『식품의 오염과 피해』환경교육시리즈, 1973, 『공해公害와 대책對策』 1 · 2 1973, 『최신환경위생학最新環境衛生學』 1973, 『가정의학백과대사전家庭醫學百科大事典』 1976, 『식품위생학食品衛生學』신편新編, 1977, 『공해관리기술公害管理技術』 1977, 『한국의 공해행정』감수, 1978, 『소설복합오염小說複合汚染』번역, 1978, 『하나뿐인 자연自然』번역, 1978, 『인류생태학人類生態學』번역, 1978, 『환경공해環境公害와 대책對策』 1979 등 다양한 환경 분야의 논제를 다른 연구자와 함께 저술했다.[23]

---

22 Carson, Rachel(R. 카아슨), 車鍾煥 · 李順愛 譯, 『沈默의 봄, 公害의 悲劇』 1, 世宗出版公社, 1974, 5~6면.

23 권숙표는 전문가로서 신문 · 잡지 미디어를 통한 발언도 자주 했다. 다음은 그 일부다. 權肅杓 · 金憲奎 · 羅相紀 · 林英芳 · 崔淳雨, 「환경개발과 자연보존, 문명잠식의 시련 앞두고 그 극복의 지혜를 펴보는 좌담」, 『조선일보』, 1972.3.15(조간), 5면; 권숙표, 「大氣와 水質의 汚染

전문서적을 집필하던 권숙표가 번역을 집중적으로 산출한 해는 1978년이었다. 이 해에 3권의 번역서를 냈다. 『하나뿐인 자연』은 유네스코에서 세계 각국 저명한 학자들의 소논문을 모았다. "환경의 수용 능력을 벗어나서 가능한 형태로 인간생활을 위협하기 시작한 선진공업 국가들이 부의 이면에 숨어있던 오염과 환경파괴가 때로는 얻어진 부보다 더욱 엄청나게 큰 손실이라는 현실을 오랜 경험에서 깨닫"고 분투하기 시작한 각국의 실상이, 한국사회의 "현실과 문제, 우리의 도전방향을 제시"하는 가치가 있다는 게[24] 권숙표의 진단이다. 『인류생태학』은 "인위적인 환경 — 산업, 경제, 관습, 인구 등 — 의 변화가 인류의 진화속도를 초월하였을 때에 나타나는" 문제가 "인류의 진화에 어떠한 영향을 미칠 것인가를 많은 적응과 도태의 역사에서 보여주고 있"는 인류학적 해부서이다.[25] 『복합오염』은 일본의 베스트셀러 환경 도서로서 공해와 화학물질농약, 수은 등의 위험성과 '복합오염' 이란 학술용어를 일본사회에 대중화하는데 기여했으며[26] 1971년 발족한 일본 유기농업연구

自然保護 의 길」, 『世代』 174, 1978, 236~242면; 「권숙표 인터뷰 '세제공해' …… 한강을 더럽힌다」, 『조선일보』, 1974.10.26(조간), 6면; 權肅杓・한기학・曺研興, 「주간살롱. 전문가 좌담, 농약 이대로 쓸 수밖에 없다면 '안전사용' 강조 돼야한다」, 『조선일보』, 1981.7.23(조간), 9면.

24 미첼 바티세, 權肅杓 譯, 『하나뿐인 自然』, 서울 : 中央日報 1978, 259~260면.

25 Oliver Georges, 權肅杓 譯, 『人類生態學』, 서울 : 三星文化財團, 1978, 172~173면.

26 '복합오염'이란 학술용어이며, 두 종류 이상의 독성물질에 의해 오염되는 것을 가리킨다. 두 종류 이상의 물질의 상가작용(相加作用) 및 상승작용이 일어나는 것을 전제로 한다고 설명한다. 『大辭典』(小学館, 1995, 1,200면)에 의하면 "유길좌화자의 소설 『복합오염』에서 시작되어 일반적으로 쓰이게끔 되었다"고 한다. 공해소설 『복합오염』으로 인해 이 용어는 유행어로 되었던 것이다. 吳敬子, 『아리요시 사와코(有吉佐和子)의 문학과 현대 일본사회』, 안성 : 계명, 2000, 324면. 주지하듯, 아리요시의 소설이 출간되기 이전에 이미 일본에서 범죄적 산업공해가 심각한 사회문제로 대두되고 있었는데 각종 반공해 주민운동조직의 활동과 혁신 자치제의 등장과 지원으로 공해대책을 위한 제도화가 진행되어 갔다. 상세한 내용은 미야모토 겐이치(宮本 憲一), 김해창 역, 『공해의 역사를 말한다 – 전후일본공해사론』, 미세움, 2016을 참조할 것.

회와 유기농법의 발전을 촉진한 소설이다. 정리하면 1970년대 권숙표는 한국 대학에 필요한 전공서적을 다수 저작하여 학계의 기반을 마련하고 외국의 학술성과를 소개했으며 학술환경단체 활동을 통해 경험한 환경지식의 사회적 대중화와 대중의 환경인식 재고를 위해 인접국인 일본의 소설을 번역 출판했다.

이처럼 1970년대 한국 독서시장에 새롭게 등장한 아리요시의 소설 『황홀의 인생』과 『복합오염』 중 주목을 받은 것은 후자였다. 한국에서 노인과 고령화문제는 1990년대 중반 이후에야 제기되었다. 1970년대 당대적 요구는 농약 오·남용, 수질오염 등을 본격적으로 다룬 『복합오염』이었다. 1979년 헌법에 환경권 조항이 신설되듯 1970년대 말은 한국사회가 1963년 제정된 공해방지법의 협소한 '공해' 개념에서 더 나아가 '환경오염' 문제로 인식을 확대해 가던 무렵이었다. 이때 농약문제가 생태계 전반에 미치는 영향과 대안으로서 유기농법을 내세운 아리요시의 주장은 참조할 만한 설득력 있는 주장이었다. 특히 1967년 1,577톤이었던 농약 사용량은 1981년 16,032톤으로 크게 증가하면서 한국은 세계에서 네 번째로 농약을 많이 사용하는 나라가 되었다. 이처럼 1960년대 이후 매년 농약사용량이 10~30%씩 급증. 맹독성 농약에 의한 사망사고가 빈번했고, 식품의 중금속 오염도 심각해 현미의 수은 함량이 1970년에 0.02ppm, 72년에 0.028ppm, 74년에 0.118ppm으로 증가했다. 1980년에는 전국 9개 지역 농민들을 대상 조사결과 44%가 농약중독 경험이 있다는 보고도 있었고, 같은 해 국립보건원 조사에서도 경기도 고양군, 충남 당진군, 전남 무안군 등에서 농민의 82%가 중독의 경험이 있었다.[27]

이와 같이 한국에 유의미한 일본의 유명 환경도서였던 『복합오염』은 1978

년 9월 『월간독서』의 도서선정 심의위원회가 10월의 좋은 책으로 꼽은 10권의 후보작에 포함되었다.[28] 시인 문정희는 이 작품을 읽고 "일본인이 즐겨 먹는 단무지에 든 색소에서부터 무심코 사용하는 샴푸며 치약, 설거지할 때 쓰는 식기 세제와 방향제나 포장재 등의 복합오염의 폐해를" 알게 되고, "그녀의 취재를 돕기 위해 정직하고 과학적인 후원을 아끼지 않은 일본 후생성 공무원들의 태도에도 진한 감동을 받았다".[29] 또한 1976년 유신철폐운동 때문에 안양교도소에 수감된 최열이 『복합오염』 등을 읽으면서 후일 한국 시민환경운동가의 선각자가 된다.[30] 이로써 1970년대 한국사회에서 아리요시 사와코는 『황홀의 인생』보다는 『복합오염』의 작가로 알려졌고, 이 일본의 베스트셀러 환경고전 『복합오염』은 한국학계의 선각자와 시민환경운동가의 선각자 등 한국 환경운동사에 유의미한 영향을 미친 대중적 환경도서였다는 사실이 명확해졌다.

소설 『복합오염』은 제1장 「벌레 없는 쌀」, 제2장 「농약을 안 쓰는 농부들」, 제3장 「식품첨가물의 홍수」, 제4장 「조용한 혁명 – 유기농업」, 제5장 「수질오염과 합성세제」, 제6장 「축산근대화의 허구」, 제7장 「대기에도 물에도 땅

---

27 국립환경과학원, (사)한국환경교육학회, 『환경권 시대의 시작과 환경사』, 진한엠앤비, 2014, 83~86면. 1979년 서울대 농대 백운하 박사는 다음과 같이 농가의 농약실태를 진술했다. "최근 전북지방 농민676명을 대상으로 실시한 농약중독 실태조사 결과를 보면 농약중독을 경험한 농민은 32.5%나 됩니다. 이 가운데 1.8%가 사망했고 11.8%가 병원치료를 받았으며 86.4%는 집에서 치료를 했다는 것입니다. 이것은 농민 3사람가운데 1사람이 중독됐었다는 결론입니다." 「農藥(농약)은 痲藥(마약)이다」 – 過用 위험 경고하는 서울大農大 白雲夏 박사」, 『경향신문』, 1979.9.8, 4면.

28 「권하고 싶은 좋은 책 선정」, 『매일경제』, 1978.9.26, 8면.

29 문정희, 「[女風당당] 한국의 "아리요시" 없나요」, 『세계일보』, 2002.5.31.

30 「[제정임의 문답쇼, 힘] 35년 외길 최열 환경운동가」, SBS CNBC, 2017.8.31 방송.

에도 한계가 있다」로 구성되어 있다. 제1, 2장은 쌀오염수은,[31] 카드뮴, 납, DDT, PCB 과 살충제, 제초제, 방부제 등을 사용하는 생산자의 자세, 제3장은 식품의 외양만을 고집하는 소비자의 태도와 지역소비자운동, 제4장은 화학비료와 농약의 사용을 대신해 유기농업을 발전시켜가는 사람들, 생산자와 소비자를 연결해주는 의사의학·농학 연구 소개, 제5장은 수질오염과 생선오염, 제6장은 농림성 다두사육의 문제점과 식육류 오염, 제7장은 자동차 배기가스 문제 등을 다룬다. 아리요시 사와코는 농림성의 농업근대화가 지닌 근대농법의 문제를 비판했다. 각종 농약과 화학비료에 오염된 토양에서 자란 곡물의 위험성이 강조되는 한편, 농약으로 외양만 매끈해진 식품을 찾는 도시소비자의 무지 또한 공격의 대상이다. 저자는 독자에게 '무엇을 먹을 것인가'라는 화두를 건네며 '먹는 사람이 분노해야 한다'고 주장하고 유기농법을 선전한다. 소비자가 생활공해의 심각성을 인식하기 위해서는 공해와 환경오염 등 환경지식의 사회적 보급과 교육이 필수적이다. 아리요시는 직접 소설을 집필하여 지식의 사회화를 실천한 셈이다.[32]

---

31 작가는 수은의 미나마타병을 거론하는데, 이 병은 1995년 발생한 옴진리교 사건과도 관련이 있다. 교주 아사하라의 시력장애는 수은중독(미나마타병)에 의한 발병이었다. 그의 고향은 수은중독으로 알려진 미나마타와 바다를 사이에 두고 이어지는 곳인 규슈 구마모토의 야쓰시로였다. 전후체제의 모순과 병, 재난이 상호 관련되어 있는 것이다. 권혁태, 『일본 전후의 붕괴』, 제이앤씨, 2013, 110~114면. 미나마타병에 대해서는 하라다 마사즈미(原田 正純), 김양호 역, 『미나마타병-끝나지 않는 아픔』, 한울, 2006; 이시무레 미치코(石牟禮 道子), 김경인 역, 『슬픈 미나마타』, 달팽이, 2007 등을 참조.

32 아리요시 사와코의 주장에 동의하지 않은 일본 학자들도 상당히 존재했다. 그래서 『복합오염』의 논리에 반박하는 글이 미디어에 실리고 서적도 출간되었다. 한국에도 그러한 입장이 소개된 바 있다. 見里朝正(일본이화학연구소 농학박사), 「유기농업은 과학의 후퇴일 뿐, 농약-어느 화학물질보다 안전성 우수-소설 "복합오염"의 허와 실」, 『농약과식물보호』 3-1, 한국작물보호협회, 1982, 26~38면. 이외 이와모토 츠네마루(岩本経丸) 외, 『小説複合汚染への反証』, 東京:国際商業出版, 1975를 참조할 것.

이 소설이 집필되고 번역될 당시 한국 농촌은 정부의 저농산물가격정책과 도시생계비인하유도에 따라 과도한 화학물질 사용에 의한 식량증산과 개방 농정을 하는 실정이었는데, 1971년부터 시험 도입된 통일계 신품종은 면역 성이 약해 병충해가 빈발하는 결점이 있었다.[33] 또한 농약과 공장 및 생활하 수로 인한 수질오염 역시 알려져 1976년 5월 22~30일 한국환경보호협의회 가 한국 최초로 물보호 캠페인을 전개했고, 동년 최초로 생수 판매가 법적으 로 허용되고 있었다.[34] 이처럼 유기농법의 곡물과, 생수를 찾기 시작한 시대 에 1970년대 말 소설 『복합오염』을 읽은 한 사회부 기자는 다음과 같은 견해 를 피력하기도 했다. "이제는 이 땅에서도 '복합오염'의 피해가 남의 일만이 아닌 줄을 깨닫게 되었는지, 일부 도시 부유층이 농촌에 '공해 없는 쌀'의 경 작을 주문하고 있다는 소식이 들린다. 오염에 대한 인식이 그만큼 깊어졌다 는 측면에서라면 반가운 일일 수도 있다. 그러나 대다수의 국민은 '공해 있는 쌀'을 먹어야 하고, 어떤 사람들은 '공해 없는 쌀'을 먹는다는 것은 결코 반가 운 일일 수 없다. 뿐만 아니라 국지적인 무공해경작은 현실적으로 용이한 일 도 아니다. 주식에까지 격차를 낳는 위화違和의 방법이 아닌, 총화적 무공해경 작을 위한 농법의 개발이 아쉽다."[35] 환경오염의 심각성과 부에 의한 건강의 양극화 현상이 지적되고 있다.

이처럼 환경이 사회문제로 가시화되고 '공해 없는 성장'을 고민할 때 이를

---

33 박진도(충남대 경제학교수), 「해방 50년 기념 기획 문학으로 본 한국현대사 50년 1970년대 우리동네 – '새마을' 바람에 황폐된 농촌」, 『역사비평』 31, 역사비평사, 1995, 92~100면.

34 1975년 태화강 하류에서 기형어가 발견되어 세상을 시끄럽게 하였다. 그물에 걸린 20센티 미터의 붕어는 등뼈가 굽어 위로 튀어 올라 있었으며 살이 한쪽 옆으로 몰려 있었다. 김종성, 『한국 환경생태소설 연구』, 서정시학, 2012, 70~71면.

35 「횡설수설」, 『동아일보』, 1979.2.6, 1면.

본격적으로 다룬 한국의 소설은 거의 없었다. 당시 길용성의 「사해 위에서」 1976, 조세희의 「난장이가 쏘아올린 작은 공」 1978, 김원일의 「도요새에 관한 명상」 1979의 초점과 밀도를 감안해 보면, 농약을 다룬 『복합오염』에 견줄 수 있는 작품은 오히려 농촌소설인 이문구의 『우리동네』라고 할 수 있다. 「우리 동네 류 씨柳氏」는 신품종의 목도열병과, 농약을 과도하게 뿌리다가 쓰러지는 장면이 있고, 「황 씨黃氏」에서는 자신이 먹을 양식에만 농약을 뿌리지 않는 농민과, 농약 뿌린 식품만을 찾는 도시민에 대한 형상화가 핍진하게 이루어진다.[36] 오염물질의 인체위해성의 과학적 기준도 마련되지 않은 상황에서 『복합오염』, 『우리 동네』 모두 생산자, 소비자가 가져야할 윤리뿐만 아니라 지적소양을 강조하고 있는 셈이다. 복합오염이 번역되고, 『우리 동네』가 집필되기 시

---

36 "네미…… 허구 많은 꼬추 중에 해필이면 극약 씌운 암(癌)꼬추를 따오셨유?"

농약 하면 곧 발암물질이 연상되는 터라, 오서기가 들은 입을 뺄으며 가시 걸려 안 넘어가는 소리로 말했다. (…중략…)

"암은 도시 사람들이나 걸리는 거니께 그냥 드셔."

김도 요즘은 매일같이 농약에 헹구다시피한 물건을 서울 장사꾼들에게 넘겨왔던 것이다. 물론 풋고추를 밭에 세워놓고 붉히는 약 만큼 독성이 강한 건 아니었다. 다만 물을 8백 배 가량 타서 써야할 마릭스유제를 4백 배 정도로 섞어 썼을 따름이었다. (…중략…) 그는 매일 아침 이슬이 자면 열무와 배추밭에 농약을 짙게 끼얹고 진딧물이 깨끗이 쏟아진 저녁나절마다 3백 단씩 뽑아 밭에 놨다가, 새벽에 들이닿는 경동시장 상인들에게 맞돈을 받으며 넘겨주곤 했다.

겉보기가 깨끗하다는 이유로 두어 번 헹구어 거의 날로 먹다시피해온 김치거리에 농약을 퍼붓는 것을 김도 싸가지 있다고 생각하진 않았다. (…중략…) 김은 농약 우린 물을 김치국이랍시고 먹는 도시 사람들에게도 책임의 절반을 물어야 한다고 믿었다. 배추잎새에 벌레 지나간 자국이 뚫려있거나 진딧물이 붙은 건 너무도 당연하지 않은가. 그럼에도 먹는 사람들은 벌레 기미가 있을 듯한 채소라면 진저리를 쳐가며 젖혀놓고 매끈한 것만 첫째로 여긴다. 장사꾼들도 양잿물로 씻었건, 농약에서 건졌건, 아랑곳 없이 물건이 깨끗한 것만 찾는다. 한 푼이라도 더 벌자면 농사꾼도 장사꾼 눈에 드는, 아니 직접 먹는 실수요자의 취향과 선호도에 맞추어 주지 않으면 안 된다. 어수룩하게 안 보이는 사람들의 먼 장래 건강까지 걱정하며 농약 극약을 피해 영농한다면, 결국 이 쪽으로 돌아오는 것은 다만 실농(失農)이 있을 따름이었다. 李文求, 『우리 동네』(오늘의 作家叢書11), 民音社, 1981, 306~307면.

작한 '1978년'은 전남 담양에서 고 씨 일가 6명의 수은중독사건이 발생하여 한국사회에서 농약오염이 드디어 본격적으로 문제가 된 해이다. 이듬해에는 학생운동계에서도 환경문제를 고민하는 '공해연구회'가 탄생하여 울산, 온산, 여천, 반월 등 공단지역의 실태조사를 수행하고 그 결과를 사회적으로 공유하기도 했다.[37] 이러한 당대 사회적 현실과 번역자의 저술 및 단체활동, 동시대 농촌소설 등과 함께 소설『복합오염』은 의미 있는 환경도서로서 한국에 유통되었다.

3. 환경시민운동가의 번역과 환경문제의 사회의제화

1970년대 말『복합오염』이 학자 권숙표와 관계되어 한국에 알려졌다면, 10년 후 1980년대 말에는 시민환경운동가의 선각자인 최열[1949~, 강원대 농화학과 졸업]에 의해 다시 번역 출판되었다. 앞서 언급했듯 최열은 유신헌법철폐를 주장하다 안양교도소에 구속되었다. "청년, 학생, 민주인사들이 줄줄이 감옥으로 끌려갔던 1970년대 유신독재시절 공해란 아직도 사치스런 단어"[38]였다. 다른 동료 수감자들이 운동을 다짐할 때 최열은 공해추방운동을 다짐하게 되는 데 그때 읽은 책 중 하나가 일본어판『복합오염』이었다.

출소 이후, 1982년 5월 최열은 한국 최초의 환경시민단체로 평가되는 '공해문제연구소'를 설립했다. 권숙표와 마찬가지로 그는 저술 활동을 병행하여

---

37 조희연,『박정희와 개발독재시대』, 역사비평사, 2007, 227면.

38 최열,「나를 감동시킨 이 한권의 책『소설 복합오염』日 여류소설가 有吉佐和子 著」,『경향신문』, 1990.5.26, 18면.

오염실태를 조사하고 관련 사항을 출판하여 일반인과 정보를 공유하고자 했다. 『공해 신문 자료모음』[1983~1991], 『내 땅이 죽어간다 - 공해문제인식』[1983], 『한국의 공해지도』[1986], 『(소설)복합오염』[번역, 1988], 『살아 숨 쉬는 것은 모두가 아름답다』[1996], 『최열 아저씨의 지구촌 환경 이야기 1, 2』[2002], 『환경운동과 더불어 33년 - 최열이 말하는 한국 환경운동의 가치와 전망』[2009] 등이 그 결과물이다.

공해문제연구소의 시민운동은 1980년대 대표적 환경오염사건인 '온산지역 공해병'[1985] 때부터 본격화된다. 1985년 1월 『한국일보』 특종기사로 온산공단 주변의 어촌 주민들이 이타이이타이병에 걸렸다는 보도[카드뮴 중독 의심]가 나왔다. 과거 레이첼 카슨의 『침묵의 봄』[1962]이 출간될 때, 한국의 울산에서는 공업단지 기공식이 있었고 이후 울산지역은 당국의 중화학공업육성정책에 따라 한국산업화의 중심지가 되어 갔다. 그 결과 20여 년이 지나 공해산업으로 최대 피해 입은 곳은 온산, 울산지구의 중화학공업지구였다. 온산은 이미 1979년 12월 5일 온산 비철금속단지에서 동 제련 시험가동 중 심각한 악취와 매연이 발생하는 사고가 발생해 지역주민 중심으로 치열한 보상투쟁이 전개된 바 있다.[39] 그럼에도 지역환경은 더욱 악화되어 1985년 결국 잠복된 문제가 분출한 것이다. 사실 이곳은 1965년 한일기본조약에 의해 개발되었고 1970년대 접어들어 일본의 한국에 대한 공해수출이 이루어져 1973년에는 한국 외국인투자의 90%는 일본기업이었다.[40] 한국의 중화학공업화와 일본기업의 공해수출의 산물인 온산지역 1985년 대청천의 수질오염 실태는 서울대 환경대학원과 일본 나고야대학교 재해연구회의 조사결과 그 심각성

---

39 정상호, 『한국 시민사회사 - 산업화기 1961~1986』, 학민사, 2017, 251면.
40 미야모토 겐이치(宮本憲一), 김해창 역, 『공해의 역사를 말한다 - 전후일본공해사론』, 미세움, 2016, 8면.

이 드러났지만 환경청은 중금속 공해일 가능성은 일체 발견할 수 없다고 발표하여 초기 피해보상 차원의 주민운동이 환경오염 집단투쟁으로 발전했다. 이때 최열은 이 사건에 참여하여 큰 기여를 했고 그 과정에서 한국 각지의 오염 실태를 알리기 위해『한국의 공해지도』[1986]를 집필했다. 소설『복합오염』은 그 이후인 1988년에 번역이 이루어졌다.

최열은『한국의 공해지도』에서 "우리나라에서 공해가 가장 심각한 지역은 대규모 임해공단과 대도시이다. 이 책에서는 대표적인 임해공단인 울산, 온산, 부산, 마산, 광양만을 다루었으며, 대도시 공해의 선두주자인 서울을 살펴보았다. 물론 우리나라의 모든 공해지역이 수록된 것은 아니다. 포항, 대구, 인천 등 공해우심지역도 빠졌다. 보다 방대하고 자세한 공해지도 작성을 위한 하나의 출발로서 받아들였으면 한다"고 밝혔다. 여기에는 쌀의 중금속 오염과 농약의 실태 역시 자세히 기록되어 있다.[41]『한국의 공해지도』이후에 최열이 작업한『복합오염』은 그 연장선상에서 기획된 것을 파악할 수 있다.

최열은『복합오염』의 역자 서문에서 "이 소설에 나오는 공해 실상은 오늘

---

[41] "우리나라의 농약사용량은 1967년 1천 5백 77톤에서 1981년에 1만 6천 32톤으로 10배 이상 증가하였다. 1980년도에 수입한 농약연료만도 8백억 원을 넘었고, 판매액도 2천 5백억 원으로 추산되고 있다. 1헥타르 당 농약살포량도 1977년 4.1kg에서 1980년에는 7.4kg, 1983년에는 10kg으로 급증하게 되었다. 농약투여를 통해 무한정 수확량이 늘어나는 것은 아니다. 최근의 연구에 따르면 농약량과 수확량이 비례하는 것은 농약투여량 10.8kg까지이고 그 이상이 되면 수확량은 급격히 체감한다. 이제 거의 한계에 다다른 것이다. (…중략…) 1970년부터 1976년까지 6년 간의 조사에 의하면 우리나라는 농약살포로 인하여 병충해 발생률이 무려 8천 1백 36%가 늘어난 것으로 나타났다. 또한 해충들의 내성도 점점 강해져 나주 지방에서는 벼의 해충인 골동매미충의 경우는 1973년을 기준으로 하여 1981년엔 MEP제는 172배, MPP제는 106배를 뿌려야 방제를 할 수 있었다. (…중략…) 여름철에는 전국 어느 농촌을 지나보아도 진한 농약냄새가 코를 찌른다. 이 독한 농약을 1년에 10~20회 뿌리면서 농민들은 병들고, 죽어가고 있다." 최열,『한국의 공해지도』(일월총서 70), 한국공해문제연구소 · 일월서각, 1986, 240~245면.

날 우리의 현실과 너무나 흡사해 일본의 전철을 밟고 있는 듯하다. 그럼에도 불구하고 공해에 대한 인식과 공해추방운동은 여전히 빈약하다"고 지적하면서 "'세계 공해의 실험장'이라는 오염을 가지고 있는 우리로서는 이러한 책의 소개가 너무나 늦은 감이 있다"고 말한다. 그는 "이 책을 차근히 읽어보면 공해문제란 미래의 문제가 아니라 조금도 늦출 수 없는 '지금-여기'의 문제이고 '삶'과 '죽음'의 문제임을 알 수 있다"면서 이 책의 번역 소개 의의를 다음과 같이 밝힌다. "우리에게 주는 교훈은 공해문제에 관한 한 우리 편은 피해를 받고 있는 민중이라는 점이다. 왜냐하면 영리를 추구하는 기업에게 자발적인 공해방지를 기대하는 것도 불가능하고 공해를 방치하고 있던 당국이 갑자기 공해문제에 앞장 설 수 없는 것도 여태까지 경험한 바이다. (…중략…) 생산자는 소비자의 삶을, 소비자는 생산자의 삶을 보장해 주는 공동체적 삶, 이러한 가치관이 뿌리박히지 않는 한 우리들의 식탁은 여전히 안심할 수 없는 불안한 식탁이 될 것이다."[42]

최열은 이 작품을 간행한 다음해에는 "동년 여름 '수돗물 파동' 때 식수에서 합성세제가 검출된다는 사실이 알려져 정수기가 불티나게 팔리고, 가을에는 '라면 파동'으로 전국민이 흥분한" 예를 들며 책을 다음과 같이 재차 홍보했다. "이 소설에서 주는 교훈은 일본의 60년대와 오늘의 우리 현실이 너무나 흡사하지만 공해추방운동의 수준은 너무나 다르다는 점이다. 당시 전국민이 공해추방을 위해 끈질기게 싸웠지만 우리는 아직도 온몸으로 뛰는 사람이 너무나 적다. 이 소설은 눈으로 보는 소설이 아니라 가슴으로 읽고 몸으로 실천하는 계기를 만드는데 더 없이 좋은 책이다. 일반시민은 물론이고 정치

---

42   아리요시 사와코, 최열 편역, 『소설 복합오염』(1988), 1990, 형성사, 3~8면.

인, 기업가가 꼭 읽어야할 소설이라고 생각한다."[43]

최열이『한국의 공해지도』에서 다룬 다양한 오염원의 한 실태의 좋은 사례로서『복합오염』을 다룬 것처럼, 한국 독자의 입장에서는 1980년대 말의 환경사건과 사회변화 하에서 해당 작품을 배치하고 수용할 수밖에 없다. 1987년 민주화를 성취하면서 각 분야에서 반공해 운동이 표출되었다. 영광핵발전소 건설 반대운동은 근로자 아내의 기형아 출산으로 1990년대 초반까지 지속되었고, 1988년 합성세제에 의한 수질오염 파동, 시판 생수 40%가 세균오염 기준을 초과했다. 진폐증 사건도 있었다. 특히 동년 여름 영등포 공장 온도계 공장에서 수은중독 후 사망한 문송면15세 소년과 원진레이온 사건이 국회의 큰 이슈가 되었다. 직업병 전문병원이 없는 현실에서 노동부가 산재신청서 날인을 거부했던 것이다. 한국공해문제연구소를 비롯한 환경단체와 보건의료전문가, 야당의원이 진상조사를 시작해 1989년 유명무실하던 산업안전보건법을 개정해 '산업재해예방기금'을 설치했다.[44] 1989년 '삼양 유지 파동', 골프장 캐드 출신 임산부의 기형아 출산, 수돗물 중금속 발견에 이어 1991년에는 '낙동강 페놀오염'이 큰 충격을 주었다. 이러한 일련의 환경재난하에서『복합오염』이 재번역 되었던 것이다.

그 결과, 이 소설은 1988년 발간 당시 온누리출판사가 펴낸 만화『인간해방을 위한 생태학』과 함께 주목을 받았다. 이 만화는 "영국의 언론인 스테펜 크롤 원작으로 미국에서 출판된『초보자를 위한 생태학』을 번역한 것이다. 새로운 시각의 생태학 입문서라고 할 이 책은 미국과 유럽에서 70년대 중반

---

43 최열,「나를 감동시킨 이 한권의 책『소설 복합오염』日 여류소설가 有吉佐和子 著」,『경향신문』, 1990.5.26, 18면.
44 유시민,『나의 한국현대사』, 돌베개, 2014, 337~339면.

부터 활기를 띠고 있는 생태주의 운동의 자연관과 사회인식을 소개하고 있다". 이 두 책은 "이 분야의 책들이 딱딱한 논문일색이었던 데 반해 만화와 소설이라는 형식을 빌고 있어 비전문가들의 관심을 끌만하다"고 평가됐다.[45] 이는 아직 다양한 환경도서가 부족하다는 방증이기도 했다.

근데 이 만화의 번역은 공해추방운동청년협의회가 했다. 환경도서의 독자 중에는 1987년 민주화운동 주체들도 있었다. 실제로 1980년대 후반 환경문제가 분출하고 산업보건 현실과, 노동행정의 후진성과 (산업)보건의 현실이 생생하게 드러나면서 다양한 민주화운동 세력과 시민들이 환경보호에 시선을 돌리기 시작했다. '소비자협동조합중앙회'[1987], 한살림소비자협동조합[1988] 이 설립됐다. 특히 여성운동가가 중심이 된 '공해반대시민운동협의회'의 결성이 주목된다. 이 단체의 회장 서진옥은 민주화운동을 하면서 여성으로서 사회개선을 위해 할 일을 고민하다가 공해문제 모임을 통해 환경에 관심을 갖게 된다. 그녀는 1987년 공해에 대한 문의와 고발을 받는 공해전화[738-4436]를 만들었고 더욱 적극적인 운동을 전개하기 위해 '공해추방청년운동협의회'와 통합한 후 1988년 8월 최열과 함께 '공해추방운동연합'[공추련]을 결성하게 된다.[46] 이 통합 이전, 공해추방청년운동협의회와, 최열이 각각 환경도서

---

45 「논문식 탈피……만화·소설로」, 『한겨레』, 1988.5.27, 8면.

46 니시나 겐이치·노다 교우미, 육혜영 역, 『한국공해리포트 – 원전에서 산재까지』, 개마고원, 1991, 12면. 민족민주운동을 하던 세력도 생태계의 위기가 인류 전체에게서 그리고 우리의 민족민주운동으로부터 어떤 새로운 사고를 요구하며 어떤 사상을 요구하는지를 고민했다. "민족민주운동, 간단히 '민민운동'이라고도 하는데 (…중략…) 민민운동에서 내걸고 있는 3 대 구호 즉 '자주·민주·통일' (…중략…) 자주, 민주, 통일의 구호에 직접 포함되어 있지 않은 '생태계 문제' 같은 데 대한 인식도 새로이 해야겠다고 얘기된 바가 있습니다. 그런데 민민운동이 소홀히 한 점을 보완해야 할 것은 당연하지만, 이것이 기존의 틀 안에서 '보완'하는 것으로 될 문제인지, 아니면 그보다 더 대대적인 쇄신, 또는 관점에 따라서는 본질적인 전환이 필요한 것인지, 이런 것도 논의해봤으면 합니다. 어쨌든 민민운동의 관점에서는 생태계의 위기

를 번역한 셈이다.

일반독자는 여러 가지 환경도서의 등장을 통해 『복합오염』을 재배치할 수 있다. 즉 자국에서 효과적인 환경도서가 부족할 때 『복합오염』처럼 외국의 대중적이고 대표적인 책이 번역 수용될 수 있지만, 한 국가의 다양한 사회성원이 스스로 저작을 배출하기 시작할 때 기존의 번역서의 역할과 위상은 상대적으로 낮아질 수 있다. 이는 문자 그대로 특정 도서가 '고전古典'이 되고 새로운 시대의 서적으로 '세대교체'가 이루어지는 현상이다. 그렇다면 이제 독자가 접했을 새로운 서적의 출현의 흐름을 파악해야 한다.

그 첫 출발은 1990년 4월 22일 '1990 지구의 날' 행사가 서울 남산에서 개최되면서 시작되었다. 『지구환경보고서 1990』도서출판 따님은 산성비 오존층 파괴 지구기온상승 해수면 상승 등 지구환경 문제에 관한 최신 자료를 소개하면서 지구의 위기를 전반적으로 검토할 수 있게 하는 책으로 평가됐다. 국토개발연구원의 원익 연구원이 낸 『환경오염』명지사은 환경오염이란 어떤 것이고 어떻게 대처해나가야 하는지를 사례를 중심으로 실감 있게 다룬다. 생명의 세계관을 확립하고 새로운 생활양식을 창조해나갈 협동운동을 펼쳐나갈 것을 목표로 '한살림모임'1989이 무크지 『한살림』 제1호를 냈다. 범양사는 지구를 생물들에게 생존의 최적 조건을 제공하는 하나의 생명체로 파악한 고전 『가이아』JE러브록를 간행했다.[47]

환경에 대한 사회적 관심은 이듬해 「'청정사회淸淨社會' 로 가자」는 연두사年

<hr>

문제라는 것이 한편으로 민민운동이 그야말로 전지구적인 시각을 획득하는 계기가 될 수 있고, 동시에 일상생활상의 구체적인 문제에 밀착될 수 있는 좋은 기회일 수도 있습니다." 백낙청 · 김세균 · 김종철 · 이미경 · 김록호 좌담회, 「생태계의 위기와 민족민주운동의 사상」(『창작과비평』, 1990.10.14), 『백낙청 회화록』 3, 2007, 창비, 12~13면.
47   「地球의 날' 20돌 환경危機고발 책 많다」, 『동아일보』, 1990.4.10, 10면.

頭辭로 더욱 확인된다. 여기서 노태우 대통령은 "새해 아침, 우리가 '청정사회' 운동을 제창하는 것은 이 같은 사회와 자연의 복합오염이 도덕성의 마멸한 계를 극명하게 드러내기 시작했음을 주시하고 있기 때문"이라며 신사회 건설을 위한 의식의 전환을 강조했다.[48] 이 연두사에는 "복합오염"이란 용어의 사용이 눈에 띌 뿐만 아니라, 공해란 결국 공동체 전구성원의 도덕성, 책임과 연관된 사회문제임이 천명되어 있다. 이처럼 사회의제화된 환경문제는 다음 해인 1991년 두산기업의 페놀방류로 식수원 낙동강이 오염된 사건이 알려지면서 한국사회의 시급한 과제가 된다. 그러면서 환경도서가 출판시장에 붐을 이루었다.

이때 서점가에 나온 30여 종은 이전 시기와 달리 이론 및 이념보다는 생활 속에서 구체적으로 실천할 수 있는 지침과, 흥미 있는 도서가 주된 경향이었다. 예를 들면 도서출판 푸른산은 '지구환경시리즈'를 3권째 출간했고, 도서출판 광주는 '반전반핵 문고'를 3권, 현암사는 『지구를 살리는 50가지 방법』을 내놓았다. 그리고 김영사는 '환경과 생태학' 시리즈물을 기획했다. 이 가운데 가장 활기를 분야는 아동 대상 환경도서였다. 어린이도서 전문출판사인 서강출판사가 펴낸 『지구야 난 네가 좋아』2권, 그 외 『차돌이의 환경박사』산하, 『어린이가 지구를 살리는 50가지 방법』현암사, 『우리들의 곤충판매주식회사』대교출판사가 간행됐다.[49] 이 붐에는 이듬해 1992년 6월 지구환경정상회도 영향

---

48 「'淸淨社會'로 가자 年頭辭」, 『경향신문』, 1991.1.1, 2면.
49 이 외에 환경과공해연구회가 『공해문제와 공해대책』을 간행했는데, 이 책은 오염실태뿐만 아니라 생태주의운동의 발달과정과 서독의 녹색당(1980)을 소개하고 있다. 특히 장기적 안목에 의거한 '생태학', '사회적 관심', '풀뿌리민주주의', '비폭력'의 4가지 기본원칙에 기초한 정책을 내세우는 녹색당은, "기존의 자본주의와 사회주의에 의한 이데올로기의 대립과 다른 새로운 진보의 모형을 제시하고 있고 젊은 세대의 적극적인 호응을 받고 있어 그 발전이 주목된다"고 평가되고 있다. 환경과공해연구회, 『공해문제와 공해대책』, 한길사, 1991.4, 289~291면.

을 미쳤다. 그동안의 상당수 환경단체는 '환경'이라는 개념이 가해자와 피해자 구분이 모호하다며 가해자와 피해자를 엄격히 구분하는 '공해'라는 개념을 선호했다. 하지만 이 회의를 계기로 국가와 기업의 역할의 중요성이 강조되고 환경운동의 전지구적 전개 필요성이 제기되는 등 패러다임 전환 인식을 갖게 된다. 경제5단체의 '기업인 환경선언'과 정부의 '환경보전을 위한 국가선언문'이 발표되었다.[50]

이때 소설『복합오염』역시 "흥미와 재미를 곁들이면서 환경파괴가 인간생존에 어떤 위해를 주고 잇는가를 추적한 소설류"로 평가받으며 환경도서 붐의 한 영역을 차지하고 있었다.[51] 이 무렵 미국의 고전『침묵의 봄』도 재간행되고 있었지만, 환경도서의 붐 현상은 오히려 두 서적이 서서히 당대의 환경도서에서 밀려나는 국면을 보여주는 것이기도 했다. 1990년대 초중반은 앞서 언급한 환경도서 외에도 환경오염 문제를 고발하는 소설도 다수 창작되고 있었기 때문에 독자의 입장에서는 읽을거리가 그만큼 많은 상황이었다. 게다가 이들 소설은 그 무렵의 환경이슈를 다루었기 때문에 시사성이 있었다. 가령, 정도상의 「겨울꽃」[1989], 우한용의 「불바람」[1989], 박혜강의 「검은 노을」[1991], 문순태의 「낯선 귀향」[1992]은 원자력발전소의 위해성을 다루었다. 또한 한정희의 「불타는 폐선」[1989], 이정창의 「불꽃바다」[1990], 김수용의 「이화에

---

50 시민운동정보센터,『한국시민사회운동 25년사, 1989~2014』, (사)시민운동정보센터, 2015, 199면.

51 「환경圖書 붐」,『경향신문』, 1991.4.2, 23면. 특히 1993년에는 일본 고베대학의 保田茂 교수가 방문하여 아리요시 사와코가 미친 영향을 다음과 같이 들려주었다. "유기농업연구회가 급속하게 확산된 데는 74년 여류작가 아리요시 사와코(有吉佐和子)가『아사히신문』에 연재한 소설『복합오염』의 공로도 빼놓을 수 없죠. 그녀는 이 소설에서 식품첨가제 잔류농약 등의 위험을 깊이 있게 다뤄 충격을 줬다." "'有機농업 환경보존에 큰 효과'-'시민의 모임' 토론회 참석차 訪韓」,『동아일보』, 1993.7.30, 16면.

월백하거든」[1991], 이남희의 「바다로부터의 긴 이별」[1991]은 공단의 중금속 오염을 다루어 당대 사회상을 반영했다.

게다가 『복합오염』이 다루었던 농약중독은 한국의 경우 2000년대 들어서 농약의 맹독성이 급속히 낮아지고 그 사용량 또한 과거 1980~1990년대의 절반 이하로 떨어지면서 크게 감소하였다. 농산물 잔류농약 허용기준도 점차 강화되었다.[52] 이러한 흐름 속에서 『복합오염』의 번역본은 1995년을 기해 번역출판이 중지되었는데, 2002년 환경정의시민연대와 교보문고, 교보생명교육문화재단이 함께 마련한 '2002 환경책 큰잔치'에서 '다시 찍었으면 하는 환경책'에 선정되면서[53] 동년 다시 판매되는 기회를 갖게 되지만 그것이 마지막 간행이었다.

4. 나가며 – (번역)운동가와 사회적 기억화의 중요성

1978년 번역된 『복합오염』이 1988년부터 다시 주목받고 유통되는 동안, 1973년 번역된 『황홀의 인생』도 『할아버지의 미소』[1991], 『황홀의 인생』[1995],[54] 『모록』[2010]으로 재간행되었다. 한국은 2000년도에 고령화 사회aging society에 진입했고 2010년 고령자의 인구비율이 11.0%에 달했기 때문에, 노인치매 문제를 다룬 『황홀의 인생』이 재출간된 배경을 이해할 수 있다. 이 작품은

---

52 국립환경과학원 · (사)한국환경교육학회, 『환경권 시대의 시작과 환경사』, 진한엠엔비, 2014, 85~86면.

53 「2002 환경책 큰잔치 / 무심했던 환경문제 함께 되돌아봐요」, 『한겨레』, 2002.9.25.

54 1994년 미 전 레이건 대통령이 알츠하이머 발표를 해 노인성 치매가 새삼스럽게 관심을 받기도 했다. 소설가 최일남, 「치매증 이야기」, 『동아일보』, 1994.11.20, 5면.

1970년대 초반 일본의 노인복지행정을 사회적으로 재고하고 '일본형 복지'의 구축에 크게 기여했다. 2010년 판 역자는 이 소설이 한국의 노인복지의 인식에 큰 보탬이 되길 바라면서 "닥쳐오는 고령사회를 현명하게 대처하기 위해서는 먼저 우리 국민모두가 노인복지에 대한 사회적 관심과 이해에 대한 의식구조가 사회전반에 형성되어야 합니다. 이제는 노인문제는 개인이 아니라 사회가 공동으로 책임져야 한다는 생각을 가져야 합니다."[55] 현실에서도 이미 베이비부모 세대의 은퇴가 진행되어 노인문제가 제기되고 있었다. 하지만 노인보다는 '노년'의 삶의 질에 관심을 더 갖는 사회현실에서 치매복지제도 문제는 해당 개인과 가정의 문제로 한정되었다. 노인치매와 가족부양의 한계를 자각하고 국가적 관심이 재고된 것은 2017년 복지부가 '치매국가책임제'를 천명한 현재이다.[56]

이러한 맥락에서 1970년대 초반 일본의 노인치매를 다룬 『황홀의 인생』은 별다른 주목을 받지 못하고 절판되었다. 그리고 현재 판매되고 있는 아리요시 사와코의 작품은 2017년 2월 번역된 『악녀에 대하여惡女について』1978가 유일하다. 일본 추리소설이 독자대중의 인기를 갖는 출판시장에서 해당 작품이 번역된 맥락이다. 이처럼 현 한국 독서시장에서 1970년대 후반에서 1990년대 중반까지 '사회참여작가'로 인식된 아리요시 사와코의 기억은 지워졌다.[57] 그러면서 한국 환경학계와 시민운동가의 선각자에게 큰 영향을 주었던

55 아리요시 사와코, 고병열 역, 『모록』(恍惚の人), 요산, 2010, 11면.

56 「[닻올린 치매 국가책임제] 경증 치매환자도 건보혜택……중증 본인부담률 10%로 경감」, 『헤럴드경제』, 2017.9.18.

57 아리요시 사와코가 독서시장에서 점차 사겨간 요인에는 1984년 사망하면서 새로운 작품이 번역되지 않은 것과, 1990년대 한국의 환경운동의 초점이 점차 대기오염 및 지구온난화로 바뀌면서 과거의 오염원에 대한 관심이 낮아진 것도 있다. 1990대 이후 환경운동의 변천사는 환경시민운동가인 최열이 소속된 환경단체의 변천을 통해 일부분 감지할 수 있겠다. 최열

『복합오염』의 독서경험도 사라져갔다. 그러면서 오염문제의 인식을 '공해 →
환경 → 사회도덕'으로 확장하고 우리 모두의 책임과 역할을 강조해 온 선각
자의 목소리도 잊혀졌다. 그 결과 2017년 8월 '살충제 달걀' 사건 후 지정된
알라딘의 환경고전 도서에도 『복합오염』은 제외되었다. 문제는 그 과정에서
한국 사회를 위해 헌신한 역자들에 대한 기억이 '사회적 기억'으로 온전히 전
해지지 못하고 관련 종사자에게만 잠재되어 버렸다.[58]

사회에 충격을 주는 '재난'적 사고가 발생할 때, 관련 고전古典에 준하는 도
서를 소환하여 대중의 관심과 이해를 촉진하는 것은 중요한 의미가 있다. 하
지만 그것이 말 그대로 과거의 '고전'을 상기시키는 수준에 그치고 '지금-여
기'의 현실적 문제와 유리되거나 국외의 유명 저자만을 미디어의 조명을 받
게 하는 작업은 그 한계가 여실하다. 외국의 주요 서적을 번역한 해당 전문가
들이 한국의 공동체를 위해 투신한 역사가 '공적 기억'화되어야만 사회 제반
분야에서 분투하는 전문가와 시민사회세력 및 단체가 더욱 성장하고 사회에

은 환경운동연합 사무총장(1993~2003), 에너지시민연대 상임대표(1999~2005), 기후변
화센터 공동대표(2008~2013), 환경재단 이사장(2017~)을 역임했다.

58 『복합오염』이 한국사회에서 잊혀 지게 된 것은 이 작품이 한국 독자에게 수용되면서 작가의
문제의식이 점점 농약중독의 문제로 왜소화된 영향도 있다. 주지하듯 『복합오염』이 일본사회
에서 수용된 맥락에서 1960년대의 사회운동이 깊이 관여했다. 즉 고도성장이 가져다 준 대량
생산, 대량소비, 대량폐기의 '풍요로운 사회', 끝없는 자본주의 성장경제에 대한 회의와 비판
이 있었고, 그를 뒷받침한 과학기술에 대한 근본적인 비판이 있었다. 한국의 번역자인 권숙표
와 최열도 이러한 맥락을 인식하고 작품을 번역했지만 일부 독자는 작가가 가장 많이 언급했
던 농약중독의 화제에 집중하여 이해한 일면이 있는 것이다. 하지만 이러한 현상은 과거 한국
의 경제수준과 환경오염의 종류와 정도에 따른 당대적 필요와 한정된 정보에 따른 현실적 제
약의 결과이기도 했다. 또한 1990년대에 접어들면서 각종 환경도서가 출현하면서 모든 짐을
『복합오염』이 질 이유도 없어졌다. 그럼에도 각종 '개발-오염'이 지속되는 현실에서 아리요
시가 제시한 '복합오염'의 문제는 여전히 규명되거나 해결되기 어려운 지금-여기의 문제라
는 점을 유념하는 것이 저자와 번역자의 의도를 조금이라도 되살리는 길이다.

뿌리내릴 수 있다. 이 단계에 이르러야만 '고전이란 무엇인가'라는 화두가 가치 있는 질문이 될 것이다.[59]

이때 번역자의 역할이 대단히 중요하다. 아리요시의 번역문학 수용에서 알 수 있듯 작품이 오랜 시기에 걸쳐 재번역되면서 작가에 대한 이해가 높아지고 번역자의 바람도 역자서문에 반영된다. 하지만 일부 번역자는 공부의 부족으로 오히려 잘못된 정보를 독자에게 전달하기도 한다. 예컨대 지금 판매되고 있는 아리요시의 미스테리소설 『악녀에 대하여』의 역자는 해설에 가장 먼저 알려진 아리요시의 작품이 1988년 번역된 『복합오염』이라고 했다.[60] 이 대목은 역자의 기초조사 부족이 작가이해를 얼마나 왜곡하고 협소하게 하는지 파악할 수 있게 하는 실례이다. 아리요시의 소설처럼 사회성 짙은 작품을 출간할 때 번역자와 출판사의 충분한 공부와 해설의 구축이 공공의 기억의 정립에 기여하는 토대가 될 수 있다. 요컨대 『복합오염』을 중심으로 아리요시 사와코 문학의 번역수용의 고찰은 외국문학자 및 고전古典의 수용사뿐만 아니라 해당 도서를 통해 한국을 바라본 번역자와 당대 국내운동을 재조명하여 그 내력을 사회적 기억화하는 의미를 갖으며 그 수용에 기반이 되는 번역자의 역할을 환기하는 가치가 있다.

---

59 번역자들의 위상이 아리요시의 소설을 한동안 한국 환경운동의 고전으로 만들었다고 할 수 있다.

60 아리요시 사와코, 양윤옥 역, 『악녀에 대하여』(1978), 현대문학, 2017, 468면.

알랭 로브그리예1922~2008의 누보 로망과 문학론

이어령, 박이문, 김현, 김치수, 하일지

1. 사르트르 이후, 프랑스작가

20세기 중반 유행한 문예사조인 누보로망앙티로망 · 반소설을 주도한 프랑스 작가 알
랭 로브그리예[85]가 심장질환으로 19일 별세했다고 『르 몽드』 신문 인터넷판이 보
도했다. **1951년 문필활동을 시작한 로브그리예는 1955년 「엿보는 사람**Le Voyeur」으
로 비평가상을 수상했고, 이어 「질투La Jalousie」, 「미궁 속에서Dans le labyrinthe」 등을 잇
따라 발표, 프랑스문단의 주목을 받았다. 로브그리예는 리얼리즘소설 형식을 부정
하면서 줄거리도 없고, 주인공의 심리도 잘 드러나지 않는 이른바 '누보로망'을 개
척, 20세기 중반 세계문단에 커다란 반향을 일으켰다.[1]

2008년 2월 19일 프랑스 작가 알랭 로브그리예Alain Robbe-Grillet, 1922~2008의
사망 소식이 르 몽드 신문, AFP 등을 통해 세계에 전해졌고 한국에서도 『조
선일보』, 『한국일보』, 『문화일보』, 『서울신문』 등 각종 미디어에 보도되었다.
한국사회에서 흔히 프랑스문인 하면 사르트르나 카뮈가 연상되는 데, 알랭

1 　「누보로망 주도 佛작가 알랭 로브그리예 별세」, 『조선일보』, 2008.2.20, SR2 A31면.

로브그리예는 친숙한 존재가 아니다. 하지만 기사에서는 로브그리예가 프랑스 문학사조인 누보 로망Nouveau roman의 선두주자였고 20세기 중반 세계문단에 큰 반향을 일으켰다고 소개되어 있다. 또 다른 기사에는 "누보 로망을 대표했던 작가 알랭 로브그리예가 올해 초 사망함으로써 누보 로망은 상징적으로 종언을 고했다"[2]는 언급도 있다. 외국문학에 대한 관심과 소비가 상당한 한국의 현실을 감안하면 로브그리예와 누보 로망이 한국문단과 독자, 독서시장에 미친 영향력을 구명究明할 필요가 있다.

로브그리예의 작고 이후 한국에서는 을유문화사에서 을유세계문학전집 시리즈 45권으로 『엿보는 자』를 간행했을 뿐이다. 유명 저자의 별세 이후 작가가 더 유명해지거나 재조명되면서 전집이 출간되는 경향과는 거리가 있다. 하지만 현재 『밀회의 집』대산세계문학총서 64, 2007과 『질투』민음사 세계문학전집 84, 2003가 번역되어 판매되고 있다. 한국에서 로브그리예가 프랑스를 대표하는 세계적 작가의 한 명으로 인정되고 있는 것이다. 1998년경 이후 세계문학전집 간행을 주도해온 민음사에서 간행된 『질투』는 2016년 9월 15일 30쇄를 찍었지만 전집 소비의 특성상 독자가 대중적으로 읽었다고 단정할 수는 없다. 다만 민음사 세계문학전집 간행의 수익성이 백여 권을 넘기면서 흑자로 전환된 것을 감안하면 84권의 『질투』라는 작품은 로브그리예의 문학을 일정 부분 대표하고 있는 것을 알 수 있다.

민음사판의 『질투』는 국문학 연구자에게도 널리 알려진 불문학·철학자 박이문에 의해 번역되었고 '해설'의 한 꼭지는 소설가 하일지가 맡았다. 출판사 두로의 『질투』1997는 이화여대 불문학 교수 민희식의 번역본이다. 로브그

---

2 「도망치기」, 『조선일보』, 2008.12.20, BKC A20면.

제3장 · 알랭 로브그리예의 누보 로망과 문학론   269

리예가 쓴 누보 로망 이론서인 『누보 로망을 위하여』[1981, 1992]의 번역은 김치수가 했다. 이처럼 알랭 로브그리예의 작품과 문학 이론의 번역은 불문학자에 의해 이루어졌다. 흔히 외국문학 연구자의 소명은 외국 유명 베스트셀러를 출간하는 상업적 작업뿐만 아니라, 뛰어난 작가의 미소개 작품의 발굴 및 번역, 문학사적 작가를 엄선히고 그 문학세계를 안내하여 사회의 문화적 욕구를 충족시키는 데 있다. 이러한 맥락에서 한국의 주요 불문학자에 의해 다뤄진 로브그리예의 한국 번역의 전모를 밝히는 것은 한국에서 프랑스문학의 위상과 영향력을 가늠하는 한 지표가 될 것이다.

　또한 하일지[일종주]는 프랑스 리모주 대학에서 로브그리예로 박사학위를 받고 누보로망 스타일의 장편소설 『경마장 가는 길』[1990]로 한국문단에 논쟁을 야기한 작가다. 이 사례는 외국문학이 한국의 작가와 문단, 독서시장에 미친 영향력의 중요성을 환기하고 있다. 서두의 기사에서 봤듯이 20세기 중반 세계문단에 영향을 미친 프랑스문학의 한 경향으로서 '누보 로망'이 동시대 한국에 이해되고 수용되는 맥락을 파악하는 것은 당대 외국문학의 트렌드와, 한국문학 글쓰기의 전통·관습·제도적 경향이 길항하는 실상을 드러낸다. 문학이 해당 국가의 시대정신, 사회문화적 조건에 따른 예술형식의 발현이라고 했을 때 전혀 다른 물적 토대의 프랑스의 누보 로망을 한국문인과 독자가 소비하는 현상은 한국에 필요하거나 의미 있는 외국문학의 성격을 묻는 것이다. 또한 하일지와 같은 존재는 새롭게 출현한 스타일의 외국문학을 자기갱신에 활용하는 한국작가의 가능성을 가늠하는 참조점이 된다. 새로운 개성의 외국문학이 담지한 심미적 표현과 문체, 기법의 소통 효과가 한국 독자에게 어느 정도 유효할 것인가. 이는 세계적인 외국문학의 번역 수용을 통해 한국문학의 지평을 확장하고 질적 수준을 향상하며 문학시장 및 독서경험의 다양성을 모색해온 번역문화사의 역사적 고찰이다.

알랭 로브그리예는 문학 이론이나 작품만을 통해서 알려진 작가가 아니었다. 그는 영화감독이기도 했고, 한국에는 1978년과 1997년, 두 차례에 걸쳐 방문하기도 했다. 국가간 문화 교류가 증진하는 상황에서 '이론 소개와 작품 번역, 작가의 방한'은 해당 작가의 이해도를 높인다. 20년의 차이가 있는 방한에서 알 수 있듯 로브그리예와 한국의 문화적 접촉은 장기간에 걸쳐 복합적으로 이루어졌다. 그 장시간의 시간만큼 지식이 축적되면서 작가에 대한 이해도가 달라지는 데 그 사이에 작가 역시 변모해 가기 때문에 통시적 접근법이 필수적이다. 그의 이론, 작품과 영화, 방한이 한국사회에 미친 문학·문화적 현상을 분석할 필요가 있다. 이는 급변했던 한국에서 알랭 로브그리예의 존재 방식을 통해 외국문학의 기능을 가늠하는 것이다. 외국문학과 사조의 수용 고찰은 서구 추수나 사대주의의 문제가 아니라 세계의 문학 교류와 번역의 맥락에서 사회를 조망하는 작업이다.

요컨대, 이 장은 프랑스 최고의 작가 중 한 명으로 꼽히는 알랭 로브그리예의 소설, 이론, 영화, 한국 방문과 인터뷰 등을 통해 외국문학자의 문학·문화적 영향, 그 통시적 수용사를 고찰하는 것을 목표로 한다. 누보 로망은 사실상 프랑스의 마지막 문예사조라는 점에서 로브그리예의 수용사는 누보 로망의 소설 문법의 향방을 조명하는 가치도 있다.

2. 1960년대 초반 누보 로망 소개

　로브그리예는 1978년 한국에 1차 방문했다. 이 장에서는 먼저 방한 이전 시기, 한국에서 로브그리예의 문학이 가진 의미를 살펴보기로 한다. 한국에서 로브그리예와 누보 로망은 1959년 11월 이어령의 신문 기고글, 1961년 3월 『사상계』 특집 「무엇이 앙띠·로망이냐?」를 통해 한국 독자에게 알려지기 시작했다. 따라서 당대 프랑스에서 로브그리예와 누보 로망의 위치를 이해하면 한국에 소개된 수준이 보다 명확해질 수 있겠다.

　로브그리예는 1945년 국립농업학교를 졸업한 뒤 식민지 과실 및 감귤류 연구소의 농림기사로 일하다 1950년 프랑스로 귀환했다. 1949년경부터 습작을 시작한 그는 1953년 누보 로망계 소설 『고무 지우개』로 데뷔하면서 페네옹상을 수상했다. 두 번째로 발표한 소설 『엿보는 자』[1955]는 프랑스 비평계를 양분시키며 격렬한 논쟁을 불러일으켰다. 이 작품은 모리스 블랑쇼, 조르주 바타유, 카뮈와 브르통 등의 지지를 받으며 비평가상을 받았다. 그는 동년 미뉘출판사의 문학담당 고문이 되기도 했다. 1957년에는 『질투』가 미뉘출판사에서 간행됐다. 이 소설은 그 해 겨우 746부가 팔렸다. 이 작품에서는 『고무지우개』와 『엿보는 자』를 쓴 작가의 모습을 발견할 수 없다는 이유로 평단의 냉대를 받았다. 하지만 이후 세계 각국에 번역되고 알랭 로브그리예의 문학을 대표하는 작품이 되었다. 1959년 『미궁 속에서』가 출간돼 처음으로 언론의 뜨거운 조명을 받았으나 바르트는 작품을 혹평했다. 1961년에는 영화계로도 진출한 그는 대사와 시나리오로 구성된 『지난해 마리앙바드에서』를 발표하고, 알랭 르네 감독이[3] 이를 영화화했는데, 작품은 그해 베니스영화제에서 황금사자상을 수상했다. 이후 로브그리예는 영화감독으로서 〈불멸의 여인〉[1963], 〈유럽 횡단 급행렬차〉1966, 〈쾌락의 점진적 변화〉1973, 〈포로가 된 미녀〉1982 등을 만들어 주목을 받았다.[4] 이러한 맥락에서 로브그리예는 1950년대 이미 프랑스에서 누보 로망을 주도하는 대표작가로 평가되었다.

누보 로망은 1950년대 프랑스에서 새로운 문학운동으로 나타난 '신소설'이다. 사르트르가 '앙티 로망反소설'이라고 부른 나탈리 사로트의 작품 『낯선 남자의 초상』1948을 거쳐 『마르토로』와 알랭 로브그리예의 『고무 지우개』가 잇달아 출간된 1953년 무렵이 누보 로망의 탄생기였고 1955년경 본격화되었다.[5] 1953년은 바르트의 『글쓰기의 영도』가 출간된 해이기도 하다. 사르트르가 작품의 앙가주망을 주장한 것에 대해 바르트는 문학 형식이야말로 작가의 자유, 책임, 윤리를 나타낸다고 말했다. 프랑스는 제2차 세계대전의 가공할 상흔으로 모든 이데올로기의 가치가 실추되고 휴머니즘에 대한 신뢰가 무너지면서 실존주의가 유행했는데 1950년대 접어들어 작가들은 '사르트르, 카뮈를 포함해 기존 소설의 전통'을 극복하고자 하는 움직임을 나타냈고 나탈리 사로트, 알랭 로브그리예, 클로드 시몽 등이 누보 로망운동을 주도했던 것이다.

총체성과 참여를 중시한 사르트르는 누보 로망을 일부 긍정하면서도 다른 한편으로 그것이 형식적인 실험에만 몰두할 뿐 눈앞의 현실을 직시하지 않기 때문에 앙가주망 의식이 결여됐다고 비판했다. 이에 대해 로브그리예는 "작

---

3   주지하듯 알랭 레네는 영화 〈히로시마 내 사랑(Hiroshima, My Love)〉(1959)으로 유명한 감독이다.

4   알랭 로브그리예, 박이문·박희원 역, 『질투』(민음사세계문학전집 84), 민음사, 2003, 162~167면.

5   이와야 쿠니오 외, 남명수·송태욱·오유리 역, 『전후 유럽문학의 변화와 실험 – 쉬르레알리슴, 실존주의, 누보 로망』, 웅진 지식하우스, 2011, 126~129면.

가에게 유일한 정치 참여는 문학이다"라고 반박했다. 소설을 통해 실존주의 사상을 명확히 하려고 했던 사르트르와는 달리, 누보 로망 작가들은 어떠한 명제와 주장을 전하기 위한 집필이 아니라 언어를 매개로 새로운 세계를 구축하는 모험이야말로 진정한 앙가주망이라고 했다.[6] 이처럼 누보 로망 작가는 사르트르처럼 사상이나 철학 등 무언가를 독자에게 전달하는 문학을 부정하고 소설을 통하여 소설 자체를 문제 삼고 새로운 소설을 모색한다는 점에서 '탐구로서의 소설'을 주창했다.

한국에서는 1950년대부터 1960년대 중반까지 실존주의가 풍미하고 있었다. 당시 사르트르의 실존주의는 본격적 연구보다는 단편적 이론 소개와 작품을 통한 이해와 수용이었다고 하지만, 작품이 번역되어 많은 독자를 확보했을 뿐만 아니라 공연되기도 했다. 한국에서 프랑스 예술은 1957년 사상계의 실존주의 특집이 있었고, 1963년 9월 『사상계』에서 박이문이 구조주의를 소개했는데,[7] 누보 로망은 그 사이 1961년 3월 『사상계』 특집으로 독자에게 전해졌다. 일반 독자는 작품의 독서경험을 통해 난해한 이론을 더 쉽게 이해할 수 있다. 실존주의는 『사상계』 특집 이전에 이미 번역된 실존주의 문학과, 다수 미디어에 이론이 노출되면서 여전히 어렵다고 하더라도 어느 정도 이해될 수 있는 여지가 있었다. 이에 비해 누보 로망은 작품의 번역 이전에 어려운 이론만이 전해지면서 대중화되기 어려웠다. 즉 알랭 로브그리예는 작품이 번역되어 작가의 사상과 문학세계가 이해되는 방식을 거치지 못하고 문학 이론만이 주로 수용되면서 작가뿐만 아니라 문학 이론도 새로운 문화적

---

6   위의 책, 129면.
7   강충권, 「구조주의와 후기구조주의 흐름 속에서의 사르트르 수용」, 강충권 외, 『실존과 참여』, 문학과지성사, 2012, 37~43면.

자산으로 축적되기 어려운 현실이었다. 그렇다면 실존주의 영향을 받고 있던 한국의 문학자는 새로운 프랑스 누보 로망을 어떻게 평가했을까.

1959년 이어령은 "앙띠로망운동을 최근 프랑스 신인들에 의해서 진행되고 있는 신소설파"로 지칭하고 앙띠로망을 '반소설'이라고 직역했다. 그러면서 그는 "한 편의 소설을 만드는데 있어 인물의 성격·전형, 사건의 전개와 그 플롯, 내래이슌 또는 그러한 모든 허구를 설정해야 되었던 종래의 소설^{19세기적} 소설양식을 파괴시키고 새로운 기법과 양식을 탐구하려는 운동이 반소설이라고 정의"했다. 이어령은 예술의 세계관을 '인생을 위한 예술'^{교사로서의 예술, 윤리성·} ^{사상성}과 '예술을 위한 예술'^{창부로서의 예술, 예술성·기술}의 대결구도로 구분하면서 최근까지의 예술을 '교사적 예술'의 승리라고 했다. "불란서에 있어서의 싸르트르나 까뮈는 가장 세련된 '교사적 예술'을 수립해 놓았으며 그 실존주의 사조라든가 앙가쥬망^{문학의 사회참여 이론}의 이론 등은 전후문학의 거대한 날개를 편 것이었다." 이들 작가는 아티스트란 말 보다 모럴리스트가 더 어울렸다. 이러한 예술관에 반대한 작가들이 신소설파였다. 그중에서도 이어령은 로브그리예를 "가장 심한 반싸르트르주의자"로 명명했는데 로브그리예는 "싸르트르를 사회에 참여하기 위하여 문학적인 직능을 일부 포기한 작가로 규정"했다.⁸

---

8 이어령, 「佛蘭西의 앙띠로망 새로운 小說形式의 探究(上)」, 『동아일보』, 1959.11.29, 4면. 이 무렵 사르트르에 대한 로브그리예의 견해는 다음과 같이 전해졌다. 그는 "현대 프랑스 작가 중에서 가장 중요하다고 생각하는 것은 노벨수상작가인 까뮈가 아니라 싸르트르라고 말하였다. 까뮈의 작품 가운데서 가장 감동한 것은 「이방인」뿐이고 「패스트」이하의 작품은 신통치 않다는 결론을 내리고 있다. 까뮈는 부조리를 말하고 반항을 권하고 있으나 결국 그는 도덕가가 되고 말았다. 도덕가의 소설은 설교에 지나지 않는다. 싸르트르도 「구토」는 놀라운 작품이나 그 이후의 작품은 말이 아니다. 「자유의 길」은 드디어 완성하지 못하였다. 이것은 정치참여 문제 때문이었다. 그러나 싸르트르가 틀린 말을 하든 찬성할 수 있는 말을 하든, 어쨌든 재미있다. 그가 하는 모든 말은 제삼자로 하여금 생각케 한다. (…중략…) 또 로브그리예는 문학을 정치에 봉사하는 것은 반대하나, 문학자가 일개 시민으로서 정치적 발언을 하는

"소설이 현존하기 위해서 끊임없이 전환하고 매일 새로운 형식을 발견해야 한다"고 주장한 로브그리예의 앙티 로망은 현상학을 배경으로 하여 인간 주변의 "'있는 그대로의 대상'을 '있는 그대로의 현상'으로서 작품에 옮겨 놓으려는" 특색이었다. 그래서 이어령은 "로브그리예의 '질투'에 나타난 농장이나 태양광선 등은 포크너의 '백치' 앞에 나타난 풍경 그것처럼 즉물적이며 또 순수시각적인 것이라 할 수 있"으며 "그 세계는 사물을 의식이라는 함정으로부터 건져낸 순수한 자연^{사물}계가 작품 속에 영사된다"고 진단했다. 이와 같이 이어령은 앙티로망을 설명하면서도 다음과 같은 의문을 가졌다.

앙띠 로망의 윤곽만을 우선 전한다. 로브그리예의 이상이 실현될 수 있을까? 과연 인간의식을 배제하고 사물을 있는 그대로 그려낼 수 있을까? 그렇다면 그들은 언어로 낚시질을 하는 어부가 아닐까? 그리고 또 비상징적 세계라는 것이 있을 수 있을까. 그러한 소설이 사실은 시에 패배된 산문예술의 종언이나 아닐까?

화가가 컵을 아니라 사과를 선택하였다면 그는 벌써 사과가 아니라 컵을 그린

것은 당연한 일이며, 희망하고 싶은 일이라고 말하였다. 그러나, 소설 그 자체가 정치적 목적을 가지고 쓰여졌다고 할 때, 그 소설은 예술작품은 아니라고 잘라 말하였다. 이와는 반대로 프루스트의 「잃어버린 시간을 찾아서」와 같은 순수한 예술적 소설이 그 어느 때는 정치에, 혁명에 도움 되지 않으리라고 단언할 수는 없다. 이 문제에 대해서 로브그리예는 전시에 있어, 싸르트르나 까뮤가 정치적 참여에 실패하였다는 쓰라린 경험에서 얻어진 것이 아닌가 추측하는 일파도 있다한다. 그리고, 싸르트르가 앙띠 로망 일파에 협력을 구한 것은 싸르트르 자신 그의 종래의 문학관을 수정하고 있는 것이 아닌가는 화제가 떠돌고 있다. 그러나 로브그리예는 자기는 싸르트르의 주장에 동감하는 점이 적지 않다고 하며, 싸르트르의 모든 문체의 배후에 형이상학이 있다는 표현을, 모든 문체의 배후에 형이상학이 있다는 표현을, 모든 문체의 배후에 세계관이 있다고 고쳐 말한다면, 자신의 생각과 같다고 하였다. 로브그리예에게 가장 커다란 영향을 준 것은 슐리얼리즘과 카프카와 실존철학이라고 하나 스탕달이나 바르작크의 소설을 부정하고 있지는 않다고 말하였다. 19세기 작가들이 개척한 길을 안이하게 나아가며, 모험이 없는 소설에 반대할 뿐이라고 주장하고 있다 한다." 「「冒險 있는 小說」『로브그리예』가 主張」, 『동아일보』, 1961.8.23, 4면.

화가와 다른 주관을 가지고 있는 사람이다. 이런 의미에 있어서 로보그리예는 **어떻게 자기 주관**의식**의 한계로부터 탈출할 수 있을 것인가?** 그런 소설이 가능하다 해도 **대중으로부터 고립을 어떻게 할 것인가?**[9]

이 이전에 이미 프랑스 비평가 알베레스를 사숙해온 이어령은 "오늘날 '반소설'의 작가들은 낡은 전통을 고발한 공적을 남기기는 했으나, 그들이 '현상학적 객관성'이라는 지루한 이론하에 내놓은 것은 아직도 잘 소화되지 않고 다치기 어려운 대용품에 지나지 않는다. (…중략…) '반소설'은 아직도 아무렇게나 기억을 택해서 짜낸 따분한 신조품에 지나지 않고 상상력의 결핍으로 말미암아 아무런 적극적인 것도 보여주지 못하고 있다"[10]는 알베레스의 비판적 견해를 인지하고 있었다. 다만 아직 그 소설적 실험이 아직 초기 단계이기 때문에 이어령은 좀 더 지켜봐야 한다는 입장이었다.

> 씸포지움 '무엇이 앙띠 · 로망이냐?'
> 박이문, 「사조로서의 앙띠 · 로망」
> 정명환, 「반소설의 작가들」
> 김붕구서울대 문리대 조교수, 「앙띠 · 로망의 비판」
> 문헌 : 로브그리예, 김붕구 역, 「小說의 技術者」
> 작품 : 로브그리예, 박이문이화여대 강사 역, 소설 「迷宮속에서」

누보 로망에 대한 보다 심도 있는 논의는 1961년 3월 호 『사상계』 특집에

---

9   이어령, 「佛蘭西의 앙띠로망 새로운 小說形式의 探究 (下)」, 『동아일보』, 1959. 12. 1, 4면.
10   알베레스, 정명환 역, 『二十世紀의 知的冒險』, 을유문화사, 1961, 323면.

서 이루어졌다. 당대 대표적인 불문학자들이 나서서 신소설의 이론을 안내하고 로브그리예의 중편소설 한 편을 번역했다. 여기서 누보 로망이 프랑스에서 1955년부터 화제가 되기 시작했고 1958년 에스프리지가 '누보 로망' 특집호를 꾸렸으며, 다양했던 소설 사조의 호칭은 1959년 정월 로브그리예가 인터뷰에서 새로운 소설이란 뜻인 '누보 로망'이라고 부르면서 낙착되었다는 사실이 알려졌다.

발자크나 실존주의에 익숙해진 한국인에게 기존 소설과 누보 로망의 차이는 궁금할 수밖에 없었다. "잃어버린 가치의 폐허에서 절망과 허무라는 황무지에 던져진 전후의 이른바 실존주의 문학이 인간이 살아갈 수 있는 진정한 가치와 윤리를 재건하려는 데 집중되었다고 한다면" 누보 로망은 전후의 윤리적 문학과는 성격이 상당히 달랐다. 박이문은 "인간은 실제에 있어서 일관된 이론을 따라서 생활하지도 않고, 어떤 가치나 윤리의 척도로만 생활하지 않으며, 한편 인간을 둘러싸고 있는 세계도 지리멸렬한 것인데, 소설이 정연한 심리에 끌려가는 인간, 일정한 가치를 위해서 꾸준히 살아가는 인간을 그리며 이론적인 세계를 묘사한다는 것은 전혀 허위가 아니냐? 이러한 의문에서 싹튼 것이 이른바 비문학·반소설이었다"[11]고 설명했다. 새로운 작가들은 전형, 스토리, 내면, 일관된 심리묘사 등을 거부했다.

사상계 특집이 나온 동월 신문에도 로브그리예가 말하는 누보 로망의 소설론이 소개됐는데, 여기서 로브그리예는 발자크의 소설에서 세계를 묘사하는 사람은 신만이 될 수 있다고 비판하고 인간이 주인이었고[12] 인간만이 소

---

11 박이문, 「문예사조로서의 앙티로망」, 『박이문 인문학전집 2 – 나의 문학, 나의 철학』, 미다스북스, 2016, 66~67면.
12 「새小說論」, 『동아일보』, 1961.3.13, 4면.

유하고 습득해야 했던 발자크의 세계에서 벗어나 세계내의 인간과 그 위치를 재조정해야 한다고 했다.[13] 그는 '사물을 소유한 인간'이 아니라 '사물에 둘러싸인 인간'을 발견한 것이다. 이러한 관점에서 새롭게 시도된 기법에 대해 김붕구는 다음과 같이 설명했다.

그런데 이 '새로운 소설'은 (…중략…) 통 무슨 영문인지 알 수가 없다는 것이다. 開卷 첫머리부터 확대경으로 비쳐 보는 듯한 刻明 치밀한 사물과 몸짓의 묘사의 연속로브그리예,뷔또르, 또는 사물과 의식의 접선에서 일어나는 의식 내의 끝없는 독백싸로뜨, 또는 대화 독백 요설의 연속데 포레 (…중략…) 요컨대 눈이 있고 의식이 목소리가 있다. 그런데 그것이 누구의 눈이며 누구의 목소리며 의식인지 분명치가 않다. 뿐만 아니라 그 묘사나 독백이나 요설들을 전체로서 통일시켜 주는 논리성줄거리도 주지 않는다.

이것이 첫눈에 알 수 있는 새로운 소설의 공통점이다. **종래의 소설이라는 개념으로 대하면 통 영문을 알 수 없다**라는 것도 당연한 일이다. 뚜렷한 인물도 없고 사건이 있다고 하더라도 그 사건들을 연결시켜 주는 실마리, 소위 이야기 줄거리도 없다. 논리적인 전후 연결성과 통일성도 없다. 그러면서도 기가 막히게 상세한 묘사의 끝없는 연속, 그런가 하면 '기의' 똑같은 묘사가 다음 페이지에 또 되풀이되는 수가 비일비재다. 그런가 하면 꽃을 쫓는 나비처럼 대상을 쫓아 이동하는 내적 독백, 혹은 요설의 연속, 요컨대 종래의 소설의 장르 개념을 완전히 파괴하는 것이다.[14]

기존의 전통적 소설 문법에 익숙한 독자에게 누보 로망의 문체, 구성은 충

13 「새小說論(下)」, 『동아일보』, 1961.3.15, 4면.
14 김붕구(서울대 문리대 조교수), 「앙띠·로망의 비판」, 『사상계』, 사상, 1961.3, 330면.

격적이었고 소설의 내용은 온전히 이해하기 어려울 정도로 낯선 것이었다. 게다가 이 전위적 반소설의 작가들은 합치된 서클로서의 이즘이 없었고 스스로 하나의 유파나 사조이기를 거부했기 때문에 그 작가군 사이에도 너무나 큰 기질과 풍토의 차이가 있었다. 게다가 주로 역사적 사건이나 소설의 서술에시만 쓰이는 일종의 문어체적 시제인 단순과거, 단순과거와 달리 일상적 시제인 복합과거 등 시제 전환과 인칭, 인물, 화법 등이 주는 서사 효과를 한국어로 옮기는 작업이 지난했기 때문에 불문학자의 토로대로 번역 자체가 어려웠고 그만큼 대중화되기 어려웠다.

새로운 눈렌즈을 우리 앞에 설정했다는 점에서 우리는 로브그리예 문학의 중요한 가치를 찾을 수 있을 것이다. 그러나 이같은 그의 문학적 목적이 만족스러운 결과를 가져오진 못할 것이다. 그의 섬세한 기술은 오히려 대상의 참된 모습을 혼돈할 우려가 많다. 세부만을 관찰함으로써 그 대상의 전체적 특질은 파악될 수 없는 것이다. 또한 모든 창조의 출발점에는 조직적 결의가 있는 법이다. 선택 없는 곳에 예술은 없다. 작가는 어떻게 작품을 구성하고 대상을 그릴 수 있는가? 로브그리예가 쓴 작품의 대상은 완전히 우연한 것일까? 그는 자기 나름대로 무엇인가를 선택하고 있다는 것임은 확실한 사실이다. 그는 이같은 모순을 어떻게 해결할 것인가? 비단 예술뿐만 아니라 인류가 만들어낸 문화는 인류의 아이디어에 의해 조직된 선택의 체계에 지나지 않으며 어떤 대상도 인간 없이는 적어도 인간에게는 의미를 갖지 못할 것이다. 모든 인간적인 체온과 색채를 배제하려는 로브그리예의 입장은 **결국 반휴머니즘이요, 문화 자체를 부정하는 결과를** 가져오는 것이 아닐까? 반소설의 이론가로 나선 로브그리예는 이러한 질문에 대답해야 할 것이다.[15]

15 박이문, 「문예사조로서의 앙티로망」, 『박이문 인문학전집 2 – 나의 문학, 나의 철학』, 미다스

사정이 이러할 때 로브그리예의 문학적 성격은 시선파로 불렸다. 로브그리예는 기존 소설의 내면의 '깊이'의 신화를 부정하고 객체의 표면묘사에 집중했기 때문이다. 박이문은 "당시 소설의 혁신을 극단에까지 실천하고 있는 작가"인 로브그리예가 "자신의 감정이나 사상, 윤리를 어떤 대상을 통해서 표현하는 사람임을 그치고, 하나의 투명한 눈, 즉 인간적인 것이 완전히 없어진 정밀한 '렌즈'로 변신"했다고 평한다.

하지만 박이문의 전망은 이어령보다 더 비관적이었다. 로브그리예가 새로운 문학적 테크닉을 발명한 것은 인정하지만 그 문학관이 오히려 문학 자체를 부정하고 인간을 배제하는 결과를 초래했다는 게 그의 진단이다. 그래서 박이문은 누보 로망을 "비문학·반소설"로서 "지극히 지적인 문학"이라 칭했으며, 김붕구는 "전통적 소설의 요건인 인물, 성격, 사건과 이를 연결하는 통일적인 이야기·줄거리의 거부"가 대중성의 상실을 야기했다고 간주했다.

이처럼 1960년경 한국에서 주로 반소설로 불렸던 누보 로망은 기법적으로 새로웠으나 내용적으로 난해하여 대중영합적이지 않았고 기존 소설 문법과 달라 번역하기도 어려웠다. 게다가 해당 문학의 번역을 주로 전담하게 되는 학자들이 문학적으로도 비판적이었기 때문에 문학사적 맥락에서 고평되어 발굴·소개되는 게 힘든 실정이었다. 그 여파로 작품은 잡지에 중편소설 한 편밖에 번역되지 않았다. 당시 한국에서는 프랑스문학에서 사르트르와 카뮈의 실존주의 작품뿐만 아니라 그에 비등할 정도로 높은 평가를 받았던 게오르규루마니아 출신의 프랑스 망명작가의 전쟁소설 『25시』가 많은 독자를 확보하고 있었다.[16] 이들 문학은 한국전쟁을 겪은 한국의 문인에게 주목을 받고 한국문

___

북스, 2016, 72면.
16 게오르규에 대해서는 이행선, 「게오르규의 수용과 한국 지성사의 '25시' – 전후문학, 휴머니

학의 발전을 모색하기 위한 습작 및 논쟁의 대상이 되었지만, 그 다음 세대의 문학격인 '누보 로망'은 한국에서 반향을 일으키지 못했다. 더욱이 1960년대 초반부터 고미카와 준페이五味川純平의『인간의 조건人間の條件』등을 필두로[17] 일본문학이 다수 번역되고 독서시장에서 인기를 끌기 시작했다. 누보 로망은 작품이 한국에 제대로 소개되기도 전에 사실상 이론만이 도입된 셈이다. 그 결과 1978년 알랭 로브그리예가 한국을 방문할 때까지 소설 작품이 번역되지 못했다. 증언 및 참여의 문학이 요구되던 한국사회에서 지나치게 예술성을 강조하고 비사회적 경향의 '반소설'이란 명칭대로 대중적인 주목을 받을 수 없었다.

3. 로브그리예의 1차 방한[1978]과 작품 번역

로브그리예의 한국 수용은 1950년대 후반으로부터 20여년이 지난 1970년대 후반 본격적으로 이루어진다. 작가의 한국 방문은 1978년 11월에 이루어지는데, 문학 이론은 방한 시점을 전후한 1976년『누보 로망의 이론』, 1979년『문학사회학을 위하여』, 1981년『누보 로망을 위하여』등에서 본격적으로 다뤄진다. 또한 문학작품은 작가의 방한 11일 전 최초로 민희식에 의

즘, 실존주의, 문명비판, 반공주의, 어용작가」, 『한국학연구』 41, 인하대 한국학연구소, 2016, 9~41면 참조.

17 고미카와 준페이에 대해서는 이행선, 양아람, 「1960년대 초중반 미·일 베스트셀러 전쟁문학의 수용과 월경하는 전쟁기억, 재난·휴머니즘과 전쟁책임 – 노먼 메일러(Norman Mailer) 『나자와 사자』와 고미카와 준페이(五味川純平) 『인간의 조건』」, 『기억과 전망』 36, 민주화운동기념사업회 한국민주주의연구소, 2017, 42~94면 참조.

해 『지난해 마리앵바드에서, 질투』가 번역된 이래 다수의 작품이 번역되기 시작하여 1980년대 세계문학전집에 빠지지 않고 수록된다. 즉 한국에서 로브그리예는 작가의 직접 방문하는 시점에 사회적으로 새롭게 수용되는 셈이다.

그 이전 1961년 사상계 특집 이래 로브그리예는 거의 소개되지 않았었다. 1963년 백림영화제에 로브그리예 감독의 〈부도덕자〉가 출품되고[18] 1971년 한국 프랑스문화원의 '프랑스 영화주간'에 로브그리예의 스릴러영화 〈유럽횡단특급〉이 상영되었을 뿐이다.[19] 다만 이즈음 프랑스에서 "알랭 로브그리예, 뒤라스, 뷔토르 등 앙띠로망反小說 이후의 작가들이 보수적인 청소년의 문학교재인 가스펙스 편 『20세기 문학사』 개정판에 수록"[20]되었다는 소식이 전해졌다. 이로서 방한 이전 작가는 소설가이자 영화감독이었고, 그가 추구하는 문학은 일시적인 유행에 그치지 않고 프랑스의 문학사에 포함될 정도로 평가받았다는 사실을 알 수 있었다.

그렇다면 한국에서 다시 누보 로망 이론서가 본격적으로 출간되고, 작가의 방한과 작품 번역이 갖는 문학사적 의미가 고찰되어야 한다. 누보 로망이 다시 조명되는 1970년대 후반은 한국의 불문학계에서도 상당히 의미 있는 시점이다. 이미 1974년 3월 프랑스 망명작가 게오르규가 한국에 왔을 때 민희식 교수 등 불문학자의 활약이 컸지만 누보 로망은 게오르규, 사르트르 같은 전후작가의 다음 세대의 문학이었다. 그래서 1976년 『누보 로망의 이론』 번

---

18 「韓國선 세篇出品 伯林映畵祭 22日에 開幕」, 『동아일보』, 1963.6.20, 6면.
19 「프랑스映畵週間 13日부터 佛文化院」, 『동아일보』, 1971.12.11, 5면. 1973년에는 영화 〈거짓말장이〉가 상영되었다. 「무료서비스……獨佛文化院의 映畵 상영」, 『동아일보』, 1973.9.24, 5면.
20 김병익, 「七〇年代 世界文學」, 『동아일보』, 1972.11.18, 5면.

역은 한국에서 20여 년에 걸쳐 정착한 프랑스소설의 '새'사조를 본격적으로 재검토하는 움직임이었다. 1976년은 민희식 교수가 상당한 분량으로『프랑스문학사』를 출간했을 만큼 한국 학자에 의한 불문학 연구의 결실이 나타나기 시작한 시점이기도 했다. 이때 김치수가 프로방스대학교에서 문학 박사를 받고 돌아와 로브그리예 수용에 나서는 등 여타 불문학자의 활동이 가시화되고 있었다.

해방 이후 불문학, 영문학 등 외국문학 전공의 비평가들이 한국 평단에서 활약한 비중을 감안하면 누보 로망의 본격적 이론 번역에 대한 한국문단의 반응은 어떠했을까. 이 당시 누보 로망은 한국적 여건에서 갱신해온 문학관과, 1973년부터 1977년까지 매년 번역본이 나올 정도로 여전한 사르트르의『문학이란 무엇인가』, 그리고 누보 로망에 비판적인 프랑스 비평가 알베레스의 1974년의 방한과 강연을 접한 한국인에게 알려진 셈이다.

1976년『누보 로망의 이론』이 번역되기 직전, 1974년 한국문학계에는 유의미한 저작이 다수 나왔다. 창비는 1974년에 하우저의『문학과 예술의 사회사』와 황석영『객지』를 출간했고, 김수영-이어령의 '순수·참여론'과 같이 반복되어온 '형식·내용 논쟁'을 극복하고자 했던 백낙청과 김현은 각각『문학과 행동』,『사회와 윤리』를 냈다. 영국 작가 로렌스를 내세운 백낙청은 그는 과거 순수참여 논쟁을 '모더니즘 대 리얼리즘'의 구도로 확장한 후 모더니즘은 양심과 역사 현실에 대한 안목이 부재하다고 비판하고 제3세계문학을 예시하며 민중을 포괄한 리얼리즘적, 참여문학적 노력을 강조했다.

그러면서 백낙청은 "서양의 현대문학에 대해 주체적 자세로 임하는 게 필요"하다고 주장했다. 그는 예술의 논의에서 "양심의 문제와 역사적 안목"을 빼놓을 수 없는 요소로 간주했고 기교적 혁신을 강조하는 20세기 전위문학은 건강한 현대예술이 될 수 없다는 입장이었다. 현대소설의 예술성은 소설문학 본연의 "시민성, 민주성"과 떼어 놓을 수 없으며 "총체적 현실파악과 실천적 현실 극복의 태도"가 중요했다. 그래서 백낙청은 "반리얼리즘 이론이 우세한 서구문학에 거리를 둬야" 하고 "삶의 표피만을 건드리는 '코닥 카메라 식' 사실성을 비판"하며, "서구적 한계를 인식하는 것이 현대 인간소외를 극복하는 작업의 필수불가결한 조건"이라고 주장했다. 그래서 그는 문인이 "자신의 역사적 역할을 서구의 전위예술의 모방으로 한다면 역사적 직무유기"라고 했다.[21] 이를 통해서 그가 프랑스의 전위예술인 누보 로망을 어떻게 평가했을지 확연히 가늠할 수 있다. 심지어 백낙청은 실존주의의 고독한 실존에 의한 '참여'도 진정한 리얼리즘이 지향하는 사회역사 의식에 미달된 것으로 간주했을 정도다.

당시 한참 번역되던 사르트르의 유명한 글「문학이란 무엇인가」에서 사르트르는 상황 속에 있는 사람이 사회와 인간조건을 공평무사하게 묘사한다는 것은 불가능에 가까운 꿈이며 작가는 이 세계에 책임이 없다고 회피해온 다

---

21 백낙청 편역,『문학과 행동』, 태극출판사, 1974.6.10, 21~47면. 주지하듯 백낙청은 염무웅과 함께 1966년 가을부터 하우저의 책을 사상계에 번역하여 문학 및 예술의 사회사라는 예술사회사의 새유형을 제시하고 한국문단의 사회과학적 비평의 확립을 도모했다. 외국문학 및 비평에서 한국문학의 갱신을 찾은 셈인데 당대 문인에게 외국문학의 세계적 조류의 파악은 중요한 화두였다. 가령 김수영은 1964년「히프레스 문학론」에서 한국문학의 자양분의 원천이 일본문학에서 미국문학으로 옮겨가는 상황에서 제대로 된 수용을 하지 못하는 현실을 지적했다. 일본어(과거)나 영어(현재)를 못하는 '과거-현재'의 문인(지망생)의 모습은 당대 한국문학계가 저조하고 양질의 작품이 산출되지 않는 현실의 자화상이었다. 그래서 김수영은 "아무래도 앞으로 우리 문학은 세계의 창을 내다볼 수 있는 소수의 지적인 젊은 작가들에게 희망을 걸 수밖에 없다"고 진단했다. (김수영,『김수영전집』2, 민음사, 2007, 278~286면) 이러한 맥락에서 백낙청과 다수 외국문학자는 그 희망의 대상이라 할 수 있는데, 이로부터 10여년이 지난 시점에서 한국적 문학론을 모색해오던 백낙청은 한국의 실정에 맞는 외국문학의 선별적이고 비판적인 수용을 주장한 것이다.

른 사람들이 전책임을 질 수 있도록 폭로하는 존재라고 주장했다. 이러한 예술관에 기초한 사르트르는 형식도 중요하지만 그 형식의 결정이 주제의 결정에 앞설 수 없다고 했다. 특히 "말은 투명한 것이고 시선은 말을 뚫고 지나가는 것이니까" 문체는 독자의 눈에 띄지 않고 통과해 버려야 하기 때문에 독자가 문장미를 그것 자체로 고려하면 의미를 읽고 남은 것은 권태로운 균형일 뿐이라고 했다.[22] 총체성, 산문의 효용과 작가의 참여, 말의 투명성을 언급한 사르트르의 문학관은 다음 세대인 누보 로망의 문학관과는 상당한 거리가 있었다. 당대 유신시대하 한국 지식인에게 사르트르나 백낙청의 논의는 많은 지지를 이끌어낼 수 있는 문학관이었다. 실제로 1974년 한국을 방문한 게오르규나, 소련 수용소를 다룬 『수용소군도』[1974]의 작가 솔제니친 등 증언 문학이 주목을 받던 한국이었다.

한편, 바슐라르의 상상력의 영향을 받은 김현은 사르트르처럼 내용이 우선이냐 아름다운 형식이 우선인가를 따지는 것은 동어반복에 불과하다면서 문학에서 중요한 것은 "인간 정신의 자유로움"이라고 강조했다. 그는 그 자유로움을 정확하고 논리적으로 표현할 수 있는 정신을 "문학적으로 주제와 형식의 일치"라고 했다. 이미 알려진 구도와 색채를 반복하는 문학은 엉터리 작품을 양산한다. 김현은 "좋은 형태는 자유 속에 잠재해 있으며 형태에 대한 혐오는 자유와 질서에 대한 혐오이자 대상에 대한 무관심을 의미한다"고 주장했다. 총체적 인간 파악과 미적 예술성을 강조한 김현은 "비판의식의 결여"의 위험성을 강조했다.[23] 새로운 문학적 실험을 통한 문학적 '참여'를 외친

---

22   사르트르, 김붕구 역, 「作品을 쓴다는 것은 무엇인가」, 김현·김주연 편, 『文學이란 무엇인가』, 문학과지성사, 1976.2, 35~53면.

23   김현, 『社會와 倫理』, 一志社, 1974, 9~28면.

누보 로망은 한국인에게 기성의 '순수'의 문학관을 상기시키고 김현이 지적한 비판의식의 문제를 야기하지만, 김현의 문학관은 백낙청보다는 누보 로망을 긍정할 수 있는 여지가 있었다.

그런데 김현은 이 책의 출간 이전에 1970년 잡지 『문학과 지성』의 창간호에서 「한국소설韓國小說의 가능성可能性 − 리얼리즘론論 별견瞥見」이라는 글을 기고했는데, 이 글에는 리얼리즘론의 확장 및 재론을 펼치기 위한 논거로서 알랭 로브그리예가 이미 인용되어 있다. "소설은 현실과 상상력의 긴장관계"라고 본 김현은, "로브그리예의 진술 속에는 리얼리즘의 '그럴듯함'이 왜 허위인가 하는 것이 명료하게 설명되어 있다"면서 로브그리예의 주장을 가져온다. "로브그리예가 공격하고 있는 것은 리얼리즘의 모순된 두 측면, 그럴듯하게 묘사하는 것과 진실주의"였다.[24] 알랭 로브그리예와 누보 로망이 김현과 문지 필진의 문학론의 하나의 중요한 참조점이 되었던 것이다. 그리고 김현과 문학과지성에서 함께 한 김치수가 1970년대 후반 로브그리예의 본격적인 연구와 번역에 관심을 갖는다. 다시 말하면, 1970년대 말에야 한국 대중독자에게 로브그리예가 알려지지만 1970년대 초중반 이미 한국문단, 특히 문지의 문학비평가 빛 연구자가 자신의 문학론을 뒷받침하는 하나의 토대로서 알랭 로브그리예와 누보 로망을 활용했다.

이러한 한국문단 상황에서 1974년 9월 24일 예술원 주최 제3회 아시아예술심포지움에 참석하기 위해 한국에 온 알베레스프랑스 오르레앙 대학 문학부장외[25] 대

---

24 도식적 리얼리즘의 불가능성에 대한 김현의 논의와 로브그리예, 하우저 인용은 김현, 「韓國小說의 可能性 − 리얼리즘論 瞥見」, 『文學과 知性』 1−1, 문학과지성사, 1970, 32~54면을 참조할 것.

25 「인터뷰 人間보다 言語를 重視 佛의 新文藝思潮 말하는 알베레스 씨」, 『경향신문』, 1974.9.26, 5면.

면한 이환李桓은 누보 로망이 "탈이데올로기, 탈모랄, 탈정치로서 결국 그 자체 주제 없는 문학의 일면을 나타내고 있"으며, 인간 존재와 삶의 윤리적 문제라는 "인간의 이 영원한 문제의식이 전적으로 도외시된 문학이 과연 얼마만큼 독자의 심금을 울릴 수 있을지 의문입니다. 특히 우리나라와 같이 전통적으로 윤리성이 강한 나라에서 프랑스의 새 문학은 전 세대의 문학과 같이 열정적으로 환영받을 가능성은 없을 것 같"다고 지적했다. 그러면서 이환은 "사르트르는 시대의 비극적 상황 속에서 윤리적 의식을 대변한 문학이며 한국은 여전히 실존주의 작가의 향수에 사로잡혀 있다"는 소회를 밝혔다.[26]

'알렝 로브그리예', '미셸 뷔토르', '클로드 시몽', '마르그리트 뒤라스', '로베르 펭제', '케베트' 등 ㅡ群월군의 특색있는 作家작가들의 작업을 流行유행의 물결속에 띄워 보낸다면, 實存主義의 회고나 구조주의의 다채로운 메뉴가 남을 뿐이다. **누보로망이 '반소설'이란 이상한 이름으로 한국에 잠시 상륙한 후 단명히 사라진 것은** 단지 실존주의라는 것이 가진 한국동란 이후 특수 상황 속에서의 매력이나 구조주의라는 거센 바람에 날려 버린 데도 있겠으나 **누보로망이 가진 언어적 특수성으로 인한 번역의 난점, 또 스토오리나 소설이 담고 있는 직접적 메시지에, 혹은 이미지나 상징성에 유별나게 구애되는 독자**비평가들에게는 오래 인기를 끌 수 없었다는 데 이유가 있다.

그러나 이 모든 문화이식 현상의 특수성에도 불구하고 현 '프랑스' 창작계의 가장 흥미 있는 현상은 여전히 드높은 목소리로 살아있는 누보 로망계열

---

26   R. M. 알베레스, 李桓 譯, 「사르트르에서 누보 로망까지」, 임영빈 편, 『세계지성과의 대화』 (1976), 문학사상사, 1987, 274~279면.

의 작가군들에 틀림없다.[27]

알베레스는 누보 로망이 윤리적 문제성이 부재하여 독자의 외면을 받지만 그들이 가진 언어에 대한 새로운 의식이 영향을 미쳐 "1965년을 분기점으로 『텔켈*Tel Quel*』1960지를 중심으로 한 그 후의 젊은 작가들, 가령 필립 솔레르, 쟝 티보도, 쟝 리까르두"[28]를 낳았다고 설명했다. 그래서 1974년 프랑스에서 학위를 받고 돌아온 불문학자 김화영도 한국에서 누보 로망이 한국에서 "문화 이식 현상의 특수성"으로 단명했지만 1970년대 프랑스에서 여전한 누보 로망 계열 작가의 활동과 영향력을 한국사회에 알렸다. 그래서 1970년대 중후반 불문학자들의 본격적인 활동이 가시화되기 시작했다.

스토리나 사상을 다루던 소설이 이제는 '언어를 다루는 소설'이 된 것에 주목한 전북대 전임강사 정소영은 『누보 로망의 이론』1976의 서문에 "세계문학 속의 한국문학이라는 관점에서 역자는 누보 로망의 소개의 화급성을 절감하였다. 그러나 누보 로망에 대한 평론은 물론이요, 그 흔한 이론서 하나 번역 소개된 것이 없으며, 하물며 한 편의 소설도 번역된 것이 없음에 놀라지 않을 수 없었다"고 적고 있다. 누보 로망에 대한 옹호와 비판의 글을 실은 이 책에서 사르트르는 누보 로망 작가 중 총체성의 관점을 갖고 있는 유일한 작가는 뷔토르이며, 로브그리예는 소설에서 형성되는 총체적인 대상에서 인간적인 의미를 떨쳐버렸다고 비판했다. 또한 젊은 소설가들이 '등장인물이나 성격, 본질' 등이 존재하지 않는다는 사실을 발견했지만, 사르트르는 그 사실이 그러한 것을 만드는 사회의 공시적·통시적 구조의 부재를 의미하지 않으며 오히려 그들이 인류학의 기초와 인류학적인 탐구를 시행할 수 있는 여지를 작

---

27 김화영, 「大空白期의 프랑스文學(下)─최근의 佛文壇 편모」, 『동아일보』, 1974.8.12, 5면.
28 R. M. 알베레스, 李桓 譯, 앞의 글, 280~281면.

품에서 제거하고 있다고 비판했다.[29] 『프랑스문학사』[1976]에서 민희식도 줄거리·심리묘사·논리를 배척한 로브그리예는 소설에서 인간을 추방해버렸다고 설명하면서 자신의 소설의 한계의 돌파구를 "아마도 영화 속에서 자기의 길을 발견할 것"이라고 전망하고 있다.[30]

지금까지 살펴본 것처럼 백낙청, 김현의 비평가와 알베레스, 사르트르, 김화영 등 불문학자들을 통해 한국과 프랑스에서 누보 로망과 로브그리예의 문학적 지위에 대한 평가가 어느 정도 이루어진 상황에서 1978년 11월 11일 일주일 동안 알랭 로브그리예가 한국을 찾았다. 『한국일보』 파리특파원 [1975~1982]이었던 신문기자 김성우가 1977년 로브그리예를 만난 후 국제문화협회에 추천하여 초청이 이루어졌다.[31]

로브그리예는 부산에서 어촌을 둘러보고, 경주의 불국사와 속리산의 법주사를 거쳐 11월 11일 오후에 서울에 도착, 하얏트 호텔에 투숙했다. 13일 하얏트 호텔에서 기자회견이 있었고 14일에는 불어불문학회 주최로 YMCA강당에서 '누보로망과 누보시네'라는 주제로 강연이 있었다. 서울 일정과 통역은 민희식 교수가 함께 했다. 그 내용은 신문과 잡지 『문학사상』, 번역서 『누보 로망을 위하여』에 실렸다. 기자회견에서 그는 "예술작품은 미래에서만 진가를 발휘할 수 있으므로 사르트르처럼 '예술이 현실사회에서 당장 무엇인가를 실천해야 한다'는 데에는 명확하게 반대를 표명했다." 『질투』[1957]를 예로 든 그는 작품 발표 때 평론가의 혹평을 받고 독자는 외면했지만 지금은 26개 나라에서 번역 출판됐고 프랑스에서 한 해 1만 부씩 팔리고 있다며 "문학

---

29 레알 우엘레, 정소영 역, 『누보 로망의 理論』, 정음사, 1976, 38~46면.

30 閔憙植, 『프랑스문학사』, 梨花女大 出版部, 1976, 761~770면.

31 김성우, 「내 소설은 늘 새롭다 – '누보 로망'의 작가 알랭 로브 그리예」, 『프랑스 지성 기행』, 나남, 2000, 31~44면.

작품은 독자의 마음에 들게 하기 위해서 쓰는 것이 아니라 독자의 마음을 바꾸기 위해서 쓰는 거"라는 예술관을 드러냈다.[32] 그래서 그는 소설가는 새로움을 창조한 것인데 "비평가는 옛날 것을 재생시키지 않았다고 비난"한다면서 비평가의 아카데미 비평의 한계를 지적하기도 했다.[33] 그가 「시네로망」이라는 소설을 시도한 것은, 영화가 이미지를 통해서 이야기를 이끌어나가는 것에 반대하여 영화의 각 장면을 통해 줄거리를 파괴하기 위해서였다. 또한 이미 작가 자신이 작품활동을 시작한지 20년이 지난 만큼 그는 자신의 문학세계를 2개의 시기로 구분하여 한국 독자에게 알려주기도 했다.[34]

알랭 로브그리예는 프랑스의 사실상 마지막 문예사조로 간주되는 누보 로

32 「來韓한 佛作家 알랭 로브그리예 – "作家는 항상 未來를 추구해야"」, 『경향신문』, 1978.11.16, 5면.

33 알랭 로브그리예, 김치수 역, 「누보 로망과 누보 시네마」(1978.11.14, YMCA강연), 『누보 로망을 위하여』(1963), 문학과지성사, 1981, 130~136면.

34 "그는 자기의 한 작품은 다른 작품과 많은 차이가 있지만 크게 2개의 시기로 나눈다고 하였다. 즉 1950년대의 누보로망과 1960년 이후의 누보로망이라는 것이다. 제1기에 있어서 누보로망의 목적은 세계를 리얼리즘에 입각해서 표현하는 것으로, 그것은 사르트르의 「구토」나 카뮈의 「이방인」 계열의 연속이라고 볼 수 있다. 그의 초기의 작품 「엿보는 사람」은 범죄에 대한 앙케이트이지만 사실 범죄는 일어나지 않는다. 즉 범죄가 없는 것이다. 그것은 독자도 잘 알고 있다. 그러기에 「엿보는 사람」의 이야기에는 여백이 있다. 도스토예프스키의 작품 가운데 「마귀에 사로 잡힌 자」라는 작품이 있는데 이 작품의 주인공이 폴 사제에게 고백을 하는 장면이 있다. 그런데 그 고백 가운데 한 장면이 빠져있다. 즉 주인공은 성범죄에 관한 장면을 고백하지 않는 것이다. 이 장면이 빠져도 그 책의 내용에는 지장이 없다. 이와 마찬가지로 나의 소설 「엿보는 사람」에도 성범죄에 관한 장면이 빠져있다. 도스토예프스키의 작품에는 이 장면이 불필요한데 비해 나의 작품에서는 이 장면이 작품의 전체를 지배한다. 즉 도스토예프스키의 작품에 있어서는 빠진 부분이 아무런 역할도 하지 않는데 비해 나의 소설에서는 이 장면이 모든 역할을 하고 있다. 한편 「고무」나 「질투」에서는 화자는 없어지고 공허(vide)를 모든 생산적 요소로 삼고 새로운 탐구를 시도하는 것이 소설의 목적이다. 이러한 공허에 대한 관념은 플로베르에게서 영향을 받은 것이다. 나의 제2기의 소설 「쾌락의 집」이나 「뉴욕 혁명계획」에 있어서는 소설이 인물의 관점이 아니고 텍스트의 관점에서 그려지고 있다. 텍스트가 말을 하고 따라서 리얼리즘에 대한 걱정은 사라진다." 민희식, 「로브 그리예와의 한 週日」, 『문학사상』, 문학사상사, 1979.1, 56면.

망의 대표 작가였지만 내한 이전의 한국의 상황과 평가에서 알 수 있듯 1974년 게오르규, 1975년 루이제 린저의 방한과 비교하면[35] 큰 환영을 받은 편은 아니었다. 그러나 이 방문을 기점으로 작가는 한국에서 대중적으로 프랑스의 유명작가로 각인되었고 불문학자 김치수는 『문학사회학을 위하여』1979에 다루고 로브그리예의 이론서 『누보 로망을 위하여』1963를 1981년 번역했다. 이러한 관심에 따라 1982년에는 또 다른 누보 로망의 작가 나탈리 사로트의 『의혹의 시대』도 번역되었다.[36] 로브그리예의 소설은 세계적인 작품이라는 인지도를 확보하면서 1980년대 간행된 각종 세계문학전집에 포함되었다. 이는 대중성은 부족하지만 문학사적으로 중요하다고 여겨져 '고전'으로 정착한 사례라고 할 수 있다.

작가의 방한과 여러 불문학자에 의한 이론서와 소설 번역은 1980년대 한국에서 로브그리예와 누보 로망의 소설적 경향에 대한 이해를 높이는 계기가 되었다. 특히 내용이 난해하고 소설문법이 낯선 소설은 해당 전공자의 해설이 중요하다. 다양한 전공자와 역자의 해설은 다양한 문학적 관점의 공존과 보완을 의미한다. 예컨대 『지난해 마리앵바드에서 · 질투』1978을 번역한 민희식은 로브그리예의 문학이 줄거리와 인물성격 묘사, 해석이 없고 사물과 인물의 객관적 묘사만이 나타나기 때문에 "의미 부정"의 소설이라고 했다. 이러한 관점에서는 소설의 내용이 부재할 수밖에 없기 때문에 역자는 그 소설의 의도를 "인간의 의식현상의 애매모호성을 드러내는 '의식의 문제'를 다

---

35 루이제 린저에 대해서는 이행선 · 양아람, 「루이제 린저의 수용과 한국사회의 '생의 한가운데' - 신여성, 인생론, 세계여성의 해(1975), 북한바로알기운동(1988)」, 『민족문화연구』 73, 고려대 민족문화연구원, 2016, 267~303면을 참조할 것.

36 나탈리 싸로트, 朴熙鎭 譯, 『疑惑의 시대』, 傳藝苑, 1982; 「疑惑의 시대」, 『매일경제』, 1982.6.2, 9면.

루고 있"다고 규정했다. 그래서 민희식에게 자신이 번역한 두 작품은 "이야기를 비반성적 의식은 거의 없애고 상상력이 투영하는 영상만을 기술하는 방향으로 그려 낸 결과가 바로 그러한 작품이다. 그리고 보면, 이것은 소설 창조의 그 내면을 제시하는 소설"이었다. 이처럼 내용을 배제하고 형식이 갖는 의식현상을 논했을 때 작품 해설은 관념적 서술로 흐르게 된다.

또한 역자는 프랑스 식민지의 아프리카 지역에서 바나나 농장을 경영하는 화자와 그의 아내 A, A와 불륜이 의심되는 이웃남자 프랑크의 관계를 다룬 소설 「질투」에서 화자를 '처를 감시하는 남편'이라고 설명하면서 작가와 주인공이 일치한다고 주장했다.[37] 『질투 외外』주우主友세계문학 631983의 역자 윤영애도 "「질투」는 주인공이 표면에 나타나지 않고 주인공의 시선을 통해 보는 세계가 소설의 세계를 구성하는데, 주인공의 눈을 통해 보이는 기하학적인 정확한 묘사로 인간의 심리가 그려지고 있다"고 평가하면서 민희식과 동일하게 "의미의 부정"과 "작가=주인공=관찰자=남편"으로 작품을 분석했다.[38] 이는 주인공과 작가를 동일시하는 해석의 단계였다.

이와 조금 다른 해석에서는 김치수와 고광단 등을 들 수 있다. 1972년경 프랑스에서 누보 로망에 관한 논의가 깊어지는 것을 목격한 김치수는, 문학적 전통이 된 누보 로망의 재검토의 필요성을 강조하면서 형태, 줄거리, 화법, 인물의 문제에서 "인물이 작가와 구별되고 화자와 구분되어야 한다"[39]고 논했다. 이는 민희식, 윤영애의 작품 해석과 다르다. 또한 김치수는 평론가나 연구자들이 '의미의 부재'로 해석할 만큼 누보 로망 기법이 낯선 이유를 번역집

---

37 알랭 로브그리예, 민희식 역, 『지난해 마리앵바드에서·질투』, 역서재, 1978, 301~319면.

38 알랭 로브그리예, 윤영애 역, 『질투 外』(主友세계문학 63), 주우, 1983, 17~28면.

39 金治洙, 『文學社會學을 위하여』, 文學과 知性社, 1979, 308면.

을 통해 설명했다. 로브그리예가 보기에 "작가들은 모두 자신이 사실주의자라고 믿고 있지만 사실은 아무도 동일한 방식으로 세계를 보고 있지 않았다." 그래서 그는 진실주의를 부정하고 소설가는 "가짜 티를 내는 작은 디테일"을 소설에 드러내야 한다고 주장했다. 소설가의 역할이란 "눈에 보이는 사물의 위조된 묘사를 통해 그 뒤에 감추어진 현실적인 것을 연상시키는 중재자"라는 것이다. 그래서 그에게 인간-세계의 관계는 더 이상 "상징적이지 않고 즉각적이며 직접적"이었다.[40] 이러한 설명을 조금이라도 접하고 작품을 다시보면 소설 『질투』에 나오는 집에 대한 묘사가 선과 각과 태양의 위치에 따라 변해가는 기둥의 그림자들의 상세함으로 객관적이고 기하학적인 이유를 조금은 이해할 수 있게 되는데, 작품의 의미는 불문학자 고광단의 해석이 상당한 도움을 주었다.

『고무지우개, 짧은 순간의 노출, 무소 외』[오늘의 세계문학 16, 1982]의 역자 고광단이 쓴 해설은 당대 독자에게 가장 손쉬우면서도 깊은 수준이었다. 예를 들면, 『질투』를 읽은 독자는 이웃 프랑크가 A의 집에서 식사와 차를 함께 하는 장면이 계속해서 반복되는 것을 접하게 된다. 그런데 프랑크가 언제 A의 집에 등장하는지 시간이 명확히 제시되어 있지 않다. 이를 두고 고광단은 "이야기가 출발점으로 되돌아오는 순환 줄거리"라고 했다. 연대기적 시간의 전통소설이 허물어지고 "시간의 불연속성"이 두드러지는데 그것이 "'여기 그리고 지금'이라는 시간하에서 계속적으로 반복"되는 느낌을 주기 때문에 "공간 고착, 시간 소멸"의 소설이기도 했다. 특정 장면과 단조로운 사건이 반복되는 작품에 그 안에 사물을 기하학적으로 묘사하기 때문에 독자는 이해할 수 없

---

40   로브그리예, 김치수 역, 『누보 로망을 위하여』, 문학과 지성사, 1981, 116~129면.

고 지루해지는 독서체험을 강하게 하게 된다. 그래서 몇 문학연구자는 '의미의 부정'을 지적했던 것이다.

하지만 고광단은 로브그리예의 소설에서 사용된 소설장치인 '미자나빔 기법'을 포착했다. "「질투」에서의 아프리카 소설, 『엿보는 사람』의 영화광고판, 그리고 『고무지우개』에서의 오이디푸스 신화 등이 그것인데, 이는 압축된 표현으로 전체의 동일한 의미를 나타내는 방법을 말한다." 더 쉽게 말하면 소설 「질투」에서 A와 프랑크가 '아프리카 소설'을 서로 읽으면서 대화를 나누는 대목이 등장하는데 이 '소설 안의 소설'이 작품 「질투」의 총체적 의미를 압축하고 있는 것이다.[41] 사실 독자는 이 기법을 포착하지 못하더라도 인내심을 갖고 작품을 중후반부쯤까지 읽으면 「질투」가 제목처럼 아내 A와 이웃 프랑크의 사이를 의심하고 질투하는 남편의 이야기라는 것을 알 수 있다. 작품 제목 "la jalousie" 자체가 '질투'와 '창문에 치는 발'의 의미를 이중적으로 갖고 있다. 그래서 블라인드의 틈새를 통해 아내의 부정을 감시하는 남편을 암시하는 이 작품에서, '블라인드'는 질투라는 감정이 물화된 표상으로 독자에게 알려지게 된다. 모든 해석자들이 남편의 질투만 초점에 맞춰 작품에 직접 등장하지 않는 프랑크의 아내의 질투는 포착하지 않은 점은 아쉽지만,[42] 이로서 '의미의 부정'이라는 신화도 어느 정도 해소되게 되었다.

이와 같이 작가의 방한과 이론서, 작품의 세계문학전집 수록이 비등해지는

---

41 알랭 로브 그리예·외젠느 이오네스코, 고광단·조광희 역, 『고무지우개, 짧은 순간의 노출, 무소 外』(오늘의 세계문학 16), 中央日報社, 1982, 431~438면.

42 작품 말미에 A의 집에서 A와 프랑크가 불을 끈 암흑의 벤치에 앉아 있는데 그것을 지켜보는 누군가가 기척을 내서 프랑크가 소리 나는 곳으로 쫓아가는 장면이 있다. 두 사람을 지켜본 사람은 '프랑크의 아내'일 가능성이 매우 높다. 이 소설은 후반부로 갈수록 프랑크의 아내가 (직접 모습을 드러내지는 않지만) 두 사람의 불륜을 의심하고 걱정하고 있다는 암시가 빈번하게 나타나고 그 질투어린 불안감이 고조되고 있다.

1980년대 초반의 분위기를 극작가 주찬옥이 밝힌 바 있다. 1958년생인 그는 중앙대 문예창작과를 졸업하고 1987년 '문화방송' 베스트셀러 극장에 작품 〈매혹〉으로 데뷔했다. 주찬옥은 "대학에서 당시 유행이었던 로브그리예 등 누보 로망 계열의 작가들을 이해하느라고 애를 썼다"[43]고 한다. 대학시절 누보 로망에 몰입했다는 그의 소회는 당대 문학지망생에게 미친 로브그리예의 영향을 어느 정도 짐작하게 한다. 그럼에도 사물묘사가 지나치게 기계적인 느낌을 주고 시간의 명확한 제시가 부재한 로브그리예의 소설은 일반 독자에게 지나치게 인내력과 독해력을 요구한다. 그래서 한국 내 관심도 1980년 초반 몇 년에 그쳤다. 심지어 1985년 누보 로망계 작가 클로드 시몽이 노벨문학상을 받았을 때도 한국에서 누보 로망이나 로브그리예의 작품에 대한 재조명은 거의 없었다. 클로드 시몽이란 작가 자체가 한국에 거의 알려지지 않은 생소한 작가였고 작품 역시 줄거리와 구두점, 문법적 구문이 없어서 한국 독자와는 거리가 있었다.[44] 다만 프랑스 누보 로망의 대표자는 로브그리예로 인식되고 있었기 때문에 클로드 시몽의 수상은 다소 의외의 사건으로 받아들여졌다. 제2차 세계대전 당시 '친독' 경향이 강해 친독작가로 분류된 로브그리예의 내력이 노벨문학상의 수상을 가로 막은 것은 아닌가 하는 풍문이 도는 정도였다.[45]

요컨대 알랭 로브그리예는 1978년 방한과 함께 번역이 이루어지고 세계문

---

43 「내 인생의 책들 36 - 소설서 캐낸 '극본의 뿌리'」, 『한겨레』, 1993.12.8, 10면.

44 「줄거리 없는 소설, 누보로망의 기수 노벨문학상 '클로드 시몽'의 생애와 문학세계」, 『동아일보』, 1985.10.18, 6면.

45 "'시몽'은 제2차 세계대전 시 독일의 전쟁포로로 갇혀 있다 탈출했으며 '스페인' 내전 시에는 물론 그 이후까지 독재자 프랑코에 반대하는 입장을 표명, 의연한 도덕적거 정치적 입장에 많은 존경을 받아왔다. 이에 비해 로브그리예는 반(反)유태인 혈통의 가문에서 자라났고 학생 때부터 '나치' 협력자라는 별명으로 불렸을 정도로 '친독' 경향이 강했다." 「佛문단에 되살아난 '親獨' 망령」, 『동아일보』, 1986.11.11, 10면.

학으로 인식되면서 한국 독서시장에서 대중화되고 잠시 유행하기도 했는데 사회적으로 큰 대중성은 확보하지 못했다. 하지만 과거 그 작품보다는 문학 이론이 먼저 유입된 것처럼, 오히려 이 작가와 문학론의 활용은 문단에서 먼저 이루어졌다. 1970년대 김현을 비롯한 문지 비평가와 연구자에게 주목을 받은 알랭 로브그리예와 누보 로망은 바르트, 바슐라르 등과 함께 문지의 '순수-참여' 극복과 감수성과 상상력, 체험의 문학론의 정립과 갱신을 위한 하나의 자양분이 되었다는 점에서 적지않은 의미가 있다.

4. 1990년대 포스트모더니즘과 로브그리예의 2차 방한

알랭 로브그리예의 한국 수용에서 제2장의 1960년경이 제1기라면, 제3장의 1978년 1차 방문이 제2기, 그리고 제3기는 제4장으로 로브그리예는 1997년 한불문화교류 차원에서 초청되어 한국을 20여년 만에 다시 찾게 된다. 따라서 제3기의 수용은 '1987년 민주화와 동구권 몰락 이후부터 1997년 2차 방한 직전'과, '방한 이후'로 대별하여 이해할 필요가 있다.

전자는 첫째, 정치민주화 성취와 세계적 이념 대결의 종식 이후 한국문학계의 움직임과 로브그리예의 연관성, 둘째, 로브그리예를 꾸준히 연구해온 불문학자의 1990년대의 움직임으로 구분해볼 수 있다. 주지하듯이 민주화 이후 한국문학계는 사회의 모순을 폭로하는 민중문학과 이와 대비되는 순수 문학의 양극화에서 탈피하고 문학의 대중성과 리얼리티의 회복을 고심하기 시작했다. 기존의 무거운 주제에서 벗어나고, 대중문학은 통속이라는 기존 인식을 탈피하기 위해서도 소설의 상상력, 구조, 언어, 이야기, 서술수법 등의 전면적인 재검토가 요청되던 시점에서 1989년 말 이후 수용되기 시작한 포스트모더니즘은 그러한 문제의식을 더욱 확대했다.

이러한 때 로브그리예의 영향을 받은 소설가들이 등장하기 시작했고 1980년대부터 실험소설을 모색해오던 작가들이 작품활동을 이어갔다. 예컨대 프랑스 리모주대학에서 로브그리예로 박사학위를 딴 하일지의 장편소설『경마장 가는 길』[1990]이 그 시작이었다.[46] 이 작품에서 40대 남자주인공 R은 오랜 프랑스 생활에서 한국에 돌아와 30대 여자 J를 만난다. R과 J는 한때 프랑스에서 동거를 했으며 R은 J를 프랑스에서 학문적으로 키워주었다. J는 R덕에 국내에서 대학강사를 하고 있다. R은 귀국한 뒤 본부인에게는 이혼을, J에게는 결혼을 각각 요청하지만 모두 거부당하고 절망한다. 인물의 이름을 사용하지 않고 극도로 일상의 객관적 묘사로 일관하고 있는 이 소설의 작가는, 스스로 "나는 철저히 객관적으로 사물을 그린다. 유독 유파를 가리자면 내 작품은 사실주의, 다시 말해 프랑스 누보 로망에 가깝다고 할 수 있다"[47]고 밝혔다. 그는 로브그리예의 문학관처럼 인물의 심리적 내면을 직접 말하는 것은 금물이며 독자의 의식이 자유로워지기 바란다고 주장했다.

이 작품은 당시 포스트모더니즘과 맞물려 문학계의 논쟁을 낳았다. 이 소설을 긍정적으로 평가하는 문인들은 이 작품이 '인간관계의 불구성, 자아상실, 주체위기, 익명의 가짜 삶' 등 현대성의 징후 포착에 성공했고 이념과 관념의 색체를 벗고 '있는 대로' 서술 하는 기법이 인정되며 만세전과 비견된다고도 했다. 김윤식은 맑스주의의 붕괴가 포스트모던한 상황에 리얼리티를 부

46　하일지,『경마장 가는 길』, 민음사, 1990.11.30.
47　「한국소설에 "새文法" 도전장 신인 하일지 누보로망계열 長篇내 충격」,『경향신문』, 1990.12.3, 18면.

여했다면서 '무의식의 언어층과 후기구조주의가 갖는 리얼리티'의 맥락에서 작품을 일면 긍정하기도 했다.[48] 그러나 다른 한편에서는 외제 수입품, 로브그리예의 『변태성욕자』의 표절, 주인공 R의 비도덕성과 이기주의, 원한怨恨소설 및 반페미니즘적 성격으로 작가의 비도덕성[49] 등이 공격받았다. 당시 하일지는 평단의 "논리적 오류와 텍스트에 대한 이해 부족"을 지적하면서 초기의 말을 바꿔 자신의 소설은 누보 로망과 포스트모더니즘이 아니라고 주장했으며 해당 소설은 개인원한의 반영이 아니라며 평론가 남진우의 평에 반박하기도 했다.[50]

---

48 "신인 하일지의 『경마장 가는 길』(1990)의 등장이 흔쾌한 것은 그것이 글쓰기의 기원을 붙고 있음에 자각적이라는 사실에서 말미암는다. 경마장이란 무엇인가. 말이 섹스를 의미한다는가 경마장이 자본제 사회의 욕망의 상징이라 보는 것은 피상적 관찰이리라. 경마장이란 한 인간의 심층에 있는 글쓰기(의미발생)의 기원에 해당되는 것 (…중략…) 5년 만에 귀국한 한 인문과학도의 눈에 한국현실이 비현실로 보이었을 때 비로소 글쓰기의 기원이 눈에 잡힐 듯이 드러났던 것이다. 현실과 비현실의 구분의 불가능성이란 저 심층이 의미창출의 장면에 다름 아니었던 것. 중요한 점이 이것에 있는 만큼, 꼼꼼한 묘사(대구의 자기 아버지 집의 기물묘사 따위)라든가 같은 장면의 되풀이라든가 "X는 그렇게 하겠다고 했다고 했다" 식의 보고(정보)용의 언어용 용법 따위란 한 갓 장식음에 지나지 않는 것. 이로써 이 작품의 새로움이 드러나지 않았을까. 글을 써야 하되, 어떤 현실적 이유도 없을 때, 이러한 경마장이라는 근거창출 없이 어찌 가능할 것인가. 사회변혁의 글쓰기, 자기실존(외로움)을 위한 글쓰기 따위의 범주와는 다른 글쓰기의 이유 설정이 한 신진 작가에 의해 비로소 솟아올랐을 때 놀란 것은 한국문학의 관습 쪽이었다. 『경마장 가는 길』의 출현이 신선했음은 그것이 자족적인 글쓰기였던 까닭이며, 그것이 모든 그동안의 목적성 글쓰기에 대한 비판이었기에 불쾌함의 일종이기도 하였다." 김윤식, 「『난쟁이가 쏘아올린 작은 공』 이후 문학인식과 포스트모던한 상황」(1992.11), 『90년대 한국소설의 표정』, 서울대 출판부, 1994, 177면.

49 "「경마장 가는 길」은 자중 인물인 R이린 사람의 비도덕적인 태도와 이 인물을 작가가 지나치게 미화시킨 데는 다분히 작자의 개인적인 의도가 개입됐다는 비판" 「작가윤리 혼란 표현자유」, 『경향신문』, 1991.8.18, 26면. 하일지와 논쟁을 한 남진우의 평은 남진우, 「『경마장 가는 길』은 새로운 소설인가」(1991), 『올페는 죽을 때 나의 직업은 시라고 하였다』, 문학동네, 2010, 130~133면을 참조할 것.

50 「장편 『경마장 가는길』 "미래소설" ↔ "外製(외제)수입품" 논쟁 화제」, 『동아일보』, 1991.1.15, 8면; 「文學評 '인민재판식' 안 된다」, 『동아일보』, 1991.9.30, 13면.

논란 속에서 『경마장 가는 길』은 포스트모더니즘소설로서 영화화되기도 하지만,[51] 당시 다른 포스트모더니즘소설들의 표절이 문제가 되면서 하일지 역시 표절 논쟁에 휩싸인다. 이인화의 「내가 누구인지 말할 수 있는 자는 누구인가」, 『영원한 제국』, 박일문의 『살아남은 자의 슬픔』 등의 작품이 표절 혐의를 받았다. 또한 『세계일보』는 신춘문예 소설 부문 당선작인 김가원의 「떠난 혼을 부르다」가 오정희의 「파로호」, 「어둠의 집」, 「불의 강」 등에서 많은 문장을 베낀 것으로 판단해 당선 취소를 발표하기도 했다.[52] 게다가 이인화는 움베르트 에코의 표절이 아니라 포스트모더니즘의 대표적 기법인 패스티시혼성모방라고 주장해 국내에 포스트모더니즘을 소개한 김성곤 교수 등으로부터 강한 비판을 받기도 했다.[53]

이러한 논쟁이 1993년까지 지속되고 포스트모더니즘 문학적 실험이 쇠락하며 신경숙의 감수성이 새롭게 주목받는 상황에서 하일지의 작품과 누보 로망, 포스트모더니즘의 관계에 대한 깊은 논의는 이루어지지 않았다. 현실 불가능한 것에 대한 보다 강력한 감각을 주기 위한 것으로서의 포스트모더니즘 예술과, 누보 로망의 연관성이 심도 있게 논의되지 못했지만, 로브그리

---

51 「장선우 감독 포스트모더니즘 〈경마장가는길〉 영화화 눈길」, 『한겨레』, 1991.8.11, 1면.
52 「신춘문예 소설 '표절' 말썽」, 『한겨레』, 1993.1.7, 9면.
53 「국내 포스트모더니즘 거센 내부비판」, 『한겨레』, 1993.3.13, 9면. 모더니즘의 패러디는 원본 텍스트를 풍자적이고 희극적으로 변형함으로써 비판의식을 강조하는 것이고, 혼성모방으로 번역되곤 하는 패스티시는 원본 텍스트를 차용하는 행위 자체를 강조함으로써 예술이 지니고 있는 유희 충동을 활성화시키는 것으로 구분된다. 패스티시는 자본주의 근대가 지니고 있는 목적합리성과 기능주의에 대한 우회적인 저항의 측면, 그리고 엄숙주의에 대한 비판의 측면을 지니고 있다. 서영채, 『인문학 개념정원』, 문학동네, 2013, 174~177면. 패스티쉬는 타 작가의 작품으로부터 거의 변형됨이 없이 차용되는 것으로서 주로 구, 모티프, 이미지, 그리고 에피소드 등으로 구성된다. 표절과는 달리 표면상의 일관되고 고답의 세련된 효과를 지향하는 패스티쉬는 남을 속이려고 하지 않는다. 패러디와 이것과의 구별이 대단히 힘든 경우가 있다. 린다 허치언, 김상구·윤여복 역, 『패러디 이론』, 문예출판사, 1992, 216면.

예의 문학적 고민은 이후에도 일부 작가들에 의해 지속적으로 나타났다.

하일지처럼 프랑스에서 로브그리예로 박사를 받은 김이소는 『칼에 대한 명상』1995이라는 장편소설을 발표했는데 그 내용이 하일지의 『경마장 가는 길』과 상당히 유사했다. 하일지의 것과 달리 여성이 주인공이며 프랑스학위를 받고 돌아온 강사가 적응에 실패하고 자살하는 내용이다.[54] 이 작가는 다음해 스토리 없이 전달방식에 초점을 맞춘 소설 「거울 보는 여자」로 '오늘의 작가상'민음사을 수상했다.[55] 1998년에는 실험적 기법으로 자본주의 권태를 해부한 이치은의 장편소설 『권태로운 자들, 소파씨의 아파트에 모이다』가 사르트르, 카프카, 뒤라스, 로브그리예, 르 클레지오, 장 필립 투생 등 서구 작가와 하일지, 이상 등을 작품에 활용해 이목을 끌기도 했다. 이들 작가 외에도 1980년대 이미 활동을 해온 이인성, 최수철, 박인홍 등도 이 계열의 작가군으로 인식되고 있었다. 최수철은 「얼음의 도가니」로 1993년 이상문학상을 수상하기도 했다.[56]

이와 같이 한국문학의 갱신을 위한 다양한 시도들이 이루어지는 한편,[57] 불문학자들은 로브그리예 문학을 결산하고 정리하는 작업을 하기 시작했다. 1991년 10월 누보 로망 작가인 뷔토르가 방한하고 1992년 10월 후기 누보

---

54 「불문박 받은 두 여성 잇단 장편발표」, 『세계일보』, 1996.5.14.

55 「오늘의 작가상 김이소 씨」, 『매일경제』, 1996.5.13, 33면.

56 김현은 최수철의 『화두, 기록, 화석』(문학과지성사, 1987)이 "그 증폭이, 꼼꼼한 묘사라고 하는 반-소설적인 수법, 그것도 초기 로브-그리예적 수법(예를 들어 되풀이하는 말들, 자세한 묘사)에 의거해서, 시선의 부딪침이라는 사르트르적인 주제(인간은 인간에 대해 늑대이다……)를 표현하기 위해 이뤄져, 현실 비판적 의미를 거의 상당량 상실하고 있다는 점에서는 뒤떨어져 있다"는 평을 한 바 있다. 김현, 『행복한 책읽기, 김현일기 1986~1989』, 문학과지성사, 2015, 138~139면.

57 1990년대 시도된 포스트모던 로만스 소설 계보는 황종연, 「『늪을 건너는 법』 혹은 포스트모던 로만스-소설의 탄생」, 『문학동네』, 2016년 겨울 호, 364~387면 참조.

로망에 속하는 장 필립 투생이 '92 서울도서전'에 참가하기 위해 한국을 찾기도 했지만,[58] 로브그리예가 1980년대부터 새롭게 시도한 자서전적 소설 3부작인 『히드라의 거울』[1984], 『앙젤리크, 또는 매혹』[1988], 그리고 『코렝트의 마지막 날들』[1994]이 마무리 되는 등 로브그리예의 문학을 다시 결산하는 시대가 되었기 때문이다. 이는 누보 로망 이후 프랑스문학사를 정리하는 작업의 일환이기도 하다.[59]

김화영이 1989년 '누보 로망 이후의 프랑스 소설'을 정리한 이래, 1993년 5월 잡지 『작가세계』에서 해외작가 특집으로 로브그리예 편이 꾸려졌고, 동년에는 『어느 시역자』가 초역되었으며, 1994년에는 고광단이 자전적 소설 평론집 제1권인 『히드라의 거울』을 초역했다. 1996년에는 조병옥이 『문학의 이해와 감상, 로브그리예』를 출간했고, 1997년 박이문은 1962년 프랑스 유학시절 뮈뉘Minuit출판사에서 로브그리예를 만났던 소회를 밝히기도 했다.[60]

잡지 『작가세계』의 로브그리예 특집에는 고광단의 해설과, 로브그리예의 대담이 실려 있는데, 여기서 로브그리예는 1978년 이래 자서전을 요청받으면서 "누보 로망이 있듯이 누보 오토비오그라피를 창안"해야 한다는 고심을 시작했고 그 결실이 로마네스크 소설이라고 했다. 그러면서 로브그리예는 『질투』를 예로 들며 작가를 작품에서 추방시켰다는 비난은 가당치 않다고 항변

---

58 「현대인 간힌 세계 냉소적 묘사 내한 불 신세대작가 투생」, 『조선일보』, 1992.10.7, 13면.

59 1997년 교육부에서 20세기 문명의 인문학적 연구 프로그램에 '누보 로망'이 나왔고 불문학자들이 연구에 참여하여 그 결과가 다음과 같이 나왔다. 김치수 외, 『누보 로망 연구』, 서울대 출판부, 2001.

60 박이문은 1962년 유학 당시 사상계 특파원으로 활동하면서 로브그리예를 만났다. 이때 박이문은 로브그리예에게 "『질투』의 조형적인 미에 매혹"되었다고 말했다. 박이문, 「신념에 찬 아방가르드(전위)작가 — 앙띠로망의 대표 로브-그리예를 만나서」, 『다시 찾은 빠리수첩』, 당대, 1997, 133~141면.

한다. 또한 그는 "『질투』의 이야기는 바로 내가 거기에 등장하는 집과 그 사람들과 함께 전부 체험을 한 이야기였어요. 어떻게 독자들, 비평가들이 이러한 체험을 얼음처럼 차가운 중립적인 이야기로 변형시키는 일이 일어나는 것일까?" 하고 의문을 던지기도 했다. 그러면서 로브그리예는 흔히 독자는 "갈등이 연속적인 순서에 속한다고 착각"하지만 정작 감동은 "순간에 해당 된다"고 주장했다.[61] 이처럼 원로가 되면 잡지사, 동료 문인의 요청뿐만 아니라 스스로도 자신의 삶과 문학을 회고하는 글을 쓰는데 로브그리예는 로마네스크라는 방법론을 개발한 셈이다.

작가에 의한 작품 해설은 로마네스크 제1권인 『히드라의 거울』을 통해 더 확연해졌다. 로브그리예는 1980년대 초 누보 로망에 대한 반동이 일어나는 것을 목도하면서 그동안 터부시해왔던 "나전기주의, 내면깊이, 재현~에 관해 말하다"을 활용한 로마네스크를 새롭게 창안했다고 밝혔다. 이 글은 일종의 자서전의 성격을 가진 만큼 자신의 문학이 사르트르, 카뮈의 극복 과정임을 드러낸다. 전체성을 추구하는 사르트르와 달리 로브그리예는 삶의 불확실과 유동성, 변화에 주목했다. 또한 그는 카뮈의 『이방인』에서 "텅 빈 의식의 시선 아래 사물들의 무용한 출현은, 너무나 강렬하고 세차게 우리를 강타해서, 그 출현이 훗설의 현상학적 체험의 완벽한 표상을 거의 교육적이라고 할 만큼 영향을 주"었다고 했다. 이를 통해 로브그리예도 '사물과 인간'의 관계를 다시 설정하게 된다. 하지만 그는 『이방인』에서 "지나치게 뜨겁고 인적 없는 해변에서 한낮에 발사한 네 발의 짧은 총격은, 기다리고 있던 어떤 내적 파열인 양 폭발하고야 만다"고 분석했다. 즉 로브그리예는 '내면의 폭발'의 한계를 목도하고

---

61 「로브그리예의 예술적 관점 ─ 로브그리예와 브로쉬에의 대담」, 『작가세계』, 세계사, 1993, 469~475면.

어떤 종류의 내부도 갖지 않는 홋설적 의식의 사유로 옮겨간다. 그래서 그는 내부 없이 외부로 투사하는 홋설적 의식을 소설에 활용하여 끊임없이 관찰하면서 부재하는 소설의 화자를 만들어냈다. 또한 그는 카뮈의 "은유"의 사용을 지적하며 자신은 "1960년대에 소설에서 비장조의 진술과 무절제한 은유를 해결했다"고 주장한다. 그러면서 자신의 작품에 대한 재해석을 요청하기도 했다. 흔히 세간에서 자신을 두고 시선학파로 규정하지만 그는 독자가 『질투』에서 집을 둘러싸고 있는 소음에 전혀 주목하지 않는 것을 안타까워했다. 독자는 '귀'의 역할에도 유의해야 한다는 게 그의 조언이었다.[62]

이처럼 작품의 이해도가 높아져 갈 때 로브그리예가 1997년 10월 대산문화재단국제석학초청프로그램과 주한프랑스대사관 공동초청으로 20년 만에 2차 방한을 했다. 공동주최측은 1996년 양국 작가를 교차 초청키로 하고 1950년대 이후 프랑스문단을 풍미한 실험소설의 기수 알랭 로브그리예를 1997년 한국에 초청했고 1999년 이청준이 프랑스에 가게 된 것이다. 1990년대 이후 한국문학의 프랑스 진출이 본격화되면서 당시 한국문학번역원과 대산문화재단이 출판지원금을 프랑스 출판사에 지원했고 프랑크푸르트 국제도서전에 한국이 참가하기도 하는 실정이었다.[63]

---

62 이 '귀'에 주목하여 필자가 『질투』를 해석한 것이 각주 41)이다. 참고로 이 책이 더 흥미로운 것은 반유태주의 가족에 대한 언급이다. 앞서 언급했듯이 그의 유태인관은 그가 노벨문학상을 받지 못한 이유의 하나라는 인식도 있었다. "유태인들은 우선 프랑스의 여권을 지니기보다 그들에겐 훨씬 더 중요한 아주 강력한 초국가적 공동체에 소속되어 있다는 것을 비난받고 있었다. (…중략…) 모든 조직적 사회를 급속히 폐허화하고 모든 온전한 국가들의 죽음을 야기시키는 바로 그런 족속이라고 생각되어 왔기 때문이다." 그는 자신의 유태인관이 당시 프랑스인의 일반적이고 생리적인 수준이었다고 주장한다. 로브그리예, 고광단 역, 『히드라의 거울』, 미리내, 1994, 22~23·59·93·151~152·202~208면.

63 가령 이인성의 소설 『낯선 시간 속으로』는 불어로 번역돼 2005년 "프랑스 독자들에겐, 각각 아주 독특한 혁신적 문체로 유사한 증후들을 불러일으켰던 사르트르의 '구토', 카뮈의 '이방

잡지 『세계의 문학』에서는 로브그리예와 하일지의 대담 자리를 마련했는데, 대화에서 로브그리예의 대중문화 및 독자관이 이목을 끌었다. 하일지와 달리 그는 대중문화를 비관적으로 인식했다. 로브그리예는 텔레비전은 인간을 바보화하고 엘리트가 사라지며 대학생들 수준은 매년 떨어지고 있다는 생각을 밝혔다.[64] 그래서 그는 여전히 소설이란 지각하지 못하는 대중에 영합하지 않고 깨달음과 자유를 주는 역할을 해야 한다고 생각했다. 이러한 엘리트주의와 형식의 탐구 때문에 이미 오래전부터 "이러한 형식에 관한 탐구들이 부질없는 토론에 빠져버릴 것인지, 아니면 어떤 새로운 문화로 향한 활로를 트게 될 것인지를 어떻게 알 수 있겠는가?"[65]라는 평을 들었고, 현실적으로 다수의 독자를 확보하지는 못했다.

그러나 상업성과 별개로 세계문학 수용과 한국문학의 세계화를 모색해온 대산 재단의 노력은 『밀회의 집』대산세계문학총서 64, 2007으로 나타났다. 이 시기 로브그리예의 세계문학전집화는 당시 전집시장을 주도한 민음사의 『질투』민음사 세계문학전집 84, 2003(2016년 30쇄)로 시작되었고 『엿보는 자』을유세계문학전집 45, 2011로 이어졌다. 그 사이 2008년 2월 19일 로브그리예는 심장질환으로 별세했다. 이 무렵 작품의 대중성은 이미 상실했고 세계문학전집 시리즈에서만 존재하지만 로브그리예에 대한 학적 축적과 이해는 최종결산의 단계에 이르러 프랑스 번역문학사에 일조했다. 그리고 이는 1990년대 이후 한불 문화교류의 증진에 따른 결과이기도 했다.

인', 로브그리예의 '질투'와 같은 소설들을 떠올리게 한다"는 평가를 받기도 했다. 「프랑스의 한국문학」, 『조선일보』, 2005.5.2, YR2 A30면.

64   로브그리예, 하일지 역, 「탐색의 시대, 탐색의 소설 – 누보 로망과 새로운 인간의식 對談」, 『世界의 文學』 86, 민음사, 1997, 273~275면.

65   미셸 레몽, 김화영 역, 『프랑스 현대소설사』(1967), 현대문학, 2007, 476면.

5. 나가며 – 작품과 작가의 거리

누보로망은 형태파괴와 새로운 소설구조로 '난해하다', '재미없다'는 평을 듣기도 하지만 주지주의의 전형이라는 점에서 우리 문단에도 꾸준히 영향을 미치고 있다. 22년 프랑스 브레스트에서 태어난 로브그리예는 53년 그의 대표작이 된「고무지우개」를 발표하고 2년뒤 누보로망 계열의 작가를 배출한 것으로 유명한 프랑스의 미뉘출판사의 고문을 맡아 활동해 왔다. **지난해 마그리트 뒤라스가 작고한 후 프랑스문단의 살아있는 증인으로 추앙받고 있는 그는** 60년대 이후 영화 쪽에 심취해「에덴과 그이후」등 많은 시나리오를 문제작으로 선보였다. 61년 베니스 국제영화제에서 〈리옹 도르〉황금사자상를 수상한 알랭 레네 감독도 그의 영화소설「지난해 마리앙바드에서」를 영화화한 것. 홍익대 불문과 고광단 교수는『연대순 줄거리 시공문제 등에서 서구 전통소설의 기준에 문제를 제기하고 특히 언어의 물질성에 대해 각별한 주의를 불러일으킨 인물』이라고 말했다. **세계문학사에 신소설이라는 새로운 흐름을 주도해 온 그의 영향**으로 클라우디 시몽이 소설 농경시레 지오르지끄로 노벨문학상을 수상했고 국내에「떠도는 별」로 알려진 르 클레지오나「욕조」를 쓴 장 필립 투생에게도 지대한 영향을 미쳤다.[66]

앞의 글은 1997년 2차 방문 때 로브그리예를 소개하는 기사이다. 이 흔해보이는 기사는 당시 한국에서 로브그리예의 단면을 보여준다. 로브그리예는 1960년대에 이미 영화감독으로서 활동을 시작하지만 한국에서는 영화가 상영되지도 않았고 감독으로서의 입지는 전혀 찾아볼 수 없다. 그와 달리 한국

---

66 「로브그리예, 10월 한국에/누보로망 기수」,『국민일보』, 1997.7.21.

에서 온전히 문인이었던 로브그리예가 1997년 초청될 때 그는 '프랑스문단의 살아있는 증인으로 추앙받고 있는' 위치에 있었다. '재미없다, 난해하다'는 평처럼 작품의 대중성은 떨어졌으나 그는 프랑스문학사에서 중요한 위치를 점했던 것이다. 한국에서 1950년대 말에 1차 소개된 후 20년이 지나 1차 한국을 방문하고 또 20년이 지나 2차 방한하는 동안 그의 문학관은 프랑스에서 문학적 '생존경쟁'을 거쳐 교과서에 수록될 징도로 인정받고 문학사에 편입되었다. 그리고 그러한 문학적 영향은 다음 세대에도 미쳐 기사의 내용처럼 클로드 시몽의 노벨문학상 수상, 르 클레지오, 『욕실』로 유명한 장 필리프 투생 등의 문학적 기반이 되었다. 이처럼 그는 문인으로서 입지가 확고했다.

하지만 로브그리예는 사르트르, 카뮈처럼 문학작품이 먼저 번역되고 문학 이론이 알려지는 일반적 경향과 달리 문학 이론이 먼저 소개됐다. 작품은 근 20년이 지나 방한과 함께 본격적으로 번역되기 시작했으며 세계문학전집에도 곧바로 수록되었다. 2차 방문은 이로부터 또 20년이 지나 이루어졌지만 작품활동을 지속적으로 해왔던 작가였기 때문에 불문학자들은 그의 작품세계의 변천을 설명해야 했다. 이 과정에서 또 다른 누보 로망 작가 클로드 시몽이 노벨문학상을 받으면서 누보 로망은 프랑스문단을 넘어 세계문학사에 포함되는 공인을 받게 된다. 이러한 배경에서 로브그리예의 문학은 1980년대 한국에서 프랑스문단을 넘어 세계문학이 되었다.

외국문학과 한국문학이 공존하고 영향관계에 있는 상황에서 새로운 언어관습, 문학적 감수성, 세계인식, 사고방식, 경험과 이해가 다른 외국문학작품의 번역과 독서경험은 문화적 시야의 확대와 질적 성숙, 인식론적 전망과 세계통찰 및 삶의 폭의 확대를 가져온다는 점에서 인간과 세계의 관계를 재조명하는 계기가 된다. 이러한 문화적 교류와 축적은 지적허영, (속물적) 교양,

오락, 문화적 다양성 등 그 무엇으로 해석된다고 하더라도 인간에 대한 이해와, 교감의 대상 및 방식의 고찰에 일조한다는 점에서 큰 의미가 있다.

그리고 무엇보다 중요한 것은 로브그리예와 누보 로망의 역사가 환기하는 바일 것이다. 누보 로망이 근현대소설을 주도해온 프랑스문단의 사실상 마지막 문예사조라고 얘기되는 것처럼 로브그리예의 문학관은 소설문법의 변화와 실험적 기법의 새흐름을 모색하는 실험소설의 미래에 대한 현재적 움직임과 이어진다. 그래서 한국에서는 1970년대 김현을 비롯한 문지 진영의 문학관과 결부되는 문학사적 의미를 갖는다. 그것은 세계성·보편성이라는 미명하에 외국의 이론이 단순히 직수입된 것이 아니라 한국문단의 당대적 필요성에 따른다. 다만 형식을 강조하는 문학론이기 때문에 수용의 주체나 방향성도 이미 노정되어 있었다. 또한 1987년 민주화 이후 새로운 형식과 감수성이 요구될 때 그에게 영향을 받은 작가가 출현하기도 했다. 그 번역과 수용의 주된 주체는 불문학 연구자[67] 및 문인이었다. 이제 현대소설은 한 작품 안에 '미스터리소설, 환상문학, 모험소설, 연애소설, 멜로드라마, 스토리, 인물유형, 모티프' 등의 다양한 공식을 활용한 글쓰기로 진행되고 있다. 독자가 사라져가는 시대에 문학적 발전과 독자확보의 고심이 깊은 한국사회가 됐다. 로브그리예의 엘리트주의는 이미 극복되어 가는 시대이지만 누보 로망이 프랑스에서 소설의 한계와 종언을 우려하는 문인의 자기갱신의 노력 과정에 있던 하나의 문학적 형식이었던 것처럼, 독자에게 새로운 독서경험을 안길수 있는 '세계적 문학'의 탄생을 위해 한국의 문화적 다양성과, 문학적 감수성의 강화가 요청되는 것이다.

---

67 한국 불문학계에서 로브그리예는 석박사 논문의 대상으로서 17위 정도였다. 한국불어불문학회 50년사 발간위원회, 『한국불어불문학회 50년사』, 한국불어불문학회, 2015, 388면.

그런데 이 형식적 실험이 소설의 내용 및 소설적 효과와 맺는 관계는 간과할 수 없는 중요한 문제다. 이는 작품과 작가의 거리 혹은 작품과 독자의 해석의 문제를 포괄하는데, 그 하나의 실증은 알랭 로브그리예와 그 시대의 문학을 사숙한 하일지에서 찾아볼 수 있다. 하일지가 1990년대 초반 그를 비판하는 평론가와 논쟁할 때 제기된 작가의 인격 문제는, 최근 하일지와 미투운동과 결부되어 다시 표출되었다. 하일지의 '당당함'은 작가와 작품은 분리된다는 문학관에서 비롯되었다. 이것은 그가 공부하고 성장해온 시대의 문학인 준 '믿음'이었기에 그는 누구보다 당당했다. 하지만 미투운동으로 제기된 젠더의식의 사회적 반성은 한국에서도 더 이상 작가와 작품이 분리되지 않는 시대의 문학을 선언한 것과 다름없다. 알랭 로브그리예도 작가 활동 후반부에 서구에서 페미니즘이 부상하여 자신의 소설 속 여성의 사물화에 대한 비판을 받자 자신도 여성을 존중하는 의식을 갖고 있다고 항변하기도 했다. 이와 달리 지금-여기의 우리는 시대 변화에 뒤처진 문학자가 부정되는 현실과 그 문학관의 종언을 목도하고 있다. 이것이 알랭 로브그리예와 누보 로망의 표층적인 수용의 저변에 자리한 문학의식의 현재적 의미일 것이다.

제4장

2010년대 한국과 일본의 편의점 인간과 사회

무라타 사야카村田沙耶香의『편의점 인간コンビニ人間』과 박영란의『편의점 가는 기분』

1. 편의점의 출현과 소설

한국편의점협회에 따르면 2016년 말 기준 국내 편의점 수는 3만 2,611개, 연간 매출은 20조 4,000억 원에 달한다. 백화점과 대형마트가 온라인·모바일 쇼핑에 밀려 성장이 정체된 반면에 편의점은 해마다 10~20%씩 확대되고 있다.[1] 편의점 점포 팽창의 원인은 1인 가구 급증과 밀접한 관련이 있다. 싱글족은 대형마트를 이용하기 보다는 가까운 상점을 선호한다. 그들은 주로 1인용의 간단한 먹거리를 해결하기 위해 편의점을 이용한다. 편의점은 연중무휴 24시간 이용할 수 있고 기초생필품을 갖춘 생활 인프라 공간으로서 매력적이다.

어느덧 현대인의 생활에 침투한 편의점은 언제 출현한 것일까. '편의점'

---

1 「'싱글시대'에 딱 맞는 '24시간 만물상'」,『한국경제신문』, 2017.4.3. 기업은 편의점고객의 소비 정보를 수집하여 사세(社勢) 확장에 활용하고 있다. 가령 POS(Point Of Sales) 시스템은 1983년 2월에 7-Eleven Japan 전 점포에 도입되었다. 미국에서는 슈퍼마켓을 중심으로 이미 POS가 이미 사용되고 있었지만, 그것은 노동력 절감이나 정확성의 향상, 부정 방지의 목적으로 사용되었다. 7-Eleven Japan은 판매시점의 정보를 얻기 위해 POS화를 추진하였다. 시간대별, 손님 층별로 매출을 그래프화하거나 전략 상품 및 줄여야 하는 상품을 랭킹(Ranking)을 표시할 수 있게 되었다. 김현철,『일본의 편의점』, 제이앤씨, 2014, 63면.

이라는 업종을 세계최초로 만든 것은 미국의 사우스랜드Southland 회사였다. 1927년 텍사스 주 댈러스에 본사를 둔 사우스랜드는 주로 얼음을 취급하는 회사였다. 냉장고가 없는 시대에 통조림, 계란을 함께 구매하려는 고객을 위해 회사는 점포에 얼음과 상품을 함께 진열했다. 기업규모가 확장된 사우스랜드사는 1946년 점포명칭을 '7-Eleven'으로 변경하고, 아침 7시부터 저녁 11시까지 영업한다는 것을 소비자에게 어필했다. '7-Eleven'은 영업·구매시간의 확장을 상징했다. 이곳은 대규모 매장과 달리 소규모여서 물건을 찾는 시간이 줄고 빠르게 구매할 수 있는 편리성도 갖추고 있었다.

사우스랜드사의 영업확장은 미국 전역에 그치지 않았다. 회사는 아시아 지역에서 경제성장과 함께 소비가 활발하게 이루어지고 있던 일본을 아시아 편의점사업의 거점으로 삼았다. 1973년 11월 일본의 이토요카도는 미국 최대의 편의점 체인인 사우스랜드사The Southland Corporation와 업무제휴를 하고, 요크세븐현재의 7-Eleven Japan을 설립했다.[2] 일본에서 '7-Eleven Japan'의 급격한 성장은[3] 일본 기업, 대형 슈퍼마켓의 편의점 사업 투자를 이끌었다.

미국에서 들어온 편의점이 일본에서 성공할 수 있었던 이유는 무엇일까. 첫째, 일본 편의점은 프랜차이즈체인 조직을 기반으로 점포망을 효과적으로 확대하였고, 둘째, 1950~1960년도에 걸쳐 고도성장을 이룩한 일본인들이 새로운 라이프스타일을 추구한 시기와 1970년대 편의점 도입이 조응했기

---

2   위의 책, 22면.
3   사실 일본에서 세븐일레븐보다 먼저 편의점 사업을 시작한 것은 미국계 로손과 일본의 토종 훼미리마트였다. 하지만 세븐일레븐은 후발 주자임에도 불구하고 일본 최대 편의점 체인이자 세계 최대 편의점으로 성장했다.(전상인, 『편의점 사회학』, 민음사, 2014, 34면) 참고로, 현재 일본의 편의점 중 먹거리 부분에서 대중의 사랑을 가장 많이 받는 곳은 '7-Eleven'이라고 한다.

때문이다. 일본여성의 활발한 사회진출은 구매시간의 변화를 가져왔고, 심야 노동자들은 폐점시간이 이른 대형마켓보다는 24시간 영업하는 편의점 이용이 불가피했다. 셋째, 일본의 편의점은 POS시스템을[4] 통해 상품 및 점포체인 관리를 효율적으로 운영했다. 편의점의 최초 발상지인 미국의 기술을 배우고 편의점의 일본화를 이룩한 일본은, 사우스랜드사의 하와이 사업부를 매수함으로써 미국을 뛰어넘는 '편의점왕국'으로 성장했다.[5] 이후 일본은 한국, 태국, 중국에 일본만의 편의점 기술을 제공하기 시작한다. 일본의 편의점 영업 기술을 받아들인 한국은 1989년 처음으로 '편의점'이 들어섰다.

주지하듯 이 '편의점'은 번역어다. 편의점의 영어는 'convenience store', 일본어는 'convenience'의 'conveni'를 따서 'コンビニ콤비니'라고 한다. 한국에서는 'convenience store'가 '편리점便利店'으로 번역되지 않고 '편의점便宜店'으로 바뀌었다. 한국에서 편의점으로 된 이유는 '편의便宜'라는 단어 활용 가능성이 높다. '편의품'이란 구매하기 위해 소요되는 소비자의 탐색기간과 노력이 매우 적게 들어가는 대신 구매 빈도는 매우 높은 상품을 지칭하기[6] 때문에 '편의품'이 지닌 뜻에서 '편의점便宜店'이 나온 것이다.

이렇게 하여 '편의점'으로 번역된 세븐일레븐이 1989년 5월 서울 송파구 올림픽선수촌 점에 개점했다.[7] 이 당시 한국의 편의점 주요입지는 고학력 중

---

4 POS(Point Of Sales), 판매시점 정보관리 데이터를 바탕으로 어떤 상품이 어느 정도나 팔렸는지, 그 상품이 왜 팔렸는지, 아니면 왜 팔리지 않았는지 검증한다. 검증하면서 각 상품의 판매동향을 살펴본 결과, 현재는 판매량이 적지만 판매 가능성이 높은 새로운 상품을 발견하여 그것을 선행정보로 삼아 대량 발주하여 넓은 진열공간을 확보하여 적극적으로 판매한다. 가쓰미 아키라, 이정환 역,『세븐일레븐의 상식파과 경영학』, 더난출판, 2007, 50면.

5 1990년대 이후에는 버블경제의 붕괴와 젊은 층의 이른 독립, 싱글족과 거동이 힘든 노인의 급증에 따른 수요 증가에 따라 일본 편의점 산업이 성장하고 있다.

6 김현철, 앞의 책, 40면.

7 "연중무휴 24시간 영업하는 점포가 문을 열었다. 서울 올림픽기자촌의 프라자상가에 오픈

산층이 거주하는 방이동, 동부이촌동, 여의도, 가락동이었다. 현재 편의점은 수도권, 대도시에 집중되어 서울에서는 강남구, 서초구, 송파구에 점포가 가장 많다. 또한 유동인구가 많은 병원, 야구장 근처, 지하철 점내의 편의점, 이동식 편의점, 점내점店內店 편의점까지[8] 편의점의 형태 변화는 구매력 상승과 고객의 필요에 맞추어 확대되고 있다. 편의점이 동네 상권을 장악하면서 현대인의 일상생활에 뿌리내리고 있는 것이다.

현대인의 삶은 하루의 시작을 편의점에서 시작한다고 해도 과언이 아니다. 아침에는 삼각김밥이나 빵을 사서 출근하고 퇴근 후 귀갓길에 편의점 쇼핑하는 것으로 하루를 끝내는 사람이라는 뜻의 '편퇴족'이라는 단어도 생겼다.[9] 이러한 현상은 편의점이 현대인의 삶을 반영하는 사회학적 공간이자 변화 및 유행을 선도하는 공간임을 방증한다.

미디어에서는 편의점에서 아르바이트를 하는 사람, 음식을 구매하는 직장인, 편의점 앞에서 술을 마시는 한국인의 일상을 시각화한다. 일상의 공간이 된 편의점을 소재로 한 드라마, 예능프로그램이 나오기 시작하고 문학에서도 편의점을 배경으로 설정한 소설이 등장했다.[10] 편의점이 소설의 배경이 될

한 국내 최초의 정통 편의점 '세븐일레븐'. 40여평 규모의 이 점포는 각종 식품류를 비롯해 품목마다 대표적인 1~2개 브랜드만 취급해 맞벌이 부부, 독신자 등을 겨냥하고 있다." 「연중무휴 철야영업 편의점 첫 오픈」, 『한국경제신문』, 1989.5.7.

8 점내점(店內店, shop-in-shop) 또한 스스로 특화하면서 신규 시장을 개척하고자 하는 편의점의 '핵분열' 현상으로 이해할 수 있다. 점내점 편의점이란 동네 사정에 맞춰 편의점이 약국, 까페, 식당, 문방구, 우체국, 제과점, 치킨점, 세탁소 등과 동거 내지 동업하는 방식인데, 가령 대학가 주변에는 밥, 반찬, 국 등 직접 조리한 음식을 편의점에서 판매하고, 학원가 근처에는 과자나 빵을 굽거나 우동을 조리하여 판매하는 형태이다. 전상인, 『편의점 사회학』, 민음사, 2014, 61면.

9 「우리는 모두 '호모 컨비니쿠스'」, 『한겨레』, 2017.3.2.

10 편의점을 소재로 한 작품은 구광본의 단편 「맘모스 편의점」(2004, 사람처럼 생각할 수 있는 능력을 지닌 CCTV의 눈으로 편의점 안의 사람들을 비춘다), 김경해의 단편 「공항철도 편의

수 있는 가능성을 보여준 작품은 2000년대 중반에 나온 김애란의 「나는 편의점에 간다」라고[11] 할 수 있다. 편의점의 공간에 대한 대표적 선행연구를 살펴보면, 김애란 소설을 중심으로 공간의 표상과 자아정체성을 고찰한 장미영의 논문과[12] 「나는 편의점에 간다」의 편의점을 개인을 타자화하고 소외시키는 상소로 파악하고 현대 소비자본주의의 도시적 삶의 재현을 고찰한 정윤희의 논문이 있다.[13] 이처럼 2000년대의 편의점을 그린 「나는 편의점에 간다」에 관한 선행연구는 있지만, 이 글에서 다루는 2010년대 중반의 두 작품에 대한 연구는 아직 이루어지지 않았다.

2016년 무렵 많은 '먹방' 프로그램이 인기를 끌고 혼밥·혼술족의 등장, 편의점의 도시락 수준이 개선되면서[14] 편의점이 크게 주목받기 시작했다. 편의점이 새로운 소비패턴과 시대 환경 변화의 상징적 문화공간이 된 셈이다. 또한 2016년 편의점이 문학의 소재로서 새롭게 주목받게 된 계기는 2016년 7월 아쿠타가와상芥川賞을 수상한 무라타 사야카村田沙耶香의 『편의점 인간』이 그

점」(대학 자퇴 후 사회에 적응하지 못하고 떠도는 한 여대생이 공항철도 편의점 직원과 만난 하룻밤 이야기), 차영민의 에세이 『달밤의 제주는 즐거워』, 시집인 정영희의 『아침햇빛 편의점』, 웹소설 『편의점의 소드마스터』, 웹툰만화 지강민의 『와라!편의점』이 있다.

11 소설가 김애란은 2004년 제49회 현대문학상 후보작으로 선정된 바 있는 단편소설 '나는 편의점에 간다'에서 3곳의 편의점을 배경으로 후기자본주의의 일상과 익명적 관계를 고찰했다. 이 소설을 불어로 번역되어 2014년 프랑스의 기자와 비평가가 주는 '주목받지 못한 작품상'을 수상했다. 「소설 '작은 장르'된 편의점 문학」, 『경향신문』, 2017.1.25.

12 장미영, 「청년의 고립된 자아와 디스토피아적 상상력 – 김애란 소설을 중심으로」, 『여성문학연구』 33, 한국여성문학학회, 2014, 331~361면.

13 정윤희, 「편의점의 '거대한 관대'와 현대 소비자본주의 도시적 삶」, 『세계문학비교연구』 57, 세계문학비교학회, 2016, 65~88면.

14 편의점 도시락이 확산되던 시기는 2010년경이다. '혜자 도시락'이 출현했다. 이 무렵 도시락은 저가였지만 품질은 아직 좋지 않았다. 참고로 2017년 현재 한국에서 가장 많은 매출을 올리는 업계 1위는 'GS25'다. 한국 편의점의 매출을 좌우하는 것은 시그니처 상품과 할인전략이 대표적이다.

시발점이다.[15] 이 작품은 일본문학계의 공신력 있는 상을 수상했을 뿐만 아니라 현대인의 일상생활과 밀접한 편의점에 대한 의식을 환기했다는 점에서 일본과 한국의 양국에서 주목을 받았다.[16] 무라카미 류는 『편의점 인간』에 대해 어디에도 존재하고 누구라도 알고 있는 장소에서 생겨나는 사람들을 엄밀하게 묘사하는 것에 도전하여 승리했다고 말했다.[17] 같은 해 10월 한국에서 소설가 박영란이 청소년 장편소설 『편의점 가는 기분』을 출간하였다.

『편의점 인간』과 『편의점 가는 기분』은 동시대 동일한 배경의 편의점을 다룬다는 점에서 동시대 비교문학 연구가 가능한 텍스트이다. 이들 작품은 기존의 김애란의 소설과 두 가지 점에서 확연히 다르다. 첫째, 김애란의 작품은 편의점을 이용하는 소비자의 관점이다. 이와 달리 2016년의 두 작품은 모두 편의점 점원의 시선에서 편의점을 좀 더 본격적으로 사유하고 있다. 둘째, 두 작품은 김애란의 소설보다 10여년이 지나 발표되었다. 그동안 우리 사회에

---

15 村田沙耶香, 『コンビニ人間』, 文芸春秋, 2016. 이 책은 2016년 8월에 벌써 35만 부를 팔았으며 동년 11월 25일 10쇄를 발행했다. 동년 12월에는 베스트셀러 종합순위에서 5위였고, 다음해 2월 초는 10위가 된다. 여기서 열기의 변화 정도를 짐작할 수 있겠다. 「ベストセラー」, 『毎日新聞』, 2016.12.20(석간), 3면; 「ベストセラー」, 『毎日新聞』, 2017.2.7(석간), 3면.

16 『コンビニ人間』은 한국에서 2016년 11월 1일 번역 출간되었다. 그리고 동년 12월 5일 13쇄를 발행했다. 무라타 사야카, 김석희 역, 『편의점 인간』, 살림, 2016. 11월 저자 무라타 사야카는 실제 18년째 편의점에서 알바를 하는 여성 작가로, 시상식 당일에도 "오늘 아침에도 편의점에서 일하다 왔다"며 "내게는 성역 같은 곳인 편의점이 소설의 재료가 될 줄은 몰랐는데 이렇게 상까지 받았다"는 수상소감을 전했다. 이번 수상은 이례적으로 문단뿐 아니라 언론을 비롯한 일본 전역까지 술렁이게 했다. 저자의 독특한 이력에 더하여, 편의점이라는 현대를 대표하는 공간을 배경으로 날카로운 현실 묘사와 유미 넘치는 풍자가 한데 어우러진 뛰어난 작품성이 모두의 이목을 사로잡은 것이다.(「편의점 인간이 현대를 살아가는 방법」, 『디지털타임즈』, 2016.12.6) 일본의 대표적 문학상인 아쿠타가와상의 제155번째 수상작으로 무라타 사야카가 쓴 「편의점 인간」이 선정됐다. 그로부터 4개월 뒤 이 작품은 한국어로 발매돼 몇 달 동안 소설 부문 베스트셀러가 되었다. 「장소 상실의 시대, 그나마 다수에게 열린 '틈/장소'된 편의점」, 『한겨레21』, 2017.1.

17 「芥川賞選評」, 『文芸春秋』 9, 2016.9, 392면.

는 신자유주의적 삶이 더욱 보편화되었다. 2016년의 두 작품은 대기업의 동네 상권 침투와 유통구조의 재편, 신자유주의적 노동환경이 '지금-여기'의 삶을 어떻게 변화시켰는지 편의점을 통한 성찰을 본격적으로 시도했다는 점에서 가치가 있다.

요컨대 한국과 일본사회의 '일상생활의 인프라'가 된 편의점을 통해 편의점을 둘러싼 신자유주의적 현대사회의 문명론적 인식과 현대인의 삶의 성격을 구명究明할 필요가 있다. 한일소설 비교연구는 양국의 사회경제적의 차이만을 보여주는 것을 목표로 하지 않는다. 현실의 차이는 물론 존재하지만 재현의 차이가 현실의 차이로만 환원되기 어려운 점도 있다. 더욱 중요한 것은 문학적 상상력과 성찰의 가능성이 인접국의 문학을 통해 더욱 확장될 수 있다. 다시 말해 여러 나라의 삶의 다층적 면의 서사화는 일국을 넘어선 사유의 장이 된다. 종국적으로 이 글은 편의점을 배경으로 한 동시대의 작품을 통해 양국의 삶의 조건뿐만 아니라, 점점 개인화되면서도 사회의 일원으로서 삶을 영위해야 하는 현대인의 신자유주의적 삶의 보편적 문제를 성찰하는 의미가 있는 것이다. 이는 두 소설의 공간과 인간의 고려에서 명확해지겠다.

2. '(비)정상'의 공간과 '동물'이 될 권리 ─『편의점 인간』

먼저 일본의 편의점을 살펴보면, '무라타 사야카'의[18] 『편의점 인간』은 편의점 아르바이트를 18년째 하고 있는 36세 독신여성 후루쿠라가 주인공이

18　무라타 사야카는 1979년 일본 지바현 인자이시에서 태어났다. 초등학교 시절 '이야기'의 힘을 빌리지 않고는 도달할 수 없는 곳에 가보고 싶어서 소설을 쓰기 시작했다. 다마가와 대학

다. 이 여성은 어린 시절부터 남들과 다른 생각과 행동 때문에 이상한 아이로 여겨졌고 주위 사람들과 잘 어울리지 못했다. 자신을 걱정하는 가족에게 폐를 끼치지 않기 위해, 후루쿠라는 매뉴얼대로 하면 '정상'이 되는 편의점 아르바이트를 시작했다. 빌딩가의 역 앞에 위치한 편의점은 그녀가 사회에 편입하고 인정받을 수 있는 일터였다.

실제로 18년간 편의점 아르바이트를 하면서 작품 집필을 병행한 작가 무라타 사야카는 아쿠타가와상 수상 인터뷰에서 자신이 편의점을 선택한 것은 낯가림이 심해 인간관계 편입이 어려웠고 매뉴얼대로만 하면 인정받을 수 있기 때문이라고 했다.[19] 하지만 편의점이 작가의 작품 소재가 되는 데는 오랜 시간이 걸렸다. 작가는 편의점이 자신의 '성역'[20]이었기 때문에 편의점을 소재로 글을 쓰는 것을 주저했다고 말했다. 하지만 2015년에 쓴 에세이에서부터 편의점이 등장한다.[21] 이 에세이에서 주인공인 '나'는 편의점을 인간으

문학부 예술학과 재학 시절부터 편의점 알바를 했으며, 졸업 후에도 취업하지 않고 18년째 편의점에서 일하여 틈틈이 소설을 써왔다. 2003년 『수유(授乳)』로 제46회 군조신인문학상을 수상하면서 작가로 데뷔한 저자는, 2009년 『은빛의 노래』로 제31회 노마문예신인상을, 2016년 『편의점 인간』으로 제155회 아쿠타가와상을 수상했다. 무라타의 "본격적인 문학공부는 대학2년 때 橫浜文学校의 미야하라 아키오(宮原昭夫, 1972年 第67回 芥川賞) 작가를 찾아가면서 시작되었다". 「芥川賞作家 師弟対談 細部に宿るもの 宮原昭夫さん 村田沙耶香さん」, 『読売新聞』, 2016.8.22(석간), 11면.

19 「バイトは週3日、週末はダメ人間です」, 『文芸春秋』 9, 2016.9, 405면.

20 무라타 사야카는 편의점 아르바이트를 통해 처음 세계로 용해되는 기분이 들었다고 한다. 그래서 작가에게 있어 편의점은 성스러운 곳이었고 소설의 테마로 생각하지 못했다고 한다. 그런데 어느 날 소설의 설정을 생각해 보니 리얼한 세계이지만 이상한 모양이나 사람을 쓰고 싶었다고 한다(『文芸春秋』 9, 2016.9, 405면). 이 발언과 달리 무라타 사야카는 스승인 미야하라 아키오(宮原昭夫)의 말씀을 통해 '문학은 고상하고 높은 장소를 그려야 한다는 자신의 문학관'을 극복할 수 있게 됐다고 말하기도 했다. 「芥川賞作家 師弟対談 細部に宿るもの 宮原昭夫さん 村田沙耶香さん」, 『読売新聞』, 2016.8.22(석간), 11면.

21 村田沙耶香, 「コンビニエンスストア様」(総力特集 LOVE LETTERS 2015), 『文学界』, 2015, 195~197면. 에세이로 편의점에 러브레터를 썼다는 것은 「僕たち, 又吉直樹×村田沙耶香

로 설정하여 사랑을 고백하고 편의점 안에서만 오로지 '인간'다워지는 인물이다.[22]

이러한 연장선에서 무라타 사야카는 소설 『편의점 인간』에서 '편의점하의 개인[점원]과, 사회하의 편의점'의 구도를 설정하고 편의점이란 공간을 배경으로 '인간'과 사회성의 문제를 고투하기 시작했다. 이는 편의점에 대한 사회인식과 점원 그리고 '보통'[23]사람의 관계와 그 변동을 주목케 한다. 18년째 아르바이트를 하고 있는 주인공 독신 일본여성[36세, 대졸]은 사회성 부족의 낙인을 찍힌 채 끊임없이 '정상'을 의식하는 삶을 살고 있다. 이 소설은 과연 '정상'적인 삶이란 무엇인가에 대한 물음을 던진다. 『편의점 인간』에서 주목해야 할 단어는 "보통"과 "정상"이다. 자신을 비정상으로 보는 사회에서 살아남기 위해 그녀는 끊임없이 '정상'이 되려고 노력한다.[24] 여기서 '정상'이란 일본사회에서 타인이 영위하는 보통의 일들을 하는 것을 뜻한다. 학교를 졸업하고 직장을

コンビニ人間です」, 『文芸春秋』 10, 2016, 201면 참조.

22 "제가 당신을 좋아하는 제일 큰 이유는 당신이 저를 인간으로 만들어 주기 때문입니다. 당신은 사람이 아니다 라고 모두 이야기하지만, 당신과 만나기까지 사람이 아닌 것은 저였습니다. 저는 적어도 사람과 잘 지내는 인간은 아니었습니다. 당신의 옆에 있는 것으로 처음 저는 인간이 되었습니다. 당신은 제게 아침, 점심, 저녁이라는 시간의 흐름을 주었고, '현실'이라는 세계를 돌아다니는 불가사의한 구두를 선물로 주었습니다. 저에게 당신은 마법을 사용했습니다. 당신이 없다면, '아침'이라는 시간이 이 세상에 있는 것조차 느끼지 못한 채로 살았겠지요." 村田沙耶香, 「コンビニエンストア様」(総力特集 LOVE LETTERS 2015), 『文学界』, 2015, 196면.

23 "『편의점 인간』이라는 소설은 이 세계에 적응하지 못하는 '후루쿠라'라는 주인공의 시점에서 '보통'이라는 것은 도대체 무엇인가라는 문제를 날카롭게 고발하고 있다." 吉村萬壱, 「『普通』という化けもの」, 『文学界』 9, 2016.9, 25면.

24 무라타의 스승 미야하라 아키오(宮原昭夫)는 소설 『편의점 인간』이 "편의점에 적응하려고 하는 **인공지능적인** 주인공이 학습을 통해 **'편의점로봇'**으로서 완성해가는 모습을 그린 점이 재미있다"는 평가를 했다. 그런데 이 대담에서 무라타는 **자신이 소설과 같이 취직이나 결혼의 압박을 받은 것은 아니라고 말했다. 사소설은 아니라는** 주장이다. 「芥川賞作家師弟対談細部に宿るもの宮原昭夫さん村田沙耶香さん」, 『読売新聞』, 2016.8.22(석간), 11면.

얻고 결혼하는 것이 한 여성의 '보통' 적인 삶이 되는 것이다. 20대도 아니고 30대 중반의 여성이 취직과 결혼을 하지 않은 것은 사회의 규준으로는 '비정상' 이다.

작가는 현대 일본의 집단성과 문화 및 사회심리를 편의점을 통해 접근하고 있다. 일례로 사회심리학자 오하시 메구미와 야마구치 쓰스무는 일본인들이 특히 '보통' 이라는 단어를 붙일 때 훨씬 긍정적인 이미지를 갖고 있다고 분석한 바 있다.[25] 일본인에게 '보통' 이란 이미지는 상식, 성실, 뚜렷한 가치관, 이타적, 협조, 유능한 사람이라는 자질과 연관된다. 반면 '보통인' 의 범주에서 벗어나는 사람은 이기적이고, 인간적 매력이 없으며, 급한 성격을 지녀, 인간관계를 맺기 어려운 이지미로 간주되었다. 일본인에게 있어 '보통' 이란 사회에 잘 적응하여 극단적 성격을 드러내지 않는 인간이다.

이에 비추어 작가의 편의점과 '인간' 은 무엇일까. 빌딩가 도심의 한 가운데 위치한 편의점은 사회의 중심부에 해당하며 그곳의 '나' 는 사회의 일원으로서 '정상적 생활인' 이라는 감각을 갖는다. 그동안 그녀에게 '비정상' 의 낙인을 가장 먼저 부여했던 것은 바로 가족이었다. 어릴 때부터 언니의 기행을 보고 자란 여동생 아사미는 언니가 부디 '정상' 적으로 생활하기를 바란다. 동생은 언니가 남자와 동거를 시작하자 언니가 누군가와 사랑을 하고 가정을 꾸릴 수 있는 인간이 됐다는 사실에 기뻐한다. 하지만 언니와 살고 있는 남자 '시라하' 가 대학 중퇴자이고 직업도 없는 사회부적응자라는 사실을 알았을 때, 동생은 언니의 상태를 지켜볼 수 없는 "한계" 로 단정했다. 동생은 18년간 편의점에서 '정상인' 으로 근무한 언니의 바람과 달리 여전히 인정하지 않는

---

25   유영수, 『일본인심리상자』, 한스미디어, 2016, 132면.

것이다. 이는 '편의점'이 부정되는 것과 별반 다르지 않다.

"언니는 언제면 고쳐질까?"

여동생은 입을 열어 말하고는 나를 야단치지도 않고 고개를 숙였다.

"이제 한계야. (⋯중략⋯) 어떻게 하면 평범해질까? 언제까지 참으면 돼?"

"뭐, 참고 있다고? 그렇다면 억지로 나를 만나러 오지 않아도 되잖아?"

솔직하기 여동생에게 말하지 여동생은 눈물을 흘리면서 일어섰다.

"언니, 제발 부탁이니까 나랑 함께 상담하러 가자, 치료를 받아. 이제 그 방법 밖에 없어."

— 무라타 사야카, 김석희 역, 『편의점 인간』, 살림, 2016, 155면

동생은 후루쿠라의 행동을 치료를 받아야 하는 '병'으로 인식했다. 언니의 행동을 기행으로 평가하고 무조건 병원에 데려가서 치료만 받으면 된다고 생각하는 아사미는, 언니를 누구보다도 배타적으로 대한다. 동생 아사미는 전기회사 직장인 남편과 아이를 보살피는 전업주부였다. 은행원 아버지와 주부 어머니를 둔 아사미의 결혼·출산·주부의 삶만이 온전히 '정상'이었다. 아사미는 기존의 사회와 가족시스템의 생활양식과 사고방식을 체화한 상징적 존재였다. 이러한 그녀가 남자와 교제를 시작한 언니를 지지하는 것은 당연한 일이었다. 그러나 동생이 후루쿠라가 편의점을 통해 무직의 시라하를 알게 되고 편의점 점원으로서 익숙해져버린 언니의 손님 접대 목소리와 표정을 불편하게 느끼면서 편의점을 그만두도록 강요하기 시작한다. 동생은 편의점에서 '정상'이 되려는 언니를 또다시 '비정상'으로 재단해 버린다.

동생에게 애초에 편의점은 '정상'적인 직장이 아니었고 그 결과 언니가 이

상한 사람을 만났다는 판단이 내려진다. 삶의 다양한 방식은 옳고 그름의 문제가 아니지만, 사회는 보통 직업으로 사람을 평가한다. 아사미는 사회적 통념의 삶만을 인정하고 다양한 삶의 방식을 존중하지 않는 편견을 체화한 '비정상인'일 수 있다. 이 '비정상인'의 사회안에 후루쿠라가 있었다. 그런데 더 큰 문제는 외부의 배타적 시선에도 불구하고 후루쿠라가 사회적으로 유일하게 안심할 수 있었던 위안의 편의점이 점점 불편해신 점이다. 이는 18년만의 일이다. 편의점이 변한 것인가. 아니면 후루쿠라가 변한 것인가.

이 가게는 정말이지 밑바닥 인생들뿐이에요. 편의점은 어디나 그렇지만, 남편의 수입만으로 살아갈 수 없는 주부, 이렇다 할 장래 설계도 없는 프리터, 대학생도 가정교사 같은 수지맞는 아르바이트는 할 수 없는 밑바닥 대학생뿐이고, 나머지는 일본으로 돈 벌러 온 외국인이죠. 정말로 밑바닥 인생뿐이에요.

—『편의점 인간』, 82~83면

"그래, 게이코는 몸이 약해. 그래서 아르바이트로 일하고 있어."

미호가 나를 감싸듯이 말한다. 나대신 변명해준 미호에게 고맙다는 생각을 하고 있을 때 유카리의 남편이,

"예? 하지만 편의점은 서서 일하잖아요? 몸이 약한데?"

하고 의아하다는 투로 물었다. 나와는 처음 만나면서, 그렇게 몸을 내밀고 미간에 주름을 잡을 만큼 내 존재가 궁금할까?

"다른 일은 해본 경험이 없기 때문에 체력적으로나 정신적으로나 편의점이 편해요."

내 설명에 유카리의 남편은 마치 요괴라도 보는듯한 얼굴로 나를 바라보았다.

"그럼 줄곧……? 아니, 취직하기가 어려워도 결혼정도는 하는게 좋아요. 요즘 인터넷 결혼이라든가 여러 가지 방법이 있잖아요?"

— 『편의점 인간』, 95면

후루쿠라는 편의점을 통해 20대에 사회적 일원이 될 수 있었다. 하지만 30대 중반이 되면서 그것조차 점점 어렵게 되어 간다. 여기서 편의점과 후루쿠라, 사회적 인식의 관계 변화가 드러난다. 이는 사회적 인식의 한 양태로서 '비정상' 가족이 아닌 타인의 시선을 통해 명확해진다. 작가가 가장 쓰기가 어려웠다는 여주인공의 무능한 동거남 '시라하'의 경우,[26] 그는 편의점에서 일하는 인간을 단 한 마디, "밑바닥 인생"으로 요약한다. 또한 후루쿠라가 친구 집에 방문했을 때 친구 남편은 편의점에서 18년째 일하는 후루쿠라를 "요괴"로 본다. 그러면서 그는 제대로 된 직장에 종사하지 않아서 정상적인 결혼이 힘들면 "인터넷 결혼"을 하라고 권유했다. 즉 이 소설의 편의점 점원은 "밑바닥 인생", "요괴", '비정상'이었다.

편의점 알바를 하려다가 해고된 시라하도 처음부터 편의점을 하찮게 여기며 일을 시작했다. 시라하와 친구 남편은 남자들이 무턱대고 여자들에게 아는 척 설명하려 드는 맨스플레인의 전형처럼 후루쿠라를 가르치려 한다. 친구 남편은 여자는 결혼을 해야 한다는 '법규'를 가지고 후루쿠라에게 폭력에 가까운 단어를 내뱉으면서 자신의 '정상성'을 과시했다. 편견을 가진 인간이

---

26 무라타 사야카는 '시라하 씨는 만약 제가 남자라면 비꼰다면 이런 기분일거야'라고 생각했습니다. 두 번 다시 쓰고 싶지 않은 대사도 있어서 작가는 정말 쓰는 것이 힘들었다고 한다. 『文芸春秋』10, 2016.10, 203면. 소설 속 시라하는 무능과 사회적 적대, 여성혐오와 피해남성의 의식을 극단적으로 적나라하게 표출하는 인물이다. 이러한 일본 남성성에 대해서는 우에노 지즈코, 나일등 역, 『여성 혐오를 혐오한다』, 은행나무, 2015에 잘 설명되어 있다. 참조하기 바란다.

'다른' 인간에게 '틀림'을 지적하며 언어적 폭력을 서슴없이 한 것이다.

문제는 편의점에 작동하는 사회적 통념과 편견이다. 편의점은 20대 초반에는 아르바이트 직종으로 상관없지만 결혼하지 않은 30대 중반 여성이 변변한 곳에 취직하지 않고 계속해서 일하는 것은 도저히 용납되지 않는 곳이다. 이 때문에 후루쿠라의 18년의 '안전'한 일터가 다시 위협받기 시작했다. 이 소설에서 모든 정상성의 표준은 결혼과 취직이다. 후루구라는 편의점을 통해 사회에 편입되었지만 '사회 내 편의점의 지위' 때문에 차별받고 천대받으며 다시 배제당하는 일련의 경험을 하게 된다. 여기서 수익을 획득하는 본사, 본사에 수익의 상당액을 내야 하는 업주, 저임금·불안정 노동자인 아르바이트로 구성되는 편의점의 구조가 전면화된다.

아르바이트생이 자주 바뀌는 것은 아르바이트의 실질적 지위를 보여주는데, 편의점 아르바이트에 대한 사회의 부정적 인식을 더욱 강화하는 것은 일의 단순성이다. 그것은 편의점에서 일하는 "밑바닥 인생"의 여러 등장인물에서 간접적으로 나타난다. 남편의 수입만으로 살아 갈 수 없는 주부이즈미, 장래설계가 전혀 없는 프리터유키시타, 일본으로 돈 벌러 온 외국인투안이 편의점 점원으로 등장한다. 언뜻 보면 편의점은 전문기술을 필요로 하지 않아서 누구나 할 수 있을 것 같다. 무엇보다 본사의 매뉴얼이 있다. 이 때문에 점원이 바뀌어도 상점 운영에 큰 타격이 없다. 점원의 사용가치는 별다른 변화가 없고 아르바이트생은 자주 바뀐다. 오랜 기간 종사해도 전문성을 쌓을 수 없는 일이기 때문에 사회적 무시도 그만큼 강하게 되는 것이다. 그래서 편의점 자체가 사회의 '정상'적 일터가 아니게 된다.

이러한 편의점에서 30대 중반이 된 후루쿠라는 주위의 결혼한 동창과 동생이 자신을 다시 비정상인으로 여기는 것을 거북해 하기 시작하는데, 그때

앞서 언급했던 동거남 시라하가 등장했다. 두 사람은 아무런 이성적 끌림 없이 일종의 계약으로 동거를 하게 된다. 후루쿠라는 남자가 있다고 하면 주위 사람들이 자신을 정상으로 생각할 거라고 여겼고 무직자 시라하는 잠잘 곳과 음식을 해결하며 자신을 무시하는 가족의 멸시에서 벗어날 수 있다고 믿었다. 하지만 위장동거를 하면서 상황은 더욱 악화된다. 주위의 관심을 받게 되면서 사회적 통념이 더욱 강하게 후루쿠라를 속박해 온다. 결혼을 하고 가정을 꾸리고 무직 남성을 책임지기 위해 편의점 알바를 그만두고 번듯한 직장을 구해야 한다는 주위의 조언과 간섭이 심했다. 여기에는 심지어 동거남까지 가세했다. 무직 시라하는 후루쿠라에게 자신을 위해 파견직이라도 일하라고 종용했다. 결국 그녀는 18년 동안 일한 편의점을 그만두고 다른 직업을 알아본다. 사회와의 유일한 접점이었던 편의점과 후루쿠라가 단절되는 순간이다. 이런 식으로 '편의점=후루쿠라'는 계속해서 배제되었다.

이제 깨달았어요. 나는 인간인 것 이상으로 편의점 점원이에요. 인간으로서는 비뚤어져 있어도, 먹고 살 수 없어서 결국 길가에 쓰러져 죽어도, 거기에서 벗어날 수 없어요. 내 모든 세포가 편의점을 위해 존재하고 있다고요.

— 『편의점 인간』, 188~189면

누구에게 용납이 안 되어도 나는 편의점 점원이에요. 인간인 나에게는 어쩌면 시라하 씨가 있는 게 더 유리하고, 가족도 친구도 안심하고 납득할지 모르죠. 하지만 편의점 점원이라는 동물인 나한테는 당신이 전혀 필요 없어요.

— 『편의점 인간』, 190~191면

그런데 면접날, 어느 편의점을 지나가던 후루쿠라는 어지럽게 흐트러진 물건 진열을 보고 신경이 쓰여 정리를 시작한다. 그러면서 후루쿠라는 자신에게 익숙한 편의점의 소리, 그 시간대 해야 할 일 등 편의점 점원이었던 감각을 체감한다. 그리고 그 순간 후루쿠라는 "자신은 편의점을 떠나서는 살 수 없는 인간"이라는 사실을 깨닫는다. 사회에 편입되고 인정받기 위해 '편의점 인간'이 되었지만 여전히 무시를 받는 현실에서 그녀는 편의섬을 한 달여 떠났다가 다시 해후하면서 마침내 '자신'을 발견하고 자신의 본능과 일을 부정하지 않게 된다.[27] 이는 '편의점 인간'의 재탄생이자 '개인'의 성립이다.

이것 봐요. 무리에 도움이 되지 않는 인간에게 프라이버시 따위는 없습니다. 모두 얼마든지 흙발로 밀고 들어와요. 결혼해서 아이를 낳거나 사냥하러 가서 돈을 벌어 오거나, 둘 중 하나의 형태로 무리에 기여하지 않는 인간은 이단자예요. 그래서 무리에 속한 놈들은 얼마든지 간섭하죠.

—『편의점 인간』, 125면

어떤 의미에서는 잘 어울리는 느낌이시만……, 저기, 생판 남인 내가 이런 말을 하는 것도 뭣하지만요. 취직이든 결혼이든 어느 쪽이든 하는 게 좋아요. 이건 진심이에요. 아니, 양쪽 다하는 게 좋아요. 언젠가는 곪어 죽어요. 되는대로 아무렇게나 사는 생활방식을 받아들이면.

—『편의점 인간』, 162~163면

---

27 일본의 독자도 이 대목에서 '보통'과의 긴 싸움을 희망적으로 예견했다. 「『コンビニ人間』村田沙耶香 著 異質な自分をめぐって」,『読売新聞』, 2016.8.7(조간), 13면. 이외에도 이 소설을 읽고 자신의 '비편의점 인간'화가 어떻게 진행되었는지에 대해 자각한 예도 있다. 「しあわせのトンボ:非コンビニ人間化」,『毎日新聞』, 2016.9.8(석간), 2면.

이 소설에서 사회적 통념과 시선은 사람들의 '간섭'으로 현현했다. '정상인'이 '비정상인'에게 끊임없이 가르치려고 든다. 후루쿠라는 이러한 사회의 '간섭'을 피하기 위해 '침묵'으로 일관하다 편의점 알바를 시작했다. 그러나 그녀가 남들과 다르게 사고하고 행동한다고 해서 무지한 인물로 이해해서는 곤란하다. 특히 편의점 점원이 물건의 바코드를 찍는 일을 한다고 해서 '사고하지 않는 인간'으로 생각해서는 안 된다. 후루쿠라는 '사회적 피해자 의식과 가부장적 의식'으로 가득 찬 동거남의 모순적 발언을 꿰뚫을 정도로 비판적 성찰이 가능한 인물이다. 그럼에도 '편의점 점원'이라는 작품의 설정이 후루쿠라를 왜곡해 이해하도록 유도한다. 그러나 오히려 이 설정이 작품의 중의적 해석을 가능케 하는 효과를 갖는다.

이 소설의 편의점이 사회의 축소판이자 표준화된 세계를 상징하는 것은 맞다. 편의점에서는 모든 것이 매뉴얼에 따라 이루어지고, 오로지 기능과 유용성, 교환가치만을 중시한다. 따라서 인간적인 관계는 부재한다. 이 점에서 보면 '편의점 인간'이 된다는 것은 인간다운 인간이 아니라 사회가 요구하는 정상인으로서의 사회의 '부품'이 되는 것을 의미한다. 언제든 다른 것으로 '교체'될 수 있는 존재, 궁극적으로는 사회가 강요하는 '획일화된 인간'이 되는 것을 시사한다. '편의점 인간'은 인간의 균질화와 사물화, 획일화의 다른 표현이다. 그래서 이 소설은 타자를 부정하고 '보통 인간'만을 강요하는 사회의 문제를 지적한다.

또한 매뉴얼화된 편의점은 '사유'가 없는 매뉴얼화된 인간점원을 연상케 하여 자기주장을 겉으로 잘 드러내지 않는 일본사회로 확장해 연상되기 쉽다. '사유'가 없는 매뉴얼화된 인간은, 생활에는 그다지 어려움이 없지만 자신의 주장과 사유를 상실한다. 일본사회에의 적응은 결국 그와 같은 인간이 되어 가는 것을 뜻한다. 편의점은 자신의 주관을 밖으로 드러내지 않고 소속 공동체에 편입되어 반복된 삶을 영위하는 생활태도의 극단을 상징하는 것이다. 이렇게 보면 후루쿠라에게 편의점에서 지난 18년은 '정상' 사회인이 되기 위한 적응의 시간이자 사유 상실의 시간이기도 하다.

그러나 후루쿠라는 그 오랜 기간 자신에게 쏟아지는 사회적 통념에 질렸다. 그리고 그것을 거부하면서도 주장하지 않았다는 점에서 후루쿠라는 '사유하되 주장만 하지 않은 쪽'에 속했다. 그리고 그녀는 마침내 소설 마지막에는 주장을 실행하고 자신의 본능과 삶을 찾아갔다. 후루쿠라가 사회적 강제의 희생양으로만 간주되어서는 곤란하다. 오히려 통념을 재생산하는 주위의 사람들이 사유를 상실한 인간이었다. 따라서 『편의점 인간』은 '비정상' 인이 사유를 상실한 '정상인'을 관찰하고 있는 소설인 것이다.[28] 후루쿠라는 남들이 말하는 사회의 '인간'이 되고 싶었지만 결국 거부하고 사회에서 배제되어 "동물"로 취급받는 '편의점 인간편원=편의점동물'이 되기를 스스로 자처한다. '인간'이 되기를 거부한 "편의점동물"은 이제 그 누구의 간섭도 받지 않겠다고 선언한다. 이러한 후루쿠라의 변화를 가장 압축적으로 보여주는 서사적 장치가 '편의점의 소리'다.

소설의 초반, 편의점에서 들리는 소리는 편의점 안에서 발생하는 다양한 소리이자 사회의 소리였다. 이곳에서 후루쿠라의 대화는 사생활은 전혀 배제

---

28 '편의점 인간'에 대한 다른 의견은 "작가는 제목으로 '편의점의 인간'도 '편의점형 인간'도 아닌 '편의점 인간'을 선택함으로써 '편의점'과 '인간' 모두에 동등한 의미를 부여한 합성어를 만들어냈다. 한 인터뷰에서 작가는 편의점이 자신에게 성스러운 공간이며, 자신이 인간에 관심이 많다는 점을 강조한 바 있다. 이를 감안할 때, 작가는 편의점이라는 특정한 공간뿐 아니라 그 안에서 살아 숨 쉬는 인간 군상에게도 동일한 애정을 가지고 있음을 알 수 있다". 「장소 상실의 시대, 그나마 다수에게 열린 '틈/장소'된 편의점」, 『한겨레21』, 2017.1.

되고 일과 관련된 것뿐이었다. 하지만 동거남이 등장하면서 '편의점 소리'에 사회적 통념의 '소음'이 섞이기 시작한다. 이 잡음은 후루쿠라의 내면의 혼란과 고통을 뜻했다. 이는 후루쿠라의 사직解職으로 일단락된다. 집에서도 환각처럼 들리던 편의점 소리가 더 이상 들리지 않는다. 이는 사회와의 단절을 의미했다. 벽장 생활을 하던 그녀가 면접에 가다가 다시 듣게 된 '편의점 소리'는 사회의 명령의 소리가 아니라 그녀의 본능과 욕망, '자기다움'을 깨닫게 했다. 이러한 소리의 궤적이 후루쿠라의 변화 과정이자 소설의 압축적 흐름이라 할 수 있다. 독자는 이 '편의점 소리'를 들으면서 '편의점 인간'을 느끼고 이해하게 된다. 이 과정에서 '편의점인간'은 재탄생하게 된다.

　결론적으로 이 작품의 제목 '편의점 인간'은 양가적 의미가 있다. '매뉴얼화되고 감시카메라가 있는 편의점'=사회이다. 따라서 '편의점 인간'은 사회의 통념화된 일상을 살아가는'보통' 인간이다. 하지만 '편의점 인간=후루쿠라=편의점동물=간섭받지 않고 자신의 본능과 자신다움에 충실한 인간'의 의미가 함의 되어 있다. 소설 마지막에서 후루쿠라는 스스로 '보통'의 인간을 거부하고 "편의점동물"로 격하되는 선택을 하지만 비로소 그 누구보다 인간다운 인간이 된다. 그녀는 일본의 선사시대인 '조몬시대'와 다를 바 없는 현대의 동물화된 인간이 아닌 자각적 '개인'이 된 것이다. 후루쿠라는 '사유'하지 못하는 '편의점 인간'에서 자신의 '삶과 일'의 호흡과 방식, 선호와 자립 그리고 전문성을 깨달은 '편의점 인간'이 되었다. 그러면서 그녀는 가족과 친구의 안심을 위해 하는 결혼을 거부하고 결혼하지 않는 독신여자에 대한 사회적 편견에 맞서기로 한다. 이때 편의점은 외부의 사회적 시선에서 보면 고립된 삶의 공간이지만 그녀에게는 소중한 일터인 장소가 된다. 소설『소멸세계』2015 등에서[29] 가부장적 사회의 여성문제를 지속적으로 고민해온 작가의 또 다른 결산물이 『편의점 인간』인 것이다.

이 소설에서 강조하는 여자의 일생 즉, 직장, 결혼, 출산은 일본사회만의 문제가 아니다. 『편의점 인간』이 한국에서 공감을 얻을 수 있었던 이유 중 하나는 편의점이라는 문화적 동일성 이외에도 한국사회가 가지고 있는 '삼포 및 N포세대'와 관련되기 때문이다. 『편의점 인간』을 읽은 한국의 독자는 결혼과 가정, 출산이라는 사회적 압박에 시달리는 자신을 발견한다. 후루쿠라의 처지에 공감한 독자는 가족, 친구, 직업, 연애, 결혼 등을 포함해 사회제도 및 인간관계 전반을 성찰하게 될 수밖에 없다. 『편의점 인간』의 편의점은 후루쿠라에게는 작고 개인화된 장소이지만, 사회적으로 철저하게 익명성의 관계가 유지되는 공간이었다. 편의점은 사회의 중요업종이지만 그 안의 천대받는 비정규직 '알바'는 사회적으로 존중받지 못하며 오랜 기간 종사해도 인간관계를 맺기 힘든 익명성의 공간이다. 어떻게 살 것인가. 이 지점에서 공감대를 형성한 문학의 출현과 수용은 한국과 일본의 문명·문화를 비교·이해하는 시작점이 된다.

3. 착취와 소외, 인간 아닌 인류인의 장소 — 『편의점 가는 기분』

2016년 10월 박영란은 청소년문학으로 『편의점 가는 기분』을 출간했다.[30] 『편의점 가는 기분』의 '나'는 18살의 고등학교 학생이다. 그는 어머니가 16세

---

29 무라타 사야카, 최고은 역, 『소멸세계』, 살림, 2017.

30 이 책은 2017년 구로구가 선정한 청소년 부문 우수도서가 되었고, 한국출판문화산업진흥원,

미혼모일 때 낳아서 호적상에는 할아버지의 아들로 되어 있다. '나'의 어머니는 집을 나간 지 오래됐고, 할아버지는 가족의 생계와 손자인 '나'의 미래를 위해 구지구 농심마트에 이어 신지구 편의점을 운영한다.『편의점 가는 기분』의 배경이 되는 편의점은 신가지의 가난한 원룸가에 위치해 있다. "달랑 몸뚱이 하나뿐인 치들", "아주 뼛속까지 가난한 사람들"이 거주하는 곳에 편의점이 있다. 학교를 자퇴한 '나'는 할아버지의 편의점에서 일한다. 편의점에서 일하면서 하루를 살아가는 18살의 고등학생에게 미래와 꿈은 존재하지 않는다.

무라타 사야카의『편의점 인간』의 주인공은 36살 독신이었다. 그녀는 편의점 아르바이트만으로도 자신의 생계를 영위할 수 있다. 그러나 이 한국의 편의점소설이 청소년문학으로 분류되어 판매된 것에서 알 수 있듯 한국 편의점의 아르바이트는 주로 청(소)년이 한다. 두 나라의 최저생계비의 차이에서 알 수 있듯 한국에서 편의점 아르바이트는 가장 낮은 급여 수준이다.[31] 두 소설의 차이는 두 나라의 노동조건과 복지 수준의 격차를 드러낸다. 이 때문에 일본의『편의점 인간』과 달리 한국의『편의점 가는 기분』에는 한국사회의 극빈층을 적나라하게 드러내고 있다.

신지구가 조성되면서 오래되고 낙후된 구지구는 조금씩 재건축이 이루어지는 상황이다. 신가지에는 아파트와 원룸가가 들어섰지만 아파트주민은 빚을 떠안고 있고 원룸의 주민은 자산이 전혀 없고 몸뿐인 하층민이다. 구지구는 이미 떠날 사람은 다 떠나고 남은 사람은 그나마 땅과 허름한 집을 가진 사람들이어서 오히려 신지구 원룸인들이 경제적으로 더 나쁜 실정이다. 이들의

　　1월의 읽을 만한 책 추천도서 20종 중 선정되었다.
31　이 글이 논문으로 발표된 이후 새정부에 의해 최저임금이 대폭 상승하기 시작하여 일본과의 임금 격차가 많이 줄었다.

공간은 도시개발과 악화된 경제, 양극화의 전형을 상징하고 있으며, 정서적인 안정도 찾을 수 없는 불안과 공포의 공간이다. 이는 도심의 중심가에 위치한 일본의 『편의점 인간』과 전혀 다른 설정이다.

작가는 '미혼모'의 아들, 장애인, 철거직전의 임대아파트라는 설정을 통해 한국사회의 어두운 단면인 하위계층을 그려낸다. '나'의 친한 친구는 '수지'라는 여성이다. 수지가 사는 구지구의 삼호연립은 너무 더럽고 오래돼 철거 직전에 있다. 수지는 가정 형편이 어려워 중3 때 자퇴하고 집에서 어머니의 부업을 도우며 살고 있다. 수지의 다리는 화재사고로 인해 신경이 녹아 거동이 불편하다. 수지 가족은 야반도주 하듯 몰래 떠나버린다. 또한, 수지와 이름이 같은 11살의 '진수지'가 등장한다. 이 소녀는 월세를 낼 수 없어 쫓겨날 형편이다. 난방이 되지 않는 방의 추위를 피하기 위해 아이는 말을 못하는 엄마와 함께 '나'의 편의점을 찾아와 추위를 피한다. 아이의 아버지는 사기꾼을 잡고 돈을 벌기 위해 중국에 갔고 그런 아버지를 하염없이 기다리는 가족들은 고통 속에 살아간다. 이들 모두 '정상'적인 가정이 아니다.

『편의점 가는 기분』은 한국사회나 이웃 속에서 보호하지 못하고 외면받는 계층을 표면화하여 사회의 무관심 속에 소외된 이들에 대한 따뜻한 시선이 필요하다는 것을 강조한다. '학교에서 가지 않는 아이들'은 단순히 자신의 의지로 등교거부를 했다기보다는 생계를 고민해야 하고 병든 어머니를 돌봐야만 하는 현실조건에 있었다. 이들에게 진학, 직장, 결혼은 요원한 일이다. 가난의 대물림에서 벗어날 수 없는 아픔을 표현하고 있다는 점이, 이 작품과 『편의점 인간』의 일본사회와 차별되는 지점이다. 『편의점 인간』의 결혼이 사회적 관습의 압박 장치였다면, 『편의점 가는 기분』에서의 결혼과 그 생활은 신자유주의하 경제적 격차와 기존 가족제도의 붕괴를 상징하고 있다. 그렇다면 이러한 소설에서 '편의점'은 어떤 곳인가.

오랜만에 훅이 왔다. 거의 일주일 만이었다. 컵라면에 물을 붓는 훅을 보면서 생각했다. (…중략…) 훅이 원룸가에 사는 건 알지만 정확하게 어느 원룸인지는 몰랐다. 생각해 보면 우린 서로 이름도 몰랐다. 그런 것들을 몰라도 함께 할 수 있다는 게 신기할 정도였다.

—『편의점 가는 기분』, 211면

훅은 가고, 새벽이 오고 있었다. 꼬마 수지는 고양이들이 밥을 먹었나 살펴보고 오더니 탁자에 엎드려 있었다. 꼬마 수지 엄마가 벌써 갈 준비를 하는지 창고에서 나왔다. 어딘지 전과는 약간 달라진 표정이었지만 알은체하지 않았다. 나는 아줌마가 먼저 말을 건넬 때까지 조심하기로 정해두고 있었다. 아줌마는 입구에 서서 편의점 안을 휘둘러보는 것 같더니 꼬마 수지 쪽으로 곧장 걸어갔다. 꼬마 수지를 깨우지는 않았다. 아직 갈 시간은 아니었다. 조금 더 있다가 가도 되었다.

—『편의점 가는 기분』, 134면

보통 편의점은 서로의 사생활을 묻지 않는 '문화'가 있다. 누구나 물건을 사서 바코드를 찍고 말없이 계산만 하고 나오면 된다. 이 소설에서 '훅'이란 별명의 청년이 그 전형이다. 일본의 『편의점 인간』에서도 점원과 고객의 제대로 된 대화나 인간관계는 전혀 없다. 하지만 『편의점 가는 기분』의 인물들은 편의점을 중심으로 인간관계가 형성된다. 이는 신/구지구에서도 가난하고 배제된 인물들이, 소설의 주인공이자 편의점 야간점원인 '나'와 맺는 관계들이다. 신지구에 편의점을 열긴 했지만 기본적으로 구지구에서 태어나 성장해온 주인공과 가족, 등장인물들은 서로에게 관심을 갖고 정을 주고받는 과거의 전통적인 동네의 심성을 가지고 있다. 여기서 빈부를 떠나 편의점을 이용할 수밖에 없는 주민들을 모두 관찰하고 대면할 수밖에 없는 존재가 '편의점의 점원'이다. 따라서 지역적 성격과 전통적 심성, 편의점의 특성의 결합이 편의점뿐만 아니라 소설 전반의 분위기와 정조를 지배하고 있다. 그래서 작가는 "무슨 일을 하건 한 인간의 일이 아니라 인류 전체의 일로 생각해야 한다"고[32] 말하고 있다. 이것은 남의 일을 내 일처럼 생각하고 휴머니즘적 인간이 되어야 한다는 뜻이겠다. 한국식 '편의점 인간'은 인류애를 지닌 휴머니즘적 인간이다. 이것은 남의 시선을 끊임없이 신경 쓰고 눈치 보는 사회관계로부터 단절을 지향하는 일본의 『편의점 인간』과 다르다.

이곳을 찾은 이들은 캣맘, 22살의 훅, 고2의 미나, 수지, 11살 진수지 등이다. 이 편의점은 따뜻한 '편의점 인간'이 있고 이동이 아닌 정주의 개념으로 머물 곳 없는 이들이 잠시 쉬어 갈 수 있는 장소가 된다. 정처 없이 거리를 떠도는 삶일지언정 이들은 편의점에서 잠시 머무르는 시간만큼은 '대화를 나눌 수 있는 상대'가 있다는 안정감을 느끼게 된다.[33] 익명성의 공간인 일본의 『편의점 인간』과 달리 이 한국소설의 상상력에서 편의점의 이미지가 어떻게 그와 같이 산출될 수 있을까.

두 작품의 성격 차이는 편의점의 크기에서 기인한다. 편의점협회에 따르면 한국 편의점 평균 면적은 72m²약 22평, 일본은 132m²약 40평로 한국 편의점 크기는 일본 편의점의 절반 수준이다.[34] 이 때문에 일본 편의점에는 점원이 2명 이

---

32   박영란, 『편의점 가는 기분』, 창비, 2016, 181~182면.
33   「장소상실의 시대, 그나마 다수에게 열린 '틈/장소'된 편의점」, 『한겨레21』, 2017.1 참조.
34   「4만 곳 육박……'편의점 왕국'의 한숨」, 『조선일보』, 2017.8.8.

상이다. 다른 점원이나 사장이 있기 때문에 친구가 올 수 없다. 이와 달리 한국의 편의점은 규모가 작아서 혼자 근무하는 곳이 대부분이다. 특히 작품 주인공인 '나'가 근무하는 시간대가 야간이다. 야간 편의점이 소설의 주배경이기 때문에 혼자 근무하는 점원 '나'는 가까운 지인의 방문을 맞거나 자주 오는 손님과 담소가 가능하다. 이처럼 공간의 크기와 시간적 배경이 서사적 상상력에 큰 영향을 미치고 있다.

이러한 소설의 설정하에서 따뜻한 '편의점 인간'이 있는 야간 편의점에 잠시 머문 소설 속 사람들은 가끔씩 자신의 이야기를 하고 안부를 물으며 서로를 걱정한다. 모두 '정상가족'이 아니기 때문에 그 모습은 애처롭고 서글프며 그만큼 온정이 있다. 『편의점에 가는 기분』은 청소년을 매개로 가족의 붕괴를 보여주고, '편의점'에서의 대화와 관계를 통해 심적 붕괴를 미약하게나마 회복하는 실마리를 보여준다는 점에서 주목되는 것이다.

일본소설 『편의점 인간』에서 후루쿠라가 고객과 맺는 관계는 전혀 없고 같이 일하는 점원은 '동료' 그 이상이 아니었다. '교감'이라기보다는 서로의 말투를 따라하면서 소속감이 느껴진다. 인사는 있지만 사생활을 침해하지 않는 범위 내에서 대화를 하는 그들은 정서적 교감이 없는 기계에 가깝다. 작가는 기계 같은 사람들을 그려내면서 친절한 인사 뒤에 진정한 교감을 해야 한다는 메시지를 함의하고 있다. 편의점은 시스템화가 잘 이루어져 효율성은 높아졌지만 인간성은 상실되는 모습에서 작가는 '편의점=기계화', 즉 '기계적 인간'이 되어가는 일본사회를 비판하고 있다. 이때 편의점은 신자유주의적 사회에서 가장 현대적인 소외의 공간이다.

하지만 『편의점 가는 기분』의 '나'는 남는 음식을 수지에게 주고, '훅'이 오지 않으면 어떤 일이 생겼는지 걱정하고, 캣맘의 안부를 궁금해 한다. 특히 그는 11살의 어린 수지에게 야간 알바 자리를 제공하고 수지 어머니가 춥지 않도록 편의점 창고를 제공했다. 또한 김밥사장이 '진수지'와 엄마의 편의점 출입을 금지하라는 소동을 피운 후 자취를 감춘 모녀를 걱정하며 그는 '훅'과 함께 모녀를 찾으러 나선다. 『편의점 가는 기분』에서 모든 일에 무관심으로 일관했던 '나'는 편의점에 오는 다양한 인간군상과, 인간과의 교감을 통해 도움을 주고 위안을 받으면서 자신을 깨달아가게 된다. 이처럼 편의점은 소외된 인물이 서로의 안부를 확인하고 느낄 수 있는 장소이자 미래의 삶의 방향과 방식을 모색하는 곳이다.

편의점은 말이 사장이지 중간 노예나 마찬가지였다. 거대한 흡혈충이 등에 달라붙어 피를 빨아가는 기분을 매일 느끼는 게 바로 편의점 장사였다. 외할아버지가 체면 따위 지킬 수 없다는게 더 문제였다.

"이놈의 거…… 내 평생 이렇게 험한 경우는 처음 본다."

외할아버지는 평상 온갖 험한 일을 겪으며 살았지만 그중에서 편의점 일이 제일 험하다고 했다. 프랜차이즈 본사는 외할아버지 평생에 처음 접해 보는, 듣도 보도 못한 '불상놈'인 셈이었다.

—『편의점 가는 기분』, 162면

마트를 할 때는 들어오는 물건마다 회사나 공장이 다르고 납품업자도 달라서 외할아버지가 상대하는 사람이 여럿이었다. 편의점에는 없는 온갖 자질구레하고 불량한, 하지만 누군가에겐 꼭 필요한 법단 물건을 대는 이도 있었다. 외할아버지는 그 사람들하고 거래하고, 친구도 맺고, 다투기도 하고, 흥정하기도 했다. 그런 일을 물건 파는 일만큼 신나게 했다. 그런데 편의점은 그런 세세하고 번거로운 일들이

싹 사라진 대신 냉정하게 수탈하게 가는 상전을 모신 기분이 든다는 것이다.

—『편의점 가는 기분』, 165면

그런데 편의점의 성격은 '나'와 그 친구들만으로 규정되지 않는다. 편의점 사장인 할아버지와 마트, 프랜차이즈 편의점, 프랜차이즈 본사의 관계가 있다. 아르바이트생과 사장의 차이, 여기서 편의점이 속한 사회적 성격이 새롭게 가시화된다.『편의점 가는 기분』은 편의점뿐만 아니라 다양한 분야의 프랜차이즈화를 강력하게 비판한다. 11살 진수지의 아버지는 프랜차이즈 커피점과 베이커리를 운영하여 안정적인 매출을 올리지만 본사에 나가는 돈이 부담이 될 뿐만 아니라 다른 프랜차이즈 가게가 난립하면서 사업에 실패한다. 할아버지 역시 마트를 운영할 때와 달리 편의점의 매출은 더 높지만 본사에 지출하는 돈이 상당하다. 할아버지는 자신이 "말이 사장이지 중간 노예와 마찬가지"라고 생각했다. "거대한 흡혈충이 등에 달라붙어 피를 빨아가는 기분을 매일 느끼는 게 바로 편의점 장사였다."[35]

즉 신지구 도시개발에 따른 프랜차이즈 편의점의 등장은 구 마트의 쇠락, 동네마트에 물건을 대던 다양한 중간 소매상인의 몰락, 더 나아가 거대자본의 상권 침투, 양극화의 심화 등을 포괄하고 있다. 프랜차이즈화는 편의점 산업이 급성장할 수 있는 원동력이 되었지만, 그 배경에는 가맹점을 수탈하고 감시하는 본사가 있다.[36] 실제로 한국사회는 2000년대 이후 편의점의 대중화가 급속하게 이루어지면서, 대기업의 자본이 골목상권을 흡수했다. 면대면

---

35   박영란,『편의점 가는 기분』, 창비, 2016, 162면.

36   우리나라 편의점은 모두 이익 분배 방식을 로열티 징수방법으로 사용하는데, 순수 가맹점의 경우에는 매출이익의 15~35%, 위탁 가맹점의 경우는 50~70%를 각각 본사가 가져간다고 한다. 권용석,『편의점 성공전략』, 지식더미, 2012, 14~31 · 267~269면 참조.

을 중시했던 골목상권에 자본과 조직시스템이 개입하면서 그 공간은 프랜차이즈와, 교감 없는 표정과 감정으로 일관하는 점원들로 채워졌다. 파는 사람과 구매자 사이의 인격적인 인사와 대화가 사라지고 편의점에서 서로 아는 척 하는 것은 일종의 금기가 됐다.[37]

일본의 『편의점 인간』과 달리 한국소설에 '본사-가맹점'의 문제가 문학적 상상력에 결합하여 제기된 깃은, 가맹점 수 문제 때문이다. 한국편의점산업협회와 업계에 따르면 2017년 7월 기준 국내 편의점 점포수는 3만 7539개로 인구 1,365명당 1곳에 달한다. '편의점 왕국'으로 불리는 일본2,226명 당 1곳을 능가한다. 점포 포화상태에서 '근접 출점'이 계속해서 문제가 되고 있다. 이 조사결과는 한국의 점포수가 지나치게 많고 그만큼 수익성이 떨어진다는 것을 함의한다. 실제로 통계청이 2017년 7월 발표한 '2015년 기준 경제 총조사'에 따르면 편의점 점포별 평균 영업이익률은 2013년 5.3%에서 2014년 5.2%, 2015년 4.3%로 감소했다.[38]

이 때문에 편의점 프랜차이즈의 횡포에 진저리가 난 할아버지는 편의점을 그만두고 다시 동네마트를 하겠다고 선언한다. 할아버지는 '중간노예'적 경영을 그만두고 예전에 했던 진짜 장사인 마트를 운영하려고 한다. '나'는 할아버지의 뜻을 따르기로 했다. 이 말은 '나'가 더 이상 새벽에 일을 할 필요가 없다는 뜻이 되며 소설 역시 결말을 향해간다.

그러면서 부모의 부재 속에 성장한 '나'는 학교 복학 어부외 앞으로의 인생의 방향을 고민하기 시작한다. 22살의 '훅', 캣맘, 진수지, 편의점에 오는 사람들과의 만남을 통해 '나'는 편의점에서 숨어서 영원히 살 수 없으며 사

---

37 전상인, 『편의점 사회학』, 민음사, 2014, 83면.
38 「4만 곳 육박……'편의점 왕국'의 한숨」, 『조선일보』, 2017.8.8.

회 속에 나가서 살아야 한다는 것을 절실히 깨닫는다. 각박한 현실에서도 18세의 소년이 한 가닥의 희망을 품을 수 있는 이유는 편의점에서 서로 교감한 사람과 경험이 있었기 때문이다. 이는 직업적 비전 모색 혹은 남들처럼 사는 '(비정한) 인간'이 아니라 다양한 방식으로 사는 "인류인"이 되고자 하는 '나'의 자각이었다.

사람을 통해 위안을 얻고 성장해 가는 모습을 그리는 『편의점 가는 기분』은 일종의 성장소설이다. 여기서 문을 닫게 된 '편의점'은 자본과 지난한 현실의 추악한 실체를 드러내지만 '나'가 마음을 열고 공동체의 일원으로서 소통할 수 있는 '개인'이자 정감어린 "인류인"이 되는 추억의 장소가 되는 것이다.

4. 나가며 – 편의점문화와 문학의 미래

지금까지 논의를 통해 편의점을 둘러싼 사회적 조건의 차이와, 사회구조와 인간군상의 관계에 따른 두 작가의 서사적 상상력을 파악할 수 있었다. 한 작품이 현실의 모든 것을 서사화할 수 없는 상황에서, 서술자의 성별, 나이, 편의점의 위치와 근무조건, 가족관계, 경제여건 등의 설정의 차이가 드러내는 문명론적이고 사회문화적 인식이 갖는 서사적 효과가 명확해졌다. 소설의 창작과 국제적 교류를 통해 독자는 일국을 넘어선 서사적 다양성과 현대문명의 실상을 보다 더 이해할 수 있게 된 것이다. 결과적으로 두 텍스트는 편의점의 사회문화적 의미, 신자유주의하 개인의 주체성과 정체성·사회성 문제뿐만 아니라 신자유주의하 가부장적 사회의 '정상가족'적 삶의 붕괴 상황을 직장과 가족관계를 통해 핵심적으로 지적한다.

이제 남은 것은 이 두 소설이 은연중에 문제 삼고 있는 '편의점문화'에 대한 성찰이다. 편의점이 확산되고 있는 우리 시대의 문화와 그 지속성에 대한 근본적 반성과 성찰은 두 소설이 재현하지 못하고 있는 면을 포함해 편의점문화를 재고찰하기 위한 창작 관점의 문제와 연관된다. 어떻게 재현할 것인가. 이를 위해 여기서는 사회 속 편의점을 재점검하면서 앞으로 탄생할 편의점 배경의 문학적 지향성을 타진하고 글을 마무리하고자 한다.

한국인의 일상생활에 침투한 편의점은 1989년 처음 시작되었다. 1990년대의 편의점은 선진화와 서구화의 상징이었다. 1990년 인기 드라마였던 〈질투〉에서는 편의점에서 라면을 먹으면서 데이트하고 면 팬티를 사가는 모습이 방영되면서 편의점에서의 소비가 트렌드라는 것을 시각화한다. 〈질투〉 속에 나오는 편의점을 보면서 당대 젊은이들은 편의점에 점차 친숙해지고 '트렌디'한 공간으로서 편의점을 인식했다.[39] 2000년대부터 편의점의 대중화가 이루어지면서 한국의 어디든 편의점을 발견할 수 있게 되었다. 편의점에서의 소비는 '트렌디'에서 '일상생활'의 개념으로 옮겨갔다. 하지만 기존의 동네슈퍼나 마트보다 가격이 비싸서 서민은 오랜 기간 기피하기도 했다. 대기업이 편의점 진출을 본격화하고 동네상권을 대체하면서 현재는 누구나 즐겨 찾는 곳이 되었다.

1인 가구가 늘어나고 있는 현재, 한국인들은 집을 구할 때 편의점의 유무를

---

[39] 이러한 편의점이 도입된 1990년대 초, 편의점은 서구 자본의 국내유입과 골목 상권에 대한 공격으로 인지되기도 했다. 하지만 '24시간 서비스' 시대를 연 편의점은 탈이념적이고 탈중심적인 사회로 변모해가던 1990년대 한국의 사회적 욕망과 조응하며 성장해갔다. 또한 1990년대 후반 식당과 술집의 심야영업 규제가 완전히 해제되기 이전, 1990년대 초중반 자정이 되면 대부분이 술집이 닫는 현실에서 '편의점, 편의방'은 술과 안주를 제공하는 곳이기도 했다. 김민지 외, 『8090 한 페이지 전의 문화사』, 더메이커, 2017, 73~87면.

살펴본다. 오피스텔을 지을 때도 1층에는 편의점을 우선적으로 넣는 것을 고려한다. 슈퍼뿐만 아니라 문구점 등 일상에 필요한 기존의 많은 상점이 자취를 감춘 자리에 편의점이 대신 들어선 것이다. 일본의 많은 젊은이들도 집을 구할 때 제일 먼저 편의점이 있는지 살펴볼 정도라고 한다.[40] 양국에서 편의점이 필수적인 생활 인프라가 되었다는 것을 함의한다.

일본의 수준은 아니지만 한국사회에서의 편의점도 식당 대용의 역할을 하고 있다. 간편 먹거리인 도시락이나 즉석 죽, 즉석 면, 즉석 밥 등은 물론이고 설렁탕, 갈비탕, 김치찌개, 육개장 등의 이른바 '가정 간편식HMR : Home Meal Replacement'[41]도 편의점에서 많이 팔린다.[42] 다만 편의점 음식은 구매력을 높기 위해 짜고 맵게 자극적으로 만들어진다. 가정주부의 시선으로 보았을 때 편의점의 간편 음식은 '불량식품'에 가깝다. 편의점은 한국의 주된 음식인 국거리를 살 수 없고 데워 먹는 '불량식품'의 천국이지만 소비량은 확대되고 있다. 이것은 맞벌이 주부, 요리 못하는 개인, 1인 가구의 증가, 개인화되는 한국사회의 한 단면이다.

하지만 점차 편의점에서 판매하는 음식이 '간식'이라기보다는 '식사'로서의 역할을 시작했다는 점에 주목해야 한다. 현대인들은 편의점 도시락으로 끼니를 저렴하게 해결하고 남의 눈치 없이 사는 것을 지향한다. 이들을 지칭하는 욜로족YOLO족은 '네 인생은 한번 사는 것You Only Live Once'의 줄임말로, 한번

---

40 김현철, 『일본의 편의점』, 제이앤씨, 2014, 13면.

41 간편식은 도시락이나 김밥 등 즉석섭취식품, 국이나 탕 등 약간의 조리 과정만 필요한 즉석조리식품, 과일·샐러드 등 씻거나 잘라서 먹는 신선편의식품 등으로 분류된다. 이 가운데 편의점 도시락시장 규모는 2013년의 780억 원과 비교해 2015년에는 1천 3백억 원으로 커져 2년 사이 70%나 폭풍 성장했다. 「편의점 도시락시장 2년간 70% 폭풍 성장」, 『YTN』, 2017.2.6.

42 전상인, 『편의점 사회학』, 민음사, 2014, 111면.

뿐인 네 인생이니 네가 하고 싶은 것을 하며 당당하게 살라는 주관을 실천한다.[43] 욜로족은 '혼자서' 살아가는 것, 먹는 것, 여행하는 것에 거리낌이 없다. '혼술', '혼밥'에 익숙한 이들에게 편의점은 그들에게 오아시스나 다름없다.

이러한 편의점의 푸드점화는 '욜로족이 즐기는 것'이라고 볼 수도 있지만, 경제적으로 어려운 이들에게 편의점은 적은 비용으로 끼니를 해결할 수 있는 식당이기도 하다. '88만원 세대 혹은 N포세대'의 밥집은 편의점이라는 말이 나올 정도로 편의점의 성장과 양극화의 심화는 동시 진행형이다.[44] 취업 준비생들은 돈의 여유가 없기 때문에 편의점에서 식사를 해결하는 경우가 많다. 이들은 자격증 취득을 위한 돈과 생활비를 위해 편의점에서 아르바이트를 하기도 한다. 즉, 편의점은 '솔로'의 라이프를 즐기기 위한 공간이기도 한 동시에 취직, 결혼, 출산을 포기하고 있는 현대의 젊은이들의 단상을 보여주는 곳이기도 하다. 이들 '삼각김밥 세대'는 끊임없는 경쟁사회하에서 데우기만 하면 되는 음식을 섭취하면서 시간과 식사비용을 절약하고 있다. 한국소설 『편의점 가는 기분』의 편의점을 찾는 이들도 이와 별반 다르지 않다. 편의점을 활용한 문학의 상상력은 '누구나', '언제든' 이용할 수 있는 사회적 인프라 속의 인간을 반영하는 데서 더 나아가 신자유주의 시장경제구조하의 사회양극화를 여실히 보여주고 있는 것이다.

편의점은 기존 동네슈퍼를 대체했을 뿐만 아니라 기존 포장마차의 기능을 일부 대신하기도 한다. 한국에서는 집에서 혼자 술을 즐기는 이들도 있지만 편의점에서 술을 사서 편의점 앞에 비치되어 있는 파라솔 의자에 앉아 마

---

43 미국의 인기래퍼 드레이크의 2011년 곡 모토(The Motto)에서 시작되었다. 「나 홀로족? '욜로족(YOLO)족'라고 불러주세요」, 『헤럴드경제』, 2017.4.16.

44 전상인, 『편의점 사회학』, 민음사, 2014, 134면. 한때 '웰빙'을 외치던 한국이 이제 '편의점'을 찾는 사회가 되고 있다.

시는 경우도 흔하게 볼 수 있다. 일본에서는 매장 내와 바깥에 시식공간이 없기 때문에 술을 마시며 생기는 다툼, 쓰레기 처리문제 등이 발생하지 않는다. 한국에서는 시식공간이 있기 때문에 심야에 편의점에서 술을 마시고 추태를 부리거나 싸움이 발생하는 경우가 잦다. 새벽 편의점 알바생이 구타를 당하거나 칼에 찔려 사망했다는 뉴스가 빈번하다. 일본에 비해 범죄에 노출될 확률이 상대적으로 높은 점은 한국 편의점의 안전관리에 대한 충분한 숙의가 요청되는 것이다. 소설에서도 야식 먹는 이들이 나오는데 범죄는 서사화되지 않는다.

이러한 사회문화적 배경하의 편의점은 그 점포수가 늘어가는 만큼이나 시대의 경제적 활동의 전형을 상징한다는 점에서 중요한 의미가 있다. 신자유주의 정책은 상시적인 구조조정과 노동유연화를 통한 노동력 공급시장의 활성화와 이윤극대화를 지향한다. 신자유주의 노동 형태에 고용된 다수의 노동자는 지속적인 노동 불안정과 중간 업체의 개입으로 인한 임금저하를 겪게 된다.[45] 이러한 맥락에서 편의점은 청(소)년에게는 학비나 생계를 위한 아르바이트처이면서도 너무나 낮은 급여를 받는 착취의 공간이었다. 이와 달리 중장년층은 편의점 창업을 통해 경제적 성공을 꿈꾼다. 언뜻 보면 편의점은 창업비용이 상대적으로 낮고 전문적인 기술을 필요하지 않아 보이기 때문에 다수 퇴직자가 편의점 창업에 눈길을 돌리고 있다. 이 창업자와 점원의 간극이 당대의 현실을 압축적으로 상징한다.

일본의 경우 편의점 점원은 청(소)년의 전유물이 아니다. 『편의점 인간』의 작가처럼 30대 중반 이후에도 계속해서 일을 할 수 있다. 다수의 편의점

---

45 장귀연, 「비정규직과 신자유주의 노동정책, 노동운동의 전략」, 『마르크스주의연구』 8-4, 경상대 사회과학연구원, 2011, 303면.

이 있는 일본은 많은 노동자를 필요로 했다. 초고령화로 진입한 일본의 편의점에서는 시니어 채용을 위한 방침을 마련하고[46] 적극 고용하려고 노력하고 있다. 한국도 노인인구가 늘어나고 있지만 중장년층의 편의점 고용률은 매우 낮은 편이다. 청(소)년뿐만 아니라 외국 유학생이 많은 상황이고 중장년층의 고용을 꺼리는 심리도 그 이유라고 할 수 있다. 고령화 사회가 급속히 진행되고 있는 한국 또한 급여 상승과 시니어 채용을 위한 인식의 전환이 필수적이다.

이러한 편의점을 서사화한 소설이 청소년문학이나 익명성, 양극화, 현대 소비자본주의의 도시적 재현을 넘어서 일상의 미시사를 새롭게 재조명하고 더욱 활발히 확장되기 위해서는 연령대의 다양성과 태도에 주목하는 관점이 더 필요하다. 포장마차를 점점 대신해가는 편의점을 찾는 성년과 마트 대신 편의점을 찾는 주부, 요리 대신 간편식을 찾는 사람, 편의점 알바생 등 현실과 편의점의 관계는 상당히 복잡하다. 앞에서는 무라타 사야카의 『편의점 인간』에서 여주인공에 주목해 언급했지만, 이 여성뿐만 아니라 소설에 등장하는 계약동거 남자는 지금 일본의 연애하지 않고 섹스도 하지 않는 상당수 사람들의 모습을 반영하고 있다. 현대 일본의 자녀감소와, 직장과 연애지상주의 및 연애결혼의 균열의 문화상이 20대가 아닌 30대 중반의 인물을 통해 서사화되고 있는 것이다.[47] 작가는 과거 '연애의 시대'를 살았던 30대 중후반의

---

46 일본에서 발행하는 『コンビニ』는 편의점에 필요한 정보를 담은 월간 잡지이다. 2017년 3월호에서는 일을 하고 싶은 고령자와 일손부족이라는 편의점의 문제를 해결하기 위해 세븐일레븐이 시니어 채용의 개요를 설명하고 있다. 우선, 의욕이 있는 고령자와 적극적 이를 채용하기 위한 점포를 연결하여 국가가 행정적으로 지원해야 한다는 것이다. 이 행정지원에는 광고, 참가자 접수, 설명회를 개최할 수 있는 장소를 제공하는 것이다. 「ママ・シニア・外国人の採用と教育, 定着法」, 『月刊コンビニ』, 商業会, 2017.3, 20~21면.

47 우시쿠보 메구미는 자신의 젊은 시절을 회상하며 1980년대 연애지상주의가 절정이었던 시

인물을 통해 현재 '연애의 붕괴'를 맞이한 일본과 20대의 실상을 반추한 셈이다. 이것이 이 작품이 갖는 문학적 가치이자 대중성이다. 이처럼 소외된 사람을 위로하고 변화하는 시대상을 반영하는 작품의 창작뿐만 아니라 '편의점문화'를 개선하는 데에도 문학이 기여할 필요가 있다.

심야시간대의 아르바이트는 취객난동이나[48] 강도의 위험에 항상 노출되어 있다. 예를 들어 2016년 12월 경북 경산시의 편의점에서 아르바이트 노동자가 흉기에 찔려 사망하는 사건이 발생했다.[49] 하지만 본사 측에서는 모든 위험을 아르바이트에게 떠넘기고 있었으며 안전장치에 대해서는 신경 쓰지 않는 모습을 보였다. 비난이 크게 일자, 계산대 근처에 범인의 접근을 차단하고, 근무자의 도피로를 마련한 범죄예방 디자인을 적용하며, 계산대 결제단말기에 긴급신고 기능도 추가될 거라고 한다.[50] 이러한 노력의 근저에는 본사가 아르바이트를 노동자로 여기는 인식전환이 근본적으로 요구된다. 일본에서의 편의점 아르바이트는 집이 멀 경우에는 교통비를 지급하고 있고 심야에 일을 할 때에는 2명 이상씩 근무하는 경우가 많다. 2017년 한국의 편의점은 '청소년만을 위한 청소년문학'의 소재가 아닌 것이다. 드라마 〈시그널〉이 보여주듯 편의점은 고립되고 소외되어 인간관계가 부족한 사람도 생존을

기가 1990년대까지 이어진다고 한다. 따라서 우시쿠보는 이후 2000년대 초식남에 이어 최근에는 연애를 포기한 세대의 등장에 주목하고 이를 논한 바 있다. 2014년 메이지안전생활복지연구소의 조사에 따르면 과거 1번도 교제경험이 없는 20대가 여성 23%, 남성이 41%에 이른다. 牛窪惠, 『恋愛しない若者たち』, ディスカヴァートゥエンティワン, 2015.9, 3~7면.

48 종이컵에 든 맥주를 비운 그는 어디서 알바생 따위가 감히 왕이신 손님을 훈계할 수 있느냐며 분노를 아끼지 않았다. 그사이 들어온 다른 손님은 물건을 고르다가 조용히 나가버렸다. 물건을 골라서 계산하던 다른 손님은 그가 친근한 척하며 다가오자 오만상을 지으며 돌아갔다. 차영민, 『달밤의 제주는 즐거워』, 새움, 2016, 272면.

49 「편의점 알바 죽음……본사가 사과·보상하라」, 『News1』, 2017.4.13.

50 「편의점 더 안전해진다……긴급 신고벨·범죄예방디자인」, 『News1』, 2017.4.26.

위해 찾을 수밖에 없는 곳이며 점원은 인근 일대 거의 대다수의 사람을 겪고 지켜볼 수 있는 곳이다. 또한 지역의 빈부를 떠나 존재하는 '생활형 상점'이다. 요리를 하는 사람과 어른의 관점이 요구되는 것이다.

편의점이 한국과 일본사회에 유입되고 일상화되어 익숙하고 친밀한 곳이 되고 심지어 소설의 주된 배경이 되었다는 것은 무엇을 의미하는 것일까. 친밀한 경험은 개인적이고 깊은 감동을 줄 수 있다. 주지하듯 화롯가, 안식처, 집은 어디서나 인간에게 친밀한 장소이며, 이러한 장소들의 애틋함과 의미는 시와 많은 설명문의 주제였다.[51] 이제 일본과 한국에서 편의점은 친숙한 장소이자 개인의 삶의 흔적이 축적되고 있다. 이 자취의 이야기는 양국의 문학이 되어 문명과 문화의 차이를 보여주는 동시에 문학적 다양성과 상상력의 확장에 일조하고 있다.

그래서 이 두 작품의 중요한 공통점이 바로 '점원'의 시선으로 편의점과 사회를 조망하는 점이다. 김애란의 작품이 편의점 이용객이 바라본 편의점이라면, 『편의점 인간』과 『편의점 가는 기분』은 불안정한 고용환경에 놓인 시선으로 사회를 투사한다. 그들에게 편의점은 일시적 소비를 하는 공간이 아니라 일정시간 상주하며 노동을 하는 일터이다. 그들은 트렌디한 편의점을 홍보하는 회사나 편리함만을 강조하는 소비자가 아니다. 편의점 점원에 대한 사회적 편견과 편의점의 뒤에 자리하고 있는 '갑'의 불평등을 고발하는 내부고발자인 셈이다. 동시에 가족의 일원이기도 한 이들은 『편의점 인간』에서는 여성, 『편의점 가는 기분』은 청소년으로서 정신적·물질적으로 붕괴하고 있는 현대 가족의 모습을 명확히 가시화하고 있다. 신자유주의와 편의점 알바, 외

51　이-푸 투안, 구동회·심승희 역, 『공간과 장소』, 대윤, 1995, 237면.

국 취업불안정 노동, 잡노마드, 경제악화, 가족제도 붕괴, 결혼 출산 문제가 중층적으로 결합돼 소설에 서사화되어 있다. 요컨대 편의점은 신자유주의의 사회경제적 생활풍토의 확산하에서 전통적인 가족 형태와 노동 형태의 붕괴 및 변형, 그에 따른 갈등을 압축적으로 명확히 보여주는 상징적 공간인 것이다.

이러한 편의점이 또 일대 변혁을 맞이하고 있다. 고객 확보를 위한 업계의 다양한 노력이 진행되면서 편의점이 '노래방 편의점',[52] '코인세탁기를 설치한 편의점' 등 복합문화·생활공간으로 재변모하고 있다. 또 한편으로는 2018년부터 일본에서 편의점의 무인화가 서서히 진행된다고 한다.[53] 점원이 없는 편의점이 출현하고 있는 것이다. 다시 말해 인구 감소, 임금상승과 인력 대체 기술의 발달에 따른 편의점의 재탄생이다. 이는 한국 편의점의 복지와 공간 활용이 일본처럼 개선되더라도 한국의 편의점문학이 2016년 일본의 『편의점 인간』의 모습만을 반복하지는 않을 것이라는 것을 함의한다. 인간이 사라진 편의점은 여전히 인간의 일상생활에 남아 또 다른 서사의 기반이 될 것이다. 그러면 그곳에서 일하던 사람은 또 어떻게 될 것인가. 그러므로 편의점의 문학화와 사회 고찰은 현재만이 아니라 급변하는 미래 일상을 비추는 자화상으로서 가치를 확보하고 있다.

---

52 〈편의점 도시락 2 – 미래를 꿈꾸다〉, OBS스페셜, 2017.10.30 방송 참조.

53 2018년 이후부터 수도권을 중심으로 도입하고 2025년까지 전 점포 무인화를 목표로 하고 있다. 일본의 주요 편의점 5개사가 2025년까지 일본 내 모든 점포에 무인 계산대를 도입할 방침이라고 『니혼게이자이신문』이 18일 보도했다. 세븐일레븐, 패미리마트, 미니스톱, 로손, 뉴데이즈 등 일본의 주요 편의점 5개사는 일본 경제산업성과 공동으로 이 같은 방침이 담긴 '편의점 전자태그 1000억 개 선언'을 발표할 예정이다. (…중략…) 니혼게이자이 편의점 5개사가 IC태그 도입에 나선 것이 갈수록 심각해지는 일본 내 인력부족 현상 때문이라고 분석했다. 편의점 포함 일본 내 소매점의 아르바이트생 구직 대비 구인 비율은 지난 2월 기준 2.8배에 달했다. 업체 측은 직원 2~3명을 필요로 하지만 구직자는 1명에 불과하다는 의미다. 「日서 편의점 알바생 사라진다……2025년까지 전 점포 무인화」, 『중앙일보』, 2017.4.18.

제5장

일본의 이토 시오리와 미투운동

『블랙박스』

1. 미투운동과 일본

2017년 10월 5일 미 일간『뉴욕타임스』가 할리우드 거물 영화제작자인 하비 와인스타인Harvey Weinstein의 성추문을 보도했다.[1] 동월 15일 여배우 알리사 밀라노Alyssa Milano가 과거에 성폭행 피해를 당한 여성들이 'MeToo'를 쓰면 문제의 심각성을 알게 될 것이라고 트위터에 올리면서 시작된 미투 성고발 캠페인은 10월에만 58개국, 통계 170만 건을 넘었다.[2] 와인스타인 컴퍼니 직원, 세계적인 여배우 기네스 펠트로Gwyneth Kate Paltrow, 우마 서먼Uma Thurman의 연이은 폭로로 와인스타인은 할리우드에서 추방되었다. 성폭력을 당한 분노

---

1 In 2014, Mr. Weinstein invited Emily Nestor, who had worked just one day as a temporary employee, to the same hotel and made another offer: If she accepted his sexual advances, he would boost her career, according to accounts she provided to colleagues who sent them to Weinstein Company executives. The following year, once again at the Peninsula, a female assistant said Mr. Weinstein badgered her into giving him a massage while he was naked, leaving her "crying and very distraught," wrote a colleague, Lauren O'Connor, in a searing memo asserting sexual harassment and other misconduct by their boss. Jodi Kantor · Megan Twohey, "Harvey Weinstein Paid Off Sexual Harassment Accusers for Decades", *The New York Times*, 2017.10.5.

2 「セクハラ告発 欧米で社会現象に「＃MeToo」」, 『東京新聞』, 2017.12.25(석간), 3면.

의 목소리는 '#MeToo나도'의 해시태그로 미국 사회뿐만 아니라 각국으로 빠르게 퍼져나갔다.

일본은 어떠한가. 2015년 후생노동성의 조사에 따르면, 일본에서 일하는 여성의 3명 중 1명이 성희롱 피해를 경험했다. 치한피해의 경험이 있는 여성은 60%에 이른다.[3] 또한 2015년 내각부 조사에서는 성피해를 당해도 경찰에 상담을 하는 사람은 4%에 그쳤다. 일본에서는 성폭력 피해여성이 경찰에 가해자를 고발하는 경우가 극히 드물다. 설사 고발한다 해도 가해자가 체포되거나 기소되는 경우는 거의 없다. 또한 15명당 1명 꼴로 여성이 "이성에게 강제적인 성교를 당했다"고 답했다.[4] 일본의 성폭력에 대한 관련법에는 쌍방 합의에 대한 언급이 없으며 데이트 강간은 일본인에게 낯선 개념이다.[5] 도쿄 조치대上智大 미우라 마리三浦まり 교수는 "일본에서는 오랜 세월 성폭행 피해를 당한 여성들이 '행실이 바르지 못하다'는 비난을 감수해야만 했다. 이런 사회에서 피해자들은 자신의 문제에 지원을 호소하거나 정의를 찾는 대신 공격당한 사실 자체를 잊으려 한다"고 말했다.[6] 이처럼 일본에서 피해자의 목소리가 높아지지 않는 것은 성피해가 터부시되는 사회 때문이다. 용기를 내서 이야기를 해도 오히려 비난하는 사회를 목도하면서 피해자는 발언을 하지 않게 된다. 이러한 성문화를 보면서 해외 미디어들은 "일본사회의 반응은 이상하다"고 지적한다.[7]

3　「記者の目－世界に広がる＃MeToo 小さな声を積み上げよう＝中村かさね」, 『毎日新聞』, 2018.2.9(조간), 12면.

4　「「話せる社会」に変えられる」, 『世界』903, 2018, 173면.

5　「성폭력에 관대한 일본, 여성들 침묵 깨나」, 『한국일보』, 2018.1.30.

6　「미투, 일본은 왜 묵살하나……성폭행 당한 女기자 절규」, 『중앙일보』, 2018.3.8.

7　「(フォーラム)「＃MeToo」どう考える?－1声を上げる」, 『朝日新聞』, 2018.1.15(조간), 19면.

실제로 미국, 유럽 각국에서 성폭력 피해 사례를 고백하는 '미투#MeToo' 운동이 활발한 가운데 유독 조용한 나라가 일본이었다. 하지만 일본에서도 2017년 말 이토 시오리에 의해 미투가 시작된다. 이토 시오리의 성폭행사건은 2015년에 있었는데 이토가 2017년 10월 『블랙박스Black Box』를 출간했을 때 미국에서 미투운동이 촉발하면서 일본에서도 이토 시오리의 사건이 재조명되기 시작했다. 이토는 『블랙박스』에서 자신이 당한 성폭력과, 발부된 체포장이 취소되고 기소되지 않는 사법시스템의 부정의에 대해 쓰고 있다. 성폭력을 당한 피해자들은 이토의 행동에 용기를 얻었다고 전했다.[8] 그래서 이토 시오리는 일본판 미투의 시작이었고 그 사건은 '시오리 사건'이라고도 한다. 따라서, 일본 미투의 시작점인 이토 시오리를 통해 성폭행 피해자의 현실과 내면뿐만 아니라 일본사회의 성의식과 변화를 이해할 필요가 있다.

요컨대 '시오리 사건'은 일본사회의 미투운동과 성의식 변화를 파악하기 위한 중요한 참조모델이다. 성문제는 의도치 않게 성대결과 사회적 감정대립을 유발한다. 성폭력 피해자는 피해를 폭로했을 때 기성사회와 가해자의 반발에 직면하게 된다. 이는 일종의 '2차 가해'[9]의 한 국면이며 그 사회의 의식

---

8 「(ひもとく)セクハラ被害者・加害者, ねじれる認識 千田有紀」, 『朝日新聞』, 2018.6.2(조간), 21면. 아마존 재팬의 구매후기에서 제니엑스(Jennyxxx)는 이토의 용기 있는 말에 눈물을 흘렸고 일본의 보도수가 해외보다 적은 것을 안타까워하면서 많은 사람들이 이토가 전하고 제기한 점을 받아들였으면 좋겠다는 소감을 밝혔다. 마츠다(Matsuda)는 자신이 상사에게 강간당한 경험을 구매후기에 썼다. 강간당하기 전 자신은 그 누구보다 솔직했는데 그녀는 그때로 돌아갈 수 없다는 사실이 슬프다고 했다. 그녀는 이토 시오리의 "강간은 영혼의 살인"이라는 주장에 공감하고 "많은 사람들이 보았으면" 하는 책이라고 극찬했다. 세이바(セイバ)는 용기 있는 여성의 고발이 드라마 제작으로 이어졌으면 좋겠다고 썼다. 아이디 없이 쓴 독자는 여성, 여자아이를 가진 부모에게 추천하고 싶은 책이며 이토를 응원한다고 했다.

9 이토 시오리는 『블랙박스』에서 '2차 피해'라는 말을 쓴다. 그러나 필자는 이 글에서 '2차 가해'라는 말을 사용한다. '2차 피해'와 '2차 가해'의 개념 차이와 효과에 대해서는 권김현영, 「성폭력 2차 가해와 피해자 중심주의의 문제」, 권김현영 편, 『피해와 가해의 페미니즘』, 교양인,

구조와 성문화를 드러낸다. 그럼에도 불구하고 사회에는 젠더 감수성이 높은 사람과 지식사회가 존재한다. 이들은 성대결을 중재하고 설득하여 사회 갈등을 완화하고 인권의식을 높인다. 그리고 이들 지식계 역시 미투 제기자에 의해 각성한다.

결론적으로 시오리 사건의 공론화 이후, 피해자에게 가해지는 '2차 가해'와, 이러한 백래시에도 불구하고 미투에 의해 서서히 변모하는 지식사회의 움직임을 통해 이토 시오리의 미투운동의 실상과 일본사회의 성인식의 변화의 국면을 구명究明하고자 한다. 이러한 맥락에서 이 글은 이토 시오리의 발언과 직접행동이 '현재진행 중인 일본사회의 미투운동과 성의식 변화'에 기여하는 국면에 대한 조명인 셈이다. 그래서 제2절은 사건의 공론화, 제3절은 사회의 '2차 가해', 제4절은 성폭행 가해자 야마구치 노리유키의 '2차 가해', 제5절은 이토의 미투 이후 일본 지식사회의 움직임을 고찰하고자 한다.

유의할 점은 필자가 임의로 '이토 시오리는 피해자, 야마구치 노리유키는 가해자'라고 설정하지 않았다. 이 사건은 초기 증거 확보 실패로 검찰이 기소를 포기해 이토 시오리는 형사 재판 자체를 받지도 못했다. 이로 인해 야마구치 노리유키는 형사 책임이 없다. 하지만 증거법정주의의 법리와, 사실은 다르다. 이 사건에서 정신을 잃은 이토 시오리가 택시에서 내려져 호텔로 옮겨지는 사실이 CCTV와 증언을 통해 입증되었다. 야마구치 노리유키도 성관계를 한 사실을 인정했다. 이에 따라 일본사회는 야마구치를 성폭력 가해자로 인정하고 그의 직장 무대인 방송계에서 퇴출했다. 이러한 맥락에서 이토 시오리는 미투운동의 시작점으로 일본사회의 인정을 받게 되었다. 다만 직접증

2018, 22~70면을 참조할 것.

거 확보가 어려운 성범죄의 특성상, 세부 법리, 논리 다툼이 치열하게 발생한다. 이 지점에서 '2차 가해'가 발생한다.

2. 시오리 사건의 공론화 과정

2015년 4월 3일, 로이터 재팬의 인턴이었던 이토 시오리[1989년생]는 TBS 워싱턴 지국장 야마구치 노리유키山口敬之에게 성폭행을 당했다. 당시 이토 시오리는 뉴욕에서 저널리즘을 공부하던 시절 알았던 야마구치 TBS 워싱턴 지국장을 도쿄 에비스惠比寿에서 만났다.[10] 야마구치와 단둘이 식사한 이토는 2차 술자리에서 기억을 잃었다. 의식이 돌아왔을 때는 야마구치가 이토의 몸 위에 있었다. 앞에서 언급했듯이 이토 시오리의 『블랙박스』는 2017년 10월에 간행되었다. 2년이 넘는 기간 동안 무슨 일이 있었는가.

사건 초기 이토 시오리는 자신이 당한 성폭력을 숨기거나 흔히 있는 일이라고 치부하지 않고 '진실'을 밝히기 위해 경찰조사에 적극적으로 임했지만 사건은 혐의불충분으로 불기소되었다. 하지만 이토 시오리는 도쿄지검의 불기소 처분에 불복하고 2017년 5월 29일 '검찰심사회'에 불복 신청을 했다. 또한 그녀는 같은 날 사법 기자 클럽에서 첫 기자 회견을 열어 성폭행을 당한 사실을 폭로했는데 반향을 일으키지는 못했다.[11] 오히려 회견 후 그녀는 '2

---

10   이토 시오리는 취직을 알아보던 중 뉴욕에서 알게 된 야마구치에게 TBS 워싱턴 지국의 공석 여부를 메일로 상의했다. 야마구치는 TBS 워싱턴 지국에서 프로듀서로 일할 기회를 제안했고 두 사람은 2015년 4월 3일 비자문제를 상의하기 위해 만났다.

11   「미투, 일본은 왜 묵살하나……성폭행 당한 女기자 절규」, 『중앙일보』, 2018.3.8.

〈표 2〉 사건의 경위[13]

2013년 가을쯤	이토가 뉴욕에서 야마구치를 알게 됨. 후일 TBS의 뉴욕지국장, 야마구치, 그녀 3인이 런치.
2015.3.25	이토가 야마구치에게 일을 찾고 있다는 메일을 보냄.
2015.3.26	야마구치가 기고한 『週刊 文春』이 발표.
2015.4.3	'일시 귀국중의 야마구치'와 에비스에서 처음 둘이서만 식사. 두 번째 식당에서 기억을 잃은 그녀는 미나토 구에 있는 호텔에 끌려감.
2015.4.9	이토 시오리, 하라주쿠서(原宿署)에 피해 상담을 받으러 감.
2015.4.15	이토, 다카나와서의 경부보(警部補)와 호텔 감시카메라 영상을 확인.
2015.4.18	야마구치가 그녀의 메일로 "많이 취해서 돌봐주려고 했다. 합의하에" 라고 주장.
2015.4.23	야마구치, 워싱턴 지국에서 해임.
2015.4.30	이토 시오리, 다카나와서에 피해신고서를 제출.
2015.6.8	나리타공항에서 야마구치 체포 직전, 체포장 집행이 취소.
2015.8.26	사건 입건.
2016.5.30	야마구치, TBS를 퇴사.
2016.6.9	야마구치, 『総理』(幻冬舍) 발매.
2016.7.22	불기소 확정.
2017.1.27	야마구치, 『暗闘』(幻冬舍) 발매.
2017.5.18	『週刊 新潮』에 이토 시오리 첫 인터뷰 실림.

차 피해'에 해당하는 협박 및 비난성 메일을 받았다.[12]

그런데 이토 시오리가 2년이 지나 갑자기 언론을 이용해 사건을 폭로하게 된 배경이 있다. 이토 시오리도 처음에는 보수적인 일본사회에서 자신의 사건을 언론에 공개하지 않았었다. 하지만 법적투쟁이 여의치 않자 이토 시오리는 언론을 활용하기 시작했다. 이토 시오리가 사건을 외부에 공론화하기

12 「(フォーラム)「#MeToo」どう考える?—1声を上げる」, 『朝日新聞』, 2018.1.5(조간), 9면.
13 「特集 被害女性が告発「警視庁刑事部長」が握り潰した「安部総理」べったり記者の「準強姦逮捕状」」, 『週刊 新潮』 5月18日号, 新潮社, 2017, 24면.

<표 3> 이토 시오리의 기자회견

기자회견	2017.5.29	2017.10.24
	'사법기자클럽'에서 1차 시행	'외국인특파원협회'에서 2차 시행
내용	① 성폭행사건에 대한 보고 ② 불기소처분(2016.7.22) 보고 ③ 기자회견 당일, 검찰심사회(구성원 : 시민 11명)에 심사를 신청	① 검찰심사회 불기소 타당 결정 (2017.9.22)에 대한 보고 ②『블랙박스』출간(2017.10.20), 홍보 ※ 검사심사회의 최종 결정으로 형사 재판에 실패하자 이토는 10월경 '민사소송' 시작
야마구치에 영향	※ 야마구치는 검찰의 불기소 처분에 따라 적극적인 변호를 할 필요가 없는 상황 ① 자신의 페이스북에 '그런 일은 없다고 주장' ②『総理』의 코멘테이터로 자주 방송에 나오던 야마구치가 방송[14]에서 사라짐(2017년 5월 18일『週刊 新潮』의 보도로 야마구치의 방송출연이 어렵다는 여론이 형성)	① 적극적으로 자신을 변호하기 시작 : 11월에 다음달『Hanada』(12월 호)에 실을 기사 준비

시작한 것은 2017년 5월 18일『주간週刊 신조新潮』에 실린 첫 인터뷰가 작은 반향을 일으키고 가해자에게 영향을 미치는 것을 목도하면서부터였다. 사회적 지지의 가능성을 처음으로 확인한 이토 시오리는 동월 29일 시민 11명이 검찰의 결정을 재심하는 검찰심사회에 심사를 신청하고 기사 회견을 단행한다. 이 기자 회견은 여론의 지지와 검찰심사회의 결정에 영향을 미치기 위한 목적이 확연하다. 회견은 별 반향을 일으키지 못하고 검찰심사회에서 불기소 타당이라는 결론도 내렸지만[2017.9.22], 이토 시오리는 미디어의 중요성을 깨달았다. 이토는 2년 넘게 법정투쟁에 나서지만 형사책임을 물을 수 없게 되면서 민사소송과 언론투쟁에 나서게 된 것이다. 그러면서 이토 시오리는 언론인이었던 자신의 경력을 성폭행 사건에 본격적으로 활용하기 시작했다.

---

14 다음은 야마구치가 TBSテレビ퇴사 이후 방송에 출연했던 목록이다. 확실히 2017년 5월 18

검찰심사회에서도 지자 이토 시오리는 2017년 10월 20일, 자신의 성폭력 피해 경험, 일본의 사법제도와 수사 과정의 문제점, 미디어보도의 한계 등을 다룬 『블랙박스』[15]를 출간했다. 또한 1차 회견이 기대만큼 언론화되지 않자 그녀는 외국에서 저널리스트로 활동한 자신의 이력을 활용해 동월 24일 외국인득파원협회에서 외신을 상대로 2차 기자 회견을 했다. 이미 미국에서 동월 15일부터 미투운동이 시작되었기 때문에 그녀는 일본의 미투운동의 선구자로 조명될 수 있었다. 외국에서 이 사건에 주목하자 일본사회 역시 이토 시오리에 관심을 갖지 않을 수 없는 상황이 형성되었다. 이와 같이 책 출간과 함께 반향이 시작됐다.[16]

『블랙박스』가 반향을 일으킬 수 있었던 것은 책이 미국에서 미투운동이 시작할 때 나왔기 때문이다. 실제로 일본사회의 보수적인 성문화와 관행의 벽에 가로 막혀 있을 때 그녀의 목소리에 응답해 준 것은 외국 언론이었다. 2017년 말경 BBC 인터뷰[17]와 『뉴욕타임스』의 1면[18]에 이토 시오리 기사가 나가고 나서야 일본사회는 이토의 목소리에 주목하기 시작했다. 외신의 주목으로 이토는 일본 미투의 선구로 간주되고 "여성들이 일본사회의 상하관계 속에서

일 이후부터는 방송출현이 거의 없다. 〈教えて!ニュースライブ正義のミカタ〉(朝日放送); 〈モーニングショー〉(テレビ朝日); 〈スーパーJチャンネル〉(テレビ朝日); 〈ビートたけしの TVタックル〉(テレビ朝日), 2016.11.20 · 27; 〈Mr.サンデー〉(フジテレビ・関西テレビ); 〈ニュースザップ〉(BSスカパー!), 2016.8.2 · 2016.11.22; 〈真相深入り!虎ノ門ニュース〉(DHC シアター), 2016.10.18 · 2017.1.31; 〈直撃LIVE グッディ!〉(フジテレビ), 2017.3.24; 〈情報プレゼンター とくダネ!〉(フジテレビ); 〈そこまで言って委員会NP〉(読売テレビ), 2017.4.2; 〈ワイドナショー〉(フジテレビ), 2017.4.9.

15 이토 시오리의 책은 한국에서 김수현이 번역해 『블랙박스』로 2018월 5월 25일 발행되었다. 이토 시오리, 김수현 역, 『블랙박스』, 미메시스, 2018. 이후 이토 시오리는 동년 10월 한국을 방문했다.
16 「MeTooが忘れ去られても, 語ることができる未来に向けて」, 『現代思想』 7月号, 青土社, 2018, 9면.

어떻게 취급되어 왔는지 얘기되며, 성폭력과 직장 권력의 괴롭힘의 문제가 빛을 보게 했다"고 평가되었다.[19] 또한 AP통신은 2018년 2월 28일 「일본에서 '미투'라고 말하는 것은 비난받고 무시당할 위험을 감수해야 하는 일이다」라는 제목의 기사에서 일본의 성폭력 피해자들이 겪는 어려움을 분석했다.[20] 이처럼 2015년 이토 시오리 사건은 2017년 미국의 미투운동과 결부되면서 일본에서 재조명되었다. 그러면서 일본 미투의 시작은 이토 시오리로 명명되었던 것이다.

그러나 앞서 언급했듯이 이토 시오리가 처음부터 자신의 사건을 사회에 드러내고 직접행동에 나선 것은 아니었다. 그녀는 근 2년 동안 경찰, 검찰 등 사법 제도를 통해 형사 재판을 원했다. 이 기간의 경험이 이토 시오리가 일본의 사법시스템과 성문화를 인식하게 되는 토대가 되었으며 『블랙박스』를 쓰고 미투운동으로 나아가게 되는 문제의식을 갖게 했다. 그런 점에서 『블랙박스』는 이토 시오리가 바라본 일본사회의 문제점이자 자기변호의 책이었다.

그 견해에 공감하지 않는 지점에서 갈등과 '2차 가해'가 발생했다. 그런 점

---

17 Although speaking out about abuse and rape is difficult in almost all circumstances, women living in certain countries face insurmountable obstacles when seeking justice. Japan is one of those places. Entrenched cultural norms which don't even allow the word rape to be mentioned, have silenced women almost entirely. But one person refused to be quiet — journalist Shiori Ito. The man in question has publicly denied all allegations.(2017년 12월 15일 BBC 인터뷰 내용·http://www.bbc.co.uk/programmes/p05r58zm)

18 The journalist, Noriyuki Yamaguchi, the Washington bureau chief of the Tokyo Broadcasting System at the time and a biographer of Prime Minister Shinzo Abe, denied charge and, after a two-month investigation, prosecutors dropped the case. Then Ms.Ito decided to do something women in Japan almost never do. She spoke out. Mokoto Rich, "Speaking out on rape", *The New York Times*, 2018.1.2, p.1.

19 「1人じゃない」が出発点ウーマンリブ運動を主導」,『東京新聞』, 2018.2.9(조간), 26면.

20 「미투, 일본은 왜 묵살하나……성폭행 당한 女기자 절규」,『중앙일보』, 2018.3.8.

에서 『블랙박스』와, 피해자의 목소리에 대한 백래시로서 기성사회와 가해자의 '2차 가해'를 통해 당시 이토 시오리의 미투의 전개와 반동, 일본의 실상을 파악할 수 있다. 먼저 사회적 2차 가해를 살펴본다.

3. 이토 시오리와 '사회적 2차 가해'

'시오리 사건'이 3년 넘게 전개된 것은 검찰의 혐의 불충분에 의한 불기소 결정의 '배경'이 중요한 원인이다. 사실 이토 시오리는 성폭행을 당한 후 5일이 지나서야 경찰을 찾았다. 사건 초기 그녀는 경황이 없던 탓에 산부인과에서 성폭행을 확증하는 검사나 수면유도제 및 강간 약물 검출을 위한 검사도 받지 않았다. 즉 성폭행 증거를 확보하지 못하면서 피해자와 수사경찰관이 '정황 증거'를 확보해야 하는 어려움에 직면했다. 그런데 역설적으로 이러한 여건 때문에 수사와 사법절차의 진행 과정에서 일본사회의 의료시스템, 보수적인 성문화와 사법시스템의 미비점 등이 노출되었다. 의료제도, 수사 과정과 사법제도가 피해자에게 상처를 주었을 뿐만 아니라 기자회견으로 세상이 알게 된 이후에는 피해자가 일반 시민의 의심과 비난까지 감수해야 했다. 이토 시오리는 '의료, 사법 미비, 시민 비난'의 세 가지를 『블랙박스』에서 사회에 의한 "2차 피해"라고 지적하고 있다.

구체적으로 무슨 일이 벌어지는지 피해자의 목소리를 통해 의료시스템의 문제를 살펴보자. 먼저 이토 시오리가 지적한 것은 자신이 초기 증거 확보에 실패한 이유다. 그녀는 당시 블라우스가 젖어 있어 야마구치 티셔츠를 빌려 입고 호텔을 나와 택시를 타고 집에 돌아온 후 야마구치가 빌려 준 티셔츠를 쓰레기통에 버리고 남은 옷은 세탁기에 돌려 버렸다. 이후 이토는 가까운 산부인과로 갔다. 이 작은 산부인과는 결혼 전에 신부의 건강진단을 주요 업무로 하는 곳이었다. 여의사는 "언제 (피임에) 실패하신 거예요?"라고만 물어 볼뿐 성폭행을 당했는지 물어보지 않았다. 이토 시오리 입장에서는 부인과의 강간키트, 강간사건에 필요한 검사를 받을 수 있는 증거 채취도구가 필요했다.[21] 병원을 나선 그녀는 제대로 된 검사를 위해 성폭력 피해자를 지원하는 NPO에 전화했지만 직접 와야 한다는 이야기만 들었다. NPO는 직접 이야기를 하지 않으면 정보를 제공할 수 없다는 입장이었다. 이토는 그곳에 갈 힘이 없었다. 그녀는 이때 NPO가 전화로 정보를 제공해 주었다면 사건을 빨리 해결했을 것이라고 말한다. 이러면서 이토는 성폭행 진단검사, 혈액조사, DNA 채취 등을 하지 못하고 시간을 보내버렸다.

이토 시오리가 성폭력 피해자에 대응해 주는 부인과를 겨우 찾아 방문한 것은 2015년 4월 17일이었다. 이때는 사건이 일어난 지 벌써 2주가 지난 시점이었지만 그녀는 적절한 검사를 기대했다. 하지만 성폭력 피해자를 담당하는 병원조차 그녀에게 시간이 지났다는 말을 할 뿐 별다른 조치를 하지 않는다. 의사와 간호사의 태도는 성폭력 피해자를 대하는 인권의식의 결여로 받아들여졌다. 이처럼 이토는 병원 의사의 반응, 성폭력 피해자를 지원하는 NPO의 대응을 지적한다.

강간 피해여성의 심리적 상처를 제대로 고려하지 않는 의료시스템이 피해자에게는 사회적 '2차 가해'였다. 이 연장선에서 이토는 피해자가 종합적으로 지원을 받을 수 있는 원스톱 지원 센터[22]의 불충분을 지적했으며 레이프

---

21   伊藤詩織, 『Black Box』, 文藝春秋, 2017, 61면.
22   원스톱 지원 센터에서는 성피해를 당한 직후에서 산부인과의 진찰이나 성감염증 검사, 카운

키트^{성범죄채취키트}를 늘리고 의료관계자의 성교육도 필요하다고 생각한다.²³ 성폭력 의료 대책의 미비는 성문화 및 사회인식과 결부되어 있다. 사실 초기 증거확보가 지체된 것은 이토 시오리가 강간에 대한 인식을 제대로 하지 못한 이유도 있다. 그녀는 야마구치가 강제적인 성행위를 했다는 것은 인지했지만 강간이라고 인식하지 못했다. 강간은 모르는 사람에게 당한 것이라고 생각했기 때문이다.²⁴

일본사회는 정말 강간을 "흔히 일어날 수 있는 일"이고 "낫기 쉬운 상처"로 인식하고 있다는 것인가? 이토 시오리는 이러한 분위기와 성인식을 경찰 조사 과정에서도 체감했다. 이제 두 번째로 성폭력 피해자를 대상으로 한 수사 과정과 사법제도의 문제를 살펴보자.

"재현"이라고 불리는 이 작업은 사건 현장에서 행해지는 것이 많다. 문자 그대로 사건이 일어났을 때의 상황을 재현해서 사진을 찍는 것이 목적이다. 그 장소에 가지 못해 다카나와 경찰서의 맨 위층 유도장 같은 곳에 갔다. (…중략…) 남성 조사관들만 있는 유도장에서 인형을 상대로 강간 상황을 재현했다. 한 명의 조사관이 내 위로 사람 같은 인형을 놓았다. "이런 느낌?" 하면서 인형을 움직인다. 플래시가 터지고 셔터를 누르기 시작한다. "처녀입니까? 답하기 어려우실주도 있지만." 다른 조사

슬링, 결찰이나 변호사와의 연락 등 종합지원을 한 곳에서 제공하는 시설이다. 긴급피임약이나 체액 등 증거채취를 빨리 하기 위해 필요하며 심신에 고통을 받은 피해자들의 부담경감을 위한 목적이다. 일본은 2020년까지 도도부현(都道府県)에 최저 한 곳을 설치할 방침이다. 내각부에 따르면 현재 38도도후현(都道府県)에 39개가 있지만 시즈오카(静岡)나 도야마(富山)등 9개의 현은 아직 정비가 되지 않은 상태이다. 「ワンストップ型施設拡充急務 性被害支援足りず」, 『東京新聞』, 2017.11.27(조간), 24면.

23 「伊藤詩織"著者インタビュー まずは知ってほしいジャーナリスト伊藤詩織さん Black Box ブラックボックス」, 『女性のひろば』 470, 日本共産党中央委員会, 2018, 32~33면.

24 伊藤詩織, 『Black Box』, 文藝春秋, 2017, 63면.

원들에게도 이전부터 몇 번이나 들은 말이었다. 이 이상한 질문에 대해 나는 "도대체 이 사건과 어떤 관계가 있는 겁니까?"라고 답했다. 나는 이 질문을 몇 번이나 들었는데 이러한 굴욕은 조사 시스템, 그리고 교육의 문제다.

—*Black Box*, pp.129~130

이토 시오리는 사건 발생 후 5일이 지나 경찰서를 찾았는데 관할 경찰서의 수사관을 만난 것은 7일째였다. 수사관은 증거를 확보하지 못하고 시간을 허비한 이토 시오리의 진술을 듣고 "1주일이나 지났으면 어렵겠는데……, 자주 있는 일이라서 사건으로 수사하기는 어렵습니다"라는 말을 했다. 이토 시오리는 수사관의 발언과 발상을 잔혹하게 느꼈다. 게다가 어렵사리 시작된 수사에서 이토 시오리는 여러 번 사건 과정을 진술하면서[25] 고통스런 기억을 떠올려야 했다. 특히 검증 차원에서 행동으로 재현하는 수사 방식은 견디기 어려웠다. 사건을 진술하는 것만으로도 심리적 압박이 상당하다. 남자 경찰관에 둘러싸여 인형으로 강간을 재현하고 카메라의 플래시 세례를 받는 것은, 피해자에 대한 '2차 가해'인 셈이었다.[26]

또한 체포 영장까지 발부되었지만 경시청 간부의 개입으로 체포가 중지된

---

25 사건이 5일이 지난 후 이토는 자신이 살고 있는 곳 하라주쿠서(原宿署)로 가서 강간 사실을 말했다. 그러나 사건이 일어난 쉐라톤 호텔은 다카나와서(高輪署) 관할이라 다카나와 서에서 다시 강간 사실을 처음부터 말해야 했다. 또한 경시청으로 사건이 이관된 후 또다시 처음부터 진술을 해야 했다.

26 최근 한국에서도 이런 방식의 조사 방식이 문제가 됐다. 그래서 한국 국가인권위원회는 2019년 3월 10일 수사기관이 성폭력 피해자에게 피해 당시 상황의 재연을 요구한 것은 2차 피해 등을 고려하지 않은 것이라며 검찰에 대책 마련을 권고했다. 또한 인권위는 검찰총장에게 피해자가 직접 재연에 참여하는 것을 원칙적으로 금지하는 규정과 현장검증이 필요한 경우라도 피해자의 성적 불쾌감이나 굴욕감을 최소화하도록 하는 규정을 신설하도록 권고했다. 「성폭력 피해자에 '상황 재연' 요구는 인권침해」, 『연합뉴스』, 2019.3.10.

사건은 사법시스템에 대한 불신을 가중시켰다. 이것은 이 사건이 '권력형 성범죄'라는 것을 인식하게 한다. 그래서 이토 시오리는 2년 동안의 투쟁 끝에 형사소송이 좌절되자 언론을 통해 외부를 향해 발언을 감행한 것이다. 이토 시오리식 미투는 많은 지지를 이끌어냈지만 가부장적인 사회의 백래시와도 직면해야 했다. 세 번째 사회의 2차 가해를 살펴보자.

> 그날 나는 어째서 호텔에서 바로 경찰에 가지 않았던 건가. 나는 그 후에 몇 번이나 스스로를 질책했다. 마음 속 어딘가 내 안에서 해결할 수 있을 것이라 생각했다. 이건 단지 악몽을 꾼 거라고. 그럼에도 사정을 하나도 모르는 사람이 "왜 바로 경찰에 가지 않았어?"라고 하면 괴로운 마음이 들곤 한다. 마치 목이 졸리는 것 같다. 우선 안전한 곳에 가고 싶다고 제일 먼저 생각했다.
>
> ― *Black Box*, pp.243~244

이토 시오리가 잡지와 신문, 방송과 책『블랙박스』등을 통해 사건을 폭로하자 피해자인 이토를 향한 사회의 비난도 뒤따랐다. 이 사건은 가해자인 야마구치가 성행위를 인정했기 때문에 피해자가 굳이 성폭행 사실을 입증할 필요는 없었다. 그러나 검찰의 '혐의 없음'이 환기하듯, '성관계의 강제성' 여부가 이 사건의 가장 핵심 사안이었다. 그래서 이토 시오리는 자신이 강제로 성폭행을 당하던 상황과, 피해자로서 받은 정신적 충격·혼란 등을 이야기해야 했다.

하지만 언론을 통한 이토 시오리의 해명이 도리어 주된 비난의 빌미를 제공했다. 한국에서 언론사에 기자로 취업하는 것은 '언론고시'로 불릴 만큼 어려운 일이다. 이는 일본도 별반 다르지 않다. 취업을 목적으로 유명 저널리스트인 야마구치를 이용하려고 했던 것이 아니었냐는 의심과 비판이 가장 비등했다. 안희정 사건 1차 재판에서 김지은의 '피해자성'이 불인정된 것처럼, 이토 시오리도 '피해자성'을 의심받으며 사회적 2차 가해의 대상이 되었던 것이다.

사회적 비난은 이토의 『블랙박스』를 통해서도 표출되었다. 아마존 재팬의 댓글을 보면, 아이디 없이 쓴 독자는 이토가 정규 루트를 통하지 않고 야마구치를 이용해 TBS에 입사하려고 했다는 점, 자기실현을 위해 사내권력에 기대는 점은 청렴결백하지 않다고 지적했다. 또한 "상대의 실명을 거론하여 일방적으로 내용을 간추려 책을 출판하는 것이 과연 사회정의일까?"라는 식의 의문이 제기된다. 독자는 이토가 "자신이 상상추리한 것을 반복하는 사이에 그것이 현실이라고 믿어버리는 것은 아닌지, 저널리스트라고 하면서 상상만으로 발언하는 것은 자신의 신용을 떨어트리는 것"이라고 일침을 가한다. 또한 어떤 사람은 민사재판의 결과를 기다리지 않고 출판한 것은 출판사의 전략과도 연결되어 있다고 의심할 수 있으며 가해자, 피해자의 양쪽 목소리를 들어봐야 한다고 주장했다. 한 독자는 NPO에 심신미약으로 갈 수 없었다고 하지만 정말 자신이 도움을 받고자 했다면 택시라도 타고 상담을 받아야 했다고 비난했다. NPO에서 절차를 알려줬다고 해도 이토가 결국 움직이지 않으면 안 되기 때문이다. 또한 의사가 자신에게 강간을 물어보지 않은 것을 탓하지만, 환자가 먼저 피해사실을 언급하지 않은 이상 프라이버시 차원에서 의사가 먼저 강간을 언급할 수도 없다는 점에서 피해 당사자가 의사에게 물어봤어야 했다고 지적되었다. 이토 시오리가 피해자이긴 하지만 다른 사람이 모든 것을 먼저 해주기를 바라고 기다리는 것은 이토의 삶의 이력과도 맞지 않았다. 이처럼 베스트셀러 『블랙박스』를 통해 성폭력 피해에 대한 사회적 관심이 늘어나는 동시에 의심과 비난 또한 격증하게 된다.

그러면서 그녀에게 "꽃뱀이다", "야당의 정치 조작이다", "북한 공작원이다", "재일한국인이다"[27] 등의 2차 가해가 이루어진다. 이토 시오리가 산부인과를 갔으면서도 의사에게 성폭행 피해사실을 알리거나 절차를 묻지 않고 증거를 확보하지 않은 채 5일 후에야 경찰서에 간 게 '꽃뱀'의 빌미가 됐다. 특히 성폭행을 당한 직후 가해자인 야마구치에게 미국 취업과 비자를 문의한 메일을 보냈다는 사실에 많은 사람들이 충격을 받았다. 게다가 그 문의를 한 메일에 대한 답장이 없자 경찰서에 갔기 때문에 취업을 목적으로 한 '꽃뱀'이라는 의심이 확신으로 이어졌다. 또한 가해자인 야마구치가 여당인 아베 정권의 실세와 친한 유력 저널리스트였다는 점에서 야당의 정치 조작이라는 풍문도 돌았다.

이러한 비난하에서 결국 세간에서는 이토가 취직자리를 얻기 위해 권력에 기댄 것이 아니냐는 비판을 넘어 사회적 지위가 높은 사람의 인생을 망치려 한다는 비난까지 횡행했다. 현재 민사소송 중인 그녀는 '2차 가해'로 인해 더 이상 일본 언론사에서 일하기 어려워 영국과 일본을 오가며 프리랜서로 일하고 있다.[28] 이처럼 이토 시오리가 의료제도 외에도 체감한 '성피해자 보호

---

27 특히 인접국인 한국인의 입장에서는 그녀가 재일한국인으로 호명되는 게 이색적이다. 이토 시오리는 기자회견에서 가족들을 보호할 목적으로 성을 감추었는데 그게 "재일한국인"이라서 숨겼다는 억측이 나오기도 했다. 일본사회에서 일어난 성폭행 사건이 "민족혐오"로 발전하는 순간이다. 일본사회가 보는 "재일한국인"은 잠재적 범죄자인 동시에 사건이 일어나면 제일 먼저 의심할 수 있는 민족이었던 것이다. 이에 대해 이토 시오리는 "재일한국인"이면 당해도 괜찮다는 것인가 하고 강한 반문을 했다. 재일조선인과 혐오 표현의 문제에 관해서는 마츠이 야요리(梁英聖), 김선미 역,『혐오표현은 왜 재일조선인을 겨냥하는가』, 산처럼, 2018을 참조.

28 「성폭행 당했는데 꽃뱀이라고? 성폭행 피해자가 직접 파헤친 블랙박스」,『조선닷컴』, 2018.6.8.

〈표 4〉 사회적 2차 가해

경찰	① 반복되는 진술(사건이 이관 될 때마다 사건의 경위를 처음부터 다시 말해야 함→피해자가 사건을 떠올릴 때마다 겪는 트라우마에 대한 고려가 없음). ② 강간사건이 "자주 있는 일"로 치부→사건으로 조사하는 것은 어렵다고 함. ③ 스스로 자료 수집(CCTV영상 확인→사건을 마주해야 하는 부담감). ④ 사건의 재현→남성조사관들만 있는 곳에서 인형을 상대로 강간의 상황 재현. ⑤ 사생활 침해→"처녀"의 여부를 질문.
검찰	기소가 불가능하다고 미리 판단→소극적으로 사건을 다룸.
언론	① 언론의 냉랭한 반응(사건의 흐름을 보고 보도여부 판단). ② 『週刊 新潮』에 사건을 다루었지만 자신의 이름이 아닌 피해자 A로 게재(피해자가 자신의 이름이 아님). ③ 야당의 정치 조작. ④ 재일한국인으로 호명.
직장	① 같은 언론계에서 일하고 있기 때문에 대면할 가능성에 대한 두려움. ② 일본 기업에 소속되거나 일본에서 일하는 것을 포기. ③ 보복의 가능성.
가족	① 기자회견 후 가족을 취재할 가능성. ② 가족이 받는 주위의 시선.
개인	① 개인정보 유출로 협박, 메일이 쇄도. ② 명예욕, 꽃뱀, 정치적의도가 있다는 억측. ③ 피해자 이미지 고착. ④ 책 판매수익, 유명세 이용한 일자리 획득 목적 비난.

시스템과 사법체계'의 미비, 그리고 보수적 사회의 백래시가 야기한 '2차 가해'는 〈표 4〉와 같다.

저자의 시각에서는, 사실 이토 시오리가 다양한 2차 가해를 받은 것은 가해자가 유력 저널리스트이며 증거를 확보하기 힘든 성폭행의 특이성, 가부장적 남성사회의 오랜 관행과 성문화 때문이지만 본인이 촉발한 측면도 있다. 책 『블랙박스』에서 그녀는 '피해자 되기'의 함정에 빠져 있다. 초기 증거를 확보하지 못한 이토 시오리는 자신의 진술을 토대로 자신을 '완전무결한 피해자'로 주장할 수밖에 없었다. 그녀는 성폭행 피해자로서의 무지와 혼란 그리고 취업 목적으로 접근한 '꽃뱀'이 아니라 '인간관계의 순수성'을 강조해야 했다.

그러다보니 실제로 이토 시오리는 책 초반부터 성문제에 관한한 아무것도 모르는 어린아이와 같은 존재처럼 자신을 설명한다. 그래서 그녀는 성폭행 이후 자신이 성폭행 피해자로서 해야 할 초기 조치를 '친절히' 안내하지 못한 시스템에게 책임을 전가하고 심지어 지인에 의한 강압적 성관계가 강간이라는 것을 인식하지 못했다는 언급까지 했다.

그런데 『블랙박스』에서 그녀는 정치부보다는 사회부 기자를 지망하는 저널리스트였고 대학 입학 전부터 언론인을 꿈꿨으며 졸업후 방송국 인턴까지 체험한 인물이었다. 또한 일본에서 초등학교부터 고등학교까지 지내면서 성추행을 당한 적이 있으며 고등학교 때는 친구와 성추행을 당하지 않는 법을 연구까지 했다. 또한 고등학교부터 시작된 미국 유학과 유럽에서의 대학 생활 등을 통해 타지에서 자신의 신변을 보호해야 하는 위험사항을 숙지하고 있었다. 그래서 이토는 미국에서 데이트 강간약물이 사회적 문제가 된 맥락을 책에 소개하기도 했다.

어릴 때부터 굉장히 진취적이었고 오랜 외국 생활을 했으며 (예비) 언론인으로서 교육과 경험을 쌓은 그녀가 성폭행 직후 산부인과 여의사가 성폭행 여부를 먼저 물어보지 않았다거나 자신이 당한 일이 강간인 줄 몰랐다고 얘기하는 것은 독자의 입장에서 설득력이 많이 떨어지는 게 사실이다. 심신이 모두 지친 상태라고 하지만 그녀는 외국에서 공부를 한 엘리트 여성으로 정보를 취급하는 저널리스트다. 인터넷을 검색하면 이토가 증거수집 및 사후 대처를 위해 어떤 과정을 거쳐야 하는지 어렵지 않게 알 수 있다.[29] 게다가 작

---

29 http://shioriblackbox.com. 이 사이트는 이토 시오리에 관련된 기사, 이토 시오리를 위한 응원, 미디어에 게재된 기사로 구성되어 있다. 첫 화면은 「체포장이 발행된 사건이 왜 직전에 집

은 아버지는 전직 검사 출신이었고 친한 친구는 간호사였으며 성추행 문제로 회사를 그만둔 친구도 있었다.

특히 자신은 술과 '데이트 강간 약물'을 함께 먹어서 기억을 잃은 것 같다고 주장하지만 그녀의 일방적인 주장이다. 경찰의 현장 탐문 조사에 따르면 그녀는 상당량의 술을 급하게 마시고 다른 좌석의 사람들과도 많은 이야기를 나눈 사실이 드러났다. 택시 안에서의 토사물도 증언되어 그녀는 술에 취한 것으로 여겨질 가능성이 높았다. 그래서 많은 독자들이 책을 읽고 반문을 했고 시민 11명이 다수결로 결정하는 검찰심사회에서도 검찰의 판단을 인정했다.

하지만 술이든 약물이든 이토 시오리가 정신을 잃고 호텔에 실려 들어간 사실은 입증되었고 모두 인정했다. 그래서 서양 언론에서는 정신을 잃은 그녀가 동의하지 않은 성관계를 당한 것으로 봤다. 이는 엄연히 성폭행이다. 그러나 아직 일본에서 이런 유형의 범죄를 단죄할 법적 근거가 없다. 증거를 확보하지 못한 상황에서 피해자는 혐의를 다툴 수밖에 없다. 여기서 첨예한 충돌이 발생한다. 흔히 여성운동가는 성폭행 피해자를 의심해서는 안 된다고 주장한다. 『블랙박스』가 "밀실처럼 아무것도 증명할 수 없다"는 담당 검사의 말을 반영한 제목이듯, 방에서 일어난 성폭행 문제는 증거를 확보하기 어렵기 때문에 피해자의 목소리에 공감하고 귀를 기울이는 게 절대적으로 요구된다. 그래서 현재 사법체계는 '증거주의'에서 '정황주의, 피해자 진술의 신뢰성 등'으로 옮겨가고 있는 실정이지만 '죄'에는 상대방이 있다. 억울한 사람을 범죄자로 만들지 않기 위해 피해자의 발언에 대한 세심한 검증은 필수불가결하다. 야마구치는 '혐의 불충분'으로 불기소되었기 때문에 이토 시오리는 피

행되지 않았는가」의 제목이 큰 글씨가 눈에 띈다.

해자이면서도 입지가 매우 협소했다. 사정이 이러할 때 사건에 대한 언론과 지식인, 사회와 국민의 판단과 지지, 여론 재판이 힘을 발휘할 수 있다.

그래서 이토는 2년 만에 자신의 사건을 미디어에 폭로하기 시작했다. 1차 기자 회견을 통해 언론에 호소했지만[30] 반향이 미미하자 외국 언론의 힘을 빌려 자신의 입장을 드러냈다. 이토 시오리는 『뉴욕타임스』와의 인터뷰에서 "일본의 언론은 성폭력을 다루지 않는다. 나는 여전히 더 강해져야 한다고 느낀다. 그리고 왜 이것이 OK가 아닌지 계속 이야기하려고 한다"고 말했다.[31] 마침 미국에서 미투운동이 시작되면서 이토 시오리는 일본 미투의 선구자가 될 수 있었다. 일본 내부가 아니라 외국의 언론의 지지가 이토 미투의 초기 동력이 된 것이다.

그러면서 일본 국내에서도 이토 시오리를 지지하는 여성들이 서서히 등장하기 시작했다. 예를 들면, 유명 작가인 하야시 마리코林真理子도 이토 시오리 사건에 대해 언급하면서 일본의 여성은 NO라고 말할 수 있어야 한다고 강조했다.[32] 미우라 루리三浦瑠璃는 남성과 여성이 대등함, 경제적 자립과 약자 배려의 중요성에 대한 교육을 강조하고 여자가 '아니오'라고 말할 수 있어야 한다고 했다.[33] 이에 대해 이토 시오리는 미우라 루리와 같이 'NO라고 하지 않으면 NO가 아니다'가 아니라 'YES가 없으면 동의가 아니다'라는 교육을 언급한다. 이처럼 이토의 용기가 남성사회의 강한 반감을 불러 왔지

---

30 이토 시오리는 기자회견 후 인터넷상에서 격한 협박을 받았다. 그녀는 자택으로 돌아갈 수 없어서 인권단체의 도움으로 런던으로 이주했다. 「撲滅へ「WeToo」伊藤詩織さん「参加しやすいように」」, 『每日新聞』, 2018.3.17(석간), 9면.

31 「성폭행 당했는데 꽃뱀이라고? 성폭행 피해자가 직접 파헤친 블랙박스」, 『조선닷컴』, 2018.6.8.

32 林真理子, 「夜ふけのなわとび」, 『週刊文春』 6月22日号, 文藝春秋, 2017, 51면.

33 「#MeToo運動が意味するもの」, 『潮』 710, 潮出版者, 2018, 181면.

만 다른 한편으로 여성의 공감대를 이끌어내고 성의식의 개선을 꾀하는 계기가 되었다.

요컨대 '블랙박스'가 함의하듯, 혐의 불충분으로 불기소된 사건의 진상은 삼자인 타인이 알기 어렵다. 이토의 '피해자성' 문제를 차치하고 그녀의 투쟁이 성폭력 피해 고발이 극히 드문 일본사회에 파장을 미친 것은 확연하다. 『주간 신조』의 편집장이 실명과 얼굴을 밝히고 폭로한 투쟁의 방식이 일본에서는 아주 낯선 것이었다고 지적한 것처럼,[34] 저항방식이 새롭게 발명되고 있다. 이는 뉴미디어를 활용한 미국의 미투운동#MeToo과 결부되었다. 이로써 여성운동의 세계적 동시성과 지구적 연관성이 강화되고 삶에 대한 자기결정과 사회관계에 대한 공동결정의 학습 과정이 새단계로 진입하고 있다. 특히 문화적 지체의 현상이 두드러지는 권력형 성범죄가 이슈가 되면서 기존 가부장 질서와 남성 지배의 문화에 균열이 발생하고 있다. 이처럼 여성을 중심으로 한 성평등의 목소리가 일상의 민주주의 쟁취를 위

---

[34] 사실 일본사회에서 실명을 거론한 것은 이토가 처음이 아니다. 사회적 파급력은 미미했지만 미투 이전에도 있었다. 길을 묻는 두 남성에게 성폭행을 당한 고바야시 미카(小林美佳)는 자신의 감정을 핸드폰에 기록해 두었다가 2008년 4월 『성범죄피해를 만나는 것(性犯罪被害にあうということ)』을 출판했다. 고바야시는 성폭행 피해를 당한 사람들은 '이해'를 바라고 있고, 보통으로 살기 위해선 (피해를 당한) 나를 받아줄 사회가 절실하다고 이야기 한다. 고바야시는 "10년이 지나도 실명으로 고발하는 것은 어려운 일이다. 성폭력은 개인의 문제로 치부되는 경우가 많다"고 했다. 1907년 형법제도가 제정된 후 110년이 지난 2017년 7월 친고제가 폐지되고 강간죄의 명칭이 '강제 성교 等 죄'로 바뀌어 남녀 모두가 피해자가 될 수 있고, 피해자 고소 없이 기소할 수 있게 되었다. 그러나 폭행, 협박을 증명하지 않으면 처벌이 어렵고 피해자가 공포로 몸을 움직일 수 없는 경우는 "저항을 하지 않았기 때문에 동의한 것이다"라고 하는 해석이 지금까지도 통용되고 있다. 이에 고바야시는 "나도 법 개정 검토에 출석해서 폭행, 협박에 대한 요건은 없애야 한다고 전했다. '피해자는 강하게 저항할 것'이라는 이미지를 만드는 데 법률이 가담하고 있다"고 지적했다. 「HOW ABOUT JAPAN? #MeTooは日本にも広がるか」, 『Newsweek 日本版』 12月15日号, CCCディアハウス, 2017, 26면.

한 새시대의 문화혁명화되고 있는 과정에서 이토 시오리와 같은 피해자들이 여전히 강고한 가부장사회의 폐해^{2차 가해} 등를 온몸으로 짊어지며 살아가고 있는 것이다.

4. 가해자 야마구치의 2차 가해 – 권력형 성범죄에서 '남녀 간 스캔들'로

1) 사법부 불신과 권력형 성범죄

이토 시오리의 움직임이 확대되면서 가해자 야마구치 노리유키도 목소리를 내기 시작했다. 이토 시오리는 사회의 2차 가해뿐만 아니라 가해자의 반박과 2차 가해에도 대면해야 했던 것이다. 사실 불기소가 확정되어 야마구치는 자기변호를 굳이 할 필요가 없었다. 하지만 2017년 10월 이토 시오리가『블랙박스』를 내고, 외신기자클럽 기자회견을 했으며 민사소송을 제기하는 등 다양한 방식으로 여론을 조성하자 야마구치도 11월부터 준비를 시작해『Hanada』의 12월 호, 2018년 1월 호에 자신의 의견을 편지 형식으로 썼다. 당시 야마구치는 TBS 워싱턴 지국장을 역임했고『총리^{総理}』^{2016.6.9}의 저자로 일약 스타가 된 유명 저널리스트이자 아베 신조 총리의 최측근 기자로 알려져 있었다. 하지만 2017년 5월 18일 이토 시오리가『주간 신조』에 첫 인터뷰 기사를 기고한 후 6월부터 방송에서 서서히 퇴출되어 출현하지 못하는 상황이었다.

이토 시오리가『블랙박스』에서 사법부 불신과 관련해 가장 핵심적으로 언급하는 점이 야마구치 노리유키의 지위였다. 체포장이 취소되고 불기소 처분이 내려지는 배경에는 거물급 저널리스트 야마구치와 그 인맥의 힘이 작동했다는 게 이토 시오리의 판단이다. 이는 일종의 정치적 음모론이자 성폭행의 성격을 '권력형 성범죄'로 간주하는 이토 시오리의 주장이다. 야마구치의 인맥은 어떠한가.

야마구치는 2017년 5월 8일 『주간 신조』의 취재를 받은 감상을 페이스북에 올렸는데 아베 총리의 아키에昭惠 부인이 '좋아요'를 눌렀다.[35] 또한 『주간 신조』가 야마구치에게 취재의뢰서를 메일로 보냈는데 야마구치가 실수로 그건으로 상의하는 내용을 기타무라가 아닌 잡지사 메일로 전송해 버린다. 여기서 기타무라는 일본 국내외의 정보를 다루는 내각정보조사실의 우두머리인 정보관을 역임하고 있는 기타무라 시게루北村滋를 가리킨다. 기타무라는 이미 5년이나 정보관을 하고 있고 관방부장관 취임 소문이 돌고 있는 인물이다. 정치 저널리스트인 스즈키 토이치鈴木棟一에 따르면 기타무라는 아베의 최측근이자 아베가 좋아하는 관료였다.[36]

> 왜 2년 전의 이야기가 지금 나오는 것인지 이상하지 않나요. 그녀도 취직을 도와주기를 바랐던 사심이 있었기 때문에 술 마시러 갔으니 남녀문제의 다툼. (…중략…) 그 취직이 잘 되지 않았던 것인지. 최근 야마구치 씨도 텔레비전에 자주 나오고 있고. 이러한 것이 고발의 배경이 되지 않았을까요.[37]

또한 인용문과 같이 이야기한 사람은 나리타공항에서 예정된 야마구치의

---

35 「特集「準強姦逮捕状」の「安部総理」ベッタリ記者にアッキが「いいね!」した"女の敵"」, 『週刊新潮』 5月25日号, 新潮社, 2017, 127면.

36 「安部総理ベッタリ山口敬之を救った刑事部長と内閣情報官の栄達」, 『週刊 新潮』 7月13日号, 新潮社, 2017, 51면.

37 위의 글, 50면.

체포를 중단시킨 경시청 형사부장 나카무라 이타루中村 格였다. 나카무라는 1986년 경찰청입청조警察庁入庁組의 에이스로 민주당 정권시절에 관방장관 비서관을 역임하고 자민당이 정권을 탈환한 후는 해임될 예정이었지만 "꼭 하게 해주십시오" 하며 스가菅 관방장관에 무릎을 꿇었다. 이처럼 위기관리능력이 탁월한 그는 미래에 경찰청 장관이 틀림없이 된다고 스가 관방장관이 평가하고 있는 인물이었다.[38] 당시 수사관 A는 상부로부터 압력이 있었다는 사실을 이토 시오리에게 고백했다. 나카무라는 TBS와 관련된 사람을 체포하는 것은 큰일이라고 여겨 자신의 판단으로 중지 지시를 내렸다고 한다. 하지만 전직 검사였던 이토의 작은 아버지나 경시청 기자, 변호사들은 있을 수 없는 일이라고 주장했다.

당시 나카무라 이타루 경시청 형사부장이 관할서인 다카나와 경찰서의 조사에 개입하여 체포장을 중지2015.6.8하지 않았다면, 야마구치를 일약 스타덤에 오르게 한『총리』[39] 출판2016.6.9과 그 이후의 코멘터리 활동은[40] 불가능했을 것이다.[41] 선거가 진행되는 상황에서 만약 아베 총리를 예찬하는 책을 쓴 저자가 강간으로 기소되면 목전의 선거가 큰 영향을 받는다. 수상의 이미지

---

38 「特集 被害女性が告発 '警視庁刑事部長'が握り潰した '安部総理'べったり記者の '準強姦逮捕状'」『週刊 新潮』5月18日号, 新潮社, 2017, 25면.

39 야마구치는 총리의 후기에서 "나는 정치가와 친하기 때문에 사실을 왜곡하거나 날조하는 것은 단 한 번도 없다. 그것은 저널리스트의 일이 아니기 때문이다. 山口敬之『総理』, 幻冬舎, 2017, 244면.

40 Yamaguchi had often been invited as a political commentator on TV news programs, but he stopped appearing in public after the Shukan Shincho weekly first reported the rape allegations earlier this month. 『週刊 新潮』의 기사가 발표된 후 그는 코멘터리 활동을 그만두었다. Reiji Yoshida, 「High-profile journalist with close Abe ties accused of rape」, 『Japantimes』, 2017.5.30.

41 「特集 '準強姦逮捕状'」の「安部総理」ベッタリ記者にアッキが 'いいね!' した "女の敵", 『週刊 新潮』5月25日号, 新潮社, 2017, 128면.

가 나빠지고 출판사도 피해를 입게 된다.[42] 따라서 아베 신조를 다룬 출판물을 간행, 홍보하려 했던 야마구치가 강간 스캔들에 휘말리면 여당이 치명상을 입을 우려 때문에 권력상층부가 강간 사건을 무마할 수밖에 없었다는 게 이토 시오리의 관점이다.

이와 같은 정치적 음모론이 인정되면 이 사건은 권력형 성범죄이자 정치적 추문이 된다. 이러한 배경에서 수사가 진행되었기 때문에 검찰의 불기소 처분은 불합리하며 사법부 불신은 정당한 것이 된다. 야마구치의 주변 인물이 모두 일본사회의 권력의 중심에 있고 총리와 긴밀하게 연결되어 있다는 점은 이토 시오리의 문제가 성폭력 문제와 더불어 일본의 권력사회와의 싸움이 불가피하다는 것을 뜻한다. 이로써 이토 시오리는 권력형 성범죄의 피해자가 된다.

2) 언론매체 기고를 통한 가해자의 반격, 성스캔들

사실 이토 시오리의 정치적 음모론은 무작위 시민으로 구성된 검찰심사회의 판단에 의해 일정 부분 부정되었다. 또한 야마구치는 형사소송에서 승리했다. 하지만 이토 시오리의 2차 기자 회견과 미투운동에 따라 여론재판이 시작되고 방송 출현이 힘들어지면서 자신이 쌓아올린 저널리스트로서의 명성이 무너져가자 잠자코 있던 야마구치는 반박을 펼치기 시작했다. 그 첫 번째로 야마구치는 2017년 12월 『Hanada』에 「나를 소송한 이토 시오리 씨에게」라는 제목의 글을 기고했다. 야마구치는 자신을 규탄하는 야당의원, 가족에게 쏟아지는 비방중상, 사실과 다른 주장에 따른 명예 실추, 기자활동의 중

---

42 「中村文則の書斎のつぶやき―誰もが納得できる説明を」, 『毎日新聞』, 2017.7.1, 23면.

단, 경제적 손해 등을 거론했다.

그러면서 야마구치는 반박을 펼치기 시작했다. 이토 시오리에게 편지 형식으로 쓴 이 글은 현재 국가의 엄중한 심판 아래 이루어진 불기소 처분, 검찰심사회의 판정이 타당하며 5가지의 이유로 이토가 주장하는 강간은 사실이 아니라고 밝히고 있다. 다섯 가지는 ① 데이트 강간약, ② 블랙아웃알코올성 건망, ③ 시오리의 특유의 성격, ④ 후에 만들어진 '영혼의 살인', ⑤ 워싱턴 지국 일에 대한 강한 집착이다.

먼저 야마구치는 데이트 강간약의 여부에 대해서 강하게 부정했다. 데이트 강간약이 아니라 이토가 술을 너무 마셔서 블랙아웃, 알코올성 건망으로 기억을 잃어버렸다는 것이다. 이토는 인생에서 처음으로 자신의 주량 한도를 넘은 것일 뿐 데이트 강간약을 언급하는 것은 오류다.[43] 그는 데이트 약물을 구하는 법을 모르며 구입 기록도 없고 강간약을 사용했다는 목격자나 증언 자체가 없다고 주장했다. 이러한 정황을 바탕으로 야마구치는 이토가 단지 다양한 술을 많이 마셔서 알코올 건망이 왔고 합의된 성관계를 했는데 강간이라고 하는 것은 옳지 않다고 설명했다. 그런데 이토 시오리가 야마구치는 고소한 것은 '준강간죄'였다. 영어로 '준강간'은 'Quasirape'라고 해서 'rape' 앞에 'quasi'가 붙는다. 'quasi'란 어느 정도 그와 같은 혹은 유사한 등의 의미이다.[44] 법적으로 준강간이 성립하기 위해서는 '의식'이 없는 상태[45]여야 한

---

43 山口敬之,「나를 소송한 이토 시오리 씨에게」,『Hanada』, 飛鳥新社, 2017.12, 264면.

44 伊藤詩織,『Black Box』, 文藝春秋, 2017, 176면.

45 According to Shiori, in 2015 investigators obtained an arrest warrant for Yamaguchi on suspicion of "quasi-rape" after examining footage from a security camera at the hotel and the testimony of the taxi driver who brought the two to the hotel. Under Japanese law, quasi-rape refers to having sex with a woman by taking advantage of her unconsciousness or other conditions. Reiji Yoshida,「High-profile journalist with close Abe ties accused of rape」,『Japantimes』, 2017.5.30.

다. 데이트 강간약 사용여부를 떠나 술을 먹어 정신이 없는 사이에 강간을 했다면 '준강간죄'는 해당하게 된다. 사실 술, 데이트 강간약물 논쟁이 중요한 이유는 '합의된 성관계'의 여부라는 핵심적 쟁점이 존재하기 때문이다.

그래서 야마구치는 이토 시오리가 정신을 잃었다는 주장을 반박하면서 그녀가 호텔에서 자신의 침대로 들어왔다고 했다. 야마구치는 자의식이 강한 이토의 특유의 성격을 거론하면서 그녀가 스스로를 피해자로 만들기 위해 자신에게 유리한 스토리를 창조했다고 언급했다. 그는 "블랙아웃은 자신에게 일어날 수 없다"던가 "컴퓨터가 있기 때문에 도촬된 것이 틀림없다"는 이토의 주장에 대해 전혀 근거 없는 사실을 스스로 만든 환상이자 믿음이라고 했다.[46] 이토는 기자회견에서 "나는 강간당했습니다", "내면에서 살해당했다", "강간은 영혼의 살인이다"라고 말했지만 야마구치는 자신과 그녀의 관계를 티셔츠를 통해 반박했다. 사건 당일 그녀는 자신의 블라우스를 입지 않고 야마구치가 빌려준 티셔츠를 입고 집으로 되돌아갔다. 야마구치에 따르면 토사물이 묻은 블라우스를 대강 빨았고 아침에 갈아입을 시점에서는 거의 말라있었다. 그래서 야마구치는 "과연 자신을 강간한 사람의 티셔츠를 입고 방안에서 유유히 나갈 수 있는가?"라고 반문했다. 강간이 아니기 때문에 이토는 호텔에서 나가 당일 부인과를 갔지만 성폭행 검사를 하지 않았고 데이트 약물을 운운하지만 혈액검사조차 받지 않았다는 것이다.

야마구치는 합의된 성관계였다는 논거를 이토의 취직 욕망과 관련지어 확대했다. 야마구치는 이토가 워싱턴 지국에서 직장을 갖는 것에 강한 집착을

---

46 이토의 기억과 증언의 오류를 지적한 야마구치는 그 연장선에서 컴퓨터를 거론했다. 호텔 방에 노트북이 있었기 때문에 도촬이 되었을 수 있다는 이토의 진술에 의해 가택 수색이 이루어졌다. 그 노트북은 사진을 찍을 수 있는 기종이 아니었다.

보였다고 주장한다. 그녀는 야마구치의 소개로 일본 텔레비전에서 인턴을 할수 있게 되었고 2014년 9월에 다시 워싱턴 지국의 공석 여부를 묻기 위해 다시 연락을 취했다. 또한 그녀는 야마구치가 도쿄에 돌아오면 꼭 뵙고 싶다는 이야기도 덧붙였다. 하지만 이 시기에 야마구치는「한국군에 베트남 위안부가 있었다」를『주간 문춘』에 기고한 일로 회사의 상벌 위원회로부터 징계를 받아 도쿄로 돌아올 수밖에 없었다.[47] 이로 인해 워싱턴 지국에서 이토의 취업 인터뷰는 무산되었다. 야마구치에 따르면 상황이 이렇게 되자 2015년 4월 17일부터 이토는 "성폭행을 당했다", "의식이 없는 자신을 호텔로 끌고 갔다" 등의 메일을 보내기 시작했다. 결과적으로 야마구치가 '해임을 당한 시기'와 이토가 '자신을 강간범으로 몰아간 시기'가 일치한다. 결국 야마구치는 워싱턴 지국에서 일하고 싶던 꿈이 무너지자 이토가 "보복"을 했다고 간주했다. 이 논리에 따르면 시오리 사건은 강간이 아니라 취업 청탁을 목적으로 한 '합의/묵인된 성관계'가 되고 만다.

그런데 필자가 봤을 때, 이토가『블랙박스』에 실은 4월 17일과 4월 18일의 메일은 야마구치가 말하는 내용과 상반된다. 이때 야마구치는 TBS 워싱턴 지국장에 해임될 것이라는 소문을 들었고 자신이 누군가 채용할 상황이 아니라는 것을 알면서도 메일에는 자신이 이토를 위해 자리를 찾고 있는 것처럼 신호를 보낸다. 그리고 마치 강간 혹은 성관계는 없었던 것처럼 거론

---

47 야마구치는 베트남 전쟁 당시 한국군 병사용 위안소가 사이공 시내에 있었다는 사실을 공문서로 발견했고 관계자와의 검증을 통해 TBS뉴스로 보도하려고 했다. 하지만 보도부 관계자는 여러 가지 이유를 붙여 보도하지 않았고 2015년 최종적으로「방송하지 않는다」는 결정이 났다. 야마구치는 자신의 뉴스를 내보내지 않는 것을 인정할 수 없었고『週刊 文春』에 기고하는 형태로 보도를 했던 것이다.『週刊 文春』의 기고는 회사의 내규 위반이었다. 4월 중순부터 야마구치는 엄한 처분이 나올 것이라는 소문을 들었다. 그는 소문대로 TBS 워싱턴 지국장에서 해임되어 일본으로 돌아올 수밖에 없었다.

도 하지 않고 취업과 비자 문제의 진행사항만 이야기하고 있다. 또한 이토가 성관계를 언급하자 야마구치는 "너는 평범하게 밥을 먹고 갔어야 했다", "네 자신에게 문제가 있다"라고 지적한다. 나카무라 이타루 또한 이토의 행동을 지적하며 "여자도 취직을 신경 써달라는 속내가 있었기 때문에 술을 마시러 간 것이다. 흔한 남녀문제이다. 그녀는 2차도 따라갔다고 하지 않는가"[48]라는 식으로 여자의 행동에 문제가 있었다고 억설한다. 이는 선형석인 여성혐오이자 남성 중심적 사고방식의 발현이다.

일본사회의 남성은 성폭행 가해자의 행동에 대해 성찰하기보다는 오히려 피해자인 '여자'에게 반성을 강요하고 가르친다. 야마구치의 잡지 기사는 단순히 반박문이 아니라 맨스플레인 형식의 기고문이다. 이 기사를 읽은 65세 쿠라노倉野 씨가나가와현 거주는 독자수기에 "「나를 소송한 이토 시오리에게」의 논점은 객관적이고 일관성이 있으며 감정적이 아니었습니다. 앞으로도 야마구치의 수기를 읽지 않는 매스컴이나 언론은 그녀의 변명을 계속 지지할지도 모르지만 『Hanada』의 독자는 이미 속지 않을 것입니다"라고 적었다.[49] 이처럼 야마구치의 반박은 그의 논리에 공감하는 일부 일반 시민의 공감 및 지지와 결부되면서 '2차 가해'의 강도와 복잡성을 더했다.

여기에 더해 야마구치는 『Hanada』 1월 호에 독점수기 후속편으로 이토의 의견에 찬성하는 두 사람, 〈보도특집〉TBS계열로 토요일 저녁 방송의 캐스터를 하고 있는 저널리스트 가네히라 시게노리金平茂紀와 『도쿄신문』의 여기자 모치즈키 이소코望月衣塑子[50]를 비판했다. 피해자뿐만 아니라 지지자에게까지 비난이 향

---

48 伊藤詩織, 『Black Box』, 文藝春秋, 2017, 243면.
49 『Hanada』 1月号, 飛鳥新社, 2018, 330면.
50 『도쿄신문』 소속 여기자 모치즈키 이소코도 자신이 당한 성폭력 피해 사례를 폭로했다. 시사전문지 『아에라(AERA)』 2017년 11월 23일 기사에 따르면, 이와테 지역 경찰서를 담당하는

〈표 5〉 공문서 내용과 야마구치 보도의 전개

공문서의 기술	「山口기사」, 『週刊文春』	『週刊新潮』의 주장 (2017년 10월 26일 호)	「회답기사」, 『週刊文春』 (2017년 11월 2일 호)
기술 없음	미군사령부가 조사를 근거로 '한국군이 한국 병사를 위해 위안소'라고 단정.	아리마 테츠오(有馬哲夫) 와세다대학(早稲田)교수는 "날조라고 해도 어쩔 수 없다."	충분한 뒷조사를 했고 세상에 발표할 의미가 있다고 판단.
매춘시설의 소유자는 한국군대좌의 서명이 들어있고 '시설이 한국군 전용의 복지센터이다'라고 서류를 제출했다. The proprietor of the Turkish Bath produced a document signed by the Korean Forces colonel which indicated that the Turkish Bath was a Republic of Korea Army Welfare Center for the sole benefit of Korean troops.	'한국군이 위안소가 있다'고 미군사령부가 지적한 근거의 하나.	조사결과, 내용은 부정. 다시말해, 아리마 테츠오, '복지센터'를 '위안소'로 바꿔 말한 것이라 지적.	근거에 대해서는 기술 없음. '위안소'나 '위안부'는 매춘에 관한 말이기 때문에 은어가 사용됨.
조사의 결과 시설은 한국군 전용이 아님 Ⓐ (The facts as developed) The Turkish Bath is not operated for the sole benefit of Korean troops.)	기술 없음.	고의적 무시.	공문서 내용에 관해 기술을 수정하고 있으면서도 처음 야마구치 기사의 Ⓐ, Ⓑ의 기술이 없었던 것을 전혀 기술하고 있지 않음.
시설은 오히려 베트남 이외의 일반대중의 공공시설 Ⓑ (Rather, it appears to be a public establishment which caters to the general public, excluding Vietnames nationals.	기술 없음.	고의적 무시 (아리마 테츠오에 의하면 '일반대중에 공공시설은 성병방지의 관점에서 위안소로서는 어울리지 않는다').	베트남인이 포함되지 않았기 때문에 '일반대중'은 아니다. '우군병사의 이용'의 기술이 있기 때문에 무시하고 있지 않음.

하면서 양자간 대립이 진영간 대결구도로 확전되는 국면이다.

모치즈키 기자가 취재 차량에 야간 순찰 중인 경찰관과 동승했다. 가족이 있는 50대인 이 경찰관은 모치즈키 기자가 몇 가지 질문을 시작하자 갑자기 그녀를 끌어안았다고 한다. 모치즈키 기자는 다음 날 상사에게 사건을 보고했지만 상사는 "상대 가족에게도 피해가 될 뿐만 아니라, 정보원을 팔았다며 오히려 일에 악영향을 미칠 수도 있다"는 이유로 신문사 차원의 공이 글에서 특이하게도 야마구치는 먼저 '기자'라는 직업에 대해 정의한다. 그에 따르면 기자란 ① 주장에 대립할 경우 그 쌍방을 공평하게 취재한다, ② 사건을 상식으로 받아들이는 것이 아니라 '만에 하나', '설마'의 가능성을 철저하게 추구한다. 이 두 가지는 저널리즘의 기본중의 기본이다.[51] 이 논리를 적용하면 두 기자는 무조건 이토의 말이 맞다고 여긴다는 점에서 기자로서 자격이 없다. 이들은 야마구치에게 취재를 의뢰하시 않았기 때문이다. 모치즈키는 2018년 3월 29일 정치교양강좌를 했다. 그 강연록을 보고 야마구치는 스스로 취재하고 근거 없는 것을 보도하지 않아야 하는 기자의 철칙을 어긴 모치즈키를 저널리스트로 인정할 수 없다고 비판했다. 이 강연에서 모치즈키는 "강간을 당한 이토 시오리를 단독 인터뷰 했으며, 범죄피해를 당해서 소송한 이토 씨라는 표현을 썼다." 이를 두고 야마구치는 불기소 결과를 다시 거론하며 모치즈키가 사실이 아닌 것을 사실로 보도했다고 지적했다.

이처럼 야마구치가 갑자기 저널리스트의 원칙을 내세우고 두 언론인까지 비판한 것은 성폭행 가해자와 피해자뿐만 아니라 다수의 지지집단이 저널리스트이기 때문이다. 진실을 추구한다는 저널리스트가 이토 시오리의 지지자가 되는 것은 큰 부담이었다. 특히 비난이 확산되면 야마구치는 나중에라도 방송계에 복귀할 수 없게 된다. 야마구치는 강간하지 않았다는 '사실'을 위해 반론기사를 낸 것이 아니라 자신을 공격하는 이토 시오리, 그녀와 연대한 저널리스트를 비방하는 보복성 기사를 쓴 셈이다. 이토 시오리가 국내외 기자

식 항의를 포기했다. 모치즈키 기자는 며칠 뒤 가해 경찰관에게 직접 전화를 걸어 항의했고 사과를 받아냈다. 「"나도 피해자"……일본 언론계에 부는 '미투운동'」, 『신문과 방송』, 한국언론진흥재단, 2018.

51　山口敬之, 「記者を名乗る活動家金平茂紀」と望月衣塑子の正体」「伊藤詩織」問題独占スクープ第2弾」, 『Hanada』1月号, 飛鳥新社, 2018, 318면.

를 상대로 기자회견을 한 것처럼 두 사람의 논쟁은 성관계를 둘러싼 저널리스트의 팩트 싸움의 양상이기도 했다. 그래서 야마구치는 선배 저널리스트로서 자신이 진정한 저널리스트라는 점을 강조해야 했다.

그렇다면 야마구치는 '스스로' '사실'을 '공정'하게 보도하는 저널리스트였을까. 야마구치는 「한국군이 베트남에 위안부를 설치」했다는 기사를 『주간문춘』에 보도했다. 방송국에서 허가가 나지 않아 잡지에 실린 이 기사는 '날조' 의혹을 받았다.[52] 그러나 일반 시민이 이러한 상세한 사항을 알 리 없다.

역설적으로 이럴수록 피해자인 이토 시오리도 언론의 역능에 기대지 않을 수 없다. 자신의 사건을 제대로 보도하지 않았던 주류 언론, 불기소 이유를 묻지 않는 일본의 언론, 피해여성의 목소리에 귀를 기울이지 않는 보수적 언론은 오히려 이토 시오리에게 2차 가해를 하기도 했다. 이토 시오리가 해외의 언론의 문을 두드린 것은 피해자에게 공감하지 않는 일본 언론 때문이었다. 일본 언론은 이토 시오리를 '성폭행 피해를 폭로할 회견장에 셔츠 단추를 풀고 나타난 여성'으로 소비했다. 그래서 일반 독자도 사건을 치정문제로 인지

---

52 「集レイプ被害「伊藤詩織さん」の会見からは"逃亡"!山口記者の週刊文春「韓国軍にベトナム人慰安婦」記事はやはり捏造だった」,『週刊 文春』62(43), 文藝春秋, 2017, 41면. 우선 이 기사는 야마구치 본인에 의해 조사된 기사가 아니다. 또한, 공문서에 없는 내용을 '미군사령부 조사를 근거로 '한국군이 한국 병사를 위해 위안소'라고 단정'하고 있으며, 공문서에 적시되어 있는 내용은 기술조차 되지 않았다. 일각에서는 이 '베트남의 위안부 기사'는 아베 총리에게 잘 보이기 위한 기사였다고 보도되기도 했다. (「詩織さん 準強姦逮捕状の男にもう一つの"罪"」「安部を援護したくて虚報発信!!!週刊文春「韓国軍に慰安婦」記事は山口の捏造か」,『週刊 新潮』7月13日号, 新潮社, 2017, 37면) 『週刊 新潮』와 『週刊 文春』이 번갈아가며 날조, 날조가 아닌 기사라고 보도했지만, 야마구치의 보도 방식은 자신이 저널리스트라고 정의한 보도의 원칙과는 거리가 멀다. 그는 저널리스트인 이토 시오리가 '사실'을 보도하지 않고 마음대로 스토리를 꾸며낸다고 공격하지만 자신 또한 특정한 목적에서 베트남 위안소 관련 기사를 조작한 것은 아닌지 의심이 된다.

하기도 했다. 이로써 성폭행 사건은 남녀간 스캔들로 치부되어 버렸다.[53]

이에 이토 시오리는 여성 혐오적 보수 언론의 집단적 보도행태를 지적하면서 "일본 언론의 문제점으로 미국, 영국 등 세계의 어느 언론도 일률적으로 같은 기사를 내고, 같은 뉴스를 방송하지 않는다. 일본 미디어는 다양성이나 각자의 독자적 판단이 절대적으로 필요하다"[54]고 강조한다.

언론계 성희롱·성폭행에 대해 하야시 가오리林香里 도쿄대 교수는 "언론은 본래 정치가, 대기업 등 불리한 정보를 감추려고 하는 거대 권력과 맞서게 되는데, 언론에 종사하는 여성들이 성폭력을 당해 권력을 충분히 감시하지 못하게 된다면, 업계뿐만 아니라 사회로서도 대단히 큰 손실이다"라며, "언론이 권력자가 휘두르는 성폭력을 방치한다면 성폭력 없는 세상을 만들 수 없다. 권력층이 성폭력을 무마하고자 언론에 정보를 주는 일이 있다면, 그 사회는 위험한 사회이며, 그것을 용서하는 것은 민주주의가 무너지고 있음을 증명하는 것과도 같다"고 지적했다.

그래서 이토의 발언이 진실이라면, 시오리 사건은 단순한 강간 사건, 성스캔들이 아니라 지배집단의 권력에 의해 피해여성의 목소리가 억압된 권력형 성범죄에 해당한다.[55] 결과적으로 야마구치의 반박 기고는 역설적으로 시오리 사건이 일본사회의 성의식뿐만 아니라 일본 언론의 본래적 기능, 권력집단의

53　「強姦被害-「元記者から性暴力」顔を出し公表 励まし・中傷, 交錯 不起訴巡り論争」, 『毎日新聞』, 2017.6.9(조간), 25면.

54　「国家権力の「ブラックボックス」(メディアと国家権力), 『月刊日本』 21(12), ケイアンドケイプレス, 2017, 59면.

55　야마구치가 2016년 6월 9일 『총리』를 간행한 사실은 기묘하다. 이때는 아직 그가 불기소 확정(2016.7.22) 이전, 서류송검(2016.8.26) 중이었기 때문이다. 그러나 심증일 뿐 실체를 확인할 수 없기 때문에 특정인에게 일방적으로 도덕적인 잣대를 적용할 수는 없다. 「中村文則の書斎のつぶやき-誰もが納得できる説明を」, 『毎日新聞』, 2017.7.1, 23면 참조.

추악한 이면에 대한 물음을 제기한다는 것을 환기한다.[56]

　이에 비추어 야마구치는 형사절차에서 이겼다고 하더라도 아직 민사소송이 진행되고 있으며 성범죄 관련자이자 유력한 가해자다. 방송출현은 못하지만 이런 인물이 직접 쓴 글이 일본잡지에 버젓이 실려 판매가 되는 일본 사회의 모습은 상당히 충격적이다. 기존 보수 언론에 야마구치의 2차 가해가 더해진 셈이다. 게다가 야마구치의 반박은 일반 시민의 공감 및 지지와 결부되면서 앞장에서 살펴본 사회적 2차 가해와 여성혐오, 사회적 성갈등의 강도와 복잡성을 더했다. 이 역시 이토 시오리가 투쟁하면서 감당해야 할 몫이었다.

5. 시오리 사건과 일본 지식사회의 흐름

　이러한 사회와 가해자의 백래시에도 불구하고 이토 시오리의 폭로는 일본 사회를 바꿨는가. 비록 이토 시오리는 법의 심판을 받을 기회조차 얻지 못했고[57] 시오리 사건을 모르는 국민도 여전히 많지만 일본 지식사회의 성폭력에

56　「"나도 피해자"……일본 언론계에 부는 '미투운동'」, 『신문과방송』, 한국언론진흥재단, 2018.3.29 참조.

57　이토와 달리 한국에서는 미투운동으로 법의 심판을 받은 사람이 있다. 충청도 전 지사 안희정의 비서인 김지은이 그 인물이다. 사회 여론은 김지은 쪽으로 기울었지만 안희정은 1심 무죄판결을 받았다. 무죄판결을 납득하지 못한 김지은과 여성단체는 항소를 진행해 판결이 뒤집혔다. 현재 한국사회는 이 권력형 성범죄의 '위력'을 어느 범위까지 인정해야 하는가에 대해 심각하게 고민하고 있다. 또한 1심 사법부는 성폭력을 당한 피해자의 이후 행동에 대해 문제삼았다. 김지은이 너무 태연하게 행동했다는 것이다. 그렇다면 피해자는 남성이 바라본 '피해자다움'을 가져야만 한다는 결론에 이른다. 이처럼 1심은 '위력'의 제한적 범위와 '피해자성'에만 초점이 맞춰 있는 법 해석의 한계를 환기했다. 이 계기를 통해 성폭력에 대한 인식

대한 인식을 일깨운 것은 틀림없다. 지식계는 성대립과 갈등을 중재하고 완화하기 위한 중요한 기반이다. 일본 지식계의 변화의 흐름은 이토 시오리와 미투를 다루는 잡지의 비중 변화의 추이를 확인하면 어느 정도 가늠할 수 있다.

우선 2017년 5월 18일 『주간 신조』가 이토 시오리의 기사를 최초로 다룬 이래 잡지가 이토를 조금씩 다루기 시작했다. 2017년 10월 이토가 활동을 한 이후인 2018년 1월 『세계世界』는 '특집 2'로 「성폭력과 일본사회」166~174면를 마련하고 이토 시오리를 인터뷰한 내용을 가장 먼저 실었다. 2018년 4월에는 『조潮』가 「#MeToo운동이 의미하는 것」178~181면에 이토 시오리를 언급했다. 이처럼 2018년 초반에 주요 잡지에 일본 성문화와 미투를 다룬 기사들이 등장하기 시작하는데, 2018년 7월 『현대사상現代思想』은 '성폭력=성희롱'을 주제로 책 한 권 전체를 특집으로 다루고 있다. 반년 만에 급격한 비중의 변화가 확인된다. 그전까지 정치기사 다음에 미투 기사가 배치된 것에 비하면 이는 큰 변화였다. 특히 이 잡지에 가장 먼저 실린 기사는 이토의 「MeToo가 잊혀 사라진다고 해도 이야기 할 수 있는 사회를 향해」였다. 이토 시오리는 일본 미투운동의 대표자가 된 것이다. 그만큼 일본 지식사회에서 미투의 관심이 비등해지는 변화의 흐름이 감지된다.

이와 같은 갑작스런 변화의 배경에는 2018년 3~4월에 발생한 일련의 성문제도 한 몫을 했다. 2018년 3월 3일 이토를 비롯해 여성단체, 대학교수 등이 함께 참여하여 성폭력 문제에 대한 일본인의 무관심을 일깨우고 동참을 촉구하는 '위투#WeToo' 운동이 일본에서 시작되었다.[58] 4월 23일에는 저녁 일본 도쿄 중의원 회관에 모인 야당 의원, 기자, 변호사, 연구자 등 200여 명이

변화와 법 개정의 움직임이 촉구되면서 한국사회에서도 변화의 바람이 조금씩 일고 있다.
58 「미투, 일본은 왜 묵살하나……성폭행 당한 女기자 절규」, 『중앙일보』, 2018.3.8.

'성범죄 피해자와 함께 하겠다'는 의미의 '#With You^{당신과 함께}' 플래카드를 들었다.[59] 2018년 4월 후쿠다 준이치^{福田淳一} 재무성 사무차관이 TV아사히 여성 기자와 취재를 위한 식사 자리에서 한 성희롱 발언^{"키스해도 되냐, 가슴 만져도 되냐"}이 『주간 신조』 6월 12일 호에 폭로되었다. 처음에는 "회식한 적이 없다, 모른다"로 일관하던 후쿠다는 결국 사퇴했다. 후쿠다의 태도와 "성희롱은 죄가 아니다"며 후쿠다를 두둔한 아소 다로^{麻生太郎}의 망언이 미투를 재점화했다. 이러한 맥락에서 드디어 지식계가 관심을 가지고 움직여 『현대사상』 7월 호에 특집호가 기획된 것이다. 한 달 후인 2018년 8월에는 도쿄대 의대에서 조직적으로 입시 합격자 성비 조작을 해온 사실이 폭로되는 충격적인 사건도 있었다. 이러한 일련의 소식은 인접국인 한국에도 알려졌으며 이토 시오리는 동년 10월과 12월 한국을 찾기도 했다.

간단히 정리하면 2017년 10월 이토 시오리의 미투 이후 2018년 1월 '특집란'의 첫 등장, 2018년 4월 『조』가 이토 시오리와 미투운동의 의미를 2장 분량으로 정리, 갑자기 2018년의 7월 『현대사상』 한 권 전체의 '특집호'의 출현이다. 그렇다면 이제 현격한 변화의 두 지점인 『세계』 2018년 1월 호의 특집란과 『현대사상』 7월 특집호를 살펴보자. 당시 시점에서 어떤 지점에 지식계가 공명하는지 확인할 필요가 있다. 이 두 잡지는 모두 특집으로 성폭력을 다루었고, 이토 시오리 인터뷰 기사를 가장 첫 페이지에 배치했다. 『세계』는 다른 특집과 함께 성폭력 특집을 실었지만, 『현대사상』은 잡지 전체를 「특집 ─ 성폭력=성희롱 페미니즘과 MeToo」로 다루었다. 2017년 5월 18일 『주간 신조』가 처음 시오리 사건을 다루었을 때 이토의 이름 대신 '피해자 A'로 소개

---

59   「후쿠다, 여기자에 속은 것 아냐" 日 '미투' 불붙인 아소 망언」, 『동아닷컴』, 2018.4.25.

하던 때와는 상황이 매우 급변한 것이다.

2018년 1월 호『세계』의 기사를 살펴보면, 이토 시오리를 포함해 5명의 글이 게재되었다. 첫 번째 인터뷰 기사에서 이토 시오리는 TBS라디오가 성폭력과 관련해 사회 전체의 인식 변화를 촉구하고 있다고 강조했다. 이토는 성폭력이 다른 세계에서 일어나는 특수한 일이 아니라 바로 내 주위에서 발생할 수 있다는 사실을 환기했다. 그러면서 이토는 성폭력 피해자가 자신이 당한 사건을 이야기하는 것은 매우 어려운 행동이지만 자신의 목소리로 말하지 않으면 세상은 바뀔 수 없다고 했다.

포토 저널리스트 하야시 노리코林典子도「'보통'의 여성들의 목소리－그 때부터 변했다고 말할 수 있도록」이란 제목으로 성폭력의 목소리를 낼 수 없는 일본사회 시스템과 성폭력 문제에 관한 미디어의 역할에 대해 이야기한다. 하야시는 시오리 사건이 불기소되었다고 하더라도 미디어는 불기소의 이유를 보도하는 등 대응을 했어야 하지만 본연의 역할을 하지 못했다고 지적했다. 말을 하기 위해서는 성폭력에 대한 사회인식이 전반적으로 바뀌어야 한다.

성인식은 사법제도의 문제와 관련된다는 점에서도 중요하다. 도쿄 강간구제센터의 법률상담가인 츠노다 유키코角田有紀子는 이토 시오리의 '사법 시스템이 제대로 움직였다면 내가 여기까지 오지 않았을 것이다'라는 말을 인용한다. 츠노다는 수사를 포함한 사법이 제대로 기능하고 있는지에 관해서는 당사자가 아니면 이해할 수 없는 영역이라고 역설한다. 당사자가 사법시스템을 지적하고 있다면 사회는 그 점을 간과하지 않아야 한다.

이 연장선에서 고난대학 법과대학원甲南大学法科大学院 교수이자 변호사인 소노다 히사시園田寿는 '항거불능'의 상태, 즉 여성의 의식이 현저히 떨어진 상태에 성교가 강행된 경우 증거 수집의 어려움을 이야기한다. 그러나 재판에서는 '항거곤란'의 정도를 판단할 때 피해자의 태도를 문제시한다. '왜 저항하지 않았는지', '왜 도망가지 않았는지', '왜 소리를 지르지 않았는지'의 질문은 피해자의 태도만을 따지는 사고방식이다. 성폭력은 성적 존엄의 훼손의 관점에서 접근되어야 한다.

이와 같이 이들은 이토 시오리의 성폭력 문제를 직접적으로 언급하며 일본사회의 성인식, 사법, 미디어의 역할, '항거불능'의 성교, 피해 입증의 어려움에 대해 논한다. 이들의 담론은 시오리 사건이 한 개인의 문제에 한정되지 않고 일본사회 전체의 성인식의 문제와 관련된 다는 것을 환기하고 있다.

그리고 여기서 더 나아가 2003년부터 성폭력 피해자 및 사회적 예방에 관한 상담을 하고 있는 오카다 미호岡田美穂는 시오리 사건의 논란이 놓치고 있는 점에 주목하여 남성과 여성이라는 이분법적 젠더 구분에 따른 젠더 감수성의 한계와 성담론 범주의 협소함을 포착하고 있다. 이 사람은 이토의 문제의 범주를 넘어서는 젠더문화를 논하고 있다는 점에서 이토의 고발이 일본 지식사회의 성적 사유의 촉발과 공론화에 미친 영향을 감지할 수 있다. 이러한 경향은 반년 만에『현대사상』에 본격적으로 표출된다.

이와 같이 지식사회의 목소리가 분출하고 더해진 결과는 잡지 한 권 전체를「특집 – 성폭력=성희롱 페미니즘과 MeToo」로 다룬『현대사상』에 본격적으로 나타났다. 이는 이토의 미투 이후 9개월여 만의 큰 변화다. 특집호에 참여한 인원은 21명이고 19개의 글로 구성되어 있다. 이토 시오리의 인터뷰를 필두로 해서 토론, 에세이, 현장, 사법제도, 사상에 관한 글이 다양하게 실려 있다. 일본 지식인 및 운동가의 성인식과 활동이 다방면에서 파악된다. 여기서도 이토 시오리의 인터뷰가 맨 처음 위치한 것은 편집진이 이토를 성폭력 고발을 대표하는 인물로 여기고 있다는 방증이며 지식사회가 시오리 사건을 계기로 일본 성문화를 진단하고 변화의 실마리를 꾀하고자 하는 열망을 드러내는 것이다.

예컨대 인터뷰에서 질문자는 이토 시오리에게 해외 성폭력 취재에 대해 많은 질문을 했다. 이토 시오리는 스웨덴과 영국을 예로 들어 설명했다. 스웨덴은 법률에서 피해자가 명확하게 거부하지 않으면 강간으로 여기지 않지만 명확한 에스가 아닌 경우에도 강간으로 적용한다. 영국은 성폭력 피해 대책을 위해 35억 엔을 쓰지만 일본은 이러한 예산이 존재하지 않았으며 2018년부터 성범죄 및 성폭력피해자를 위한 지원예산이 할당된다. 해외의 상황에 비해 일본은 성폭력에 대해 무관심, 무대책으로 일관해왔고 2018년에야 겨우 변화가 이루어지고 있다. 이와 함께 이토 시오리는 (지난 1월과 유사하게) 일본사회에서 항거 불능의 상태를 '동의'라고 인식하는 일본 남성을 강하게 비판하고 '아니오'는 '거부'로 인식하는 사회를 만들어야 한다고 역설한다. 이러한 주장은 한국의 미투에서도 논의된 바 있다. 그런데 성문제는 성폭행에 국한되지 않는다는 점에서 좀 더 폭넓게 논의가 확장된다.

젠더연구자 스다 카즈에牟田和惠와 페미니즘 이론, 정치사상을 연구하는 오카노 카요岡野八代는 함께 토론하며 미투의 의미를 고민한다. 이들은 일본사회에서 미투활동이 저조한 이유를 '2차 가해'에 대한 두려움과 피해에서 찾았다. 또한 두 사람은 성폭력 피해자를 '종군위안부'와 관련지었다. 2018년 3월 한국 방문을 한 이들은 위안부 수요집회에도 참가했다. 두 사람은 미투는 모든 어려움에도 불구하고 목소리를 내는 것이며 '위안부'가 바로 미투라고 생각했다. 마찬가지로 사회학자 기쿠치 미나코菊地美名子는 힘들지만 말할 의향이 있는 피해자들을 이야기한다. 피해자는 말할 준비가 되었지만 오히려 준비가 안 된 쪽은 주위의 사람들이다. 사회에서는 성적 콘텐츠가 광범위하게 소비되면서도[60] 성피해는 말하지 못하는 모순적 상황이다. 일상에서 성매매가 버젓이 이루어지고 있는 게 현실이다.

그래서 『現代思想』에서 기타하라 미노리北原みのり는 일본사회는 시대에 역행하듯 성매매를 긍정하는 분위기가 강하다고 지적한다. 일본사회가 매춘에 관용적인 이유는 여성의 젊음을 상품화하는 것을 허락하기 때문이다. 이러한 사회분위기의 구성원이 의식적/무의식적으로 성차별을 하는 것은 당연하다는 게 기타하라의 분석이다. 매춘은 나이를 가리지 않는다. '일반사회단체법인 여고생 서포트 센터 Colabo'의 대표, 니토우 유메노仁藤夢乃는 아동의 매춘을 조명한다. 일본사회는 아동매춘을 어른이 소녀에게 도움을 주는 '원조교제'로 설명한다. 아동매춘이 야기하는 성폭력과 아이들의 트라우마에 대해 사회는 무감각하다. 이와 같이 다양한 형태로 존재하는 성문제는 그 해결방법이 간단하지 않으며 특정국가에서만 나타나는 사회현상도 아니다.

그래서 편집자는 성매매 문제에 대한 해법을 찾기 위해 한국 학자의 논문을 실었다. 한국에도 알려진 학자 이나영의 「성판매자 비범죄화를 위한 시론－성매매특별법을 둘러싼 쟁점과 여성주의 대안 모색」이 일본어로 번역되어 실렸다. 일본은 인접한 국가의 성매매 인식과 대응 양상의 파악을 통해 자국의 문제점 해결에 도움을 받고자 했던 것이다. 성매매는 상대적으로 지위가 높은 사람이 약자에게 돈을 주고 하는 일방적인 행위이다. 이나영은 성매

---

60 이토 시오리는 남성이 처음 성 컨텐츠를 접할 때 그 폭력성을 판단할 수 있는 기준이 없다는 것을 지적함과 동시에 이러한 남성의 "고독"이 폭력성을 낳는 요인이라고 한다(「時代を読む 社会「被害者」のまま生きるのではなく」,『AERA』31(8), 朝日新聞社, 2018, 34면). 남성과 '동일한 존재'로 인식하는 교육을 여성이 받는다고 해도 남성중심의 일본사회는 근본적으로 변하기 어렵다. 남성에게 성평등 교육을 받게 한다고 해도 일본사회의 변화는 많은 시간이 소요된다. 아직 남성중심의 교육을 받은 사람들이 법을 집행하고 있고, 일본사회를 유지해 나가는 중추의 역할을 하고 있기 때문이다.

매는 개인과 개인의 문제가 아니라 사회 전체의 구성원이 인간의 몸을 이용하는 데 동조한 구조적 폭력이라는 점을 지적한다. 이 연장선에서 이나영은 성매매 여성 처벌은 강요/자발에 따라 달라지는 데 경제적 문제로 성매매를 할 수 밖에 없는 여성들은 자발적인 성매매자로 볼 수 없다고 주장했다. 또한 그녀는 성매매를 처벌할 때 한국사회의 뿌리 깊은 남성중심의 문화, 성매매에 대한 낙인·고정관념이 검사, 집행관에게도 영향을 미치고 있다고 강조한다. 국경을 월경한 미투처럼 성문제 해결에도 비슷한 문화권의 인접국가의 제도가 참조되고 상호영향을 미치는 것이다. 이처럼 성문제는 일국을 넘어선 문제인데 첨단미디어가 급속히 발전하면서 상황은 더 복잡해지고 있다.

'포르노 피해와 성폭력을 생각하는 모임PAPS'의 이사장인 다구치 미치코田口道子는 디지털 성폭력 문제에 의견을 개진한다. 디지털 영상물은 판매정지가 되어도 이미 인터넷 상에 퍼져 삭제해도 업로드 되는 악순환이 계속되어 당사자의 피해가 막대하다. 다구치는 국제적인 지원 네트워크 결성이 필요하다고 촉구하고 있는데 그 성공적인 예를 한국 '사이버-성폭력대응센터'에서 찾았다. 이 기관은 미국과 오스트리아와도 연결되어 다국적으로 대응할 수 있다는 이점이 있다. 다구치는 일본 또한 다른 국가와의 연계를 통해 디지털 영상물의 확산에 적극적으로 대응할 것을 촉구한다. 이처럼 이토 시오리가 일으킨 미투는 그동안 사회에 이목을 끌지 못했던 다양한 성문제 운동가의 목소리를 사회화하고 일본사회의 현재를 진단하며 개선책을 모색하는 발판이 되고 있다.

요컨대 이토 시오리의 성폭행 피해 투쟁과 폭로는 미국 미투와 결부되어 일본사회에 알려지기 시작했고, 일본 미투는 지식사회의 관심을 촉발했으며 사회의 음지에서 활동하던 각종 시민단체와 운동가의 목소리를 드러나게 했다. 특히 이 특집호에는 성폭력과 관련해 출간되고 재간행된 책광고가 다수 실려 있다. 성폭력피해의 법적 지원, 의료적 지원을 주로 다룬 책도 있다.[61] 필진에 젠더연구자나 여성운동가가 참여했듯 일본의 미투는 페미니즘 지식과 결부되면서 성담론과 여성운동을 확대하고 가시화하기 시작한 것이다. 이 과정에서 인접국 한국의 영향도 확인된다. 여기까지 오는데 시오리 사건 발생 이후 3년여의 시간이 걸렸다.

이토가 잡지『주간 신조』를 통해 피해사실을 처음으로 대중에 알렸지만 그때는 '피해자 A'일 뿐이었다. 그러나 이토는 익명의 이름 뒤로 숨는 것을 원치 않았다. 일본사회에서 '피해자 A'로 살지 않기 위해서 이토 시오리는 용기를 냈다. 기자회견에서 이토의 이름과 얼굴이 공개되면서 일본사회는 이토 시오리를 대면했다. 그러나 시오리 사건을 스캔들로 치부하는 미디어가 많았고 그녀가 불기소처분을 받자 더 이상 사건 자체에 관심을 가지지 않기도 했다. 이처럼 언론은 사건을 제대로 바라보지 않았지만 이토의 고통에 공감하는 사람들이 소셜 미디어에 나타나기 시작했고 지식사회가 현실을 직시하기 시작했다. 사건 발생 후 2년 반이 지나서야 일본사회가 성폭행 피해자의 목소리에 응답한 셈이다. 두 유력 잡지의 특집기획은 일본 지식사회의 변화의 중요한 방증이다.

일본의 뿌리 깊은 남성 중심의 사회가 조장한 성차별적 인식은 사회구성원에게 학습되어 왔다. 이들은 의식적/무의식적으로 성매매를 용인하고 성폭력에 대해 무감각했다. 성폭력을 처벌하는 관계자들 또한 남성 중심의 프

---

61 「特定非営利活動法人性暴力救援センター・大阪SACHICO 編集」,『性暴力被害者の法的支援－性的自己決定権・性的人格権の確立に向けて』(性暴力被害者の総合的・包括的支援シリーズ1), 信山社, 2017; 「特定非営利活動法人性暴力救援センター・大阪SACHICO 編集」,『性暴力被害者の医療的支援－リプロダクティブ・ヘルス&ライツの回復に向けて』(性暴力被害者の総合的・包括的シリーズ2), 信山社, 2018.

레임에서 벗어나지 못하고 정조관념을 운운하며 피해여성의 잘못으로 치부해 버리는 경향이 있다. 그러나 이 두 잡지에 실린 각계각층의 사람들은 일본 사회에서 만연한 남성 중심 사고와 다양한 형태의 성폭력에 대해 문제를 제기하고 변화를 주장한다. 또한 이들은 다른 나라의 예를 들어 변화의 실마리를 찾고자 한다. 결국 "자신이 목소리를 내지 않으면 사회가 변하지 않는다"는 이토 시오리의 목소리는 처음에는 공명하지 않았지만 시간이 지날수록 서서히 일본사회를 움직이고 있다.

6. 나가며 – 2차 회견 이후 이토 시오리의 활동

이토 시오리는 해마다 사진 미술관에서 개최되는 '세계 보도 사진전'에 갔다. 그녀는 그곳에서 '장기 취재 부문' 1위로 전시된 메리 F. 칼버트[Mary F.Calvert]의 사진을 본다. 그 사진은 미군에서 빈발하는 성폭력에 대한 추적 보도였다. 그중에서도 이목을 끄는 것은 〈IF ONLY IT WAS THIS EASY〉란 제목의 사진이었다. 사진의 주인공은 해병대에서 성폭력 피해를 당한 캐리 구드윈이었다. 피해를 호소했지만 징계 제대 처분을 받은 캐리는 집으로 복귀한 지 5일 만에 자살했다. 딸이 세상을 떠난 후 일기를 읽은 아버지는 딸에게 일어난 일을 알게 된다. 이토 시오리도 몇 번이나 자살을 선택하려고 했었지만 캐리의 사진을 보고 나서 '진실을 세상에 알리는 일'의 중요성을 자각하게 된다. "침묵하면 이 범죄를 용인하는 꼴이 되어버린다."[62] 캐리에게 성폭행을 저지른

---

62 伊藤詩織, 『Black Box』, 文藝春秋, 2017, 200면.

해병대 병사는 2년 전에 또 다른 여성을 강간했지만 처벌받지 않았다. 그의 잘 못을 애초에 심판했더라면 추가 피해여성은 없었을 것이다. 이토 시오리도 자신이 겪은 일을 알려 유사한 사건이 재발되지 않기를 원했다. 이토는 『블랙박스』의 원고 마감을 앞두고 있을 때 캐리의 아버지 게이리 구드윈과 통화하기도 했다. 이처럼 피해자는 또 다른 피해자가 양산되는 것을 막기 위해 용기를 내 세상을 향해 외치기 시작했는데, 지금은 그 방식이 국경을 넘어서고 있다.

시오리 사건 이전에 일본에는 미투라는 성고발 형식이 존재하지 않았다. 처음 일본 언론은 그녀의 사건에 주목하지 않았지만 2017년 미국에서 미투 형식이 발명되면서 이토는 자신의 투쟁에 이름을 붙이고 사회운동으로 확대를 꾀할 수 있게 되었다. 만일 이토가 사건 초기에 일본의 여성단체와 연계를 했다면 미투 형식이 아닌 다른 형태로 사건이 진행되었을 가능성도 있다. 이토의 사건 초기에는 여성단체뿐만 아니라 회사조직의 지원도 받지 못했다. 이토는 당시 프리랜서이자 사실상 언론지망생 중 한 사람이었다. 정식기자가 아니기 때문에 언론노조의 보호는 당연히 받을 수 없다.[63] 이토는 정규직이 아니었기 때문에 시오리 사건은 "기존 권력을 가진 언론인에게 잘 보이려다가 성폭행 당한 사건"이라고 치부되기 쉬웠다. 이러한 현실에서 사회적 공감과 지지를 기반으로 한 미투운동이 젠더감수성을 개선하고 성폭력 문제 해결을 위한 전기를 마련했다.

2차 회견[64] 이후, 본격화된 이토 시오리의 활동은 일본사회에 어떤 영향을

---

63 방송, 신문, 잡지 등의 일을 하고 있는 여성 기자가 성희롱을 없애고 안심하고 일하기 위해 그룹을 만들었다. 이 그룹은 86명이 참가하고 있다. 「セクハラをなくしたい」女性の記者がグループを作る」, 『NHK뉴스』, 2018.5.1(http://www3.nhk.or.jp/news/easy/k10011439391000/k10011439391000.html).

64 일본의 사법, 사회시스템은 성범죄 피해자를 위해 제대로 기능하고 있지 않다. 伊藤詩織さ

미쳤을까? 2017년 12월 29일에는 『주간 조일』이 "그 강함이 괴로웠던 여성에게 용기를 준 상"을 이토에게 주었다.[65] 같은 날, 『뉴욕타임스』 1면에 "She Broke Japan's Silence on Rape" 기사가 실렸다. 2018년 2월 8일에는 "Why the #MeToo movement is running into trouble in Japan"의 제목으로 이토 시오리를 다룬 기사가 『워싱턴 포스트』에 게재되었다.[66] 동년 3월 3일에는 이토와 여성단체, 대학교수 등이 함께 하여 성폭력 문제에 대한 일본인의 무관심을 일깨우고 동참을 촉구하는 '위투#WeToo' 운동이 시작되었다.[67] 또한 동월 16일 이토 시오리는 미국 뉴욕의 유엔본부에서 3차 기자회견을 갖고 성피해자 보호를 주제로 강연을 했다.[68] 4월 3일에는 '여자고교생과의 대화'에서 그녀가 롤모델의 한 명으로 참석했다.[69] 이처럼 이토 시오리는 다양한 활동을 통해 일본사회에서 미투의 상징적인 존재로 자리매김하게 되었다.

이 과정에서 일본 안에 미투를 확산시키려는 여러 단체가 만들어지면서 미투운동이 탄력을 받고 있다. 지지세력의 확산은 피해자의 용기를 북돋고

んに海外ジャーナリストが聞いたこと「日本でレイプがあまり報じられないのはなぜ?」, 『HUFFPOST』, 2017.10.24(https://www.huffingtonpost.jp).

65 大人な発言5選(敬称略)離婚に限らず常にそうありたいと教えられたで賞 小倉優子, 圧力につぶされずに発言した勇気がアッパレで賞 前川喜平, 積み重ねてきたキャリアの貫禄が感じられるで賞 加藤一二三, その強さが苦しんできた女性に勇気を与えたで賞 伊藤詩織, 踏ん張り力と各方面への配慮にうならされたで賞 浅野忠.「輝く!!大人げない発言大賞 2017」, 『週刊 朝日』, 2017.12.29, 150면.

66 Kaori Shoji, "Why the #MeToo movement is running into trouble in Japan", *Washingtonpost*, 2018.2.8.

67 「미투, 일본은 왜 묵살하나……성폭행 당한 女기자 절규」, 『중앙일보』, 2018.3.8.

68 「＃MeToo」日本は欧米ほど進まず」, 『東京新聞』, 2018.3.17(석간), 8면.

69 이토의 고발을 계기고 어플리케이션과 연동하는 방범 악세서리를 개발한 고교생이 직접 프레젠테이션을 했다. 「「互いにリスペクトを」伊藤詩織さんが女子高校生たちに語りかけたこと」, 『Buzzfeed』, 2018.4.4.

있다. 실제로 이토가 일본의 성차별구조와 문화를 개선하기 위한 활동을 본격적으로 이어나갈 때도 성폭력 사건은 이어졌는데, 과거와 달리 폭로가 이루어지기 시작했다. 일본 미투운동이 가시적인 효과를 발휘하고 있다는 방증이다. 일례로 유명 블로거이자 작가인 하추^{이토 하루카}(伊藤春香)가 2017년 12월 트위터에 일본 최대 광고사 덴쓰^{電通}에 근무할 때 선배 사원^{岸勇希氏}으로부터 심야에 자택으로 호출돼 성희롱 당한 피해를 고발했다. 기시^岸는 과오를 일부 인정해 사과하고 대표로 재직하던 회사를 12월 18일에 퇴사했다.[70]

또한 앞서 언급한 재무성 사무차관 후쿠다의 성희롱 문제로 직장여성의 성희롱 피해도 주목받았다. 하지만 취직활동 중인 대학생의 성희롱 피해는 아직 알려지지 않았다. SNS의 확산으로 사원과 학생간 일대일 만남이 이루어지고 성희롱이 빈번하지만 피해자는 미움받으면 취직이 불가능 할까봐 거부하지 못하는 경우가 많은 실정이다.[71] 이처럼 다양한 세대와 직종의 여성 간 성문제 격차가 표출되면서 오히려 성불평등 문제가 사회적 현안으로 부각되었고 관련 서적이 다수 출간되고 있다. 한국에서 2015년 이후 페미니즘 서적이 붐을 이는 현상이 일본에서도 이토 시오리와 함께 이제 전개되고 있는 것이다.

그동안 일본은 경제 수준에 비해 성평등 인식이 상대적으로 낮고 잘 변화하지 않는 보수적 사회로 간주되어 왔다. 그런 사회가 변화의 조짐을 보이고 있다. 시오리 사건의 진실은 삼자가 판단하기 어렵지만 결과적으로 일본의 미투운동을 촉발했으며 다수의 지지자를 확보해가고 있다. 이에 따라 보수적 일본사회도 서서히 자국의 성문화에 대한 성찰의 움직임을 보이고 있다.

---

70 「日本でも＃MeToo セクハラ告発, ブロガー訴え機に続々 被害者たたき, 社会の意識反映」, 『毎日新聞』, 2017.12.28(조간), 2면.

71 「セクハラ被害－就活の学生も インターン, SNS……個別接触が「温床」」, 『毎日新聞』, 2018.5.3(조간), 26면.

요컨대 이토 시오리의 민사소송[72]은 아직 진행 중이고 이토가 캐리의 사진을 보고 세상에 전하고 싶었던 바람도 온전히 실현되고 있다고는 볼 수 없지만, 그녀와 또 다른 피해자의 용기로 인해 일본사회의 변화는 이제 시작되고 있다고 할 수 있다.

---

[72] 이토의 민사소송은 아직 진행 중이다. 이토가 야마구치에게 1,100만 엔의 손해 배상을 요구하고 있는 소송에서 이토의 재판을 지원하는 모임 "Open the BlackBox"가 2019년 4월 10일 출범했다. (https://www.opentheblackbox.jp/) 도내에서 열린 출범 행사에는 약 150명이 참가했다. 이토의 변호인단은 참석자들에게 2017년 12월에 제1회 구두 변론 후 비공개의 변론 준비 절차가 계속되고 있는 것에 대해 설명했다. 한편 야마구치는 2019년 2월 이토에게 1억 3천만 엔의 위자료와 사과 광고를 요구하며 맞고소했다.(「レイプ告発, 伊藤詩織さん支援の会発足 賠償求め提訴中」,『朝日新聞』, 2019.4.11) 이토 시오리는 2022년 1월 25일 손배소송 2심에서 승소했다. 도쿄고등재판소(고법)에서 열린 항소심 결과, 재판부는 "동의 없이 성행위에 이르렀다"며 야마구치에게 배상을 명령했다. 배상액은 2019년 12월 1심 당시의 330만 엔에서 332만 엔으로 소폭 증액했다. 다만 재판부는 이토가 자신의 저서나 기자회견 등에서 "데이트 강간약물을 사용한 것 같다"고 표현한 부분은 허위이고 자신의 명예가 훼손됐다고 주장한 야마구치의 주장도 일부 인정해, 이토에게 55만 엔의 배상을 명령했다.('日 미투의 상징' 이토 시오리, 항소심도 승소. "목소리 낸 것 후회 안 해",『한국일보』, 2022.1.26) 이토는 이에 불복하여 2022년 2월 최고재판소에 상고했다.

참고문헌

제1부 전쟁, 혁명, 사회 ─────────────

제1장_ 보리스 파스테르나크의 한국적 수용과 『닥터 지바고』
원문자료

『경향신문』, 『동아일보』, 『매일경제』, 『思想界』, 『読売新聞』, 『조선일보』, 『한겨레』, 『現代文學』

「醫師 지바고」, 『경향신문』, 1958.10.31~1958.12.10.

로쟈, 「내적 망명자의 삶과 죽음」, 2000.7.15(http://blog.aladin.co.kr/mramor/267842).

____, 「유토피아의 종말 이후의 유토피아」, 2008.8.20(http://blog.aladin.co.kr/mramor/2252568).

막심 고리키, 최영민 역, 『어머니』, 석탑, 1985.

문병란, 「혁명·인간·사랑에 대한 고뇌─「닥터지바고」, 파스테르나크 著〈書評〉」, 『現代文學』,
      1988.11.

보리스 파스테르나크, 장세기 역, 『醫師 지바고』, 文豪社, 1959.

_____, 신일철 역, 『人生旅券─빠스떼르나크의 自敍博, 一名, 安全通行證』(1931),
      博英社, 1959.

_____·솔제니친, 이동현·오재국 역, 『世界의 文學大全集, 醫師 지바고·이반데니
      소비치의 하루』, 同和出版公社, 1971.

_____, 하동림 역, 『醫師지바고』, 新文出版社, 1978.

_____, 안정효 역, 『자서전적인 에세이─어느 시인의 죽음』(1977.11), 까치, 1981.

_____, 박형규 역, 『나의 누이 나의 삶』, 열린책들, 1989.

_____, 오재국 역, 『닥터 지바고』, 범우사, 1999.

_____, 박형규 역, 『닥터 지바고』(열린책들 세계문학 40), 열린책들, 2011.

_____, 임혜영 역, 『안전 통행증. 사람들과 상황』, 을유문화사, 2015.

_____, 이동현 역, 『닥터 지바고』, 동서문화동판(동서문화사), 2016.

솔로호프, 『동서세계문학전집, 고요한 돈강』, 동서문화사, 1987.

알렉산드르 솔제니친, 김학수 역, 『수용소군도』(1974), 대운당, 1981.

올가 이빈스카야, 신정옥 역, 『라라의 回想─파스테르나크의 戀人』上·下, 科學과 人間社, 1978.

죤 건서, 백성환 역, 『소련의 내막』上, 성문각, 1961.

흐루시초프, 정흥진 역,『世界의 大回顧錄全集, 흐루시초프』, 翰林出版社, 1981.

パステルナーク, 原子林二郎 譯,『ドクトル・ジバゴ』1・2, 東京 : 時事通信社, 1959.

ジョン・ガンサ-, 湯淺義正 譯,『ソヴェトの內幕』, 東京 : みすず書房, 1959.

데이비드 린 감독, 오마 샤리프・줄리 크리스티 주연, 〈닥터 지바고(Dr. Zhivago)〉(1965), 워너브라더스, 2007.12(3시간 17분).

논문

박유희,「문예영화와 검열」,『영상예술연구』17, 영상예술학회, 2010.

_____,「박정희 정권기 영화 검열과 감성 재현의 역학」,『역사비평』99, 역사비평사, 2012.

박인숙,「"전환"과 "연속" – 닉슨(Richard Nixon) 행정부 "데땅트" 정책의 성격」,『미국학논집』38-3, 한국아메리카학회, 2006.

이봉범,「1950년대 문화 재편과 검열」,『한국문학연구』34, 동국대 한국문학연구소, 2008.

_____,「1950년대 번역 장의 형성과 문학 번역」,『대동문화연구』79, 성균관대 대동문화연구원, 2012.

이행선,「게오르규의 수용과 한국지성사의 '25시' – 전후문학, 휴머니즘, 실존주의, 문명비판, 반공주의, 어용작가」,『한국학연구』41, 인하대 한국학연구소, 2016.

단행본

강헌,『강헌의 한국대중문화사』2 – 자유만세, 이봄, 2016.

공지영,「지금은, 슬픈 귀를 닫을 때 – 닥터 지바고」, 강헌 외,『내 인생의 영화』, 씨네21북스, 2005.

권성우,『비평과 권력』, 소명출판, 2001.

김수영,「도덕적 갈망자 파스테르나크」(1964),『김수영 전집』2, 민음사, 2007.

D. P. 미르스끼, 이항재 역,『러시아문학사』(1927), 써네스트, 2008.

라쟈노프스키, 김현택 역,『러시아의 역사』II – 1801~1976, 까치, 1982.

마치엔 외, 최옥영・한지영 역,『노벨문학상 100년을 읽는다』, 지성사, 2006.

베른트 슈퇴버, 최승완 역,『냉전이란 무엇인가 – 극단의 시대 1945~1991』, 역사비평사, 2008.

솔제니친,「표현의 자유를 위하여」, 백낙청 편,『문학과 행동』, 태극출판사, 1974.

에드워드 W. 사이드, 박홍규 역,『오리엔탈리즘』, 교보문고, 2015.

오탁번,「라라에 관하여」,『아침의 豫言』, 朝光출판사, 1973.

이철,「명저의 초점 – 파스테르나크의 의사 지바고」,『북한』160, 북한연구소, 1985.

한기호,『베스트셀러 30년』, 교보문고, 2011

제2장_1960년대 초중반 미·일 베스트셀러 전쟁문학의 수용과 월경하는 전쟁기억,
재난·휴머니즘과 전쟁책임

원문자료

『경향신문』,『동아일보』,『매일경제』,『명랑』,『사상계』,『세대』,『조선일보』,『青脈』

「全國에 몰아치는 日本風」,『사상계』, 1960.11.

고미카와 준페이,「이것이 관동군의 말로다」,『명랑』, 1968.3.

五味川純平, 강민 역,『인간의 조건』상·하, 동서문화원, 1975.

_____, 이정윤 역,『人間의 條件』상·중·하, 正向社, 1960.

곽종원·박영준,「전쟁문학을 말한다」(『서울신문』, 1958.6.25), 최예열 편,『1950년대 전후문학비평
자료』2, 월인, 2005.

노먼 메일러, 안동림 역,『나자와 사자』, 文學社, 1964.

_____, 이운경 역,『벌거벗은 자와 죽은 자』1·2, 민음사, 2016.

_____, 안동림 역,『나자와 사자』, 문학사, 1962.

백철,「전쟁문학의 개념과 그 양상」,『세대』73, 1964.6.

신구문화사 편,『일본전후문제작품집』(1960.9), 신구문화사, 1963.

_____,『미국전후문제작품집』(1960.11), 신구문화사, 1966.

정승박,『벌거벗은 포로』, 우석출판사, 1994.

五味川純平,『人間の條件』, 京都 : 三一書房, 1956.

ノーマン·メイラ-, 山西英一 譯,『裸者と死者』, 東京 : 改造社, 1949.

_____,『裸者と死者』I, 東京 : 新潮社, 1961.

고바야시 마사키 감독, 나카다이 타츠야·아라타마 미치요 출연, 〈인간의 조건〉(4disc), 피디엔터
테인먼트, 2011.4.1.

논문

강우원용,「1960년대 일본문학 번역물과 한국 - '호기심'과 '향수'를 둘러싼 독자의 풍속」,『일본
학보』93, 한국일본학회, 2012.

박광현,「재일조선인의 '전장(戰場)'과 '전후(戰後)'」,『한국학연구』41, 인하대 한국학연구소,
2016.

윤석진,「한운사의 방송극〈현해탄은 알고 있다〉고찰」,『비평문학』27, 한국비평문학회, 2007.

이행선,「해방기 식민기억과 청춘론 - 설정식의 '청춘'을 중심으로」,『한국어문학연구』63, 한국
어문학연구학회, 2014.

_____, 「게오르규의 수용과 한국 지성사의 '25시' – 전후문학, 휴머니즘, 실존주의, 문명비판, 반공주의, 어용작가」, 『한국학연구』 41, 인하대 한국학연구소, 2016.

함충범, 「1960년대 한국영화 속 일본 재현의 시대적 배경 및 문화적 지형 연구」, 『한일관계사연구』 47, 한일관계사학회, 2014.

황병주, 「냉전체제하 휴머니즘의 유입과 확산」, 『동북아역사논총』 52, 동북아역사재단, 2016.

단행본

고은, 『나, 高銀』 3, 민음사, 1993.

그렉 브라진스키, 나종삼 역, 『대한민국 만들기, 1945~1987』, 책과함께, 2011.

나카무라 마사노리, 유재연·이종욱 역, 『일본 전후사』, 논형, 2006.

다카사키 소지, 최혜주 역, 『일본 망언의 계보』, 한울, 2010.

데이비드 M. 글랜츠, 유승현 역, 『8월의 폭풍』, 길찾기, 2018.

막스 테시에, 최은미 역, 『일본영화사』, 동문선, 2000.

민주화운동기념사업회 연구소 편, 『한국민주화운동사 1 – 제1공화국부터 제3공화국까지』, 돌베개, 2008.

사카이 나오키 외, 이종호 외역, 『총력전 하의 앎과 제도』, 소명출판, 2014.

오제연, 「병영사회와 군사주의문화」, 오제연 외, 『한국현대 생활문화사 1960년대』, 창비, 2016.

오카베 마키오, 최혜주 역, 『만주국의 탄생과 유산』, 어문학사, 2009.

유근호, 『60년대 학사주점 이야기』, 나남, 2011.

이에나가 사부로, 현명철 역, 『전쟁책임』(1985), 논형, 2005.

이한정, 『일본문학의 수용과 번역』, 소명출판, 2016.

정영권, 『적대와 동원의 문화정치』, 소명출판, 2015.

정운현, 『임종국 평전』, 시대의창, 2006.

클레이본 카슨 편, 이순희 역, 『나에게는 꿈이 있습니다』, 바다출판사, 2000.

코모리 요우이치, 「문학으로서의 역사, 역사로서의 문학」, 코모리 요우이치·타카하시 테츠야 편, 이규수 역, 『내셔널 히스토리를 넘어서』, 삼인, 2005.

하타노 스미오, 오일환 역, 『전후일본의 역사문제』, 논형, 2016.

한운사, 『구름의 역사』, 민음사, 2006.

홍석률, 「1960년대 한국 민족주의의 분화」, 『1960년대 한국의 근대화와 지식인』, 선인, 2004.

홍석률, 「위험한 밀월 – '박정희-존슨' 정부 시기」, 역사비평 편집위원회 편, 『갈등하는 동맹』, 역사비평사, 2010.

鍛冶俊樹,『戰爭の常識』, 文藝春秋, 2005.

제3장 바로네스 오르치의 『빨강 별꽃』과 번역

원문자료

『경향신문』, 『뉴시스』, 『동아일보』, 『每日新聞』, 『매일경제』, 『아리랑』, 『読売新聞』, 『이데일리』, 『조선일보』, 『한겨레』.

김내성, 「붉은 나비」, 『아리랑』, 1955.3~9.

바로네스 메무스카 오르치, 권기환 역, 『빨간 별꽃』(화이베터문고 27), 태극출판사, 1984.

바로네스 옥시, 김연은 역, 『주홍 별꽃』, 백성, 1999.

바로네스 올씨, 朴興珉 역, 『붉은 나비』, 삼중당, 1960.

배로니스 오르치, 『빨간 별꽃』, 가나출판사, 1994.

에마 오르치, 송지인 그림, 『빨간 별꽃』(영원한 세계 명작 20), 가나출판사, 2003.

에무스카 바로네스 오르치, 이정태 李鼎泰 譯, 『구석의 노인 사건집』(동서 미스터리 북스 63), 동서문화사, 2003.

에마 오르치, 남정현 역, 『빨강 별꽃』(동서 미스터리 북스 114), 동서문화동판(동서문화사), 2003.

에무스카 바로네스 오르치, 한상남 편, 『빨간 별꽃』(논술대비 초등학생을 위한 세계명작117), 지경사, 2012.

엠마 오르치, 이나경 역, 『스칼렛 핌퍼넬』, 21세기북스, 2013.

오르찌, 신복룡 역, 『주홍꽃』(계몽사문고 66), 계몽사, 1979.

_____, 정상묵 역, 『빨간 별꽃』(소년소녀세계명작전집 4), 동아출판사, 1980.

_____, 편집부 역, 『분홍꽃』(소년소녀세계명작전집 10), 박영사, 1967.

올츠이, 업스카 버르네스, 南廷賢 역, 『빨강 별꽃』(東西推理文庫 65), 東西文化社, 1977.

_____, 업스카 버르네스, 이정태 역, 『구석의 老人』(東西推理文庫 104), 東西文化社, 1977.

「〈広告〉世界ロマンス文庫 紅はこべ/筑摩書房」, 『読売新聞』, 1970.

オルツイ, 『快傑紅はこべ』, かばや児童文化研究所, 1953.

_____, 松本泰 譯, 『(世界大衆文學全集 23) 紅蘩蔞』, 改造社, 1929.

_____, 江戸川乱歩 訳, 『紅はこべ』(少年少女世界名作文学全集 38), 小学館, 1963.

バロネス・オルツイ, 村岡花子 訳, 『べにはこべ』(百万人の世界文学 12), 三笠書房, 1954.

_____, 西村孝次 訳, 『紅はこべ』(世界大ロマン全集 34), 創元社, 1958.

_____, 小山勝清 訳, 『紅はこべ』(世界名作全集 37), 講談社, 1961.

オルツィ夫人, 村岡花子 訳, 『べにはこべ』, 英宝社, 1950.

オルツイ・松本恵子,『紅はこべ』, 東京 : 盛光社, 1970.

小山勝清,『(世界名作物語)紅はこべの冒険』(オルツイ夫人原作), 大日本雄弁会講談社, 1941.

バロネス・オルツイ, 西村孝次 訳,『紅はこべ』, 東京 : 創元社, 1970.

B・オルツイ, 村岡花子 訳,『べにはこべ』, 河出書房新社, 2014.

Baroness orczy, *The Scarlet Pimpernel*, The Blakiston company, 1944.

Orczy, Baroness, *The scarlet pimpernel : a romance*, London : Greening, 1907.

논문

권정희,「현철의 번역 희곡「바다로 가는 者들」과 일본어 번역 저본 – 일본어 번역을 통한 '중역'의 양상」,『비교문학』69, 한국비교문학회, 2016.

엄용희,「한눈에 보는 서양문학 번역의 역사 – 金秉喆『世界文學飜譯書誌目錄總覽』(國學資料院 2002)」,『안과밖』14, 영미문학연구회, 2003.

윤지관,「세계문학 번역과 근대성 – 세계적 정전에 대한 물음」,『영미문학연구』21, 영미문학연구회, 2011.

이행선・양아람,「『추악한 미국인』(1958)의 번역과 동아시아의 추악한 일본인, 중국인, 한국인(1993) – 혐오와 민족성, 민족문화론」,『한국학연구』48, 인하대 한국학연구소, 2018.

조재룡,「중역(重譯)의 인식론 – 그 모든 중역들의 중역과 근대 한국」,『아세아연구』54, 고려대 아세아문제연구소, 2011.

황호덕,「번역가의 왼손, 이중어사전의 통국가적 생산과 유통 – 언어정리 사업으로 본 근대 한국 (어문)학의 생성」,『상허학보』28, 상허학회, 2010.

단행본

강인숙,『서울, 해방공간의 풍물지』, 쌤앤파커스, 2016.

김병철,『세계문학번역서지목록총람』, 국학자료원, 2002.

노명식,『프랑스혁명에서 파리 코뮌까지, 1789~1871』, 책과함께, 2011.

Ryu Si-Hyun, "Multiply-Translated Modernity in Korea", *International Journal of Korean History* 16, 2011.

이수진・조용신,『뮤지컬이야기』, 숲, 2009.

정종현,「'백가면', '붉은 나비'로 날다 '해방 전후' 김내성 스파이 – 탐정소설의 연속과 비연속」, 이영미 외,『김내성 연구』, 소명출판, 2011.

막스 갈로, 박상준 역,『프랑스 대혁명』1・2, 민음사, 2013.

알베르 소불, 최갑수 역, 『프랑스혁명사』, 교양인, 2018.

Clifford E., Landers, 이형진 역, 『문학번역의 세계 – 외국문학의 영어번역』, 한국문화사, 2001.

제4장 게오르규의 수용과 한국 지성사의 『25시』

원문자료

『경향신문』, 『讀書新聞』, 『동아일보』, 『매일경제』, 『명랑』, 『문예』, 『文學思想』, 『문학예술』, 『文化世界』, 『佛敎思想』, 『사상계』, 『새가정』, 『세대』, 『한겨레』.

김성한, 「24시」, 『김성한 중단편전집』, 책세상, 1988.

김수영, 「삼동유감」(1968), 『김수영 전집』 2, 민음사, 2003.

게오르규, 강인숙 역, 『25시, 키랄레싸의 虐殺』, 三省出版社, 1975.

게오르규, 李君喆 역, 『게오르규 25시 · 오오웰 1984년』, 同和출판공사.

게오르규 · 베이요 메리, 강인숙 · 이인웅 역, 『25시, 마닐라 로우프』, 삼성출판사, 1986.

流周鉉, 「流轉 二十四時」, 『사상계』, 1955.5.

백철, 「脫皮의 모랄 – 자기혁신과 작가의 길」(1953), 『백철문학전집』 2, 신구문화사, 1968.

비르질 게올규우, 정비석 · 이진섭 · 허백년 역, 『第二의 찬스』, 정음사, 1953.

알렉산드르 솔제니친, 김학수 역, 『수용소군도』(1974), 대윤당, 19810

알베레스, 정명환 편역, 『20세기의 지적모험』, 乙酉문화사, 1961.

에리히 마리아 레말크, 강봉식 역, 「생명의 불꽃」, 『사상계』, 1953.5.

유종호, 「현대인의 운명 – '현대의 야'에 부쳐」(『한국일보』, 1960.4), 『비순수의 선언』, 1995

이어령, 『저항의 문학』(1959), 예문관, 1965.

_____, 『지금은 몇 시인가』 4 – 한국의 25時, 서문당, 1971.

_____, 「화전민 지대 – 신세대의 문학을 위한 각서」(『경향신문』1957.1.11~1957.1.12), 최예열 편, 『1950년대 전후문학비평 자료』 1, 월인, 2005.

_____ 외, 『世界知性과의 對話』(1976), 문학사상출판부, 1987.

장용학, 「실존과 요한시집」(1963.1), 『장용학 문학 전집』 6, 국학자료원, 2002.

조향, 「20세기의 사조」(『사상』, 1952.9), 『조향전집』 2, 열음사, 1994.

C.V. 케오르규우, 金松 역, 『25時』, 東亞文化社, 1952.

콘스탄틴 비르질 게오르규, 金松 역, 『(長編小說) 第二의 機會(La Second chance)』, 東亞文化社, 1953.

Gheorghieu, C. V, 민희식 역, 「한국찬가」, 『25時를 넘어 아침의 나라로』, 범서출판사, 1984.

Gheorghiu, Constantin Virgil, 민희식 역, 『韓國 아름다운 미지의 나라』, 평음사, 1987.

ゲオルギウ, 河盛好藏 譯, 『二十五時』, 東京 : 筑摩書房, 1950.

KBS영상사업단 제작, 〈TV문화기행, 문학편 6 – 게오르규, 25시의 증언〉, KBS, 2000.

단행본

강만길, 『분단시대의 역사 인식』, 창작과비평사, 1978.

강원대 학생생활연구소 편, 『知性의 광장에서 – 젊은이를 위한 강연 모음』, 강원대 출판부, 1987.

강인숙, 『서울, 해방공간의 풍물지』, 박하, 2016.

김병익, 「지식인다움을 찾아서」, 『文化와 反文化』, 문장, 1979.

_____, 「"1984년"과 1984년」, 『들린 시대의 문학』, 문학과지성사, 1985.

김붕구, 「작가와 증언 – '증언의 문학', '증언으로서의 문학'에 있어서」(『사상계』, 1964.8), 최예열 편,
　　　『1950년대 전후문학비평자료』 2, 월인, 2005.

김원, 「전태일과 열사 그리고 김진숙의 외침」, 권보드래 외, 『1970, 박정희 모더니즘』, 천년의상
　　　상, 2015.

김인걸 외편, 『한국현대사 강의』, 돌베개, 1998.

김지하, 「1974년 1월」, 『타는 목마름으로』, 창작과비평사, 1993.

김한종, 『역사교육으로 읽는 한국현대사』, 책과함께, 2013.

김행선, 『1970년대 박정희 정권의 문화정책과 문화통제』, 선인, 2012.

동양그룹종합조정실, 『동양보다 큰 사람 – 서남 이양구 추모집』, 동양그룹, 1995.

류달영, 『소중한 만남 – 나의 인생노트』, 솔, 1998.

裵泰寅, 「내 25시적 삶」, 신경림 외, 『作家의便紙』, 어문각, 1983.

백낙청 편역, 『문학과 행동』, 태극출판사, 1974.

유명우, 『어느 돌맹이의 외침』(1978), 1984.

이재오, 『한국학생운동사 1945~1979년』, 파라북스, 2011.

정영권, 『적대와 동원의 문화정치』, 소명출판, 2015.

韓完相, 『민중과 지식인』, 정우사, 1978.

제5장_『추악한 미국인』(1958)의 번역과 동아시아의 추악한 일본인, 중국인, 한국인(1993)
원문자료

『경향신문』, 『동아일보』, 『每日新聞』, 『매일경제』, 『思想界』, 『世代』, 『読売新聞』, 『조선일보』, 『창
작과비평』, 『青脈』, 『한겨레』.

河崎一郎, 鄭在虎 역, 『醜惡한 日本人』, 金蘭출판사, 1974.

金鎭萬, 『아글리 코리언』(1965), 探求堂, 1981.

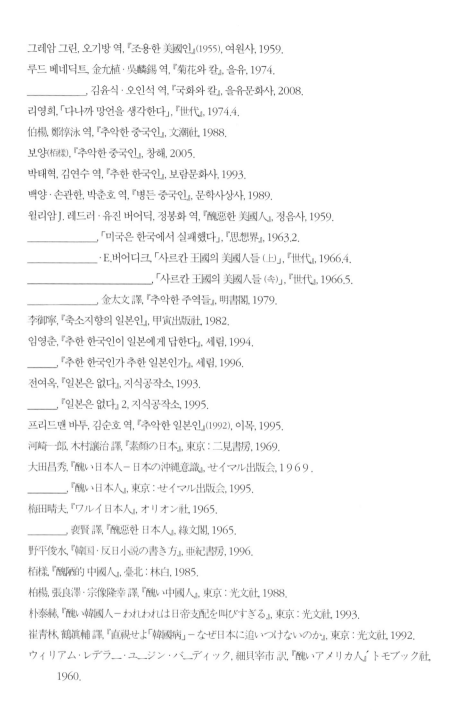

그레암 그린, 오기방 역, 『조용한 美國인』(1955), 여원사, 1959.

루드 베네딕트, 金允植·吳麟錫 역, 『菊花와 칼』, 을유, 1974.

_____, 김윤식·오인석 역, 『국화와 칼』, 을유문화사, 2008.

리영희, 「다나까 망언을 생각한다」, 『世代』, 1974.4.

伯楊, 鄭惇泳 역, 『추악한 중국인』, 文潮社, 1988.

보양(柏楊), 『추악한 중국인』, 창해, 2005.

박태혁, 김연수 역, 『추한 한국인』, 보람문화사, 1993.

백양·손관한, 박춘호 역, 『병든 중국인』, 문학사상사, 1989.

윌리암 J. 레드러·유진 버어딕, 정봉화 역, 『醜惡한 美國人』, 정음사, 1959.

_____, 「미국은 한국에서 실패했다」, 『思想界』, 1963.2.

_____·E.버어디크, 「사르칸 王國의 美國人들 (上)」, 『世代』, 1966.4.

_____, 「사르칸 王國의 美國人들 (속)」, 『世代』, 1966.5.

_____, 金太文 譯, 『추악한 주역들』, 明書閣, 1979.

李御寧, 『축소지향의 일본인』, 甲寅出版社, 1982.

임영춘, 『추한 한국인이 일본에게 답한다』, 세림, 1994.

_____, 『추한 한국인가 추한 일본인가』, 세림, 1996.

전여옥, 『일본은 없다』, 지식공작소, 1993.

_____, 『일본은 없다』 2, 지식공작소, 1995.

프리드맨 바투, 김순호 역, 『추악한 일본인』(1992), 이목, 1995.

河崎一郎, 木村讓治 譯, 『素顔の日本』, 東京 : 二見書房, 1969.

大田昌秀, 『醜い日本人－日本の沖繩意識』, セイマル出版会, 1969.

_____, 『醜い日本人』, 東京 : セイマル出版社, 1995.

梅田晴夫, 『ワルイ日本人』, オリオン社, 1965.

_____, 裵賢 譯, 『醜惡한 日本人』, 綠文閣, 1965.

野平俊水, 『韓国·反日小説の書き方』, 亜紀書房, 1996.

栢樣, 『醜陋的 中國人』, 臺北 : 林白, 1985.

柏楊, 張良澤·宗像隆幸 譯, 『醜い中國人』, 東京 : 光文社, 1988.

朴泰赫, 『醜い韓國人－われわれは日帝支配を叫びすぎる』, 東京 : 光文社, 1993.

崔青林, 鶴眞輔 譯, 『直視せよ「韓國病」－なぜ日本に追いつけないのか』, 東京 : 光文社, 1992.

ウィリアム·レデラ―·ユ―ジン·バ―ディック, 細貝宰市 訳, 『醜いアメリカ人』トモブック社,
　　　1960.

Kawasaki, Ichiro, *The Japanese are like that*, Tokyo : Charles. E. Tuttle, 1955.

Lederer, William J, *A Nation of sheep*, New York : Norton and Company, 1961.

_____, Burdick, Eugene, *The ugly American*, New York : Norton, 1958.

논문

박인숙, 「'전환'과 '연속' – 닉슨(Richard Nixon) 행정부 '데탕트' 정책의 성격」, 『미국학논집』 38-3, 한국아메리카학회, 2006.

오승희, 「중일경쟁시대 일본의 중국인식과 중국정책」, 『아세아문제연구』 60-2, 고려대 아세아문제연구소, 2017.

이행선, 「대중과 민족 개조 – 박정희, '우리 민족의 나갈 길'을 중심으로」, 『한국문화연구』 21, 이화여대 한국문화연구원, 2011.

차정미, 「한국인의 대중국 인식변화와 그 요인」, 『아세아연구』 60-2, 고려대 아세아문제연구소, 2017.

단행본

김영신, 『대만의 역사』, 지영사, 2001.

그렉 브라진스키, 나종남 역, 『대한민국 만들기, 1945~1987』, 책과함께, 2011.

나카무라 마사노리, 유재연 · 이종욱 역, 『일본 전후사 1945~2005』, 논형, 2006.

다카사지 소지, 최혜주 역, 『일본 망언의 계보』, 한울, 2010.

도널드 스턴 맥도널드, 한국역사연구회 1950년대반 역, 『한미관계20년사(1945~1965)』, 한울아카데미, 2001.

리영희, 『전환시대의 논리』(1974), 창비, 2006.

마고사키 우케루, 양기호 역, 『미국은 동아시아를 어떻게 지배했나』, 메디치, 2013.

박찬승, 「분단시대 남한의 한국사학」, 조동걸 · 한영우 · 박찬승 편, 『한국의 역사가와 역사학』下, 창비, 1994.

백승종, 『금서, 시대를 읽다』, 산처럼, 2012.

서승원, 『북풍과 태양 – 일본의 경제외교와 중국 1945~2005』, 고려대 출판부, 2012.

소도진치, 박원호 역, 『중국근현대사』(1986.3), 지식산업사, 1998.

新丘文化社 편집부, 『世界의 人間像』(世界傳記文學全集), 新丘文化社, 1963.

青柳純一, 「일본 탐구 · 취재기의 비판적 검토」, 『창작과비평』 78, 1992.

아오키 다모쓰, 최경국 역, 「『국화와 칼』의 성격」, 『일본 문화론의 변용』, 小花, 2003.

연합통신 특별취재팀 현장취재,『다시 일어선 일본 그 힘은 어디서』, 주식회사 연합통신, 1991.

오구라 기조, 한정선 역,『일본의 혐한파는 무엇을 주장하는가』, 제이앤씨, 2015.

요시미 순야, 최종길 역,『포스트 전후 사회』, 어문학사, 2013.

윤병로,『葉錢의 悲哀』, 靑潮閣, 1961.

이어령,『흙속에 바람 속에』(1963.12), 현암사, 1966.

조세영,『한일관계 50년, 갈등과 협력의 발자취』, 대한민국역사박물관, 2014.

최재석,『한국인의 사회적 성격』, 민조사, 1965.

캐럴 랭커스터, 유지훈 역,『왜 세계는 가난한 나라를 돕는가』, 시공사, 2010.

호영송,『창조의 아이콘, 이어령 평전』, 문학세계사, 2013.

홍성수,『말이 칼이 될 때』, 어크로스, 2018.

佐々木俊尚,『「当事者」の時代』, 光文社, 2012.

제1장_루이제 린저의 수용과 한국사회의 『생의 한가운데』

원문자료

『경향신문』,『동아일보』,『매일경제』,『文學思想』,『명랑』,『세대』,『수필문학』,『여성동아』,『연합뉴스』,『조선일보』,『출판저널』,『한겨레』.

「본사 제2회 해외작가 초청-루이제 린저의 문학과 사상」,『문학사상』, 1975.11.

「취재일기-린저 '한국의 한가운데서' 26일」,『문학사상』, 1975.12.

루이제 린저,「루이제 린저의 소련기행-모스크바의 우울」,『세대』, 1973.5.

_____,『루이제 린저 선집』(전10권), 범우사, 1975.

_____,「세계여류수필-이탈리아의 시골 길」,『수필문학』, 1980.2.

_____, 강두식 역,『니나』(도덕의 모험), 문예출판사, 1968.

_____, 곽복록 역,『고독한 당신을 위하여』, 범우사, 1974.

_____,『옥중일기』, 을유문화사, 1974.

_____, 전원배 역,『루이제 린저 대표문학전집』1~6, 광학사, 1976.

_____, 전혜린 역,「生의 한가운데」,『독일전후문제작품집』, 신구문화사, 1961.

_____,『生의 한가운데』, 文藝, 1967.

_____, 정경석 역,『완전한 기쁨』, 덕문출판사, 1974.

_____, 정규화 역,『그늘진 사람들』, 범우사, 1975.

_____, 차경아 역,『왜 사느냐고 묻거든』, 문학사상출판부, 1975.

_____, 홍경호 역,『잔잔한 가슴에 파문이 일 때』, 범우사, 1972.

_____,『다니엘라』, 범우사, 1973.

_____,『선을 넘어서』, 범우사, 1977.

ルイーゼ・リンザー, 강규헌 역,『루이제 린저의 북한이야기』, 형성사, 1988.

_____, 김해생 역,『전쟁장난감-루이제 린저의 사회비평적 일기(1972~1978)』, 한울, 1988.

_____, 박근영 역,『무엇이 우리를 행복하게 하는가』, 안암문화사, 1988.

_____, 박민수 역,『고향 잃은 우리들』, 홍익기획, 1994.

_____, 박재림 편역,「어떻게 생각하며 인생을 살 것인가」,『산다는 것의 마지막 의미』(1979), 원정출판사, 1983.

_____, 설영환 역,『심혼의 샛강을 타고』, 세종출판공사, 1988.

ルイーゼ・リンザー, 신교춘 역, 『개 형제』, 이레, 2001.

_____, 장혜경 역, 『아벨라르의 사랑』, 프레스21, 1997.

_____, 한민 역, 『또 하나의 조국』, 공동체, 1988.

_____, 홍종도 역, 『윤이상-루이제 린저의 대담』, 한울, 1988.

_____, 황성식 역, 『운명을 넘어서 그대에게』, 시인과 촌장, 1998.

_____, 伊藤成彦 訳 『傷ついた龍 : 一作曲家の人生と作品についての対話』, 東京 : 未來社, 1981.

논문

권보드래, 「임어당, '동양'과 '지혜'의 정치성-1960년대의 임어당 열풍과 자유주의 노선」, 『한국 학논집』 51, 계명대 한국학연구원, 2013.

김성환, 「1970년대 선데이서울과 대중서사」, 『어문론집』 64, 중앙어문학회, 2015.

노명환, 「냉전 시대 박정희의 한국 산업화 정책과 서독의 의미와 역할 1961~1967」, 『사림(성대사 림)』 38, 수선사학회, 2011.

박재영, 「루이제 린저의 남북한 여행기에 나타난 한국의 표상」, 『역사문화연구』 30, 한국외대 역 사문화연구소, 2008.

이종호, 「1960년대 '세계전후문학전집'의 발간과 전위적 독서주체의 기획」, 『한국학연구』 41, 인 하대 한국학연구소, 2016.

이행선, 「게오르규의 수용과 한국 지성사의 '25시'-전후문학, 휴머니즘, 실존주의, 문명비판, 반 공주의, 어용작가」, 『한국학연구』 41, 인하대 한국학연구소, 2016.

이혜정, 「1970년대 고등교육을 받은 여성의 '공부' 경험과 가부장적 젠더규범」, 『교육사회학연 구』 22-4, 한국교육사회학회, 2012.

전명혁, 「1960년대 '동백림사건'과 정치사회적 담론의 변화」, 『역사연구』 22, 역사학연구소, 2012.

정종환, 「잉게 숄, "아무도 미워하지 않는 者의 죽음"」, 『열린전북』 58, 2004.9.

정종현, 「투쟁하는 청춘, 번역된 저항-1980년대 운동세대가 읽은 번역 서사물 연구」, 『한국학 연구』 36, 인하대 한국학연구소, 2015.

최승완, 「냉전의 억압적 정치현실-1950/60년대 서독의 공산주의자 탄압을 중심으로」, 『歷史學 報』 190, 역사학회, 2006.

단행본

김민환, 「페레스트로이카, 북방정책, 그리고 임수경」, 김정한 외, 『한국현대생활문화사 1980년
　　대』, 창비, 2016.

김인걸 외편, 『한국현대사 강의』, 돌베개, 1998.

김한종 외, 『한국 근·현대사(고등학교)』, 금성출판사, 2004.

대한출판문화협회 편, 『대한출판문화협회40년사』, 대한출판문화협회, 1987.

민주화운동기념사업회 한국민주주의연구소 편, 『한국민주화운동사』 3, 돌베개, 2010.

박세길, 『다시 쓰는 한국현대사』 3, 돌베개, 2015.

역사비평 편집위원회 편, 『갈등하는 동맹－한미관계60년』, 역사비평사, 2010.

유경순, 「쟁점으로 보는 1970~86년 노동운동사」, 역사학연구소 편, 『노동자, 자기 역사를 말하
　　다』, 서해문집, 2005.

유근호, 『60년대 학사주점 이야기』, 나남, 2011.

윤형두, 『한 출판인의 자화상』, 범우, 2011.

이영미, 『한국대중예술사, 신파성으로 읽다』, 푸른역사, 2016.

이임자, 『한국 출판과 베스트셀러』, 경인문화사, 1998.

이재오, 『학생운동사 1945~1979년』, 파라북스, 2011.

정진숙, 『을유문화사 50년사』, 을유문화사, 1997.

한국가정법률상담소, 『번민하는 이웃과 함께, 한국가정법률상담소 50년사』, 한국가정법률상담
　　소출판부, 2009.

제2장_아리요시 사와코의 『복합오염』과 한국사회의 환경재난과 환경운동(권숙표, 최열)

원문자료

『경향신문』, 『국민일보』, 『동아일보』, 『머니투데이』, 『매일경제』, 『MBN』, 『読売新聞』, 『세계일보』,
『世代』, 『조선일보』, 『프레시안』, 『한겨레』, 『헤럴드경제』.

D. H. 메도우즈 외, 金昇漢 역, 『人類의 危機－로마클럽 레포오트』, 三星文化財團, 1972.

R. 카아슨, 車鍾煥·李順愛 역, 『沈默의 봄, 公害의 悲劇』 1·2, 世印出版公社, 1974.

미첼 바티세, 權肅杓 역, 『하나뿐인 自然』, 中央日報, 1978.

有吉佐和子, 김영철 역, 『황홀의 인생』, 한진문화사, 1973.

_____, 『시아버지－현사회는 노인을 이대로 외면할 것인가?』, 한진, 1973.

_____, 權一鶴 역, 『恍惚의 人生』, 文潮社, 1975.

아리요시 사와코, 고병열 역, 『모록』(恍惚の人), 요산, 2010.

아리요시 사와코, 權肅杓 역, 『小說複合汚染』, 延禧出版社, 1978.

_____, 최열 편역, 『소설 복합오염』, 형성사, 1990.

이문구, 『우리 동네』(오늘의 作家叢書 11), 民音社, 1981.

Oliver Georges, 權肅杓 역, 『人類生態學』, 三星文化財團, 1978.

최열, 『한국의 공해지도』(일월총서 70), 한국공해문제연구소, 일월서각, 1986.

____ · 서울대 기초교육원, 『환경운동과 더불어 33년 – 최열이 말하는 한국 환경운동의 가치와 전망』, 생각의나무, 2009.

有吉佐和子, 『複合汚染その後』, 東京 : 潮出版社, 1977.

開高健 · 有吉佐和子 · 大江健太郎, 김용제 외역, 『戰後日本短篇文學全集』 5, 日光出版社, 1965.

_____, 『日本受賞文學全集』 5, 豊南出版社, 1969.

レイチェル カ_ソン, 青樹簗一 翻訳, 『沈黙の春』, 新潮社, 2017.

岩本経丸 外, 『小説複合汚染への反証』, 東京 : 国際商業出版.

開高健 · 有吉佐和子 · 大江健太郎, 『現代日本代表文學全集』 5, 平和出版社, 1973.1.15.

〈제정임의 문답쇼, 힘 – 35년 외길 최열 환경운동가〉, SBS CNBC, 2017.8.31.

논문

박진도, 「해방 50년 기념 기획문학으로 본 한국현대사 50년 1970년대 우리동네 – '새마을'바람에 황폐된 농촌」, 『역사비평』 31, 역사비평사, 1995.

이광영, 「원로와의대담 – 공해연구의 태두 권숙표 박사」, 『The science & technology』 29-6, 한국과학기술단체총연합회, 1996.

정용, 「인물기행 권숙표 한국 환경공해 문제의 태두」, 『한국논단』 47, 한국논단, 1993.

見里朝正, 「유기농업은 과학의 후퇴일 뿐, 농약 – 어느 화학물질보다 안전성 우수 : 소설 『복합오염』의 허와 실」, 『농약과식물보호』 3-1, 한국작물보호협회, 1982.

단행본

강준만, 『한국 현대사 산책 1970년대편』 3, 인물과사상사, 2002.

국립환경과학원 · (사)한국환경교육학회, 『환경권 시대의 시작과 환경사』, 진한엠앤비, 2014.

권혁태, 『일본 전후의 붕괴』, 제이앤씨, 2013.

김정덕, 권숙표 감수, 『한국의 공해행정』, 技工社, 1978.

김종성, 『한국 환경생태소설 연구』, 서정시학, 2012.

니시나 겐이치 · 노다 교우미, 육혜영 역, 『한국공해리포트 – 원전에서 산재까지』, 개마고원,

1991.

다케다 하루히토, 「환경파괴와 공해 분쟁」, 『고도성장』, 어문학사, 2013.

미야모토 겐이치, 김해창 역, 『공해의 역사를 말한다 — 전후일본공해사론』, 미세움, 2016.

박창근 편저, 『한국의 환경보호 초기의 선각자들(1960~1970년대)』, 가교, 2015.

백낙청 · 김세균 · 김종철 · 이미경 · 김록호 좌담회, 「생태계의 위기와 민족민주운동의 사상」(창작
과 비평, 1990.10.14), 『백낙청 회화록』 3, 창비, 2007, 창비.

시민운동정보센터, 『한국시민사회운동 25년사, 1989~2014』, (사)시민운동정보센터, 2015.

유시민, 『나의 한국현대사』, 돌베개, 2014.

오경자, 『有吉佐和子(아리요시 사와코)의 문학과 현대 일본사회』, 안성 : 계명, 2000.

정상호, 『한국 시민사회사 — 산업화기 1961~1986』, 학민사, 2017.

조희연, 『박정희와 개발독재시대』, 역사비평사, 2007.

하라다 마사즈미, 김양호 역, 『미나마타병 — 끝나지 않는 아픔』, 한울, 2006.

홍성태, 『개발주의를 비판한다』, 당대, 2007.

환경과공해연구회, 『공해문제와 공해대책』, 한길사, 1991.

제3장_ 알랭 로브그리예(1922~2008)의 누보 로망과 문학론

원문자료

『국민일보』, 『경향신문』, 『동아일보』, 『매일경제』, 『文學과 知性』, 『文學思想』, 『思想界』, 『세계일
보』, 『世界의 文學』, 『作家世界』, 『조선일보』, 『한겨레』.

김수영, 『김수영전집』 2, 민음사, 2007.

김치수, 『文學社會學을 위하여』, 文學과 知性社, 1979.

_____ 외, 『누보 로망 연구』, 서울대 출판부, 2001.

김현, 『社會와 倫理』, 一志社, 1974.

____, 『행복한 책읽기, 김현일기 1986~1989』, 문학과지성사, 2015.

나탈리 싸로트, 朴熙鎭 역, 『疑惑의 시대』, 傳藝苑, 1982.

레알 우엘레, 정소영 역, 『누보 로망의 理論』, 정음사, 1976.

Robbe-Grillet Alain, 孫錫麟 역, 『허깨비들의 祝祭 : 누보로망에의 招待』, 汎潮社, 1980.

로브그리예 · 싸로뜨, 최석기 · 김치수 · 정병희 역, 『變態性慾者 · 어느 미지인의 초상화』, 三省出
版社, 1979.

린다 허치언, 김상구 · 윤여복 역, 『패러디 이론』, 문예출판사, 1992.

미셸 레몽, 김화영 역, 『프랑스 현대소설사』, 현대문학, 2007.

민희식,『프랑스문학사』, 이화여대 출판부, 1976.

백낙청 편역,『문학과 행동』, 태극출판사, 1974.

서영채,『인문학 개념정원』, 문학동네, 2013.

알랭 로브 그리예·외젠느 이오네스코, 고광단·조광희 역,『고무지우개, 짧은 순간의 노출, 무소 外』(오늘의 세계문학16), 中央日報社, 1982.

_____, 고광단 역,『히드라의 거울』, 미리내, 1994.

_____, 김정옥 역,『어느 시역자』, 세계사, 1993.

_____, 김치수 역,『누보 로망을 위하여』, 문학과지성사, 1981.

_____, 민희식 역,『지난해 마리앵바드에서·질투』, 역서재, 1978.

_____, 박이문 역,「迷宮속에서」,『사상계』, 사상, 1961.3.

_____, 박이문·박희원 역,『질투』(민음사세계문학전집 84), 민음사, 2003.

_____, 윤영애 역,『질투, 미로에서, 엿보는 자』(學園세계문학 51), 學園社, 1985.

_____, 이상해 역,『되풀이』, 북폴리오, 2003.

_____·나탈리 사로트, 김치수·정병희 역,『변태성욕자, 어느 미지인의 초상화』(三省版 世界現代文學全集 20), 삼성출판사, 1988.

알베레스, 정명환 역,『二十世紀의 知的冒險』, 을유문화사, 1961.

이와야 쿠니오 외, 남명수·송태욱·오유리 역,『전후 유럽문학의 변화와 실험-쉬르레알리슴, 실 존주의, 누보 로망』, 웅진 지식하우스, 2011.

하일지,『경마장 가는 길』, 민음사, 1990.

한국불어불문학회 50년사 발간위원회,『한국불어불문학회 50년사』, 한국불어불문학회, 2015.

논문

김호영,「소설과 영화에 나타난 허위의 서사화 연구－로브그리예와 레네의『지난 해 마리앵바드 에서』를 중심으로」,『불어불문학연구』 52, 한국불어불문학회, 2002.

이행선,「게오르규의 수용과 한국 지성사의 '25시'－전후문학, 휴머니즘, 실존주의, 문명비판, 반 공주의, 어용작가」,『한국학연구』 41, 인하대 한국학연구소, 2016.

이행선·양아람,「1960년대 초중반 미·일 베스트셀러 전쟁문학의 수용과 월경하는 전쟁기억, 재난·휴머니즘과 전쟁책임－노먼 메일러(Norman Mailer)『나자와 사자』와 고미카와 준페 이(五味川純平)『인간의 조건』」,『기억과 전망』 36, 민주화운동기념사업회 한국민주주의연 구소, 2017.

이행선·양아람,「루이제 린저의 수용과 한국사회의 '생의 한가운데'－신여성, 인생론, 세계여성의 해(1975), 북한바로알기운동(1988)」, 『민족문화연구』 73, 고려대 민족문화연구원, 2016.

단행본

강충권, 「구조주의와 후기구조주의 흐름 속에서의 사르트르 수용」, 『실존과 참여』, 문학과지성사, 2012.

김성우, 「내 소설은 늘 새롭다− '누보로망'의 작가 알랭 로브 그리예」, 『프랑스 지성기행』, 나남, 2000.

김윤식, 「『난쟁이가 쏘아올린 작은 공』 이후 문학인식과 포스트모던한 상황」, 『90년대 한국소설의 표정』, 서울대 출판부, 1994.

김현, 「韓國小說의 可能性−리얼리즘論 瞥見」, 『文學과 知性』 1-1, 문학과지성사, 1970.

남진우, 「『경마장 가는 길』은 새로운 소설인가」, 『올페는 죽을 때 나의 직업은 시라고 하였다』, 문학동네, 2010.

로브그리예·하일지, 「탐색의 시대, 탐색의 소설−누보 로망과 새로운 인간의식 〈對談〉」, 『世界의 文學』 22-4, 민음사, 1997.

민희식, 「로브 그리예와의 한 週日」, 『문학사상』, 문학사상사, 1979.

박이문, 「신념에 찬 아방가르드(전위)작가−앙띠로망의 대표 로브-그리예를 만나서」, 『다시 찾은 빠리수첩』, 당대, 1997.

_____, 「문예사조로서의 앙티로망」, 『박이문 인문학전집 2 − 나의 문학, 나의 철학』, 미다스북스, 2016.

사르트르, 김붕구 역, 「作品을 쓴다는 것은 무엇인가」, 김현·김주연 편, 『文學이란 무엇인가』, 문학과지성사, 1976.

알베레스·李桓, 「사르트르에서 누보 로망까지」, 임영빈 편, 『세계지성과의 대화』, 문학사상사, 1987.

황종연, 「『늪을 건너는 법』 혹은 포스트모던 로만스-소설의 탄생」, 『문학동네』, 문학동네, 2016.

제4장_2010년대 한국과 일본의 편의점 인간과 사회

원문자료

『경향신문』, 『文芸春秋』, 『文学界』, 『毎日新聞』, 『読売新聞』, 『조선일보』, 『중앙일보』, 『한국경제신문』, 『한겨레』, 『月刊コンビニ』.

무라타 사야카, 김석희 역, 『편의점 인간』, 살림, 2016.

무라타 사야카, 최고은 역, 『소멸세계』, 살림, 2017.

박영란,『편의점 가는 기분』, 창비, 2016.

「芥川賞作家 師弟対談 細部に宿るもの 宮原昭夫さん 村田沙耶香さん」,『読売新聞』, 2016.8.22.

「コンビニ人間−村田沙耶香 著 異質な自分をめぐって」,『読売新聞』, 2016.8.7.

村田 沙耶香,『コンビニ人間』, 文芸春秋, 2016.

〈편의점 도시락〉2−미래를 꿈꾸다, OBS, 2017.10.30.

논문

오세일·조재현,「한국사회의 삶의 질 저하현상에 관한 성찰−신자유주의 노동시장의 불안정성
　　을 중심으로−」,『생명연구』42, 서강대 생명문화연구소, 2016.

장귀연,「비정규직과 신자유주의 노동정책, 노동운동의 전략」,『마르크스주의연구』8-4, 경상대
　　사회과학연구원, 2011.

장미영,「청년의 고립된 자아와 디스토피아적 상상력−김애란 소설을 중심으로」,『여성문학연
　　구』33, 한국여성문학학회, 2014.

정윤희,「편의점의 '거대한 관대'와 현대 소비자본주의 도시적 삶」,『세계문학비교연구』57, 세계
　　문학비교학회, 2016.

단행본

가토 나오미, 이음연구소 역,『편의점과 일본인』, 어문학사, 2019.

가쓰미 아키라, 이정환 역,『세븐일레븐의 상식파괴 경영학』, 더난출판, 2007.

권용석,『편의점 성공전략』, 지식더미, 2012.

구광본,『맘모스 편의점』, 돋을새김, 2005.

기무라 나오미, 이길진 역,『기적의 프로젝트 X−세븐일레븐의 유통혁명』, AK, 2009.

김도균 외,『자신에게 고용된 사람들』, 후마니타스, 2017.

김민지 외,『8090 한 페이지 전의 문화사』, 더메이커, 2017.

김애란,「나는 편의점에 간다」,『문학과 사회』16-3, 문학과지성사, 2003.

＿＿＿,『달려라아비』, 창비, 2005.

김현철,『일본의 편의점』, 제이앤씨, 2014.

백승호·이승윤·김윤영,『한국의 불안정 노동자』, 후마니타스, 2017.

유영수,『일본인 심리상자』, 한스미디어, 2016.

전상인,『편의점 사회학』, 민음사, 2014.

차영민,『달밤의 제주는 즐거워』, 새움, 2016.

牛窪恵, 『恋愛しない若者たち』, ディスカヴァー・トゥエンティワン, 2015.

津村マミ, 『清水のコンビニ』, 小学館, 2014.

제5장_일본의 이토 시오리와 미투운동

원문자료

『月刊 Hanada』, 『月刊 Will』, 『月刊 日本』, 『現代思想』, 『The New York Times』, 『東京新聞』, 『동아닷컴』, 『AERA』, 『朝日新聞』, 『潮』, 『Washingtonpost』, 『Newsweek 日本版』, 『每日新聞』, 『연합뉴스』, 『Japantimes』, 『Journalism』, 『중앙일보』, 『조선닷컴』, 『女性のひろば』, 『週刊 文春』, 『週刊 新潮』, 『한국일보』.

이토 시오리, 김수현 역, 『블랙박스』, 미메시스, 2018.

小林美佳, 『性犯罪被害にあうということ』, 朝日文庫, 2011.

伊藤詩織, 『Black Box』, 文藝春秋, 2017.

〈미투(MeToo) 나는 말한다〉, SBS, 2018.2.4.

〈아젠다 통신 – 한국을 뒤흔든 #MeToo 열풍〉, tvN, 2018.4.29.

단행본

권김현영, 「성폭력 2차 가해와 피해자 중심주의의 문제」, 권김현영 편, 『피해와 가해의 페미니즘』, 교양인, 2018.

마츠이 야요리, 김선미 역, 『혐오표현은 왜 재일조선인을 겨냥하는가』, 산처럼, 2018.

초출일람

제1부 ──── 전쟁, 혁명, 사회

제1장 이행선·양아람, 「보리스 파스테르나크의 한국적 수용과 『닥터 지바고』 – 노벨문학상, 솔제니친, 반공주의, 재난사회」, 『정신문화연구』 148, 한국학중앙연구원, 2017.

제2장 이행선·양아람, 「1960년대 초중반 미·일 베스트셀러 전쟁문학의 수용과 월경하는 전쟁기억, 재난·휴머니즘과 전쟁책임 – 노먼 메일러(Norman Mailer) 『나자와 사자』와 고미카와 준페이(五味川純平) 『인간의 조건』」, 『기억과 전망』 36, 민주화운동기념사업회 한국민주주의연구소, 2017.

제3장 양아람·이행선, 「바로네스 오르치(Baroness Orczy)의 수용과 『빨강 별꽃(The Scarlet Pimpernel)』의 번역 – 프랑스혁명, 공포, 혐오」, 『아세아연구』 61-2, 고려대 아세아문제연구소, 2018.

제4장 이행선, 「게오르규의 수용과 한국 지성사의 '25시' – 전후문학, 휴머니즘, 실존주의, 문명비판, 반공주의, 어용작가」, 『한국학연구』 41, 인하대 한국학연구소, 2016.

제5장 이행선·양아람, 「『추악한 미국인』(1958)의 번역과 동아시아의 추악한 일본인, 중국인, 한국인(1993) – 혐오와 민족성, 민족문화론」, 『한국학연구』 48, 인하대 한국학연구소, 2018.

제2부 ──── 여성, 인권, 환경

제1장 이행선·양아람, 「루이제 린저의 수용과 한국사회의 '생의 한가운데' – 신여성, 인생론, 세계여성의 해(1975), 북한바로알기운동(1988)」, 『민족문화연구』 73, 고려대 민족문화연구원, 2016.

제2장 이행선·양아람, 「아리요시 사와코(有吉佐和子)의 번역 수용과 한국사회의 '복합오염' – 환경재난과 환경운동(권숙표, 최열)」, 『대동문화연구』 100, 성균관대 대동문화연구원, 2017.

제3장 이행선, 「알랭 로브그리예(1922~2008)의 번역 수용과 누보 로망(Nouveau Roman) – 이어령, 박이문, 김현, 김치수, 하일지」, 『대동문화연구』 102, 성균관대 대동문화연구원, 2018.

제4장 양아람·이행선, 「2010년대 한국과 일본의 편의점, 점원, 사회, 문학 – 무라타 사야카(村田沙耶香)의 『편의점 인간』과 박영란의 『편의점 가는 기분』」, 『한국학연구』 63, 고려대 한국학연구소, 2017.

제5장 양아람·이행선, 「일본의 이토 시오리(伊藤詩織)와 미투운동」, 『대동문화연구』 106, 성균관대 대동문화연구원, 2019.